UA131872

国防科技大学学术著作出版基金资助

密码函数的安全性指标分析

李 超 屈龙江 周 悦 著

科学出版社

北 京

内 容 简 介

差分均匀度、非线性度、相关免疫阶和代数免疫度分别是刻画密码函数抵抗差分密码攻击、线性密码攻击、相关攻击和代数攻击能力的安全性指标. 本书较为系统地论述了单项安全性指标最优或次优的密码函数的设计与分析, 包括完全非线性函数、几乎完全非线性函数、Bent 函数、几乎Bent 函数和代数免疫度最优的函数的构造、计数和等价性, 同时也介绍了非线性度高的弹性函数和代数免疫度最优的函数的构造方法.

本书可以作为密码学专业和信息安全专业高年级本科生和研究生的选修课教材, 也可以作为从事密码理论与方法研究的科技人员的参考书.

图书在版编目 (CIP) 数据

密码函数的安全性指标分析/李超, 屈龙江, 周悦著. —北京: 科学出版社, 2011

ISBN 978-7-03-030008-9

I. 密… II. ①李… ②屈… ③周… III. ①密码–通信安全 IV. TN918.1

中国版本图书馆 CIP 数据核字 (2011) 第 007711 号

责任编辑: 赵彦超 李 欣/责任校对: 陈玉凤
责任印制: 钱玉芬/封面设计: 王 浩

科 学 出 版 社 出版

北京东黄城根北街 16 号
邮政编码: 100717
http://www.sciencep.com

铭浩彩色印装有限公司 印刷
科学出版社发行 各地新华书店经销
*

2011 年 2 月第 一 版　　开本: B5(720 × 1000)
2011 年 2 月第一次印刷　　印张: 18
印数: 1—2 500　　　　　　字数: 347 000

定价: 58.00 元
(如有印装质量问题, 我社负责调换)

序

在流密码和分组密码体制中, 人们需要寻求具有各种密码学性质的布尔函数和向量值函数用来构造密码算法, 以抵抗多年来相继出现的各种攻击方式 (差分密码攻击、线性密码攻击、相关攻击和代数攻击等). 特别是寻求和构造同时具有多种密码学性质 (平衡性、高的代数次数、高阶相关免疫、大的非线性度和代数免疫度等) 的布尔函数和向量值函数, 以同时抵抗多种攻击方式, 是当前密码学和信息安全中的一个挑战性课题.

本书系统地介绍了私钥密码体制各种攻击方式的实际背景和发展情况, 全面讲述了布尔函数和向量值函数各种密码学性质的基本概念和相关结果, 详细讨论了差分均匀度、非线性度和代数免疫度等单项安全性指标最优或次优的密码函数的构造与特性, 包括 PN 函数、APN 函数、Bent 函数、几乎 Bent 函数和 MAI 函数的构造、计数和等价性, 以及非线性度高的弹性函数和 MAI 函数的构造. 该书作者多年来从事该领域的研究和教学工作, 具有丰富的经验. 密码学和信息安全是发展非常迅速的一个研究和应用领域, 该书另一个特点是收集和整理了近年来密码函数研究中的最新发展和进步, 其中包括作者及其课题组成员在该领域研究中的相关成果, 为从事该领域教学和研究工作的人员提供了许多最新的材料.

我相信, 该书对密码学和信息安全领域的教学工作、培养年轻人才以及从事理论和实际方面的研究工作, 都将起到积极的促进作用.

冯克勤 (清华大学)

2010年 9月 18日

前　言

密码函数包括布尔函数和向量值函数两大类, 是构成密码算法的重要组件. 布尔函数主要用于序列密码的设计, 比如: 反馈移位寄存器序列中的反馈函数、前馈序列中的前馈函数、非线性组合序列中的组合函数等. 向量值函数主要用于分组密码的设计, 比如: 分组密码中的 S 盒由非线性向量值函数构成, 主要提供密码算法所必需的混乱; P 置换由线性向量值函数构成, 主要提供密码算法所必需的扩散.

Berlekamp-Massey 攻击、相关攻击和代数攻击是攻击序列密码算法的重要方法. 序列密码算法抵抗 Berlekamp-Massey 攻击的能力由密钥流序列的线性复杂度决定, 密钥流序列的线性复杂度越高, 算法抵抗 Berlekamp-Massey 攻击的能力就越强, 而密钥流序列的线性复杂度又依赖于密码算法中所采用的布尔函数的非线性程度. 序列密码算法抵抗相关攻击的能力由密钥流序列与驱动序列的相关性决定, 两者相关性越强, 算法就越容易遭到相关攻击. 密钥流序列与驱动序列之间的相关性取决于密码算法中所采用的布尔函数的相关免疫阶的高低, 相关免疫阶不高的函数对相关攻击是不免疫的. 序列密码算法抵抗代数攻击的能力由密码算法的内部代数结构决定, 代数结构越简单, 就越容易遭受代数攻击. 代数攻击与密码算法中使用的布尔函数的代数免疫度有关, 代数免疫度不高的函数对代数攻击是不免疫的. 平衡性是设计序列密码的基本要求, 平衡的相关免疫函数通常称为弹性函数, 弹性函数在序列密码设计中具有十分重要的作用.

差分密码攻击和线性密码攻击是攻击迭代分组密码最有效的两种方法. 差分密码攻击的基本思想是通过分析明文对的差值对密文对的差值的影响来恢复某些密钥比特; 线性密码攻击的基本思想是通过寻找密码算法有效的线性近似表达式来破译密码系统. 一个密码算法抵抗差分和线性密码攻击的能力与其采用的密码函数抵抗这些攻击的能力密切相关. 一个密码函数抵抗差分密码攻击的能力的衡量指标被称为差分均匀度, 差分均匀度越小, 函数的非线性程度就越高, 其抵抗差分密码攻击的能力就越强. 完全非线性函数和几乎完全非线性函数作为差分均匀度最优和次优的两类函数, 在分组密码设计与分析中起着非常重要的作用. 一个密码函数抵抗线性密码攻击的能力的衡量指标被称为非线性度, 非线性度越大, 表明这个函数与仿射函数的距离就越远, 抵抗线性密码攻击的能力也就越强. Bent 函数是非线性度最优的布尔函数, 几乎 Bent 函数是非线性度最优的向量值函数.

完全非线性函数、几乎完全非线性函数、Bent 函数、几乎 Bent 函数、弹性函数和代数免疫度最优的函数是近二十年来密码理论研究领域中的热点问题. 特别是近年来, 在密码函数的研究中, 国内外学者取得了许多突破性的进展: 发现了三类

新的多项式形式的完全非线性函数, 将完全非线性函数类从三类扩充到六类; 证明
了完全非线性函数的 EA 等价与 CCZ 等价是同一回事, 从而简化了完全非线性函
数的等价性问题; 找到了 $\mathbb{F}_2^6$ 上的一个 APN 置换, 回答了 n 为 6 时的 "大 APN 问
题"; 在特征为偶数的有限域上, 得到了一些新的几乎完全非线性函数; 构造了许多
非线性度高的弹性函数和代数免疫度最优的函数等等. 尽管如此, 在密码函数研究
中, 仍有许多需要迫切解决的问题, 比如 "大 APN 问题" 和 "Dobbertin 猜想". 考
虑到密码函数的性质、构造与等价性等方面的研究成果大都散落在国内外与密码
学密切相关的学术期刊和学术会议论文集上. 为便于国内从事密码函数研究的学
生和年轻学者对密码函数有一个比较系统和深入的了解, 作者试图对国际上最近二
十年已有的密码函数方面的研究成果进行梳理, 按照完全非线性函数、几乎完全非
线性函数、Bent 函数、几乎 Bent 函数、弹性函数和代数免疫度最优的函数分类,
从性质、构造、等价性和计数等方面进行较为细致的论述. 书中部分内容包含了作
者及其课题组成员近年来在密码函数研究方面的科研成果, 如完全非线性函数的性
质与应用、非线性度高的弹性函数的构造与计数、代数免疫度最优的函数的构造与
计数等方面成果.

　　全书共分 7 章: 第 1 章给出密码函数研究中所需要的基本知识; 第 2 章研究
完全非线性函数的性质、构造、等价性与应用; 第 3 章研究几乎完全非线性函数的
性质、构造与等价性; 第 4 章研究 Bent 函数的性质、构造与等价性; 第 5 章研究
几乎 Bent 函数的性质、构造与等价性; 第 6 章研究弹性函数的性质、构造与计数;
第 7 章研究代数免疫度最优的函数的性质与构造.

　　冯克勤教授、裴定一教授和冯登国研究员等对本书的出版给予了极大的鼓励
和支持, 在此表示深深的感谢! 全书的编写工作得到了国防科技大学理学院密码与
信息安全实验室全体师生的积极配合, 特别是密码算法设计小组的博士生付绍静、
李平、董德帅、王洋等给予了全力协作和密切配合, 在此一并对他们表示衷心的
感谢!

　　本书的出版得到国防科技大学学术著作出版基金和数学学科建设基金的资助.
此外, 本书部分成果来自课题组承担的基金项目: 国家自然科学基金项目 (No:
60573028, 60803156, 61070215)、信息安全国家重点实验室开放基金项目 (No: 01-
07)、移动通信国家重点实验室开放基金项目 (No: w200805, w200807) 以及国防科
技大学基础研究基金项目 (No: JC080204, JC090201), 在此特别表示感谢!

　　由于水平有限, 时间仓促, 书中难免存在不妥之处, 恳请读者批评指正.

作　者
2010 年 7 月 16 日

目　　录

第1章 布尔函数与向量值函数

1.1 布尔函数及其表示

设 $\mathbb{F}_2$ 是二元有限域, n 为正整数, $\mathbb{F}_2^n$ 是 $\mathbb{F}_2$ 上的 n 维向量空间, 从 $\mathbb{F}_2^n$ 到 $\mathbb{F}_2$ 的映射 $f : \mathbb{F}_2^n \to \mathbb{F}_2$ 称为 n 元布尔函数. 如果记全体 n 元布尔函数的集合为 $\mathbb{B}_n$, 则 $\mathbb{B}_n$ 关于布尔函数的加法和乘法构成一个环, 称为布尔函数环. 易知布尔函数环 $\mathbb{B}_n$ 中元素个数为 2^{2^n}, 也就是说, 共有 2^{2^n} 个不同的 n 元布尔函数.

如果指定 $\mathbb{F}_2^n$ 中元素的一个排列顺序, 并将布尔函数 f 在这些元素上的取值依次写入一个向量, 则得到 $\mathbb{F}_2$ 上的一个长为 2^n 的向量, 该向量就称为布尔函数 f 的真值表. 常见的一种排列方法是视元素 $x = (x_1, x_2, \cdots, x_n)$ 中的 x_n 为最低位, x_1 为最高位, 按照整数二进制表示 $(x_1 x_2 \cdots x_n)_2$ 之值递增的顺序排列, 此时布尔函数 f 的真值表形如:

$$(f(0, \cdots, 0, 0), f(0, \cdots, 0, 1), f(0, \cdots, 1, 0), \cdots, f(1, \cdots, 1, 1)).$$

每一个布尔函数都可以用它的真值表唯一表示. 满足 $x \in \mathbb{F}_2^n$ 且 $f(x) = 1$ 的全体元素的集合称之为 f 的支撑或开集, 记之为 $\operatorname{supp}(f)$ 或 1_f; 满足 $x \in \mathbb{F}_2^n$ 且 $f(x) = 0$ 的全体元素的集合则称之为 f 的闭集, 记之为 0_f. 集合 1_f 中所含元素的个数称为 f 的 Hamming 重量, 记为 $wt(f)$. 如果一个 n 元布尔函数 f 满足 $wt(f) = 2^{n-1}$, 则称该函数为平衡的, 即

$$|\{x \in \mathbb{F}_2^n \mid f(x) = 1\}| = |\{x \in \mathbb{F}_2^n \mid f(x) = 0\}| = 2^{n-1},$$

这里 $|S|$ 表示集合 S 中所含元素的个数.

设 $f, g \in \mathbb{B}_n$, f 和 g 的 Hamming 距离定义为

$$d(f, g) = |\{x \in \mathbb{F}_2^n \mid f(x) \neq g(x)\}|.$$

由定义可知, f 和 g 的 Hamming 距离实际上为差函数 $f(x) - g(x)$ 的 Hamming 重量, 即 $d(f, g) = wt(f - g)$.

一个 n 元布尔函数 f 还可以表示为 $\mathbb{F}_2$ 上的含 n 个变元的多项式:

$$
\begin{aligned}
f(x_1, x_2, \cdots, x_n) &= \sum_{a_i \in \mathbb{F}_2} f(a_1, a_2, \cdots, a_n)(x_1 + a_1 + 1)(x_2 + a_2 + 1) \cdots (x_n + a_n + 1) \\
&= \sum_{a_i \in \mathbb{F}_2} f(a_1, a_2, \cdots, a_n) x_1^{a_1} x_2^{a_2} \cdots x_n^{a_n},
\end{aligned}
\tag{1.1}
$$

这里, $x_i^{a_i} = x_i + a_i + 1$, $i = 1, 2, \cdots, n$, $+$ 表示 $\mathbb{F}_2$ 中的加法运算, 即模 2 加运算. 形如式 (1.1) 的表示称为布尔函数 f 的小项表示. 若将小项表示展开并合并同类项, 则会得到如下形式的一个多项式:

$$f(x_1, x_2, \cdots, x_n) = a_0 + \sum_{i=1}^{n} a_i x_i + \sum_{1 \leqslant i < j \leqslant n} a_{i,j} x_i x_j + \cdots$$
$$+ \sum_{1 \leqslant i_1 < \cdots < i_d \leqslant n} a_{i_1, \cdots, i_d} x_{i_1} \cdots x_{i_d} + \cdots + a_{1, \cdots, n} x_1 \cdots x_n, \quad (1.2)$$

这里系数 $a_0, a_i, a_{i,j}, \cdots, a_{1, \cdots, n} \in \mathbb{F}_2$.

注意到 $\mathbb{F}_2$ 上形如式 (1.2) 的多项式个数和 n 元布尔函数个数相同, 它们均为 2^{2^n}, 并且 $f(x_1, x_2, \cdots, x_n) \equiv 0$ 当且仅当其所有系数为 0, 所以布尔函数 f 形如式 (1.2) 的表示形式存在且唯一, 称该表示形式为 f 的代数正规型 (Algebraic Normal Form, ANF). 若记集合 $N = \{1, 2, \cdots, n\}$, 用 $\mathcal{P}(N)$ 表示 N 的幂集, 即 N 的所有子集构成的集合, 则 f 的代数正规型还可以表示为

$$f(x_1, x_2, \cdots, x_n) = \sum_{I \in \mathcal{P}(N)} a_I \left(\prod_{i \in I} x_i \right) = \sum_{I \in \mathcal{P}(N)} a_I x^I, \quad (1.3)$$

这里 $x^I = \prod_{i \in I} x_i$.

非零布尔函数 f 的代数正规型中系数非零项所含有最多变元的个数称为它的代数次数, 记为 $\deg f$, 即

$$\deg f = \max\{ |I| \mid a_I \neq 0, I \in \mathcal{P}(N) \},$$

规定零函数的代数次数为 0. 代数次数不超过 1 的布尔函数称为仿射函数, 全体 n 元仿射函数的集合记为 A_n, 即

$$A_n = \left\{ f(x_1, x_2, \cdots, x_n) = \sum_{i=1}^{n} a_i x_i + a_0 \mid a_0, a_1, a_2, \cdots, a_n \in \mathbb{F}_2 \right\}.$$

常数项等于 0 的仿射函数称为线性函数, 全体 n 元线性函数的集合记为 L_n, 即

$$L_n = \left\{ f(x_1, x_2, \cdots, x_n) = \sum_{i=1}^{n} a_i x_i \mid a_1, a_2, \cdots, a_n \in \mathbb{F}_2 \right\}.$$

由于 $x^I = 1$ 当且仅当对任意 $i \in I$, 都有 $x_i = 1$, 于是对任意给定的 $x = (x_1, x_2, \cdots, x_n) \in \mathbb{F}_2^n$, 令 $\mathrm{supp}(x) = \{1 \leqslant i \leqslant n \mid x_i = 1\}$, 则布尔函数 f 在元素 x 处的值可以表示为

$$f(x_1, x_2, \cdots, x_n) = \sum_{I \subseteq \mathrm{supp}(x)} a_I. \quad (1.4)$$

上式表明布尔函数 f 可以看成其代数正规型系数的二进制 Möbius 变换, 反之也成立, 即有如下命题:

命题 1.1 设 f 为 n 元布尔函数, 其代数正规型为

$$f(x_1, x_2, \cdots, x_n) = \sum_{I \in \mathcal{P}(N)} a_I x^I, \quad a_I \in \mathbb{F}_2,$$

则对任意 $I \in \mathcal{P}(N)$, 均有

$$a_I = \sum_{x \in \mathbb{F}_2^n, \; \mathrm{supp}(x) \subseteq I} f(x). \tag{1.5}$$

证明 设 $b_I = \sum\limits_{x \in \mathbb{F}_2^n, \; \mathrm{supp}(x) \subseteq I} f(x)$, $g(x) = \sum\limits_{I \in \mathcal{P}(N)} b_I x^I$, 则

$$g(x) = \sum_{I \subseteq \mathrm{supp}(x)} b_I = \sum_{I \subseteq \mathrm{supp}(x)} \left(\sum_{y \in \mathbb{F}_2^n, \; \mathrm{supp}(y) \subseteq I} f(y) \right).$$

因此

$$g(x) = \sum_{y \in \mathbb{F}_2^n} f(y) \sum_{I \in \mathcal{P}(N), \; \mathrm{supp}(y) \subseteq I \subseteq \mathrm{supp}(x)} 1.$$

注意到

$$|\{ I \in \mathcal{P}(N) \mid \mathrm{supp}(y) \subseteq I \subseteq \mathrm{supp}(x) \}| = \begin{cases} 2^{wt(x)-wt(y)}, & \text{若 } \mathrm{supp}(y) \subseteq \mathrm{supp}(x); \\ 0, & \text{否则}. \end{cases}$$

故当 $y \neq x$ 时, 总有 $\sum\limits_{\mathrm{supp}(y) \subseteq I \subseteq \mathrm{supp}(x)} 1 = 0$, 从而 $g(x) \equiv f(x)$. 再由代数正规型表示的唯一性, 即知 $b_I = a_I$ 对任意 I 成立. □

1.2 布尔函数的 Walsh 变换

布尔函数的 Walsh 变换, 也称 Walsh 谱, 是研究布尔函数密码学性质最重要的数学工具之一.

布尔函数 f 的 Walsh 谱是定义在 $\mathbb{F}_2^n$ 上的一个实值函数, 即

$$W_f(\omega) = \sum_{x \in \mathbb{F}_2^n} (-1)^{f(x)+x \cdot \omega}, \quad \omega \in \mathbb{F}_2^n, \tag{1.6}$$

这里 "$\cdot$" 表示两个 n 维向量的点积, 即

$$x \cdot \omega = \sum_{1 \leqslant i \leqslant n} x_i \omega_i,$$

其中, $x = (x_1, x_2, \cdots, x_n), \omega = (\omega_1, \omega_2, \cdots, \omega_n)$.

容易证明, Walsh 谱的逆变换为

$$(-1)^{f(x)} = \frac{1}{2^n} \sum_{\omega \in \mathbb{F}_2^n} W_f(\omega)(-1)^{x \cdot \omega}.$$

式 (1.6) 表明布尔函数 f 的 Walsh 谱可以看成函数 $(-1)^{f(x)}$ 的离散 Fourier 变换. 如果考虑函数 $f(x)$ 的离散 Fourier 变换, 那么得到

$$S_f(\omega) = \sum_{x \in \mathbb{F}_2^n} f(x)(-1)^{x \cdot \omega}, \tag{1.7}$$

相应的逆变换为

$$f(x) = \frac{1}{2^n} \sum_{\omega \in \mathbb{F}_2^n} S_f(\omega)(-1)^{x \cdot \omega}.$$

为区分上面两种 Walsh 谱, 式 (1.6) 中定义的 Walsh 谱通常称为循环 Walsh 谱, 式 (1.7) 中定义的 Walsh 谱通常称为线性 Walsh 谱, 两者之间具有如下的转换关系:

$$W_f(\omega) = \begin{cases} -2S_f(\omega), & \omega \neq 0; \\ 2^n - 2S_f(\omega), & \omega = 0. \end{cases}$$

由此可知, 布尔函数的两种 Walsh 谱可以相互唯一确定. 只要利用其中一种 Walsh 谱的特征, 刻画布尔函数的密码学性质, 就不难给出布尔函数密码学性质的另一种 Walsh 谱的特征. 因此, 以后不另加说明的话, 布尔函数的 Walsh 谱均是指由式 (1.6) 定义的循环 Walsh 谱, 这也是大多数密码学著作中使用的 Walsh 谱的定义.

布尔函数的 Walsh 谱具有如下基本性质:

命题 1.2 设 $f(x)$ 为任意 n 元布尔函数, 则

$$W_f(w) = 2^n - 2wt(f + \omega \cdot x), \quad \omega \in \mathbb{F}_2^n.$$

特别地, $W_f(0) = 2^n - 2wt(f)$.

证明 根据循环 Walsh 谱的定义, 得到

$$W_f(\omega) = \sum_{x \in \mathbb{F}_2^n} (-1)^{f(x)+x \cdot \omega}$$

$$= |\{x \in \mathbb{F}_2^n \mid f(x) = x \cdot \omega\}| - |\{x \in \mathbb{F}_2^n \mid f(x) \neq x \cdot \omega\}|$$

$$= 2^n - 2wt(f + \omega \cdot x). \qquad \Box$$

命题 1.3(Parseval 恒等式) 设 $f(x)$ 为任意 n 元布尔函数, 则

$$\sum_{\omega \in \mathbb{F}_2^n} W_f^2(\omega) = 2^{2n}.$$

证明 根据循环 Walsh 谱的定义, 有

$$\sum_{\omega \in \mathbb{F}_2^n} W_f^2(\omega) = \sum_{\omega \in \mathbb{F}_2^n} \sum_{x \in \mathbb{F}_2^n} (-1)^{f(x)+\omega \cdot x} \sum_{y \in \mathbb{F}_2^n} (-1)^{f(y)+\omega \cdot y}$$

$$= \sum_{x \in \mathbb{F}_2^n} \sum_{y \in \mathbb{F}_2^n} (-1)^{f(x)+f(y)} \left(\sum_{\omega \in \mathbb{F}_2^n} (-1)^{\omega \cdot (x+y)} \right)$$

$$= \sum_{x=y \in \mathbb{F}_2^n} 2^n = 2^{2n}.$$

上式中倒数第二个等号成立是因为 $\sum_{\omega \in \mathbb{F}_2^n} (-1)^{\omega \cdot x}$ 仅当 $x = 0$ 时取值 2^n, 其他时候取值均为 0. □

1.3 布尔函数的安全性指标

布尔函数作为设计序列密码、分组密码和 Hash 函数的重要组件, 其密码学性质的好坏直接关系到密码体制的安全性[1,4,9~13]. 布尔函数的安全性指标是衡量布尔函数密码学性质好坏的重要参数, 这些安全性指标的提出与密码分析方法有着十分密切的联系. 布尔函数的安全性指标主要有: 平衡性、代数次数、差分均匀度、非线性度、相关免疫阶、弹性阶和代数免疫度等.

平衡性 反馈移位寄存器序列中反馈函数、滤波序列的滤波函数、非线性组合序列中的非线性组合函数等均采用布尔函数作为基本组件. 序列密码体制产生的密钥流是否具有高的安全强度, 取决于它们是否具有良好的伪随机特性. 平衡性就是序列伪随机特性的一个重要方面. 一条序列称为平衡的是指该序列中不同元素出现的次数至多相差一个, 比如周期为偶数的二元序列是平衡的, 是指其中 0 和 1 的出现个数相同. 一个 n 元布尔函数是平衡的, 当且仅当其真值表中 0 和 1 的个数相同, 也就是该布尔函数的 Hamming 重量为 2^{n-1}. 由命题 1.2, 布尔函数 $f(x)$ 是平衡函数当且仅当 $W_f(0) = 0$.

代数次数 密码体制中使用的布尔函数通常具有高的代数次数, 无论是序列密码体制还是分组密码体制, 低代数次数的密码组件就有可能遭到 Berlekamp-Massay 攻击、插值攻击、代数攻击和高阶差分攻击等密码攻击的威胁. 比如, 在非线性组合序列生成器中, 假定 n 个驱动序列的线性复杂度分别为 $L_1, L_2, \cdots, L_n$, 非线性

组合函数为

$$f(x_1, x_2, \cdots, x_n) = \sum_{I \in \mathcal{P}(N)} a_I \left(\prod_{i \in I} x_i \right),$$

则非线性组合序列的线性复杂度

$$\ell \leqslant \sum_{I \in \mathcal{P}(N)} a_I \left(\prod_{i \in I} L_i \right).$$

这表明当非线性组合函数 $f(x_1, x_2, \cdots, x_n)$ 的代数次数较低时, 所产生的非线性组合序列的线性复杂度就不会太高, 容易遭到 Berlekamp-Massay 攻击. 同样在滤波序列生成器中, 假定驱动部分线性反馈移位寄存器长度为 L, 滤波函数为

$$f(x_1, x_2, \cdots, x_n) = \sum_{I \in \mathcal{P}(N)} a_I \left(\prod_{i \in I} x_i \right),$$

则滤波序列的线性复杂度

$$\ell \leqslant \sum_{i=0}^{\deg f} \binom{L}{i}.$$

这表明滤波序列的线性复杂度也与滤波函数的代数次数有关, 低的代数次数将导致滤波序列线性复杂度较低, 容易遭到 Berlekamp-Massay 攻击. 在分组密码算法的设计与分析中, 如果 S 盒的分量函数使用低代数次数的布尔函数, 就有可能使得高阶差分密码攻击和代数攻击有效.

值得注意的是, 在布尔函数的小项表示 (1.1) 中, 每个形如 $\prod\limits_{i=1}^{n}(x_i + a_i + 1)$ 的项都含有 n 次项 $x_1 x_2 \cdots x_n$, 因此 $\deg f = n$ 当且仅当 f 的重量为奇数. 这说明如果 f 是平衡函数, 则 $\deg f \leqslant n-1$, 即平衡函数的代数次数至多为 $n-1$.

差分均匀度　设 $f(x_1, x_2, \cdots, x_n)$ 是一个 n 元布尔函数, 其差分均匀度定义为

$$\delta_f = \max_{0 \neq \alpha \in \mathbb{F}_2^n} \max_{\beta \in \mathbb{F}_2} |\{x \in \mathbb{F}_2^n \mid f(x+\alpha) - f(x) = \beta\}|.$$

根据上面的定义, 可以看出布尔函数的差分均匀度满足 $2^{n-1} \leqslant \delta_f \leqslant 2^n$. 特别地, 当 $f(x_1, x_2, \cdots, x_n)$ 是仿射函数时, 其差分均匀度达到最大值 2^n. 差分密码攻击表明, 布尔函数的差分均匀度越小, 函数的差分分布就越均匀, 密码体制抵抗差分密码攻击的能力就越强. 如果 n 元布尔函数 f 的差分均匀度达到最小值 2^{n-1}, 就称该函数为完全非线性函数. 需要注意的是, 对于布尔函数来说, 完全非线性函数与下面的 Bent 函数是一致的, 但对于其他的密码函数来说, 这两者之间是有区别的.

非线性度　为抵抗线性密码攻击, 密码体制中所使用的布尔函数应该离所有仿射函数的距离尽可能大. 布尔函数 f 的非线性度 $NL(f)$ 定义为 f 和所有仿射函数的最小 Hamming 距离, 即

$$NL(f) = \min_{l \in A_n} d(f, l) = \min_{l \in A_n} wt(f - l).$$

根据命题 1.2, 进一步可以得到

$$NL(f) = 2^{n-1} - \frac{1}{2} \max_{\omega \in \mathbb{F}_2^n} |W_f(\omega)|.$$

由于一列实数的最大值一定不小于它们的平均值, 于是由 Parseval 恒等式, 对任意 n 元布尔函数 f, 有

$$NL(f) \leqslant 2^{n-1} - 2^{\frac{n}{2}-1}.$$

达到这个上界的布尔函数称为 Bent 函数. 由于一列数的最大值等于平均值的充要条件是该列数是常数, 故 Bent 函数的 Walsh 谱值只能为 $2^{\frac{n}{2}}$ 或者 $-2^{\frac{n}{2}}$. 注意到布尔函数的非线性度是一个整数, 故只有当 n 是偶数时, Bent 函数才可能存在. 以后会看到, 对任意的正偶数 n, n 元 Bent 函数一定存在, 并且有很多.

相关免疫阶和弹性　为了抵抗相关攻击, 序列密码中非线性组合生成器和滤波生成器所使用的布尔函数 $f(x)$ 通常满足相关免疫条件.

设 $z = f(x_1, x_2, \cdots, x_n)$ 是一个 n 元布尔函数, 其中 $x_1, x_2, \cdots, x_n$ 是 $\mathbb{F}_2$ 上独立且均匀分布的随机变量, 如果 z 与 $x_1, x_2, \cdots, x_n$ 中的任意 m 个变元 $x_{i_1}, x_{i_2}, \cdots, x_{i_m}$ 统计独立, 那么称 f 是 m 阶相关免疫函数. 特别地, 当 $m = 1$ 时, 称 $f(x_1, x_2, \cdots, x_n)$ 是一阶相关免疫函数, 简称相关免疫函数; 当 $m \geqslant 2$ 时, 称 $f(x_1, x_2, \cdots, x_n)$ 是高阶相关免疫函数.

由于密码体制中使用的布尔函数通常是平衡函数, 人们就把平衡的相关免疫函数称为弹性函数, 布尔函数的弹性阶就是指平衡布尔函数的相关免疫阶. 弹性函数有许多等价描述, 其中, Xiao-Massey 定理是最简洁的描述方法: 设 $f(x)$ 是一个 n 元布尔函数, 整数 $1 \leqslant t \leqslant n$, 如果 $W_f(\omega) = 0$ 对任意 $0 \leqslant wt(\omega) \leqslant t$ 都成立, 则 $f(x)$ 是一个 t 阶弹性函数.

代数免疫度　代数免疫度的提出与代数攻击有关, 代数攻击的基本思想是将密码体制的破译问题归结到代数方程组的求解. 人们在破译 LILI-128 和 Toyocrypt 等序列密码时, 发现如果密码体制使用的布尔函数 f 或者 $1 + f$ 具有低次的零化子, 那么密码体制可能遭到代数攻击.

布尔函数的零化子定义: 设 $f \in \mathbb{B}_n$, f 的零化子是指满足 $fg = 0$ 的布尔函数 $g \in \mathbb{B}_n$. 如果将布尔函数 $f(x)$ 的全体零化子的集合记为 $\mathrm{Ann}(f)$, 容易证明 $\mathrm{Ann}(f)$ 是布尔函数环 $\mathbb{B}_n$ 中的一个主理想, 即 $\mathrm{Ann}(f)$ 可以表示为一个元素生成的理想. 事实上可以证明

$$\mathrm{Ann}(f) = (1+f) = (1+f)\mathbb{B}_n.$$

布尔函数的代数免疫度 $AI(f)$ 定义为使得 $fg = 0$ 或者 $(1+f)g = 0$ 成立的非零布尔函数 g 的最小代数次数, 即

$$AI(f) = \min\{\deg g \mid 0 \neq g \in \mathrm{Ann}(f) \bigcup \mathrm{Ann}(1+f)\}.$$

可以证明, n 元布尔函数的代数免疫度不超过 $\left\lceil \dfrac{n}{2} \right\rceil$. 如果一个 n 元布尔函数的代数免疫度恰好等于 $\left\lceil \dfrac{n}{2} \right\rceil$, 则称该布尔函数是代数免疫度最优的函数, 即 MAI 函数.

除了上述指标外, 布尔函数还有雪崩准则、扩散准则、线性结构等安全性指标, 感兴趣的读者可参见文献 [2, 6, 14] 等.

1.4　向量值函数及其表示

设 n 和 m 为两个正整数, 从向量空间 $\mathbb{F}_2^n$ 到 $\mathbb{F}_2^m$ 的映射, 称为 (n, m) 函数. 当不强调 n 与 m 的取值时, 通常称之为向量值函数, 也称为多输出布尔函数或向量布尔函数. 一旦给定这样的函数 F, 那么就有 m 个 n 元布尔函数 $f_1, f_2, \cdots, f_m$, 使得对任意 $x = (x_1, x_2, \cdots, x_n) \in \mathbb{F}_2^n$, 均有 $F(x) = (f_1(x), f_2(x), \cdots, f_m(x))$. 这时 $f_1, f_2, \cdots, f_m$ 称为 F 的分量函数或坐标函数, 特别地, f_i 称为 F 的第 i 个分量函数或坐标函数, $1 \leqslant i \leqslant m$.

前面已经介绍过布尔函数的代数正规型, 布尔函数的代数正规型可以很容易地拓展到向量值函数上.

设 F 是一个 (n, m) 函数, 那么 F 可以唯一表示为一个系数在 $\mathbb{F}_2^m$ 上的 n 元多项式

$$F(x) = \sum_{I \in \mathcal{P}(N)} a_I \left(\prod_{i \in I} x_i \right) = \sum_{I \in \mathcal{P}(N)} a_I x^I, \tag{1.8}$$

其中 $\mathcal{P}(N)$ 表示集合 $N = \{1, 2, \cdots, n\}$ 的幂集, $a_I \in \mathbb{F}_2^m$.

式 (1.8) 就称为向量值函数 F 的代数正规型 (Algebraic Normal Form), 简记为 ANF. 它的存在性和唯一性可以通过布尔函数的代数正规型推导出来, 因为 F 的每个分量函数都是一个布尔函数.

设 $a_I = (b_{1,I}, b_{2,I}, \cdots, b_{m,I}) \in \mathbb{F}_2^m$, 则 F 的第 $j(1 \leqslant j \leqslant m)$ 个分量函数

$$f_j(x) = \sum_{I \in \mathcal{P}(N)} b_{j,I} x^I.$$

与布尔函数情形类似, 可以证明向量值函数 $F(x)$ 与其代数正规型的系数 a_I 之间

具有如下关系

$$F(x) = \sum_{I \subseteq \mathrm{supp}(x),\ I \in \mathcal{P}(N)} a_I$$

和

$$a_I = \sum_{\mathrm{supp}(x) \subseteq I,\ x \in \mathbb{F}_2^n} F(x).$$

下面介绍向量值函数的 Walsh 变换.

设 F 是一个 (n, m) 函数, F 在点 $(u, v) \in \mathbb{F}_2^n \times \mathbb{F}_2^m$ 处的 Walsh 变换定义为

$$\mathbb{W}_F(u, v) = \sum_{x \in \mathbb{F}_2^n} (-1)^{v \cdot F(x) + u \cdot x}.$$

由上式可知, 向量值函数在 $(u, v) \in \mathbb{F}_2^n \times \mathbb{F}_2^m$ 处的 Walsh 变换就是布尔函数 $v \cdot F(x)$ 在 u 处的 Walsh 变换, 因此向量值函数的 Walsh 变换是布尔函数 Walsh 变换一个自然的推广. F 在 $\mathbb{F}_2^n \times \mathbb{F}_2^m$ 上所有点处的 Walsh 变换所构成的多重集合就称为 F 的 Walsh 谱(Walsh Spectrum), 记为 $W(F)$.

1.5　向量值函数的安全性指标

在对称密码的设计与分析中, 向量值函数比布尔函数具有更为广泛的应用[3]. 分组密码和 Hash 函数通常采用向量值函数作为非线性组件, 用来提高密码算法的 "混乱" 效果. 经典序列密码算法通常采用布尔函数作为密码组件, 用来产生具有伪随机特性的密钥流序列, 但最近启动的欧洲 eSTREAM 计划, 所推选的序列密码算法大都采用了新的设计思想, 大量使用向量值函数作为密码组件. 为了抵抗目前已有的各种攻击方法, 密码算法中使用的向量值函数同样需要满足一定的安全性要求. 向量值函数的安全性指标包括诸如平衡性、代数次数、非线性度、差分均匀度和代数免疫度等. 注意到向量值函数 $F(x) = (f_1(x), f_2(x), \cdots, f_m(x))$ 的各分量函数相互影响和制约, 一组安全性指标良好的布尔函数 $f_1(x), f_2(x), \cdots, f_m(x)$ 所构成的向量值函数 $F(x) = (f_1(x), f_2(x), \cdots, f_m(x))$ 的安全性能未必很好. 因此, 在引入向量值函数的安全性指标时, 必须把它作为一个整体看, 需要考虑到各分量函数之间的相互影响和相互作用, 这导致向量值函数和布尔函数相应的密码学指标既有联系又有区别.

平衡性　设 F 是一个 (n, m) 函数, 若 F 取 $\mathbb{F}_2^m$ 中的任一元素恰好 2^{n-m} 次, 即对任意 $b \in \mathbb{F}_2^m$, 均有 $|F^{-1}(b)| = 2^{n-m}$, 这里 $F^{-1}(b)$ 表示元素 b 的全体原像的集合, 则称 F 是平衡的向量值函数.

对每一个 $b \in \mathbb{F}_2^m$, 定义 $\mathbb{F}_2^n$ 上的布尔函数:

$$\varphi_b(x) = \begin{cases} 1, & F(x) = b; \\ 0, & F(x) \neq b. \end{cases} \tag{1.9}$$

则 F 是平衡的当且仅当对任意的 $b \in \mathbb{F}_2^m$, $wt(\varphi_b) = 2^{n-m}$.

向量值函数的平衡性与布尔函数的平衡性具有如下联系:

定理 1.1　一个 (n,m) 函数 F 是平衡的, 当且仅当对任意非零的 $v \in \mathbb{F}_2^m$, 布尔函数 $v \cdot F$ 是平衡的.

证明　定义 m 元实值函数 $g(v) = \sum\limits_{x \in \mathbb{F}_2^n} (-1)^{v \cdot F(x)}$, 则对任意的 $v \neq 0$, $v \cdot F(x)$ 是平衡的当且仅当 $g(v) = 0$.

注意到对任意 $b \in \mathbb{F}_2^m$, $g(v)$ 在 b 处的 Fourier 变换为

$$\begin{aligned} \hat{g}(b) &= \sum_{v \in \mathbb{F}_2^m} g(v)(-1)^{b \cdot v} = \sum_{x \in \mathbb{F}_2^n} \sum_{v \in \mathbb{F}_2^m} (-1)^{v \cdot (F(x)+b)} \\ &= 2^m |F^{-1}(b)| = 2^m wt(\varphi_b), \end{aligned}$$

其中, 倒数第二个等号成立是因为

$$\sum_{v \in \mathbb{F}_2^m} (-1)^{v \cdot (F(x)+b)} = \begin{cases} 2^m, & \text{若 } F(x) = b; \\ 0, & \text{其他}. \end{cases}$$

从而 F 是平衡函数当且仅当 $wt(\varphi_b) = 2^{n-m}$, 而 $wt(\varphi_b) = 2^{n-m}$ 当且仅当 $\hat{g}(b) = 2^n$. 由 Fourier 变换的性质, $\hat{g}(b) = 2^n$ 对任意 $b \in \mathbb{F}_2^m$ 成立, 当且仅当

$$g(v) = \begin{cases} 0, & v \neq 0; \\ 2^n, & v = 0. \end{cases}$$

于是 F 是平衡的当且仅当对任意 $v \neq 0$, $v \cdot F(x)$ 是平衡的.　　　　□

该定理的重要性在于它将判断向量值函数的平衡性问题转换为判断布尔函数的平衡性问题, 这在理论分析和实际应用中都是十分重要的. 根据该定理, 平衡向量值函数的每一个分量函数都是平衡的, 反过来, 每一个分量函数都平衡, 并不意味着向量值函数是平衡函数.

代数次数　向量值函数的代数次数有两种不同方式的定义, 一种称为代数次数, 另一种称为一致代数次数.

设 F 为一个 (n,m) 函数, 则 F 的代数次数定义为

$$\deg F = \max\{|I| \mid a_I \neq (0, \cdots, 0), I \in \mathcal{P}(N)\}.$$

由此可知, 向量值函数的代数次数等于其分量函数的代数次数的最大值.

前面讲过, 为了抵抗插值攻击和代数攻击, 密码体制中使用的布尔函数应当具有高的代数次数, 因此, 向量值函数的各分量函数也应当具有高的代数次数. 在实际应用中, 往往还进一步要求各分量函数的任意非零线性组合的代数次数也比较高, 这就引出了一致代数次数的概念.

设 F 为一个 (n,m) 函数, 令

$$\mathrm{Deg}F = \min\{\deg(v \cdot F) \mid 0 \neq v \in \mathbb{F}_2^m\},$$

则称 $\mathrm{Deg}F$ 为 F 的一致代数次数.

事实上, F 的一致代数次数等于其分量函数的任意非零线性组合的代数次数的最小值. 显然 $\mathrm{Deg}F \leqslant \deg F$.

非线性度　设 F 为一个 (n,m) 函数, 则 F 的非线性度定义为

$$NL(F) = \min\{NL(v \cdot F) \mid 0 \neq v \in \mathbb{F}_2^m\}.$$

因此, 向量值函数的非线性度等于其分量函数的任意非零线性组合的非线性度的最小值. 为了抵抗线性密码攻击, 向量值函数必须具有高的非线性度. 根据布尔函数的非线性度与 Walsh 谱的关系, 可以得到

$$NL(F) = 2^{n-1} - \frac{1}{2}\max_{u \in \mathbb{F}_2^n}\max_{0 \neq v \in \mathbb{F}_2^m}\left|\sum_{x \in \mathbb{F}_2^n}(-1)^{v \cdot F(x)+u \cdot x}\right|.$$

于是由 Parseval 恒等式, 对于 (n,m) 函数来说, 同样有如下不等式:

$$NL(F) \leqslant 2^{n-1} - 2^{\frac{n}{2}-1}.$$

如果一个 (n,m) 函数的非线性度达到上界 $2^{n-1} - 2^{\frac{n}{2}-1}$, 则称该向量值函数为 Bent 函数. 显然, 一个 (n,m) 函数 F 是 Bent 函数当且仅当对任意 $0 \neq v \in \mathbb{F}_2^m$, 布尔函数 $f_v = v \cdot F$ 是 Bent 函数.

差分均匀度　设 F 是一个 (n,m) 函数, 令

$$\delta_F = \max_{0 \neq a \in \mathbb{F}_2^n, b \in \mathbb{F}_2^m}|\{x \in \mathbb{F}_2^n \mid F(x+a) - F(x) = b\}|,$$

则称 δ_F 为 F 的差分均匀度, 或称 F 为 δ_F 差分一致性函数.

根据差分均匀度的定义, 可以得到

$$2^{n-m} \leqslant \delta_F \leqslant 2^n.$$

如果函数 F 是仿射函数, 那么 $\delta_F = 2^n$. 为了抵抗差分密码攻击, 向量值函数的差分均匀度应该越低越好. 特别地, 如果 $\delta_F = 2^{n-m}$, 那么称 F 是从 $\mathbb{F}_2^n$ 到 $\mathbb{F}_2^m$ 的完全非线性函数.

相关免疫阶和弹性　如果 (n, m) 函数 F 在固定任意 t 个输入比特以后输出分布不变, 则称 $F(x)$ 是 t 阶相关免疫函数; 如果 $F(x)$ 既是 t 阶相关免疫函数又是平衡函数, 则称 $F(x)$ 是 t 阶弹性函数.

根据向量值函数的相关免疫性和弹性的定义可知, (n, m) 函数 F 是 t 阶相关免疫函数当且仅当对每一个非零 $v \in \mathbb{F}_2^m$, $v \cdot F$ 是 t 阶相关免疫布尔函数; (n, m) 函数 F 是 t 阶弹性函数当且仅当对每一个非零 $v \in \mathbb{F}_2^m$, $v \cdot F$ 是 t 阶弹性布尔函数. 为了抵抗相关攻击, 向量值函数应该至少具有 1 阶弹性.

代数免疫度　为了将布尔函数的代数免疫度的概念推广到向量值函数, 需要引进集合零化集的概念.

设 S 是 $\mathbb{F}_2^n$ 的一个非空子集, 则集合 S 的零化集定义为

$$N(S) = \{g \in B_n \mid g|_S = 0\},$$

这里 $g|_S$ 表示布尔函数 g 在集合 S 上的限制, $g|_S = 0$ 意味着对任意 $v \in S$, 均有 $g(v) = 0$. 记 $AI(S) = \min\{\deg g \mid 0 \neq g \in N(S)\}$, 则 (n, m) 函数的代数免疫度定义为

$$AI(F) = \min\{AI(F^{-1}(a)) \mid a \in \mathbb{F}_2^m\}.$$

由向量值函数的代数免疫度定义可知, 当 $m = 1$ 时, 向量值函数的代数免疫度就是布尔函数的代数免疫度, 故向量值函数的代数免疫度是布尔函数的代数免疫度的自然推广. 另外, 上面给出的向量值函数的代数免疫度只是布尔函数代数免疫度的一种推广, 该代数免疫度通常称为向量值函数的基本代数免疫度. 向量值函数的代数免疫度还有图形代数免疫度和组合代数免疫度的概念, 具体参见本书第 7 章.

1.6　向量值函数和布尔函数的迹表示

设 $\mathbb{F}_{2^n}$ 为 2^n 元有限域, 则它可以看成 $\mathbb{F}_2$ 上的 n 维向量空间. 事实上, 设 $f(x) \in \mathbb{F}_2[x]$ 是一个 n 次不可约多项式, α 为 $f(x)$ 在其分裂域中的一个根, 则

$$\mathbb{F}_{2^n} = \{a_0 + a_1 \alpha + \cdots + a_{n-1} \alpha^{n-1} \mid a_0, a_1, \cdots, a_{n-1} \in \mathbb{F}_2\}.$$

于是映射 $\varphi : \sum\limits_{i=0}^{n-1} a_i \alpha^i \to (a_0, a_1, \cdots, a_{n-1})$ 是从线性空间 $\mathbb{F}_{2^n}$ 到线性空间 $\mathbb{F}_2^n$ 的同构映射. 因此, 有些时候会把 $\mathbb{F}_{2^n}$ 和 $\mathbb{F}_2^n$ 交替使用.

如果 F 是从 $\mathbb{F}_2^n$ 到自身的映射, 即 F 是一个 (n, n) 函数, 则 F 可以视为有限域 $\mathbb{F}_{2^n}$ 到自身的映射, 从而它可以表示为 $\mathbb{F}_{2^n}$ 上的单变元多项式:

$$F(x) = \sum_{a \in \mathbb{F}_{2^n}} F(a) \left(1 + (x + a)^{2^n - 1}\right),$$

将上式展开并合并同类项, 则 F 可以表示为 $\mathbb{F}_{2^n}$ 上如下形式的多项式,

$$F(x) = \sum_{j=0}^{2^n-1} \delta_j x^j, \quad \delta_j \in \mathbb{F}_{2^n}. \tag{1.10}$$

反过来, $\mathbb{F}_{2^n}$ 上的一个上述多项式显然也给出了从 $\mathbb{F}_2^n$ 到其自身的一个映射. 进一步, 记 A 是从 $\mathbb{F}_2^n$ 到其自身的全体映射的集合, B 是 $\mathbb{F}_{2^n}$ 上次数不超过 $2^n - 1$ 的单变元多项式和零多项式构成的集合, 则集合 A 与集合 B 的元素是一一对应的, 这意味着 (n, n) 函数的形如式 (1.10) 的表示是唯一的, 称其为 F 的单变元多项式表示, 简称单变元表示.

由 F 的单变元表示, 可以得到 F 的代数正规型, 具体做法如下:

设 $\alpha_1, \alpha_2, \cdots, \alpha_n$ 是 $\mathbb{F}_{2^n}$ 在 $\mathbb{F}_2$ 上的一组基, 则 $x = \sum_{i=1}^{n} x_i \alpha_i$, $x_i \in \mathbb{F}_2$, 并且 $\delta_j = \sum_{i=1}^{n} c_{ij} \alpha_i$, $c_{ij} \in \mathbb{F}_2, 0 \leqslant j \leqslant 2^n - 1$. 再令 j 的二进制表示为 $j = \sum_{s=0}^{n-1} j_s 2^s$, $j_s \in \{0, 1\}$, 则

$$\begin{aligned} F(x) &= \sum_{j=0}^{2^n-1} \delta_j \left(\sum_{i=1}^{n} x_i \alpha_i \right)^j \\ &= \sum_{j=0}^{2^n-1} \left(\sum_{i=1}^{n} c_{ij} \alpha_i \right) \left(\sum_{i=1}^{n} x_i \alpha_i \right)^{\sum\limits_{s=0}^{n-1} j_s 2^s} \\ &= \sum_{j=0}^{2^n-1} \left(\sum_{i=1}^{n} c_{ij} \alpha_i \right) \prod_{s=0}^{n-1} \left(\sum_{i=1}^{n} x_i \alpha_i^{2^s} \right)^{j_s}, \end{aligned}$$

将上式中最后一个乘积展开, 再以 $\alpha_1, \alpha_2, \cdots, \alpha_n$ 为基进行简化分解, 便可以得到 F 的代数正规型.

根据向量值函数 F 的单变元表示, 可以直接求出它的代数次数: 设 $j = \sum_{s=0}^{n-1} j_s 2^s$, 定义 j 的 2 重量为 $w_2(j) = \sum_{s=0}^{n-1} j_s$. 那么 F 的代数次数 $\deg F$ 为

$$\max\{w_2(j) \mid j = 0, 1, \cdots, 2^n - 1, \ \delta_j \neq 0\}.$$

事实上, 若令 $\Delta(F) = \max\{w_2(j) \mid j = 0, 1, \cdots, 2^n - 1, \delta_j \neq 0\}$, 则由上述推导过程知有 $\deg F \leqslant \Delta(F)$. 另一方面, 对任意 $0 \leqslant d \leqslant n$,

$$A_d = |\{F : \mathbb{F}_{2^n} \to \mathbb{F}_{2^n} \mid \deg F \leqslant d\}| = 2^{n \sum\limits_{i=0}^{d} \binom{n}{i}},$$

$$B_d = |\{F : \mathbb{F}_{2^n} \to \mathbb{F}_{2^n} | \Delta(F) \leqslant d\}| = 2^{n \sum\limits_{i=0}^{d} \binom{n}{i}},$$

所以 $\deg F = \Delta(F)$. 这里需要注意的是, 这个概念和代数学中常见的 "多项式的次数" 有所不同, 如 $F(x) = x^3$ 为三次单项式, 但当它视为 $\mathbb{F}_{2^n}$ 上的函数时, 按照定义, 它的代数次数就是 2 而不是 3.

下面讨论向量值函数与布尔函数的迹表示. 设 $F : \mathbb{F}_2^n \to \mathbb{F}_2^m$, 这里 m 是 n 的因子, 则 $\mathbb{F}_2^m \subseteq \mathbb{F}_2^n$, 于是 F 可以视为 $\mathbb{F}_2^n$ 到 $\mathbb{F}_2^n$ 的映射, 因此, F 有唯一的单变元表示:

$$F(x) = \sum_{j=0}^{2^n-1} \delta_j x^j, \quad \delta_j \in \mathbb{F}_{2^n}.$$

进一步, 对任意 $x \in \mathbb{F}_{2^n}, F(x) \in \mathbb{F}_{2^m}$, 于是 $F(x)^{2^m} = F(x)$, 即

$$\left(\sum_{j=0}^{2^n-1} \delta_j x^j \right)^{2^m} = \sum_{j=0}^{2^n-1} (\delta_j)^{2^m} x^{2^m j} = \sum_{j=0}^{2^n-1} \delta_j x^j.$$

注意到 $(2^m, 2^n-1) = 1$, 当 j 遍历模 2^n-1 的完全剩余系时, $2^m j$ 也遍历模 2^n-1 的完全剩余系. 根据单变元表示的唯一性, 对任意 $j = 1, 2, \cdots, 2^n-1$, $\delta_{2^m j} = \delta_j^{2^m}$, 其中, $2^m j$ 是在模 2^n-1 意义下计算的. 特别地, $\delta_0, \delta_{2^n-1} \in \mathbb{F}_{2^m}$. 事实上, $\delta_0 \in \mathbb{F}_{2^m}$ 是显然的, 下面的等式表明 $\delta_{2^n-1} \in \mathbb{F}_{2^m}$:

$$x^{(2^n-1)2^m} = x^{2^{n+m}-2^n+2^n-2^m} = x^{2^n(2^m-1)} x^{2^n-2^m} = x^{2^m-1+2^n-2^m} = x^{2^n-1}.$$

对任意 $j = 1, 2, \cdots, 2^n-2$, 令

$$S(j) = \{j,\ 2^m j \mod (2^n-1),\ 2^{2m} j \mod (2^n-1), \cdots,\ 2^{(n_j-1)m} j \mod (2^n-1)\}.$$

这里 n_j 为使得 $j 2^{mn_j} \equiv j \mod 2^n-1$ 成立的最小正整数, 称 $S(j)$ 为 j 所在的分圆陪集, n_j 为该分圆陪集的大小. 于是可以将 $1, 2, \cdots, 2^n-2$ 按照所在的分圆陪集分成等价类. 在每个分圆陪集中取一个代表元构成集合 $\Gamma_m(n)$(一般取该分圆陪集中最小的元素, 称为陪集首). 由于 n, m 为正整数, 且 m 为 n 的一个因子, 则函数

$$\mathrm{tr}_n^m(x) = x + x^{2^m} + x^{2^{2m}} + \cdots + x^{2^{n-m}}$$

是从 $\mathbb{F}_2^n$ 到 $\mathbb{F}_2^m$ 的迹函数. 当 $m = 1$ 时, 也称为 $\mathbb{F}_2^n$ 上的绝对迹函数. 关于有限域上迹函数的性质可以参见文献 [7].

有了上面的准备, 就可以给出向量值函数的迹表示了. 对任意 $j \in \Gamma(n)$, 由 j 所在的分圆陪集大小为 n_j 知

$$\delta_{2^{mn_j} j} = \delta_j^{2^{mn_j}} = \delta_j,$$

所以 $\delta_j \in \mathbb{F}_{2^{mn_j}}$, 于是

$$\sum_{t=0}^{n_j-1} \delta_{2^{mt}j} x^{2^{mt}j} = \sum_{t=0}^{n_j-1} \delta_j^{2^{mt}} x^{2^{mt}j} = \sum_{t=0}^{n_j-1} (\delta_j x^j)^{2^{mt}} = \mathrm{tr}_m^{mn_j}(\delta_j x^j).$$

从而向量值函数的单变元表示进一步可以变为如下的迹表示:

$$F(x) = \sum_{j \in \Gamma_m(n)} \mathrm{tr}_m^{mn_j}(\delta_j x^j) + \delta_0 + \delta_{2^n-1} x^{2^n-1},$$

其中 $\delta_j \in \mathbb{F}_{2^{mn_j}}$, $\delta_0, \delta_{2^n-1} \in \mathbb{F}_{2^m}$. 特别地, 布尔函数的迹表示为

$$F(x) = \sum_{j \in \Gamma_1(n)} \mathrm{tr}_1^{n_j}(\delta_j x^j) + \delta_0 + \delta_{2^n-1} x^{2^n-1},$$

其中 $\delta_j \in \mathbb{F}_{2^{n_j}}$, $\delta_0, \delta_{2^n-1} \in \mathbb{F}_2$.

1.7 Reed-Muller 码

在研究密码函数的性质、构造与应用时, 需要用到一些纠错编码的知识, 特别是与布尔函数密切相关的线性码 ——Reed-Muller 码. 下面给出一些纠错编码方面的知识, 这些知识主要来自文献 [5, 8].

定义 1.1 线性空间 $\mathbb{F}_q^n$ 的每个非空子集合 C 都叫做一个 q 元码. n 叫做该码的码长, C 中向量叫做码字. 当码字个数 $K = |C| \geqslant 2$ 时, C 的最小距离定义为不同码字之间 Hamming 距离的最小值, 表示成 $d(C)$, 即

$$d = d(C) = \min\{d(c, c') \mid c, c' \in C, c \neq c'\}.$$

定义 1.2 线性空间 $\mathbb{F}_q^n$ 的一个线性子空间 C 叫做 q 元线性码. 换句话说, $\mathbb{F}_q^n$ 的一个非空子集合 C 叫做 q 元线性码, 是指若 $c, c' \in C$, 则对任意 $a, a' \in \mathbb{F}_q$, 均有 $ac + a'c' \in C$.

记 $k = \dim_{\mathbb{F}_q} C$ ($\mathbb{F}_q$ 线性子空间 C 的维数), 则 $K = |C| = q^k$, 这时称 k 为码 C 的维数, 该维数实际上是码 C 的信息位数, C 的码长为 n. 根据定义, 码 C 的最小距离 $d = d(C)$ 应为 $\binom{K}{2} = \frac{1}{2} K(K-1)$ 个 $d(c, c')(c, c' \in C, c \neq c')$ 的最小值.

如果线性码 C 的码长为 n, 维数为 k, 最小距离为 d, 则称 C 为 $[n, k, d]$ 码. 在最小距离不明确的情况下, 称 C 为 $[n, k]$ 码. 记 A_i 为线性码 C 中 Hamming 重量为 i 的码字数目, 则称 $\{A_0, A_1, \cdots, A_n\}$ 为 C 的权分布.

引理 1.1 对于任意线性码 C,

$$d(C) = \min\{wt(c) \mid 0 \neq c \in C\},$$

即 d 为 C 中所有非零码字 c 的 Hamming 重量的最小值.

证明　零向量 0 是线性码 C 中的码字, 并且任何两个不同码字之差仍是码字, 因此 C 中不同码字之差所成的集合就是 C 的所有非零码字所成的集合. 由此即证引理. □

取 C 的一组 $\mathbb{F}_q$ 基 $\{\alpha_1, \alpha_2, \cdots, \alpha_k\}$, 令

$$\alpha_i = (a_{i1}, a_{i2}, \cdots, a_{in}) \quad (1 \leqslant i \leqslant k),$$

其中 $a_{ij} \in \mathbb{F}_q (1 \leqslant j \leqslant n, 1 \leqslant i \leqslant k)$. 则每个码字可唯一表示成

$$c = b_1\alpha_1 + b_2\alpha_2 + \cdots + b_k\alpha_k = (b_1, b_2, \cdots, b_k)G,$$

其中 $b_1, b_2, \cdots, b_k \in \mathbb{F}_q$, G 是 $\mathbb{F}_q$ 上秩为 k 的 $k \times n$ 矩阵

$$G = \begin{bmatrix} \alpha_1 \\ \vdots \\ \alpha_k \end{bmatrix} = \begin{bmatrix} a_{11} & a_{12} & \cdots & a_{1n} \\ \vdots & \vdots & & \vdots \\ a_{k1} & a_{k2} & \cdots & a_{kn} \end{bmatrix},$$

G 叫做线性码 C 的一个生成阵. 可以先把 $K = q^k$ 个信息编成 $\mathbb{F}_q^k$ 中向量 $(b_1, b_2, \cdots, b_k)$ (共 q^k 个), 为了纠错, 再把它们编成 C 中码字 $\boldsymbol{c} = (b_1, b_2, \cdots, b_k)G$, 所以纠错编码即是 $\mathbb{F}_q$ 线性的单射

$$\varphi : \mathbb{F}_q^k \longrightarrow C \subseteq \mathbb{F}_q^n, \quad (b_1, b_2, \cdots, b_k) \longmapsto (b_1, b_2, \cdots, b_k)G.$$

另一方面, $\mathbb{F}_q^n$ 的一个 k 维线性子空间 C 必是某个齐次线性方程组

$$\begin{cases} h_{11}x_1 + h_{12}x_2 + \cdots + h_{1n}x_n = 0, \\ h_{21}x_1 + h_{22}x_2 + \cdots + h_{2n}x_n = 0, \\ \qquad\qquad \cdots\cdots \\ h_{n-k,1}x_1 + h_{n-k,2}x_2 + \cdots + h_{n-k,n}x_n = 0 \end{cases}$$

的全部解, 其中

$$\boldsymbol{H} = (h_{ij})_{1 \leqslant i \leqslant n-k, 1 \leqslant j \leqslant n}$$

是 $\mathbb{F}_q$ 上 $(n-k) \times n$ 矩阵, 并且秩为 $n-k$. H 叫做线性码 C 的一个校验阵. 由定义可知, 对每个 $v \in \mathbb{F}_q^n$,

$$v \in C \Longleftrightarrow vH^{\mathrm{T}} = 0,$$

所以可用 H 来检查向量 v 是否为 C 中的码字 (这里 H^{T} 表示矩阵 H 的转置矩阵).

校验阵还可用来决定线性码 C 的最小距离. 为此, 把 H 表示成列向量的形式:

$$H = (u_1, u_2, \cdots, u_n), \quad u_i = \begin{bmatrix} h_{1i} \\ h_{2i} \\ \vdots \\ h_{n-k,i} \end{bmatrix} \quad (1 \leqslant i \leqslant n).$$

引理 1.2 设 C 是参数为 $[n,k]$ 的 q 元线性码, $H = (u_1, u_2, \cdots, u_n)$ 是 C 的一个校验阵. 如果 $u_1, u_2, \cdots, u_n$ 当中任意 $d-1$ 个均 $\mathbb{F}_q$ 线性无关, 并且存在 d 个列向量是 $\mathbb{F}_q$ 线性相关的, 那么 C 的最小距离为 d.

证明 设 $c = (c_1, c_2, \cdots, c_n)$ 是 $\mathbb{F}_q^n$ 中 Hamming 重量为 l 的向量, 即 c 有 l 个分量 $c_{j_1}, \cdots, c_{j_l}$ 不为零, 而其余分量为零, 则

$$c \in C \Longleftrightarrow 0 = Hc^{\mathrm{T}} = (u_1, u_2, \cdots, u_n) \begin{bmatrix} c_1 \\ \vdots \\ c_n \end{bmatrix} = c_{j_1} u_{j_1} + \cdots + c_{j_l} u_{j_l}.$$

这表明: C 中每个重量为 l 的非零码字对应给出 H 中 l 个 $\mathbb{F}_q$ 线性相关的列向量. 从而 C 的最小距离 (即非零码字的最小重量) 就等于 $u_1, u_2, \cdots, u_n$ 中线性相关列向量的最少个数. 由此即证引理. □

定义 1.3 对于 $\mathbb{F}_q^n$ 中的向量 $v = (v_1, \cdots, v_n)$ 和 $u = (u_1, \cdots, u_n)$, 定义它们的内积为

$$(v, u) = v_1 u_1 + \cdots + v_n u_n = vu^{\mathrm{T}} \in \mathbb{F}_q.$$

易知 $(v, u) = (u, v)$, 并且对任意 $\alpha, \beta \in \mathbb{F}_q$, $v_1, v_2, u \in \mathbb{F}_q^n$, 有

$$(\alpha v_1 + \beta v_2, u) = \alpha(v_1, u) + \beta(v_2, u).$$

如果 $(v, u) = 0$, 那么称 v 和 u 正交. 注意在有限域上的向量空间中, 非零向量可以自正交, 例如在 $\mathbb{F}_2^2$ 中, 对于 $v = (1, 1)$, $(v, v) = 1 \cdot 1 + 1 \cdot 1 = 0$.

设 C 是 $\mathbb{F}_q$ 上参数为 $[n, k]$ 的线性码, 则 $\mathbb{F}_q^n$ 的子集合

$$C^{\perp} = \{v \in \mathbb{F}_q^n | \text{对每个 } c \in C, (v, c) = 0\}$$

也是 $\mathbb{F}_q$ 上的线性子空间, 并且 $\dim_{\mathbb{F}_q} C^{\perp} + \dim_{\mathbb{F}_q} C = n$, 所以 $C^{\perp}$ 是参数为 $[n, n-k]$ 的 q 元线性码, 叫做线性码 C 的对偶码. 如果 $C^{\perp} \subseteq C$, 称 C 为自正交码. 若 $C^{\perp} = C$, 则 C 叫自对偶码. 对于自对偶码 C, $\dim C^{\perp} + \dim C = n$, $\dim C = \dim C^{\perp}$, 从而 $\dim C = \dfrac{n}{2}$.

定理 1.2 设 C 是 $\mathbb{F}_q$ 上线性码. 则

(1) $(C^\perp)^\perp = C$;

(2) 若 G 是线性码 C 的生成阵, 则 G 是线性码 $C^\perp$ 的校验阵; 若 H 是线性码 C 的校验阵, 则 H 是线性码 $C^\perp$ 的生成阵.

证明 (1) 设线性码 C 的参数为 $[n,k]$. 由对偶码的定义可知 $\dim_{\mathbb{F}_q} C^\perp = n - \dim_{\mathbb{F}_q} C = n - k$. 同样由定义可知 $(C^\perp)^\perp \supseteq C$, 因为 C 中每个码字均与 $C^\perp$ 中所有码字正交. 但是 $\dim(C^\perp)^\perp = n - \dim C^\perp = n - (n-k) = k = \dim C$. 所以 $(C^\perp)^\perp = C$.

(2) 设 $G = \begin{bmatrix} v_1 \\ \vdots \\ v_k \end{bmatrix}, v_i \in \mathbb{F}_q^n (1 \leqslant i \leqslant k)$. 则对每个 $v \in \mathbb{F}_q^n$,

$$v \in C^\perp \Longleftrightarrow (v,c) = 0 (\text{对每个 } c \in C)$$
$$\Longleftrightarrow (v,v_i) = 0 (1 \leqslant i \leqslant k) (\text{因为 } v_1, \cdots, v_k \text{ 是 } C \text{ 的一组基})$$
$$\Longleftrightarrow Gv^{\mathrm{T}} = 0 (\text{零列向量}),$$

这就表明 G 是 $C^\perp$ 的校验阵. 另一方面, 有 $GH^{\mathrm{T}} = 0$ 可知 H 的每个行向量均属于 $C^\perp$. 但是 H 的 $n-k$ 个行向量是线性无关的, 从而张成整个 $C^\perp$ (因为 $\dim C^\perp = n-k$). 于是 H 为 $C^\perp$ 的生成阵. □

定义 1.4 设 $m \geqslant 1, n = 2^m, 0 \leqslant r \leqslant m$. 线性空间 $\mathbb{F}_2^n$ 中的子集合

$$RM(r,m) = \{c_f \in \mathbb{F}_2^n \mid f \in \mathbb{B}_m, \deg f \leqslant r\}$$

叫做 r 阶的二元 Reed-Muller 码 (简称 RM 码).

由于 $\mathbb{B}_m$ 中所有满足 $\deg f \leqslant r$ 的 m 元布尔函数形成 $\mathbb{F}_2$ 上的向量空间, 可知 $RM(r,m)$ 是 $\mathbb{F}_2^n$ 的一个向量子空间, 即 $RM(r,m)$ 是二元线性码, 码长为 $n = 2^m$. 次数 $\leqslant r$ 的所有单项式所对应的码字

$$\{c_f \mid f = x_{i_1} x_{i_2} \cdots x_{i_t} (0 \leqslant t \leqslant r, 1 \leqslant i_1 < \cdots < i_t < m)\}$$

形成线性码 $RM(r,m)$ 的一组 $\mathbb{F}_2$ 基. 从而此码的信息位数为

$$k = k(r,m) = \dim_{\mathbb{F}_2} RM(r,m) = \binom{m}{0} + \binom{m}{1} + \cdots + \binom{m}{r} = \sum_{t=0}^{r} \binom{m}{t}.$$

现在决定码 $RM(r,m)$ 的最小距离.

对于每个 m 元布尔函数 $f = f(x_1, x_2, \cdots, x_m)$, 向量 $c_f \in \mathbb{F}_2^n$ 的 Hamming 重量 $wt(c_f)$ 就是函数 f 在 $\mathbb{F}_2^m$ 上取值为 1 的个数. 用 $N_m(f=1)$ 和 $N_m(f=0)$ 分

别表示 m 元布尔函数 f 取值为 1 和 0 的个数, 则

$$N_m(f=1) = wt(c_f), \quad N_m(f=1) + N_m(f=0) = n = 2^m.$$

引理 1.3 [5] 设 $m \geqslant 1$, $f = f(x_1, x_2, \cdots, x_m)$ 是 m 元布尔函数, $\deg f = r(0 \leqslant r \leqslant m)$. 则 $N_m(f=1) \geqslant 2^{m-r}$, 并且当 $r \leqslant m-1$ 时, $N_m(f=1)$ 为偶数.

定理 1.3 [5] 设 $m \geqslant 1, 0 \leqslant r \leqslant m$. 则

(1) 二元 RM 码 $RM(r,m)$ 的参数为 $[n,k,d] = [2^m, k(r,m), 2^{m-r}]$, 其中

$$k(r,m) = \sum_{t=0}^{r} \binom{m}{t};$$

(2) 当 $0 \leqslant r \leqslant m-1$ 时, $RM(r,m)^{\perp} = RM(m-r-1,m)$.

证明 (1) 已经决定了 n 和 k 的值, 并且引理 1.3 表明对 $RM(r,m)$ 中每个非零码字 $c_f(f \in \mathbb{B}_m, 0 \leqslant \deg f \leqslant r)$, $wt(c_f) = N_m(f=1) \geqslant 2^{m-r}$. 于是 $d \geqslant 2^{m-r}$. 对于 $f = x_1 x_2 \cdots x_r$, 易知 $c_f \in RM(r,m)$, $wt(c_f) = N_m(f=1) = 2^{m-r}$. 这表明 $d = 2^{m-r}$.

(2) $RM(r,m)$ 中码字为 c_f, 其中 $f \in \mathbb{B}_m, \deg f \leqslant r$. $RM(m-1-r,m)$ 中码字有形式 c_g, 其中 $g \in \mathbb{B}_m, \deg g \leqslant m-1-r$. 于是 $\deg(fg) \leqslant m-1$, 由引理 1.3 知 $N_m(fg=1)$ 是偶数. 而 $\mathbb{F}_2^n$ 中向量 c_f 和 c_g 的内积为

$$(c_f, c_g) = \sum_{a \in \mathbb{F}_2^m} f(a)g(a) = \sum_{a \in \mathbb{F}_2^m} (fg)(a) = N_m(fg=1) = 0 \in \mathbb{F}_2.$$

即 $RM(r,m)$ 中码字和 $RM(m-1-r,m)$ 中码字均正交. 于是 $RM(r,m)^{\perp} \supseteq RM(m-1-r,m)$, 注意到

$$\begin{aligned}
\dim RM(r,m) + \dim RM(m-1-r,m) &= \sum_{t=0}^{r} \binom{m}{t} + \sum_{\lambda=0}^{m-1-r} \binom{m}{\lambda} \\
&= \sum_{t=0}^{r} \binom{m}{t} + \sum_{\lambda=0}^{m-1-r} \binom{m}{m-\lambda} \\
&= \sum_{t=0}^{r} \binom{m}{t} + \sum_{t=r+1}^{m} \binom{m}{t} = 2^m = n.
\end{aligned}$$

可知 $RM(r,m)^{\perp} = RM(m-1-r,m)$. $\qquad\square$

参 考 文 献

[1] Biham E, Shamir A. Differential cryptanalysis of DES-like cryptosystems[J]. Journal of Cryptology, 1991, 4(1): 3-72.

[2]   Carlet C. Boolean functions for cryptography and error correcting codes. Chapter of the Monography Boolean Methods and Models, Crama Y and Hammer P eds, Cambridge University Press, to appear. Preliminary version available at http://wwwrocq.inria.fr/codes/Claude.Carlet/pubs.html.

[3]   Carlet C. Vectorial (multi-output) Boolean functions for cryptography and error correcting codes. Chapter of the Monography Boolean Methods and Models, Crama Y and Hammer P eds, Cambridge University Press, to appear. Preliminary version available at http://wwwrocq.inria.fr/codes/Claude.Carlet/pubs.html.

[4]   Courtois N, Meier W. Algebraic attacks on stream ciphers with linear feedback[C]. EUROCRYPT 2003, LNCS 2656. Springer-Verlag, 2003: 345-359.

[5]   冯克勤. 纠错码的代数理论 [M]. 清华大学出版社, 2005.

[6]   冯登国. 频谱理论及其在密码学中的应用 [M]. 科学出版社, 2000.

[7]   Lidl R, Niederreiter H. Finite fields[M]. Cambridge University Press, 1983.

[8]   Macwilliams F J, Sloane N J. The theory of error-correcting codes[M]. Amsterdam: North Holland, 1977.

[9]   Matsui M. Linear cryptanalysis method for DES cipher[C]. EUROCRYPT'93, LNCS 765. Springer-Verlag, 1994: 386-397.

[10]   Meier W, Pasalic E, Carlet C. Algebraic attacks and decomposition of Boolean functions[C]. EUROCRYPT 2004, LNCS 3027. Springer-Verlag, 2004: 474-491.

[11]   Nyberg K. Differentially uniform mappings for cryptography[C]. EUROCRYPT 1993, LNCS 765. Springer-Verlag, 1994: 55-64.

[12]   Siegenthaler T. Correlation immunity of nonlinear combining functions for cryptographic applications[J]. IEEE Transactions on Information Theory, 1984, 30(5): 776-780.

[13]   Siegenthaler T. Decrypting a class of stream ciphers using ciphertext only[J]. IEEE Transactions on Computer, 1985, 34(1): 81-85.

[14]   温巧燕, 钮心忻, 杨义先. 现代密码学中的布尔函数 [M]. 科学出版社, 2000.

第2章 完全非线性函数

2.1 完全非线性函数的定义

Biham 和 Shamir 在 1990 年国际密码年会上提出的差分密码分析, 是攻击迭代分组密码最有效的方法之一. 该方法通过研究具有特定差分的明文对在加密过程中的差分传播状态来恢复某些密钥值. 发展至今, 差分密码分析虽然已经出现了诸多变种, 如高阶差分攻击、不可能差分攻击、截断差分攻击等, 但万变不离其宗, 本质上都是研究 "差分在加 (解) 密过程中的概率传播特性". 这一基于统计的分析思想, 已经给密码分析发展的里程碑打上了深深的烙印.

差分密码分析属于选择明文攻击方法, 与以往的统计方法不同, 它是研究明文对的概率传播特性, 而不是单个明文的统计规律. 差分密码分析能够实施的前提是寻找一条高概率的差分或者差分特征, 而高概率的差分或者差分特征的寻找依赖于轮函数中非线性组件的差分均匀度. 差分均匀度的概念最早由 Nyberg 在 1993 年欧洲密码年会上提出[33], 由于密码算法的设计与分析大都是基于 $\mathbb{F}_2^n$ 的, 所以 Nyberg 提出的差分均匀度是定义在 $\mathbb{F}_2^n$ 上的. 然而现实生活中确实也有不少使用一般有限交换群上映射的密码算法, 例如: 俄罗斯人给出的一个类似于 DES 密码算法的 S 盒, 就采用一个 16 阶循环群到 $(\mathbb{F}_2^4, +)$ 上的映射[37]. 事实上, $\mathbb{F}_2^n$ 上函数的差分均匀度的概念, 只与 $\mathbb{F}_2^n$ 中的加法运算有关. 所以, 差分均匀度的概念可以自然地推广到一般的交换群上[6, 36], 甚至是非交换群上去. 本书只涉及有限交换群的部分, 关于非交换群上函数的差分均匀度, 可以参考文献 [19].

定义 2.1 设 f 是从有限交换群 $(A, +)$ 到有限交换群 $(B, +)$ 的函数, 令

$$\delta_f = \max_{0 \neq a \in A} \max_{b \in B} |\{x \in A \mid f(x + a) - f(x) = b\}|,$$

则称 δ_f 为函数 f 的差分均匀度.

上述定义中的式子 $|\{x \in A \mid f(x + a) - f(x) = b\}|$ 表示当函数 f 的输入差分为 a 时, 输出差分为 b 的明文对 $(x, x + a)$ 的数目. 差分均匀度 δ_f 的值与差分密码分析密切相关, 函数的差分均匀度越小, 则利用其设计的密码系统抵抗差分密码攻击的能力就越强.

定理 2.1 设 f 是从有限交换群 $(A, +)$ 到有限交换群 $(B, +)$ 的函数, 则

$$\frac{|A|}{|B|} \leqslant \delta_f \leqslant |A|.$$

证明　由差分均匀度的定义, $\delta_f \leqslant |A|$ 是显然的. 又对任意非零的 $a \in A$,

$$\sum_{b \in B} |\{x \in A \mid f(x+a) - f(x) = b\}| = |A|,$$

于是对任意非零的 $a \in A$,

$$|B| \cdot \max_{b \in B} |\{x \in A \mid f(x+a) - f(x) = b\}| \geqslant |A|,$$

故

$$\max_{b \in B} |\{x \in A \mid f(x+a) - f(x) = b\}| \geqslant \frac{|A|}{|B|}.$$

再由 a 的任意性, $\delta_f \geqslant \dfrac{|A|}{|B|}$. 　　　　　　　　　　　　　　　　□

当 f 是仿射函数时, f 的差分均匀度达到最大值 $|A|$. 另外, 当 $|A| < |B|$ 时, 上述下界没有实际意义, 我们所关心的问题主要集中在 $|A| \geqslant |B|$ 的条件下. 特别地, 当 $|A| = |B|$ 时, 差分均匀度 δ_f 的下界等于 1.

定义 2.2　设 f 是从有限交换群 $(A, +)$ 到有限交换群 $(B, +)$ 的函数, 并且 $|A| \geqslant |B|$. 如果 $\delta_f = \dfrac{|A|}{|B|}$, 则称 f 为完全非线性函数 (Perfect Nonlinear Function), 简称 PN 函数.

根据 PN 函数的定义, 从有限交换群 $(A, +)$ 到有限交换群 $(B, +)$ 存在 PN 函数的必要条件是 $|B|$ 是 $|A|$ 的因子, 这是因为差分均匀度是一个正整数.

定义 2.3　设 f 是从有限交换群 $(A, +)$ 到有限交换群 $(B, +)$ 的函数, f 称为平衡函数是指, 对任意的 $b \in B$, 集合

$$f^{-1}(b) = \{x \in A \mid f(x) = b\}$$

中所含元素的个数相等. 如果群 A 的阶为 $|A|$, 群 B 的阶为 $|B|$, 则 $|f^{-1}(b)| = \dfrac{|A|}{|B|}$.

PN 函数的判定经常用到如下结论:

定理 2.2　设 f 是从有限交换群 $(A, +)$ 到有限交换群 $(B, +)$ 的函数, $|A| = n$, $|B| = m$, $m \mid n$. 那么 f 是 PN 函数当且仅当对任意非零 $a \in A$, 差函数 $D_a f(x) = f(x+a) - f(x)$ 为平衡函数.

证明　如果 f 是 PN 函数, 那么

$$\delta_f = \max_{0 \neq a \in A} \max_{b \in B} |\{x \in A \mid f(x+a) - f(x) = b\}| = \frac{n}{m}.$$

由于一列数的最大值等于均值的充要条件是该列数为常数, 并且该常数就是均值, 于是对任意 $a \in A \setminus \{0\}, b \in B$,

$$|\{x \in A \mid f(x+a) - f(x) = b\}| = \frac{n}{m},$$

从而 $D_a f(x)(a \neq 0)$ 为平衡函数.

反之, 若当 $a \neq 0$ 时, $D_a f(x)$ 为平衡函数, 则

$$|\{x \in A \mid f(x+a) - f(x) = b\}| = \frac{n}{m}, \quad 0 \neq a \in A, \quad b \in B.$$

从而 $\delta_f = \frac{n}{m}$, 故 f 为 PN 函数. □

定理 2.2 给出了 PN 函数判定的重要条件, 在后面的讨论中, 会经常通过检验 $D_a f(x)$ 是否为平衡函数来讨论函数 f 的完全非线性.

例 2.1 设 $f(x) = x^2 : \mathbb{F}_q \to \mathbb{F}_q$, $q = p^n$, 证明当 $p = 2$ 时, $f(x)$ 不是 PN 函数; 当 $p > 2$ 时, $f(x)$ 是 PN 函数.

证明 任取 $a \in \mathbb{F}_q, a \neq 0$, 当 $p = 2$ 时,

$$D_a f(x) = (x+a)^2 - x^2 = x^2 + a^2 - x^2 = a^2,$$

从而 $D_a f(x)$ 不是平衡函数, 即 $f(x)$ 不是 PN 函数; 当 $p > 2$ 时,

$$D_a f(x) = (x+a)^2 - x^2 = 2ax + a^2$$

为平衡函数, 从而 $f(x)$ 是 PN 函数. □

一般地, 如果 $f(x)$ 是 $\mathbb{F}_{p^n}$ 上的函数, 那么 $f(x)$ 是 PN 函数当且仅当对任意非零元素 $a \in \mathbb{F}_{p^n}, D_a f(x)$ 为 $\mathbb{F}_{p^n}$ 上的置换. 注意到当 $p = 2$ 时, 如果 x_0 是方程 $f(x+a) - f(x) = b$ 的一个根, 那么 $x_0 + a$ 也是它的一个根, 因此 $D_a f(x)$ 不可能是置换, 这说明特征为 2 的有限域上不存在 PN 函数.

PN 函数与平面函数、半正则相对差集以及交换预半域之间有着十分密切的关系. 这些关系导致 PN 函数可以利用有限几何、组合和代数等数学工具加以研究. 这里只是给出 PN 函数与这些数学对象之间的联系, 相关结果参见文献 [13, 36].

在有限几何中, 一个仿射平面由关联的点集 V 和线集 L 构成, 其中 L 中的元素可以视为 V 的子集, 两条直线 l 和 l' 相交可以视为 $l \bigcap l' \neq \varnothing$. 它们满足如下的仿射平面公理:

(1) 给定任意相异的两点 $p, q \in V$, 有且仅有一条直线包含 p 和 q;

(2) 给定任意一条直线 l 以及不在 l 上的一点 p, 有且仅有一条包含 p 的直线 l' 不与 l 相交;

(3) 存在至少 4 个点, 其中任意 3 点不共线.

事实上, 可以证明, 一个 $m \geq 2$ 阶的仿射平面由 m^2 个点和 $m^2 + m$ 条直线组成, 其中任意直线上恰有 m 个点, 每个点在 $m+1$ 条直线上. 所有的直线被分为 m 个平行类, 同一平行类中的任意两条直线平行, 而任意两条不同类的直线相交. 有

限几何中关于仿射和投射平面的知识非常丰富, 篇幅所限, 感兴趣的读者可以参考文献 [20].

设有限交换群 A 和 B 的阶都是 $m, m \geqslant 2, f : A \mapsto B$ 是一个 PN 函数, 并满足 $f(0_A) = 0_B$, 可以利用 f 按如下方式构造仿射平面 $I(f)$:

$I(f)$ 的点集定义为

$$A \times B = \{(a, b) \mid a \in A, b \in B\};$$

$I(f)$ 的直线定义为如下集合: 对任意 $(a, b) \in A \times B$,

$$D_f + (a, b) = \{(x + a, f(x) + b) \mid x \in A\} = \{(x, f(x - a) + b) \mid x \in A\}$$

以及集合

$$\{(a, x) \mid x \in B\},$$

其中

$$D_f = \{(x, f(x)) \mid x \in A\} \subseteq A \times B.$$

这样 $I(f)$ 中就有了 m^2 个点和 $m^2 + m$ 条直线. 为说明 $I(f)$ 是一个仿射平面, 首先证明对任意的两点, 有且仅有一条直线包含这两点.

事实上, 对任意的两点 $(x_1, y_1), (x_2, y_2) \in A \times B$, 若 $x_1 \neq x_2$, 需要证明有且仅有一对 a 和 b, 使得

$$y_1 \doteq f(x_1 - a) + b, \quad y_2 = f(x_2 - a) + b.$$

注意到 f 是 PN 函数, 故

$$y_2 - y_1 = f(x_2 - a) - f(x_1 - a) = f(x_1 - a + (x_2 - x_1)) - f(x_1 - a)$$

有唯一解 $x_1 - a$. 于是就得到满足条件的唯一的 a 和 b; 若 $x_1 = x_2 = a$, 那么 (x_1, y_1) 和 (x_2, y_2) 都属于直线 $\{(a, x) \mid x \in A\}$.

其次, 可以验证, 对于固定的 y, 所有的直线 $D_f + (a, y)$ 构成一个平行类. 同样, 所有的直线 $\{(a, x) \mid x \in B\}$ 也构成一个平行类. 进而容易知道, 它满足仿射平面的第 2 条公理. 进一步, 由 $m \geqslant 2$ 可知第 3 条公理也满足, 这样 $I(f)$ 确实构成一个仿射平面.

由于 PN 函数与仿射平面有着这样密切的关系, 当 $|A| = |B|$ 时, 从 A 到 B 的 PN 函数常常称为平面函数 (Planar Function)[13].

PN 函数的一个等价刻画是半正则分裂相对差集. 首先给出差集和半正则分裂相对差集的概念:

定义 2.4 设 $(G, +)$ 是一个阶为 v 的有限交换群, k 和 λ 是两个正整数, 并满足 $2 \leqslant k \leqslant v$. 若集合 $D \subseteq G$ 满足下面的性质:

(1) $|D| = k$;

(2) 集合 $G\backslash\{0\}$ 中的每个元素在多重集 $\{x - y \mid x, y \in D, x \neq y\}$ 中均出现 λ 次, 则称集合 D 是 G 的一个 (v, k, λ) 差集.

定义 2.5 设 G 是一个 nm 阶群, B 为 G 的 m 阶正规子群, R 为 G 的 k 元子集. 如果对任意的 $r, r' \in R$, rr'^{-1} 覆盖 $G\backslash B$ 中的任意元素 λ 次, 而 $B\backslash\{1\}$ 中的元素不被覆盖, 那么称 R 为 G 的相对 (n, m, k, λ) 差集. 特别地, 如果 B 为单位元群, 那么称 R 为 G 的一个差集; 如果 $G = A \times B$, 那么称 R 为 G 的分裂相对 (n, m, k, λ) 差集, 进一步, 如果 $|R| = |A|$, 则称该分裂相对差集是半正则的.

2004 年, Pott A 给出了 PN 函数的如下刻画:

定理 2.3[36] 设 f 是从有限交换群 $(A, +)$ 到有限交换群 $(B, +)$ 的函数, $|A| = n$, $|B| = m$, $m \mid n$. 那么 f 是一个 PN 函数当且仅当集合

$$D_f = \{(x, f(x)) \mid x \in A\} \subseteq A \times B$$

是群 $G = A \times B$ 的半正则分裂相对 $(n, m, n, n/m)$ 差集.

为描述 PN 函数与交换预半域之间的关系, 需要给出 DO 型 PN 函数和交换预半域的概念:

定义 2.6 如下形式的 PN 函数称为 Dembowski-Ostrom 函数, 简称 DO 型 PN 函数:

$$f : \mathbb{F}_{p^n} \mapsto \mathbb{F}_{p^n}, \quad \text{对任意 } x \in \mathbb{F}_{p^n}, \quad f(x) = \sum_{i,j=0}^{n-1} a_{ij} x^{p^i + p^j}, \quad \text{其中 } a_{ij} \in \mathbb{F}_{p^n}.$$

DO 型 PN 函数具有如下特点:

定理 2.4 设 $f(x) \in \mathbb{F}_q[x]$, $\deg(f) < q$, $q = p^n$, p 为奇素数, 则 f 是 DO 型 PN 函数当且仅当对任意 $a \in \mathbb{F}_q^*$, 这里 $\mathbb{F}_q^*$ 表示 $\mathbb{F}_q$ 中全部非零元的集合, 差函数

$$D_a f(x) = f(x + a) - f(x) = L_a(x) + c_a,$$

其中 $L_a(x)$ 为 $\mathbb{F}_q$ 上的线性化置换多项式, c_a 为常数.

证明 若 f 是 DO 型 PN 函数, 则 f 的单变元多项式表示为

$$f(x) = \sum_{i,j=0}^{n-1} a_{ij} x^{p^i + p^j}, \quad a_{ij} \in \mathbb{F}_{p^n}.$$

根据有限域的特征性质, $D_a f(x) = f(x + a) - f(x)$ 可以表示为一个线性化多项式和一个常数之和, 再由 f 为 PN 函数, 知该线性化多项式为置换多项式.

反过来, 设 f 的单变元多项式表示为 $f(x) = \sum_{i=0}^{q-1} c_i x^i$, 其中存在 $c_i \neq 0$. 对任意

$a \in \mathbb{F}_q^*$,

$$D_a f(x) = \sum_{i=0}^{q-1} c_i((x+a)^i - x^i)$$
$$= \sum_{i=0}^{q-1} c_i \left(\sum_{j=0}^{i-1} \binom{i}{j} x^j a^{i-j} \right)$$
$$= \sum_{j=0}^{q-2} x^j \left(\sum_{i=j+1}^{q-1} c_i \binom{i}{j} a^{i-j} \right)$$
$$= L_a(x) + c_a,$$

其中 $L_a(x)$ 为 $\mathbb{F}_q$ 上的线性化置换多项式, c_a 为常数, $\binom{i}{j}$ 表示组合数. 因此, 当 $j \neq 0$, $j \neq p^k, k \geqslant 0$ 时,

$$\sum_{i=j+1}^{q-1} c_i \binom{i}{j} a^{i-j} = 0,$$

对每个 $a \in \mathbb{F}_q^*$ 成立. 于是

$$\sum_{i=j+1}^{q-1} c_i \binom{i}{j} x^{i-j} = 0.$$

故当 $j \neq 0$, $j \neq p^k, k \geqslant 0$ 时, $c_i \binom{i}{j} = 0$. 注意到当 $wt(i) \geqslant 3$ 时, 总可以找到 j, 使得 $wt(j) \geqslant 2$ 并且 $\binom{i}{j} \neq 0 \mod p$, 于是 $c_i = 0$, 即 f 的表达式中非零系数项对应的幂次 i 的 2 重量至多为 2, 故 f 是 DO 型函数, 又

$$D_a f(x) = f(x+a) - f(x) = L_a(x) + c_a$$

是置换多项式, 故 f 是 DO 型 PN 函数. □

定义 2.7 设 S 是一个带有两个二元运算 $+$ 和 $*$ 的有限集合, 如果满足:

(1) $(S, +)$ 是一个交换群;

(2) (分配律) 对任意的 $a, b, c \in S$,

$$(a+b)*c = a*c + b*c, \quad 并且 \quad a*(b+c) = a*b + a*c;$$

(3) $a*b = 0$ 当且仅当 a 或 b 等于 0, 这里 0 为交换群 $(S, +)$ 中零元. 则称 S 为有限预半域.

进一步, 如果 $(S, +, *)$ 还满足

(4) (交换律) 对任意的 $a, b \in S$, $a * b = b * a$,
则称 S 为有限交换预半域.

DO 型 PN 函数与有限交换预半域之间可以相互唯一决定, 即给定一个 DO 型
PN 函数, 可以确定一个有限交换预半域; 反过来, 给定一个有限交换预半域, 同样
可以确定一个 DO 型的 PN 函数.

事实上, 假定 f 是一个 DO 型 PN 函数, 那么取 $S = \mathbb{F}_{p^n}$, S 上的加法 + 定义
为 $\mathbb{F}_{p^n}$ 中的加法 +, 而 S 中的乘法 * 定义为

$$x * y = \frac{1}{2}(f(x+y) - f(x) - f(y)).$$

容易验证, $(S, +, *)$ 是一个有限交换预半域.

反过来, 如果 $(S, +, *)$ 是一个有限交换预半域, 那么可以证明 $(S, +)$ 一定是一
个初等交换群[21], 即 $(S, +)$ 与某个 $(\mathbb{F}_{p^n}, +)$ 同构. 进一步, 定义 $f : \mathbb{F}_{p^n} \mapsto \mathbb{F}_{p^n}$ 为
$f(x) = x * x$, 那么 f 就是一个 PN 函数. 这是因为映射

$$(x+a) * (x+a) - x * x = 2 * (a * x) + a * a$$

对任意的 $a \neq 0$ 均为双射. 进一步, 因为 $2 * (a * x)$ 是 $\mathbb{F}_{p^n}$ 上的仿射函数, 根据定理
2.4, $f(x)$ 是 DO 型 PN 函数.

2.2 完全非线性函数的原像分布

设 A 和 B 分别是 n 和 m 阶交换群, 根据 PN 函数的定义, 从 A 到 B 的 PN
函数存在的一个必要条件是 $m \mid n$. 一个自然的问题是这个必要条件是否充分呢?
下面讨论 PN 函数的原像分布特征, 根据原像分布特征, 可以发现在很多情况下,
$m \mid n$ 并不是 PN 函数存在的充分条件. 首先描述 PN 函数原像分布的一个基本性
质, 这一性质最早是由 Carlet 和丁存生在文献 [6] 中给出的.

定理 2.5[6] 设 f 是从 n 阶交换群 $(A, +)$ 到 m 阶交换群 $(B, +)$ 的函数, 这
里 $m \mid n$. 对任意 $z \in B$, 令 $k_z = |\{x \mid x \in A, f(x) = z\}|$. 若 f 为 PN 函数, 则对任
意的 $b \in B$, $b \neq 0$, $(k_z \mid z \in B)$ 具有如下性质:

$$\begin{cases} \sum_{z \in B} k_z = n, \\ \sum_{z \in B} k_z k_{z+b} = \dfrac{n(n-1)}{m}, \\ \sum_{z \in B} k_z^2 = \dfrac{n^2 + n(m-1)}{m}. \end{cases} \tag{2.1}$$

证明　根据映射的原像性质, 易知 $\sum\limits_{z\in B} k_z = n$. 现在计算 $\sum\limits_{z\in B} k_z k_{z+b}$, 令

$$C_z = f^{-1}(z) = \{x \in A \mid f(x) = z\},$$

即 C_z 为 z 在集合 A 中的原像集合. 于是, 对任意 $b \in B$, 任意 $0 \neq a \in A$,

$$C_z \bigcap (C_{z+b} - a) = \{x \in A \mid f(x) = z, f(x+a) = z+b\},$$

从而

$$\sum_{z\in B} |C_z \bigcap (C_{z+b} - a)| = |\{x \in A \mid f(x+a) - f(x) = b\}|.$$

当 $f(x)$ 为 PN 函数时, $f(x+a) - f(x)$ 为平衡函数, 因此,

$$\sum_{z\in B} |C_z \bigcap (C_{z+b} - a)| = |\{x \in A \mid f(x+a) - f(x) = b\}| = \frac{n}{m}.$$

当 $b \neq 0$ 时,

$$
\begin{aligned}
(n-1) \cdot \frac{n}{m} &= \sum_{a\in A^*} \sum_{z\in B} |C_z \bigcap (C_{z+b} - a)| \\
&= \sum_{z\in B} \sum_{a\in A^*} |C_z \bigcap (C_{z+b} - a)| \\
&= \sum_{z\in B} |\{x \in A, a \in A^* \mid f(x) = z, f(x+a) = z+b\}| \\
&= \sum_{z\in B} |\{x \in A, a \in A \mid f(x) = z, f(x+a) = z+b\}| \\
&= \sum_{z\in B} k_z k_{z+b},
\end{aligned}
$$

从而 $\sum\limits_{z\in B} k_z k_{z+b} = \dfrac{n(n-1)}{m}$.

当 $b = 0$ 时,

$$
\begin{aligned}
(n-1) \cdot \frac{n}{m} &= \sum_{a\in A^*} \sum_{z\in B} |C_z \bigcap (C_z - a)| \\
&= \sum_{z\in B} \sum_{a\in A^*} |C_z \bigcap (C_z - a)| \\
&= \sum_{z\in B} |\{x \in A, a \in A^* \mid f(x) = z, f(x+a) = z\}| \\
&= \sum_{z\in B} k_z(k_z - 1) = \sum_{z\in B} k_z{}^2 - \sum_{z\in B} k_z,
\end{aligned}
$$

因此 $\sum_{z \in B} k_z^2 = \dfrac{n^2 + n(m-1)}{m}$. □

称 $(k_z \mid z \in B)$ 为函数 f 的原像分布. 下面给出当 B 为 3 和 4 阶交换群时, PN 函数的原像分布特征, 这两个结果均来自文献 [23].

在同构意义下, 3 阶群只有一个, 它为群 $(Z_3, +)$. 因此取 $B = (Z_3, +)$, 这时函数 f 的原像分布可以表示为 (k_0, k_1, k_2), 其中

$$k_i = |\{x \in A \mid f(x) = i\}|, \quad i = 0, 1, 2,$$

因为 f 是 PN 函数, 所以 $|A| = n = 3l$, l 为正整数. 这时, 方程组 (2.1) 可以简化为

$$\begin{cases} k_0 + k_1 + k_2 = n, \\ k_0^2 + k_1^2 + k_2^2 = \dfrac{n^2 + 2n}{3}, \end{cases} \tag{2.2}$$

这是因为第二个方程

$$k_0 k_1 + k_1 k_2 + k_2 k_0 = k_0 k_2 + k_1 k_0 + k_2 k_1 = \dfrac{n^2 - n}{3}$$

可以由方程组 (2.2) 得出.

为确定 (k_0, k_1, k_2) 的取值, 需要求解方程组 (2.2). 注意到方程组 (2.2) 中变量 k_0, k_1, k_2 的对称性, 两组解 (k_0, k_1, k_2) 和 (k_0', k_1', k_2') 称为等价的解, 是指作为多重集而言, $\{k_0, k_1, k_2\} = \{k_0', k_1', k_2'\}$. 下面的主要任务是找出方程组 (2.2) 的不等价的解.

引理 2.1 设 n, l 为两个正整数, 且 $n = 3l$, 则方程组 (2.2) 可解当且仅当方程 $x^2 + xy + y^2 = l$ 可解.

证明 假设方程组 (2.2) 可解, 不妨设 (k_0, k_1, k_2) 为它的一组解, 则

$$\begin{cases} k_0 + k_1 + k_2 = 3l, \\ k_0^2 + k_1^2 + k_2^2 = 3l^2 + 2l. \end{cases} \tag{2.3}$$

由第一个方程得到 $k_2 = 3l - k_0 - k_1$, 将 k_2 代入第二个方程, 并令 $x = k_0 - l, y = k_1 - l$, 则

$$x^2 + xy + y^2 = l.$$

这表明 $(x, y) = (k_0 - l, k_1 - l)$ 是方程 $x^2 + xy + y^2 = l$ 的解.

反之, 若 (x, y) 为 $x^2 + xy + y^2 = l$ 的解, 令 $k_0 = x + l, k_1 = y + l, k_2 = l - (x + y)$, 容易验证 (k_0, k_1, k_2) 即为方程组 (2.2) 的解. □

根据引理 2.1, 将方程组 (2.2) 是否可解与正整数 l 是否可以表示为二次型 $x^2 + xy + y^2$ 建立起一个对应关系.

引理 2.2[31]　设 l 是一个正整数, 则方程 $x^2 + xy + y^2 = l$ 有解当且仅当正整数 l 的标准分解式中, 除了 3 和形如 $6k+1$ 的素因子外, 其余素因子的指数均为偶数.

由引理 2.2, 方程 $x^2 + xy + y^2 = l$ 有解的充要条件是 l 可表示为

$$l = u^2 \cdot 3^v \cdot p_1^{\alpha_1} \cdot p_2^{\alpha_2} \cdots p_t^{\alpha_t}, \tag{2.4}$$

其中 u 为一个正整数, 且 u 中不包含 3 和 $6k+1$ 型的素因子, $t, v, \alpha_1, \alpha_2, \cdots, \alpha_t$ 为非负整数, $p_1, p_2, \cdots, p_t$ 为不同的形如 $6k+1$ 的素因子.

定理 2.6　设 n, l 是两个正整数, 且 $n = 3l$, 则方程组 (2.2) 有解当且仅当整数 l 可以表示为

$$l = u^2 \cdot 3^v \cdot p_1^{\alpha_1} \cdot p_2^{\alpha_2} \cdots p_t^{\alpha_t},$$

其中 $u, t, v, \alpha_i, p_i, i = 1, 2, \cdots, t$ 满足式 (2.4) 的条件; 进一步, 若方程组 (2.2) 有解, 则所有不等价的解为

$$(l+a,\ l+b,\ l-(a+b)),\quad (l-a,\ l-b,\ l+(a+b)), \tag{2.5}$$

其中 a, b 为非负整数, $a \geqslant b$ 且 $a^2 + ab + b^2 = l$.

证明　由引理 2.1 和引理 2.2, 方程组 (2.2) 有解当且仅当 l 可以表示为式 (2.4) 的形式. 现在只需证明第二个结论成立, 即方程组 (2.2) 的任何一个解均可表示为式 (2.5) 的形式.

如果 (a, b) 为方程 $x^2 + xy + y^2 = l$ 的非负整数解且 $a \geqslant b$, 则 $(-a, -b)$ 也为 $x^2 + xy + y^2 = l$ 的解. 由方程组 (2.2) 与方程 $x^2 + xy + y^2 = l$ 两者解的对应关系, $(l+a, l+b, l-(a+b))$ 和 $(l-a, l-b, l+(a+b))$ 均为方程组 (2.2) 的解, 这两个解称为由 (a, b) 给出的解, 这两组解是等价的当且仅当 $b = 0$.

如果 (c, d) 为方程 $x^2 + xy + y^2 = l$ 的另一组非负整数解且 $c \geqslant d$, $(c, d) \neq (a, b)$, 则由 (a, b) 给出的方程组 (2.2) 的解与由 (c, d) 给出的解不等价. 这是因为, 如果 $(l+a, l+b, l-(a+b))$ 等价于 $(l+c, l+d, l-(c+d))$ 或 $(l-c, l-d, l+(c+d))$, 则

$$\{l+a, l+b, l-(a+b)\} = \{l+c, l+d, l-(c+d)\} \text{ 或 } \{l-c, l-d, l+(c+d)\},$$

无论哪种情况均有 $(a, b) = (c, d)$, 矛盾. 同样, $(l-a, l-b, l+(a+b))$ 也不等价于 $(l+c, l+d, l-(c+d))$ 或 $(l-c, l-d, l+(c+d))$.

另一方面, 如果 (k_0, k_1, k_2) 为方程组 (2.2) 的解, 令 $(x, y) = (k_0 - l, k_1 - l)$, 则 (x, y) 为 $x^2 + xy + y^2 = l$ 的一个解. 若 x, y 均为非负整数, 则取

$$(a, b) = \begin{cases} (x, y), & x \geqslant y; \\ (y, x), & y \geqslant x. \end{cases}$$

若 x, y 均为负整数, 则取

$$(a, b) = \begin{cases} (-x, -y), & x \leqslant y; \\ (-y, -x), & x \geqslant y. \end{cases}$$

若 x, y 一个为非负整数, 另一个为负整数, 不妨设 $x \geqslant 0, y < 0$, 令

$$(c, d) = \begin{cases} (x + y, -y), & x > -y; \\ (-(x + y), x), & x \leqslant -y. \end{cases}$$

则 (c, d) 也为 $x^2 + xy + y^2 = l$ 的解, 且 $c \geqslant 0, d \geqslant 0$, 从而取

$$(a, b) = \begin{cases} (c, d), & c \geqslant d; \\ (d, c), & d \geqslant c. \end{cases}$$

可以验证 (k_0, k_1, k_2) 为方程组 (2.2) 的由 (a, b) 给出的解, 即 (k_0, k_1, k_2) 可以表示为式 (2.5) 的形式. □

例 2.2 当 $n = 39$ 时, $l = 13$, 方程 $x^2 + xy + y^2 = 13$ 的不同解为

$$(3, 1), (-4, 1), (-4, 3), (-3, 1), (4, -1), (4, -3).$$

因此, 得到方程组 (2.2) 的所有不等价的解为 $(9, 14, 16)$ 和 $(10, 12, 17)$.

推论 2.1 设 n, l 为两个正整数且 $n = 3l$, l 具有如下形式:

$$l = u^2 \cdot 3^v \cdot p_1^{\alpha_1} \cdot p_2^{\alpha_2} \cdots p_t^{\alpha_t},$$

其中正整数 v 为奇数, $\alpha_1, \alpha_2, \cdots, \alpha_t$ 为非负偶数. 则方程组 (2.2) 至少具有如下的两个不等价的解:

$$\begin{aligned} (l + a, l + a, l - 2a) &= \left(\frac{n + \sqrt{n}}{3}, \frac{n + \sqrt{n}}{3}, \frac{n - 2\sqrt{n}}{3} \right), \\ (l - a, l - a, l + 2a) &= \left(\frac{n - \sqrt{n}}{3}, \frac{n - \sqrt{n}}{3}, \frac{n + 2\sqrt{n}}{3} \right). \end{aligned} \tag{2.6}$$

事实上, 只需令 $a = b = u \cdot 3^{\frac{v-1}{2}} \cdot p_1^{\frac{\alpha_1}{2}} \cdot p_2^{\frac{\alpha_2}{2}} \cdots p_t^{\frac{\alpha_t}{2}}$ 即可. 这个解即为 Carlet 和丁存生在文献 [6] 中给出的解.

推论 2.2 设 n, l 为两个正整数且 $n = 3l$, 如果方程 $x^2 + xy + y^2 = l$ 只有一对非负整数解, 则方程组 (2.2) 仅有一组或两组不等价的解. 特别地, 当 l 为 $6k + 1$ 型素数时, 方程组 (2.2) 恰有两组不等价的解.

定理 2.6 表明方程组 (2.2) 的解可由方程 $x^2 + xy + y^2 = l$ 的解来确定. 但是一般情形下, 求解方程 $x^2 + xy + y^2 = l$ 仍然是一个比较困难的问题, 下面讨论一种特殊情形下方程组 (2.2) 的解的情形, 它对应于从 $\mathbb{F}_{3^t}$ 到 $\mathbb{F}_3$ 的完全非线性函数的原像分布特征.

定理 2.7 设 $n = 3^t$, t 为正整数, 则

(1) 当 t 为奇数时, 方程组 (2.2) 仅有一组不等价的解:

$$(3^{t-1} - 3^{\frac{t-1}{2}}, 3^{t-1}, 3^{t-1} + 3^{\frac{t-1}{2}});$$

(2) 当 t 为偶数时, 方程组 (2.2) 有且仅有两组不等价的解:

$$(3^{t-1} + 3^{\frac{t-2}{2}}, 3^{t-1} + 3^{\frac{t-2}{2}}, 3^{t-1} - 2 \cdot 3^{\frac{t-2}{2}}),$$

$$(3^{t-1} - 3^{\frac{t-2}{2}}, 3^{t-1} - 3^{\frac{t-2}{2}}, 3^{t-1} + 2 \cdot 3^{\frac{t-2}{2}}).$$

证明　由定理 2.6, 只需找出方程 $x^2 + xy + y^2 = l, l = 3^{t-1}$ 的所有非负整数解即可. 若 (a, b) 为 $x^2 + xy + y^2 = l$ 的解, 则 $a^2 + ab + b^2 = l$, 于是

$$(2a + b)^2 + 3b^2 = 4l,$$

即 $(2a + b, b)$ 为 $x^2 + 3y^2 = 4l$ 的解, 反之亦然. 因此, 求解 $x^2 + xy + y^2 = l$ 与求解 $x^2 + 3y^2 = 4l$ 等价, 故只需找出方程

$$x^2 + 3y^2 = 4l = 4 \cdot 3^{t-1} \tag{2.7}$$

的所有解即可.

(1) t 为奇数

如果 $t = 1$, 那么 $(1, 0)$ 和 $(0, 1)$ 为方程 $x^2 + xy + y^2 = 1$ 的全部非负整数解, 结论成立. 现在假设 t 为大于 1 的奇数, (x, y) 为方程组 (2.7) 的一个解, 则 $3 \mid x$, 不妨设 $x = 3x_1$, x_1 为整数, 将 $x = 3x_1$ 代入方程 (2.7), 则

$$9x_1^2 + 3y^2 = 4 \cdot 3^{t-1}. \tag{2.8}$$

如果 $t - 1 \geqslant 2$, 则 $3 \mid y$, 于是令 $y = 3y_1$, y_1 为正整数, 将 $y = 3y_1$ 代入方程 (2.8), 得到

$$x_1^2 + 3y_1^2 = 4 \cdot 3^{t-3}. \tag{2.9}$$

如果 $t - 3 \geqslant 2$, 将上述步骤重复, 可以得到

$$x_2^2 + 3y_2^2 = 4 \cdot 3^{t-5}.$$

因而, 当 t 为奇数时, 重复上述过程, 最后有

$$x_k^2 + 3y_k^2 = 4,$$

其中 $k = \dfrac{t-1}{2}$, x_k, y_k 为正整数满足:

$$x = 3x_1 = 3^2 x_2 = \cdots = 3^k x_k,$$

$$y = 3y_1 = 3^2 y_2 = \cdots = 3^k y_k.$$

注意到方程 $x_k^2 + 3y_k^2 = 4$ 的所有整数解为

$$(2, 0), (-2, 0), (1, 1), (1, -1), (-1, 1), (-1, -1).$$

因此方程 $x^2 + 3y^2 = 4l$ 的所有整数解为

$$(2 \cdot 3^{\frac{t-1}{2}}, 0), (-2 \cdot 3^{\frac{t-1}{2}}, 0), (3^{\frac{t-1}{2}}, 3^{\frac{t-1}{2}}), (3^{\frac{t-1}{2}}, -3^{\frac{t-1}{2}}), (-3^{\frac{t-1}{2}}, 3^{\frac{t-1}{2}}), (-3^{\frac{t-1}{2}}, -3^{\frac{t-1}{2}}).$$

从而方程 $x^2 + xy + y^2 = l$ 的所有非负整数解只能为 $(3^{\frac{t-1}{2}}, 0)$, $(0, 3^{\frac{t-1}{2}})$, 因此, 由定理 2.6, 方程组 (2.2) 的解只能为

$$(3^{t-1} - 3^{\frac{t-1}{2}}, 3^{t-1}, 3^{t-1} + 3^{\frac{t-1}{2}}).$$

(2) t 为偶数

与 (1) 中的分析方法类似, 可以得到

$$x_k^2 + 3y_k^2 = 12,$$

其中 $k = \dfrac{t-2}{2}$, x_k, y_k 满足

$$x = 3x_1 = 3^2 x_2 = \cdots = 3^k x_k,$$

$$y = 3y_1 = 3^2 y_2 = \cdots = 3^k y_k.$$

$x_k^2 + 3y_k^2 = 12$ 的所有整数解为

$$(0, 2), (0, -2), (3, 1), (3, -1), (-3, 1), (-3, -1).$$

因此, 满足 $x^2 + 3y^2 = 4l$ 的所有解为

$$(0, 2 \cdot 3^{\frac{t-2}{2}}), (0, -2 \cdot 3^{\frac{t-2}{2}}), (3^{\frac{t}{2}}, 3^{\frac{t-2}{2}}), (3^{\frac{t}{2}}, -3^{\frac{t-2}{2}}), (-3^{\frac{t}{2}}, 3^{\frac{t-2}{2}}), (-3^{\frac{t}{2}}, -3^{\frac{t-2}{2}}).$$

从而方程 $x^2 + xy + y^2 = l = 3^{t-1}$ 的非负整数解只能为 $(3^{\frac{t-2}{2}}, 3^{\frac{t-2}{2}})$. 因此, 由定理 2.6, 方程组 (2.2) 的解只能为

$$(3^{t-1} + 3^{\frac{t-2}{2}}, 3^{t-1} + 3^{\frac{t-2}{2}}, 3^{t-1} - 2 \cdot 3^{\frac{t-2}{2}}),$$

$$(3^{t-1} - 3^{\frac{t-2}{2}}, 3^{t-1} - 3^{\frac{t-2}{2}}, 3^{t-1} + 2 \cdot 3^{\frac{t-2}{2}}). \qquad \square$$

推论 2.3　设 n, t 为两个正整数, 且 $n = 3^t$, 如果 f 是从 n 阶交换群 $(A, +)$ 到 3 阶交换群 $(Z_3, +)$ 上的 PN 函数, 则

(1) 当 t 为奇数时, f 的原像分布 (k_0, k_1, k_2) 满足

$$\{k_0, k_1, k_2\} = \{3^{t-1} - 3^{\frac{t-1}{2}}, 3^{t-1}, 3^{t-1} + 3^{\frac{t-1}{2}}\};$$

(2) 当 t 为偶数时, f 的原像分布 (k_0, k_1, k_2) 满足

$$\{k_0, k_1, k_2\} = \{3^{t-1} + 3^{\frac{t-2}{2}}, 3^{t-1} + 3 \cdot 3^{\frac{t-2}{2}}, 3^{t-1} - 2 \cdot 3^{\frac{t-2}{2}}\},$$

或者

$$\{k_0, k_1, k_2\} = \{3^{t-1} - 3^{\frac{t-2}{2}}, 3^{t-1} - 3^{\frac{t-2}{2}}, 3^{t-1} + 2 \cdot 3^{\frac{t-2}{2}}\}.$$

接下来讨论 B 为 4 阶群的情形. 4 阶群在同构意义下有且仅有两个, 分别为 $(Z_4, +)$ 和 $(Z_2 \times Z_2, +)$.

当 $B = (Z_4, +)$ 时, 方程组 (2.1) 等价于

$$\begin{cases} k_0 k_2 + k_1 k_3 = \dfrac{n(n-1)}{8}, \\ k_0 + k_1 + k_2 + k_3 = n, \\ k_0^2 + k_1^2 + k_2^2 + k_3^2 = \dfrac{n^2 + 3n}{4}, \end{cases} \tag{2.10}$$

其中 $k_i = |\{\, x \mid x \in A, f(x) = i \,\}|, 0 \leqslant i \leqslant 3$. 这是因为

$$2(k_0 k_1 + k_1 k_2 + k_2 k_3 + k_3 k_0) = 2(k_0 k_3 + k_1 k_0 + k_2 k_1 + k_3 k_2)$$
$$= (k_0 + k_1 + k_2 + k_3)^2 - (k_0^2 + k_1^2 + k_2^2 + k_3^2) - 2(k_0 k_2 + k_1 k_3).$$

同样, 当 $B = (Z_2 \times Z_2, +)$ 时, 方程组 (2.1) 等价于

$$\begin{cases} k_0 k_1 + k_2 k_3 = \dfrac{n(n-1)}{8}, \\ k_0 k_3 + k_1 k_2 = \dfrac{n(n-1)}{8}, \\ k_0 k_2 + k_1 k_3 = \dfrac{n(n-1)}{8}, \\ k_0 + k_1 + k_2 + k_3 = n, \\ k_0^2 + k_1^2 + k_2^2 + k_3^2 = \dfrac{n^2 + 3n}{4}, \end{cases} \tag{2.11}$$

其中

$$k_0 = |\{ x \mid x \in A, f(x) = (0,0)\}|,$$
$$k_1 = |\{ x \mid x \in A, f(x) = (0,1)\}|,$$
$$k_2 = |\{ x \mid x \in A, f(x) = (1,0)\}|,$$
$$k_3 = |\{ x \mid x \in A, f(x) = (1,1)\}|.$$

注意到方程组 (2.10) 是方程组 (2.11) 的一部分, 故方程组 (2.11) 的解必为方程组 (2.10) 的解. 因此, 如果找到了方程组 (2.10) 的所有解, 再将它们代入方程组 (2.11) 的前两个方程中进行验证, 就可以找出方程组 (2.11) 的所有解. 下面主要求解方程组 (2.10), 考虑到变量 k_0, k_1, k_2, k_3 在方程组 (2.10) 中的对称性, 方程组 (2.10) 的两组解 (k_0, k_1, k_2, k_3) 和 (k_0', k_1', k_2', k_3') 称为等价的是指作为多重集而言,

$$\{k_0, k_2\} = \{k_0', k_2'\}, \{k_1, k_3\} = \{k_1', k_3'\},$$

或者

$$\{k_0, k_2\} = \{k_1', k_3'\}, \{k_1, k_3\} = \{k_0', k_2'\}.$$

定理 2.8 设 n 是一个正整数, $4|n$, 则方程组 (2.10) 有解当且仅当 $n = 16l^2$, 其中 l 为正整数. 当方程组 (2.10) 可解时, 其所有不等价的解可以表示为

$$(4l^2 + l + a, \ 4l^2 - l + b, \ 4l^2 + l - a, \ 4l^2 - l - b),$$

其中 a, b 为非负整数, 满足 $4l^2 = a^2 + b^2$.

证明 首先证明方程组 (2.10) 有解的充要条件. 若方程组有解, 不妨设 (k_0, k_1, k_2, k_3) 是方程组 (2.10) 的一个解, 则由方程组 (2.10) 的第三个方程得到

$$(k_0 + k_2)^2 + (k_1 + k_3)^2 - 2(k_0k_2 + k_1k_3) = \frac{n^2 + 3n}{4}.$$

又

$$k_0k_2 + k_1k_3 = \frac{n(n-1)}{8},$$

所以

$$(k_0 + k_2)^2 + (k_1 + k_3)^2 = \frac{n^2 + n}{2}. \tag{2.12}$$

注意到

$$(k_0 + k_2) + (k_1 + k_3) = n,$$

因此, 若令

$$\begin{cases} k_0 + k_2 = \xi, \\ k_1 + k_3 = \zeta, \end{cases} \tag{2.13}$$

则

$$\xi = \frac{n+\sqrt{n}}{2}, \quad \zeta = \frac{n-\sqrt{n}}{2}, \quad \text{或者} \quad \xi = \frac{n-\sqrt{n}}{2}, \quad \zeta = \frac{n+\sqrt{n}}{2}.$$

首先讨论 $\xi = \dfrac{n+\sqrt{n}}{2}$, $\zeta = \dfrac{n-\sqrt{n}}{2}$ 的情形. 因为 ξ, ζ 均为整数, 且 $4|n$, 因此存在正整数 $t \in Z$, 使得 $n = 4t^2$. 又由于 $\dfrac{n(n-1)}{8}$ 为整数, 故 $8|n$, 因此 $2|t$. 若令 $t = 2l$, l 为正整数, 则 $n = 4t^2 = 16l^2$. 同理可证当 $\xi = \dfrac{n-\sqrt{n}}{2}$, $\zeta = \dfrac{n+\sqrt{n}}{2}$ 时, 也有 $n = 16l^2$.

另一方面, 若 $n = 16l^2$, 则令

$$(k_0, k_1, k_2, k_3) = (4l^2 + 3l, 4l^2 - l, 4l^2 - l, 4l^2 - l).$$

易验证, (k_0, k_1, k_2, k_3) 为方程组 (2.10) 的一个解.

现在来证明方程组 (2.10) 的解可由下式给出

$$(4l^2 + l + a, \ 4l^2 - l + b, \ 4l^2 + l - a, \ 4l^2 - l - b),$$

其中 $a^2 + b^2 = 4l^2$, a, b 为非负整数.

若 $n = 16l^2$ 且 a, b 为非负整数, 使得 $4l^2 = a^2 + b^2$, 直接验证 $(4l^2 + l + a, \ 4l^2 - l + b, \ 4l^2 + l - a, \ 4l^2 - l - b)$ 为方程组 (2.10) 的一组解. 若取 $a = 2l$, $b = 0$, 则

$$(k_0, k_1, k_2, k_3) = (4l^2 + 3l, 4l^2 - l, 4l^2 - l, 4l^2 - l)$$

为方程组 (2.10) 的一组特解.

假设 (x_0, x_1, x_2, x_3) 是方程组 (2.10) 的任意解, 令 $t_i = x_i - k_i, i = 0, 1, 2, 3$, 则

$$t_0 + t_1 + t_2 + t_3 = 0. \tag{2.14}$$

又由于

$$
\begin{aligned}
& x_0^2 + x_1^2 + x_2^2 + x_3^2 \\
= {}& (k_0 + t_0)^2 + (k_1 + t_1)^2 + (k_2 + t_2)^2 + (k_3 + t_3)^2 \\
= {}& (k_0^2 + k_1^2 + k_2^2 + k_3^2) + (2k_0 t_0 + 2k_1 t_1 + 2k_2 t_2 + 2k_3 t_3) + (t_0^2 + t_1^2 + t_2^2 + t_3^2),
\end{aligned}
$$

并且 (x_0, x_1, x_2, x_3) 和 $(k_0, k_1, k_2, k_3) = (4l^2 + 3l, 4l^2 - l, 4l^2 - l, 4l^2 - l)$ 都满足方程组 (2.10) 的第三个方程, 所以

$$2(4l^2 + 3l)t_0 + 2(4l^2 - l)t_1 + 2(4l^2 - l)t_2 + 2(4l^2 - l)t_3 + (t_0^2 + t_1^2 + t_2^2 + t_3^2) = 0,$$

即

$$8l^2(t_0 + t_1 + t_2 + t_3) - 2l(t_0 + t_1 + t_2 + t_3) + 8lt_0 + (t_0^2 + t_1^2 + t_2^2 + t_3^2) = 0.$$

再由 (2.14) 可得到

$$t_0^2 + t_1^2 + t_2^2 + t_3^2 + 8lt_0 = 0. \tag{2.15}$$

同样, (x_0, x_1, x_2, x_3) 和 (k_0, k_1, k_2, k_3) 都满足方程组 (2.10) 的第一个方程, 因此,

$$t_0 t_2 + t_1 t_3 + 4lt_2 = 0. \tag{2.16}$$

由式 (2.14) 和 (2.16), 有

$$\begin{aligned}
t_1^2 + t_3^2 &= (t_1 + t_3)^2 - 2t_1 t_3 \\
&= (-t_0 - t_2)^2 - 2(-4lt_2 - t_0 t_2) \\
&= t_0^2 + t_2^2 + 4t_0 t_2 + 8lt_2.
\end{aligned}$$

再根据式 (2.15), 得到

$$t_0^2 + t_2^2 + 2t_0 t_2 + 4lt_0 + 4lt_2 = 0,$$

即

$$(t_0 + t_2)^2 = -4l(t_0 + t_2).$$

从而 $t_2 = -t_0$ 或 $t_2 = -4l - t_0$.

当 $t_2 = -t_0$ 时, 由式 (2.14), (2.15) 和 (2.16) 有

$$\begin{cases}
t_1 + t_3 = 0, \\
t_1^2 + t_3^2 = -8lt_0 - 2t_0^2, \\
t_1 t_3 = 4lt_0 + t_0^2.
\end{cases} \tag{2.17}$$

解此方程组得

$$t_1 = \pm\sqrt{4l^2 - (t_0 + 2l)^2}, \quad t_3 = \mp\sqrt{4l^2 - (t_0 + 2l)^2}.$$

于是 (x_0, x_1, x_2, x_3) 可以表示为

$$\begin{cases}
x_0 = 4l^2 + 3l + t_0, \\
x_1 = 4l^2 - l \pm \sqrt{4l^2 - (t_0 + 2l)^2}, \\
x_2 = 4l^2 - l - t_0, \\
x_3 = 4l^2 - l \mp \sqrt{4l^2 - (t_0 + 2l)^2},
\end{cases} \tag{2.18}$$

其中 t_0 满足 $-4l \leqslant t_0 \leqslant 0$, 且 $4l^2 - (t_0 + 2l)^2$ 为平方数.

若令 $a = |t_0 + 2l|$, $b = \sqrt{4l^2 - (t_0 + 2l)^2}$, 则 $a^2 + b^2 = 4l^2$ 且 a, b 均为非负整数, 并且

$$\begin{cases} x_0 = 4l^2 + l \pm a, \\ x_1 = 4l^2 - l \pm b, \\ x_2 = 4l^2 + l \mp a, \\ x_3 = 4l^2 - l \mp b. \end{cases} \tag{2.19}$$

于是, 在等价意义下, (x_0, x_1, x_2, x_3) 可以表示为

$$\begin{cases} x_0 = 4l^2 + l + a, \\ x_1 = 4l^2 - l + b, \\ x_2 = 4l^2 + l - a, \\ x_3 = 4l^2 - l - b. \end{cases} \tag{2.20}$$

即当 $t_2 = -t_0$ 时, 定理第二个结论成立.

当 $t_2 = -4l - t_0$ 时,

$$\begin{cases} t_1 + t_3 = 4l, \\ t_1^2 + t_3^2 = -16l^2 - 16lt_0 - 2t_0^2, \\ t_1 t_3 = (t_0 + 4l)^2. \end{cases} \tag{2.21}$$

解得

$$t_1 = 2l \pm \sqrt{4l^2 - (t_0 + 4l)^2}, \quad t_3 = 2l \mp \sqrt{4l^2 - (t_0 + 4l)^2}.$$

此时 (x_0, x_1, x_2, x_3) 可以表示为

$$\begin{cases} x_0 = 4l^2 + 3l + t_0, \\ x_1 = 4l^2 + l \pm \sqrt{4l^2 - (t_0 + 4l)^2}, \\ x_2 = 4l^2 - 5l - t_0, \\ x_3 = 4l^2 + l \mp \sqrt{4l^2 - (t_0 + 4l)^2}, \end{cases} \tag{2.22}$$

其中 t_0 满足 $-6l \leqslant t_0 \leqslant -2l$ 且 $4l^2 - (t_0 + 4l)^2$ 为平方数.

若令 $t = t_0 + 2l$, 则可得

$$\begin{cases} x_0 = 4l^2 + l + t, \\ x_1 = 4l^2 + l \pm \sqrt{4l^2 - (t + 2l)^2}, \\ x_2 = 4l^2 - 3l - t, \\ x_3 = 4l^2 + l \mp \sqrt{4l^2 - (t + 2l)^2}, \end{cases} \tag{2.23}$$

其中 t 满足 $-4l \leqslant t \leqslant 0$ 且 $4l^2 - (t+2l)^2$ 为平方数. 于是只要令 $a = |t+2l|$, $b = \sqrt{4l^2 - (t+2l)^2}$, 则非负整数 a, b 满足 $4l^2 = a^2 + b^2$, 并且

$$\begin{cases} x_0 = 4l^2 - l \pm a, \\ x_1 = 4l^2 + l \pm b, \\ x_2 = 4l^2 - l \mp a, \\ x_3 = 4l^2 + l \mp b. \end{cases} \tag{2.24}$$

考虑到解的等价性, (x_0, x_1, x_2, x_3) 可以表示成

$$\begin{cases} x_0 = 4l^2 - l + a, \\ x_1 = 4l^2 + l + b, \\ x_2 = 4l^2 - l - a, \\ x_3 = 4l^2 + l - b. \end{cases} \tag{2.25}$$

因为方程 $a^2 + b^2 = 4l^2$ 关于 a, b 具有对称性, 因此式 (2.25) 等价于式 (2.20), 于是当 $t_2 = -4l - t_0$ 时, 定理的第二个结论也成立. $\qquad\square$

由定理 2.8, 当 $n = 16l^2$, 且 l 为正整数时, 将方程组 (2.10) 的解与方程 $a^2 + b^2 = 4l^2$ 的非负整数解之间建立起一个对应关系. 通过求解 $a^2 + b^2 = 4l^2$, 就能找出方程组 (2.10) 的全部解. 考虑到 a, b 的对称性, 因此, 一对 (a, b) 可以得到方程组 (2.10) 的两个非等价解.

对于任意的正整数 l, 因为 $4l^2 = 0^2 + (2l)^2 = (2l)^2 + 0^2$, 所以, 当 $n = 16l^2$ 时, 方程组 (2.10) 至少含有如下的两个非等价解

$$(4l^2 + 3l, 4l^2 - l, 4l^2 - l, 4l^2 - l) = \left(\frac{n + 3\sqrt{n}}{4}, \frac{n - \sqrt{n}}{4}, \frac{n - \sqrt{n}}{4}, \frac{n - \sqrt{n}}{4} \right),$$

$$(4l^2 - 3l, 4l^2 + l, 4l^2 + l, 4l^2 + l) = \left(\frac{n - 3\sqrt{n}}{4}, \frac{n + \sqrt{n}}{4}, \frac{n + \sqrt{n}}{4}, \frac{n + \sqrt{n}}{4} \right).$$

例 2.3 当 $l = 5$ 时, $n = 16l^2 = 400$, 此时所有满足 $4l^2 = 100 = a^2 + b^2$ 的非负整数对 (a, b) 有

$$(0,\ 10), \quad (10,\ 0), \quad (6,\ 8), \quad (8,\ 6).$$

由定理 2.8, 当 $n = 400$ 时, 方程组 (2.10) 的所有非等价解为

$$(105, 105, 105, 85), \quad (115, 95, 95, 95), \quad (111, 103, 99, 87), \quad (113, 101, 97, 89).$$

推论 2.4　设 n, l 为两个正整数, 且 $n = 16l^2$, 则方程组 (2.11) 仅有下面的两个非等价的解

$$(4l^2 + 3l, 4l^2 - l, 4l^2 - l, 4l^2 - l) = \left(\frac{n + 3\sqrt{n}}{4}, \frac{n - \sqrt{n}}{4}, \frac{n - \sqrt{n}}{4}, \frac{n - \sqrt{n}}{4} \right),$$

$$(4l^2 - 3l, 4l^2 + l, 4l^2 + l, 4l^2 + l) = \left(\frac{n - 3\sqrt{n}}{4}, \frac{n + \sqrt{n}}{4}, \frac{n + \sqrt{n}}{4}, \frac{n + \sqrt{n}}{4} \right).$$

证明　方程组 (2.11) 的解必为方程组 (2.10) 的解, 由定理 2.8, 方程组 (2.11) 的所有解必为如下形式:

$$(4l^2 + l - a, \ 4l^2 - l + b, \ 4l^2 + l + a, \ 4l^2 - l - b),$$

其中 a, b 为非负整数, 并满足 $4l^2 = a^2 + b^2$. 将上述形式的解代入方程组 (2.11) 的前两个方程, 可推导出 $a = 0, b = 2l$ 或者 $a = 2l, b = 0$. 因此, 方程组 (2.11) 的所有非等价解即为

$$(4l^2 + 3l, 4l^2 - l, 4l^2 - l, 4l^2 - l), \quad (4l^2 - 3l, 4l^2 + l, 4l^2 + l, 4l^2 + l). \qquad \square$$

上面刻画了从 n 阶交换群到 3 或者 4 阶交换群上 PN 函数的原像分布特征. 当 $m \geqslant 5$ 并且 $m | n$ 时, 确定从 n 阶交换群到 m 阶交换群的 PN 函数的原像分布特征目前还没有结果, 但对于一些特殊的 PN 函数, 可以得到它们的原像分布特征.

设 $\Pi(x)$ 是 $\mathbb{F}_{q^n}$ 上的 DO 型 PN 函数, 这里 q 为奇素数的方幂, n 为正整数, $\mathrm{tr}(\cdot)$ 表示从 $\mathbb{F}_{q^n}$ 到 $\mathbb{F}_q$ 的迹函数, 则由 PN 函数的定义和迹函数的性质可知, $\mathrm{tr}(a\Pi(x))$ 是从 $\mathbb{F}_{q^n}$ 到 $\mathbb{F}_q$ 的 PN 函数. 下面利用二次型的理论, 解决 PN 函数 $\mathrm{tr}(a\Pi(x))$ 的原像分布问题.

定义 2.8[26]　设 q 是奇素数的方幂, β 是 $\mathbb{F}_q$ 中的本原元. $\mathbb{F}_q$ 上的二次特征 η 定义为

$$\eta(x) = \begin{cases} 0, & \text{若 } x = 0; \\ 1, & \text{若 } x = \beta^{2l}; \\ -1, & \text{若 } x = \beta^{2l+1}. \end{cases}$$

若 $\eta(a) = 1$, 则称 a 为 $\mathbb{F}_q$ 中的二次剩余; 若 $\eta(a) = -1$, 则称 a 为 $\mathbb{F}_q$ 中的二次非剩余.

引理 2.3[26]　设 $f(x_1, x_2, \cdots, x_n)$ 是 $\mathbb{F}_q$ 上秩为 r 的二次型, q 是奇素数的方幂. 那么 $f(x_1, x_2, \cdots, x_n)$ 等价于对角形:

$$a_1 y_1^2 + a_2 y_2^2 + \cdots + a_r y_r^2,$$

其中 $a_1, a_2, \cdots, a_r$ 是 $\mathbb{F}_q$ 中的非零元.

引理 2.4[26]　设 n 为正整数, q 为奇素数的方幂, η 是 $\mathbb{F}_q$ 上的二次特征, $b \in \mathbb{F}_q$. 如果 $f(x_1, x_2, \cdots, x_n)$ 是 $\mathbb{F}_q$ 上的非退化二次型, Δ 表示 $f(x_1, x_2, \cdots, x_n)$ 的行列式, 那么方程 $f(x_1, x_2, \cdots, x_n) = b$ 在 $\mathbb{F}_q^n$ 中解的个数为

$$q^{n-1} + q^{\frac{n-1}{2}} \eta\left((-1)^{\frac{n-1}{2}} b \Delta\right) \quad (n\text{为奇数}),$$

$$q^{n-1} + v(b) q^{\frac{n-2}{2}} \eta\left((-1)^{\frac{n}{2}} \Delta\right) \quad (n\text{为偶数}),$$

其中 $v(\cdot)$ 定义为

$$v(b) = \begin{cases} -1, & \text{若 } b \in \mathbb{F}_q^*; \\ q-1, & \text{若 } b = 0. \end{cases}$$

引理 2.5　设 q 是奇素数的方幂, n 为正整数. 如果 $\Pi(x)$ 是 $\mathbb{F}_{q^n}$ 上的 DO 型 PN 函数, 则对任意非零的 $a \in \mathbb{F}_{q^n}$, $f_a(x) = \mathrm{tr}(a\Pi(x))$ 是 $\mathbb{F}_q$ 上的 n 元非退化二次型.

证明　设 $\{\alpha_1, \alpha_2, \cdots, \alpha_n\}$ 是 $\mathbb{F}_{q^n}$ 在 $\mathbb{F}_q$ 上的一组基, 对于每一个 $x \in \mathbb{F}_{q^n}$, x 关于基 $\{\alpha_1, \alpha_2, \cdots, \alpha_n\}$ 的坐标为 $(x_1, x_2, \cdots, x_n) \in \mathbb{F}_q^n$, 即 $x = \sum\limits_{i=1}^{n} \alpha_i x_i$, 则当

$$\Pi(x) = \sum_{i,j=0}^{n-1} a_{ij} x^{q^i + q^j} \text{ 时},$$

$$
\begin{aligned}
f_a(x) &= \mathrm{tr}\left(a \sum_{i,j=0}^{n-1} a_{ij} x^{q^i + q^j} \right) = \mathrm{tr}\left(a \sum_{i,j=0}^{n-1} a_{ij} \left(\sum_{k=1}^{n} \alpha_k x_k\right)^{q^i + q^j} \right) \\
&= \mathrm{tr}\left(a \sum_{i,j=0}^{n-1} \left(a_{ij} \sum_{k=1}^{n} (\alpha_k^{q^i} x_k) \sum_{l=1}^{n} (\alpha_l^{q^j} x_l) \right) \right) \\
&= \mathrm{tr}\left(a \sum_{i,j=0}^{n-1} \left(a_{ij} \left(\sum_{k,l=1}^{n} \alpha_k^{q^i} \alpha_l^{q^j} x_k x_l \right) \right) \right) \\
&= \sum_{k,l=1}^{n} \mathrm{tr}\left(a \sum_{i,j=0}^{n-1} a_{ij} \alpha_k^{q^i} \alpha_l^{q^j} \right) x_k x_l.
\end{aligned}
$$

从而 $f_a(x) = \mathrm{tr}(a\Pi(x))$ 是一个 $\mathbb{F}_q$ 上的二次型.

由引理 2.3, $f_a(x)$ 的秩 r 是满足下列条件的正整数:

$$q^{n-r} = |\, \{z \in \mathbb{F}_{q^n} \mid f_a(x+z) = f_a(x), \forall x \in \mathbb{F}_{q^n}\} \,|.$$

于是 $f_a(x)$ 是 $\mathbb{F}_q$ 上 n 元非退化二次型, 当且仅当 $z = 0$ 是 $f_a(x+z) = f_a(x)$ 对所有 $x \in \mathbb{F}_{q^n}$ 成立的唯一解. 注意到 $f_a(x+z) = f_a(x)$ 等价于 $\mathrm{tr}(a(\Pi(x+z) - \Pi(x))) = 0$,

如果 $z \neq 0$, 那么由 $\Pi(x)$ 是 PN 函数知 $\Pi(x+z) - \Pi(x)$ 是 $\mathbb{F}_{q^n}$ 到其自身的置换, 故 $z = 0$ 是 $f_a(x+z) = f_a(x)$ 对所有 $x \in \mathbb{F}_{q^n}$ 成立的唯一解, 从而 $f_a(x)$ 是 n 元非退化二次型. □

引理 2.6[44] 设 q 是奇素数的方幂, n 为正整数, $\Pi(x)$ 是 $\mathbb{F}_{q^n}$ 上 DO 型 PN 函数. 那么 $\Pi(x)$ 在 $\mathbb{F}_{q^n}^*$ 上是 2-1 的, 并且 $\Pi(x) = 0$ 当且仅当 $x = 0$.

证明 由于 $\Pi(x) = \sum\limits_{i,j=0}^{n-1} a_{ij} x^{q^i + q^j}$, 故对任意 $x \in \mathbb{F}_{q^n}$, 均有 $\Pi(x) = \Pi(-x)$. 设 $a \neq b \in \mathbb{F}_{q^n}$, 使得 $\Pi(a) = \Pi(b)$, 于是

$$\Pi(b + (a-b)) = \Pi(a) = \Pi(b),$$

$$\Pi(-a + (a-b)) = \Pi(-b) = \Pi(b) = \Pi(a) = \Pi(-a).$$

所以 $b, -a$ 均为 $\Pi(x + (a-b)) = \Pi(x)$ 的解. 由于 $\Pi(x)$ 为 PN 函数, 故 $b = -a$. 因此 Π 在 $\mathbb{F}_{q^n}^*$ 上是 2-1 的, 并且 $\Pi(x) = 0 \Leftrightarrow x = 0$. □

设 β 是 $\mathbb{F}_q$ 中的本原元, 那么 $\mathbb{F}_q = \{0, \beta, \beta^2, \cdots, \beta^{q-1}\}$. 如果 $\varphi(x)$ 是从 $\mathbb{F}_{q^n}$ 到 $\mathbb{F}_q$ 的函数, 记 $k_0 = |\{x \in \mathbb{F}_{q^n} \mid \varphi(x) = 0\}|$, $k_i = |\{x \in \mathbb{F}_{q^n} \mid \varphi(x) = \beta^i\}|$ $(i = 1, 2, \cdots, q-1)$, 则 $(k_0, k_1, \cdots, k_{q-1})$ 为函数 $\varphi(x)$ 的原像分布.

定理 2.9[44] 设 q 是奇素数的方幂, $n > 1$ 为正整数, $a \in \mathbb{F}_{q^n}^*$, $\Pi(x)$ 是 $\mathbb{F}_{q^n}$ 上的 DO 型 PN 函数, 那么 $\mathrm{tr}(a\Pi(x))$ 的原像分布具有如下特征:

(1) 当 n 为偶数时, 分别有 $(q^n - 1)/2$ 个元素 $a \in \mathbb{F}_{q^n}^*$, 对应下列两种原像分布:

$$\Omega_1 = (q^{n-1} + (q-1)q^{\frac{n-2}{2}}, q^{n-1} - q^{\frac{n-2}{2}}, \cdots, q^{n-1} - q^{\frac{n-2}{2}}),$$

$$\Omega_2 = (q^{n-1} - (q-1)q^{\frac{n-2}{2}}, q^{n-1} + q^{\frac{n-2}{2}}, \cdots, q^{n-1} + q^{\frac{n-2}{2}}).$$

(2) 当 n 为奇数时, 分别有 $(q^n - 1)/2$ 个元素 $a \in \mathbb{F}_{q^n}^*$, 对应下列两种原像分布:

$$\Omega_3 = (q^{n-1}, q^{n-1} - q^{\frac{n-1}{2}}, q^{n-1} + q^{\frac{n-1}{2}}, \cdots, q^{n-1} - q^{\frac{n-1}{2}}, q^{n-1} + q^{\frac{n-1}{2}}),$$

$$\Omega_4 = (q^{n-1}, q^{n-1} + q^{\frac{n-1}{2}}, q^{n-1} - q^{\frac{n-1}{2}}, \cdots, q^{n-1} + q^{\frac{n-1}{2}}, q^{n-1} - q^{\frac{n-1}{2}}).$$

证明 下面仅给出 n 是偶数的情形的证明, 当 n 为奇数时, 可以类似证明. 事实上, 当 n 为偶数时, 由引理 2.4 和引理 2.5 可知, 方程 $\mathrm{tr}(a\Pi(x)) = b$ 的解的个数为

$$q^{n-1} + v(b)q^{\frac{n-2}{2}} \eta\left((-1)^{\frac{n}{2}} \Delta_a\right),$$

这里 Δ_a 表示二次型 $\mathrm{tr}(a\Pi(x))$ 的行列式.

对每一个 n 和 a, $\eta((-1)^{n/2}\Delta_a)$ 取值为 1 或 -1, 因此,

$$k_0 = q^{n-1} + (q-1)q^{\frac{n-2}{2}} \text{ 或 } q^{n-1} - (q-1)q^{\frac{n-2}{2}}.$$

而对任意的 $i = 1, 2, \cdots, q-1$, 有

$$k_i = q^{n-1} - q^{\frac{n-2}{2}} \text{ 或 } q^{n-1} + q^{\frac{n-2}{2}}.$$

于是 $\mathrm{tr}(a\Pi(x))$ 的原像分布 $(k_0, k_1, \cdots, k_{q-1})$ 只有 Ω_1 和 Ω_2 两种情况.

对于所有的 $a \in \mathbb{F}_{q^n}^*$, 设使得 $\mathrm{tr}(a\Pi(x))$ 的原像分布为 Ω_1 的 a 共有 N_1 个, 而使得 $\mathrm{tr}(a\Pi(x))$ 的原像分布为 Ω_2 的 a 共有 N_2 个, 那么

$$N_1 + N_2 = q^n - 1. \tag{2.26}$$

另一方面, 由于

$$\sum_{a \in \mathbb{F}_{q^n}^*} | \{x \in \mathbb{F}_{q^n} \mid \mathrm{tr}(a\Pi(x)) = 0\} |$$

$$= N_1 \left(q^{n-1} + (q-1)q^{\frac{n-2}{2}} \right) + N_2 \left(q^{n-1} - (q-1)q^{\frac{n-2}{2}} \right)$$

$$= (q^n - 1)q^{n-1} + (q-1)q^{\frac{n-2}{2}}(N_1 - N_2), \tag{2.27}$$

改变上式左边的求和顺序, 并根据引理 2.6, 有

$$\sum_{a \in \mathbb{F}_{q^n}^*} | \{x \in \mathbb{F}_{q^n} \mid \mathrm{tr}(a\Pi(x)) = 0\} |$$

$$= \sum_{x \in \mathbb{F}_{q^n}} | \{a \in \mathbb{F}_{q^n}^* \mid \mathrm{tr}(a\Pi(x)) = 0\} |$$

$$= \sum_{\Pi(x) \neq 0} (q^{n-1} - 1) + \sum_{\Pi(x) = 0} (q^n - 1)$$

$$= \sum_{x \neq 0} (q^{n-1} - 1) + \sum_{x = 0} (q^n - 1)$$

$$= q^{n-1}(q^n - 1). \tag{2.28}$$

由式 (2.26)、(2.27) 和 (2.28) 可以得到 $N_1 = N_2 = \dfrac{q^n - 1}{2}$. □

根据定理 2.9 的证明, 有如下的推论:

推论 2.5 设 q 是奇素数的方幂, n 是大于 1 的正整数, Π 是 $\mathbb{F}_{q^n}$ 上的 DO 型 PN 函数. 那么, 对于从 $\mathbb{F}_{q^n}$ 到 $\mathbb{F}_q$ 的二次型 $\mathrm{tr}(a\Pi(x))$, 恰好有 $(q^n - 1)/2$ 个元素 $a \in \mathbb{F}_{q^n}^*$, 使得 $\eta(\Delta_a) = 1$, 而另外 $(q^n - 1)/2$ 个元素 $a \in \mathbb{F}_{q^n}^*$, 使得 $\eta(\Delta_a) = -1$, 这里 Δ_a 表示二次型 $\mathrm{tr}(a\Pi(x))$ 的行列式.

2.3　完全非线性函数的构造

构造 PN 函数是一件相当困难的事情, 关于一般交换群上的 PN 函数构造的结果很少, 代表性的工作是 2000 年 Carlet 给出了一类从 $(\mathbb{Z}_4^n, +)$ 到 $(\mathbb{Z}_4, +)$ 的 PN 函数[5]. 近年来, PN 函数的研究主要集中在有限域上 PN 函数的构造和等价性问题, 主要原因是有限域上的 PN 函数在纠错编码和密码学中具有广泛的应用. 本节介绍有限域上目前已知的六类 PN 函数, 并给出它们完全非线性性的证明.

到目前为止, $\mathbb{F}_{p^n}(p$ 为奇素数) 上已知的 PN 函数有如下的六类.

(1) Dembowski-Ostrom 幂函数[13]:

$$\Pi_1(x) = x^{p^t+1}, \quad \text{其中整数 } t \geqslant 0, \frac{n}{(n,t)} \text{ 为奇数};$$

(2) Coulter-Matthews 幂函数[9]:

$$\Pi_2(x) = x^{\frac{3^k+1}{2}}, \quad \text{其中 } p = 3, k \text{ 为奇数并且 } (n,k) = 1;$$

(3) Ding-Yuan 多项式[15]:

$$\Pi_3(x) = x^{10} - ux^6 - u^2x^2, \quad \text{其中 } p = 3, n \text{ 为奇数并且 } u \in \mathbb{F}_{p^n}^*;$$

(4) Budaghyan-Helleseth 第一类多项式[3]:

$$\Pi_4(x) = (bx)^{p^s+1} - \left((bx)^{p^s+1}\right)^{p^k} + \sum_{i=0}^{k-1} c_i x^{p^i(p^k+1)},$$

其中 $n = 2k$, s 和 k 均为正整数, 满足

$$\begin{cases} (k+s, 2k) = (k+s, k), \\ (p^s+1, p^k+1) \neq \left(p^s+1, \dfrac{p^k+1}{2}\right). \end{cases}$$

同时 $b \in \mathbb{F}_{p^n}^*$, $\displaystyle\sum_{i=0}^{k-1} c_i x^{p^i}$ 是 $\mathbb{F}_{p^n}$ 上的置换多项式, 并且系数 $c_i \in \mathbb{F}_{p^k}$ $(0 \leqslant i \leqslant k-1)$;

(5) Budaghyan-Helleseth 第二类多项式[3]:

$$\Pi_5(x) = ux^{p^k+1} + vx^{p^s+p^t} + v^{p^k} x^{p^{k+s}+p^{k+t}} + \sum_{i=0}^{k-1} w_i x^{p^{k+i}+p^i},$$

其中 $n = 2k$, s 和 t 满足

$$2 \nmid \frac{n}{(n, t-s)},$$

并且 $u \notin \mathbb{F}_{p^k}$, α 是 $\mathbb{F}_{p^n}$ 中的本原元, $v = \alpha^r$, $(p^{s-t}+1, p^k+1) \nmid r$, 并且对任意 i, $w_i \in \mathbb{F}_{p^k}$.

(6) Zha-Kyureghyan-Wang 多项式[41]:

$$\Pi_6(x) = ux^{p^s+1} - u^{p^k}x^{p^{lk}+p^{-lk+s}},$$

其中 u 是 $\mathbb{F}_{p^n}$ 中的本原元, $n = 3k$, $(3, k) = 1$, $\dfrac{k}{(k, s)}$ 为奇数, $s \equiv \pm k \mod 3$,

$$l = \begin{cases} 1, & k - s \equiv 0 \mod 3; \\ -1, & k + s \equiv 0 \mod 3. \end{cases}$$

需要指出的是, 正如在 2.1 节中提到, 交换半域与 DO 型的 PN 函数是一一对应的. 上面的六类 PN 函数除 Coulter-Matthews 多项式外均为 DO 型 PN 函数, 所以它们均对应到各自的交换半域, 比如, Zha-Kyureghyan-Wang 多项式对应到 Zha-Kyureghyan-Wang 半域、Ding-Yuan 多项式对应到 Coulter-Matthews-Ding-Yuan 半域. 目前已知的交换半域比较多, 有些交换半域的提出依赖于有限投射平面的诸多知识, 并不能够给出它们对应的 PN 函数的多项式表示形式. 比如, 以下的交换半域都对应到一个 PN 函数, 然而到目前为止, 并没有文献给出它们对应 PN 函数的表达式.

- Dickson 半域[14]: 定义在 $\mathbb{F}_{p^{2k}}$ 上;
- Ganley 半域[17]: 定义在 $\mathbb{F}_{3^{2k}}$ 上;
- Cohen-Ganley 半域[8]: 定义在 $\mathbb{F}_{3^{2k}}$ 上;
- Coulter-Henderson-Kosick 半域[11]: 定义在 $\mathbb{F}_{3^8}$ 上;
- Penttila-Williams 半域[35]: 定义在 $\mathbb{F}_{3^{10}}$ 上.

此外, 当 $t = 0$ 时, PN 函数中的 Dembowski-Ostrom 幂函数对应于有限域; 当 $t > 0$ 时, 它定义了 Albert 半域[1].

下面将逐一给出上述具有多项式表达形式的六类 PN 函数的完全非线性性的证明. 首先讨论幂函数形式的完全非线性函数, 为此需要如下两个引理:

引理 2.7[26] 设 $q = p^n$, p 为素数, $\mathbb{F}_q$ 上的线性化多项式

$$L(x) = \sum_{i=0}^{k-1} a_i x^{p^i} \in \mathbb{F}_q[x]$$

为 $\mathbb{F}_q$ 上的置换多项式当且仅当 $L(x)$ 在 $\mathbb{F}_q$ 上只有零根.

引理 2.8 设 $F(x) = x^k : \mathbb{F}_{p^n} \to \mathbb{F}_{p^n}$, 这里 k 为正整数, 则 $F(x)$ 为 PN 函数当且仅当 $D_1 F(x) = (x+1)^k - x^k$ 为 $\mathbb{F}_{p^n}$ 上的置换多项式.

证明 若 $F(x) = x^k$ 为 PN 函数, 则对任意 $a \in \mathbb{F}_{p^n}^*$,

$$D_a F(x) = (x+a)^k - x^k = a^k\left(\left(\frac{x}{a}+1\right)^k - \left(\frac{x}{a}\right)^k\right)$$

为平衡函数, 即 $(x+1)^k - x^k$ 为从 $\mathbb{F}_{p^n}$ 到 $\mathbb{F}_{p^n}$ 的平衡函数, 故 $D_1 F(x) = (x+1)^k - x^k$ 为 $\mathbb{F}_{p^n}$ 上的置换. 注意到上述推导的每一步都是可逆的, 故结论成立. □

定理 2.10 设 $\Pi_1(x) = x^{p^k+1}$ 为 $\mathbb{F}_{p^n}$ 上的函数, p 为奇素数, $d = (n, k)$, 则当 $\frac{n}{d}$ 为奇数时, $\Pi_1(x)$ 为 $\mathbb{F}_{p^n}$ 上的 PN 函数.

证明 由引理 2.8, 只需证明 $D_1 F(x) = (x+1)^{p^k+1} - x^{p^k+1} = x^{p^k} + x + 1$ 为 $\mathbb{F}_{p^n}$ 上的置换多项式. 再由引理 2.7, 只需证明 $x^{p^k} + x$ 在 $\mathbb{F}_{p^n}$ 上没有非零根即可.

设 $\alpha \in \mathbb{F}_{p^n}$ 满足 $\alpha^{p^k} + \alpha = 0$, 则 $\alpha^{p^{2k}} = (\alpha^{p^k})^{p^k} = (-\alpha)^{p^k} = \alpha$, 故 $\alpha \in \mathbb{F}_{p^{2k}}$. 再由 $\alpha \in \mathbb{F}_{p^n}$ 知 $\alpha \in \mathbb{F}_{p^{2k}} \bigcap \mathbb{F}_{p^n} = \mathbb{F}_{p^{(2k,n)}} = \mathbb{F}_{p^d} \subseteq \mathbb{F}_{p^k}$, 于是 $\alpha^{p^k} = \alpha$, 从而 $\alpha = 0$. 故 $\Pi_1(x)$ 为 $\mathbb{F}_{p^n}$ 上的 PN 函数. □

定理 2.11[9] 设 $\Pi_2(x) = x^{\frac{3^k+1}{2}}$ 为 $\mathbb{F}_{3^n}$ 上的函数, 则当 k 为奇数, 且 $(k, n) = 1$ 时, $\Pi_2(x)$ 为 $\mathbb{F}_{3^n}$ 上的 PN 函数.

证明 令 $h(x) = (x-1)^{\frac{3^k+1}{2}} - (x+1)^{\frac{3^k+1}{2}}$, 由于 $\mathbb{F}_{3^n}$ 的特征为 3, 故 $\Pi_2(x)$ 为 PN 函数当且仅当 $h(x)$ 为 $\mathbb{F}_{3^n}$ 上置换多项式.

令 $x = \eta + \eta^{-1}$, 这里 η 为 $\mathbb{F}_{3^{2n}}$ 的元素, 则

$$\begin{aligned}
h(x) &= (\eta + \eta^{-1} - 1)^{\frac{3^k+1}{2}} - (\eta + \eta^{-1} + 1)^{\frac{3^k+1}{2}} \\
&= \frac{(\eta+1)^{3^k+1} - (\eta-1)^{3^k+1}}{\eta^{\frac{3^k+1}{2}}} \\
&= \frac{2\eta^{3^k} + 2\eta}{\eta^{\frac{3^k+1}{2}}} = -(\eta^{\frac{3^k-1}{2}} + \eta^{-\frac{3^k-1}{2}}) \\
&= -D_{\frac{3^k-1}{2}}(x),
\end{aligned}$$

其中 $D_l(x) = \sum_{i=0}^{\lfloor l/2 \rfloor} \frac{l}{l-i} \binom{l-i}{i} (-1)^i x^{l-2i}$ 为第一类 Dickson 多项式[27], 它满足

$$D_l(u + u^{-1}) = u^l + u^{-l}.$$

于是 $\Pi_2(x)$ 为 PN 函数当且仅当 $D_{\frac{3^k-1}{2}}(x)$ 为 $\mathbb{F}_{3^n}$ 上的置换多项式. 而 $D_{\frac{3^k-1}{2}}(x)$ 为置换多项式的充要条件是 $\left(\frac{3^k-1}{2}, 3^{2n}-1\right) = 1$[27]. 由于 $3^{2n} \equiv 1 \mod 4$, 则当 $(k, n) = 1$, 且 k 为奇数时, 必有 $(k, 2n) = 1$, 于是

$$(3^k - 1, 3^{2n} - 1) = 3^{(k,2n)} - 1 = 2,$$

从而 $\left(\dfrac{3^k-1}{2}, 3^{2n}-1\right) = 1$, 所以 $\Pi_2(x)$ 为 $\mathbb{F}_{3^n}$ 上的 PN 函数. $\qquad\square$

上面给出了两类幂函数的完全非线性性的证明, 下面证明后四类多项式函数的完全非线性性. 注意到 $\Pi_3(x), \Pi_4(x), \Pi_5(x)$ 和 $\Pi_6(x)$ 都是 DO 型的 PN 函数, 这些函数的差函数 $D_a\Pi_i(x)(3 \leqslant i \leqslant 6)$ 一定可以表示为一个线性化置换多项式 L_a 和一个常数 c_a 之和. 根据定理 2.4, 只需要证明对每一个非零元素 $a \in \mathbb{F}_{p^n}$, 线性化多项式 L_a 是一个置换多项式.

定理 2.12[15] 设 $\Pi_3(x) = x^{10} - \mu x^6 - \mu^2 x^2 \in \mathbb{F}_{3^n}[x]$, $\mu \in \mathbb{F}_{3^n}^*$, 则当 n 为奇数时, $\Pi_3(x)$ 为 $\mathbb{F}_{3^n}$ 上的 PN 函数.

证明 当 n 为奇数时, -1 为 $\mathbb{F}_{3^n}$ 上的二次非剩余, 即对任意 $\alpha \in \mathbb{F}_{3^n}, \alpha^2 \neq -1$. 设 $0 \neq a \in \mathbb{F}_{3^n}$, 则

$$
\begin{aligned}
\Pi_3(x+a) - \Pi_3(x) &= (x+a)^{10} - \mu(x+a)^6 - \mu^2(x+a)^2 - (x^{10} - \mu x^6 - \mu^2 x^2) \\
&= ax^9 + \mu a^3 x^3 + (a^9 + \mu^2 a)x + \Pi_3(a) \\
&= a(x^9 + \mu a^2 x^3 + (a^8 + \mu^2)x) + \Pi_3(a).
\end{aligned}
$$

令

$$ L_{a,\mu}(x) = x^9 + \mu a^2 x^3 + (a^8 + \mu^2)x, $$

则 $\Pi_3(x)$ 为 $\mathbb{F}_{3^n}$ 上的 PN 函数当且仅当 $L_{a,\mu}(x)$ 为 $\mathbb{F}_{3^n}$ 上的置换多项式. 由引理 2.7, 这等价于对任意 $x \in \mathbb{F}_{3^n}^*$, 总有 $L_{a,\mu}(x) \neq 0$ 成立. 事实上, 如果存在 $x \neq 0$, 使得 $L_{a,\mu}(x) = 0$, 则

$$ x^8 + \mu a^2 x^2 + a^8 + \mu^2 = 0, $$

即

$$ (x^4 + a^4)^2 + (a^2 x^2 - \mu)^2 = 0. $$

若 $x^4 + a^4 = 0$, 则 $-1 = \left(\dfrac{a^2}{x^2}\right)^2$, 这与 -1 是 $\mathbb{F}_{3^n}$ 中的二次非剩余矛盾. 故 $x^4 + a^4 \neq 0$, 于是 $-1 = \left(\dfrac{a^2 x^2 - \mu}{x^4 + a^4}\right)^2$, 这同样与 -1 是 $\mathbb{F}_{3^n}$ 中的二次非剩余矛盾. 因此, 对任意 $x \in \mathbb{F}_{3^n}^*$, 都有 $L_{a,\mu}(x) \neq 0$, 从而 $\Pi_3(x)$ 是 $\mathbb{F}_{3^n}$ 上的 PN 函数. $\qquad\square$

定理 2.13[3] 设 p 是一个奇素数, s 和 k 是满足

$$ (k+s, 2k) = (k+s, k), \quad (p^s + 1, p^k + 1) \neq \left(p^s + 1, \dfrac{p^k+1}{2}\right) $$

的两个正整数. 设 $n = 2k$, $b \in \mathbb{F}_{p^n}^*$, $\displaystyle\sum_{i=0}^{k-1} c_i x^{p^i}$ 是 $\mathbb{F}_{p^n}$ 上的置换多项式, 并且系数

$c_i \in \mathbb{F}_{p^k}(0 \leqslant i \leqslant k)$. 那么

$$\Pi_4(x) = (bx)^{p^s+1} - \left((bx)^{p^s+1}\right)^{p^k} + \sum_{i=0}^{k-1} c_i x^{p^i(p^k+1)}$$

是 $\mathbb{F}_{p^n}$ 上的 PN 函数.

    证明 对任意 $a \in \mathbb{F}_{p^n}^*$, 令

$$\begin{aligned}
\Delta_a(\Pi_4(x)) =& \Pi_4(x+a) - \Pi_4(x) - \Pi_4(a) \\
=& b^{p^s+1}(ax^{p^s} + a^{p^s}x) - b^{p^k(p^s+1)}(a^{p^k}x^{p^{k+s}} + a^{p^{k+s}}x^{p^k}) \\
& + \sum_{i=0}^{k-1} c_i(a^{p^i}x^{p^{k+i}} + a^{p^{k+i}}x^{p^i}),
\end{aligned}$$

则 $\Pi_4(x)$ 为 PN 函数当且仅当对所有 $a \in \mathbb{F}_{p^n}^*, \Delta_a(\Pi_4(x))$ 为 $\mathbb{F}_{p^n}$ 上的置换多项式. 由于 $\Delta_a(\Pi_4(x))$ 为 $\mathbb{F}_{p^n}$ 上的线性化多项式, 根据引理 2.7, 只需证明 $\Delta_a(\Pi_4(x)) = 0$ 当且仅当 $x = 0$.

    注意到 x 为 $\Delta_a(\Pi_4(x)) = 0$ 的解当且仅当 x 同时为下面两个方程的解:

$$\Delta_a(\Pi_4(x)) + (\Delta_a(\Pi_4(x)))^{p^k} = 0,$$

$$\Delta_a(\Pi_4(x)) - (\Delta_a(\Pi_4(x)))^{p^k} = 0,$$

即当且仅当 x 同时满足如下的两个方程:

$$\sum_{i=0}^{k-1} c_i(a^{p^i}x^{p^{k+i}} + a^{p^{k+i}}x^{p^i}) = \sum_{i=0}^{k-1} c_i(ax^{p^k} + a^{p^k}x)^{p^i} = 0, \tag{2.29}$$

$$b^{p^s+1}(ax^{p^s} + a^{p^s}x) = b^{p^k(p^s+1)}(a^{p^k}x^{p^{k+s}} + a^{p^{k+s}}x^{p^k}). \tag{2.30}$$

由于 $\sum_{i=0}^{k-1} c_i x^{p^i}$ 是 $\mathbb{F}_{p^n}$ 上的置换多项式, 故 $ax^{p^k} + a^{p^k}x = 0$, 于是 $x^{p^k} = -a^{p^k-1}x$, 将此式代入式 (2.30) 中, 得

$$b^{p^s+1}(ax^{p^s} + a^{p^s}x) = -b^{p^k(p^s+1)}(a^{p^{k+s}+p^k-p^s}x^{p^s} + a^{p^{k+s}+p^k-1}x),$$

即

$$(b^{p^s+1}a + b^{p^k(p^s+1)}a^{p^{k+s}+p^k-p^s})x^{p^s} = -(b^{p^s+1}a^{p^s} + b^{p^k(p^s+1)}a^{p^{k+s}+p^k-1})x, \tag{2.31}$$

故当 $b^{p^s+1}a + b^{p^k(p^s+1)}a^{p^{k+s}+p^k-p^s} \neq 0$, 即

$$b^{(p^k-1)(p^s+1)}a^{p^{k+s}+p^k-p^s-1} \neq -1 \tag{2.32}$$

时, 可以得到

$$x^{p^s} = -\frac{b^{p^s+1}a^{p^s} + b^{p^k(p^s+1)}a^{p^{k+s}+p^k-1}}{b^{p^s+1}a + b^{p^k(p^s+1)}a^{p^{k+s}+p^k-p^s}}x = -a^{p^s-1}x, \tag{2.33}$$

由式 (2.33) 并结合 $x^{p^k} = -a^{p^k-1}x$, 且令 $y = x/a$, 得

$$y^{p^k} = y^{p^s} = -y, \tag{2.34}$$

所以式 (2.34) 成立意味着 $y^{p^{k+s}} = y$. 又由于 $n = 2k, (k+s, 2k) = (k+s, k)$, 所以 $y \in \mathbb{F}_{p^{(k+s,k)}}$, 进而 $y^{p^k} = y$, 于是 $y = 0$, 所以 $\Delta_a(\Pi_4(x)) = 0$ 当且仅当 $x = 0$.

最后只需说明式 (2.32) 一定成立. 如若不然, 则 $(ba)^{(p^k-1)(p^s+1)} = -1$, 这与 $(p^s+1, p^k+1) \neq (p^s+1, (p^k+1)/2)$ 矛盾. □

定理 2.14[3] 设 p 是奇素数, k 为正整数, $n = 2k$, s 和 t 是满足 $2 \nmid \dfrac{n}{(n, t-s)}$ 的正整数. $\mathbb{F}_{p^n}$ 上的函数 $\Pi_5(x)$ 定义为

$$\Pi_5(x) = ux^{p^k+1} + vx^{p^s+p^t} + v^{p^k}x^{p^{k+s}+p^{k+t}} + \sum_{0 \leqslant i \leqslant k-1} w_i x^{p^{k+i}+p^i},$$

其中 $u \notin \mathbb{F}_{p^k}, w_i \in \mathbb{F}_{p^k}, \ 0 \leqslant i \leqslant k-1, v = \alpha^r, (p^{s-t}+1, p^k+1) \nmid r$, 这里 α 是 $\mathbb{F}_{p^n}$ 的本原元. 那么 $\Pi_5(x)$ 是 $\mathbb{F}_{p^n}$ 上的 PN 函数.

证明 设 $a \in \mathbb{F}_{p^n}^*, \Pi_5(x)$ 是 PN 函数当且仅当线性化多项式 $\Delta_a(\Pi_5(x))$ 在 $\mathbb{F}_{p^n}$ 中仅有一个根 $x = 0$, 这里

$$\Delta_a(\Pi_5(x)) = u(x^{p^k}a + xa^{p^k}) + v(x^{p^s}a^{p^t} + a^{p^s}x^{p^t}) + v^{p^k}(x^{p^{k+s}}a^{p^{k+t}} + x^{p^{k+t}}a^{p^{k+s}})$$
$$+ \sum_{0 \leqslant i \leqslant k-1} w_i(x^{p^{k+i}}a^{p^i} + a^{p^{k+i}}x^{p^i}).$$

将上式中 x 替换为 ax, 得

$$\Delta_a(\Pi_5(ax)) = ua^{p^k+1}(x^{p^k} + x) + va^{p^s+p^t}(x^{p^s} + x^{p^t}) + v^{p^k}a^{p^{k+s}+p^{k+t}}(x^{p^{k+s}} + x^{p^{k+t}})$$
$$+ \sum_{0 \leqslant i \leqslant k-1} w_i a^{p^{k+i}+p^i}(x^{p^{k+i}} + x^{p^i}).$$

于是

$$(\Delta_a(\Pi_5(ax)))^{p^k} - \Delta_a(\Pi_5(ax)) = (u^{p^k} - u)a^{p^k+1}(x^{p^k} + x).$$

由于 $u \notin \mathbb{F}_{p^k}$, 因此 $(\Delta_a\Pi_5(ax))^{p^k} - \Delta_a(\Pi_5(ax)) = 0$ 当且仅当 $x^{p^k} = -x$, 所以 $\Delta_a(\Pi_5(ax))$ 在 $\mathbb{F}_{p^n}$ 中的根 x 必满足 $x^{p^k} = -x$.

注意到 $\Delta_a(\Pi_5(x))$ 在 $\mathbb{F}_{p^n}$ 中的根恰好是 $\Delta_a(\Pi_5(ax))$ 在 $\mathbb{F}_{p^n}$ 中根的非零倍数, 只需要证明 $\Delta_a(\Pi_5(ax)) = 0$ 只有零根. 当 $x^{p^k} = -x$ 时,

$$\Delta_a(\Pi_5(ax)) = (va^{p^s+p^t} - v^{p^k}a^{p^{k+s}+p^{k+t}})(x^{p^s} + x^{p^t}).$$

若 $va^{p^s+p^t} - v^{p^k}a^{p^{k+s}+p^{k+t}} = 0$, 则

$$v^{p^k-1} = a^{(p^{k+s}-p^t)(p^k-1)}.$$

令 $v = \alpha^r$, $a = \alpha^l$, 进而

$$r(p^k-1) \equiv l(p^{k+s}-p^t)(p^k-1) \mod (p^n-1),$$

它等价于

$$r \equiv -lp^t(p^{s-t}+1) \mod (p^k+1),$$

这与条件 $(p^{s-t}+1, p^k+1) \nmid r$ 矛盾, 于是

$$va^{p^s+p^t} - v^{p^k}a^{p^{k+s}+p^{k+t}} \neq 0.$$

所以 $\Delta_a(\Pi_5(ax)) = 0$ 当且仅当 $x^{p^s} + x^{p^t} = 0$, 即

$$(x^{p^s})^{p^{t-s}} + x^{p^s} = 0. \tag{2.35}$$

由于 $2 \nmid \dfrac{n}{(n, t-s)}$, 所以式 (2.35) 仅有一个零根, 由此 $\Delta_a(\Pi_5(ax)) = 0$ 只有零根, 故 $\Pi_5(x)$ 是 $\mathbb{F}_{p^n}$ 上的 PN 函数.　　　　　　　　　　　　　　　　$\square$

　　$\Pi_6(x)$ 为 PN 函数的证明较长, 其证明思想类似于 $\Pi_4(x)$ 和 $\Pi_5(x)$ 的证明. 篇幅所限, 不给出详细的证明过程, 感兴趣的读者请参考文献 [41].

　　引理 2.6 表明任意的 DO 型 PN 函数在 $\mathbb{F}_{p^n}^*$ 上都是 2-1 的. 注意到当 k 为奇数并且 $(k, n) = 1$ 时, $\left(\dfrac{3^k+1}{2}, 3^n-1\right) = 2$, 故 Coulter-Matthews 幂函数在 $\mathbb{F}_{p^n}^*$ 上也是 2-1 的, 因此 $\mathbb{F}_{p^n}$ 上所有已知的 PN 函数都具有该性质. 事实上, 翁国标等运用不同的方法, 在文献 [39] 中最早证明了该性质. Kyureghyan 和 Pott 运用类似方法, 进一步证明了下面的结论, 感兴趣的读者可以参考文献 [22, 39].

　　定理 2.15[22]　设 $F(x)$ 是 $\mathbb{F}_{p^n}$ 上的 PN 函数, $\mathrm{Im}(F)$ 表示 F 的像集. 那么

$$\mathrm{Im}(F) \geqslant \frac{p^n+1}{2}$$

进一步, $\mathrm{Im}(F) = \dfrac{p^n+1}{2}$ 当且仅当存在唯一的 $a_0 \in \mathbb{F}_{p^n}$, 使得 $|F^{-1}(a_0)| = 1$, 并且对 $\mathbb{F}_{p^n}$ 中任意的 $a \neq a_0$, 都有 $|F^{-1}(a)| = 0$ 或 2.

　　定理 2.15 给出了 PN 函数像集大小的一个下界. 通过把 Demboski-Ostrom 幂函数加上一个线性函数, Kyuregh-yanhe 和 Pott 在文献 [22] 得到了一个 PN 函数, 它的像集严格大于 $\dfrac{p^n+1}{2}$, 只不过新的 PN 函数与原有的 Demboski-Ostrom 幂函数是 EA 等价的.

2.4 完全非线性函数的等价性

SP 结构是分组密码算法所采用的一类典型的密码结构, 现实中许多密码算法都是 SP 结构的算法, 比如美国高级加密标准 AES 算法的整体结构采用 SP 结构, 欧洲分组密码标准算法 Camellia 的整体结构采用 Feistel 结构, 但轮函数使用 SP 结构. SP 结构的主要特点是密码算法的轮函数有比较明晰的混淆层和扩散层, 混淆层主要由非线性组件 S 盒构成, 扩散层主要由线性 P 置换构成. 这样做的目的就是能定量刻画分组密码算法抵抗差分密码攻击和线性密码攻击的能力. 密码算法抵抗差分密码攻击的能力与轮函数的差分均匀度密切相关, 而轮函数的差分均匀度只与非线性组件 S 盒有关, 与线性 P 置换无关. 这是因为当轮函数由 S 盒和 P 置换构成时, P 置换不改变 S 盒的差分均匀度. 从函数等价的观点来看, 非线性函数与线性函数的合成不改变非线性函数本身的差分均匀度. 本节首先介绍密码函数的两种等价性的概念, 其次讨论这两种等价性之间的关系, 最后分析已有完全非线性函数的等价性问题.

$\mathbb{F}_{p^n}$ 上的每一个函数都有两种表达式, 一种是单变元多项式表示, 另一种是向量值函数表示.

单变元多项式表示是指 $\mathbb{F}_{p^n}$ 上的每一个函数 $F(x)$ 都可以表示成 $\mathbb{F}_{p^n}$ 上一个次数不超过 $p^n - 1$ 的多项式:

$$F(x) = a_{p^n-1}x^{p^n-1} + a_{p^n-2}x^{p^n-2} + \cdots + a_1 x + a_0, \quad 其中 \quad a_i \in \mathbb{F}_{p^n}.$$

向量值函数表示是指函数 $F(x)$ 都可以表示为从 $\mathbb{F}_p^n$ 到自身的如下映射:

$$F(x) = (f_1(x_1, x_2, \cdots, x_n), f_2(x_1, x_2, \cdots, x_n), \cdots, f_n(x_1, x_2, \cdots, x_n)),$$

其中 $f_i(x_1, x_2, \cdots, x_n) \in \mathbb{F}_p[x_1, x_2, \cdots, x_n], \ 1 \leqslant i \leqslant n$.

$\mathbb{F}_{p^n}$ 上函数 $F(x)$ 的次数是指其单变元多项式表示中非零系数项的最高次数, 也就是平时所讲的单变元多项式的次数. 代数次数是指其向量值函数表示中分量函数的次数的最大者. 容易看出, 函数 $F(x)$ 的代数次数恰好等于其单变元表示中非零系数项的幂次的 p-adic 重量的最大值, 即

$$\max_{1 \leqslant i \leqslant p^n-1} \{wt_p(i) \mid a_i \neq 0\},$$

这里 $wt_p(i)$ 表示正整数 i 的 p-adic 重量, 即如果 i 的 p-adic 表示为

$$i = c_0 + c_1 p + c_2 p^2 + \cdots + c_l p^l,$$

则

$$wt_p(i) = c_0 + c_1 + \cdots + c_l.$$

$\mathbb{F}_{p^n}$ 上函数 $L(x)$ 称为线性函数是指对任意 $a, b \in \mathbb{F}_p, x, y \in \mathbb{F}_{p^n}$, 均有

$$L(ax + by) = aL(x) + bL(y).$$

线性函数与常数的和称为仿射函数. 对于 $\mathbb{F}_{p^n}$ 上函数 $F(x)$ 来说, $F(x)$ 是仿射函数当且仅当其单变元多项式表示是 $\mathbb{F}_{p^n}$ 上的线性化多项式与常数的和, 或者其向量值函数表示是如下的矩阵形式:

$$F(x_1, x_2, \cdots, x_n) = (x_1, x_2, \cdots, x_n)A + b,$$

这里 A 为 $\mathbb{F}_p$ 上 $n \times n$ 矩阵, b 为 $\mathbb{F}_p$ 上 n 维列向量, 这意味着 $F(x)$ 的每一个分量函数都是 $\mathbb{F}_p$ 上的仿射函数.

定义 2.9[33] 设 F 和 F' 都是从 $\mathbb{F}_{p^n}$ 到自身的映射, 若存在 $\mathbb{F}_{p^n}$ 上的仿射置换 L_1 和 L_2, 使得 $F' = L_1 \circ F \circ L_2$, 则称 F 和 F' 是仿射 (Affine) 等价的; 进一步, 若还存在仿射函数 L_3, 使得 $F' = L_1 \circ F \circ L_2 + L_3$, 则称 F 和 F' 是扩展仿射 (Extend Affine) 等价的, 简称 EA 等价.

根据 EA 等价定义, 函数的代数次数和差分均匀度都是 EA 等价不变量. 这表明如果两个函数的代数次数不同或者差分均匀度不同, 则这两个函数一定不是 EA 等价的. 由 PN 函数的定义, 如果一个函数与一个 PN 函数 EA 等价, 那么此函数的差分均匀度也是 1, 从而是 PN 函数.

1998 年, Carlet 等给出了一种更为广泛的等价概念, 即 Carlet-Charpin-Zinoviev 等价, 简称 CCZ 等价. CCZ 等价是 EA 等价的扩展形式. 在下面的讨论中, 把 $\mathbb{F}_{p^n}$ 上的函数看成是从 $\mathbb{F}_p^n$ 到自身的映射, 即使用其向量值函数的表示形式.

定义 2.10 设 F 是 $\mathbb{F}_p^n$ 到其自身的映射, F 的图 $\mathcal{G}_F$ 定义为如下集合:

$$\mathcal{G}_F = \{(x, F(x)) \mid x \in \mathbb{F}_p^n\} \subseteq \mathbb{F}_p^{2n}.$$

定义 2.11[4] 设 F 和 F' 都是从 $\mathbb{F}_p^n$ 到自身的映射, 若存在 $\mathbb{F}_p^{2n}$ 上的仿射置换 L, 使得 $L(\mathcal{G}_F) = \mathcal{G}_{F'}$, 则称 F 和 F' 是 CCZ 等价的.

EA 等价和 CCZ 等价有很多等价形式的描述, 为便于读者理解, 下面给出一个矩阵角度的解释.

对给定的函数 $F : \mathbb{F}_p^n \mapsto \mathbb{F}_p^n$, 定义如下矩阵:

$$U_F = \begin{bmatrix} 1 & 1 & 1 & 1 & \cdots & 1 \\ 0 & 1 & \alpha & \alpha^2 & \cdots & \alpha^{p^n-2} \\ F(0) & F(1) & F(\alpha) & F(\alpha^2) & \cdots & F(\alpha^{p^n-2}) \end{bmatrix},$$

其中 $0, F(0), \alpha^i, F(\alpha^i)(0 \leqslant i \leqslant p^n - 1)$ 均视为 $\mathbb{F}_p$ 上的 n 维列向量, 进而 U_F 为 $\mathbb{F}_p$ 上的 $(2n+1) \times p^n$ 矩阵. 那么函数 F 和 G 是 CCZ 等价的就是指存在 $(2n+1) \times (2n+1)$ 的可逆方阵 M 以及 $p^n \times p^n$ 的置换方阵 P, 使得

$$U_F = MU_G P,$$

其中, M 具有如下形式:

$$M = \begin{bmatrix} 1 & 0 & 0 \\ \zeta & A & C \\ \eta & D & B \end{bmatrix},$$

这里 A, B, C, D 都是 $\mathbb{F}_p$ 上的 $n \times n$ 方阵, 并使得 $\begin{bmatrix} A & C \\ D & B \end{bmatrix}$ 为可逆矩阵. ζ, η 为 $\mathbb{F}_p$ 上的 n 维列向量, 即

$$\zeta = (\zeta_1, \zeta_2, \cdots, \zeta_n)^{\mathrm{T}}, \quad \eta = (\eta_1, \eta_2, \cdots, \eta_n)^{\mathrm{T}}.$$

于是 $U_F = MU_G P$ 等价于对任意 $y \in \mathbb{F}_p^n$, 均存在唯一的 $x \in \mathbb{F}_p^n$, 使得

$$\begin{cases} y = \zeta + Ax + CG(x), \\ F(y) = \eta + Dx + BG(x), \end{cases}$$

即

$$\begin{bmatrix} y \\ F(y) \end{bmatrix} = \begin{bmatrix} A & C \\ D & B \end{bmatrix} \begin{bmatrix} x \\ G(x) \end{bmatrix} + \begin{bmatrix} \zeta \\ \eta \end{bmatrix},$$

从而, 函数 F 和 G 是 CCZ 等价的.

特别地, 如果可逆方阵 M 中 C, D 矩阵均取零矩阵, 即

$$M = \begin{bmatrix} 1 & 0 & 0 \\ \zeta & A & 0 \\ \eta & 0 & B \end{bmatrix},$$

CCZ 等价就变成了 EA 等价, 也就是说 EA 等价是 CCZ 等价的特例. 进一步, 如果 M 取如下形式的可逆矩阵:

$$M = \begin{bmatrix} 1 & 0 & 0 \\ 0 & 0 & E \\ 0 & E & 0 \end{bmatrix},$$

其中 E 为单位矩阵, 那么这个变换就对应于函数求逆, 当然这里的前提是 F 为置换函数, 这表明任何置换函数与其逆置换是 CCZ 等价的.

　　已经指出差分均匀度和代数次数都是 EA 等价不变量, 下面证明差分均匀度是 CCZ 等价不变量, 但代数次数不是 CCZ 等价不变量.

　　定理 2.16[4]　设函数 $F : \mathbb{F}_p^n \mapsto \mathbb{F}_p^n$, δ_F 为 F 的差分均匀度. 那么 δ_F 是 CCZ 等价不变量.

　　证明　设 $L = (L_1, L_2)$ 是 $\mathbb{F}_p^{2n}$ 上的一个仿射置换, 其中 L_1, L_2 分别是从 $\mathbb{F}_p^{2n}$ 到 $\mathbb{F}_p^n$ 的仿射函数. 令

$$F_1(x) = L_1(x, F(x)), \quad F_2(x) = L_2(x, F(x)).$$

为证明 δ_F 是 CCZ 等价不变量, 只需证明 $F_2 \circ F_1^{-1}$ 的差分均匀度也等于 δ_F. 假定 $F_2 \circ F_1^{-1}$ 的差分均匀度为 δ', 则方程组

$$\begin{cases} F_1(x) - F_1(y) = a, \\ F_2(x) - F_2(y) = b \end{cases}$$

最多有 δ' 个解. 注意到 $L = (L_1, L_2)$ 是置换, 所以 $(a, b) \in \mathbb{F}_p^n \times \mathbb{F}_p^n$ 存在唯一的逆元 (a', b'), 进而方程组

$$\begin{cases} x - y = a', \\ F(x) - F(y) = b' \end{cases}$$

也最多有 δ' 个解, 于是 $\delta' \geqslant \delta_F$. 同样由于 $L = (L_1, L_2)$ 是仿射置换, 上述证明过程反过来也是正确的, 因此 $\delta' = \delta_F$. 　　　　　　　　　　　　　　□

　　注意到逆函数与原函数是 CCZ 等价的, 而逆函数的代数次数跟原函数的代数次数未必相等, 因此, 代数次数不是 CCZ 等价不变量. 比如, Gold 型幂函数 $\Pi_1(x)$ 是 PN 函数, 它的代数次数为 2, 但其逆函数的代数次数一般情况下不为 2. 另外, 对于有限域上一般函数来说, EA 等价一定 CCZ 等价, 但 CCZ 等价未必 EA 等价. 比如在第 3 章中将看到, 对于 APN 函数来说, EA 等价是严格包含在 CCZ 等价这个概念里面的. 但是, 对 PN 函数而言, 2008 年, Kyureghyan 和 Pott 证明它们是同一回事.

　　引理 2.9[22]　设 $F, G : \mathbb{F}_p^n \mapsto \mathbb{F}_p^n$ 都是 PN 函数, 定义

$$\mathcal{G}_F = \left\{ \begin{bmatrix} x \\ F(x) \end{bmatrix} \Big| x \in \mathbb{F}_p^n \right\}, \quad \mathcal{G}_G = \left\{ \begin{bmatrix} x \\ G(x) \end{bmatrix} \Big| x \in \mathbb{F}_p^n \right\},$$

并且

$$\mathcal{O} = \left\{ \begin{bmatrix} 0 \\ y \end{bmatrix} \Big| y \in \mathbb{F}_p^n \right\}.$$

如果 $L : \mathbb{F}_p^{2n} \mapsto \mathbb{F}_p^{2n}$ 是一个线性置换, 使得 $L(\mathcal{G}_F) = \mathcal{G}_G$, 那么 $L(\mathcal{O}) = \mathcal{O}$.

证明 设 a 是 $\mathbb{F}_p^n$ 中一个给定的非零元, 由于 F 是 PN 函数, 所以对任意 $b \in \mathbb{F}_p^n$, 存在唯一的 $c \in \mathbb{F}_p^n$, 使得 $b = F(c+a) - F(c)$, 故

$$L \begin{bmatrix} a \\ b \end{bmatrix} = L \begin{bmatrix} c+a \\ F(c+a) \end{bmatrix} - L \begin{bmatrix} c \\ F(c) \end{bmatrix} = \begin{bmatrix} y' \\ G(y') \end{bmatrix} - \begin{bmatrix} y \\ G(y) \end{bmatrix}.$$

由于 L 为 $\mathbb{F}_p^{2n}$ 上的线性置换, 并且 $L(\mathcal{G}_F) = \mathcal{G}_G$, 故 $y' \neq y$, 于是 $L \begin{bmatrix} u \\ b \end{bmatrix} \notin \mathcal{O}$, 因此 $L(\mathcal{O}) = \mathcal{O}$. □

定理 2.17[22] 设 $F, G : \mathbb{F}_p^n \mapsto \mathbb{F}_p^n$ 都是 PN 函数. 那么 F 和 G 是 CCZ 等价的当且仅当它们是 EA 等价的.

证明 前面已经指出 EA 等价的函数一定是 CCZ 等价的, 故对于 PN 函数来说, EA 等价一定是 CCZ 等价. 下面证明 CCZ 等价的 PN 函数也一定 EA 等价.

假定函数 F 和 G 是 CCZ 等价的, 则存在仿射置换 $A : \mathbb{F}_p^{2n} \mapsto \mathbb{F}_p^{2n}$, 使得

$$A \begin{bmatrix} x \\ F(x) \end{bmatrix} = \begin{bmatrix} y \\ G(y) \end{bmatrix}.$$

设 $L : \mathbb{F}_p^{2n} \mapsto \mathbb{F}_p^{2n}$ 是线性置换, $c_1, c_2 \in \mathbb{F}_p^n$, 使得

$$A \begin{bmatrix} x \\ y \end{bmatrix} = L \begin{bmatrix} x \\ y \end{bmatrix} + \begin{bmatrix} c_1 \\ c_2 \end{bmatrix},$$

注意到

$$L \begin{bmatrix} x \\ F(x) \end{bmatrix} = \begin{bmatrix} y - c_1 \\ G(y) - c_2 \end{bmatrix} = \begin{bmatrix} y' \\ G(y' + c_1) - c_2 \end{bmatrix}.$$

因此, L 就将 F 的图映射为 $G(y' + c_1) - c_2$ 的图, 由于 $G(y)$ 为 PN 函数, 故 $G(y' + c_1) - c_2$ 也是 PN 函数.

设 L 的矩阵表示为

$$\begin{bmatrix} L_1 & L_2 \\ L_3 & L_4 \end{bmatrix},$$

其中 L_i 是 $\mathbb{F}_p$ 上的 $n \times n$ 的矩阵. 由引理 2.9, $L_2 = 0$. 因此

$$A \begin{bmatrix} x \\ F(x) \end{bmatrix} = \begin{bmatrix} L_1 & 0 \\ L_3 & L_4 \end{bmatrix} \begin{bmatrix} x \\ F(x) \end{bmatrix} + \begin{bmatrix} c_1 \\ c_2 \end{bmatrix},$$

于是

$$\begin{bmatrix} L_1(x) + c_1 \\ L_3(x) + L_4(F(x)) + c_2 \end{bmatrix} = \begin{bmatrix} y \\ G(y) \end{bmatrix}.$$

所以

$$G(L_1(x) + c_1) - L_3(x) + L_4(F(x)) + c_2,$$

其中 L_1 和 L_4 都是可逆矩阵, 这表明 F 和 G 是 EA 等价的.　　　　　□

　　由定理 2.17, 判断两个 PN 函数是否 CCZ 等价, 只需要判断它们是否 EA 等价. 虽然 EA 等价的判别性并不是那么简单, 但还是能大大简化 PN 函数等价性判别的难度. 注意到 Coulter-Matthews 函数的代数次数是 $k+1$, 而其他五类 PN 函数的代数次数为 2, 于是 Coulter-Matthews 型函数就不可能和其他五类 PN 函数等价. 另一方面, Ding C 和 Yuan J 通过差集的方法, 证明了 Ding-Yuan 函数对应于一个 skew 型的 Hadamard 差集, 进而由差集与 PN 函数的等价性关系, 证明它与 Dembowski-Ostrom 函数和 Coulter-Matthews 函数不等价. 由于这要涉及较多差集方面的知识, 在此不给出证明, 感兴趣的读者请参考文献 [15] 或者 [39]. 在后一篇文献中, 翁国标等进一步讨论了 skew Hadamard 差集、partial 差集和 PN 函数的关系. 后三类多项式型 PN 函数相比前三类 PN 函数来说, 都在相应的文献中给出了它们与前三类 PN 函数不等价的证明, 由于篇幅限制, 请参见文献 [3, 41], 然而后三类 PN 函数之间是否等价目前还不清楚. 另外, 2008 年 Helleseth 等给出了一类二项式形式的完全非线性函数[18], 这是至今为止所发现的第一类由两个互不等价的单项式组成的二项式形式的完全非线性函数. 但是文献 [43] 中利用 Frobinus 自同构将其变形为一个新的二项式, 给出了其完全非线性的简洁证明, 指出了这类函数与 x^2 是等价的, 并且讨论了该类完全非线性函数的计数性质.

2.5　完全非线性函数的应用

　　当给出 PN 函数的定义时, 曾指出 PN 函数与平面函数、相对差集和交换预半域有十分密切的关系. 同时, PN 函数的产生有着密码学的应用背景. 从理论上来说, PN 函数是抵抗差分密码攻击最优的函数类, 然而在实际应用当中, 密码算法的设计大都采用特征为偶数的有限域中的运算, 即密码算法中的非线性组件通常基于二元域的偶数次扩张, 这类域上不存在 PN 函数. 现实生活中的密码算法基本没有使用 PN 函数为非线性组件, PN 函数的作用主要表现在理论研究上的意义, 以及它们在有限几何、组合和代数中的应用价值. 本节给出 PN 函数在纠错编码领域中的三个应用: 基于 PN 函数的线性码的权分布、基于 PN 函数的线性码的覆盖结构以及基于 PN 函数的常复合码的构造. 这些成果主要来自文献 [24, 25, 42, 44].

2.5.1　基于 PN 函数的线性码的权分布

　　2005 年, Carlet, Ding 和 Yuan 利用有限域 $\mathbb{F}_{p^n}$ 上的 PN 函数构造了如下两类线性码[7]:

$$C_{\Pi} = \{(f_{a,b}(\gamma_1), f_{a,b}(\gamma_2), \cdots, f_{a,b}(\gamma_{p^n-1})) \mid a, b \in \mathbb{F}_{p^n}\},$$

$$\bar{C}_{\Pi} = \{(f_{a,b,c}(\gamma_0), f_{a,b,c}(\gamma_1), \cdots, f_{a,b,c}(\gamma_{p^n-1})) \mid a, b, c \in \mathbb{F}_{p^n}\}.$$

其中 $\gamma_0 = 0, \gamma_1, \cdots, \gamma_{p^n-1}$ 为 $\mathbb{F}_{p^n}$ 中的全部元素, 函数 $f_{a,b,c}(x)$ 和 $f_{a,b}(x)$ 定义如下:

$$f_{a,b,c}(x) = \mathrm{tr}(a\Pi(x) + bx + c), \quad f_{a,b}(x) = f_{a,b,0}(x).$$

这里 $\Pi(x)$ 为 $\mathbb{F}_{p^n}$ 上的 PN 函数, $\mathrm{tr}(\cdot)$ 表示 $\mathbb{F}_{p^n} \mapsto \mathbb{F}_p$ 的迹函数.

文献 [7] 研究了上述两类线性码的参数性能, 确定了这些线性码的码长和维数, 给出了极小距离的上、下限. 文献 [40] 对于 Dembowski-Ostrom 函数、Coulter-Matthews 函数和 Ding-Yuan 函数, 除一种特殊情况外, 确定了这些线性码的权分布. 但是对于不同的 PN 函数, 采用的数学方法是不同的. 文献 [16] 通过研究有限域上指数和的值分布, 用一种统一的方法给出了 Dembowski-Ostrom 函数和 Coulter-Matthews 函数相应的线性码的权分布, 从而解决了文献 [40] 中的遗留问题. 文献 [24] 利用有限域上的二次型理论和指数和理论, 用一种统一的方法给出了 Dembowski-Ostrom 函数、Coulter-Matthews 函数和 Ding-Yuan 函数对应的线性码的权分布. 与此同时, 关于 PN 函数的研究, 国际上取得了一些突破性的进展, 主要表现在: 一是证明了 PN 函数的 EA 等价与 CCZ 等价是同一回事; 二是相继发现了三类新的 PN 函数, 这些 PN 函数都是 DO 型的. 文献 [44] 进一步指出对于 DO 型 PN 函数来说, 文献 [24] 中有关线性码的权分布的结论同样成立. 下面给出文献 [24] 和 [44] 中的结果.

引理 2.10 [26] 设 $q = p^n$, 其中 p 是一个奇素数, n 为正整数. 令 $G(\eta, \chi)$ 为 $\mathbb{F}_q$ 的二次特征 η 和标准加法特征 χ 的高斯和, 即

$$G(\eta, \chi) = \sum_{c \in \mathbb{F}_q^*} \eta(c)\chi(c).$$

那么 $\displaystyle\sum_{c \in \mathbb{F}_q^*} \eta(c) = \sum_{c \in \mathbb{F}_q} \chi(c) = 0$, 并且

$$G^2(\eta, \chi) = \begin{cases} q, & \text{若 } p \equiv 1 \mod 4; \\ -q, & \text{若 } p \equiv 3 \mod 4. \end{cases}$$

引理 2.11 [26] 设 η 和 χ 分别表示 $\mathbb{F}_q$ 上的二次特征和标准加法特征, $G(\eta, \chi)$ 为 η 和 χ 的高斯和. $f(x_1, x_2, \cdots, x_n)$ 是 $\mathbb{F}_q$ 上的一个 n 元非退化二次型. 那么,

$$\sum_{c_1, c_2, \cdots, c_n \in \mathbb{F}_q} \chi(f(c_1, c_2, \cdots, c_n)) = \begin{cases} q^{\frac{n-1}{2}} \eta\left((-1)^{\frac{n-1}{2}}\Delta\right) G(\eta, \chi), & \text{当 } n \text{ 为奇数}; \\ q^{\frac{n}{2}} \eta\left((-1)^{\frac{n}{2}}\Delta\right), & \text{当 } n \text{ 为偶数}. \end{cases}$$

其中 $\triangle$ 表示二次型 f 的行列式.

在所有已知的 PN 函数当中, 只有 $\Pi_2(x)$ 的代数次数不是 2. Ness 和 Helleseth 等在文献 [32] 中, 对任意 $a, b \in \mathbb{F}_{3^n}$, 定义了如下的指数和:

$$S(a,b) = \sum_{x \in \mathbb{F}_{3^n}} \omega^{\text{tr}(a\Pi_2(x)+bx)}, \quad \text{其中} \quad \omega = e^{\frac{2\pi i}{3}},$$

并得到了下列结果:

引理 2.12[32]　(1) 若 n 为奇数, 那么指数和 $\{S(a,b) \mid a,b \in \mathbb{F}_{3^n}\}$ 的值分布为

$$\begin{cases} \lambda_{3^n} = 1, \\ \lambda_0 = 3^n - 1, \\ \lambda_{i3^{\frac{n}{2}}} = \frac{1}{2}(3^n - 1)3^{n-1}, \\ \lambda_{-i3^{\frac{n}{2}}} = \frac{1}{2}(3^n - 1)3^{n-1}, \\ \lambda_{i3^{\frac{n}{2}}\omega} = \frac{1}{2}(3^n - 1)(3^{n-1} - 3^{\frac{n-1}{2}}), \\ \lambda_{-i3^{\frac{n}{2}}\omega} = \frac{1}{2}(3^n - 1)(3^{n-1} + 3^{\frac{n-1}{2}}), \\ \lambda_{i3^{\frac{n}{2}}\omega^2} = \frac{1}{2}(3^n - 1)(3^{n-1} + 3^{\frac{n-1}{2}}), \\ \lambda_{-i3^{\frac{n}{2}}\omega^2} = \frac{1}{2}(3^n - 1)(3^{n-1} - 3^{\frac{n-1}{2}}); \end{cases} \tag{2.36}$$

(2) 若 n 为偶数, 那么指数和 $\{S(a,b) \mid a,b \in \mathbb{F}_{3^n}\}$ 的值分布为

$$\begin{cases} \lambda_{3^n} = 1, \\ \lambda_0 = 3^n - 1, \\ \lambda_{3^{\frac{n}{2}}} = \frac{1}{2}(3^n - 1)(3^{n-1} + 2 \cdot 3^{\frac{n-2}{2}}), \\ \lambda_{-3^{\frac{n}{2}}} = \frac{1}{2}(3^n - 1)(3^{n-1} - 2 \cdot 3^{\frac{n-2}{2}}), \\ \lambda_{3^{\frac{n}{2}}\omega} = \frac{1}{2}(3^n - 1)(3^{n-1} - 3^{\frac{n-2}{2}}), \\ \lambda_{-3^{\frac{n}{2}}\omega} = \frac{1}{2}(3^n - 1)(3^{n-1} + 3^{\frac{n-2}{2}}), \\ \lambda_{3^{\frac{n}{2}}\omega^2} = \frac{1}{2}(3^n - 1)(3^{n-1} - 3^{\frac{n-2}{2}}), \\ \lambda_{-3^{\frac{n}{2}}\omega^2} = \frac{1}{2}(3^n - 1)(3^{n-1} + 3^{\frac{n-2}{2}}), \end{cases} \tag{2.37}$$

其中 $\omega = e^{\frac{2\pi i}{3}}$, λ_v 表示当 (a,b) 跑遍 $\mathbb{F}_{3^n} \times \mathbb{F}_{3^n}$ 时, 指数和 $S(a,b)$ 等于 v 的个数.

利用上面三个引理, 就可以给出基于所有已知 PN 函数的线性码 C_Π 和 $\bar{C}_\Pi$ 的权分布, 证明过程中需要区分 Dembowski-Ostrom 型和 Coulter-Matthews 型 PN 函数两种情形.

定理 2.18 [24] 设 $\Pi : \mathbb{F}_{p^n} \mapsto \mathbb{F}_{p^n}$ 是 Dembowski-Ostrom 型或者 Coulter-Matthews 型的完全非线性函数, 其中 p 是奇素数, n 是一个正整数.

(1) 当 n 为奇数时, C_Π 的权分布为

$$
\begin{cases}
A_0 = 1, \\[2mm]
A_{(p-1)p^{n-1}-p^{\frac{n-1}{2}}} = \dfrac{1}{2}(p-1)(p^n-1)(p^{n-1}+p^{\frac{n-1}{2}}), \\[2mm]
A_{(p-1)p^{n-1}} = (p^{n-1}+1)(p^n-1), \\[2mm]
A_{(p-1)p^{n-1}+p^{\frac{n-1}{2}}} = \dfrac{1}{2}(p-1)(p^n-1)(p^{n-1}-p^{\frac{n-1}{2}}),
\end{cases}
\tag{2.38}
$$

其他的 $A_i = 0$;

(2) 当 n 为偶数时, C_Π 的权分布为

$$
\begin{cases}
A_0 = 1, \\[2mm]
A_{(p-1)(p^{n-1}-p^{\frac{n-2}{2}})} = \dfrac{1}{2}(p^n-1)(p^{n-1}+(p-1)p^{\frac{n-2}{2}}), \\[2mm]
A_{(p-1)p^{n-1}-p^{\frac{n-2}{2}}} = \dfrac{1}{2}(p-1)(p^n-1)(p^{n-1}+p^{\frac{n-2}{2}}), \\[2mm]
A_{(p-1)p^{n-1}} = p^n-1, \\[2mm]
A_{(p-1)p^{n-1}+p^{\frac{n-2}{2}}} = \dfrac{1}{2}(p-1)(p^n-1)(p^{n-1}-p^{\frac{n-2}{2}}), \\[2mm]
A_{(p-1)(p^{n-1}+p^{\frac{n-2}{2}})} = \dfrac{1}{2}(p^n-1)(p^{n-1}-(p-1)p^{\frac{n-2}{2}}),
\end{cases}
\tag{2.39}
$$

其他的 $A_i = 0$.

证明 令 $w_H(a,b)$ 表示线性码 C_Π 中码字

$$
c_{a,b} = (f_{a,b}(\gamma_1), f_{a,b}(\gamma_2), \cdots, f_{a,b}(\gamma_{p^n-1}))
$$

的 Hamming 重量. 显然 $w_H(0,0) = 0$, 并且对任意 $b \in \mathbb{F}_{p^n}^*$, $w_H(0,b) = p^{n-1}(p-1)$. 以下只需对 $a \neq 0$ 的情形进行讨论. 证明分为两部分, 一部分给出基于 Dembowski-Ostrom 型 PN 函数的线性码的权分布, 另一部分给出基于 Coulter-Matthews 型 PN 函数的线性码的权分布.

情形 1 Dembowski-Ostrom 型

根据引理 2.3 以及引理 2.5, 存在非奇异的线性变换

$$(x_1, x_2, \cdots, x_n)^{\mathrm{T}} = P(y_1, y_2, \cdots, y_n)^{\mathrm{T}},$$

使得

$$\mathrm{tr}(a\Pi(x)) = a_1 y_1^2 + a_2 y_2^2 + \cdots + a_n y_n^2,$$

其中 $a_1, a_2, \cdots, a_n$ 是 $\mathbb{F}_p$ 中的非零元, $P \in \mathbb{F}_p^{n \times n}$ 是一个可逆矩阵.

设 Δ_a 为 $\mathrm{tr}(a\Pi(x))$ 的行列式, η 表示 $\mathbb{F}_p$ 上的二次特征, 那么 $\eta(\Delta_a) = \eta(a_1 a_2 \cdots a_n)$, 于是

$$\mathrm{tr}(a\Pi(x) + bx) = a_1 y_1^2 + a_2 y_2^2 + \cdots + a_n y_n^2 + b_1 y_1 + b_2 y_2 + \cdots + b_n y_n,$$

其中 $b_1, b_2, \cdots, b_n \in \mathbb{F}_p$. 注意到 b 与 $(b_1, b_2, \cdots, b_n)$ 之间是一一对应, 并且 $b = 0$ 当且仅当 $b_1 = b_2 = \cdots = b_n = 0$.

令 $z_1 = y_1 + \dfrac{b_1}{2a_1}, z_2 = y_2 + \dfrac{b_2}{2a_2}, \cdots, z_n = y_n + \dfrac{b_n}{2a_n}$, 并且 $c_0 = -\displaystyle\sum_{i=1}^{n} \dfrac{b_i^2}{4a_i} \in \mathbb{F}_p$, 那么

$$\mathrm{tr}(a\Pi(x) + bx) = a_1 z_1^2 + a_2 z_2^2 + \cdots + a_n z_n^2 + c_0.$$

因此,

$$
\begin{aligned}
w_H(a, b) &= | \{ x \in \mathbb{F}_{p^n}^* \mid \mathrm{tr}(a\Pi(x) + bx) \neq 0 \} | \\
&= p^n - | \{ x \in \mathbb{F}_{p^n} \mid \mathrm{tr}(a\Pi(x) + bx) = 0 \} | \\
&= p^n - \frac{1}{p} \sum_{s \in \mathbb{F}_p} \sum_{x \in \mathbb{F}_{p^n}} \chi(s(\mathrm{tr}(a\Pi(x) + bx))) \\
&= (p-1)p^{n-1} - \frac{1}{p} \sum_{s \in \mathbb{F}_p^*} \sum_{x \in \mathbb{F}_{p^n}} \chi(s(\mathrm{tr}(a\Pi(x) + bx))) \\
&= (p-1)p^{n-1} - \frac{1}{p} \sum_{s \in \mathbb{F}_p^*} \chi(sc_0) \sum_{z_1, z_2, \cdots, z_n \in \mathbb{F}_p} \chi(sa_1 z_1^2 + \cdots + sa_n z_n^2), \quad (2.40)
\end{aligned}
$$

其中 χ 是 $\mathbb{F}_p$ 上标准加法特征.

下面分 n 为奇数和偶数两种情况进行讨论.

(1) 当 n 为奇数时, 由引理 2.11, 有

$$
\begin{aligned}
\sum_{z_1, z_2, \cdots, z_n \in \mathbb{F}_p} &\chi(sa_1 z_1^2 + sa_2 z_2^2 + \cdots + sa_n z_n^2) \\
&= p^{\frac{n-1}{2}} \eta\left((-1)^{\frac{n-1}{2}} s^n a_1 a_2 \cdots a_n \right) G(\eta, \chi) \\
&= p^{\frac{n-1}{2}} G(\eta, \chi) \eta\left((-1)^{\frac{n-1}{2}} \Delta_a \right) \eta(s).
\end{aligned}
$$

进而

$$w_H(a,b) = (p-1)p^{n-1} - p^{\frac{n-3}{2}} G(\eta,\chi)\eta\left((-1)^{\frac{n-1}{2}}\Delta_a\right) \sum_{s\in\mathbb{F}_p^*} \chi(sc_0)\eta(s). \qquad (2.41)$$

如果 $c_0 = 0$, 那么

$$\sum_{s\in\mathbb{F}_p^*} \chi(sc_0)\eta(s) = \sum_{s\in\mathbb{F}_p^*} \eta(s) = 0,$$

这就意味着 $w_H(a,b) = (p-1)p^{n-1}$. 如果 $c_0 \neq 0$, 那么

$$\sum_{s\in\mathbb{F}_p^*} \chi(sc_0)\eta(s) = \sum_{s'\in\mathbb{F}_p^*} \chi(s')\eta(c_0^{-1}s') = \eta(c_0)G(\eta,\chi),$$

再由引理 2.10, $G^2(\eta,\chi) = \pm p$, 所以

$$w_H(a,b) = (p-1)p^{n-1} \pm p^{\frac{n-1}{2}} \eta\left((-1)^{\frac{n-1}{2}}\Delta_a\right)\eta(c_0).$$

因此, 对任意 $a \neq 0$, 有

(I) $w_H(a,b) = (p-1)p^{n-1}$ 当且仅当

$$\sum_{i=1}^{n} \frac{b_i^2}{4a_i} = 0; \qquad (2.42)$$

(II) $w_H(a,b) = (p-1)p^{n-1} + p^{\frac{n-1}{2}}$ 当且仅当

$$\eta((-1)^{\frac{n-1}{2}}\Delta_a)\eta\left(-\sum_{i=1}^{n} \frac{b_i^2}{4a_i}\right) = \begin{cases} -1, & \text{若 } p \equiv 1 \bmod 4, \\ 1, & \text{若 } p \equiv 3 \bmod 4; \end{cases} \qquad (2.43)$$

(III) $w_H(a,b) = (p-1)p^{n-1} - p^{\frac{n-1}{2}}$ 当且仅当

$$\eta((-1)^{\frac{n-1}{2}}\Delta_a)\eta\left(-\sum_{i=1}^{n} \frac{b_i^2}{4a_i}\right) = \begin{cases} 1, & \text{若 } p \equiv 1 \bmod 4; \\ -1, & \text{若 } p \equiv 3 \bmod 4. \end{cases} \qquad (2.44)$$

根据引理 2.4, 可以得到满足式 (2.42) 的向量 $(a,b) \in \mathbb{F}_{p^n}^* \times \mathbb{F}_{p^n}$ 的个数为 $(p^n - 1)p^{n-1}$. 再加上 $a = 0$ 时的部分, 可以得到

$$A_{(p-1)p^{n-1}} = (p^{n-1} + 1)(p^n - 1). \qquad (2.45)$$

当 $p \equiv 1 \bmod 4$ 时, $\eta(-1) = 1$. 根据推论 2.5 和引理 2.4, 有

$$\frac{1}{2}(p-1)(p^n - 1)(p^{n-1} - p^{\frac{n-1}{2}})$$

对 $(a,b) \in \mathbb{F}_{p^n}^* \times \mathbb{F}_{p^n}$ 满足

$$\eta\left((-1)^{\frac{n-1}{2}}\Delta_a\right)\eta\left(-\sum_{i=1}^{n} \frac{b_i^2}{4a_i}\right) = -1.$$

所以

$$A_{(p-1)p^{n-1}+p^{\frac{n-1}{2}}} = \frac{1}{2}(p-1)(p^n-1)\left(p^{n-1}-p^{\frac{n-1}{2}}\right). \tag{2.46}$$

类似地, 可得

$$A_{(p-1)p^{n-1}-p^{\frac{n-1}{2}}} = \frac{1}{2}(p-1)(p^n-1)\left(p^{n-1}+p^{\frac{n-1}{2}}\right). \tag{2.47}$$

当 $p \equiv 3 \mod 4$ 时, 也有相同的结果, 请读者自证. 注意到前面讨论过 $a=0$ 时, $A_0 = 1$. 因此, 当 n 为奇数时, 基于 Dembowski-Ostrom 型 PN 函数的线性码的权分布满足 (2.38).

(2) 当 n 为偶数时, 由引理 2.11, 有

$$\sum_{z_1,z_2,\cdots,z_n \in \mathbb{F}_p} \chi(sa_1z_1^2 + sa_2z_2^2 + \cdots + sa_nz_n^2) = p^{\frac{n}{2}}\eta\left((-1)^{\frac{n}{2}}s^n a_1 a_2 \cdots a_n\right)$$
$$= p^{\frac{n}{2}}\eta\left((-1)^{\frac{n}{2}}\Delta_a\right).$$

进而由式 (2.40), 有

$$w_H(a,b) = (p-1)p^{n-1} - p^{\frac{n-2}{2}}\eta\left((-1)^{\frac{n}{2}}\Delta_a\right)\sum_{s\in\mathbb{F}_p^*}\chi(sc_0).$$

所以

$$w_H(a,b) = \begin{cases} (p-1)p^{n-1} - (p-1)p^{\frac{n-2}{2}}\eta\left((-1)^{\frac{n}{2}}\Delta_a\right), & \text{若 } c_0 = 0; \\ (p-1)p^{n-1} + p^{\frac{n-2}{2}}\eta\left((-1)^{\frac{n}{2}}\Delta_a\right), & \text{若 } c_0 \neq 0. \end{cases} \tag{2.48}$$

由上式, 对任意的 $a \neq 0$, 可得

(I) $w_H(a,b) = (p-1)\left(p^{n-1}-p^{\frac{n-2}{2}}\right)$ 当且仅当

$$\sum_{i=1}^{n}\frac{b_i^2}{4a_i} = 0 \quad \text{和} \quad \eta((-1)^{\frac{n}{2}}\Delta_a) = 1; \tag{2.49}$$

(II) $w_H(a,b) = (p-1)\left(p^{n-1}+p^{\frac{n-2}{2}}\right)$ 当且仅当

$$\sum_{i=1}^{n}\frac{b_i^2}{4a_i} = 0 \quad \text{和} \quad \eta\left((-1)^{\frac{n}{2}}\Delta_a\right) = -1; \tag{2.50}$$

(III) $w_H(a,b) = (p-1)p^{n-1}+p^{\frac{n-2}{2}}$ 当且仅当

$$\sum_{i=1}^{n}\frac{b_i^2}{4a_i} \neq 0 \quad \text{和} \quad \eta\left((-1)^{\frac{n}{2}}\Delta_a\right) = 1; \tag{2.51}$$

(IV) $w_H(a, b) = (p-1)p^{n-1} - p^{\frac{n-2}{2}}$ 当且仅当

$$\sum_{i=1}^{n} \frac{b_i^2}{4a_i} \neq 0 \quad \text{和} \quad \eta\left((-1)^{\frac{n}{2}}\Delta_a\right) = -1; \tag{2.52}$$

根据引理 2.4 和推论 2.5, 可以得到满足式 (2.49) 和式 (2.50) 的 (a, b) 的个数, 即

$$A_{(p-1)\left(p^{n-1}-p^{\frac{n-2}{2}}\right)} = \frac{1}{2}(p^n - 1)\left(p^{n-1} + (p-1)p^{\frac{n-2}{2}}\right), \tag{2.53}$$

$$A_{(p-1)\left(p^{n-1}+p^{\frac{n-2}{2}}\right)} = \frac{1}{2}(p^n - 1)\left(p^{n-1} - (p-1)p^{\frac{n-2}{2}}\right). \tag{2.54}$$

进一步, 由式 (2.49), (2.51) 和 (2.53) 可得

$$\begin{aligned}
A_{(p-1)p^{n-1}+p^{\frac{n-2}{2}}} \\
&= \frac{1}{2}(p^n - 1)p^n - \frac{1}{2}(p^n - 1)\left(p^{n-1} + (p-1)p^{\frac{n-2}{2}}\right) \\
&= \frac{1}{2}(p-1)(p^n - 1)\left(p^{n-1} - p^{\frac{n-2}{2}}\right).
\end{aligned}$$

同样, 由式 (2.50), (2.52) 和 (2.54) 可得

$$A_{(p-1)p^{n-1}-p^{\frac{n-2}{2}}} = \frac{1}{2}(p-1)(p^n - 1)\left(p^{n-1} + p^{\frac{n-2}{2}}\right).$$

注意到前面讨论过 $a = 0$ 时, $A_0 = 1$, $A_{(p-1)p^{n-1}} = p^n - 1$, 因此, 当 n 为偶数时, 基于 Dembowski-Ostrom 型 PN 函数的线性码的权分布满足式 (2.39).

情形 2 Coulter-Matthews 型

在这种情形下, $p = 3$, $\Pi(x) = \Pi_2(x)$. 注意到对任意 $a, b \in \mathbb{F}_{3^n}$, 指数和

$$S(a, b) = \sum_{x \in \mathbb{F}_{3^n}} \omega^{\mathrm{tr}(a\Pi_2(x) + bx)}$$

满足

$$S(-a, -b) = \overline{S(a, b)},$$

其中 $\omega = e^{\frac{2\pi i}{3}}$, $\overline{S(a, b)}$ 表示 $S(a, b)$ 的复共轭. 进而,

$$\begin{aligned}
w_H(a, b) &= 3^n - \frac{1}{3}\sum_{s \in \mathbb{F}_3}\sum_{x \in \mathbb{F}_{3^n}} \omega^{\mathrm{tr}(sa\Pi_2(x) + sbx)} \\
&= 3^n - \frac{1}{3}\sum_{s \in \mathbb{F}_3} S(sa, sb) \\
&= 2 \cdot 3^{n-1} - \frac{1}{3}(S(a, b) + S(-a, -b)) \\
&= 2 \cdot 3^{n-1} - \frac{2}{3}\mathrm{Re}(S(a, b)),
\end{aligned}$$

其中 $\mathrm{Re}(\cdot)$ 表示复数的实数部分.

当 n 为奇数时, 由引理 2.12 的 (1), $S(a,b)$ 取如下值:

$$3^n, \quad 0, \quad \pm i3^{\frac{n}{2}}, \quad \pm i3^{\frac{n}{2}}\omega, \quad \pm i3^{\frac{n}{2}}\omega^2.$$

通过直接的计算, 当 $S(a,b)$ 分别取如下值的时,

$$3^n, \; 0, \; i3^{\frac{n}{2}}, \; -i3^{\frac{n}{2}}, \; i3^{\frac{n}{2}}\omega, \; -i3^{\frac{n}{2}}\omega, \; i3^{\frac{n}{2}}\omega^2, \; -i3^{\frac{n}{2}}\omega^2,$$

对应的 $w_H(a,b)$ 的取值为

$$0, \; 2\cdot3^{n-1}, \; 2\cdot3^{n-1}, \; 2\cdot3^{n-1}, \; 2\cdot3^{n-1}+3^{\frac{n-1}{2}},$$
$$2\cdot3^{n-1}-3^{\frac{n-1}{2}}, \; 2\cdot3^{n-1}-3^{\frac{n-1}{2}}, \; 2\cdot3^{n-1}+3^{\frac{n-1}{2}}.$$

因此, 结合式 (2.36) 可得

$$\begin{cases} A_0 = 1, \\ A_{2\cdot3^{n-1}-3^{\frac{n-1}{2}}} = (3^n-1)(3^{n-1}+3^{\frac{n-1}{2}}), \\ A_{2\cdot3^{n-1}} = (3^{n-1}+1)(3^n-1), \\ A_{2\cdot3^{n-1}+3^{\frac{n-1}{2}}} = (3^n-1)(3^{n-1}-3^{\frac{n-1}{2}}), \end{cases} \tag{2.55}$$

这就对应 $p=3$ 时的式 (2.38).

当 n 为偶数时, 可以类似证明结论成立. 综合以上两种情形, 就完成了定理的证明. □

运用相同的方法, 可以得到线性码 $\bar{C}_\Pi$ 的权分布, 即有如下结论:

定理 2.19[24] 设 $\Pi : \mathbb{F}_{p^n} \mapsto \mathbb{F}_{p^n}$ 是 Dembowski-Ostrom 型或者 Coulter-Matthews 型的 PN 函数, 其中 p 是奇素数, n 是一个正整数, 那么

(1) 当 n 为奇数时, $\bar{C}_\Pi$ 的权分布为

$$\begin{cases} A_0 = 1, \\ A_{(p-1)p^{n-1}-p^{\frac{n-1}{2}}} = \frac{1}{2}(p-1)(p^{2n}-p^n), \\ A_{(p-1)p^{n-1}} = (p^n+p)(p^n-1), \\ A_{(p-1)p^{n-1}+p^{\frac{n-1}{2}}} = \frac{1}{2}(p-1)(p^{2n}-p^n), \\ A_{p^n} = p-1, \end{cases} \tag{2.56}$$

其他的 $A_i = 0$;

(2) 当 n 为偶数时, $\bar{C}_\Pi$ 的权分布为

$$
\begin{cases}
A_0 = 1, \\
A_{(p-1)\left(p^{n-1}-p^{\frac{n-2}{2}}\right)} = \dfrac{1}{2}(p^{2n}-p^n), \\
A_{(p-1)p^{n-1}-p^{\frac{n-2}{2}}} = \dfrac{1}{2}(p-1)(p^{2n}-p^n), \\
A_{(p-1)p^{n-1}} = p^{n+1}-p, \\
A_{(p-1)p^{n-1}+p^{\frac{n-2}{2}}} = \dfrac{1}{2}(p-1)(p^{2n}-p^n), \\
A_{(p-1)\left(p^{n-1}+p^{\frac{n-2}{2}}\right)} = \dfrac{1}{2}(p^{2n}-p^n), \\
A_{p^n} = p-1,
\end{cases}
\tag{2.57}
$$

其他的 $A_i = 0$.

2.5.2 基于 PN 函数的线性码的覆盖结构

上面给出了基于所有已知 PN 函数的两类线性码的权分布. 对于前三类已知的 PN 函数, 可以进一步确定这些线性码的覆盖结构.

向量 $\underline{c} = (c_0, c_1, \cdots, c_{n-1}) \in \mathbb{F}_p^n$ 的支集定义为

$$\{i \mid 0 \leqslant i \leqslant n-1,\ c_i \neq 0\}.$$

对任意两个向量 $\underline{c}, \underline{c}' \in \mathbb{F}_p^n$, 称向量 $\underline{c}$ 覆盖向量 $\underline{c}'$ 是指 $\underline{c}$ 的支集包含 $\underline{c}'$ 的支集. 在一个线性码中, 一个非零码字称为极小码字是指该码字只覆盖它本身的数量倍数. 如果 $\underline{c}$ 覆盖 $\underline{c}'$, 则记为 $\underline{c}' \preceq \underline{c}$. 线性码的所有极小码字构成的集合称为线性码的覆盖结构, 线性码的覆盖结构一方面在实际通信中具有重要的应用, 另一方面与基于线性码的秘密共享方案有着十分密切的关系. 决定线性码的覆盖结构是纠错编码领域中的难点问题, 目前只有几类线性码的覆盖结构被确定, 包括 Hamming 码和 Reed-Muller 码. 下面给出基于前三类 PN 函数的线性码的覆盖结构, 具体证明详见文献 [24].

定理 2.20[24]　设 p 是奇素数, n 是大于 1 的正整数, $q = p^n$. 如果 $\Pi(x)$ 是 $\mathbb{F}_{p^n}$ 上前三类 PN 函数, 那么基于 $\Pi(x)$ 的线性码 C_Π 的覆盖结构如下:

(1) 若 $n \geqslant 3$, 则 C_Π 中所有非零码字都是极小的;

(2) 若 $n = 2$ 并且 $p = 3$, 则 C_Π 中权值为 4 或者 5 的码字是极小的, 其他码字都不是极小码字;

(3) 若 $n = 2$ 并且 $p > 3$, 则 C_Π 中权值为 p^2-2p+1, p^2-p-1 或者 p^2-p+1 的码字是极小的, 其他码字都不是极小码字.

定理 2.21[24]   设 p 是奇素数, n 是大于 1 的正整数, $q = p^n$. 如果 $\Pi(x)$ 是 $\mathbb{F}_{p^n}$ 上前三类 PN 函数, 那么基于 $\Pi(x)$ 的线性码 $\bar{C}_\Pi$ 的覆盖结构如下:

(1) 若 $n \geqslant 3$, 则 $\bar{C}_\Pi$ 中除出权值为 p^n 的非零码字都是极小的, 而权值为 p^n 的码字不是极小码字;

(2) 若 $n = 2$ 并且 $p = 3$, 则 $\bar{C}_\Pi$ 中权值为 4 或者 5 的码字是极小的, 其他码字都不是极小码字;

(3) 若 $n = 2$ 并且 $p > 3$, 则 $\bar{C}_\Pi$ 中权值为 $p^2 - 2p + 1, p^2 - p - 1$ 或者 $p^2 - p + 1$ 的码字都是极小的, 而其他码字都不是极小码字.

2.5.3   基于 PN 函数的常复合码的构造

一个参数为 $(l, M, d, [\omega_0, \omega_1, \cdots, \omega_{p-1}]; p)$ 的常复合码是指 p 元群

$$G = \{a_0, a_1, \cdots, a_{p-1}\}$$

上一个长度为 l, 码数为 M, 极小距离为 d 的码, 并使得群 G 中元素 a_i 在每一个码字中恰好出现 ω_i 次, $i = 0, 1, 2, \cdots, p-1$.

2003 年, Luo Y 等在文献 [28] 中给出了常复合码所含码字数目的一个上限, 即当 $ld - l^2 + (\omega_0^2 + \omega_1^2 + \cdots + \omega_{p-1}^2) > 0$ 时,

$$A_p(l, d, [\omega_0, \omega_1, \cdots, \omega_{p-1}]) \leqslant \frac{ld}{ld - l^2 + (\omega_0^2 + \omega_1^2 + \cdots + \omega_{p-1}^2)},$$

这里 $A_p(l, d, [\omega_0, \omega_1, \cdots, \omega_{p-1}])$ 表示码长为 l, 最小距离为 d, 复合为 $[\omega_0, \omega_1, \cdots, \omega_{p-1}]$ 的常复合码所含码字的数目. 这一上限称为 Luo-Fu-Vinck-Chen 限, 到达这一上限的常复合码称为最优常复合码. 构造最优常复合码是纠错编码理论研究中的一个重要问题. 下面基于六类已知 PN 函数来构造最优常复合码.

设 $\Pi(x)$ 是已知的 PN 函数, 定义线性码 C_Π 的一类子码为

$$C_{(\Pi, p)} = \{c_a = (\text{tr}(a\Pi(\gamma_1)), \text{tr}(a\Pi(\gamma_2)), \cdots, \text{tr}(a\Pi(\gamma_{p^n-1}))) \mid a \in \mathbb{F}_{p^n}\}, \qquad (2.58)$$

这里 $\gamma_1, \gamma_2, \cdots, \gamma_{p^n-1}$ 是 $\mathbb{F}_{p^n}$ 中的全部非零元素, $\text{tr}(\cdot)$ 是从 $\mathbb{F}_{p^n}$ 到 $\mathbb{F}_p$ 的迹函数.

令 β 是 $\mathbb{F}_p$ 的本原元, 记 $\omega_0, \omega_1, \omega_2, \cdots, \omega_{p-1}$ 分别是码字 c_a 中元素 $0, \beta^1, \beta^2, \cdots, \beta^{p-1}$ 的个数, 称 $(\omega_0, \omega_1, \omega_2, \cdots, \omega_{p-1})$ 是码字 c_a 的频数分布. 由于对所有已知的 PN 函数来说, $f_a(0) = \text{tr}(a\Pi(0)) = 0$, 故

$$(\omega_0, \omega_1, \omega_2, \cdots, \omega_{p-1}) = (k_0 - 1, k_1, k_2, \cdots, k_{p-1}),$$

这里 $(k_0, k_1, k_2, \cdots, k_{p-1})$ 是函数 $\text{tr}(a\Pi(x))$ 的原像分布.

注意到当 $\Pi(x)$ 是 Coulter-Matthews 幂函数时, $\left(\dfrac{3^k + 1}{2}, 3^n - 1\right) = 2$, 于是函

数 $\operatorname{tr}(a\Pi(x))$ 的原像分布与函数 $\operatorname{tr}(ax^2)$ 的原像分布是一致的, 这时 x^2 是 DO 型完全非线性函数. 所以对所有已知的 PN 函数 $\Pi(x)$ 来说, 在考虑 $\operatorname{tr}(a\Pi(x))$ 的原像分布时, 不妨设 $\Pi(x)$ 为 DO 型 PN 函数.

当 $\Pi(x)$ 是 DO 型 PN 函数, 根据定理 2.9, 得到: 当 n 是奇数时,

$$(\omega_0, \omega_1, \cdots, \omega_{p-1}) = \left(p^{n-1}-1, p^{n-1}-p^{\frac{n-1}{2}}, p^{n-1}+p^{\frac{n-1}{2}}, \cdots, p^{n-1}-p^{\frac{n-1}{2}}, p^{n-1}+p^{\frac{n-1}{2}}\right),$$
$$\tag{2.59}$$

或者

$$(\omega_0, \omega_1, \cdots, \omega_{p-1}) = \left(p^{n-1}-1, p^{n-1}+p^{\frac{n-1}{2}}, p^{n-1}-p^{\frac{n-1}{2}}, \cdots, p^{n-1}+p^{\frac{n-1}{2}}, p^{n-1}-p^{\frac{n-1}{2}}\right);$$
$$\tag{2.60}$$

而当 n 是偶数时,

$$(\omega_0, \omega_1, \cdots, \omega_{p-1}) = \left(p^{n-1}+(p-1)p^{\frac{n-2}{2}}-1, p^{n-1}-p^{\frac{n-2}{2}}, p^{n-1}-p^{\frac{n-2}{2}}, \cdots, p^{n-1}-p^{\frac{n-2}{2}}\right),$$
$$\tag{2.61}$$

或者

$$(\omega_0, \omega_1, \cdots, \omega_{p-1}) = \left(p^{n-1}-(p-1)p^{\frac{n-2}{2}}-1, p^{n-1}+p^{\frac{n-2}{2}}, p^{n-1}+p^{\frac{n-2}{2}}, \cdots, p^{n-1}+p^{\frac{n-2}{2}}\right).$$
$$\tag{2.62}$$

$C_{(\Pi,p)}$ 中的一个码字称为 I 型码字是指当 n 为奇数时, 该码字的频数分布如式 (2.59) 所示, 而当 n 为偶数时, 该码字的频数分布如式 (2.61) 所示. 相应地, $C_{(\Pi,p)}$ 中的一个码字称为 II 型码字是指当 n 为奇数时, 该码字的频数分布如式 (2.60) 所示, 而当 n 为偶数时, 该码字的频数分布如式 (2.62) 所示.

定理 2.9 表明 $C_{(\Pi,p)}$ 中 I 型码字的个数与 II 型码字的个数是相同的, 均为 $\dfrac{p^n-1}{2}$. 记全体 I 型码字的集合为 $C^1_{(\Pi,p)}$, 全体 II 型码字的集合为 $C^2_{(\Pi,p)}$, 则

$$|C^1_{(\Pi,p)}| = |C^2_{(\Pi,p)}| = \frac{p^n-1}{2}.$$

定理 2.22[25]　(1) 当 n 是奇正整数时, $C^1_{(\Pi,p)}$ 是一个参数为

$$(l, M, d_1, [p^{n-1}-1, p^{n-1}-p^{\frac{n-1}{2}}, p^{n-1}+p^{\frac{n-1}{2}}, \cdots, p^{n-1}-p^{\frac{n-1}{2}}, p^{n-1}+p^{\frac{n-1}{2}}]; p)$$

的常复合码; 而 $C^2_{(\Pi,p)}$ 是一个参数为

$$(l, M, d_1, [p^{n-1}-1, p^{n-1}+p^{\frac{n-1}{2}}, p^{n-1}-p^{\frac{n-1}{2}}, \cdots, p^{n-1}+p^{\frac{n-1}{2}}, p^{n-1}-p^{\frac{n-1}{2}}]; p)$$

的常复合码, 这里

$$l = p^n-1, \quad M = \frac{p^n-1}{2}, \quad d_1 = (p-1)p^{n-1}.$$

(2) 当 n 是偶正整数时, $C_{(\Pi,p)}^1$ 是一个参数为

$$\left(l,\ M,\ d_2,\ \left[p^{n-1}+(p-1)p^{\frac{n-2}{2}}-1,p^{n-1}-p^{\frac{n-2}{2}},\cdots,p^{n-1}-p^{\frac{n-2}{2}}\right];p\right)$$

的常复合码; 而 $C_{(\Pi,p)}^2$ 是一个参数为

$$\left(l,\ M,\ d_2,\ \left[p^{n-1}-(p-1)p^{\frac{n-2}{2}}-1,p^{n-1}+p^{\frac{n-2}{2}},\cdots,p^{n-1}+p^{\frac{n-2}{2}}\right];p\right)$$

的常复合码, 这里

$$l=p^n-1,\quad M=\frac{p^n-1}{2},\quad d_2=(p-1)(p^{n-1}-p^{\frac{n-2}{2}}).$$

定理 2.23 [25]　当 n 是奇正整数时, $C_{(\Pi,p)}^1$ 和 $C_{(\Pi,p)}^2$ 关于 Luo-Fu-Vinck-Chen 限均为最优常复合码.

证明　只验证 Luo-Fu-Vinck-Chen 限能够被码 $C_{(\Pi,p)}^1$ 到达, 另一种情形类似可证. 注意到 $C_{(\Pi,p)}^1$ 的参数如下:

$$l=p^n-1,\quad M=\frac{p^n-1}{2},\quad d=(p-1)p^{n-1},$$

$$\begin{aligned}
[\omega_0,\omega_1,\cdots,\omega_{p-1}]=&\left[p^{n-1}-1,p^{n-1}-p^{\frac{n-1}{2}},p^{n-1}\right.\\
&\left.+p^{\frac{n-1}{2}},\cdots,p^{n-1}-p^{\frac{n-1}{2}},p^{n-1}+p^{\frac{n-1}{2}}\right],
\end{aligned}$$

于是

$$ld-l^2+\omega_0^2+\omega_1^2+\cdots+\omega_{p-1}^2=2p^n-2p^{n-1}>0,$$

并且

$$\frac{ld}{ld-l^2+\omega_0^2+\omega_1^2+\cdots+\omega_{p-1}^2}=\frac{(p^n-1)(p-1)p^{n-1}}{2p^n-2p^{n-1}}=\frac{p^n-1}{2}=M.$$

故 $C_{(\Pi,p)}^1$ 关于 Luo-Fu-Vinck-Chen 限是最优的. 　　　□

参 考 文 献

[1] Albert A. On nonassociative division algebras[J]. Transaction of the American Mathematical Society, 1952, 72(3): 292-309.

[2] Blokhuis A, Jungnickel D, Schmidt B. Proof of the prime power conjecture for projective planes of order n with abelian collineation groups of order n^2[J]. Proceeding of the American Mathematical Society, 2002, 130(5): 1473-1476.

[3]　Budaghyan L, Helleseth T. New perfect nolinear multinomials over $\mathbb{F}_{p^{2k}}$ for any odd prime p[C]. SETA 2008, LNCS 5203. Springer-Verlag, 2008: 403-414.

[4]　Carlet C, Charpin P, Zinoviev V. Codes, Bent functions and permutations suitable for DES-like cryptosystems[J]. Designs, Codes and Cryptography, 1998, 15(2): 125-156.

[5]　Carlet C, Dubuc S. On generalized Bent and q-ary perfect nonlinear functions[C]. F_q5. Springer-Verlag, 2000: 81-94.

[6]　Carlet C, Ding C. Highly nonlinear mappings[J]. Journal of Complexity, 2004, 20(2-3): 205-244.

[7]　Carlet C, Ding C, Yuan J. Linear codes from perfect nonlinear mappings and their secret sharing schemes[J]. IEEE Transactions on Information Theory, 2005, 51(6): 2089-2102.

[8]　Cohen S, Ganley M. Commutative semifields, two-dimensional over their middle nuclei[J]. Journal of Algebra, 1982, 75(2): 373-385.

[9]　Coulter R, Matthews R W. Planar functions and planes of Lenz-Barlotti class II[J]. Designs, Codes and Cryptography, 1997, 10(2): 167-184.

[10]　Coulter R, Henderson M. Commutative presemifields and semifields[J]. Advances in Mathematics, 2008, 217(1): 282-304.

[11]　Coulter, R, Henderson M, Kosick P. Planar polynomials for commutative semifields with specified nuclei[J]. Designs, Codes and Cryptography, 2007, 44(1-3): 275-286.

[12]　Dai Q, Li C. Weight distributions of two classes of linear codes from perfect nonlinear functions[J]. Chinese Journal of Electeonics, 2009, 18(3). 465 470.

[13]　Dembowski P, Ostrom T G. Planes of order n with collineation groups of order n^2[J]. Mathematische Zeitschrift, 1968, 103(3): 239-258.

[14]　Dickson L. Linear algebras in which division is always uniquely possible[J]. Transaction of the American Mathematical Society, 1906, 7(7): 514-522.

[15]　Ding C, Yuan J. A family of skew Hadamard difference sets[J]. Journal of Combinational Theory(A), 2006, 113(7): 1526-1535.

[16]　Feng K, Luo J. Value distributions of exponential sums from perfect nonlinear functions and their applications[J]. IEEE Transactions on Information Theory, 2007, 53(9): 3035-3041.

[17]　Ganley M. Central weak nucleus semifields[J]. European Journal of Combinatorics, 1981, 2: 339-347.

[18]　Helleseth G M, Pott A, Ness G J, et al. On a family of perfect nolinear binomials[C]. BFCA 2008, IOC Press, 2008: 126-139.

[19]　Horadam K. A theory of highly nonlinear functions[C]. AAECC 2006, LNCS 3857. Springer-Verlag, 2006: 87-100.

[20]　Hughes D, Piper F. Projective planes[M]. Springer-Verlag, 1973.

[21]　Knuth D. Finite semifields and projective planes[J]. Journal of Algebra, 1965, 2: 182-217.

[22] Kyureghyan G, Pott A. Some theorems on planar mappings[C]. WAIFI 08, LNCS 5130, 2008: 117-122.

[23] Li C, Li Q, Ling S. Properties and applications of preimage distributions of perfect nonlinear functions[J]. IEEE Transactions on Information Theory , 2009, 55(1): 64-69.

[24] Li C, Ling S, Qu L. On the covering structures of two classes of linear codes from perfect nonlinear functions[J]. IEEE Transactions on Information Theory, 2009, 55(1): 70-82.

[25] Li C, Li Q, Ling S. On the constructions of constant-composition codes from perfect nonlinear functions[J]. Science in China(F), 2009, 52(6): 964-973.

[26] Lidl R, Niederreiter H. Finite fields[M]. Cambridge University Press, 1983.

[27] Lidl R, Mullen G, Turnwell G. Dickson polynomials[M]. Longman, 1993.

[28] Luo Y, Fu F, Vinck H, et al. On constant-composition codes over Z_q. IEEE Transactions on Information Theory, 2003, 49(11): 3010-3016.

[29] Ma S, Pott A. Relative difference sets, planar functions, and generalized Hadamard matrices[J]. Journal of Algebra, 1995, 175 (2): 505-525.

[30] Ma S. Planar functions, relative difference sets, and character theory[J]. Journal of Algebra, 1996, 185(2): 342-356.

[31] Nair U. Elementary results on the binary quadratic form $a^2 + ab + b^2$[EB]. http: //arxiv.org/abs/math/0408107, 2004.

[32] Ness G, Helleseth T, Kholosha A. On the correlation distribution of the Coulter-Matthews decimation[J]. IEEE Transactions on Information Theory, 2006, 52(5): 2241-2247.

[33] Nyberg K. Differentially uniform mappings for cryptography[C]. EUROCRYPT 93, LNCS 765. Springer-Verlag, 1994: 55-64.

[34] Patterson N, Wiedemann D. The covering radius of the $[2^{15}, 16]$ Reed-Muller code is at least 16276[J]. IEEE Transations on Information Theory, 1983, 29(3): 354-356.

[35] Penttila T, Williams B. Ovoids of parabolic spaces[J]. Geometriae Dedicata, 2004, 82(1-3): 1-19.

[36] Pott A. Nonlinear functions in abelian groups and relative difference sets[J]. Discrete Applied Mathematics, 2004, 138(1-2): 177-193.

[37] Shorin V, Jelezniakov V, Gabidulin E. Linear and differential cryptanalysis of Russian Gost[C]. WCC 2001, INRIA, 2001: 467-476.

[38] Wedderburn J. A theorem on finite algebras[J]. Transaction of the American Mathematical Society, 1905, 6(7): 349-352.

[39] Weng G, Qiu W, Wang Z, Xiang Q. Pseudo-Paley graphs and skew Hadamard sets from presemifelds[J]. Designs, Codes and Cryptography, 2007, 44(1-3): 49-62.

[40] Yuan J, Carlet C, Ding C. The weight distributions of a class of linear codes from perfect nonlinear functions[J]. IEEE Transactions on Information Theory, 2006, 52(2):

712-717.

[41]   Zha Z , Kyureghyan G M , Wang X. Perfect nonlinear binomials and their semifields[J]. Finite Fields and Their Applications, 2009,15(2): 125-133.

[42]   李强, 李超, 冯克勤. 完全非线性函数的原像分布特征 [J]. 国防科技大学学报, 2009, 31(3): 100-104.

[43]   李平, 周悦, 李超. 一类完全非线性函数的证明与计数 [J]. 国防科技大学学报, 2010, 32(3): 144-148.

[44]   李平, 李超, 周悦. Dembowski-Ostrom 型完全非线性函数构造的线性码的权分布 [J]. 应用科学学报, 2010, 28(5): 441-446.

第3章 几乎完全非线性函数

3.1 几乎完全非线性函数的定义与性质

设 p 是一个素数, $\mathbb{F}_{p^n}$ 表示 p^n 元有限域, $F(x)$ 是从 $\mathbb{F}_{p^n}$ 到自身的一个映射. 由上一章的知识, $F(x)$ 是 $\mathbb{F}_{p^n}$ 上的完全非线性函数当且仅当 $F(x)$ 的差分均匀度

$$\delta_F = \max_{a,b \in \mathbb{F}_{p^n}, a \neq 0} |\{x \in \mathbb{F}_{p^n} \mid F(x+a) - F(x) = b\}| = 1.$$

上式意味着对任意 $a, b \in \mathbb{F}_{p^n}, a \neq 0$, 方程 $F(x+a) - F(x) = b$ 在 $\mathbb{F}_{p^n}$ 中恰有一个解. 注意到特征为 2 的有限域中, 如果 x_0 是 $F(x+a) - F(x) = b$ 的一个解, 那么 $x_0 + a$ 同样也是 $F(x+a) - F(x) = b$ 的解, 这表明特征为 2 的有限域上不存在完全非线性函数. 事实上, 在特征为 2 的有限域上, 需要考虑差分均匀度等于 2 的函数, 这一类函数就是下面所定义的几乎完全非线性函数.

定义 3.1 设 $F(x)$ 是 $\mathbb{F}_{p^n}$ 上的函数, 这里 p 为素数, n 为正整数. 若

$$\delta_F = \max_{a,b \in \mathbb{F}_{p^n}, a \neq 0} |\{x \in \mathbb{F}_{p^n} \mid F(x+a) - F(x) = b\}| = 2,$$

则称 $F(x)$ 为 $\mathbb{F}_{p^n}$ 上的几乎完全非线性函数 (Almost Perfect Nonlinear Function), 简称 APN 函数.

对特征为奇数的有限域来说, PN 函数是差分均匀度最优的函数, APN 函数是差分均匀度次优的函数. 在这一类域上, 人们更多地关注 PN 函数的性质与构造. 但在特征为 2 的有限域中, APN 函数是差分均匀度最优的函数, 从而是抵抗差分密码攻击能力最强的函数. 因此, APN 函数的研究主要集中在特征为 2 的有限域上. 根据 APN 函数的定义, 容易得到如下两个命题:

命题 3.1 $\mathbb{F}_{2^n}$ 上的函数 $F(x)$ 为 APN 函数当且仅当对任意 $a, b \in \mathbb{F}_{2^n}, a \neq 0$, 方程 $F(x+a) - F(x) = b$ 在 $\mathbb{F}_{2^n}$ 中最多有两个解.

命题 3.2 $\mathbb{F}_{2^n}$ 上的函数 $F(x)$ 是 APN 函数当且仅当对任意非零 $a \in \mathbb{F}_{2^n}$, 集合 $\{D_a F(x) \mid x \in \mathbb{F}_{2^n}\}$ 恰有 2^{n-1} 个元素, 其中 $D_a F(x) = F(x+a) - F(x)$ 为差分函数.

为刻画特征为 2 的有限域上 APN 函数的性质, 需要引入下面的一系列概念:

定义 3.2 设 $F : \mathbb{F}_{2^n} \to \mathbb{F}_{2^n}$, $\mathrm{tr}(\cdot)$ 表示从 $\mathbb{F}_{2^n}$ 到 $\mathbb{F}_2$ 的迹函数, 对任意 $\lambda \in \mathbb{F}_{2^n}$, 令

$$f_\lambda(x) = \mathrm{tr}(\lambda F(x)), \quad x \in \mathbb{F}_{2^n},$$

则称 $f_\lambda(x)$ 为 F 的组件函数.

由于 F 是从 $\mathbb{F}_{2^n}$ 到自身的映射, 如果取定 $\mathbb{F}_{2^n}$ 在 $\mathbb{F}_2$ 上的一组基 $\alpha_1, \alpha_2, \cdots, \alpha_n$, 那么 F 可以看作 $\mathbb{F}_2^n$ 到自身的映射, 即

$$F(x_1, x_2, \cdots, x_n) = (f_1(x_1, x_2, \cdots, x_n), f_2(x_1, x_2, \cdots, x_n), \cdots, f_n(x_1, x_2, \cdots, x_n)).$$

这时组件函数可以表示为

$$f_\lambda(x) = \mathrm{tr}(\lambda F(x)) = \mathrm{tr}\left(\sum_{i=1}^n (a_i \alpha_i) \sum_{j=1}^n (f_j \alpha_j)\right) = \sum_{i,j=1}^n \mathrm{tr}(\alpha_i \alpha_j) a_i f_j,$$

即组件函数实际上是 F 的分量函数的一个线性组合.

定义 3.3 设 $F : \mathbb{F}_{2^n} \to \mathbb{F}_{2^n}$, 对任意 $(a, b) \in \mathbb{F}_{2^n} \times \mathbb{F}_{2^n}$, 令

$$W_F(a, b) = \sum_{x \in \mathbb{F}_{2^n}} (-1)^{f_a(x) + \mathrm{tr}(bx)} = \sum_{x \in \mathbb{F}_{2^n}} (-1)^{\mathrm{tr}(aF(x) + bx)},$$

则称 $W_F(a, b)$ 为函数 F 的 Walsh 变换, 或者 Walsh 谱.

由于从 $\mathbb{F}_{2^n}$ 到 $\mathbb{F}_2$ 的线性变换都有两种表示形式, 一种称为坐标表示, 即将线性变换表示为 $u_1 x_1 + u_2 x_2 + \cdots + u_n x_n$ 的形式, 另一种称为迹表示, 即将线性变换表示为 $\mathrm{tr}(\alpha x)$ 的形式. 所以函数 F 的 Walsh 变换与其作为向量值函数的 Walsh 变换是一致的, 即

$$W_F(a, b) = \sum_{x \in \mathbb{F}_{2^n}} (-1)^{f_a(x) + \mathrm{tr}(bx)} = \sum_{x \in \mathbb{F}_2^n} (-1)^{u \cdot F(x) + v \cdot x},$$

这里 (u, v) 和 (a, b) 是一一对应的.

$\mathbb{F}_{2^n}$ 上的函数 F 在 $\mathbb{F}_{2^n} \times \mathbb{F}_{2^n}$ 中所有点处的 Walsh 谱所构成的多重集合记为 $W(F)$, 即

$$W(F) = \{W_F(a, b) \mid (a, b) \in \mathbb{F}_{2^n} \times \mathbb{F}_{2^n}\}.$$

进一步, 定义函数 F 的扩展 Walsh 谱 (Extended Walsh Spectrum) 为如下的多重集合:

$$\widetilde{W}(F) = \{|W_F(a, b)| \mid a \in \mathbb{F}_{2^n}, b \in \mathbb{F}_{2^n}\}.$$

与差分均匀度类似, 扩展 Walsh 谱也是 CCZ 等价不变量.

定理 3.1 设函数 $F : \mathbb{F}_2^n \to \mathbb{F}_2^n$, $\widetilde{W}(F)$ 为 F 的扩展 Walsh 谱, 则 $\widetilde{W}(F)$ 是 CCZ 等价不变量.

证明 设 $L : \beta \to A\beta + \xi$ 是 $\mathbb{F}_2^{2n}$ 上的一个仿射置换, 其中 A 为 $2n \times 2n$ 阶可逆矩阵, ξ 为 $2n$ 维列向量, $G : \mathbb{F}_2^n \to \mathbb{F}_2^n$, 满足 $L(\mathcal{G}_F) = \mathcal{G}_G$. 设 $u, v \in \mathbb{F}_2^n$, 记 $\alpha = (u, v) \in \mathbb{F}_2^{2n}$, 则

$$W_F(u, v) = \sum_{x \in \mathbb{F}_2^n} (-1)^{u \cdot F(x) + v \cdot x} = \sum_{x \in \mathbb{F}_2^n} (-1)^{(u,v) \cdot (x, F(x))} = \sum_{\beta \in \mathcal{G}_F} (-1)^{\alpha \cdot \beta}.$$

设 $\gamma = (A^{\mathrm{T}})^{-1}\alpha \in \mathbb{F}_2^{2n}$, 且 $\gamma = (u', v')$, $u', v' \in \mathbb{F}_2^n$, 则

$$W_G(u', v') = \sum_{x \in \mathbb{F}_2^n} (-1)^{(v', u') \cdot (x, G(x))} = \sum_{\beta \in \mathcal{G}_G} (-1)^{\gamma \cdot \beta} = \sum_{\beta \in \mathcal{G}_F} (-1)^{\gamma \cdot L(\beta)}$$

$$= (-1)^{\gamma \cdot \xi} \sum_{\beta \in \mathcal{G}_F} (-1)^{\gamma \cdot (A\beta)} = (-1)^{\gamma \cdot \xi} \sum_{\beta \in \mathcal{G}_F} (-1)^{((A^{\mathrm{T}})^{-1}\alpha)^{\mathrm{T}} \cdot (A\beta)}$$

$$= (-1)^{\gamma \cdot \xi} \sum_{\beta \in \mathcal{G}_F} (-1)^{\alpha \cdot \beta} = (-1)^{\gamma \cdot \xi} W_F(u, v).$$

由上式可知 $\widetilde{W}(F)$ 是 CCZ 等价不变量. □

利用组件函数, 可以判定一个函数的 APN 性质.

定理 3.2[42]　　设 $F : \mathbb{F}_{2^n} \to \mathbb{F}_{2^n}$, 对任意 $\lambda \in \mathbb{F}_{2^n}$, f_λ 表示 F 的组件函数, 则 F 是 APN 函数当且仅当对任意非零 $a \in \mathbb{F}_{2^n}$, 均有

$$\sum_{\lambda \in \mathbb{F}_{2^n}} \mathcal{F}^2(D_a f_\lambda) = 2^{2n+1}, \tag{3.1}$$

其中 $\mathcal{F}(g)$ 表示布尔函数 g 在 $x = 0$ 处的 Walsh 谱.

证明　　对任意非零 $a \in \mathbb{F}_{2^n}$,

$$\sum_{\lambda \in \mathbb{F}_{2^n}} \mathcal{F}^2(D_a f_\lambda) = \sum_{\lambda, x, y \in \mathbb{F}_{2^n}} (-1)^{\mathrm{tr}(\lambda(F(x+a) - F(x) + F(y+a) - F(y)))}$$

$$= 2^n |\{(x, y) \in \mathbb{F}_{2^n}^2 \mid F(x+a) - F(x) = F(y+a) - F(y)\}|$$

$$= 2^{2n+1} + 2^n |\{(x, y) \in \mathbb{F}_{2^n}^2 \mid D_a F(x) = D_a F(y), y \neq x, x+a\}|.$$

故如下不等式成立

$$\sum_{\lambda \in \mathbb{F}_{2^n}} \mathcal{F}^2(D_a f_\lambda) \geqslant 2^{2n+1}. \tag{3.2}$$

式 (3.2) 等号成立当且仅当

$$|\{(x, y) \in \mathbb{F}_{2^n}^2 \mid D_a F(x) = D_a F(y), y \neq x, x+a\}| = 0,$$

即 F 是 APN 函数. □

定义 3.4[45]　　对于一个 n 元布尔函数 f, 它的平方和指标 (Sum-of-square Indicator) 定义为

$$\nu(f) = \sum_{a \in \mathbb{F}_2^n} \mathcal{F}^2(D_a f).$$

布尔函数的平方和指标与其 Walsh 谱之间具有如下关系:

$$\nu(f) = 2^{-n} \sum_{a \in \mathbb{F}_2^n} W_f^4(a). \tag{3.3}$$

事实上,

$$2^{-n} \sum_{a \in \mathbb{F}_2^n} W_f^4(a) = 2^{-n} \sum_{a \in \mathbb{F}_2^n} \Big(\sum_{\lambda \in \mathbb{F}_2^n} (-1)^{f(\lambda) + \lambda \cdot a} \Big)^4$$

$$= 2^{-n} \sum_{x,y,z,t \in \mathbb{F}_2^n} (-1)^{f(x)+f(y)+f(z)+f(t)} \sum_{a \in \mathbb{F}_2^n} (-1)^{a \cdot (x+y+z+t)}$$

$$= \sum_{u \in \mathbb{F}_2^n} \sum_{x \in \mathbb{F}_2^n} \sum_{z \in \mathbb{F}_2^n} (-1)^{f(x)+f(x+u)+f(z)+f(z+u)}$$

$$= \sum_{a \in \mathbb{F}_2^n} \mathcal{F}^2(D_a f)$$

$$= \nu(f).$$

利用平方和指标, 同样可以判定一个函数的 APN 性.

定理 3.3[1] 设 $F : \mathbb{F}_{2^n} \to \mathbb{F}_{2^n}$, 对任意 $\lambda \in \mathbb{F}_{2^n}$, f_λ 表示 F 的组件函数, 则 F 是 APN 函数当且仅当

$$\sum_{\lambda \in \mathbb{F}_{2^n}^*} \nu(f_\lambda) = (2^n - 1)2^{2n+1}. \tag{3.4}$$

证明 令

$$\Omega = \sum_{a \in \mathbb{F}_{2^n}^*} \sum_{\lambda \in \mathbb{F}_{2^n}} \mathcal{F}^2(D_a f_\lambda),$$

根据不等式 (3.2), 有

$$\Omega \geqslant 2^{2n+1}(2^n - 1).$$

注意到对任意 a 和 λ, 下面等式成立:

$$\mathcal{F}^2(D_0 f_\lambda) = \mathcal{F}^2(D_a f_0) = 2^{2n},$$

故

$$\Omega = \sum_{a \in \mathbb{F}_{2^n}^*} \sum_{\lambda \in \mathbb{F}_{2^n}} \mathcal{F}^2(D_a f_\lambda) = \sum_{\lambda \in \mathbb{F}_{2^n}^*} \sum_{a \in \mathbb{F}_{2^n}} \mathcal{F}^2(D_a f_\lambda) = \sum_{\lambda \in \mathbb{F}_{2^n}^*} \nu(f_\lambda),$$

于是

$$\sum_{\lambda \in \mathbb{F}_{2^n}^*} \nu(f_\lambda) \geqslant (2^n - 1)2^{2n+1}. \tag{3.5}$$

当 F 是 APN 函数时, 式 (3.1) 成立, 于是式 (3.4) 成立. 反过来, 假设式 (3.4) 成立, 由于对任意的 a, 均有

$$\sum_{\lambda \in \mathbb{F}_{2^n}} \mathcal{F}^2(D_a f_\lambda) \geqslant 2^{2n+1}. \tag{3.6}$$

只有当上式等号成立时, 式 (3.4) 方可成立, 进而由定理 3.2, F 是 APN 函数. □

推论 3.1 设 $F : \mathbb{F}_{2^n} \to \mathbb{F}_{2^n}$, 对任意 $\lambda \in \mathbb{F}_{2^n}$, f_λ 表示 F 的组件函数, 如果对于所有非零的 λ, 均有 $\nu(f_\lambda) = 2^{2n+1}$, 那么 F 一定为 APN 函数.

定理 3.3 及其证明过程表明, 扩展 Walsh 谱可以用来判定函数的 APN 性质. 对于两个不同的函数 F 和 G, 如果 $\tilde{W}(F) = \tilde{W}(G)$, 那么 F 是 APN 函数当且仅当 G 是 APN 函数.

若分别以 $a \in \mathbb{F}_{2^n}$ 和 $\lambda \in \mathbb{F}_{2^n}$ 按照一定的顺序作为矩阵的行指标和列指标, 则所有的 $\mathcal{F}^2(D_a f_\lambda)$ 可以构成一个 $2^n \times 2^n$ 的方阵. 定理 3.2 是固定元素 a, 对 λ 求所有 $\mathcal{F}^2(D_a f_\lambda)$ 的和来刻画 F 的 APN 性质, 这相当于对上述方阵 a 所对应行的全部元素求和. 定理 3.3 则是固定元素 λ, 对 a 求所有 $\mathcal{F}^2(D_a f_\lambda)$ 的和来刻画 F 的 APN 性质, 这相当于对上述方阵 λ 所对应列的全部元素求和.

APN 函数除了与组件函数及其平方和指标具有重要联系外, 还与所谓的 "高原函数" 有一定的关系.

定义 3.5 设 f 是一个 n 元布尔函数, 如果它的 Walsh 谱取值为 $\{0, \pm\gamma\}$ 的子集合, 那么 f 就称为高原函数.

根据 Parseval 恒等式

$$\sum_{\omega \in \mathbb{F}_{2^n}} W_f^2(\omega) = 2^{2n},$$

可知高原函数定义中的 γ 一定可以表示为 2^t 的形式, 其中 $t \geqslant n/2$. 因此, 一个高原函数的 Walsh 谱, 当 n 为偶数时, 可以被 $2^{n/2}$ 整除; 当 n 为奇数时, 可以被 $2^{(n+1)/2}$ 整除. 特别地, 如果 $\gamma = 2^{n/2}$, 那么 f 在任何点处的 Walsh 谱值均为 $\pm 2^{n/2}$, 从而为 Bent 函数.

高原函数和平方和指标存在下面的关系, 它给出了当 F 的组件函数为高原函数时, F 的 APN 性质的判定.

定理 3.4[1] 设 n 为正偶数, $F : \mathbb{F}_{2^n} \to \mathbb{F}_{2^n}$ 满足对任意 $\lambda \in \mathbb{F}_{2^n}^*$, 组件函数 f_λ 是高原函数. 记 n_b 是集合 $\{f_\lambda \mid \lambda \in \mathbb{F}_{2^n}^*\}$ 中 Bent 函数的个数,

$$\Lambda(F) = \max_{a, b \in \mathbb{F}_{2^n}, a \neq 0} \{| W_F(a, b) |\},$$

则

(1) 如果 $n_b = 0$, 那么 F 不是 APN 函数;

(2) 如果 F 是 APN 函数, 那么

$$n_b \geqslant (2^{n+1} - 2)/3,$$

并且等号成立当且仅当 $\Lambda(F) = 2^{(n+2)/2}$. 反过来, 如果 $n_b = (2^{n+1} - 2)/3$, 并且 $\Lambda(F) = 2^{(n+2)/2}$, 那么 F 一定是 APN 函数;

(3) 如果 F 是 APN 函数, 那么 F 就不是一个置换. 进一步, 不存在 $\mathbb{F}_{2^n}$ 上的线性函数 L, 使得 $F + L$ 为置换.

证明 (1) 由于 $n_b = 0$, 故对任意 $\lambda \in \mathbb{F}_{2^n}^*$, f_λ 是高原函数但不是 Bent 函数, 于是 f_λ 每一个非零谱值不小于 $2^{\frac{n+2}{2}}$, 设其非零谱值共有 t 个, 则由 Parseval 恒等式和式 (3.3) 得

$$\nu(f_\lambda) = 2^{-n} t \gamma^4 = 2^n \gamma^2 \geqslant 2^{2n+2}.$$

上式与式 (3.4) 矛盾, 所以 F 不是 APN 函数.

(2) 若 F 是 APN 函数, 则式 (3.4) 成立. 注意到 n 为偶数, 并且对任意 $\lambda \in \mathbb{F}_{2^n}^*$, $\nu(f_\lambda)$ 只能取

$$2^{2n},\ 2^{2n+2},\ 2^{2n+4},\ \cdots,$$

由 (1) 知, 必存在某个 $\lambda \neq 0$, 使得 f_λ 是 Bent 函数, 于是

$$\sum_{\lambda \in \mathbb{F}_{2^n}^*} \nu(f_\lambda) = (2^n - 1) 2^{2n+1} = n_b 2^{2n} + N 2^{2n+2},$$

其中 N 为某个正整数. 因此, $n_b = 2(2^n - 1) - 4N$. 又由于 $n_b + N \geqslant 2^n - 1$, 故

$$n_b \geqslant (2^{n+1} - 2)/3.$$

上式取等号时, 必有 $N = (2^n - 1)/3$, 此时, 所有非 Bent 的 f_λ 均满足

$$\nu(f_\lambda) = 2^{2n+2},$$

即 $\Lambda(F) = 2^{\frac{n+2}{2}}$. 反之, 如果 $n_b = (2^{n+1} - 2)/3$, 并且 $\Lambda(F) = 2^{(n+2)/2}$, 那么按上面的计算过程可知式 (3.4) 成立, 于是 F 一定是 APN 函数.

(3) 由 (2) 的证明过程可知, 如果 F 是 APN 函数, 则存在非零 λ, 使得 f_λ 是 Bent 函数, 故 f_λ 不是平衡函数, 于是 F 不是平衡函数, 从而 F 不是置换函数. 对任意 $\mathbb{F}_{2^m}$ 上的线性函数 L, 同样注意到 $\mathrm{tr}(\lambda F(x) + L(x))$ 不是平衡函数, 所以 $F + L$ 也不可能为置换. □

定理 3.5[1] 设 $F : \mathbb{F}_{2^n} \to \mathbb{F}_{2^n}$, 对任意的 $\lambda \in \mathbb{F}_{2^n}^*$, F 的组件函数为 f_λ. 那么 F 是置换, 当且仅当对任意的 $a \in \mathbb{F}_{2^n}^*$, 有

$$\sum_{\lambda \in \mathbb{F}_{2^n}^*} \mathcal{F}(D_a f_\lambda) = -2^n.$$

进而, F 是 APN 置换, 当且仅当对任意的 $a \in \mathbb{F}_{2^n}^*$, 有

$$\sum_{\lambda \in \mathbb{F}_{2^n}^*} \mathcal{F}(D_a f_\lambda) = -2^n, \qquad \sum_{\lambda \in \mathbb{F}_{2^n}^*} \mathcal{F}^2(D_a f_\lambda) = 2^{2n}.$$

证明　注意到

$$\sum_{\lambda \in \mathbb{F}_{2^n}^*} \mathcal{F}(D_a f_\lambda) = \sum_{\lambda \in \mathbb{F}_{2^n}^*} \sum_{x \in \mathbb{F}_{2^n}} (-1)^{\mathrm{tr}(\lambda(F(x+a)-F(x)))}$$

$$= \sum_{x \in \mathbb{F}_{2^n}} \sum_{\lambda \in \mathbb{F}_{2^n}^*} (-1)^{\mathrm{tr}(\lambda(F(x+a)-F(x)))}$$

$$= -2^n + 2^n \mid \{x \in \mathbb{F}_{2^n} \mid F(x+a) = F(x)\} \mid,$$

上式等于 -2^n, 当且仅当对所有的 x 和 $a \neq 0$, 均有 $F(x+a) - F(x) \neq 0$, 即 F 是一个置换. 应用定理 3.2, 可以直接得到定理中的后一个结论.　　　　　　　　□

$\mathbb{F}_{2^n}$ 上的 APN 函数是抗差分密码攻击最优的函数, 按理来说, 该类函数应当广泛用于分组密码算法的设计当中. 然而, 目前的分组密码算法除了 MISTY 和 Kasami 分别使用了 $\mathbb{F}_{2^9}$ 上的 APN 函数 $\phi_1(x) = x^{81}$ 和 $\mathbb{F}_{2^7}$ 上的 APN 函数 $\phi_2(x) = x^5$ 外, 基本上再也没有采用 APN 函数作为 S 盒等非线性组件了. 这是因为在分组密码的设计中, 由于硬件和软件环境的要求, 倾向于使用 $\mathbb{F}_2$ 的偶数次扩域上的置换函数. 2009 年以前, 人们一直没有找到这样的 APN 函数, 于是很多密码学家和数学家猜想, $\mathbb{F}_2$ 的偶数次扩域上不存在 APN 置换函数, 在一些文献中, 这个问题被称为 "大 APN 问题".

大 APN 问题 (Big APN Problem)　当 n 为偶数时, 是否存在 $\mathbb{F}_{2^n}$ 上的 APN 置换?

关于 "大 APN 问题", Berger 等有如下结果:

定理 3.6[1]　设 F 为 $\mathbb{F}_{2^n}$ 上的置换, 其中 $n = 2t$.

(1) 如果 $n = 2$, 那么 F 不是 APN 函数;

(2) 如果 $n = 4$, 那么 F 不是 APN 函数;

(3) 如果 $F \in \mathbb{F}_{2^t}[x]$, 那么 F 不是 APN 函数;

(4) 如果对于任意的 $\lambda \in \mathbb{F}_{2^n}^*$, F 的组件函数 f_λ 均是高原函数, 那么 F 不是 APN 函数.

"大 APN 问题" 最新的一个进展是 Dillon 等于 2009 年发现了一个 $\mathbb{F}_{2^6}$ 上的 APN 置换[19], 但 $n \geqslant 8$ 时 "大 APN 问题" 仍然是公开的.

最后给出 APN 幂函数的一些性质:

定理 3.7[1]　设 r 和 n 均为正整数, $r \mid n$, 函数 $F : \mathbb{F}_{2^n} \to \mathbb{F}_{2^n}$ 的单变元多项式表示属于 $\mathbb{F}_{2^r}[x]$. 如果对于某个 $a \in \mathbb{F}_{2^r}^*$, 存在 $y \in \mathbb{F}_{2^n}$, 满足

$$y \notin \mathbb{F}_{2^r}, \quad y^{2^r} + y + a \neq 0,$$

$$F(y+a) - F(y) = \beta, \quad \beta \in \mathbb{F}_{2^r},$$

那么 F 不是 APN 函数.

进一步, 如果 $F(x) = x^d$ 是 APN 函数, 那么当 n 为奇数时, $(d, 2^n - 1) = 1$; 当 n 为偶数时, $(d, 2^n - 1) = 3$.

证明 因为 $F(x) \in \mathbb{F}_{2^r}[x], a \in \mathbb{F}_{2^r}^*$, 所以 $G(x) = F(x+a) - F(x) \in \mathbb{F}_{2^r}[x]$. 由条件 $y \notin \mathbb{F}_{2^r}$ 和 $y^{2^r} + y + a \neq 0$, 于是 $y^{2^r} \notin \{y, y+a\}$. 又由于 $G(y) = F(y+a) - F(y) \in \mathbb{F}_{2^r}$, 故

$$F(y+a) - F(y) = G(y) = (G(y))^{2^r} = F(y^{2^r} + a) - F(y^{2^r}).$$

根据 APN 的定义, F 不是 APN 函数. 下设 $F(x) = x^d$, 这里 d 为正整数, 令 $s = (d, 2^n - 1)$.

当 n 为奇数时, 如果 $s > 1$, 则存在 $\mathbb{F}_{2^n}$ 中的 s 次本原单位根 y, 即 $y^d = y^s = 1$. 而对于 s 的任意正因子 $l < s, y^l \neq 1$. 注意到 $x \mapsto (x+1)/x$ 是 $\mathbb{F}_{2^n} \setminus \{0,1\}$ 上的一个双射, 令 $y = (z+1)/z$, 则

$$\frac{(z+1)^d}{z^d} = 1,$$

即

$$(z+1)^d + z^d = 0.$$

进而, $z \in \mathbb{F}_{2^n} \setminus \mathbb{F}_2$, 使得 $F(z+1) - F(z) = 0$. 由于 n 为奇数, 故 $z^2 + z + 1 \neq 0$, 于是由第一部分结论 (此时 $r = 1$) 知, F 不是 APN 函数, 矛盾. 所以 $s = 1$, 即当 n 为奇数时, x^d 为置换多项式.

当 n 为偶数时, 由定理 3.6, 一定有 $s > 1$. 另一方面, 与奇数情形的证明类似, 令 $y = (z+1)/z$ 为 $\mathbb{F}_2^n$ 中 s 次本原单位根, 于是 $z \in \mathbb{F}_{2^n} \setminus \mathbb{F}_2$ 满足 $F(z+1) - F(z) = 0$, 而由定理的前半部分结论和 $F(x) = x^d$ 为 APN 函数知有 $z^2 + z + 1 = 0$. 由于 $z^2 + z + 1 = 0$ 当且仅当 $z \in \mathbb{F}_{2^2} \setminus \{1,0\}$, 进而 $y = (z+1)/z \in \mathbb{F}_{2^2} \setminus \{1,0\}$. 所以 $y^3 = 1$, 于是只可能有 $s = (d, 2^n - 1) = 3$. □

引理 3.1[1] 设 $F(x) = x^d \in \mathbb{F}_{2^n}[x]$, f_λ 表示 $F(x)$ 的组件函数. 令 $s = (d, 2^n - 1)$, $2^n - 1 = us$, α 是 $\mathbb{F}_{2^n}$ 的本原元. 那么对所有 $a, \lambda \in \mathbb{F}_{2^n}^*$, 均有

$$\mathcal{F}(D_a f_\lambda) = \mathcal{F}(D_1 f_{\lambda a^d}),$$

进一步,

$$\nu(f_\lambda) = 2^{2n} + s \sum_{i=0}^{u-1} \mathcal{F}^2(D_1 f_{\lambda \alpha^{id}}),$$

并且

$$\sum_{\lambda \in \mathbb{F}_{2^n}} \mathcal{F}^2(D_a f_\lambda) = \frac{1}{s} \sum_{j=0}^{s-1} \nu(f_{\alpha^j}).$$

上面引理的证明可以参见文献 [1].

定理 3.8[1, 15, 30]　设 $F(x) = x^d \in \mathbb{F}_{2^n}[x]$, f_λ 表示 $F(x)$ 的组件函数. 令 $(d, 2^n - 1) = 1$, 那么对任意 $\lambda \in \mathbb{F}_{2^n}^*$, $\nu(f_\lambda)$ 都相等, 并且

$$\nu(f_1) = \sum_{\lambda \in \mathbb{F}_{2^n}} \mathcal{F}^2(D_1 f_\lambda),$$

进一步, 当 n 为奇数时, 下列命题等价:

(1) F 是 APN 置换;

(2) 存在某个 λ, 使得 $\nu(f_\lambda) = 2^{2n+1}$;

(3) $\sum_{\lambda \in \mathbb{F}_{2^n}} \mathcal{F}^2(D_1 f_\lambda) = 2^{2n+1}$.

证明　由于 $(d, 2^n - 1) = 1$, 故 $F(x) = x^d$ 是 $\mathbb{F}_{2^n}$ 上的置换. 由引理 3.1, 对任意 λ, 有

$$\nu(f_\lambda) = 2^{2n} + \sum_{i=0}^{2^n-2} \mathcal{F}^2(D_1 f_{\lambda \alpha^{id}}) = \sum_{\mu \in \mathbb{F}_{2^n}} \mathcal{F}^2(D_1 f_\mu).$$

三个命题的等价性由定理 3.3 可以直接得到. □

定理 3.9[1]　设正整数 $n = 2t$, $F(x) = x^d \in \mathbb{F}_{2^n}[x]$, 对任意 $\lambda \in \mathbb{F}_{2^n}^*$, f_λ 表示 $F(x)$ 的组件函数. 那么 F 是 APN 函数当且仅当

$$\nu(f_1) + 2\nu(f_\alpha) = 3 \cdot 2^{2n+1},$$

其中 α 是 $\mathbb{F}_{2^n}$ 中的本原元.

进一步, 若 F 是 APN 函数, 那么

$$\mathcal{F}(f_\lambda) = \begin{cases} (-1)^{t+1} 2^{t+1}, & \lambda \in \{x^3, x \in \mathbb{F}_{2^n}^*\}; \\ (-1)^t 2^t, & \lambda \notin \{x^3, x \in \mathbb{F}_{2^n}^*\}. \end{cases}$$

3.2　特征为偶数的有限域上的 APN 函数

本节主要给出特征为偶数的有限域上已知的 APN 函数及其证明, 分幂函数和多项式函数两种情况讨论.

3.2.1　APN 幂函数

特征为偶数的有限域上 APN 幂函数是一类非常重要的密码函数. 一方面, APN 幂函数跟分组密码算法中的非线性组件的设计密切相关; 另一方面, APN 幂函数跟序列密码算法中驱动序列的设计有关. m 序列是一类重要的线性反馈移位寄存器序列, 其良好的伪随机特性使得它在序列密码设计中扮演重要的角色, 通常用来作为前馈序列、非线性组合序列和钟控序列等序列密码算法的驱动序列. 到目前为

止, 除了互相关特性还没有彻底解决外, m 序列其他的密码学性质都已经得到了很好的刻画. 研究发现, m 序列与其 d 采样是否具有理想的三值互相关特性, 取决于幂函数 x^d 是否为几乎 Bent 函数. 几乎 Bent 函数是一类特殊的 APN 函数, 它只在域特征为偶数并且域扩张次数为奇数的情况下存在.

在特征为偶数的有限域上, 目前已知的 APN 幂函数只有如下六类:

(1) Gold 函数[29]

$$\Theta_1(x) = x^{2^i+1}, \quad 1 \leqslant i \leqslant \frac{n-1}{2}, \quad (i, n) = 1;$$

(2) Kasami 函数[33]

$$\Theta_2(x) = x^{2^{2i}-2^i+1}, \quad 1 \leqslant i \leqslant \frac{n-1}{2}, \quad (i, n) = 1;$$

(3) Welch 函数[38]

$$\Theta_3(x) = x^{2^t+3}, \quad n = 2t+1;$$

(4) Niho 函数[38]

$$\Theta_4(x) = \begin{cases} x^{2^t+2^{\frac{t}{2}}-1}, & 2 \mid t; \\ x^{2^t+2^{\frac{3t+1}{2}}-1}, & 2 \nmid t, \end{cases}$$

这里 $n = 2t+1$;

(5) Inverse 函数[2, 41]

$$\Theta_5(x) = x^{2^{2t}-1}, \quad n = 2t+1;$$

(6) Dobbertin 函数[21]

$$\Theta_6(x) = x^{2^{4t}+2^{3t}+2^{2t}+2^t-1}, \quad n = 5t.$$

上面给出的六类 APN 幂函数中, Gold 函数和 Kasami 函数相应的域扩张次数可以是任意正整数, 而 Welch 函数、Niho 函数和 Inverse 函数的域扩张次数只能是奇数. Gold 函数和 Kasami 函数在奇数情况下的 APN 性质的证明可以看成是其几乎 Bent 性质的直接推论, 因为这两类幂函数的几乎 Bent 性质早在 1968 年和 1971 年就已经被 Gold 和 Kasami 分别证明[29, 33]. Inverse 函数的 APN 性质是在 1993 年被 Beth 和 Ding[2] 以及 Nyberg[41] 独立证明的, 其他几类幂函数的 APN 性质则是到了 2000 年左右才由 Dobbertin 给出的[20~23]. 这些幂函数 APN 性质的证明主要采用两种技术手段, 一种技术手段是直接证明 $F(x+a) - F(x) = b$ 对任意 $a, b \in \mathbb{F}_{2^n}, a \neq 0$ 最多只有两个解; 另一种技术手段是证明差函数 $D_a F(x) = F(x+a) - F(x)$, $a \neq 0$ 可以表示为一个 2-1 函数与一个置换多项式的合成. 例如, Gold 函数和 Inverse 函数的 APN 性质是使用第一种方法证明的, 证明相对容易; 其他四类函数的 APN 性质主要采用第二种方法, 使用该方法的主要困难是如何证明一个多项式是置换多项式. Dobbertin 在证明这些幂函数的 APN 性质的过程中, 使用了其称之为 "一致可表示置换多项式" 的理论与方法, 这些理论与方法涉及到计算机代数方面的知识, 其关键思想就是多项式置换性质的证明可以通过计算机辅助实现.

首先采用直接证明的方法给出 Gold 函数和 Inverse 函数的 APN 性质的证明, 这里需要用到如下引理:

引理 3.2　设 $F(x) = x^d \in \mathbb{F}_{2^n}[x]$, 那么 F 是 APN 函数当且仅当对任意 $b \in \mathbb{F}_{2^n}$, 方程

$$D_1 F(x) = (x+1)^d - x^d = b$$

的解的个数为 2 或者 0.

证明　如果 $F(x) = x^d$ 是 APN 函数, 那么对任意 $a, b \in \mathbb{F}_{2^n}$, $a \neq 0$, $D_a F(x) = (x+a)^d - x^d = b$ 的解的个数为 0 或 2, 从而方程

$$\left(\frac{x}{a} + 1\right)^d - \left(\frac{x}{a}\right)^d = \frac{b}{a^d}$$

的解的个数为 0 或 2. 故对任意的 $b' \in \mathbb{F}_{2^n}$, 方程

$$(x'+1)^d - x'^d = b'$$

的解的个数为 0 或 2, 这里 $x' = \dfrac{x}{a}$, $b' = \dfrac{b}{a^d}$. 注意到上面每一步都是可逆的, 故反过来结论也成立.　　　　　　□

定理 3.10[29]　Gold 函数 $\Theta_1(x) = x^{2^i+1}$, $1 \leqslant i \leqslant \dfrac{n-1}{2}$, $(i, n) = 1$ 是 APN 函数.

证明　由于

$$D_1 \Theta_1(x) = (x+1)^{2^i+1} - x^{2^i+1} = x^{2^i} + x + 1$$

是 $\mathbb{F}_{2^n}$ 上的一个仿射多项式, 要证明函数 $\Theta_1(x)$ 的 APN 性质, 只需证明线性化多项式 $x^{2^i} + x$ 的核是 1 维的, 即只有两个元素 $x \in \mathbb{F}_{2^n}$ 使得 $x^{2^i} + x = 0$ 成立, 这一点由

$$(2^i - 1, 2^n - 1) = 2^{(i,n)} - 1 = 1$$

可以保证. 故 $\Theta_1(x)$ 是 APN 函数.　　　　　　□

值得注意的是, 当 $i = 1$ 时, Gold 函数为 $\Theta_1(x) = x^3$, 它是目前已知的唯一一类在任意 $\mathbb{F}_{2^n}$ 上都具有 APN 性质的幂函数.

定理 3.11[2, 41]　Inverse 函数 $\Theta_5(x) = x^{2^{2t}-1} \in \mathbb{F}_{2^n}[x]$ 是 APN 函数, 这里 $n = 2t + 1$.

证明　由于对任意非零 x, 均有 $x^{2^{2t+1}-1} = 1$, 故

$$x^{-1} = x^{2^{2t+1}-2} = x^{2(2^{2t}-1)} = y^{2^{2t}-1},$$

其中 $y = x^2$. 因此, 只需要证明对任意 $b \in \mathbb{F}_{2^n}$, 方程

$$(x+1)^{-1} - x^{-1} = b \tag{3.7}$$

在 $\mathbb{F}_{2^n}$ 中最多有两个解, 这里规定 $0^{-1} = 0$.

当 $x \neq 0, 1$ 时, 方程 (3.7) 可以化为

$$x - (x+1) = b(x^2 + x). \tag{3.8}$$

若 $b = 0$, 该方程无解; 若 $b \neq 0$, 则该方程等价于如下二次方程

$$x^2 + x + b^{-1} = 0,$$

所以它最多有两个解.

将 $x = 0, 1$ 代入方程 (3.7) 得, $b = 1$, 再将 $b = 1$ 代入方程 (3.8) 得

$$x^2 + x + 1 = 0. \tag{3.9}$$

当 n 为奇数时, 方程 (3.9) 在 $\mathbb{F}_{2^n}$ 中没有解, 从而方程 (3.7) 当 $b = 1$ 时, 在 $\mathbb{F}_{2^n}$ 中只有 $x = 0, 1$ 两个解. 于是对任意 $b \in \mathbb{F}_{2^n}$, 方程 (3.7) 在 $\mathbb{F}_{2^n}$ 中最多只有两个解, 故 $\Theta_5(x)$ 是 APN 函数. $\square$

从上面的证明过程可以看出, Gold 函数和 Inverse 函数的 APN 性质是根据 APN 函数的定义直接证明的. 下面讨论 Welch 函数、Niho 函数、Kasami 函数和 Dobbertin 函数的 APN 性质的证明, 这些结果主要来自 Dobbertin 在 2000 年左右所发表的文献 [21~23].

为证明 Welch 函数的 APN 性质, 需要给出一个由 Dobbertin 证明的引理.

引理 3.3[22] 设 $L = \mathbb{F}_{2^n}$, 其中 $n = 2t + 1$, 那么

$$q(x) = x^{2^{t+1}+1} + x^3 + x$$

在 L 上是一个置换.

证明 设 $r = t + 1$, 下面证明对任意给定的 $c \in L$, 方程

$$x^{2^r+1} + x^3 + x = c \tag{3.10}$$

在 L 中最多有一个解.

首先, $x = 0$ 当且仅当 $c = 0$. 事实上, 若 $x \neq 0$ 而 $c = 0$, 则 $x^{2^r} + x^2 + 1 = 0$. 注意到 $[L : \mathbb{F}_2] = n$ 是奇数, 于是

$$0 = \mathrm{tr}\left(x^{2^r} + x^2 + 1\right) = \mathrm{tr}\left(x^{2^r}\right) + \mathrm{tr}\left(x^2\right) + \mathrm{tr}(1) = \mathrm{tr}(1) = 1.$$

矛盾. 在下面的证明中, 总假设 $c, x \in L^*$. 式 (3.10) 等价于

$$x^{2^r} = x^2 + 1 + c/x.$$

两边同时取 2^r 次方, 得到

$$x^2 = x^{2^r+1} + 1 + c^{2^r}/x^{2^r},$$

进而

$$x^2 = (x^2 + 1 + c/x)^2 + 1 + \frac{c^{2^r}}{x^2 + 1 + c/x},$$

这表明 x 是多项式

$$\Phi(y) = y^9 + cy^6 + y^5 + cy^4 + (c^{2^r} + c^2)y^3 + c^2 y + c^3$$

的根.

现在假设 $Z \in L^*$ 是某个给定的元素, 并满足 $Z^{2^r+1} + Z^3 + Z = c$, 那么 Z 就是 $\Phi(y)$ 的一个零点, 于是 $\Phi(y)$ 可以做如下分解:

$$\Phi(y) = \Phi_1(y)\Phi_2(y)(y + Z),$$

其中

$$\Phi_1(y) = y^4 + Zy^3 + Z^{2^r}y^2 + (Z^{2^r+1} + Z^3 + Z)y + (Z^{2^r} + Z^2 + 1)^2,$$

$$\Phi_2(y) = y^4 + (Z^{2^r} + Z^2)y^2 + Z^{2^r+1}y + (Z^{2^r+2} + Z^4 + Z^2).$$

进一步, 将 $Z^{2^r+1} + Z^3 + Z = c$ 中的 $Z^{2^{r-1}}$ 替换为新的变量 W, 就有

$$c = W^2 Z + Z^3 + Z,$$

$$c^{2^t} = ZW + W^3 + W.$$

这样一来, Φ 就可以视为具有两个变量 Z 和 W 的多项式, 这种方法同样也是发现上述因式分解的关键.

下面将证明 Φ_1 和 Φ_2 在 L 中都没有零点, 进而得到结论. 首先假设存在 $x \in L^*$, 使得 $\Phi_1(x) = 0$. 这意味着对

$$u = \frac{x}{Z} + \frac{c}{Z^2 x},$$

有

$$u^2 + u = Z^{2^r-2}.$$

根据 u 的定义, 进一步得到

$$\left(\frac{x}{Zu}\right)^2 + \frac{x}{Zu} + \frac{c}{Z^3 u^2} = 0.$$

于是

$$\mathrm{tr}\left(\frac{c}{Z^3 u^2}\right) = 0.$$

另一方面,

$$(u^2 + u)^{2^{r-1}+1} = (Z^{2^r-2})^{2^{r-1}+1} = 1/Z.$$

从而

$$\frac{1}{Zu} = (u^2 + u)^{2^{r-1}}(u+1) = u^{2^r+1} + (u^{2^r+1})^{2^{r-1}} + u^{2^r} + u^{2^{r-1}}.$$

这意味着 $\mathrm{tr}\left(\dfrac{1}{Zu}\right) = 0$. 因此,

$$\begin{aligned}
\mathrm{tr}\left(\frac{c}{Z^3 u^2}\right) &= \mathrm{tr}\left(\frac{Z^{2^r+1} + Z^3 + Z}{Z^3 u^2}\right) \\
&= \mathrm{tr}(Z^{2^r-2}/u^2) + \mathrm{tr}(1/u^2) + \mathrm{tr}\left(\frac{1}{Z^2 u^2}\right) \\
&= \mathrm{tr}(1 + 1/u) + \mathrm{tr}(1/u) + \mathrm{tr}\left(\frac{1}{Zu}\right) \\
&= \mathrm{tr}(1) = 1.
\end{aligned}$$

矛盾.

下面证明 Φ_2 在 L 中没有零点. 假设存在 $x \in L^*$, 使得 $\Phi_2(x) = 0$. 这意味着, 对于 $u = \dfrac{x^2 + Zx}{Z^{2^r}}$ 以及 $u_0 = Z^{2-2^r}$, 有

$$u^2 + u = u_0 + u_0^2 + 1/u_0^{2^r}.$$

进一步, 由 u 的定义, 得到

$$(x/Z)^2 + x/Z = u/u_0.$$

因此

$$\mathrm{tr}(u/u_0) = 0.$$

另一方面, 设 $z = u + u_0$, 则

$$z^{2^r} + z^{2^{r-1}} = 1/u_0.$$

进一步, 可以推出

$$\begin{aligned}
\mathrm{tr}(u/u_0) &= \mathrm{tr}(1) + \mathrm{tr}(z/u_0) \\
&= 1 + \mathrm{tr}\left(z^{2^r+1} + z^{2^{r-1}+1}\right) \\
&= 1 + \mathrm{tr}\left(z^{2^r+1} + (z^{2^r+1})^{2^{r-1}}\right) \\
&= 1.
\end{aligned}$$

矛盾.

因此, $\Phi(y) = y^9 + cy^6 + y^5 + cy^4 + (c^{2^r} + c^2)y^3 + c^2 y + c^3$ 在 L 中只有一个根, 故 $q(x) = x^{2^{t+1}+1} + x^3 + x$ 是 L 上的置换多项式. $\qquad\square$

定理 3.12[22]   Welch 函数 $\Theta_3(x) = x^{2^t+3}$, $n = 2t + 1$ 是 APN 函数.

证明　令 $d = 2^t + 3$, 则多项式

$$D_1\Theta_3(x) = (x+1)^d - x^d = (x + x^{2^t})(x^2 + x + 1) + 1$$

可以表示为

$$D_1\Theta_3(x) = q(x + x^{2^t}) + 1,$$

其中, $q(x) = x(x^{2^{t+1}} + x^2 + 1)$ 为引理 3.3 中所给出的置换多项式. 由于 $x + x^{2^t}$ 是 2-1 的映射, 而 $q(x)$ 为置换多项式, 故 $D_1\Theta_3(x)$ 在 L 上是一个 2-1 的映射, 从而 $\Theta_3(x)$ 是 APN 函数. □

Kasami 函数 APN 性质的证明, 分域扩张次数为奇数和偶数两种情况. 奇数情形下的证明主要利用 Kasami 函数的 Walsh 谱来说明其几乎 Bent 性质, 从而得到其 APN 性质, 这一结果放到第 5 章几乎 Bent 函数的构造中. 偶数情形下的证明则是采用 Dobbertin 的 "一致可表示置换多项式" 理论, 即首先通过计算机代数方面的知识, 给出如下一类置换多项式:

引理 3.4[20]　设 $L = \mathbb{F}_{2^n}$, n 为偶数, $(k, n) = 1$, 并且 $k'k \equiv 1 \mod n$, 那么

$$q(x) = \sum_{i=1}^{k'} x^{2^{ik} - 2^k - 1}$$

在 L 上是一个置换.

上述引理的证明非常繁琐, 感兴趣的读者请参考文献 [20]. 有了这个引理, 当域扩张次数 n 为偶数时, Kasami 函数的 APN 性质就很容易证明了.

定理 3.13[22]　Kasami 函数 $\Theta_2(x) = x^{2^{2i} - 2^i + 1}$ 是 APN 函数, 其中 $(i, n) = 1$.

证明　下面只给出 n 为偶数情况下的证明, 奇数情况下的证明可参见第 5 章 Kasami 函数为几乎 Bent 函数的证明.

设 $d = 2^{2i} - 2^i + 1$, 则 x^d 为 APN 函数当且仅当 $p(x) = (x+1)^d - x^d$ 是 2-1 的函数. 注意到

$$(p(x) + 1)q(x^{2^i} + x) = 1,$$

这里 $q(x)$ 为引理 3.4 中所给出的置换多项式. 于是

$$p(x) = 1 + 1/q(x^{2^i} + x).$$

由于 $q(x)$ 为置换多项式, 而 $x^{2^i} + x$ 是 2-1 的函数, 故 $p(x)$ 也是 2-1 的函数, 从而 $\Theta_2(x) = x^{2^{2i} - 2^i + 1}$ 是 APN 函数. □

Niho 函数和 Dobbertin 函数的 APN 性质的证明类似于 Kasami 函数、Welch 函数的 APN 性质的证明, 都是通过证明一类导出多项式的置换性质, 进而证明 $F(x+1) - F(x)$ 是 2-1 的函数. Dobbertin 在这些证明过程中, 大量使用了计算机代数的方法, 利用了 "一致可表示置换多项式"[24] 的理论与方法. Dobbertin 指出,

他对这种"一致可表示置换多项式"的研究是初步的, 仅仅揭示了冰山一角[24]. 感兴趣的读者可以研读文献 [24] 以及 Felke P 的博士论文 [28]. 最后, 给出 Dobbertin 关于 APN 幂函数的一个猜想:

猜想 特征为 2 的有限域上, APN 幂函数只有六类: Gold 函数、Kasami 函数、Welch 函数、Niho 函数、Inverse 函数和 Dobbertin 函数.

3.2.2 APN 多项式函数

2005 年以前, 国际密码学者主要关注特征为偶数的有限域上 APN 幂函数的构造与等价性问题, 这是因为 APN 幂函数在密码学领域具有重要作用. 2006 年以后, 人们相继发现了特征为偶数的有限域上六类多项式型的 APN 函数, 它们分别是:

(1) Budaghyan-Carlet-Felke-Leander 第一类函数[9]

$$\Psi_1(x) = x^{2^s+1} + wx^{2^{ik}+2^{uk+s}},$$

其中 $n = 3k, (k,3) = (s,3k) = 1, k \geqslant 4, i \equiv sk \bmod 3, u = 3-i, \mathrm{ord}(w) = 2^{2k}+2^k+1$.

(2) Budaghyan-Carlet-Felke-Leander 第二类函数[10]

$$\Psi_2(x) = x^{2^s+1} + wx^{2^{ik}+2^{uk+s}},$$

其中 $n = 4k, (k,2) = (s,2k) = 1, k \geqslant 3, i \equiv sk \bmod 4, u = 4-i, \mathrm{ord}(w) = 2^{3k}+2^{2k}+2^k+1$.

(3) Bracken-Byrne-Markin-Mcguire 第一类函数[7, 11]

$$\Psi_3(x) = bx^{2^s+1} + b^{2^k}x^{2^{k+s}+2^k} + cx^{2^k+1} + \sum_{i=1}^{k-1} r_i x^{2^{k+i}+2^i},$$

其中 $n = 2k, (k,s) = 1, 2 \nmid k, 2 \nmid s, c \notin \mathbb{F}_{2^k}, r_i \in \mathbb{F}_{2^k}$, 并且 b 在 $\mathbb{F}_{2^n}$ 中不能开 3 次方.

(4) Budaghyan-Carlet 函数 [11]

$$\Psi_4(x) = x(x^{2^i} + x^q + cx^{2^i q}) + x^{2^i}(c^q x^q + sx^{2^i q}) + x^{(2^i+1)q},$$

其中 $n = 2k, k \geqslant 3, (i,k) = 1, q = 2^k, s \notin \mathbb{F}_q$, 并且 $x^{2^i+1} + cx^{2^i} + c^q x + 1$ 在 $\mathbb{F}_{2^n}$ 不可约.

(5) Bracken-Byrne-Markin-Mcguire 第二类函数[7]

$$\Psi_5(x) = u^{2^k} x^{2^{-k}+2^{k+s}} + ux^{2^s+1} + vx^{2^{-k}+1} + wu^{2^k+1} x^{2^{k+s}+2^s},$$

其中 $n = 3k, 3|(k+s), (s,3k) = (3,k) = 1, v \neq w^{-1} \in \mathbb{F}_{2^k}$, 并且 u 是 $\mathbb{F}_{2^n}$ 中的本原元.

(6) Budaghyan-Carlet-Felke-Leander 第三类函数[12]

$$\Psi_6(x) = x^3 + \mathrm{tr}(x^9),$$

其中 $n \geqslant 7, n > 2p$, 并且对于最小可能的 $p > 1$, 满足 $p \neq 3, (p, n) = 1$.

根据上面所列的情况, 特征为偶数的有限域上 APN 多项式函数主要是由两个研究小组发现的, 一个是 Bracken, Byrne, Markin 和 Mcguire 的四人小组, 另一个是 Budaghyan, Carlet, Felke 和 Leander 的四人小组. 在这些 APN 多项式函数中, $\Psi_3(x)$ 和 $\Psi_4(x)$ 是定义在 $\mathbb{F}_{2^{2k}}$ 上的, $\Psi_1(x)$ 和 $\Psi_5(x)$ 是定义在 $\mathbb{F}_{2^{3k}}$ 上的, $\Psi_2(x)$ 是定义在 $\mathbb{F}_{2^{4k}}$ 上的, 而 $\Psi_6(x)$ 是定义在任意特征为偶数的有限域上的. 在发现这些 APN 函数的过程中, Budaghyan 等首先在文献 [11] 中提出了一个三项式的 APN 函数 $\Psi_4(x)$, 之后由 Bracken 等推广成多项式的 APN 函数 $\Psi_3(x)$; Budaghyan 等在文献 [9] 中提出了一个二项式的 APN 函数 $\Psi_1(x)$, 之后又由 Bracken 等推广成四项式的 APN 函数 $\Psi_5(x)$. 值得注意的是, 所有这些多项式的 APN 函数都是 DO 型的, 即它们的代数次数都是 2, 从而它们 APN 性质的证明思想基本上是一致的, 只有 $\Psi_6(x)$ 的证明在技术处理上稍有不同, 这里 $\Psi_6(x)$ 中迹函数 $\mathrm{tr}(x^9)$ 同样是一个 DO 型函数, 只不过它是一个取值为 0 和 1 的布尔函数.

下面给出 $\Psi_3(x)$ 和 $\Psi_6(x)$ 的 APN 性质的证明, 其余函数的 APN 性质的证明参见相关文献.

定理 3.14　设 s 和 k 均为奇的正整数, $n = 2k$, 并且 $(k, s) = 1$, $L = \mathbb{F}_{2^n}$. L 上的函数 F 定义如下:

$$F(x) = bx^{2^s+1} + b^{2^k}x^{2^{k+s}+2^k} + cx^{2^k+1} + \sum_{i=1}^{k-1} r_i x^{2^{i+k}+2^i},$$

其中 $c \notin \mathbb{F}_{2^k}$, b 在 L 中不能开 3 次方, $r_i \in \mathbb{F}_{2^k}, i = 1, 2, \cdots, k-1$. 那么 F 是 L 上的 APN 函数.

证明　对任意 $a \in L^*$, 令 $\Delta_a F(x) = D_a F(x) + F(a)$, 则

$$\Delta_a F(x) = b(x^{2^s}a + xa^{2^s}) + b^{2^k}(x^{2^{s+k}}a^{2^k} + x^{2^k}a^{2^{s+k}}) + c(x^{2^k}a + xa^{2^k})$$
$$+ \sum_{i=1}^{k-1} r_i(x^{2^{i+k}}a^{2^i} + x^{2^i}a^{2^{i+k}})$$

是一个线性化的多项式. 注意到 $\Delta_a F(x) = 0$ 与 $\Delta_a F(xa) = 0$ 的解的个数相同, 只需考虑下面多项式

$$\Delta_a F(xa) = ba^{2^s+1}(x^{2^s} + x) + b^{2^k}a^{2^{s+k}+2^k}(x^{2^{s+k}} + x^{2^k}) + ca^{2^k+1}(x^{2^k} + x)$$
$$+ \sum_{i=1}^{k-1} r_i a^{2^{i+k}+2^i}(x^{2^{i+k}} + x^{2^i})$$

在 L 中的解的个数.

显然, 0 和 1 是方程 $\Delta_a F(xa) = 0$ 的两个解. 要证明 F 是 APN 函数, 就必须证明 $\Delta_a F(xa) = 0$ 在 L 中没有其他的解.

假设 $x \in L$ 是方程 $\Delta_a F(xa) = 0$ 的一个解, 则

$$\Delta_a F(xa) + (\Delta_a F(xa))^{2^k} = (c + c^{2^k}) a^{2^k+1} (x + x^{2^k}).$$

注意到 $a \neq 0, c \notin \mathbb{F}_{2^k}$, 故 $\Delta_a F(xa) = 0$ 当且仅当 $x + x^{2^k} = 0$, 即 $x \in \mathbb{F}_{2^k}$. 于是

$$\Delta_a F(xa) = (ba^{2^s+1} + b^{2^k} a^{2^{s+k}+2^k})(x + x^{2^s}).$$

若

$$ba^{2^s+1} + b^{2^k} a^{2^{k+s}+2^k} = 0,$$

则

$$b^{2^k-1} = a^{(2^{k+s}-1)(2^k-1)}.$$

由于 $3|2^t-1$ 当且仅当 t 为偶数, 由 b 不能开 3 次方, 可知上式左边不能开 3 次方. 另一方面, $k+s$ 是偶数, 上式右边却可以开 3 次方, 矛盾. 所以 $ba^{2^s+1} + b^{2^k} a^{2^{s+k}+2^k} \neq 0$. 因此, $D_a F(xa) = 0$ 当且仅当 $x + x^{2^s} = 0$, 即 $x \in \mathbb{F}_{2^s}$. 又由于 $(2k, s) = 1$, 故 $x \in \mathbb{F}_{2^{2k}} \cap \mathbb{F}_{2^s} = \mathbb{F}_2$, 这表明 $\Delta_a F(xa) = 0$ 在 L 中只有 0 和 1 两个解, 于是 $\Delta_a F(u) = 0$ 在 L 中也只有两个解, 故 F 是 L 上的 APN 函数. $\square$

接下来, 证明 $\Psi_6(x)$ 是 APN 函数. 注意到 $\Psi_6(x)$ 是一个 DO 型函数与一个二次布尔函数的和, 下面的定理体现了该类 APN 函数的构造思想.

定理 3.15[12] 设 F 是 $\mathbb{F}_{2^n}$ 上的 APN 函数, 并且 F 的代数次数是 2. 假设 f 是一个 n 元二次布尔函数, 对任意非零 $a \in \mathbb{F}_{2^n}$, 定义如下两个函数:

$$\varphi_F(x, a) = F(x) + F(x + a) + F(a) + F(0),$$

$$\varphi_f(x, a) = f(x) + f(x + a) + f(a) + f(0).$$

那么 $F(x) + f(x)$ 是 APN 函数当且仅当对任意的 $a \in \mathbb{F}_{2^n}^*$, 存在线性布尔函数 l_a 满足如下条件:

(1) $\varphi_f(x, a) = l_a(\varphi_F(x, a))$;

(2) 如果对某个 $x \in \mathbb{F}_{2^n}$, 有 $\varphi_F(x, a) = 1$, 那么 $l_a(1) = 0$.

证明 ($\Leftarrow$) 由于多项式 $F(x) + f(x)$ 的代数次数是 2, 所以它是 APN 函数当且仅当对任意非零 $a \in \mathbb{F}_{2^n}$, 方程 $\varphi_F(x, a) + \varphi_f(x, a) = 0$ 在 $\mathbb{F}_{2^n}$ 中最多只有两个解. 根据题设条件, 使得 $\varphi_F(x, a) + \varphi_f(x, a) = 0$ 成立的 x, 必须使得 $\varphi_F(x, a)$ 和 $\varphi_f(x, a)$ 都等于 0. 由于 F 为 APN 函数, 因此 $\varphi_F(x, a) = 0$ 最多有两个解, 从而 $F(x) + f(x)$ 也是 APN 函数.

（⇒）由 $F(x)$ 和 $f(x)$ 的代数次数都是 2 知 $\varphi_F(x,a)$ 和 $\varphi_f(x,a)$ 的代数次数都是 1, 并且若 $\varphi_F(x_1,a) = \varphi_F(x_2,a)$, 则由 F 为 APN 函数得 $x_2 = x_1$ 或 $x_2 = x_1 + a$, 于是 $\varphi_f(x_1,a) = \varphi_f(x_2,a)$, 因此存在线性布尔函数 l_a 满足 $\varphi_f(x,a) = l_a(\varphi_F(x,a))$. 设 $F(x) + f(x)$ 也是 APN 函数, 则 $\varphi_F(x,a) + \varphi_f(x,a) = 0$ 在 $\mathbb{F}_{2^n}$ 中最多只有两个解, 从而其解为 $x = 0, a$. 于是如果对某个 $x \in \mathbb{F}_{2^n}$, 有 $\varphi_F(x,a) = 1$, 那么 $l_a(1) = 0$.

□

定理 3.15 的一个直接结果就是: 如果 F 是 APN 函数, 线性布尔函数 l 满足 $l(1) = 0$, 那么函数 $F(x) + l(F(x))$ 是 APN 函数. 但是在 APN 函数的等价性讨论中看到, 这个函数是仿射等价于 F 的.

推论 3.2[12]　设 n 为任意正整数, 则函数 $x^3 + \mathrm{tr}(x^9)$ 是 $\mathbb{F}_{2^n}$ 上的 APN 函数.

证明　延用定理 3.15 中的记号, 令

$$F(x) = x^3, \qquad \varphi_F(x,a) = a^2 x + a x^2,$$
$$f(x) = \mathrm{tr}(x^9), \quad \varphi_f(x,a) = \mathrm{tr}(a^8 x + a x^8),$$
$$l_a(y) = \mathrm{tr}(a^6 y + a^3 y^2 + a^{-3} y^4).$$

于是

$$l_a(\varphi_F(x,a)) = \mathrm{tr}(a^6(a^2 x + a x^2) + a^3(a^4 x^2 + a^2 x^4) + a^{-3}(a^8 x^4 + a^4 x^8)) = \varphi_f(x,a).$$

如果存在 $x \in \mathbb{F}_{2^n}$, 使得 $\varphi_F(x,a) = 1$, 那么

$$l_a(1) = \mathrm{tr}(a^{-3}) = \mathrm{tr}\left(\frac{x}{a} + \left(\frac{x}{a}\right)^2\right) = 0.$$

于是定理 3.15 的条件得到了满足, 故 $x^3 + \mathrm{tr}(x^9)$ 是 APN 函数.

□

定理 3.15 的思想其实很简单, 就是用一个已有的 APN 函数, 加上一个布尔函数, 通过适当的限制条件, 使得新的函数仍然满足 APN 函数的要求. 这种构造思想其实早有应用, 如下面用于构造差分均匀度为 4 的函数的例子, 其证明思想与定理 3.15 的证明思想是相似的.

定理 3.16[12]　对 $\mathbb{F}_{2^n}$ 上任意 APN 函数 $F(x)$, 下列函数的差分均匀度为 4.

(1) $F(x) + \mathrm{tr}(G(x))$, 其中 $G(x)$ 为 $\mathbb{F}_{2^n}$ 上的任意函数;

(2) $F(x) + x^{2^m - 1}$;

(3) $F \circ A$ 和 $A \circ F$, 其中 A 是 $2 - 1$ 的仿射函数.

最后必须指出的是, 目前给出大多数 APN 函数都表示一簇函数, 并且它们的代数次数都是 2. 这是因为它们都源于相同的构造思想, 即通过对不同参数的 Gold 函数进行组合得到新的 APN 函数. 这种办法也适用于构造多项式 PN 函数[14, 43]. 值得一提的是, 在文献 [27] 中, Edel Y 和 Pott A 基于定理 3.15 的思想提出一种称为 "交换构造 (Switching Construction)" 的技术, 通过变换已有 APN 函数的一个

坐标函数来构造新的 APN 函数. 利用该技术, 他们发现了一个非二次多项式的例子, 通过计算其 CCZ 等价不变量, 证明了这个新函数不等价于上面所有的 APN 函数. 需要注意的是, 前面给出的 APN 函数都是函数族, 即它们代表一类多项式, 而下面的例子只是一个具体多项式.

定理 3.17[27] 设 $\mathbb{F}_{2^6}$ 是 $f(x) = x^6 + x^4 + x^3 + x + 1 \in \mathbb{F}_2[x]$ 所对应的分裂域, u 为 $f(x)$ 在 $\mathbb{F}_{2^6}$ 的一个根. $\mathbb{F}_{2^6}$ 的函数 F 定义为

$$F(x) = x^3 + u^{17}(x^{17} + x^{18} + x^{20} + x^{24})u^{18}x^9 + u^{36}x^{18} + u^9x^{36} + x^{21}$$
$$+ x^{42} + \mathrm{tr}(u^{27}x + u^{52}x^3 + u^6x^5 + u^{19}x^7 + u^{28}x^{11} + u^2x^{13}),$$

那么 F 是 APN 函数, 并且不是二次的.

3.3　特征为奇数的有限域上的 APN 函数

前面已经指出, 在特征为奇数的有限域上, 差分均匀度最优的函数是完全非线性函数, 即 PN 函数. APN 函数是差分均匀度次优的函数, 在特征为奇数的有限域上, 人们更多地关注 PN 函数的构造与分析, 而对 APN 函数的构造与分析的研究不多. 奇特征的有限域上 APN 函数方面的工作主要是由三个研究小组给出的, 一个是 Helleseth, Rong 和 Sandberg 研究小组, 一个是 Dobbertin, Pott 和 Felke 研究小组, 还有一个是 Zha 和 Wang 研究小组, 他们先后给出了一些奇特征有限域上的 APN 幂函数和多项式函数. 据笔者所知, 目前特征为奇数的有限域上已知的 APN 幂函数可以用表 3.1 表示.

表 3.1　$\mathbb{F}_{p^n}$ 上已知的 APN 幂函数, p 为奇数

编号	提出者及参考文献	指数 d	条件
1	平凡的	3	$p \neq 3$
2	Kloosterman[2, 41]	$p^n - 2$	$p^n \equiv 2 \mod 3$
3	Helleseth 和 Sandberg[31]	$\dfrac{p^n - 1}{2} - 1$	$p \equiv 3, 7 \mod 20, p^n > 7,$ $p^n \neq 27,$ 并且 n 为奇数
4	Helleseth, Rong 和 Sandberg [32]	$\dfrac{p^n + 1}{4}$ $\dfrac{p^n + 1}{4} + \dfrac{p^n - 1}{2}$	$p^n > 7, p^n \equiv 7 \mod 8$ $p^n > 7, p^n \equiv 3 \mod 8$
5	Helleseth, Rong 和 Sandberg [32]	$\dfrac{2p^n - 1}{3}$	$p^n \equiv 2 \mod 3$
6	Helleseth, Rong 和 Sandberg [32]	$p^n - 3$	$p = 3, n > 1,$ n 为奇数
7	Helleseth, Rong 和 Sandberg [32]	$p^m + 2$	$n = 2m, p > 3,$ $p^m \equiv 1 \mod 3$

编号	提出者及参考文献	指数 d	条件
8	Helleseth, Rong 和 Sandberg [32]	$\dfrac{5^k+1}{2}$	$p=5,\ (2n,k)=1$
9	Dobbertin, Pott 等 [25] 和 Felke[28]	$\dfrac{3^{(n+1)/2}-1}{2}$ $\dfrac{3^{(n+1)/2}-1}{2}+\dfrac{3^n-1}{2}$	$p=3,\ n\equiv 3\ \mathrm{mod}\ 4$ $p=3,\ n\equiv 1\ \mathrm{mod}\ 4$
10	Dobbertin, Pott 等 [25]	$\dfrac{3^{n+1}-1}{8}$ $\dfrac{3^{n+1}-1}{8}+\dfrac{3^n-1}{2}$	$p=3,\ n\equiv 3\ \mathrm{mod}\ 4$ $p=3,\ n\equiv 1\ \mathrm{mod}\ 4$
11	Dobbertin, Pott 等 [25]	4	$p=7, n=1$
12	Zha, Wang[44]	d	$p=3,\ (n,m)=1,\ 2m<n,$ $(3^m+1)d-2=k\cdot(3^n-1),\ k$ 为奇数
13	Zha, Wang[44]	d	$p=5,\ (2n,m)=1,$ $\dfrac{5^m+1}{2}\cdot d=1$
14	Zha, Wang[44]	d	$p=5,\ (n,m)=1,$ $(5^m+1)d-2=k\cdot(5^n-1)$
15	Zha, Wang[44]	$\dfrac{5^n-1}{4}+\dfrac{5^{(n+1)/2}-1}{2}$	$p=5,\ n$为奇数

　　下面给出表 3.1 中函数的 APN 性质的证明. 第一个函数的证明较为简单, 因此直接给出证明. 其他函数的 APN 性质的证明都比较复杂, 将以定理的形式给出.

　　对于编号为 1 的函数, 此时 $d=3$, $p\neq 3$. x^d 是 APN 函数当且仅当对任意的 $b\in\mathbb{F}_{p^n}$,

$$(x+1)^3-x^3=b$$

在 $\mathbb{F}_{p^n}$ 中最多有两个根, 也就是

$$3x^2+3x+1-b=0$$

在 $\mathbb{F}_{p^n}$ 中最多有两个根. 这一结论当 $p\neq 3$ 时是显然成立的.

　　定理 3.18　设 p 为奇素数, $d=p^n-2$, $F(x)=x^d$ 为 $\mathbb{F}_{p^n}$ 上的映射. 那么

$$\delta_F=\begin{cases} 2, & p^n\equiv 2 \mod 3; \\ 3, & p=3; \\ 4, & p^n\equiv 1 \mod 3. \end{cases}$$

　　证明　对任意 $b\in\mathbb{F}_{p^n}$, 考虑方程

$$(x+1)^{p^n-2}-x^{p^n-2}=b \tag{3.11}$$

在 $\mathbb{F}_{p^n}$ 中的解数.

当 $x \notin \{-1, 0\}$ 时, 方程 (3.11) 等价于

$$bx^2 + bx + 1 = 0, \tag{3.12}$$

该方程在 $\mathbb{F}_{p^n}$ 中最多有两个根.

当 $x = 0$ 或 -1 时, 此时一定有 $b = 1$, 即 $x = 0$ 和 -1 是方程 $(x+1)^{p^n-2} - x^{p^n-2} = 1$ 的两个解.

如果 $p^n \equiv 1 \mod 3$, 那么 -3 是 $\mathbb{F}_{p^n}$ 中的平方剩余, 这时方程 $x^2 + x + 1 = 0$ 在 $\mathbb{F}_{p^n}$ 有两个不同的根 $x = \dfrac{-1 \pm \sqrt{-3}}{2}$, 故方程 (3.11) 就有 4 个不同根;

如果 $p^n \equiv 2 \mod 3$, 那么 -3 是 $\mathbb{F}_{p^n}$ 中的非平方剩余, 于是方程 $x^2 + x + 1 = 0$ 在 $\mathbb{F}_{p^n}$ 没有根, 故此时方程 (3.11) 最多只有 2 个不同根;

当 $p = 3$ 时, $x^2 + x + 1 = (x-1)^2 = 0$ 在 $\mathbb{F}_{3^n}$ 中有个二重根 1, 故方程 (3.11) 就有 3 个不同根. □

注意到当 $x \neq 0$ 时, $F(x) = x^{p^n-2}$ 实际上为 $\mathbb{F}_{p^n}$ 上的逆函数, 上面定理表明在特征为奇数的有限域上, 逆函数的差分均匀度只取 2,3,4 三个值, 并且仅当 $p^n \equiv 2 \mod 3$ 时, 逆函数是 APN 函数.

前两类函数的 APN 性质已经证明, 下面定理表明编号为 3 的函数也是 APN 函数

定理 3.19 设素数 p 满足 $p^n \equiv 3 \mod 4$, $d = \dfrac{p^n - 1}{2} - 1$, $\chi(\cdot)$ 为 $\mathbb{F}_{p^n}$ 上的二次特征, $F(x) = x^d$ 是 $\mathbb{F}_{p^n}$ 上的映射. 那么, 当 $p^n > 7$ 时,

$$\delta_F = \begin{cases} 1, & p^n = 27; \\ 2, & p^n > 27, \text{且 } \chi(5) = -1, \text{ 即 } p \equiv 3, 7 \mod 20; \\ 3, & p^n > 27, \text{且 } \chi(5) = 1, \text{ 即 } p \equiv 11, 19 \mod 20. \end{cases}$$

证明 对任意的 $b \in \mathbb{F}_{p^n}$, 考虑方程

$$(x+1)^d - x^d = b \tag{3.13}$$

在 $\mathbb{F}_{p^n}$ 中的解数.

首先由于 $(d, p^n - 1) = 1$, 故 $F(x) = x^d$ 为 $\mathbb{F}_{p^n}$ 上的置换. 于是, 对于 $b = 0$, 方程 (3.13) 在 $\mathbb{F}_{p^n}$ 无解, 以下总设 $b \neq 0$.

注意到 d 是偶数, 因此 $x = 0$ 和 $x = -1$ 分别是 $b = 1$ 和 $b = -1$ 时方程的根. 下面假设 $x \neq 0, -1$, 由于 $\chi(x) = x^{\frac{p^n-1}{2}}$, 则 $x^d = \chi(x)\dfrac{1}{x}$, 于是

$$\chi(x+1)\frac{1}{x+1} - \chi(x)\frac{1}{x} = b.$$

进而

$$bx^2 + (b - \chi(x+1) + \chi(x))x + \chi(x) = 0.$$

再根据 $(\chi(x), \chi(x+1))$ 取值的不同, 将方程分为 4 种情况来讨论. 在每一种情况下, 分别计算方程的两个根 x_1 和 x_2, 从而得到 $x_1(x_1+1)$ 和 $x_2(x_2+1)$ 的取值 (可以验证在情形 I 和情形 IV 下, 这两个值其实是相等的). 这样就可以得到表 3.2, 其中 $b' = \dfrac{1}{b}$, "$-$" 表示省略.

表 3.2

	$\chi(x)$	$\chi(x+1)$	方程	x	$x+1$	$x_1 x_2$	$x(x+1)$
I	1	1	$bx^2 + bx + 1 = 0$	$\dfrac{-1 \pm \sqrt{1-4b'}}{2}$	$\dfrac{1 \pm \sqrt{1-4b'}}{2}$	$\dfrac{1}{b}$	$-\dfrac{1}{b}$
II	1	-1	$bx^2 + (b+2)x + 1 = 0$	$\dfrac{-1-2b' \pm \sqrt{1+4b'^2}}{2}$	$\dfrac{1-2b' \pm \sqrt{1+4b'^2}}{2}$	$\dfrac{1}{b}$	$-$
III	-1	1	$bx^2 + (b-2)x - 1 = 0$	$\dfrac{-1+2b' \pm \sqrt{1+4b'^2}}{2}$	$\dfrac{1+2b' \pm \sqrt{1+4b'^2}}{2}$	$-\dfrac{1}{b}$	$-$
IV	-1	-1	$bx^2 + bx - 1 = 0$	$\dfrac{-1 \pm \sqrt{1+4b'}}{2}$	$\dfrac{1 \pm \sqrt{1+4b'}}{2}$	$-\dfrac{1}{b}$	$\dfrac{1}{b}$

首先, 由于 $p^n \equiv 3 \mod 4$, 则 $\chi(-1) = -1$. 对于情形 I, 有

$$\chi(x(x+1)) = \chi\left(-\frac{1}{b}\right) = 1,$$

即 $\chi(b) = -1$. 进一步, $\chi(x_1 x_2) = \chi\left(\dfrac{1}{b}\right) = -1$, 考虑到情形 I 要求 $\chi(x) = 1$, 所以此时方程最多只能有 1 个解.

类似地, 对于情形 IV, 也可以推出最多只有一个解, 并且 $\chi(b) = 1$. 所以对任意 $b \in \mathbb{F}_{p^n} \backslash \{0\}$, 情形 I 和情形 IV 不可能同时成立, 进而它们最多同时为原方程提供一个解.

设 x_1 和 x_2 为情形 II (或情形 III) 的两个根, 直接计算可得

$$x_1(x_1+1)x_2(x_2+1) = -b'^2.$$

因此

$$\chi(x_1(x_1+1)x_2(x_2+1)) = 1.$$

考虑到 $\chi(x)$ 以及 $\chi(x+1)$ 相对应的取值, 可知情形 II (或情形 III) 最多只有一个根.

设 x_1 和 y_1 分别为情形 II 和情形 III 的一个根, 那么

$$\chi(x_1) = 1, \quad \chi(x_1+1) = -1,$$

并且

$$\chi(y_1) = -1, \quad \chi(y_1+1) = 1.$$

先不考虑情形 II 和情形 III 中 $\chi(x)$ 和 $\chi(x+1)$ 的取值条件, 设 x_2 和 y_2 分别为情形 II 和情形 III 的另外两个根. 可以看出

$$x_1 = -(y_2+1), \quad x_2 = -(y_1+1).$$

由于 $x_1 x_2 = \dfrac{1}{b}$, 并且 $\chi(x_1)=1$, 所以

$$\chi(b) = \chi(x_2) = \chi(-(y_1+1)) = -1.$$

另一方面, 由于 $y_1 y_2 = -\dfrac{1}{b}$, 并且 $\chi(y_1)=-1$, 所以

$$\chi(b) = \chi(y_2) = \chi(-(x_1+1)) = 1.$$

矛盾. 故对任意 $b \in \mathbb{F}_{p^n} \setminus \{0\}$, 情形 II 和情形 III 不可能同时为原方程提供解, 因此它们最多同时提供一个解.

由于 $x=0$ 和 $x=-1$ 分别为 $b=1$ 和 $b=-1$ 时的解, 所以必须判断 $b=1$ 或 -1 时, 情形 I 到 IV 是否为方程提供 2 个解.

通过直接的计算可知, 当 $\chi(5)=1$ 时, 确实提供 2 个解; 而当 $\chi(5)=-1$ 时, 没有解. 读者可将 $b=1$ 或 -1 代入表 3.2 中自行验证这一结果.

至此, 就可以证明当 $\chi(5)=1$ 时, $\delta_F=3$; 当 $\chi(5)=-1$ 时, $\delta_F \leqslant 2$. $\delta_F=2$ 当且仅当情形 I 和 IV 提供一个解, 情形 II 和 III 提供一个解, 即: 存在 $b' \in \mathbb{F}_{p^n} \setminus \{0\}$, 使得

$$\chi(b') = 1, \quad \chi(1+4b') = 1, \quad \chi(1+4b'^2) = 1$$

同时成立; 或者使得

$$\chi(-b') = 1, \quad \chi(1-4b') = 1, \quad \chi(1+4b'^2) = 1$$

同时成立. 由于 $\chi(-1)=-1$, 所以上述两种情况可以归结为第一种情形. 设 $4b'=u^2$, $1+4b'=v^2$, $1+4b'^2=w^2$, 则第一种情形成立当且仅当方程组

$$\begin{cases} v^2 - u^2 = 1, \\ w^2 - \dfrac{1}{4}u^4 = 1 \end{cases}$$

在 $\mathbb{F}_{p^n}$ 中有解, 由数论知识可以证明这一条件在 $p^n > 7$ 时, 等价于 $p^n > 27$.

综上, 就完成了定理的证明. $\qquad\square$

表 3.1 中的第 4 到 10 类函数 APN 性质的证明都类似于定理 3.19 的证明, 要分若干情况进行精细的讨论, 证明比较繁琐. 编号为 $12 \sim 15$ 的函数是由查正邦和王学理最近发现的[44]. 这些函数 APN 性质的证明主要是基于如下的一个定理:

定理 3.20[44]　设 p 为奇素数, $f(x) = x^d$ 为 $\mathbb{F}_{p^n}$ 上的函数, 其中 $(p^m+1)d-2 = k(p^n-1)$, $(n,m)=1$, n 和 k 均为奇数, 则

(1) 如果 $p=3$ 或 $p=5$, 那么

$$\delta_{of} \leqslant \begin{cases} \dfrac{p+1}{2}, & 若d为偶数; \\ 2p, & 若d为奇数, p \equiv 3 \mod 4; \\ p+1, & 若d为奇数, p \equiv 1 \mod 4, m为奇数; \\ 2, & 否则; \end{cases}$$

(2) 如果 $p \geqslant 7$, 那么

$$\delta_f \leqslant \begin{cases} \dfrac{p+3}{2}, & 若d为偶数; \\ 2p, & 若d为奇数, p \equiv 3 \mod 4; \\ p+1, & 若d为奇数, p \equiv 1 \mod 4, m为奇数; \\ \dfrac{p-1}{2}, & 否则. \end{cases}$$

定理 3.20 的证明同样类似于定理 3.19 的证明, 要分若干情况进行精细的讨论, 证明也比较繁琐. 篇幅所限, 对这些函数 APN 性质证明感兴趣的读者请参考文献 [25, 32, 44]. 最后给出第 11 类函数的 APN 性质的证明.

定理 3.21[25] 设 p 是奇素数, n 是正整数, $F(x) = x^4 \in \mathbb{F}_{p^n}[x]$, 那么

$$\delta_F = \begin{cases} 1, & n \text{ 为奇数}, p = 3; \\ 2, & n = 1, p = 7; \\ 3, & 其他. \end{cases}$$

证明 由于 4 不是 p 的方幂, $(x+a)^4 - x^4 - b$ 不可能为零多项式, 所以 $(x+a)^4 - x^4 = b$ 解的个数不超过 3, 即 $\delta_F \leqslant 3$. 首先容易验证当 $p = 7, n = 1$ 时, $\delta_F = 2$.

设 $p = 3$, 考虑 $(x+a)^4 - x^4 = ax^3 + a^3x + a^4 = b$ 时解的个数. 由于此时 $ax^3 + a^3x$ 是线性多项式, 故只需考虑方程 $ax^3 + a^3x = 0 (a \neq 0)$ 的解的个数. 注意到

$$ax^3 + a^3x = ax(x^2 + a^2) = 0.$$

当 n 为奇数时, -1 是 $\mathbb{F}_{3^n}$ 上的非平方剩余, 所以 $x^2 + a^2 = 0$ 无解, 故方程 $ax^3 + a^3x = 0 (a \neq 0)$ 只有零解, 由此可知此时 $\delta_F = 1$; 当 n 为偶数时, -1 是 $\mathbb{F}_{3^n}$ 上的平方剩余, 所以 $x^2 + a^2 = 0$ 有两个解, 故方程 $ax^3 + a^3x = 0 (a \neq 0)$ 共有三个解, 由此可知此时 $\delta_F = 3$.

下面设 $p \neq 2, 3$ 且 $p^n \neq 7$. 由于

$$(x+1)^4 - x^4 = b \Longleftrightarrow 4x^3 + 6x^2 + 4x + (1-b) = 0. \tag{3.14}$$

需要证明存在某个 b 使得等式 (3.14) 刚好有三个解. 用 $x - \dfrac{1}{2}$ 代替 x 并且乘以 2 得

$$8x^3 + 2x + c = 0,$$

因此

$$y^3 + y + c = 0. \tag{3.15}$$

注意, 此时常数项的具体值不重要. 假设 γ 是等式 (3.15) 的一个根, 即 $c = -\gamma^3 - \gamma$. 则

$$(y^2 + y\gamma + \gamma^2 + 1)(y - \gamma) = 0.$$

二次多项式的判别式为 $-3\gamma^2 - 4$. 显然 γ 是 $y^2 + y\gamma + \gamma^2 + 1$ 的根当且仅当 $-3\gamma^2 - 1 = 0$. 为了证明存在 γ 使得式 (3.15) 有三个不同的解, 需要说明在 $\mathbb{F}_{p^n}$ 中至少有一个平方数 $-3\gamma^2 - 4$(注意此时 $p^n \neq 7$). 而由 $\mathbb{F}_q$ 中的平方数集合在 $q \equiv 3 \pmod 4$ 时是一个差集, 在 $q \equiv 1 \pmod 4$ 时是一个部分差集[3] 可知, 对 $a \neq 0$, 有

$$|\{a\gamma^2 + b\}| \in \left\{ \frac{q-3}{4}, \frac{q-1}{4}, \frac{q-5}{4} \right\}.$$

这表明总可以找到适当的 γ 使 $y^3 + y - \gamma^3 - \gamma = 0$ 有三个不同的根. □

关于特征为奇数的有限域上 APN 多项式函数研究较少, 据笔者所知, 目前只有 Ness 和 Helleseth 的一篇文章[37], 在这篇文章中, 给出了一个二项式的 APN 函数.

定理 3.22 [37] 设 $n \geqslant 3$ 为奇数, $d_1 = \dfrac{3^n - 1}{2} - 1$, $d_2 = 3^n - 2$, $u \in \mathbb{F}_{3^n}$ 满足

$$\chi(u) = \chi(u - 1) = \chi(u + 1),$$

则 $F(x) = ux^{d_1} + x^{d_2}$ 是 $\mathbb{F}_{3^n}$ 上的 APN 函数.

该定理的证明类似于定理 3.19, 感兴趣的读者请参考文献 [37].

3.4 几乎完全非线性函数的等价性

2008 年, 在完全非线性函数研究中, 取得了两个重要的突破, 其中之一就是证明了完全非线性函数 EA 等价与 CCZ 等价是同一回事. 但对于几乎完全非线性函数来说, EA 等价却是 CCZ 等价的一种特殊情形. 比如 Gold 函数 x^3 是 $\mathbb{F}_{2^5}$ 上的 APN 函数, 注意到 $(3, 2^5 - 1) = 1$, 取 $d \equiv 3^{-1} \mod 31 = 21$, 那么 x^{21} 与 x^3 是 CCZ 等价的, 但不是 EA 等价的. 这是因为 x^3 的代数次数是 2, x^{21} 的代数次数是 3. 这表明, 对 APN 函数来说, CCZ 等价的判别比 EA 等价的判别更加困难. 判别现有 APN 函数族之间的 CCZ 等价性, 是 APN 函数研究中一个非常困难的问题. 比如, 目前仍不清楚 Kasami 函数、Welch 函数和 Niho 函数三者之间的 CCZ 等价性, 同样也不知道各类多项式 APN 函数之间的 CCZ 等价性. 目前已有的结果可以归结如下:

(1) 参数不同的 Gold 函数之间是 CCZ 不等价的[13];

(2) Gold 函数与 Kasami 函数、Welch 函数是 CCZ 不等价的[13];

(3) Inverse 函数和 Dobbertin 函数是 CCZ 不等价的[16], 并且它们与 Gold 函数、Kasami 函数、Welch 函数和 Niho 函数都是 CCZ 不等价的;

(4) 多项式 APN 函数, 对某些域扩张次数 n, 它们与 APN 幂函数是 CCZ 不等价的.

上面结果的证明主要采用两种技术手段, 一种技术手段就是反证法, 即假设两个不同 APN 函数是 CCZ 等价的, 细致地分析展开项的指数, 最后通过添加适当条件, 导出矛盾. 另一种技术手段就是给出一些 CCZ 等价不变量, 通过计算不同 APN 函数的等价不变量, 来说明它们之间的 CCZ 不等价性. 作为一个应用实例, 下面给出参数不同的 Gold 函数之间 CCZ 不等价性的证明.

定理 3.23 [13] 设 $F(x) = x^{2^s+1}$, $G(x) = x^{2^r+1}$, 并且 $s \neq r$, $(s, n) = (r, n) = 1$, $1 \leqslant s, r < \dfrac{n}{2}$. 那么 F 和 G 在 $\mathbb{F}_{2^n}$ 上是 CCZ 不等价的.

证明 假设 F 和 G 是 CCZ 等价的, 则存在 $\mathbb{F}_{2^n} \times \mathbb{F}_{2^n}$ 上的仿射自同构 $\mathcal{L} = (L_1, L_2)$, 使得

$$L_2(x, F(x)) = G(L_1(x, F(x))).$$

不妨设 $L_1(x, y) = L(x) + L'(y)$, $L_2(x, y) = L''(x) + L'''(y)$, 那么

$$L''(x) + L'''(F(x)) = G[L(x) + L'(F(x))]. \tag{3.16}$$

令

$$L(x) = b + \sum_{i=0}^{n-1} b_i x^{2^i},$$

$$L'(x) = b' + \sum_{i=0}^{n-1} b_i' x^{2^i},$$

$$L''(x) = b'' + \sum_{i=0}^{n-1} b_i'' x^{2^i},$$

$$L'''(x) = b''' + \sum_{i=0}^{n-1} b_i''' x^{2^i}.$$

展开等式 (3.16) 的右边, 得

$$G[L(x) + L'(F(x))]$$
$$= (L(x) + L'(x^{2^s+1}))(L(x) + L'(x^{2^s+1}))^{2^r}$$
$$= \left(c + \sum_{i=0}^{n-1} b_i x^{2^i} + \sum_{i=0}^{n-1} b_i' x^{2^i(2^s+1)} \right)$$

$$\times \left(c^{2^r} + \sum_{i=0}^{n-1} b_i^{2^r} x^{2^{i+r}} + \sum_{i=0}^{n-1} b_i'^{2^r} x^{2^{i+r}(2^s+1)} \right)$$

$$= Q(x) + \sum_{i,k=0}^{n-1} b_k b_i'^{2^r} x^{2^{i+r}(2^s+1)+2^k} + \sum_{i,k=0}^{n-1} b_k' b_i^{2^r} x^{2^{i+r}+2^k(2^s+1)}$$

$$+ \sum_{i,k=0}^{n-1} b_k' b_i'^{2^r} x^{2^{i+r}(2^s+1)+2^k(2^s+1)}, \tag{3.17}$$

其中, $b + b' = c$, $Q(x)$ 是一个二次函数的多项式. 显然以上表达式中指数的 2 重量大于 2 的项的系数一定等于 0.

假设 L' 不是常值函数, 那么存在 $i \in \mathbb{Z}/n\mathbb{Z}$, 使得 $b_i' \neq 0$. 由于 $s \neq r$, 所以 $2^{r+i}(2^s+1) + 2^i(2^s+1)$ 的 2 重量就是 4, 进而这一项所对应的系数必须为 0. 于是

$$b_i'^{2^r+1} + b_{i+r}' b_{i-r}'^{2^r} = 0,$$

再由 $b_i' \neq 0$, 得到

$$b_{i+r}', b_{i-r}' \neq 0, \quad b_i' b_{i-r}'^{-2^r} = b_{i+r}' b_i'^{-2^r}.$$

由于 $(r, n) = 1$, 用 $i+r, i+2r, \cdots$ 替代上述过程中的 i, 可以得到对任意的 $t \in \mathbb{Z}/n\mathbb{Z}$, $b_t' \neq 0$ 并且存在非零常数 λ 使得

$$b_{t+r}' b_t'^{-2^r} = \lambda. \tag{3.18}$$

下面考虑式 (3.17) 中的最后一项: $\sum_{i=0}^{n-1} b_k' b_i'^{2^r} x^{2^{i+r}(2^s+1)+2^k(2^s+1)}$. 对任意 k, $i \in \mathbb{Z}/n\mathbb{Z}$, $k \neq i+r$, 项 $b_k' b_i'^{2^r} x^{2^{i+r}(2^s+1)+2^k(2^s+1)}$ 和 $b_{i+r}' b_{k-r}'^{2^r} x^{2^k(2^s+1)+2^{i+r}(2^s+1)}$ 必须要两两抵掉. 当 $k = i+r$ 时, 才对应 2 重量不超过 2 的项. 由式 (3.18) 可以推出, 对任意 t, $b_{t+r}' = \lambda b_t'^{2^r}$. 定义 μ, 使得 $\lambda = \mu^{2^r-1}$, 于是对所有的 t, 就有 $\mu b_{t+r}' = (\mu b_t')^{2^r}$, 并且由 $(r, n) = 1$ 可知

$$\mu b_{t+1}' = (\mu b_t')^2, \quad \mu b_t' = (\mu b_0')^{2^t},$$

这意味着

$$\mu L'(x) = \mu b' + \mathrm{tr}(\mu b_0' x).$$

那么 L' 不是一个置换, 并且由 $L_1(x, F(x))$ 是一个置换, 可知 L 不是常数, 于是存在 $i \in \mathbb{Z}/n\mathbb{Z}$, 使得 $b_i \neq 0$.

接下来, 考虑指数为 $2^{i+r+s} + 2^{i+r} + 2^i$ 的项, 由 $s \neq \pm r$ 得到, 如果 $r \neq -2s$, 就有

$$b_i b_i'^{2^r} + b_{i+r}' b_{i-r}^{2^r} = 0.$$

特别, 对 $r = -2s$ 的情况, 存在具有该指数的项超过 2 个, 因为 i 与 $i + r + s$ 的差等于 $i + r + s$ 与 $i + r$ 的差.

由于 $b_i, b_i' \neq 0$, 所以 $b_{i-r} \neq 0$, 并且

$$b_i b_{i-r}^{-2^r} = b_{i+r}' b_i'^{-2^r}.$$

对 $b_{i-r}, b_{i-2r}, \cdots$ 重复上述过程, 由式 (3.18), 对任意的 $t \in \mathbb{Z}/n\mathbb{Z}$, 均有 $b + t \neq 0$, 并且

$$b_t b_{t-r}^{-2^r} = \lambda. \tag{3.19}$$

对 $r = -2s$ 的情况, 考虑指数为 $2^{i+r} + 2^{i+s} + 2^i$ 的项, 可以得到

$$b_i' b_i^{2^r} + b_{i+r} b_{i-r}'^{2^r} = 0.$$

进而同样有式 (3.19) 成立.

式 (3.19) 意味着

$$\mu L(x) = \mu b + \mathrm{tr}(\mu b_0 x),$$

并且

$$\mu[L(x) + L'(F(x))] = \mu b' + \mu b + \mathrm{tr}(\mu b_0 x + \mu b_0' F(x)).$$

显然, 函数 $L(x) + L'(F(x))$ 不可能是置换, 因此 L' 等于常数, 进而 L 不可能是常数. 由 $s \neq \pm r$ 可知, 存在某个 $i \in \mathbb{Z}/m\mathbb{Z}$, 使得 $b_i \neq 0$, 并且不难发现

$$b_i^{2^r+1} + b_{i+r} b_{i-r}^{2^r} = 0.$$

因此 $b_{i+r}, b_{i-r} \neq 0$. 进一步由 $(r, n) = 1$, 可以推导出对所有的 $t \in \mathbb{Z}/n\mathbb{Z}$ 都有

$$\lambda' = b_i b_i^{-2^r} = b_t b_{t-r}^{2^r},$$

这意味着等式 $\mu' L(x) = \mu' b + \mathrm{tr}(\mu' b_0 x)$ 成立, 其中 $\lambda' = \mu'^{2^r-1}$. 那么 L 不是一个置换, 这与 F 和 G 是 CCZ 等价矛盾. □

Gold 函数与 Welch 函数、Kasami 函数之间的 CCZ 不等价性, 多项式函数与 Gold 函数之间的 CCZ 不等价性, 其证明方法类似于上面的定理. 感兴趣的读者请参见文献 [7,9~13].

在 PN 函数的等价性讨论中, 已经指出差分均匀度和扩展 Walsh 谱都是函数的 CCZ 等价不变量. 根据 APN 函数的定义, 两个 APN 函数显然具有相同的差分均匀度, 因此差分均匀度不能用来判定 APN 函数之间的 CCZ 不等价性. 扩展 Walsh 谱是判定 APN 函数之间不等价性的重要参数, 如果能够计算出两个 APN 函数的扩展 Walsh 谱, 并且发现它们的扩展 Walsh 谱不同, 就可以断言这两个 APN 函数是 CCZ 不等价的. 计算 APN 函数的扩展 Walsh 谱是一件有意义的工作, 许多 APN 幂函数的 Walsh 谱都是所谓的"经典型"[16], 即当 n 为奇数时, Walsh 谱是 3

谱值, 而当 n 为偶数时, Walsh 谱是 5 谱值. 比如, Gold 函数、Kasami 函数、Welch 函数和 Niho 函数都具有相同的扩展 Walsh 谱, 并且都是经典的. 经过计算得知, Inverse 函数和 Dobbertin 函数的扩展 Walsh 谱与上述四类幂函数是不同的, 从而可以得到它们之间的 CCZ 不等价性. 同样, Inverse 函数和 Dobbertin 函数的扩展 Walsh 谱也是不相同的[16], 进而它们也是 CCZ 不等价的. 关于多项式 APN 函数的扩展 Walsh 谱的计算, 可以参见文献 [8, 27]. 除了差分均匀度和扩展 Walsh 谱这两个 CCZ 等价不变量, 目前已经发现的 CCZ 等价不变量还有:

(1) Γ 秩: 设 $\mathcal{G} = \mathbb{F}_2[\mathbb{F}_2^n \times \mathbb{F}_2^n]$ 为 $\mathbb{F}_2^n \times \mathbb{F}_2^n$ 在 $\mathbb{F}_2$ 上的"群代数", 即形式和 $\sum\limits_{g \in \mathbb{F}_2^n \times \mathbb{F}_2^n} a_g g$, 其中 $a_g \in \mathbb{F}_2$. 如果 S 为 $\mathbb{F}_2^n \times \mathbb{F}_2^n$ 的一个子集合, 那么它就可以视为群代数 $\mathcal{G}$ 中的一个元素 $\sum\limits_{s \in S} s$. 由函数 F 的图 $G_F = \{(x, F(x)) | x \in \mathbb{F}_2^n\}$ 所生成的 $\mathcal{G}$ 中的理想的维数称为 F 的 Γ 秩. 可以证明, Γ 秩等于方阵 M_{G_F} 的秩[27], 其中 $M_{G_F} = [m_{(a,b),(x,y)}]_{2^{2n} \times 2^{2n}}$, $m_{(a,b),(x,y)} = 1$, 当且仅当 $(x, y) \in (a, b) + G_F$, 否则 $m_{(a,b),(x,y)} = 0$;

(2) Δ 秩: 由集合 $D_F = \{(a, F(x) + F(x + a)) | a, x \in \mathbb{F}_2^n, a \neq 0\}$ 所生成的 $\mathcal{G}$ 中的理想的维数. 可以证明, Δ 秩就等于矩阵 M_{D_F} 的秩[27], 其中 $M_{D_F} = [m_{(a,b),(x,y)}]_{2^n \times 2^n}$, $m_{(a,b),(x,y)} = 1$ 当且仅当 $(x, y) \in (a, b) + D_F$, 否则 $m_{(a,b),(x,y)} = 0$;

(3) 设计 $\mathrm{dev}(G_F)$ 的自同构群的阶, 其中 $\mathrm{dev}(G_F)$ 的点为 $\mathbb{F}_2^n \times \mathbb{F}_2^n$ 中的元素, 区组为集合 $(a, b) + G_F$, 进而它的关联矩阵就为 M_{G_F};

(4) G_F 的乘子 (Multiplier) 的自同构群 $\mathcal{M}(G_F)$ 的阶, 其中 G_F 的乘子就是 $\mathbb{F}_2^n \times \mathbb{F}_2^n$ 上的置换 π, 并且存在 $(a, b) \in \mathbb{F}_2^n \times \mathbb{F}_2^n$ 使得 $\pi(G_F) = (a, b) + G_F$;

(5) D_F 的乘子 (Multiplier) 的自同构群 $\mathcal{M}(D_F)$ 的阶.

以上所提到的各类自同构群虽然是 CCZ 等价不变量, 但由于这些群都非常大, 在现实计算过程中, 比较这些群是否相同往往是不可行的. 另外, 从纠错编码的角度也可以给出密码函数的一些 CCZ 等价不变量, 但是这些不变量都分别等价于以上所列出的某些不变量.

参 考 文 献

[1] Berger T P, Canteaut A, Charpin P, Laigle C Y. On almost perfect nonlinear functions over $\mathbb{F}_2^n$[J]. IEEE Transactions on Information Theory, 2006, 52(9): 4160-4170.

[2] Beth T, Ding C. On almost perfect nonlinear permutations[C]. EUROCRYPT 1993, LNCS 765. Springer-Verlag, 1994: 65-76.

[3] Beth P, Jungnickel D, Lenz H. Design theory[M]. Cambridge University Press, 1999.

[4] Bracken C, Byrne E, Markin N, McGuire G. Determining the nonlinearity of new family of APN functions[C]. AAECC 2007, LNCS 4851. Springer-Verlag, 2007: 72-79.

[5] Bracken C, Byrne E, Markin N, McGuire G. On the walsh spectrum of a new APN function[C]. WCC 2007, LNCS 4887. Springer-Verlag, 2007: 92-98.

[6] Bracken C, Byrne E, Markin N. Fourier spectra of binomial APN functions[J]. SIAM Journal on Discrete Mathematics, 2009, 23(2): 596-608.

[7] Bracken C, Byrne E, Markin N, McGuire G. New families of quadratic almost perfect nonlinear trinomials and multinomials[J]. Finite Fields and Their Applications, 2008, 14(3): 703-714.

[8] Browning K, Dillon J, Kilber R, Mcquistan M. APN polynomials and related codes[J]. Journal of Combinatorics, Informaiton and System Sciences, 2009, 34(1-4): 135-159.

[9] Budaghyan L, Carlet C, Felke P, Leander G. An infinite class of quadratic APN functions which are not equivalent to power mappings[C]. IEEE ISIT 2006, Seattle, USA, Jul, 2006.

[10] Budaghyan L, Carlet C, Felke P, Leander G. Another class of quadratic APN binomials over $\mathbb{F}_{2^n}$: the case n divisible by 4[C]. WCC 2007, Versailles, France, 2007: 49-58.

[11] Budaghyan L, Carlet C. Classes of quadratic APN trinomials and hexanomials and related structures[J]. IEEE Transactions on Information Theory, 2008, 54(5): 2354-2357.

[12] Budaghyan L, Carlet C, Felke P, Leander G. Construction new APN functions from known ones[J]. Finite Fields and Their Applications, 2009, 15(2): 150-159.

[13] Budaghyan L, Carlet C, Leander G. On inequivalence between known power APN functions[C]. BFCA 2008, Copenhagen, Denmark, 2008.

[14] Budaghyan L, Helleseth T. New perfect nolinear multinomials over $\mathbb{F}_{p^{2k}}$ for any odd prime p[C]. SETA 2008, LNCS 5203, 2008: 403-414.

[15] Canteaut A, Charpin P, Dobbertin H. Binary m-sequences with three-valued crosscorrelation: a proof of Welch's conjecture[J]. IEEE Transactions on Information Theory, 2000, 46(1): 4-8.

[16] Canteaut A, Charpin P, Dobbertin H. Weight divisibility of cyclic codes, highly nonlinear functions on $GF(2^m)$ and crosscorrelation of maximum-length sequences[J]. SIAM Journal on Discrete Mathematics, 2000, 13(1): 105-138.

[17] Carlet C, Charpin P, Zinoviev V. Codes, Bent functions and permutations suitable for DES-like cryptosystems[J]. Designs, Codes and Cryptography, 1998, 15(2): 125-156.

[18] Cohen S D, Matthews R W. A class of exceptional polynomials[J]. Transaction of the American Mathematical Society, 1994, 345: 897-909.

[19] Dillon J. APN polynomials: an update[EB]. http: //mathsci.ucd.ie/gmg/Fq9Talks /Dillon.pdf.

[20] Dobbertin H. Another proof of Kasami's theorem[J]. Designs, Codes and Cryptography,

1999, 17(1-3): 177-180.

[21] Dobbertin H. Almost perfect nonlinear power functions over $GF(2^n)$: a new case for n divisible by 5[C]. F_q5. Springer-Verlag, 2000: 113-121.

[22] Dobbertin H. Almost perfct nonlinear power fucntions over $GF(2^n)$: the Welch case[J]. IEEE Transactions on Information Theory, 1999, 45(4): 1271-1275.

[23] Dobbertin H. Almost perfct nonlinear power fucntions over $GF(2^n)$: the Niho case[J]. Information and Computation, 1999, 151(1): 57-72.

[24] Dobbertin H. Uniformly representable permutation polynomials[C]. SETA 2001. Springer, 2002: 1-22.

[25] Dobbertin H, Mills D, Muller E, Willems A. APN functions in odd characteristic[J]. Discrete Mathematics, 2003, 267(1-3): 95-112.

[26] Edel Y, Kyureghuan G, Pott A. A new APN function which is not equivalent to a power mapping[J]. IEEE Transactions on Information Theory, 2006, 52(2): 744-747.

[27] Edel Y, Pott A. A new almost perfect nonlinear function which is not quadratic[J]. Advances in Mathematics of Communications, 2009, 3 (1): 59-81.

[28] Felke P. Computing the uniformity of power mappings[D]. Doctorial Dissertation, 2005.

[29] Gold R. Maximal recursive sequences with 3-valued recursive cross-correlation functions[J]. IEEE Transactions on Information Theory, 1968, 14(1): 154-156.

[30] Helleseth T. Some results about the cross-correlation function between two maximal linear sequences[J]. Discrete Mathematics, 1970, 10(3): 209-232.

[31] Helleseth T, Sandberg D. Some power mappings with low differential uniformity[J]. Applicable Algebra in Engineering, Communication and Computing, 1997, 8(5): 363-370.

[32] Helleseth T, Rong C, Sandberg D. New families of almost perfect nonlinear power mappings[J]. IEEE Transactions on Information Theory, 1999, 45(2): 475-485.

[33] Kasami T. The weight enumberators for several classes of subcodes of the second order binary Reed-Muller codes[J]. Information and Control, 1971, 18(4): 369-394.

[34] Leaner G, Langevin P. On exponents with highly divisible fourier coefficients and conjectures of Niho and Dobbertin[C]. SAGA 2007. World Scientific Publishing Corporation, 2007: 410-418.

[35] Lidl R, Niederreiter H. Finite fields[M]. Cambridge University Press, 1983.

[36] Muller P. New examples of exceptional polynomials[C]//Finite Fields: Theory, Applications and Algorithems. Mullen G L and Shiue P J Eds. Contemp. Math., 1994, 168: 245-249.

[37] Ness G J, Helleseth T. A new family of ternary almost perfect nonlinear mappings[J]. IEEE Transactions on Information Theory, 2007, 53(7): 2581-2586.

[38] Niho Y. Multi-valued cross-correlation functions between two maimal linear recursive sequences[D]. Doctorial Dissertation, 1972.

[39] Nyberg K. Perfect non-linear S-boxes[C]. EUROCRYPT 1991, LNCS 547. Springer-Verlag, 1992: 378-386.

[40] Nyberg K. On the construciton of highly nonlinear permutations[C]. EUROCRYPT 1992, LNCS 658. Springer-Verlag, 1993: 92-98.

[41] Nyberg K. Differentially uniform mappings for cryptography[C]. EUROCRYPT 1993, LNCS 765. New York: Springer-Verlag, 1994: 55-64.

[42] Nyberg K. S-boxes and round functions with controllable linearity and differential uniformity[C]. FSE 1994, LNCS 1008. Springer-Verlag, 1995: 111-130.

[43] Zha Z, Kyureghyan G, Wang X. Perfect nonlinear binomials and their semifields[J]. Finite Fields and Their Applications, 2009, 15(2): 125-133.

[44] Zha Z, Wang X. Power functions with low uniformity on odd characteristic finite fields[J]. Science in China A: Mathematics, 2010, 53(8): 1931-1940.

[45] Zhang X, Zheng Y. GAC-the criterion for golbal avalanche characterics of cryptographic functions[J]. Journal of Universal Computer Science, 1995, 1(5): 320-337.

第 4 章 Bent 函数

4.1 Bent 函数的定义

1993 年, Matsui 在欧洲密码年会上提出了针对数据加密算法 DES 的线性密码攻击[30]. 此后, 差分密码攻击与线性密码攻击作为迭代分组密码最重要的两种攻击方法, 被广泛用于对各类分组密码标准算法的安全性进行评估. 差分密码攻击的基本思想是通过分析明文对的差值对密文对的差值的影响来恢复某些密钥比特. 线性密码攻击的基本思想是寻找密码算法有效的线性近似表达式来破译密码系统. 一个密码算法抵抗差分和线性密码攻击的能力与其采用的密码函数抵抗这些攻击的能力密切相关. 一个密码函数抵抗差分密码攻击的能力的衡量指标被称为差分均匀度, 差分均匀度越小, 函数的非线性程度就越高, 其抵抗差分密码攻击的能力就越强. 一个密码函数抵抗线性密码攻击的能力的衡量指标被称为非线性度, 非线性度越大, 表明这个函数与仿射函数的距离就越远, 抵抗线性密码攻击的能力也就越强. 同样地, 在研究同步流密码生成器时, Rueppel 将这类生成器分成两部分, 即驱动部分和非线性组合部分. 驱动部分的任务是控制存储器的状态转移, 负责提供若干供组合部分使用的周期大、统计特性好的序列, 而非线性组合部分的任务是将驱动部分所提供的序列组合成密码学性质好的密钥流序列. 为了抵抗相关攻击和最佳仿射逼近攻击, 流密码生成器中的非线性组合函数也应当离仿射函数足够远. 这表明函数的非线性度是刻画密码算法安全性的一类重要的指标. 本章主要讨论非线性度最优的布尔函数 (即 Bent 函数) 的性质和构造, 下一章主要讨论非线性度最优的向量值函数 (即 AB 函数) 的性质和构造.

定义 4.1 设 $f(x): \mathbb{F}_2^n \to \mathbb{F}_2$ 是一个 n 元布尔函数, A_n 表示所有 n 元仿射函数构成的集合. 令

$$NL(f) = \min_{l(x) \in A_n} d_H(f(x), l(x)), \tag{4.1}$$

其中,

$$d_H(f(x), l(x)) = |\{x \in \mathbb{F}_2^n \mid f(x) \neq l(x)\}|$$

表示 $f(x)$ 和 $l(x)$ 的 Hamming 距离, 则称 $NL(f)$ 为函数 $f(x)$ 的非线性度.

布尔函数的非线性度与其 Walsh 变换之间具有如下关系:

$$NL(f) = 2^{n-1} - \frac{1}{2} \max_{a \in \mathbb{F}_2^n} |W_f(a)|, \tag{4.2}$$

其中, $W_f(a) = \sum\limits_{x \in \mathbb{F}_2^n} (-1)^{f(x)+a \cdot x}$ 为布尔函数 $f(x)$ 的 Walsh 变换, 也表示实值函数

$(-1)^{f(x)}$ 的离散 Fourier 变换.

等式 (4.2) 成立是因为布尔函数 $f(x)$ 与仿射函数 $l(x) = a \cdot x + b$ 的 Hamming 距离与 Walsh 变换具有如下关系:

$$d_H(f(x), l(x)) = 2^{n-1} \pm \frac{1}{2} W_f(a). \tag{4.3}$$

因此, $f(x)$ 具有比较高的非线性度, 意味着 $f(x)$ 所有 Walsh 谱值的绝对值都比较小. 根据 Parseval 恒等式

$$\sum_{a \in \mathbb{F}_2^n} W_f^2(a) = 2^{2n},$$

容易知道 $W_f^2(a)$ 的平均值应当为 2^n, 于是 $\max\limits_{a \in \mathbb{F}_2^n} |W_f(a)| \geqslant 2^{n/2}$, 这样就得到布尔函数 f 的非线性度 $NL(f)$ 的一个上界:

$$NL(f) \leqslant 2^{n-1} - 2^{n/2-1}. \tag{4.4}$$

定义 4.2　设 $f(x)$ 是 n 元布尔函数, 如果 $f(x)$ 的非线性度 $NL(f) = 2^{n-1} - 2^{n/2-1}$, 那么称 $f(x)$ 为 Bent 函数.

注意到布尔函数的非线性度是一个正整数, 如果 $f(x)$ 是一个 n 元 Bent 函数, 那么 n 一定是正偶数. 反过来, 当 n 是正偶数时, $f(x)$ 是 Bent 函数当且仅当 $\max\limits_{a \in \mathbb{F}_2^n} |W_f(a)| = 2^{n/2}$. 由于一列实数的最大值等于其均值的充要条件是该列数都等于均值. 因此

定理 4.1　设 $f(x)$ 是 n 元布尔函数, 则 $f(x)$ 是 Bent 函数当且仅当对任意 $a \in \mathbb{F}_2^n$, $W_f(a)$ 的取值只能为 $\pm 2^{n/2}$.

定理 4.1 表明 Bent 函数与所有仿射函数的距离或者等于 $2^{n-1} + 2^{n/2-1}$, 或者等于 $2^{n-1} - 2^{n/2-1}$. 特别地, 如果 $d_H(f, l) = 2^{n-1} + 2^{n/2-1}$, 那么 $d_H(f, l+1) = 2^{n-1} - 2^{n/2-1}$, 反过来也是这样. 这表明任何 Bent 函数与所有仿射函数的距离, 有一半取值为 $2^{n-1} + 2^{n/2-1}$, 另一半取值为 $2^{n-1} - 2^{n/2-1}$. 下面的例子表明, 对任意的正偶数 n, 一定存在 n 元 Bent 函数.

例 4.1　设 $n = 2m$ 为任意正偶数, 令

$$f(x_1, x_2, \cdots, x_n) = x_1 x_{m+1} + x_2 x_{m+2} + \cdots + x_m x_{2m},$$

则 $f(x)$ 是一个 n 元 Bent 函数.

证明　令 $X_1 = (x_1, x_2, \cdots, x_m)$, $X_2 = (x_{m+1}, x_{m+2}, \cdots, x_{2m})$, 则对任意 $a = (W_1, W_2) \in \mathbb{F}_2^m \times \mathbb{F}_2^m = \mathbb{F}_2^{2m}$,

$$W_f(a) = \sum_{(X_1,X_2)\in\mathbb{F}_2^m\times\mathbb{F}_2^m} (-1)^{X_1\cdot X_2 + W_1\cdot X_1 + W_2\cdot X_2}$$

$$= \sum_{X_1\in\mathbb{F}_2^m} (-1)^{W_1\cdot X_1} \sum_{X_2\in\mathbb{F}_2^m} (-1)^{(X_1+W_2)\cdot X_2}$$

$$= \pm 2^m.$$

于是, 对任意 $a = (W_1, W_2) \in \mathbb{F}_2^m \times \mathbb{F}_2^m$, 均有 $|W_f(a)| = 2^m = 2^{n/2}$, 故 $f(x)$ 是一个 n 元 Bent 函数. □

上面给出了 Bent 函数的一个实例, Bent 函数的一般构造方法将在后面的章节中具体叙述. 下面的定理指出 Bent 函数具有在仿射变换下的不变性.

定理 4.2 设 $f(x)$ 是一个 n 元 Bent 函数, A 是 $\mathbb{F}_2$ 上 n 阶可逆方阵, $a \in \mathbb{F}_2^n$, $l(x)$ 是一个仿射函数, 则 $f(Ax + a) + l(x)$ 一定为 Bent 函数.

证明 因为 $l(x)$ 是仿射函数, 故 $l(x)$ 可以表示为 $l(x) = b \cdot x + c$, 这里 $b \in \mathbb{F}_2^n, c \in \mathbb{F}_2$. 令

$$g(x) = f(Ax + a) + l(x) = f(Ax + a) + b \cdot x + c,$$

则 $g(x)$ 的 Walsh 变换为

$$W_g(w) = \sum_{x\in\mathbb{F}_2^n} (-1)^{g(x)+w\cdot x}$$

$$= \sum_{x\in\mathbb{F}_2^n} (-1)^{f(Ax+a)+b\cdot x+c+w\cdot x}$$

$$= (-1)^c \sum_{x\in\mathbb{F}_2^n} (-1)^{f(Ax+a)+(b+w)\cdot x}$$

$$= (-1)^c \sum_{y\in\mathbb{F}_2^n} (-1)^{f(y)+(b+w)\cdot(A^{-1}y+A^{-1}a)}$$

$$= (-1)^c \sum_{y\in\mathbb{F}_2^n} (-1)^{f(y)+((b+w)A^{-1})\cdot y+(b+w)\cdot(A^{-1}a)}$$

$$= (-1)^{(b+w)\cdot(A^{-1}a)+c} W_f((b+w)A^{-1})$$

$$= \pm 2^{\frac{n}{2}}.$$

故 $g(x)$ 为 Bent 函数. □

根据定理 4.2 及例 4.1, 如下推论成立.

推论 4.1 设 $f(x)$ 是 n 元非退化二次型, $l(x)$ 为 n 元仿射函数, 这里 n 为正偶数, 则 $f(x) + l(x)$ 为 Bent 函数.

下面给出 Bent 函数与 Hadamard 矩阵及差集之间的联系, 为此先定义 Hadamard 矩阵.

定义 4.3 设 n 是任意正整数, $A = [a_{ij}]$ 是一个 $n \times n$ 实矩阵, 如果 A 满足下面的性质:

(1) $a_{ij} = \pm 1, \quad 1 \leqslant i, j \leqslant n;$

(2) $A^{\mathrm{T}} A = A A^{\mathrm{T}} = nE.$

这里 A^{T} 表示 A 的转置矩阵, E 是 n 阶单位矩阵, 则称 A 为一个 Hadamard 矩阵.

定理 4.3   设 n 是正偶数, 那么 n 元布尔函数 $f(x)$ 是 Bent 函数, 当且仅当 $2^n \times 2^n$ 阶矩阵 $H = [(-1)^{f(x+y)}]_{x,y \in \mathbb{F}_2^n}$ 为 Hadamard 矩阵.

定理 4.4   设 n 是正偶数, 那么 n 元布尔函数 $f(x)$ 是 Bent 函数, 当且仅当 $f(x)$ 的支集构成交换群 $(\mathbb{F}_2^n, +)$ 的一个差集.

下面只给出定理 4.3 的证明, 定理 4.4 的证明参见文献 [19]. 为证明定理 4.3, 需要引进 Bent 函数的对偶函数的概念及相关的引理.

设 $f(x)$ 是一个 n 元 Bent 函数, 那么对任意 $x \in \mathbb{F}_2^n$, $W_f(x) = \pm 2^{\frac{n}{2}}$, 于是定义 $f(x)$ 的对偶函数 $\widetilde{f}(x)$ 如下:

$$\widetilde{f}(x) = \begin{cases} 0, & W_f(x) = 2^{\frac{n}{2}}; \\ 1, & W_f(x) = -2^{\frac{n}{2}}, \end{cases}$$

即

$$W_f(x) = 2^{\frac{n}{2}} (-1)^{\widetilde{f}(x)}.$$

定理 4.5   设 $f(x)$ 是一个 n 元 Bent 函数, 则其对偶函数 $\widetilde{f}(x)$ 也是 Bent 函数, 并且 $\widetilde{\widetilde{f}} = f$.

证明   由于 $\widetilde{f}(x)$ 的 Walsh 变换为

$$\begin{aligned} W_{\widetilde{f}}(a) &= \sum_{x \in \mathbb{F}_2^n} (-1)^{x \cdot a + \widetilde{f}(x)} \\ &= \sum_{x \in \mathbb{F}_2^n} (-1)^{x \cdot a} 2^{-\frac{n}{2}} W_f(x) \\ &= 2^{\frac{n}{2}} \left(2^{-n} \sum_{x \in \mathbb{F}_2^n} (-1)^{x \cdot a} W_f(x) \right) \\ &= 2^{\frac{n}{2}} (-1)^{f(a)} \\ &= \pm 2^{\frac{n}{2}}. \end{aligned} \tag{4.5}$$

其中倒数第二个等式由 Walsh 变换的逆变换得到, 故 $\widetilde{f}(x)$ 是一个 Bent 函数. 进一步, 由于

$$W_{\widetilde{f}}(a) = 2^{\frac{n}{2}} (-1)^{f(a)} = 2^{\frac{n}{2}} (-1)^{\widetilde{\widetilde{f}}(a)},$$

故 $\widetilde{\widetilde{f}} = f$.   □

引理 4.1 n 元布尔函数 $f(x)$ 是 Bent 函数当且仅当矩阵

$$H = [h(u, v)]_{u,v \in \mathbb{F}_2^n} = \left[2^{-\frac{n}{2}} W_f(u + v) \right]_{u,v \in \mathbb{F}_2^n}$$

是一个 $2^n \times 2^n$ 的 Hadamard 矩阵.

证明 (必要性) 由于 $W_f(u) = \sum\limits_{x \in \mathbb{F}_2^n} (-1)^{f(x)+x \cdot u}$, 故

$$\sum_{u \in \mathbb{F}_2^n} W_f(u) W_f(u+v) = \sum_{u \in \mathbb{F}_2^n} \sum_{x \in \mathbb{F}_2^n} (-1)^{f(x)+x \cdot u} \sum_{y \in \mathbb{F}_2^n} (-1)^{f(y)+y \cdot (u+v)}$$

$$= \sum_{x,y \in \mathbb{F}_2^n} (-1)^{v \cdot y + f(x) + f(y)} \sum_{u \in \mathbb{F}_2^n} (-1)^{u \cdot (x+y)}$$

$$= 2^n \sum_{x,y \in \mathbb{F}_2^n} (-1)^{v \cdot y + f(x) + f(y)} \delta(x+y)$$

$$= 2^n \sum_{x \in \mathbb{F}_2^n} (-1)^{x \cdot v}$$

$$= 2^{2n} \delta(v),$$

其中,

$$\delta(v) = \begin{cases} 1, & v = 0; \\ 0, & v \neq 0. \end{cases}$$

于是

$$\sum_{u \in \mathbb{F}_2^n} \left(2^{-\frac{n}{2}} W_f(u)\right) \left(2^{-\frac{n}{2}} W_f(u+v)\right) = 2^n \delta(v). \tag{4.6}$$

由于 $f(x)$ 是 Bent 函数, 故对任意 $u \in \mathbb{F}_2^n$, $W_f(u) = \pm 2^{\frac{n}{2}}$, 因此

$$h(u,v) = 2^{-\frac{n}{2}} W_f(u+v) = \pm 1, \quad \forall u, v \in \mathbb{F}_2^n.$$

由等式 (4.6), 矩阵 $H = [h(u,v)]_{u,v \in \mathbb{F}_2^n}$ 是一个 $2^n \times 2^n$ 的 Hadamard 矩阵.

(充分性) 如果

$$H = [h(u,v)]_{u,v \in \mathbb{F}_2^n} = \left[2^{-\frac{n}{2}} W_f(u+v)\right]_{u,v \in \mathbb{F}_2^n}$$

是一个 Hadamard 矩阵, 那么 $h(u,v) = \pm 1$, 于是 $W_f(u) = \pm 2^{\frac{n}{2}}$, 从而 $f(x)$ 是 Bent 函数. $\qquad \square$

根据对偶函数的定义以及上面的引理, 给出定理 4.3 的证明如下:

证明 (必要性) 设 $\widetilde{f}(x)$ 为 Bent 函数 $f(x)$ 的对偶函数, 则 $\widetilde{f}(x)$ 也是一个 Bent 函数. 由引理 4.1 知, 矩阵 $[2^{-\frac{n}{2}} W_{\widetilde{f}}(x+y)]$ 为一个 $2^n \times 2^n$ 的 Hadamard 矩阵, 注意到

$$2^{-\frac{n}{2}} W_{\widetilde{f}}(x+y) = (-1)^{f(x+y)},$$

因此, $H = [(-1)^{f(x+y)}]$ 为 Hadamard 矩阵.

(充分性) 由于

$$H = [h(x,y)]_{x,y \in \mathbb{F}_2^n} = [(-1)^{f(x+y)}]_{x,y \in \mathbb{F}_2^n}$$

是一个 $2^n \times 2^n$ 的 Hadamard 矩阵, 故

$$\sum_{x \in \mathbb{F}_2^n} (-1)^{f(x)+f(x+y)} = 2^n \delta(y).$$

将上式两边同乘以 $(-1)^{y \cdot u}$, 并对 y 求和可以得到 $W_f^2(u) = 2^n$, 于是 $W_f(u) = \pm 2^{\frac{n}{2}}$, 因此 $f(x)$ 是一个 Bent 函数. □

4.2　Bent 函数的密码学性质

Bent 函数是非线性度最优的布尔函数. 作为一类特殊的布尔函数, Bent 函数的其他密码学性质也是人们所关注的. 下面考虑 Bent 函数的平衡性、扩散性、自相关性和代数次数等其他密码学性质.

注意到布尔函数为平衡函数当且仅当其 Walsh 谱在 $x = 0$ 处的取值为 0, 而 n 元 Bent 函数在任何点处的 Walsh 谱值均为 $\pm 2^{\frac{n}{2}}$, 故 Bent 函数不是平衡的. 设 k 是正整数, 布尔函数 $f(x)$ 满足 k 阶扩散准则是指对任意 $a \in \mathbb{F}_2^n, 1 \leqslant wt(a) \leqslant k$, $f(x+a) + f(x)$ 为平衡函数.

定理 4.6　设 n 为正偶数, n 元布尔函数 $f(x)$ 是 Bent 函数, 当且仅当 $f(x)$ 满足 n 阶扩散准则.

证明　对任意 $a \in \mathbb{F}_2^n$,

$$\begin{aligned}
W_f^2(a) &= \sum_{y \in \mathbb{F}_2^n} (-1)^{f(y)+a \cdot y} \sum_{x \in \mathbb{F}_2^n} (-1)^{f(x)+a \cdot x} \\
&= \sum_{b \in \mathbb{F}_2^n} \sum_{x \in \mathbb{F}_2^n} (-1)^{f(x+b)+a \cdot (x+b)} (-1)^{f(x)+a \cdot x} \\
&= \sum_{b \in \mathbb{F}_2^n} \sum_{x \in \mathbb{F}_2^n} (-1)^{f(x+b)+f(x)+a \cdot b} \\
&= \sum_{b \in \mathbb{F}_2^n} \sum_{x \in \mathbb{F}_2^n} (-1)^{D_b f(x)} (-1)^{a \cdot b} \\
&= \sum_{b \in \mathbb{F}_2^n} \mathcal{F}(D_b f)(-1)^{a \cdot b}, \quad (4.7)
\end{aligned}$$

如果 $f(x)$ 满足 n 阶扩散准则, 那么对任意 $b \in \mathbb{F}_2^n, b \neq 0$, 均有 $D_b f = f(x+b) + f(x)$ 是平衡函数, 于是 $\mathcal{F}(D_b f) = 0$, 从而

$$W_f^2(a) = \sum_{b \in \mathbb{F}_2^n} \mathcal{F}(D_b f)(-1)^{a \cdot b} = 2^n,$$

故 $f(x)$ 是 Bent 函数.

由式 (4.7) 知 $W_f^2(a)$ 可视为 $\mathcal{F}(D_b f)$ 的离散 Fourier 变换, 从而由 Fourier 逆变换公式得

$$\mathcal{F}(D_b f) = \frac{1}{2^n} \sum_{a \in \mathbb{F}_2^n} W_f^2(a)(-1)^{a \cdot b}.$$

设 $f(x)$ 是 Bent 函数, 则对任意 $a \in \mathbb{F}_2^n$, 有 $W_f^2(a) = 2^n$. 从而由上式易知 $f(x)$ 满足 n 阶扩散准则, 必要性成立. □

定理 4.6 表明, n 元 Bent 函数与从 $\mathbb{F}_2^n$ 到 $\mathbb{F}_2$ 的完全非线性函数是一致的.

定义 4.4 设 $f(x)$ 是一个 n 元布尔函数, 其自相关函数定义为

$$C_f(a) = \sum_{x \in \mathbb{F}_2^n} (-1)^{f(x+a)+f(x)}. \tag{4.8}$$

定理 4.7 设 $f(x)$ 是一个 n 元布尔函数, 则 $f(x)$ 是 Bent 函数当且仅当

$$C_f(a) = \begin{cases} 2^n, & a = 0, \\ 0, & a \neq 0. \end{cases}$$

定理 4.7 表明 Bent 函数是具有最优自相关特性的布尔函数. 下面的定理刻画了 Bent 函数的代数次数所具有的性质.

定理 4.8 设 $f(x)$ 是一个 n 元布尔函数, $n \geqslant 4$, 若 $f(x)$ 是 Bent 函数, 则它的代数次数不超过 $\dfrac{n}{2}$.

证明 设 $f(x)$ 的代数正规型为

$$f(x_1, x_2, \cdots, x_n) = a_0 + \sum_{r=1}^{n} \sum_{1 \leqslant i_1 < i_2 < \cdots < i_r \leqslant n} a_{i_1 i_2 \cdots i_r} x_{i_1} x_{i_2} \cdots x_{i_r}.$$

对任意的 $1 \leqslant i_1 < i_2 < \cdots < i_r \leqslant n$, 令

$$S_{i_1 i_2 \cdots i_r} = \{x \in \mathbb{F}_2^n \mid x_j = 0, j \notin \{i_1, i_2, \cdots, i_r\}\},$$

$$\bar{S}_{i_1 i_2 \cdots i_r} = \{x \in \mathbb{F}_2^n \mid x_j = 0, j \in \{i_1, i_2, \cdots, i_r\}\},$$

则 $S_{i_1 i_2 \cdots i_r}$ 和 $\bar{S}_{i_1 i_2 \cdots i_r}$ 分别为 $\mathbb{F}_2^n$ 的 r 和 $n-r$ 维子空间, 并且 $\bar{S}_{i_1 i_2 \cdots i_r} = S_{i_1 i_2 \cdots i_r}^{\perp}$. 由于

$$a_{i_1 i_2 \cdots i_r} = \sum_{x \in S_{i_1 i_2 \cdots i_r}} f(x)$$

$$= \sum_{x \in S_{i_1 i_2 \cdots i_r}} \left(\frac{1}{2} - \frac{1}{2^{n+1}} \sum_{w \in \mathbb{F}_2^n} W_f(w)(-1)^{w \cdot x} \right)$$

$$= 2^{r-1} - \frac{1}{2^{n+1}} \sum_{w \in \mathbb{F}_2^n} W_f(w) \sum_{x \in S_{i_1 i_2 \cdots i_r}} (-1)^{w \cdot x}$$

$$= 2^{r-1} - \frac{1}{2^{n+1}} \sum_{w \in \bar{S}_{i_1 i_2 \cdots i_r}} W_f(w) \cdot 2^r$$

$$= 2^{r-1} - \frac{1}{2^{n+1-r}} \sum_{w \in \bar{S}_{i_1 i_2 \cdots i_r}} W_f(w).$$

当 $f(x)$ 是 Bent 函数时, 对任意 $w \in \mathbb{F}_2^n$, 均有 $W_f(w) = \pm 2^{\frac{n}{2}}$. 注意到 $| \bar{S}_{i_1 i_2 \cdots i_r} | = 2^{n-r}$, 故当 $r > \frac{n}{2}$ 时,

$$a_{i_1 i_2 \cdots i_r} = 2^{r-1} - \frac{1}{2^{n+1-r}} \sum_{w \in \bar{S}_{i_1 i_2 \cdots i_r}} W_f(w) \equiv 0 \mod 2.$$

因此, $f(x)$ 的代数次数不超过 $\frac{n}{2}$.　　　　　　　　　　　　　　　　□

　　值得注意的是, 二元 Bent 函数的代数次数一定为 2. 定理 4.8 表明 Bent 函数作为密码函数, 其代数次数是不理想的. 另外, 由于 Bent 函数与所有仿射函数的距离要么为 $2^{n-1} + 2^{\frac{n-2}{2}}$, 要么为 $2^{n-1} - 2^{\frac{n-2}{2}}$, 故 Bent 函数的 Hamming 重量取值为 $2^{n-1} + 2^{\frac{n-2}{2}}$ 或者 $2^{n-1} - 2^{\frac{n-2}{2}}$, 从而 n 元 Bent 函数的个数不超过

$$2 \binom{2^n}{2^{n-1} + 2^{\frac{n-2}{2}}}.$$

　　作为密码函数, Bent 函数具有明显的优点, 这些优点可以归纳如下: 首先, Bent 函数具有最优的非线性度, 因此它是抗线性密码攻击和最佳仿射逼近攻击的最优函数; 其次, Bent 函数具有完全非线性性, 因此它是抗差分密码攻击的最优函数; 最后, Bent 函数 Walsh 谱在每一个点的取值均为 $\pm 2^{\frac{n}{2}}$, 根据流密码的稳定性理论, 以 Bent 函数为非线性组合函数和滤波函数的密钥流序列具有稳定的线性复杂度. 另一方面, Bent 函数也有其明显的缺陷, 其不足方面主要表现为: Bent 函数不是平衡函数; 另外, 由于 Bent 函数 Walsh 谱在每一个点的取值均为 $\pm 2^{\frac{n}{2}}$, 所以 Bent 函数不具备任何阶的相关免疫性; 最后, Bent 函数的代数次数不高并且变元个数必须是偶数.

4.3　Bent 函数的直接构造法

　　Bent 函数的构造是 Bent 函数研究中的热点问题. 自 Bent 函数的概念提出以来, 人们给出了许多构造 Bent 函数的方法. 所有这些方法都可以归结为两种形式: 直接构造法和间接构造法.

　　直接构造法就是按照某种特定的方式构造 Bent 函数, 代表性的方法有: Maiorana -McFarland 构造法、Dillon 构造法和幂函数构造法等. 间接构造法就是利用

已知的 Bent 函数来构造新的 Bent 函数, 代表性的方法有: Carlet 构造法、Hou-Langevin 构造法等. 本节主要讨论 Bent 函数的直接构造法, 下节则给出 Bent 函数的间接构造法.

首先给出 Bent 函数的第一种直接构造方法, 即 Maiorana-McFarland 构造法, 简称 M-M 构造法.

定义 4.5 设 n 为偶数, $\mathbb{F}_2^n = \{(x,y) \mid x,y \in \mathbb{F}_2^{\frac{n}{2}}\}$, $\mathbb{F}_2^n$ 上的 Maiorana-McFarland 型布尔函数简称 M-M 型函数[15, 32], 定义为

$$f(x,y) = x \cdot \pi(y) + g(y), \tag{4.9}$$

其中 π 是 $\mathbb{F}_2^{\frac{n}{2}}$ 上的置换, g 是任意 $\frac{n}{2}$ 元布尔函数, $\cdot$ 表示 $\mathbb{F}_2^{\frac{n}{2}}$ 中向量的内积.

定理 4.9 设 f 为 $\mathbb{F}_2^n$ 上的 M-M 型函数, 则 f 是 Bent 函数.

证明 由于 f 为 $\mathbb{F}_2^n$ 上的 M-M 型函数, 则 f 可以表示为式 (4.9) 的形式, 于是

$$
\begin{aligned}
W_f(a,b) &= \sum_{x \in \mathbb{F}_2^{\frac{n}{2}}} \sum_{y \in \mathbb{F}_2^{\frac{n}{2}}} (-1)^{x \cdot \pi(y) + g(y) + a \cdot x + b \cdot y} \\
&= \sum_{y \in \mathbb{F}_2^{\frac{n}{2}}} (-1)^{b \cdot y + g(y)} \sum_{x \in \mathbb{F}_2^{\frac{n}{2}}} (-1)^{x \cdot (a + \pi(y))} \\
&= 2^{\frac{n}{2}} (-1)^{b \cdot \pi^{-1}(a) + g(\pi^{-1}(a))} \\
&= \pm 2^{\frac{n}{2}},
\end{aligned}
$$

故 f 为 Bent 函数. $\qquad\square$

接下来, 介绍另一种直接构造 Bent 函数的方法, 该方法是 Dillon 在他的博士论文[15] 中给出的.

定义 4.6 设 E 是 $\mathbb{F}_2^n$ 的一个线性子空间, E 的指标函数定义为

$$1_E(x) = \begin{cases} 1, & x \in E, \\ 0, & x \notin E \end{cases}$$

如果 E_1 和 E_2 是 $\mathbb{F}_2^n$ 的两个线性子空间, 并且 $E_1 \bigcap E_2 = \{0\}$, 那么称 E_1 和 E_2 是 "不相交" 的.

引理 4.2 当 n 为偶数时, $\mathbb{F}_2^n$ 中两两不相交的 $\frac{n}{2}$ 维子空间恰有 $2^{\frac{n}{2}} + 1$ 个.

证明 设 $\mathbb{F}_2^n$ 中两两不相交的 $\frac{n}{2}$ 维子空间有 k 个, 则

$$2^n - k(2^{\frac{n}{2}} - 1) \geqslant 1,$$

于是

$$k \leqslant \left[\frac{2^n - 1}{2^{\frac{n}{2}} - 1} \right] = 2^{\frac{n}{2}} + 1.$$

上式表明 $\mathbb{F}_2^n$ 中两两不相交的 $\frac{n}{2}$ 维子空间至多有 $2^{\frac{n}{2}} + 1$ 个.

注意到下面 $2^{\frac{n}{2}} + 1$ 个子空间的维数均是 $\frac{n}{2}$ 并且两两不相交,

$$V_0 = \{(x, 0) \mid x \in \mathbb{F}_2^{\frac{n}{2}}\}, \qquad V_a = \{(ay, y) \mid y \in \mathbb{F}_2^{\frac{n}{2}}\}, \quad a \in (\mathbb{F}_2^{\frac{n}{2}})^*,$$

其中 ay 表示 $\mathbb{F}_{2^{\frac{n}{2}}} = \mathbb{F}_2^{\frac{n}{2}}$ 中的乘法运算. 于是, $\mathbb{F}_2^n$ 中两两不相交的 $\frac{n}{2}$ 维子空间恰有 $2^{\frac{n}{2}} + 1$ 个. $\qquad\square$

为直接构造 Bent 函数, Dillon 引进了局部扩散 (Partial Spread) 类的概念, 简称为 $\mathcal{PS}$ 类. $\mathbb{F}_2^n$ 上的 $\mathcal{PS}$ 类函数是由 $\mathbb{F}_2^n$ 中任意 $2^{n/2-1}$ 或 $2^{n/2-1} + 1$ 个不相交的 $\frac{n}{2}$ 维子空间的指标函数模 2 和所组成的函数的集合, 分别用 $\mathcal{PS}^-$ 和 $\mathcal{PS}^+$ 来表示.

定理 4.10 $\mathcal{PS}$ 类函数是 Bent 函数.

证明 下面只给出 $\mathcal{PS}^-$ 类函数为 Bent 函数的证明, $\mathcal{PS}^+$ 类函数的证明相似.

设 $E_0, E_1, \cdots, E_{2^{n/2}}$ 是 $\mathbb{F}_2^n$ 中 $2^{n/2} + 1$ 个互不相交的 $\frac{n}{2}$ 维子空间. 不失一般性, 可以假设

$$f(x) \equiv \sum_{i=0}^{2^{n/2-1}-1} 1_{E_i}(x) \mod 2.$$

对任意 $a \in \mathbb{F}_2^n$,

$$\begin{aligned}
W_f(a) &= \sum_{x \in \mathbb{F}_2^n} (-1)^{f(x)+a \cdot x} \\
&= \sum_{i=0}^{2^{n/2-1}-1} \sum_{x \in E_i} (-1)^{1+a \cdot x} + \sum_{i=2^{n/2-1}}^{2^{n/2}} \sum_{x \in E_i} (-1)^{0+a \cdot x} \\
&= \sum_{i=2^{n/2-1}}^{2^{n/2}} \sum_{x \in E_i} (-1)^{a \cdot x} - \sum_{i=0}^{2^{n/2-1}-1} \sum_{x \in E_i} (-1)^{a \cdot x}.
\end{aligned}$$

若 $a = 0$, 则 $W_f(a) = 2^{n/2}$; 若 $a \neq 0$, 由于这 $2^{n/2} + 1$ 个子空间的对偶子空间 $E_i^\perp$ 仍是 $\mathbb{F}_2^n$ 的 $2^{n/2} + 1$ 个互不相交的 $\frac{n}{2}$ 维子空间, 所以 a 一定属于且只属于这些对偶子空间中的某一个, 记为 $E_l^\perp$. 此时就有

$$\sum_{x \in E_i} (-1)^{u \cdot x} = \begin{cases} 2^{n/2}, & i = l; \\ 0, & i \neq l. \end{cases}$$

于是得到 $W_f(a) = \pm 2^{n/2}$, 故 $\mathcal{PS}^-$ 类函数是 Bent 函数. $\qquad\square$

进一步, 根据上述证明过程可知 $f(x) \equiv \sum\limits_{i=0}^{2^{n/2-1}-1} 1_{E_i}(x) \mod 2$ 的对偶函数就

是 $\tilde{f}(x) \equiv \sum\limits_{i=0}^{2^{n/2-1}-1} 1_{E_i^{\perp}}(x) \mod 2$. 另外, Dillon 还证明 $\mathcal{PS}^-$ 类中函数的代数次数

一定为 $n/2$[15], 而 $\mathcal{PS}^+$ 类中函数的代数次数就没有这样简单的结论. 另外, 刻画 $\mathcal{PS}$ 类中函数的代数正规型是一个公开的难题.

在引理 4.2 的 $\{V_a | a \in (\mathbb{F}_2^{\frac{n}{2}})^*\}$ 中任取 $2^{\frac{n}{2}-1}$ 个子空间, 按照定理 4.10 的方法构造的 Bent 函数是一类特殊的 $\mathcal{PS}^-$ 函数, 称之为 $\mathcal{PS}_{ap}$ 函数. $\mathcal{PS}_{ap}$ 函数具有以下明确的表达形式

$$f(x,y) = \begin{cases} 0, & y = 0; \\ g\left(\dfrac{x}{y}\right), & y \neq 0, \end{cases}$$

其中 $x, y \in \mathbb{F}_2^{\frac{n}{2}}$, g 为 $\dfrac{n}{2}$ 元平衡布尔函数且满足 $g(0) = 0$.

在文献 [4] 中, Carlet 等给出了 Bent 函数的一个几何角度的刻画, 可以看成是 $\mathcal{PS}$ 思想的一种推广, 称为广义局部扩散类 (Generalized Partial Spread Class), 简称为 $\mathcal{GPS}$ 类. Carlet 等证明了 $\mathcal{GPS}$ 类函数包含了所有的 Bent 函数.

定理 4.11[4] 设 f 是一个 n 元布尔函数, n 是正偶数. 那么 f 是 Bent 函数当且仅当存在 k 个 $\mathbb{F}_2^n$ 的 $\dfrac{n}{2}$ 维子空间 $E_1, E_2, \cdots, E_k$ 以及整数 $m_1, m_2, \cdots, m_k$, 使得对任意 $x \in \mathbb{F}_2^n$, 均有

$$f(x) \equiv \sum_{i=1}^{k} m_i 1_{E_i}(x) - 2^{n/2-1}\delta_0(x) \mod 2^{n/2}.$$

进一步, 如果

$$f(x) = \sum_{i=1}^{k} m_i 1_{E_i}(x) - 2^{n/2-1}\delta_0(x)$$

是 Bent 函数, 那么 f 的对偶函数为 $\tilde{f}(x) = \sum\limits_{i=1}^{k} m_i 1_{E_i^{\perp}}(x) - 2^{n/2-1}\delta_0(x)$.

由于本定理的证明过程较为复杂, 感兴趣的读者请参考文献 [4].

第三种直接构造 Bent 函数的方法是通过把 $\mathbb{F}_{2^n}$ 上的单变元函数与从 $\mathbb{F}_{2^n}$ 到 $\mathbb{F}_2$ 的迹函数的复合来实现的, 该方法也因此称为 "迹函数复合构造法". 如果复合函数是单项式, 则构造的 Bent 函数称为幂函数型的 Bent 函数. 幂函数型的 Bent 函数并不多见, 表 4.1 给出了到目前为止所有已知的幂函数型的 Bent 函数, 其中 Dillon 型中的 $K \triangleq \mathbb{F}_{2^{n/2}} \subseteq \mathbb{F}_{2^n} = L$, K 上的 Kloosterman 和定义为

$$\mathrm{Kloos}_K(b) = \sum_{x \in K^*} (-1)^{\mathrm{tr}(x^{-1}+bx)}.$$

这里 $N_{L/K}(\cdot)$ 为从有限域 L 到其子域 K 的范; Kasami 型的幂函数最早是由 Hollman H 和 Xiang Q 提出的猜想[18], 之后由 Dillon 和 Dobbertin 证明了 $(n,3)=1$ 的情形, 2008 年 Langevin 和 Leander 用 Kloosterman 和的方法, 给出了更为简洁的证明, 并证明了 $3|n$ 的情形. 这些幂函数型 Bent 函数的条件及其证明除 Gold 型函数外, 一般都比较复杂, 下面给出 Gold 型 Bent 函数的证明, 其余情况请参阅相关文献.

表 4.1　所有已知的幂函数型的 Bent 函数

名称	指数 d	条件	参考文献
Gold 函数	2^i+1	$\dfrac{n}{(n,i)}$ 为偶数, $a \notin \{x^d, x \in \mathbb{F}_{2^n}\}$	[15]
Dillon 函数	$2^{n/2}-1$	当且仅当 $\mathrm{Kloos}_K(N_{L/K}(a))=-1$	[15][27]
Kasami 函数	$2^{2i}-2^i+1$	$\gcd(i,n)=1, a \notin \{x^3, x \in \mathbb{F}_{2^n}\}$	[16][27]
Leander 函数	$(2^k+1)^2$	$n=4k, k$ 为奇数, $a \in \omega \cdot \mathbb{F}_{2^k}$, 其中 $\omega \in \mathbb{F}_4 \setminus \mathbb{F}_2$	[14][28]
Canteaut-Charpin-Kyureghyan 函数	$2^{2k}+2^k+1$	$n=6k, a \in \mathbb{F}_{2^{3k}}$, 且 $\mathrm{tr}_k^{3k}(a)=0$	[3]

定理 4.12　设 n 为正偶数, $d=2^i+1$, 并且 $\dfrac{n}{(i,n)}$ 为偶数. 定义 $f_a(x)=\mathrm{tr}(ax^d)$, $a \in \mathbb{F}_2^n$, 那么 $f_a(x)$ 为 n 元 Bent 函数当且仅当 $a \notin \{x^d, x \in \mathbb{F}_{2^n}\}$.

证明　将 $W_{f_a}(\lambda) = \sum\limits_{x \in \mathbb{F}_{2^n}} \chi(\mathrm{tr}(\lambda x)+\mathrm{tr}(ax^d))$ 两边平方得

$$W_{f_a}^2(\lambda) = \sum_{x,\omega \in \mathbb{F}_{2^n}} \chi(\mathrm{tr}(\lambda x)+\mathrm{tr}(\lambda(x+\omega))+\mathrm{tr}(ax^d)+\mathrm{tr}(a(x+\omega)^d)).$$

由于 $d=2^i+1$, 并由迹函数的性质 $\mathrm{tr}(\omega x^{2^i})=\mathrm{tr}(\omega^{2^{-i}} x)$, 令 $h(\omega)=\mathrm{tr}(\lambda\omega)+\mathrm{tr}(a\omega^d)$, 则

$$
\begin{aligned}
W_{f_a}^2(\lambda) &= \sum_{x,\omega \in \mathbb{F}_{2^n}} \chi(\mathrm{tr}(\lambda\omega)+\mathrm{tr}(a\omega^d)+\mathrm{tr}(ax^{2^i}\omega+ax\omega^{2^i})) \\
&= \sum_{\omega \in \mathbb{F}_{2^n}} \chi(h(\omega)) \sum_{x \in \mathbb{F}_{2^n}} \chi(\mathrm{tr}(((a\omega)^{2^{-i}}+a\omega^{2^i})x)) \\
&= 2^n \sum_{\omega \in L} \chi(h(\omega)),
\end{aligned}
$$

其中 $L = \{\omega \in \mathbb{F}_{2^n} \mid (a\omega)^{2^{-i}}+a\omega^{2^i}=0\}$.

当 $a \notin \{x^d, x \in \mathbb{F}_{2^n}\}$ 时, 容易证明 $L=\{0\}$, 从而此时 $f_a(x)$ 为 n 元 Bent 函数; 而当 $a \in \{x^d, x \in \mathbb{F}_{2^n}\}$ 时, L 为 $\mathbb{F}_{2^n}$ 的一个维数大于 0 的线性子空间, 于是 $\sum\limits_{\omega \in L} \chi(h(\omega))$ 为一个偶数, 从而此时 $f_a(x)$ 不可能为 n 元 Bent 函数.　　　□

除了以上三种直接构造方法之外, 还有一些其他的构造方法. 下面列举其中一部分, 由于篇幅所限, 不能给出详尽的证明.

(1) Carlet 等提出了利用几乎 Bent 函数来构造 Bent 函数的方法[5].

(2) Dobbertin 给出了 Bent 函数的如下构造:

$$f(x, \phi(y)) = g\left(\frac{x + \psi(y)}{y}\right),$$

其中, g 是 $\mathbb{F}_{2^{\frac{n}{2}}}$ 上的平衡布尔函数, $\phi, \psi : \mathbb{F}_{2^{\frac{n}{2}}} \to \mathbb{F}_{2^{\frac{n}{2}}}$ 满足对任意 $a \in \mathbb{F}_{2^{\frac{n}{2}}}$, ϕ, ψ 均是 $aT = \{ax | x \in T\}$ 上的仿射函数, T 是由 g 的 Walsh 谱的支集 $\{x \in \mathbb{F}_{2^{\frac{n}{2}}} \mid W_g(x) \neq 0\}$ 支撑扩张成的 $\mathbb{F}_{2^{\frac{n}{2}}}$ 的仿射子空间, 且 ϕ 必须是一一映射.

(3) Dillon 和 McGuire 在文献 [17] 中指出, 可以将 $\mathbb{F}_{2^{n+1}}$ 上的函数限制在其上的超平面中, 来构造 Bent 函数. 比如, 将 Kasami 函数 $\mathrm{tr}(x^{2^{2k}-2^k+1})$ 限制在超平面 $\mathrm{tr}(x) = 0$ 上, 证明了当奇数 $n + 1 = 3k \pm 1$ 时, 该函数为 Bent 函数.

4.4 Bent 函数的间接构造法

间接构造 Bent 函数的一种简单方法就是所谓的直和构造法[15, 37]:

设 $f(x)$ 是 n 元布尔函数, $g(y)$ 是 m 元布尔函数, $n + m$ 元布尔函数 $h(x, y)$ 定义为

$$h(x, y) = f(x) + g(y).$$

如果 $f(x)$ 和 $g(y)$ 均为 Bent 函数, 那么 $h(x, y)$ 一定为 Bent 函数. 事实上, 由等式 $W_h(a, b) = W_f(a) \times W_g(b)$ 容易证明该结论.

除了直和构造 Bent 函数之外, 还有许多其他形式的间接构造法, 但有些间接构造法往往可以看成其他间接方法的特例. 下面介绍 Carlet 的两种间接构造方法及其相关推论.

定理 4.13[7] 设 n 和 m 是两个正偶数, $f(x, y)$ 是 $\mathbb{F}_2^{n+m} = \mathbb{F}_2^n \times \mathbb{F}_2^m$ 上的布尔函数, 并满足对任意 $y \in \mathbb{F}_2^m$, $\mathbb{F}_2^n$ 上的函数 $f_y : x \mapsto f(x, y)$ 是 Bent 函数, 那么 $f(x, y)$ 是 Bent 函数当且仅当对任意 $s \in \mathbb{F}_2^n$, 函数 $\phi_s : y \mapsto \tilde{f}_y(s)$ 在 $\mathbb{F}_2^m$ 上是 Bent 函数, 这里 $\tilde{f}_y$ 表示 f_y 的对偶函数, 并且当 $f(x, y)$ 为 Bent 函数时, $f(x, y)$ 的对偶函数就是 $\tilde{f}(s, t) = \tilde{\phi}_s(t)$.

证明 根据 Bent 函数的对偶函数的定义, 对任意 $s \in \mathbb{F}_2^n$,

$$W_{f_y}(s) = \sum_{x \in \mathbb{F}_2^n} (-1)^{f(x,y)+x \cdot s} = 2^{n/2} (-1)^{\tilde{f}_y(s)} = 2^{n/2} (-1)^{\phi_s(y)},$$

于是

$$W_f(s, t) = \sum_{x \in \mathbb{F}_2^n} \sum_{y \in \mathbb{F}_2^m} (-1)^{f(x,y)+x \cdot s+y \cdot t} = 2^{n/2} \sum_{y \in \mathbb{F}_2^m} (-1)^{\phi_s(y)+y \cdot t} = 2^{n/2} W_{\phi_s}(t).$$

因此, $f(x,y)$ 是 Bent 函数当且仅当对任意 $s \in \mathbb{F}_2^n$, 函数 $\phi_s : y \mapsto \tilde{f}_y(s)$ 是 Bent 函数. 显然, Bent 函数 $f(x,y)$ 的对偶函数如定理中所示.　　　　　　　　　□

根据定理 4.13, 可以推出如下三类 Bent 函数:

推论 4.2　设 f_1 和 f_2 分别是 n 元 Bent 函数, g_1 和 g_2 分别是 m 元 Bent 函数, 那么 $n+m$ 元函数

$$h(x,y) = f_1(x) + g_1(y) + (f_1 + f_2)(x) \cdot (g_1 + g_2)(y)$$

一定是 Bent 函数.

推论 4.3　设 $g, h, k, g+h+k$ 均为 n 元 Bent 函数, 那么 $n+2$ 元布尔函数

$$f(x_1, x_2, y)$$
$$= g(y)h(y) + g(y)k(y) + h(y)k(y) + (g(y) + h(y))x_1 + (g(y) + k(y))x_2 + x_1 x_2$$

也是 Bent 函数, 这里 $y \in \mathbb{F}_2^n$, $x_1, x_2 \in \mathbb{F}_2$.

推论 4.4　设 π 是 $\mathbb{F}_2^{n/2}$ 上的一个置换,

$$f_{\pi,g}(x,y) = x \cdot \pi(y) + g(y)$$

是一个 M-M 型 Bent 函数. 对任意正偶数 m 和任意 $y \in \mathbb{F}_2^{n/2}$, h_y 是 m 元 Bent 函数. 那么

$$k(x,y,z) = h_y(z) + f_{\pi,g}(x,y)$$

一定是 Bent 函数.

推论 4.2 中的构造方法是文献 [11] 给出的; 推论 4.3 中的构造方法是文献 [37] 给出的, 该方法称为 Rothaus 构造; 推论 4.4 中的构造方法是文献 [12] 给出的, 该方法称为 Maiorana-McFarland 扩展型构造. 在这些文献中, 所给出函数的 Bent 性质是通过计算它们的 Walsh 谱来证明的.

在推论 4.2 中取

$$\phi_s(y) = (\tilde{f}_1(s) + \tilde{f}_2(s))(g_1 + g_2)(y) + \tilde{f}_1(s) + g_1(y);$$

在推论 4.3 中取 $x = (x_1, x_2), s = (s_1, s_2)$, 并且

$$\phi_s(y) = s_1 \cdot s_2 + s_1 \cdot (g(y) + k(y)) + s_2 \cdot (g(y) + h(y)) + g(y);$$

在推论 4.4 中取 z 为定理 4.13 中的 y, 令 $s = (s_1, s_2) \in \mathbb{F}_2^n$, 其中 $s_1, s_2 \in \mathbb{F}_2^{\frac{n}{2}}$, 并且

$$\phi_s(z) = h_{\pi^{-1}(s_1)}(z) + g(\pi^{-1}(s_1)) + \pi^{-1}(s_1) \cdot s_2.$$

利用定理 4.13, 就可以得到它们的 Bent 性质.

定理 4.14[6]　设 E 是 $\mathbb{F}_2^n$ 的一个线性子空间, $b + E$ 是 $\mathbb{F}_2^n$ 的一个仿射平面. 如果 $f(x)$ 是一个 n 元 Bent 函数, 那么函数 $g = f + 1_{b+E}$ 是 Bent 函数, 当且仅当下面任一条件成立:

(1) 对任意的 $a \in \mathbb{F}_2^n \setminus E$, 函数 $D_a f$ 在 $b + E$ 上是平衡的;

(2) 函数 $\tilde{f}(x) + b \cdot x$ 在 $E^\perp$ 的任意陪集上的限制要么是常数, 要么是平衡的.

证明 由定理 4.6 知, $g(x)$ 是 Bent 函数当且仅当 $g(x)$ 满足 n 阶扩散准则. 又因为

$$\mathcal{F}(D_a g) = \begin{cases} \mathcal{F}(D_a f), & a \in E; \\ \mathcal{F}(D_a f) - 4 \sum_{x \in b+E} (-1)^{D_a f(x)}, & a \notin E. \end{cases}$$

这里 $\mathcal{F}(f)$ 表示布尔函数 f 在 $x = 0$ 处的 Walsh 谱值. 因此, $g(x)$ 是 Bent 函数当且仅当条件 (1) 成立.

容易验证, 下式成立,

$$W_f(a) - W_g(a) = 2 \sum_{x \in b+E} (-1)^{f(x)+a\cdot x}. \tag{4.10}$$

进一步, 对于 $\mathbb{F}_2^n$ 中的任意向量空间 E, $\mathbb{F}_2^n$ 中任意向量 a, b, 以及 $\mathbb{F}_2^n$ 上的任意函数 $\phi(x)$, 称

$$\sum_{u \in a+E} (-1)^{b\cdot u} \hat{\phi}(u) = |E|(-1)^{a\cdot b} \sum_{x \in b+E^\perp} (-1)^{a\cdot x} \phi(x)$$

为泊松和公式, 这里 $\hat{\phi}(u)$ 为 ϕ 在 u 处的离散 Fourier 变换.

令上式中的 $\phi = (-1)^f$, 则

$$\sum_{u \in a+E} (-1)^{\tilde{f}(u)+b\cdot u} = 2^{-\frac{n}{2}} |E|(-1)^{a\cdot b} \sum_{x \in b+E^\perp} (-1)^{f(x)+a\cdot x}. \tag{4.11}$$

于是对任意 $a \in \mathbb{F}_2^n$, 有

$$\sum_{u \in a+E^\perp} (-1)^{\tilde{f}(u)+b\cdot u} = 2^{\dim(E^\perp)-n/2}(-1)^{a\cdot b} \sum_{x \in b+E} (-1)^{f(x)+a\cdot x}$$

$$= 2^{\dim(E^\perp)-n/2-1}(-1)^{a\cdot b}(W_f(a) - W_g(a)).$$

故 $g(x)$ 是 Bent 函数当且仅当对任意 $a \in \mathbb{F}_2^n$, $W_f(a) - W_g(a)$ 取值为 0 或 $\pm 2^{n/2+1}$, 当且仅当条件 (2) 成立. □

以下的两类函数都是根据定理 4.14 构造的, 在此同样只给出部分结论的证明, 感兴趣的读者请参阅相关文献.

推论 4.5 已知 n 为偶数, $x, y \in \mathbb{F}_2^{n/2}$, n 元布尔函数 f 定义如下:

$$f(x, y) = x \cdot \pi(y) + 1_L(x),$$

其中, L 是 $\mathbb{F}_2^{n/2}$ 中的一个线性子空间, π 是 $\mathbb{F}_2^{n/2}$ 上的一个置换, 并使得对任意 $a \in \mathbb{F}_2^{n/2}$, $\pi^{-1}(a + L^\perp)$ 是一个平面, 那么 f 是 Bent 函数.

证明 令 $g(x, y) = x \cdot \pi(y)$, 则 $g(x, y)$ 是 Bent 函数, 且其对偶函数为

$$\tilde{g}(x, y) = y \cdot \pi^{-1}(x).$$

由定理 4.14, 欲证明 $f(x,y)$ 是 Bent 函数, 只需证明 $\tilde{g}(x,y)$ 在 $L^{\perp}$ 的任意陪集上的限制要么是常数, 要么是平衡的.

令 $E = L^{\perp} \times \mathbb{F}_2^{n/2}$, 则 E 是 $\mathbb{F}_2^n$ 的线性子空间, 对任意 $(\lambda, \eta) \in \mathbb{F}_2^{n/2} \times \mathbb{F}_2^{n/2}$, $\tilde{g} = y \cdot \pi^{-1}(x)$ 限制在 $(\lambda, \eta) + E^{\perp} = (\lambda, \eta) + L \times \{0\}$ 上, 相当于 $\eta \cdot \pi^{-1}(x)$ 限制在 $\lambda + L$ 上, 也等价于 $\eta \cdot x$ 限制在 $\pi^{-1}(\lambda + L)$ 上. 注意到 $\pi^{-1}(\lambda + L)$ 是一个平面, 且 $\eta \cdot x$ 是线性的, 故 $\eta \cdot x$ 限制在 $\pi^{-1}(\lambda + L)$ 上要么是常数, 要么是平衡的. 即对任意 $(\lambda, \eta) \in \mathbb{F}_2^{n/2} \times \mathbb{F}_2^{n/2}$, $\tilde{g}(x,y)$ 限制在 $(\lambda, \eta) + E^{\perp}$ 要么是常数, 要么是平衡的, 故 $f(x,y) = x \cdot \pi(y) + 1_L(x)$ 是 Bent 函数. $\square$

利用定理 4.14, 还可以证明

推论 4.6   已知 n 是偶数, n 元布尔函数 f 定义如下:

$$f(x,y) = x \cdot \pi(y) + 1_{E_1}(x)1_{E_2}(x),$$

其中, π 是 $\mathbb{F}_2^{n/2}$ 上的一个置换, E_1 和 E_2 为 $\mathbb{F}_2^{n/2}$ 的两个线性子空间, 并满足 $\pi(E_2) = E_1^{\perp}$, 那么 $f(x)$ 是 Bent 函数.

推论 4.5 中的构造方法是 Canteaut 等在文献 [2] 中给出的; 推论 4.6 中的构造方法是 Carlet 在文献 [6] 中给出的.

下面给出 Hou 和 Langevin 构造 Bent 函数的方法.

定理 4.15[19]   设 n 为偶数, $f(x)$ 是 n 元布尔函数, σ 是 $\mathbb{F}_2^n$ 上的一个置换. 用 $\sigma_1, \cdots, \sigma_n$ 分别表示 σ 的各个分量函数, 并且假设对任意 $a \in \mathbb{F}_2^n$, 均有

$$d_H\left(f, \sum_{i=1}^n a_i \sigma_i\right) = 2^{n-1} \pm 2^{n/2-1},$$

那么 $f \circ \sigma^{-1}$ 是 Bent 函数.

上述定理的证明并不难, 只要注意到线性函数 $l_a(x) = a \cdot x$ 和 $f \circ \sigma^{-1}$ 之间的 Hamming 距离等于 $d_H\left(f, \sum_{i=1}^n a_i \sigma_i\right)$. 需要读者注意的是, 目前 Bent 函数的大多数间接构造方法, 都改变了变量的个数. 但定理 4.15 给出的方法并没有改变变量个数, 这个方法称为 Hou 和 Langevin 构造法.

根据定理 4.15, Hou 和 Langevin 进一步给出了如下的 Bent 函数.

推论 4.7[19]   设 h 是 n 元仿射函数, f_1, f_2 和 g 为 n 元布尔函数. 定义 $n+2$ 元布尔函数

$$f(x_1, x_2, x) = x_1 x_2 h(x) + x_1 f_1(x) + x_2 f_2(x) + g(x),$$

其中 $x \in \mathbb{F}_2^n$, $x_1, x_2 \in \mathbb{F}_2$. 若 f 是 Bent 函数, 那么函数

$$f(x_1, x_2, x) + (h(x) + 1)f_1(x)f_2(x) + f_1(x) + (x_1 + h(x) + 1)f_2(x) + x_2 h(x)$$

也是 Bent 函数.

推论 4.8[19]　若 f 是一个代数次数至多为 3 的 n 元 Bent 函数, σ 是 $\mathbb{F}_2^n$ 上的一个置换, 并满足对任意的 $i \in \{1, \cdots, n\}$, 都存在 $\mathbb{F}_2^n$ 的子集合 U_i 以及仿射函数 h_i, 使得

$$\sigma_i(x) = \sum_{u \in U_i} (f(x) + f(x + u)) + h_i(x).$$

那么 $f \circ \sigma^{-1}$ 是 Bent 函数.

推论 4.9[21]　设 $f(x, y) = x \cdot y + g(y)$ 是一个 M-M 型的 Bent 函数, 如果 $\sigma_1, \cdots, \sigma_n$ 都是形如

$$\sum_{1 \leqslant i < j \leqslant n/2} a_{i,j} x_i y_j + b \cdot x + c \cdot y + h(y)$$

的布尔函数, 那么 $f \circ \sigma^{-1}$ 是 Bent 函数.

最后, 给出另一个不改变变量个数的 Bent 函数的间接构造法, 它是由 Carlet 在文献 [13] 提出的, 这一构造依赖于如下引理:

引理 4.3　设 f_1, f_2 和 f_3 是三个 n 元布尔函数, 定义 $s_1 \triangleq f_1 + f_2 + f_3$, $s_2 \triangleq f_1 f_2 + f_1 f_3 + f_2 f_3$, 那么在整数加的意义下, $f_1 + f_2 + f_3 = s_1 + 2s_2$, 并且如下的关系成立:

$$W_{f_1} + W_{f_2} + W_{f_3} = W_{s_1} + 2W_{s_2}. \tag{4.12}$$

证明　首先, 可以直接验证 $f_1 + f_2 + f_3 = s_1 + 2s_2$ 成立. 又对任意函数 f, 有 $(-1)^f = 1 - 2f$, 故

$$(-1)^{f_1} + (-1)^{f_2} + (-1)^{f_3} = (-1)^{s_1} + 2(-1)^{s_2}.$$

进而, 由 Walsh 变换的线性性, 有

$$W_{f_1} + W_{f_2} + W_{f_3} = W_{s_1} + 2W_{s_2},$$

即等式 (4.12) 成立.　　　　　　　　　　　　　　　　　　　　　　□

由引理 4.3 可以得到如下 Bent 函数的构造方法.

定理 4.16　设 f_1, f_2 和 f_3 是三个 n 元 Bent 函数, 其中 n 为偶数. 令

$$s_1 = f_1 + f_2 + f_3, s_2 = f_1 f_2 + f_1 f_3 + f_2 f_3,$$

那么,

(1) 如果 s_1 是 Bent 函数, 并且 s_1 的对偶函数为 $\tilde{s}_1 = \tilde{f}_1 + \tilde{f}_2 + \tilde{f}_3$, 那么 s_2 也是 Bent 函数, 并且它的对偶函数 $\tilde{s}_2 = \tilde{f}_1 \tilde{f}_2 + \tilde{f}_2 \tilde{f}_3 + \tilde{f}_1 \tilde{f}_3$;

(2) 如果对任意的 $a \in \mathbb{F}_2^n$, $W_{s_2}(a)$ 都可以被 $2^{n/2}$ 整除, 那么 s_1 是 Bent 函数.

证明　(1) 如果 s_1 是 Bent 函数, 并且 $\tilde{s}_1 = \tilde{f}_1 + \tilde{f}_2 + \tilde{f}_3$, 那么对任意的 $a \in \mathbb{F}_2^n$, 由等式 (4.12), 有

$$W_{s_2}(a) = \frac{1}{2}(W_{f_1} + W_{f_2} + W_{f_3} - W_{s_1})$$

$$= \left[(-1)^{\tilde{f}_1(a)} + (-1)^{\tilde{f}_2(a)} + (-1)^{\tilde{f}_3(a)} - (-1)^{\tilde{f}_1(a)+\tilde{f}_2(a)+\tilde{f}_3(a)}\right]2^{\frac{n-2}{2}}$$

$$= (-1)^{\tilde{f}_1(a)\tilde{f}_2(a)+\tilde{f}_2(a)\tilde{f}_3(a)+\tilde{f}_1(a)\tilde{f}_3(a)}2^{\frac{n}{2}}.$$

因此, s_2 是 Bent 函数, 并且它的对偶如定理中所示.

(2) 若对任意的 $a \in \mathbb{F}_2^n$, $W_{s_2}(a)$ 都可以被 $2^{n/2}$ 整除, 根据等式 (4.12),

$$W_{s_1}(a) = \left[(-1)^{\tilde{f}_1(a)} + (-1)^{\tilde{f}_2(a)} + (-1)^{\tilde{f}_3(a)}\right]2^{n/2} - 2W_{s_2} \equiv 2^{n/2} \mod 2^{n/2+1}$$

对任意的 $a \in \mathbb{F}_2^n$ 都成立.

令 $W_{s_1}(a) = 2^{\frac{n}{2}}\lambda_a$, 其中 λ_a 为奇数, 根据 Parseval 恒等式, 有 $\displaystyle\sum_{a\in\mathbb{F}_2^n}\lambda_a^2 = 2^n$, 于是 $\lambda_a = \pm 1$, 故 $W_{s_1}(a) = \pm 2^{\frac{n}{2}}$, 从而 s_1 是 Bent 函数. □

4.5　Bent 函数的等价类与计数

与有限域上的 PN 函数和 APN 函数等价性不同, Bent 函数的等价性只考虑仿射等价性. 两个 n 元 Bent 函数 $f(x)$ 和 $g(y)$ 称为仿射等价是指存在非奇异线性变换 $x = Py + c$, 使得 $f(x) = g(y)$, 这里 P 是 $\mathbb{F}_2$ 上的 n 阶可逆矩阵, $c \in \mathbb{F}_2^n$.

根据 Bent 函数的定义, 仿射函数不是 Bent 函数, 因此, 代数次数最低的 Bent 函数就只能是二次函数. Bent 函数的等价分类是一个十分困难的问题, 高次 Bent 函数的等价分类目前还没有十分明晰的结果, 但二次 Bent 函数的等价分类已经很清楚了.

对任意布尔函数 f, 容易得到

$$\mathcal{F}^2(f) = \sum_{b\in\mathbb{F}_2^n}\mathcal{F}(D_b f),$$

其中 $\mathcal{F}(f) = \displaystyle\sum_{a\in\mathbb{F}_2^n}(-1)^{f(x)}$ 表示布尔函数 f 在 $x = 0$ 处的 Walsh 谱值.

当 f 是二次函数时, 对每一个 $b \in \mathbb{F}_2^n$, $D_h f = f(x + h) + f(x)$ 都是仿射函数. 于是, 定义二次函数 f 的伴随对称二次型 (Associated Symmetric Form) 为

$$\phi_f(x,y) = f(x + y) + f(x) + f(y) + f(0).$$

这时,

$$\mathcal{E}_f = \{x \in \mathbb{F}_2^n \mid \forall y \in \mathbb{F}_2^n, \phi_f(x,y) = 0\},$$

称 $\mathcal{E}_f$ 为 f 的线性核 (Linear Kernel). 进一步, 可以推出函数 $b \mapsto D_b f(0) = f(b) + f(0)$ 限制在 $\mathcal{E}_f$ 上是线性的. 因此, 当上述线性函数在 $\mathcal{E}_f$ 上恒等于 0, 即 $f(x) = f(0)$

在 $\mathcal{E}_f$ 上恒成立时, $\mathcal{F}^2(f)$ 等于 $2^n \mid \mathcal{E}_f \mid$; 否则 $\mathcal{F}^2(f)$ 就等于 0. 从而当 f 为二次函数时,

$$\mathcal{F}^2(f) = 2^n \sum_{b \in \mathcal{E}_f} (-1)^{D_b f(0)}, \tag{4.13}$$

其中 $\mathcal{E}_f = \{ b \in \mathbb{F}_2^n \mid D_b f \ 为常数 \}$.

由 Hamming 重量与 Walsh 谱值的关系, 可以推出

引理 4.4 任意二次函数 f 是平衡的当且仅当 f 限制在它的线性核 $\mathcal{E}_f$ 不取常数. 若 f 不是平衡的, 那么它的重量就等于 $2^{n-1} \pm 2^{\frac{n+k}{2}-1}$, 其中 k 是 $\mathcal{E}_f$ 的维数.

利用线性代数的理论与方法, 可以证明任意二次函数都可以通过非奇异线性变换, 变换成如下的标准形:

引理 4.5[29] 对任意 n 元二次函数 f, 如果 f 是平衡的, 那么 f 仿射等价于

$$x_1 x_2 + \cdots + x_{2l-1} x_{2l} + x_{2l+1},$$

其中 $l \leqslant \dfrac{n-1}{2}$; 否则, 如果其重量小于 2^{n-1}, 那么 f 仿射等价于

$$x_1 x_2 + \cdots + x_{2l-1} x_{2l},$$

其中 $l \leqslant \dfrac{n}{2}$; 如果其重量大于 2^{n-1}, 那么 f 仿射等价于

$$x_1 x_2 + \cdots + x_{2l-1} x_{2l} + 1,$$

其中 $l \leqslant \dfrac{n}{2}$.

定理 4.17 设 n 为偶数, h 是 n 元仿射布尔函数, $a_{i,j} \in \mathbb{F}_2$. 定义

$$f(x) = \sum_{1 \leqslant i < j \leqslant n} a_{i,j} x_i x_j + h(x),$$

那么 f 是 Bent 函数当且仅当下列条件之一成立:

(1) f 的 Hamming 重量等于 $2^{n-1} \pm 2^{n/2-1}$;

(2) 存在非奇异的仿射变换, 使得 $f(x)$ 等价变换为 $x_1 x_2 + x_3 x_4 + \cdots + x_{n-1} x_n + \mathcal{E}$, 其中 $\mathcal{E} \in \mathbb{F}_2$;

(3) 二次型 $\varphi_f : (x, y) \mapsto f(0) + f(x) + f(y) + f(x+y)$ 是非退化的, 即它的核为 0.

证明 f 是 Bent 函数 $\Rightarrow$ (1) f 是 Bent 函数当且仅当对任意的 $a \in \mathbb{F}_2^n$, $W_f(a) = \pm 2^{n/2}$, 进而

$$wt(f) = 2^{n-1} - \frac{1}{2} W_f(0) = 2^{n-1} \pm 2^{n/2-1}.$$

(1) $\Rightarrow$ (2) 由引理 4.4, $W_f(0) = 2^{n-1} \pm 2^{n/2-1}$ 当且仅当 $\mathcal{E}_f$ 的维数为 0. 注意到若引理 4.5 中标准型的 $l < n/2$, 则 $|E_f| > 0$, 矛盾. 所以 (2) 成立.

(2) ⇔ (3) 和 (2) ⇒ f 为 Bent 函数的证明是显然的.   □

定理 4.17 给出了二次 Bent 函数的等价分类. 更高代数次数的 Bent 函数在仿射变换下的等价分类就没有二次函数这么容易了. 目前已有的初步结果是, Rothaus 得到了 $n \leqslant 6$ 时, 所有 Bent 函数的分类[37]. 对于 $n = 8$ 的情况, Hou 在文献 [20] 对所有代数次数不超过 3 的函数进行了分类. 在此基础上, Langevin 等利用计算机得到了所有 8 元 Bent 函数的分类[26]. 据作者所知, 到目前为止, 还没有对 $n \geqslant 10$ 的 Bent 函数的分类.

下面讨论 Bent 函数的计数问题. 首先, 由 M-M 类的构造方法, 可以得到 Bent 函数个数的一个下界,

$$(2^{n/2})! \times 2^{2^{n/2}}.$$

根据 Stirling 公式, 当 $n \to \infty$ 时, 这个下界约等于 $\left(\dfrac{2^{n/2+1}}{e}\right)^{2^{n/2}} \sqrt{2^{n/2+1}\pi}$. 同时,

前面介绍过的另外一个子类 $\mathcal{PS}_{ap}$ 给出的下界并不理想, 为 $\dbinom{2^{n/2}-1}{2^{n/2-1}} \approx \dfrac{2^{2^{n/2}+\frac{1}{2}}}{\sqrt{\pi 2^{n/2}}}$.

到目前为止, 等价于 M-M 类的 Bent 函数的个数是未知的, 当然该个数不会超过 M-M 类函数的总个数乘以仿射置换的个数. 在文献 [1] 中, Adams 还给出了这个下界的一个改进, 但是对 $n \geqslant 8$, 这个改进的效果微不足道.

由 Rothaus 界知, Bent 函数的代数次数不超过 $n/2$. 因此, Bent 函数的个数最多为

$$U_1 = 2^{1+n+\cdots+\binom{n}{n/2}} = 2^{2^{n-1}+\frac{1}{2}\binom{n}{n/2}}.$$

在文献 [8] 中, 对 $n \geqslant 6$ 的 n 元 Bent 函数, Carlet 和 Klapper 给出了关于它们个数的另外一个上界:

$$U_2 = \frac{B(n/2, n)(1 + \varepsilon)}{2^{2^{n/2} - n/2 - 1}} + B(n/2 - 1, n)$$
$$= 2^{2^{n-1} + \binom{n}{n/2}/2 - 2^{n/2} + n/2 + 1}(1 + \varepsilon) + 2^{2^{n-1} - \binom{n}{n/2}/2},$$

其中 $B(k, n)$ 表示代数次数不超过 k 的 n 元布尔函数的个数, ε 是一个很小的数, 并且在 $n \to \infty$ 时, $\varepsilon \to 0$. 可以看到, $U_1/U_2 \approx 2^{2^{n/2}-n/2-1}$.

关于 n 元 Bent 函数的具体个数, 到目前为止, 只有 $n \leqslant 8$ 的计数结果, 见表 4.2. 从表 4.2 可以看出, 当 $n = 8$ 时, 两个上界和实际的 Bent 函数的个数相差非常大. $n = 8$ 时, 由上界 U_1 的取值和 Bent 函数的个数知, 随机选取一个代数次数不超过 4 的布尔函数 f, f 为 Bent 函数的概率为 $2^{-56.7}$, 即: 几乎不可能通过随机选取的方法来得到一个 Bent 函数.

表 4.2 偶数 $n \leqslant 8$ 元布尔函数、Bent 函数个数及上下界

n	布尔函数的个数	下界	Bent 函数的个数	上界 U_1	上界 U_2
2	16	8	8	8	—
4	65536	384	896	2048	—
6	2^{64}	$2^{23.3}$	$2^{32.3}[33, 39]$	2^{42}	2^{38}
8	2^{256}	$2^{60.3}$	$2^{106.3}[26]$	2^{163}	2^{152}

参 考 文 献

[1] Adams C M, Tavares S E. A note on the generation and counting of Bent sequences[J]. IEEE Transactions on Information Theory, 1990, 36(5): 1170-1173.

[2] Canteaut A, Daum M, Dobbertin H, Leander G. Normal and non-normal Bent functions[C]. WCC 2003, Versailles, France, March 2003.

[3] Canteaut A, Charpin P, Kyurehyan G. A new class of monomial Bent functions[C]. ISIT06, Seattle, USA, July 2006.

[4] Carlet C, Guillot P. A characterization of binary Bent functions[J]. Journal of Combinatorial Theory, Series A, 1996, 76(2): 328-335.

[5] Carlet C, Charpin P, Zinoviev V. Codes, Bent functions and permutations suitable for DES-like cryptosystems[J]. Designs, Codes and Cryptography, 1998, 15(2): 125-156.

[6] Carlet C. Two new classes of Bent functions[C]. EUROCRYPT' 93, LNCS765. Springer-Vorlag, 1994: 77-101.

[7] Carlet C. A construction of Bent functions[J]. Finite Fields and Applications, 1996, 233: 47-58.

[8] Carlet C, Klapper A. Upper bounds on the numbers of resilient functions and of Bent functions[C]. 23rd Symposium on Information Theory, Benelux, Belgium, 2002.

[9] Carlet C, Prouff E. On plateaued functions and their constructions[C]. FSE2003, LNCS 2887. Springer-Verlag, 2003: 54-73.

[10] Carlet C. On the confusion and diffusion properties of Maiorana-McFarland's and extended Maiorana-McFarland's fuctions[J]. Journal of Complexity, 2004, 20: 182-204.

[11] Carlet C. On the secondary constructions of resilient and Bent funcitons[C]. CCC 2003, Basel, Switzerland, 2004.

[12] Carlet C, Dobbertin H, Leander G. Normal extensions of Bent functions[J]. IEEE Transactions on Information Theory, 2004, 50(11): 2880-2885.

[13] Carlet C. On Bent and highly nonlinear balanced/resilient functions and their algebraic immunities[C]. AAECC 16, LNCS 3857. Springer-Verlag, 2006: 1-28.

[14] Charpin P, Kyureghyan G. On cubic monomial Bent functions in the class M[J]. SIAM Journal on Discrete Mathematics, 2008, 22(2): 650-665.

[15] Dillon J F. Elementary hadamard difference sets[M]. Ph. D. Thesis, University of Maryland, 1974.

[16] Dillon J F, Dobbertin H. New cyclic difference sets with singer parameters[J]. Finite Fields and Applications, 2004, 10: 342-389.

[17] Dillon J F, McGuire G. Near Bent functions on a hyperplane[J]. Finite Fields and Their Applications, 2008, 14(3): 715-720.

[18] Hollman H, Xiang Q. On binary cyclic codes with few weights[C]. The Fifth Conference on Finite Fields and Their Applications, Augsburg, Germany, 1999.

[19] Hou X D, Langevin P. Results on Bent functions[J]. Journal of Combinatorial Theory, Series A, 1997, 80: 232-246.

[20] Hou X D. Cubic Bent functions[J]. Discrete Mathematics, 1998, 189: 149-161.

[21] Hou X D. New constructions of Bent functions[J]. Journal of Combinatorics, Information and System Sciences, 2000, 25(1-4): 173-189.

[22] Hu H G, Feng D G. On quadratic Bent functions in polynomial forms. IEEE Transactions on Information Theory, 2007, 53(7): 2610-2615.

[23] Kavut S, Maitra S, Yücel M D. Search for Boolean functions with excellent profiles in the rotation symmetric class[J]. IEEE Transactions on Information Theory, 2007, 53(5): 1743-1751.

[24] Kerdock A M. A class of low-rate nonlinear codes[J]. Information and Control, 1972, 20: 182-187.

[25] Khoo K, Gong G, Stinson D R. A new characterization of semi-Bent and Bent functions on finite fields[J]. Designs, Codes and Cryptography, 2006, 38(2): 279-295.

[26] Langevin P, Leander G, Rabizzoni P, Veron P, Zanotti J P. Classification of Boolean quartics forms in eight variables[OL]. http://langevin.univ-tln.fr/project/quartics/.

[27] Langevin P, Leander G. Monomial Bent functions and stickelberger's theorem[J]. Finite Fields and Their Applications, 2008, 14: 727-742.

[28] Leander G. Monomial Bent functions[J]. IEEE Transactions on Information Theory, 2006, 52 (2): 738-743.

[29] Macwilliams F J, Sloane N J. The theory of error-correcting codes[M]. Amsterdam, North Holland, 1977.

[30] Matsui M. Linear cryptanalysis method for DES cipher[C]. EUROCRYPT'93, LNCS 765. Springer-Verlag, 1994: 386-397.

[31] Mcellece R J. Weight congruence for p-ary cyclic codes[J]. Discrete Mathematics, 1972, 3: 177-192.

[32] Mcfarland R L. A family of noncyclic difference sets[J]. Journal of Combinatorial Theory, Series A, 1973, 15: 1-10.

[33] Meng Q S, Yang M C, Zhang H G. A novel algorithm enumerating Bent functions[EB]. http://eprint.iacr.org/2004/274.

[34] Olejár D, Stanek M. On cryptographic properties of random Boolean functions[J]. Journal of Universal Computer Science, 1998, 4(8): 705-717.

[35] Patterson N J, Wiedemann D H. The covering radius of the $[2^{15}, 16]$ Reed-Muller code is at least 16276[J]. IEEE Transations on Information Theory, 1983, 29(3): 354-356.

[36] Patterson N J, Wiedemann D H. Correction to the covering radius of the $[2^{15}, 16]$ Reed-Muller Code is at least 16276 [J]. IEEE Transations on Information Theory, 1990, 36(2): 443.

[37] Rothaus O S. On "Bent" functions[J]. Journal of Combinatorial Theory, 1976, 20A: 300-305.

[38] Rodier F. Asymptotic nonlinearity of Boolean functions[J]. Designs, Codes and Cryptography, 2006, 40(1): 59-70.

[39] Preneel B. Analysis and design of cryptographic Hash functions[D]. Doctorial Dissertation, 1993.

[40] Stinson D R. Combinatorial designs constructions and analysis[M]. Springer-Verlag, 2003.

[41] Xiao G Z , Ding C S, Shan W J. The stability theory of stream ciphers[M]. Springer-Verlag, 1991.

[42] Yu N Y, Gong G. Constructions of quadratic Bent functions in polynomial forms[J]. IEEE Transactions on Information Theory, 2006, 52(7): 3291-3299.

第5章 几乎 Bent 函数

5.1 几乎 Bent 函数的定义

布尔函数的非线性度反映了布尔函数与全体仿射函数之间距离的远近, 最初是针对序列密码的相关攻击和最佳仿射逼近攻击提出的. 1992 年, Nyberg 等在国际密码年会上将布尔函数非线性度的概念推广到向量值函数[27], 给出了向量值函数的非线性度的概念. 1993 年, Matsui 在欧洲密码年会上提出了针对分组密码算法 DES 的线性密码攻击[24], 该攻击的有效性依赖于向量值函数的非线性度的大小. 1994 年, Chabaud 和 Vaudenay 在欧洲密码年会上揭示了差分密码攻击与线性密码攻击的内在联系, 对向量值函数的非线性度进行了更为深入地研究, 提出了几乎 Bent 函数的概念[9], 指出几乎 Bent 函数实际上是 APN 函数的一个子类. 这表明几乎 Bent 函数既是抗线性密码攻击最优的函数, 也是抗差分密码攻击最优的函数.

设 p 为一个素数, n, m 为正整数, 函数 $F : \mathbb{F}_p^n \to \mathbb{F}_p^m$ 或者 $F : \mathbb{F}_{p^n} \to \mathbb{F}_{p^m}$ 通常称为向量值函数. 特别地, 当 $p = 2$ 时, 该向量值函数简称为 (n, m) 函数.

定义 5.1 设 F 是一个 (n, m) 函数, F 的非线性度定义为

$$NL(F) = \min_{v \in (\mathbb{F}_2^m)^*} NL(v \cdot F(x)),$$

其中 $(\mathbb{F}_2^m)^* = \mathbb{F}_2^m \setminus \{0\}$, 而 $NL(v \cdot F(x))$ 表示布尔函数 $v \cdot F(x)$ 的非线性度.

根据上面的定义, (n, m) 函数 F 的非线性度 $NL(F)$ 实际上就是 F 的分量函数的所有非零线性组合与所有 n 元仿射函数 Hamming 距离的最小值. 因此, (n, m) 函数 F 的非线性度不超过每一个分量函数的非线性度. 根据布尔函数的非线性度与 Walsh 变换之间的关系, 可以得到

$$NL(F) = 2^{n-1} - \frac{1}{2} \max_{v \in (\mathbb{F}_2^m)^*, u \in \mathbb{F}_2^n} \Big| \sum_{x \in \mathbb{F}_2^n} (-1)^{v \cdot F(x) + u \cdot x} \Big|.$$

类似地, 由 Parseval 恒等式, (n, m) 函数 F 的非线性度同样有如下的覆盖半径界:

$$NL(F) \leqslant 2^{n-1} - 2^{n/2-1}.$$

定义 5.2 设 F 是一个 (n, m) 函数, 如果 F 的非线性度 $NL(F) = 2^{n-1} - 2^{n/2-1}$, 则称 F 为向量 Bent 函数, 或者 (n, m)Bent 函数.

显然, $(n,1)$Bent 函数就是上一章定义的布尔 Bent 函数, 故 (n,m)Bent 函数是布尔 Bent 函数的推广形式. 进一步, 根据向量 Bent 函数的定义, 容易得到如下等价命题:

定理 5.1 一个 (n,m) 函数 F 是向量 Bent 函数当且仅当对任意 $v \in (\mathbb{F}_2^m)^*$, 布尔函数 $v \cdot F$ 是 Bent 函数.

由定理 4.6, $f_v = v \cdot F$ 是 Bent 函数当且仅当对任意 $a \in \mathbb{F}_2^n, a \neq 0, D_a f_v(x) = f_v(x+a) + f_v(x)$ 是平衡函数. 于是 F 是 Bent 函数当且仅当对任意 $v \neq 0, a \neq 0$, $v \cdot (F(x+a) + F(x))$ 是平衡的, 故得到

定理 5.2 一个 (n,m) 函数 F 是向量 Bent 函数, 当且仅当对任意非零的 $a \in \mathbb{F}_2^n$, 差分函数 $D_a F(x) = F(x+a) + F(x)$ 是平衡的.

定理 5.2 表明 (n,m) 函数 F 是向量 Bent 函数当且仅当 F 是从 $\mathbb{F}_2^n$ 到 $\mathbb{F}_2^m$ 的 PN 函数, 这一性质表明 (n,m)Bent 函数的存在性与构造等同于从 $\mathbb{F}_2^n$ 到 $\mathbb{F}_2^m$ 的 PN 函数的存在性与构造.

定理 5.3 [26] 如果 (n,m) 函数 F 是向量 Bent 函数, 那么 $2 \mid n$, 并且 $m \leqslant n/2$.

证明 $2 \mid n$ 是显然的. 下面证明 $m \leqslant n/2$. 注意到对任意 $b \in \mathbb{F}_2^m$, 均有

$$|F^{-1}(b)| = \frac{1}{2^m} \sum_{x \in \mathbb{F}_2^n} \sum_{v \in \mathbb{F}_2^m} (-1)^{v \cdot (F(x)+b)},$$

这里 $F^{-1}(b) = \{x \mid x \in \mathbb{F}_2^n, F(x) = b\}$.

如果 (n,m) 函数 F 是 Bent 函数, 那么对任意 $v \in \mathbb{F}_2^m, v \neq 0$, 布尔函数 $v \cdot F(x)$ 均为 Bent 函数, 于是

$$\sum_{x \in \mathbb{F}_2^n} (-1)^{v \cdot F(x)} = 2^{n/2} (-1)^{\widetilde{v \cdot F}(0)}.$$

这里 $\widetilde{v \cdot F}$ 表示 Bent 函数 $v \cdot F(x)$ 的对偶函数. 从而

$$|F^{-1}(b)| = \frac{1}{2^m} \sum_{v \in \mathbb{F}_2^m} (-1)^{v \cdot b} \sum_{x \in \mathbb{F}_2^n} (-1)^{v \cdot F(x)}$$
$$= 2^{n-m} + 2^{n/2-m} \sum_{v \in (\mathbb{F}_2^m)^*} (-1)^{\widetilde{v \cdot F}(0) + v \cdot b}.$$

注意到

$$\sum_{v \in (\mathbb{F}_2^m)^*} (-1)^{\widetilde{v \cdot F}(0) + v \cdot b}$$

是奇数个 1 或者 -1 的和, 故它一定为奇数, 所以 $2^{n/2-m}$ 必须为整数, 从而 $m \leqslant n/2$. $\square$

由上述定理知, 当 $m > \dfrac{n}{2}$ 时, (n,m)Bent 函数是不存在的.

例 5.1 设 n 为正偶数, $m \leqslant \dfrac{n}{2}$, $\varphi_1, \varphi_2, \cdots, \varphi_m$ 为从 $\mathbb{F}_2^{\frac{n}{2}}$ 到 $\mathbb{F}_2^{\frac{n}{2}}$ 的映射且满足对任意 $0 \neq v \in \mathbb{F}_2^m$, $\displaystyle\sum_{i=1}^{m} v_i \varphi_i$ 均为 $\mathbb{F}_2^{\frac{n}{2}}$ 上的置换, 构造如下向量值函数:

$$F(x, y) = (f_1(x, y), f_2(x, y), \cdots, f_m(x, y)),$$

其中 $f_i(x, y) = x \cdot \varphi_i(y) + h_i(y)$, $x, y \in \mathbb{F}_2^{\frac{n}{2}}$, $h_i(y)$ 为 m 元布尔函数, $1 \leqslant i \leqslant m$, 则 $F(x, y)$ 为 (n, m)Bent 函数.

证明 注意到对任意 $0 \neq v \in \mathbb{F}_2^m$,

$$\sum_{i=1}^{m} v_i f_i(x, y) = x \cdot \left(\sum_{i=1}^{m} v_i \varphi_i(y) \right) + \sum_{i=1}^{m} v_i h_i(y)$$

为 Maiorana-McFarland 型 Bent 函数, 即知 $F(x, y)$ 为 (n, m)Bent 函数. □

当 n 为正偶数时, 满足例 5.1 中条件的映射 $\varphi_1, \varphi_2, \cdots, \varphi_{\frac{n}{2}}$ 是存在的, 如设 $1, \alpha, \alpha^2, \cdots, \alpha^{\frac{n}{2}-1}$ 为 $\mathbb{F}_{2^{\frac{n}{2}}}$ 上的一组基, τ 为 $\mathbb{F}_2^{\frac{n}{2}}$ 到 $\mathbb{F}_{2^{\frac{n}{2}}}$ 上的线性同构映射, 令

$$\varphi_i(x) = \tau^{-1}(\alpha^{i-1} \cdot \tau(x)), \quad 1 \leqslant i \leqslant \frac{n}{2},$$

则容易验证对任意 $0 \neq v \in \mathbb{F}_2^{\frac{n}{2}}$, $\displaystyle\sum_{i=1}^{\frac{n}{2}} v_i \varphi_i$ 为 $\mathbb{F}_2^{\frac{n}{2}}$ 上的置换. 因此, 上面的例子表明当 $m \leqslant \dfrac{n}{2}$ 时, 向量 (n, m)Bent 函数是存在的.

在密码设计与分析中, 密码算法所使用的密码组件通常是从 $\mathbb{F}_2^n$ 到 $\mathbb{F}_2^n$ 的函数, 即要求 $n = m$. 1994 年, 人们给出了向量值函数非线性度的一个新的上界, 该上界通常称为 Sidelnikov-Chabaud-Vaudenay 界[9, 29].

定理 5.4 [9, 29] 设 n, m 是两个正整数, $n \leqslant m + 1$, F 是任意的 (n, m) 函数, 那么

$$NL(F) \leqslant 2^{n-1} - \frac{1}{2} \sqrt{3 \times 2^n - 2 - 2 \frac{(2^n - 1)(2^{n-1} - 1)}{2^m - 1}}.$$

证明 由于函数 F 的非线性度为

$$NL(F) = \min_{v \in (\mathbb{F}_2^m)^*} NL(v \cdot F(x)) = 2^{n-1} - \frac{1}{2} \max_{v \in (\mathbb{F}_2^m)^*, u \in \mathbb{F}_2^n} \Big| \sum_{x \in \mathbb{F}_2^n} (-1)^{v \cdot F(x) + u \cdot x} \Big|,$$

故只需考虑 $\displaystyle\max_{v \in (\mathbb{F}_2^m)^*, u \in \mathbb{F}_2^n} \Big| \sum_{x \in \mathbb{F}_2^n} (-1)^{v \cdot F(x) + u \cdot x} \Big|$ 的下界. 由于

$$\max_{v\in(\mathbb{F}_2^m)^*,u\in\mathbb{F}_2^n}\left(\sum_{x\in\mathbb{F}_2^n}(-1)^{v\cdot F(x)+u\cdot x}\right)^2 \geqslant \frac{\sum\limits_{v\in(\mathbb{F}_2^m)^*,u\in\mathbb{F}_2^n}\left(\sum\limits_{x\in\mathbb{F}_2^n}(-1)^{v\cdot F(x)+u\cdot x}\right)^4}{\sum\limits_{v\in(\mathbb{F}_2^m)^*,u\in\mathbb{F}_2^n}\left(\sum\limits_{x\in\mathbb{F}_2^n}(-1)^{v\cdot F(x)+u\cdot x}\right)^2}, \quad (5.1)$$

一方面, 根据 Parseval 恒等式, 对任意的 $v\in\mathbb{F}_2^m$, 均有

$$\sum_{u\in\mathbb{F}_2^n}\left(\sum_{x\in\mathbb{F}_2^n}(-1)^{v\cdot F(x)+u\cdot x}\right)^2 = 2^{2n}.$$

另一方面,

$$\sum_{u\in\mathbb{F}_2^n,v\in\mathbb{F}_2^m}\left(\sum_{x\in\mathbb{F}_2^n}(-1)^{v\cdot F(x)+u\cdot x}\right)^4$$

$$= \sum_{x,y,z,t\in\mathbb{F}_2^n}\left[\sum_{v\in\mathbb{F}_2^m}(-1)^{v\cdot(F(x)+F(y)+F(z)+F(t))}\right]\left[\sum_{u\in\mathbb{F}_2^n}(-1)^{u\cdot(x+y+z+t)}\right]$$

$$=2^{n+m}\,|\,\{(x,y,z,t)\in\mathbb{F}_2^{4n}|x+y+z+t=0,\ F(x)+F(y)+F(z)+F(t)=0\}\,|$$

$$2^{n+m}\,|\,\{(x,y,z)\subset\mathbb{F}_2^{3n}|F(x)+F(y)+F(z)+F(x+y+z)=0\}\,|$$

$$\geqslant 2^{n+m}\,|\,\{(x,y,z)\in\mathbb{F}_2^{3n}\,|\,x=y\text{或}x=z\text{或}y=z\}\,|. \quad (5.2)$$

计算易知, $|\,\{(x,y,z)\in\mathbb{F}_2^{3n}\,|\,x=y\text{或}x=z\text{或}y=z\}\,|=3\cdot 2^{2n}-2\cdot 2^n$. 因此,

$$\max_{v\in(\mathbb{F}_2^n)^*,u\in\mathbb{F}_2^n}\left(\sum_{x\in\mathbb{F}_2^n}(-1)^{v\cdot F(x)+u\cdot x}\right)^2$$

$$\geqslant \frac{2^{n+m}(3\cdot 2^{2n}-2\cdot 2^n)-2^{4n}}{(2^m-1)2^{2n}}$$

$$=3\times 2^n-2-2\frac{(2^n-1)(2^{n-1}-1)}{2^m-1}. \quad (5.3)$$

当 $n\leqslant m+1$ 时,

$$3\times 2^n-2-2\frac{(2^n-1)(2^{n-1}-1)}{2^m-1}>0.$$

将式 (5.3) 两边同时开平方, 得

$$\max_{v\in(\mathbb{F}_2^n)^*,u\in\mathbb{F}_2^n}\left|\sum_{x\in\mathbb{F}_2^n}(-1)^{v\cdot F(x)+u\cdot x}\right| \geqslant \sqrt{3\times 2^n-2-2\frac{(2^n-1)(2^{n-1}-1)}{2^m-1}}.$$

于是

$$NL(F) \leqslant 2^{n-1} - \frac{1}{2}\sqrt{3 \times 2^n - 2 - 2\frac{(2^n-1)(2^{n-1}-1)}{2^m-1}}. \qquad \Box$$

值得注意的是, 当 $n > m+1$ 时,

$$3 \times 2^n - 2 - 2\frac{(2^n-1)(2^{n-1}-1)}{2^m-1}$$

$$\leqslant 3 \times 2^n - 2 - 2\frac{(2^n-1)(2^{m+1}-1)}{2^m-1}$$

$$< 3 \times 2^n - 2 - 2 \times 2 \times (2^n-1) = -2^n + 2 < 0.$$

这时不能得到 Sidelnikov-Chabaud-Vaudenay 界.

定义 5.3 [9] 设 F 是一个 (n,m) 函数, $n \leqslant m+1$, 若它的非线性度 $NL(F)$ 达到 Sidelnikov-Chabaud-Vaudenay 界, 那么就称 F 为几乎 Bent(Almost Bent) 函数, 简称为 AB 函数.

当 $1 \leqslant n < m$ 时, 由于

$$\frac{1}{2} + \frac{(2^n-1)(2^{n-1}-1)}{2(2^m-1)}$$

一定不是整数, 从而 AB 函数存在的必要条件是 $n = m$ 或者 $n = m+1$.

当 $n = m+1$ 时, Sidelnikov-Chabaud-Vaudenay 界为

$$2^{n-1} - \frac{1}{2}\sqrt{3 \times 2^n - 2 - 2\frac{(2^n-1)(2^{n-1}-1)}{2^m-1}}$$

$$= 2^{n-1} - \frac{1}{2}\sqrt{3 \times 2^n - 2 - 2\frac{(2^n-1)(2^{n-1}-1)}{2^{n-1}-1}}$$

$$= 2^{n-1} - 2^{\frac{n}{2}-1}.$$

这表明此时 Sidelnikov-Chabaud-Vaudenay 界与覆盖半径界是一致的, 从而 AB 函数与向量 Bent 函数是一致的. 由于向量 Bent 函数存在的必要条件是 n 为偶数并且 $n \geqslant 2m$, 故当 $n = m+1$ 时, 几乎 Bent 函数仅当 $n = 2, m = 1$ 时才可能存在. 注意到 $f(x_1, x_2) = x_1 x_2$ 是从 $\mathbb{F}_2^2$ 到 $\mathbb{F}_2$ 的完全非线性函数, 从而它也是 $(2,1)$Bent 函数和几乎 Bent 函数.

当 $n = m$ 时, Sidelnikov-Chabaud-Vaudenay 界为

$$2^{n-1} - \frac{1}{2}\sqrt{3 \times 2^n - 2 - 2\frac{(2^n-1)(2^{n-1}-1)}{2^m-1}}$$

$$= 2^{n-1} - \frac{1}{2}\sqrt{3 \times 2^n - 2 - 2\frac{(2^n-1)(2^{n-1}-1)}{2^n-1}}$$

$$= 2^{n-1} - 2^{\frac{n-1}{2}}.$$

根据上面的讨论, 得到如下定理:

定理 5.5 设 F 是一个 (n, m) 函数, $(n, m) \neq (2, 1)$, 如果 F 为几乎 Bent 函数, 那么 $n = m$ 并且 n 为奇数.

上面的定理指出, AB 函数只能是从 $\mathbb{F}_2^n$ 或者 $\mathbb{F}_{2^n}$ 到自身的函数, 这里 n 为奇数.

当 $n = m$ 并且 n 为奇数时, 函数 F 为 AB 函数当且仅当式 (5.1) 和式 (5.2) 中的等号同时成立. 若式 (5.2) 中的等号成立, 即

$$|\{(x, y, z) \in \mathbb{F}_2^{3n} \mid F(x) + F(y) + F(z) + F(x + y + z) = 0\}|$$

$$= |\{(x, y, z) \in \mathbb{F}_2^{3n} \mid x = y \text{或} x = z \text{或} y = z\}|,$$

则令 $a = x + z$, 那么方程 $F(x) + F(x + a) = F(y) + F(y + a)$ 成立当且仅当 $a = 0$ 或 $x = y$ 或 $x = y + a$, 这表明对任意 $a, b \in \mathbb{F}_{2^n}, a \neq 0$, 方程 $F(x + a) + F(x) = b$ 在 $\mathbb{F}_2^n$ 中最多有两个不同的解, 从而

定理 5.6[9] 设 n 为奇数, $F(x)$ 是 $\mathbb{F}_2^n$ 上的函数. 如果 $F(x)$ 是 AB 函数, 那么 $F(x)$ 一定是 APN 函数.

定理 5.6 表明 AB 函数是 APN 函数的一个子类. 一般情况下, 定理 5.6 的逆命题不成立, 即 AB 函数一定是 APN 函数, 但 APN 函数未必是几乎 Bent 函数. 事实上, 第 3 章所给出的 $\mathbb{F}_{2^n}(n$ 为奇数) 上的 APN 函数中, 有的函数的 Walsh 谱是五值的, 从而它们一定不是 AB 函数, 这是因为这些函数不可能使式 (5.1) 中的等号成立. 1998 年, Carlet 等运用纠错编码的方法, 证明了下面的结论.

定理 5.7[10] 设 n 为奇数, $F(x)$ 是 $\mathbb{F}_{2^n}$ 上的函数. 如果 $F(x)$ 是二次函数, 那么 $F(x)$ 是 APN 函数当且仅当 $F(x)$ 是几乎 Bent 函数.

5.2 几乎 Bent 函数的 Walsh 谱和代数次数

上一节给出了 AB 函数的定义, 并指出 AB 函数可以作为 APN 函数的一个子类. 本节进一步分析 AB 函数的 Walsh 谱和代数次数等密码学性质.

设 F 是 $\mathbb{F}_2^n$ 上的任意函数, Parseval 恒等式

$$\sum_{u, v \in \mathbb{F}_2^n} \left(\sum_{x \in \mathbb{F}_2^n} (-1)^{v \cdot F(x) + u \cdot x} \right)^2 = 2^{2n}$$

给出了函数 F 的 Walsh 谱的平方之和的取值. 当 F 是 APN 函数时, 下面两个定理给出了其 Walsh 谱的 3 次方和 4 次方之和的取值.

定理 5.8 设 F 是 $\mathbb{F}_2^n$ 上的任意函数, 则 F 是 APN 函数当且仅当

$$\sum_{u, v \in \mathbb{F}_2^n} \left(\sum_{x \in \mathbb{F}_2^n} (-1)^{v \cdot F(x) + u \cdot x} \right)^4 = 3 \cdot 2^{4n} - 2 \cdot 2^{3n}. \tag{5.4}$$

证明 式 (5.4) 成立意味着式 (5.2) 中等号成立, 即

$$| \{(x,y,z) \in \mathbb{F}_2^{3n} \mid F(x) + F(y) + F(z) + F(x+y+z) = 0\} |$$
$$=| \{(x,y,z) \in \mathbb{F}_2^{3n} \mid x = y \text{或} x = z \text{或} y = z\} |,$$

从而 F 是 APN 函数. 注意到式 (5.2) 中推导的每一步都是可逆的, 故命题成立. □

上述定理刻画了 APN 函数的 Walsh 谱的 4 次方之和的取值, 几乎 Bent 函数作为一类特殊的 APN 函数, 其 Walsh 谱同样满足等式 (5.4).

定理 5.9 设 F 是 $\mathbb{F}_2^n$ 上的 APN 函数, $F(0) = 0$, 则

$$\sum_{u,v \in \mathbb{F}_2^n} \left(\sum_{x \in \mathbb{F}_2^n} (-1)^{v \cdot F(x) + u \cdot x} \right)^3 = 3 \cdot 2^{3n} - 2 \cdot 2^{2n}. \tag{5.5}$$

证明 类似于 Walsh 谱的 4 次方之和的计算, 对于 $\mathbb{F}_2^n$ 上的任意函数 F, 其 Walsh 谱的 3 次方之和满足

$$\sum_{u,v \in \mathbb{F}_2^n} \left(\sum_{x \in \mathbb{F}_2^n} (-1)^{v \cdot F(x) + u \cdot x} \right)^3 = 2^{2n} |\{(x,y) \in \mathbb{F}_2^{2n} \mid F(x) + F(y) + F(x+y) = 0\}|.$$

注意到对于每个 APN 函数 F, 方程 $F(x) + F(y) + F(z) + F(x+y+z) = 0$ 成立当且仅当 $x = y$ 或 $x = z$ 或 $y = z$. 所以当 $F(0) = 0$ 时, 令 $z = 0$, 就可以得到

$$\sum_{u,v \in \mathbb{F}_2^n} \left(\sum_{x \in \mathbb{F}_2^n} (-1)^{v \cdot F(x) + u \cdot x} \right)^3 = 3 \cdot 2^{3n} - 2 \cdot 2^{2n}. \qquad □$$

上述命题的逆并不成立, 即式 (5.5) 成立并不能推出 F 为 APN 函数. 下面的定理刻画了 AB 函数的 Walsh 谱特征.

定理 5.10 设 n 为奇数, F 是 $\mathbb{F}_2^n$ 上的任意一个函数, 则 F 是 AB 函数当且仅当 F 的 Walsh 谱只取 0 和 $\pm 2^{\frac{n+1}{2}}$ 三个值.

证明 若 F 是 $\mathbb{F}_2^n$ 上的 AB 函数, 则式 (5.1) 中等号成立, 于是对任意 $v \in (\mathbb{F}_2^m)^*, u \in \mathbb{F}_2^n, \left(\sum_{x \in \mathbb{F}_2^n} (-1)^{v \cdot F(x) + u \cdot x} \right)^2$ 或者取值为 0, 或者取值为某个常数. 再由 $NL(F) = 2^{n-1} - 2^{\frac{n-1}{2}}$ 可知, $\max_{v \neq 0} | W_{v \cdot F}(a) | = 2^{\frac{n+1}{2}}$, 于是 F 的 Walsh 谱值只能取 0 和 $\pm 2^{\frac{n+1}{2}}$ 三个值.

反过来, 如果 F 的 Walsh 谱值只能取 0 和 $\pm 2^{\frac{n+1}{2}}$ 三个值, 则 $NL(F) = 2^{n-1} - 2^{\frac{n-1}{2}}$, 即 Sidelnikov-Chaband-Vandenay 界成立, 从而 F 是 AB 函数. □

值得注意的是, 定理 5.10 在有些文献中是作为几乎 Bent 函数的定义的. 事实上, 在证明一个函数是否是几乎 Bent 函数时, 人们通常是证明该函数具有三值 Walsh 谱特征: 0 和 $\pm 2^{\frac{n+1}{2}}$.

由定理 5.10 和扩展 Walsh 谱在 CCZ 变换下的不变性可知, AB 函数具有 CCZ 变换下的不变性, 从而也具有仿射变换、求逆等变换下的不变性, 即若 F 为 AB 函数, 对 F 作用这些变换后得到的新函数仍是 AB 函数.

在第 4 章证明了 n 元 Bent 函数的代数次数不超过 $\dfrac{n}{2}$. 1998 年, Carlet 等证明了 $\mathbb{F}_{2^n}$ 上的 AB 函数的代数次数也有类似的上界, 即代数次数不超过 $\dfrac{n+1}{2}$, 下面给出这一结果的证明.

设 E 是 $\mathbb{F}_2^n$ 的子空间, 记 1_E 为 E 的特征函数, 即

$$1_E(u) = \begin{cases} 1, & u \in E; \\ 0, & u \notin E. \end{cases}$$

那么 $\hat{1}_E = |E| 1_{E^\perp}$, 其中 $E^\perp = \{x \in \mathbb{F}_2^n \mid \forall y \in E, x \cdot y = 0\}$, 这里 $\hat{1}_E$ 表示特征函数的离散 Fourier 变换, 即

$$\hat{1}_E(x) = \sum_{u \in \mathbb{F}_2^n} 1_E(x)(-1)^{u \cdot x} = \sum_{u \in E} (-1)^{u \cdot x}.$$

命题 5.1 设 $\varphi: \mathbb{F}_2^n \mapsto \mathbb{C}$ 是一个复值函数, E 是 $\mathbb{F}_2^n$ 的线性子空间, 那么

$$\sum_{u \in E} \hat{\varphi}(u) = |E| \sum_{x \in E^\perp} \varphi(x),$$

其中 $\hat{\varphi}$ 表示函数 φ 的离散 Fourier 变换.

证明

$$\sum_{u \in E} \hat{\varphi}(u) - \sum_{u \in E} \sum_{x \in \mathbb{F}_2^n} \varphi(x)(-1)^{u \cdot x}$$
$$= \sum_{x \in \mathbb{F}_2^n} \varphi(x) \hat{1}_E(x)$$
$$= |E| \sum_{x \in E^\perp} \varphi(x). \qquad \square$$

命题 5.2 设 f 是一个 n 元布尔函数, $1 \leqslant k \leqslant n$. 如果 f 的 Walsh 谱值均可被 2^k 整除, 那么 f 的代数次数至多取 $n - k + 1$.

证明 若 f 的代数次数为 $d > n - k + 1$, 不妨设 $x_1 x_2 \cdots x_d$ 是 f 的代数正规型中次数为 d 的项. 注意到 f 的 Walsh 谱 W_f 即为 $f_\chi(x) = (-1)^{f(x)}$ 的离散 Fourier

变换, 由命题 5.1, 有

$$\sum_{u \in E} W_f(u) = 2^{n-d} \sum_{x \in E^{\perp}} f_{\chi}(x), \tag{5.6}$$

其中,

$$E = \{u \in \mathbb{F}_2^n \mid u_1 = u_2 = \cdots = u_d = 0\},$$

$$E^{\perp} = \{u \in \mathbb{F}_2^n \mid u_{d+1} = u_{d+2} = \cdots = u_n = 0\}.$$

当 $f(x)$ 限制在 $E^{\perp}$ 上, $f(x)$ 可以表示为

$$f(x)\mid_{E^{\perp}} = f(x_1, x_2, \cdots, x_d, 0, \cdots, 0),$$

$f(x)\mid_{E^{\perp}}$ 为 d 元 d 次多项式, 故 $f(x)\mid_{E^{\perp}}$ 的重量一定是奇数.

进一步, 设 $N = w_H(f(x)\mid_{E^{\perp}})$, $M = 2^d - N$, 那么,

$$\sum_{x \in E^{\perp}} f_{\chi}(x) = \sum_{x \in E^{\perp}} (-1)^{f(x)} = M - N = 2^d - 2N.$$

所以 $4 \nmid \sum_{x \in E^{\perp}} f_{\chi}(x)$, 于是由式 (5.6), $2^{n-d+2} \nmid \sum_{x \in E} W_f(x)$, 从而 $2^k \nmid \sum_{x \in E} W_f(x)$, 与已知条件矛盾. $\square$

根据上面两个命题, 容易得到几乎 Bent 函数代数次数的上界:

定理 5.11 设 F 是一个 (n, n) 函数, n 为奇数, 如果 F 是几乎 Bent 函数, 那么 F 的代数次数不超过 $(n+1)/2$.

证明 对任意 (n, n) 函数 F 来说, 其代数次数等于其全部分量函数的代数次数的最大值. 如果 F 是几乎 Bent 函数, 那么其 Walsh 谱只取 0 和 $\pm 2^{\frac{n+1}{2}}$ 三个值, 从而其分量函数的 Walsh 谱值可以被 $2^{\frac{n+1}{2}}$ 整除, 于是由命题 5.2, F 的代数次数不超过 $n - \dfrac{n+1}{2} + 1 = \dfrac{n+1}{2}$. $\square$

5.3　几乎 Bent 函数的等价刻画

AB 函数和 APN 函数除了从非线性度和差分均匀度的方面进行刻画外, 还可以从其他角度对它们进行等价描述, 特别是从纠错编码的角度.

定理 5.12 [10] 设 F 是一个 (n, n) 函数, 对任意 $a, b \in \mathbb{F}_2^n$, $\gamma_F(a, b)$ 是按如下方式定义的 $2n$ 元布尔函数, 即 $\gamma_F(a, b) = 1$ 当且仅当 $a \neq 0$, 并且 $F(x+a) + F(x) = b$ 在 $\mathbb{F}_2^n$ 中有解. 那么,

(1) F 是 APN 函数当且仅当布尔函数 γ_F 的重量为 $2^{2n-1} - 2^{n-1}$;

(2) F 是 AB 函数当且仅当布尔函数 γ_F 是 Bent 函数;

(3) F 是 APN 函数当且仅当对任意非零向量 a, 函数 $b \mapsto \gamma_F(a,b)$ 是平衡的;

(4) 若 F 是 APN 置换, 则对任意非零向量 b, 函数 $a \mapsto \gamma_F(a,b)$ 是平衡的.

证明 (1) 若 F 是 $\mathbb{F}_2^n$ 上的 APN 函数, 则对每一个 $a \neq 0$, 映射 $x \mapsto F(x+a) + F(x)$ 是 2-1 的, 因此 γ_F 的重量是 $2^{2n-1} - 2^{n-1}$. 反过来, 注意到任意 $a, b \in \mathbb{F}_{2^n}, a \neq 0$, 方程 $F(x+a) - F(x) = b$ 要么没有解, 要么解是成对出现的. 因此, 当 γ_F 的重量为 $2^{2n-1} - 2^{n-1}$ 时, 只要 $a \neq 0$, 方程 $F(x+a) + F(x) = b$ 的解至多只有两个, 故 F 是 APN 函数.

(2) 设 F 是 AB 函数, 则 F 是 APN 函数, 于是 γ_F 在 $(u,v) \in \mathbb{F}_{2^n} \times \mathbb{F}_{2^n}$ 处的 Walsh 变换为

$$\sum_{a,b \in \mathbb{F}_2^n} (-1)^{\gamma_F(a,b) + u \cdot a + v \cdot b}$$

$$= \sum_{a,b \in \mathbb{F}_2^n} (-1)^{u \cdot a + v \cdot b} - 2 \sum_{a,b \in \mathbb{F}_2^n} \gamma_F(a,b)(-1)^{u \cdot a + v \cdot b}$$

$$= 2^{2n} \delta_\theta(u,v) - \sum_{a,x \in \mathbb{F}_2^n, a \neq 0} (-1)^{u \cdot a + v \cdot (F(x) + F(x+a))}$$

$$= 2^{2n} \delta_0(u,v) - \left(\sum_{x \in \mathbb{F}_2^n} (-1)^{v \cdot F(x) + u \cdot x} \right)^2 + 2^n, \tag{5.7}$$

其中

$$\delta_0(u,v) = \begin{cases} 1, & u = v = 0; \\ 0, & \text{否则}. \end{cases}$$

于是, 由 F 是 AB 函数知, 上式取值为 $\pm 2^n$, 即 γ_F 为 Bent 函数.

设 γ_F 为 Bent 函数, 则 $wt(\gamma_F) = 2^{2n-1} \pm 2^{n-1}$, 又由于 $wt(\gamma_F) < 2^{2n-1}$, 故 $wt(\gamma_F) = 2^{2n-1} - 2^{n-1}$. 由 (1) 知 F 是 APN 函数. 于是, 由式 (5.7) 和 γ_F 为 Bent 函数知 F 的 Walsh 谱仅取值 $0, \pm 2^{\frac{n+1}{2}}$, 从而 F 是 AB 函数.

(3) 由 APN 函数的定义直接可证.

(4) 若 F 为 APN 置换, 则 F^{-1} 也是 APN 函数, 对 F^{-1} 应用 (3) 的结论, 知 (4) 成立. $\qquad\square$

定义 5.4 [22] 设 C 是一个长为 n 的二元线性码, 对每个 i $(0 \leqslant i \leqslant n)$, 用 η_i 表示 C 的对偶码 $C^\perp$ 中 Hamming 重量为 i 的码字的个数, 即

$$\eta_i = \#\{c \in C^\perp \mid wt(c) = i\}.$$

集合 $\Omega = \{j : \eta_j \neq 0, 1 \leqslant j \leqslant n\}$ 称为线性码 C 的特征集 (Characteristic Set).

定理 5.13 [10] 设 F 是任意的 (n, n) 函数, 并满足 $F(0) = 0$. 令

$$H_F = \begin{pmatrix} 1 & \alpha & \alpha^2 & \cdots & \alpha^{2^n-2} \\ F(1) & F(\alpha) & F(\alpha^2) & \cdots & F(\alpha^{2^n-2}) \end{pmatrix},$$

其中 α 是 $\mathbb{F}_{2^n}$ 的本原元, $\alpha^i, F(\alpha^i)$ 在矩阵 H_F 中被视为向量空间 $\mathbb{F}_2^n$ 中的列向量. 设 C_F 是以 H_F 为校验矩阵的 $[2^n - 1, k, d]$ 线性码, 那么,

(1) $3 \leqslant d \leqslant 5$;

(2) F 是 APN 函数当且仅当 $d = 5$;

(3) F 是 AB 函数当且仅当 C_F 的特征集为 $\Omega = \{2^{n-1}, 2^{n-1} \pm 2^{\frac{n-1}{2}}\}$.

证明　(1) 由于矩阵 H_F 中的任意两列都是不同的, 所以 $d \geqslant 3$. 另一方面, 由于 H_F 有 $2n$ 行, 所以线性码 C_F 的维数 $k \geqslant 2^n - 1 - 2n$. 注意到一个 $[n, k, d]$ 线性码通过缩减方式可以得到一个 $[n-1, k, d-1]$ 的线性码, 所以 $[2^n - 1, k, 6]$ 的线性码存在意味着一个 $[2^n - 2, k, 5]$ 线性码存在, 并且 $k \geqslant 2^n - 1 - 2n$, 然而根据文献 [4], 这样的线性码是不存在的, 所以 $d \leqslant 5$, 从而结论成立.

(2) 设 $c = (c_0, \cdots, c_{2^n-2}) \in \mathbb{F}_2^{2^n-1}$, 则 $c \in C_F$ 当且仅当它满足

$$\begin{cases} \sum\limits_{i=0}^{2^n-2} c_i \alpha^i = 0, \\ \sum\limits_{i=0}^{2^n-2} c_i F(\alpha^i) = 0, \end{cases}$$

因此, C_F 的极小权重不超过 4 当且仅当存在 4 个不同的元素 $x, y, x', y' \in \mathbb{F}_{2^n}$, 使得

$$\begin{cases} x + y + x' + y' = 0, \\ F(x) + F(y) + F(x') + F(y') = 0. \end{cases} \tag{5.8}$$

另一方面, F 是 APN 函数当且仅当对任意 $a, b \in \mathbb{F}_{2^n}, a \neq 0$, 方程组

$$\begin{cases} x + y = a, \\ F(x) + F(y) = b \end{cases}$$

最多有两个不同的解. 式 (5.8) 意味着存在两组不同的 (x, y) 和 (x', y') 满足该方程组, 所以 F 是 APN 函数当且仅当 $d \geqslant 5$. 又由 (1) 可知, $d \leqslant 5$, 所以命题得证.

(3) 对任意 $a, b \in \mathbb{F}_{2^n}$, 令 $f(x) = \text{tr}(bF(x) + ax)$, 这里 $\text{tr}(\cdot)$ 表示从 $\mathbb{F}_{2^n}$ 到 $\mathbb{F}_2$ 的迹函数. 注意到对任意给定的 $a \in \mathbb{F}_{2^n}$, $\text{tr}(ax)$ 为从 $\mathbb{F}_{2^n}$ 到 $\mathbb{F}_2$ 的线性函数, 于是向量 $(f(1), f(\alpha), f(\alpha^2), \cdots, f(\alpha^{2^n-2}))$ 为矩阵 H_F 中行向量的线性组合, 故

$$(f(1), f(\alpha), f(\alpha^2), \cdots, f(\alpha^{2^n-2})) \in C_F^\perp.$$

根据 Walsh 谱与向量的重量之间的关系, F 是几乎 Bent 函数当且仅当 F 的 Walsh 谱值为 0 和 $\pm 2^{\frac{n+1}{2}}$, 当且仅当向量 $(f(1), f(\alpha), f(\alpha^2), \cdots, f(\alpha^{2^n-2}))$ 的重量为 2^{n-1} 和 $2^{n-1} \pm 2^{\frac{n-1}{2}}$, 即 C_F 的特征集为 $\Omega = \{2^{n-1}, 2^{n-1} \pm 2^{\frac{n-1}{2}}\}$. □

定义 5.5 设 F 是一个 (n, m) 函数, F 称为高原函数(Plateaued Function), 是指对任意非零的 $v \in \mathbb{F}_2^m$, 函数 $v \cdot F$ 是高原的, 即存在正整数 λ_v, 使得 Walsh 变换的取值属于集合 $\{0, \pm\lambda_v\}$, 这时称 λ_v 为 $v \cdot F$ 的梯度.

根据定理 5.4 中的式 (5.2), 可以证明:

定理 5.14 设 n 为奇数, F 为 $\mathbb{F}_2^n$ 上的任意函数, 则 F 是几乎 Bent 函数当且仅当 F 是 APN 函数, 并且对任意 $v \neq 0$, 布尔函数 $v \cdot F$ 都是具有相同梯度的高原函数.

事实上, 上述结果的条件还可以进一步弱化.

定理 5.15[8] 设 n 为奇数, F 是 $\mathbb{F}_2^n$ 上的 APN 函数, 那么 F 是几乎 Bent 函数当且仅当 F 所有的 Walsh 谱值可以被 $2^{\frac{n+1}{2}}$ 整除.

证明 必要性是显然的. 下证充分性.

由于对任意 $v \in \mathbb{F}_2^n$, $\sum_{x \in \mathbb{F}_2^n} (-1)^{v \cdot F(x) + u \cdot x}$ 都可以被 $2^{\frac{n+1}{2}}$ 整除, 记

$$\left(\sum_{x \in \mathbb{F}_2^n} (-1)^{v \cdot F(x) + u \cdot x} \right)^2 = 2^{n+1} \lambda_{u,v},$$

这里 $\lambda_{u,v}$ 是整数.

根据定理 5.4 中的式 (5.2), F 是 APN 函数, 当且仅当

$$\sum_{u \in \mathbb{F}_2^n, v \in \mathbb{F}_2^n} \left(\sum_{x \in \mathbb{F}_2^n} (-1)^{v \cdot F(x) + u \cdot x} \right)^4 = 3 \cdot 2^{4n} - 2 \cdot 2^{3n}.$$

由 Parseval 恒等式, 上式等价于

$$\sum_{u \in \mathbb{F}_2^n, v \in (\mathbb{F}_2^n)^*} \left(\sum_{x \in \mathbb{F}_2^n} (-1)^{v \cdot F(x) + u \cdot x} \right)^2 \left(\left(\sum_{x \in \mathbb{F}_2^n} (-1)^{v \cdot F(x) + u \cdot x} \right)^2 - 2^{n+1} \right) = 0.$$

于是

$$\sum_{u \in \mathbb{F}_2^n, v \in (\mathbb{F}_2^n)^*} (\lambda_{u,v}^2 - \lambda_{u,v}) = 0.$$

又由于所有的整数 $\lambda_{u,v}^2 - \lambda_{u,v}$ 都是非负的, 故对任意 $v \in (\mathbb{F}_2^n)^*$, $u \in \mathbb{F}_2^n$, $\lambda_{u,v}^2 = \lambda_{u,v}$, 即 $\lambda_{u,v} \in \{0, 1\}$, 从而 F 的 Walsh 谱值为 0 和 $\pm 2^{\frac{n+1}{2}}$, 故 F 为 AB 函数. □

5.4　几乎 Bent 函数的构造

构造几乎 Bent 函数是一件非常困难的事情. 几乎 Bent 函数的概念是 1994 年由 Chabaud 和 Vaudenay 给出的, 但几乎 Bent 函数的三值 Walsh 谱特征则早已引起人们的关注, 这是因为具有三值 Walsh 谱特征的幂函数与 m 序列的互相关具有十分密切的关系. 长期以来, 人们都在寻找 $\mathbb{F}_{2^n}$ 上 Walsh 谱值为 0 和 $\pm 2^{\frac{n+1}{2}}$ 的幂函数, 即具有三值谱特征 0 和 $\pm 2^{\frac{n+1}{2}}$ 的幂函数, 这样的函数就是后来的几乎 Bent 函数. Gold 函数和 Kasami 函数是最早被发现的两类几乎 Bent 函数, Gold 函数的三值 Walsh 谱特征是 1968 年由 Gold 提出并证明的, Kasami 函数的三值 Walsh 谱特征是 1970 年由 Kasami 提出并证明的; 1972 年, Welch 和 Niho 分别猜测 Welch 函数和 Niho 函数具有三值 Walsh 谱特征. 这两个猜想直到近 30 年才得到证明. 2000 年, Canteaut 等和 Hollman 等分别独立证明了 Welch 猜测. 2001 年, Hollman 和 Xiang 等证明了 Niho 猜测. 到现在为止, 还没有发现新的幂函数型的几乎 Bent 函数, 德国学者 Dobbertin 猜测幂函数型的几乎 Bent 函数只有上面的四类函数. 2005 年以后, 发现了一些多项式型的几乎 Bent 函数, 并证明了这些几乎 Bent 函数与四类幂函数是不等价的. 本节给出所有已知的几乎 Bent 函数, 并证明部分函数的几乎 Bent 性.

5.4.1　幂函数型的几乎 Bent 函数

由定理 5.6 可知, 幂函数型的 AB 函数一定也是 APN 函数, 于是它们一定包含在第 3 章 APN 幂函数的列表中. 表 5.1 给出了 $\mathbb{F}_{2^n}$(n 为奇数) 上所有幂函数型的几乎 Bent 函数.

表 5.1　$\mathbb{F}_{2^n}$ 上已知的 AB 幂函数, 其中 n 为奇数

名称	指数	条件	备注
Gold 函数	$2^i + 1$	$(i, n) = 1,$ $1 \leqslant i \leqslant \dfrac{n-1}{2}$	Gold 于 1968 年证明[18]
Kasami 函数	$2^{2i} - 2^i + 1$	$(i, n) = 1,$ $1 \leqslant i \leqslant \dfrac{n-1}{2}$	Kasami 于 1971 年证明[23]
Welch 函数	$2^t + 3$	$n = 2t + 1$	Welch 于 1972 年给出猜想[25], 2000 年被 Canteaut 等和 Hollman 等分别独立证明[8, 21]
Niho 函数	$2^t + 2^{\frac{t}{2}} - 1, t$ 偶; $2^t + 2^{\frac{3t+1}{2}} - 1, t$ 奇	$n = 2t + 1$	Niho 于 1972 年给出猜想[25], Hollman 和 Xiang 于 2001 年证明[21]

为方便起见, 称表 5.1 中幂函数的指数分别为 Gold 指数、Kasami 指数、Welch 指数和 Niho 指数. 这些指数都是与 $2^n - 1$ 互素的, 这表明表 5.1 中四类幂函数都是 $\mathbb{F}_{2^n}$ 上的置换.

为说明上述四类幂函数的几乎 Bent 性, 只需要计算如下形式的 Walsh 谱:

$$W_f(\lambda) = \sum_{x \in \mathbb{F}_{2^n}} \chi(\text{tr}(\lambda x) + \text{tr}(x^d)),$$

其中 $\chi(u) = (-1)^u$, d 为相应的幂指数.

一旦可以得到这些幂函数的 Walsh 谱, 就能判定它们的几乎 Bent 性. 下面给出 Gold 函数和 Kasami 函数的几乎 Bent 性的证明, Welch 函数和 Niho 函数的几乎 Bent 性的证明较为复杂, 请参见文献 [8, 21].

定理 5.16[18] 设 n 为奇数, $d = 2^i + 1$, 并且 $(i, n) = 1$. 定义 $f(x) = \text{tr}(x^d)$, 那么对任意 $\lambda \in \mathbb{F}_{2^n}$, $W_f(\lambda) = 0$ 当且仅当 $\text{tr}(\lambda) = 0$; $W_f(\lambda) = \pm 2^{\frac{n+1}{2}}$ 当且仅当 $\text{tr}(\lambda) = 1$.

证明 将 $W_f(\lambda) = \sum_{x \in \mathbb{F}_{2^n}} \chi(\text{tr}(\lambda x) + \text{tr}(x^d))$ 两边平方得

$$W_f^2(\lambda) = \sum_{x, \omega \in \mathbb{F}_{2^n}} \chi(\text{tr}(\lambda x) + \text{tr}(\lambda(x + \omega)) + \text{tr}(x^d) + \text{tr}((x + \omega)^d)).$$

由于 $d = 2^i + 1$, 由迹函数的性质, $\text{tr}(\omega x^{2^i}) = \text{tr}(\omega^{2^{-i}} \omega)$, 令 $h(\omega) = \text{tr}(\lambda \omega) + \text{tr}(\omega^d)$, 则

$$\begin{aligned} W_f^2(\lambda) &= \sum_{x, \omega \in \mathbb{F}_{2^n}} \chi(\text{tr}(\lambda \omega) + \text{tr}(\omega^d) + \text{tr}(x^{2^i} \omega + x \omega^{2^i})) \\ &= \sum_{\omega \in \mathbb{F}_{2^n}} \chi(h(\omega)) \sum_{x \in \mathbb{F}_{2^n}} \chi(\text{tr}((\omega^{2^{-i}} + \omega^{2^i})x)) \\ &= 2^n \sum_{\omega \in L} \chi(h(\omega)), \end{aligned}$$

其中 $L = \{\omega \in \mathbb{F}_{2^n} \mid \omega^{2^{-i}} + \omega^{2^i} = 0\}$. 由于 $(2i, n) = (i, n) = 1$, 则

$$\omega^{2^{-i}} + \omega^{2^i} = 0 \Longrightarrow \omega^{2^{2i}} = \omega \Longrightarrow \omega \in \mathbb{F}_{2^{2i}} \bigcap \mathbb{F}_{2^n} = \mathbb{F}_2 \Longrightarrow L = \mathbb{F}_2.$$

注意到 $h(0) = 0$, $h(1) = \text{tr}(\lambda) + 1 \in \mathbb{F}_2$, 因此,

$$W_f^2(\lambda) = 2^n \sum_{\omega \in \mathbb{F}_2} \chi(h(\omega)) = 2^n(1 + \chi(\text{tr}(\lambda) + 1)).$$

上式表明

$$W_f(\lambda) = 0 \Longleftrightarrow \text{tr}(\lambda) = 0,$$

$$W_f(\lambda) = \pm 2^{(n+1)/2} \Longleftrightarrow \mathrm{tr}(\lambda) = 1. \qquad \square$$

上述定理指出 Gold 函数的 Walsh 谱只取 0 和 $\pm 2^{\frac{n+1}{2}}$ 三个值, 从而它是 AB 函数. 进一步, Nyberg 在文献 [28] 中还证明了 Gold 函数 x^{2^i+1} 的逆函数 x^d 的幂指数为 $d = \sum\limits_{j=0}^{\frac{n-1}{2}} 2^{2ij}$, 从而 x^d 的代数次数为 $\dfrac{n+1}{2}$. 当 AB 函数是置换函数时, 其逆函数仍是 AB 函数, 故 Gold 函数的逆函数达到了定理 5.11 中所提到的 AB 函数代数次数的最大值.

接下来, 给出 Kasami 函数的几乎 Bent 性的证明. 该类函数的几乎 Bent 性, 准确地说是 Walsh 谱的三值谱特征, 最早是由 Welch 于 1969 年证明的, 但是他的结果并没有发表. Kasami 在 1971 年发表的论文, 讨论了 2 阶二元 Reed-Muller 码的一些重量计数问题[23], 其中就包含了 $\mathrm{tr}(x^{2^{2i}-2^i+1})$ 的 Walsh 谱值恰为 0 和 $\pm 2^{(n+s)/2}$ 的结果, 这里 n 为奇数, $s = (i, n)$. 下面用 Dobbertin 的方法[16], 即平方 Walsh 谱的方法, 来证明 Kasami 函数的几乎 Bent 性.

定理 5.17[16, 23]　设奇数 $n = 2m+1$, $(i, n) = 1$, 那么函数 $f(x) = \mathrm{tr}(x^{2^{2i}-2^i+1})$ 的 Walsh 谱恰包含 0, $\pm 2^{m+1}$ 三个值.

证明　令 $d = 2^{2i} - 2^i + 1$, 由于 $(2^i \pm 1, 2^n - 1) = 1$, 则 $x^{2^i \pm 1}$ 是置换函数. 由 Walsh 变换的定义,

$$W_f(a) = \sum_{x \in \mathbb{F}_{2^n}} \chi(f(x) + \mathrm{tr}(ax)) = \sum_{x \in \mathbb{F}_{2^n}} \chi(\mathrm{tr}(x^d + ax)),$$

其中 $\chi(u) = (-1)^u$, $u \in \mathbb{F}_2$. 用 x^{2^i+1} 替代上式中的 x, 得到

$$W_f(a) = \sum_{x \in \mathbb{F}_{2^n}} \chi(\mathrm{tr}(ax^{2^i+1} + x^{2^{3i}+1})).$$

于是只需证明 $W_f^2(a) = 0, 2^{n+1}$. 将 $W_f^2(a)$ 展开

$$
\begin{aligned}
W_f^2(a) &= \sum_{x,y \in \mathbb{F}_{2^n}} \chi(\mathrm{tr}(ax^{2^i+1} + x^{2^{3i}+1} + ay^{2^i+1} + y^{2^{3i}+1})) \\
&= \sum_{x,y \in \mathbb{F}_{2^n}} \chi(\mathrm{tr}(a(x+y)^{2^i+1} + (x+y)^{2^{3i}+1} + ay^{2^i+1} + y^{2^{3i}+1})) \\
&= \sum_{x,y \in \mathbb{F}_{2^n}} \chi(\mathrm{tr}(ax^{2^i+1} + ax^{2^i}y + axy^{2^i} + x^{2^{3i}+1} + x^{2^{3i}}y + xy^{2^{3i}})) \\
&= \sum_{x \in \mathbb{F}_{2^n}} \chi(\mathrm{tr}(ax^{2^i+1} + x^{2^{3i}+1})) \left(\sum_{y \in \mathbb{F}_{2^n}} \chi(\mathrm{tr}(l_a(x)y)) \right),
\end{aligned}
$$

其中 l_a 表示如下的线性化多项式

$$l_a(x) = ax^{2^i} + a^{2^{-i}}x^{2^{-i}} + x^{2^{3i}} + x^{2^{-3i}}, \quad x \in \mathbb{F}_{2^n}.$$

注意到

$$\sum_{y \in \mathbb{F}_{2^n}} \chi(\mathrm{tr}(l_a(x)y)) = \begin{cases} 0, & l_a(x) \neq 0; \\ 2^n, & l_a(x) = 0. \end{cases}$$

于是

$$W_f^2(a) = \left(\sum_{u \in U_a} \chi(\mathrm{tr}(au^{2^i+1} + u^{2^{3i}+1})) \right) 2^n,$$

其中 U_a 表示线性映射 l_a 的核, 即

$$U_a = \{u \in \mathbb{F}_{2^n} : l_a(u) = 0\}.$$

通过直接验证易知映射

$$\varphi_a(x) = \mathrm{tr}(ax^{2^i+1} + x^{2^{3i}+1}), \quad x \in \mathbb{F}_{2^n}$$

在 U_a 上是线性的. 进一步, 如果 $\dim U_a > 1$, 那么 φ_a 在 U_a 上的限制一定不是零映射. 事实上, 定义映射

$$\psi_a(x) = ax^{2^i+1} + x^{2^{3i}+1} + (x^{2^{3i}+1})^{2^{-i}} + (x^{2^{3i}+1})^{2^{-2i}}, \quad x \in \mathbb{F}_{2^n}.$$

则

$$x \cdot l_a(x) = \psi_a(x) + \psi_a(x)^{2^{-i}},$$

并且

$$x \in U_a \text{ 当且仅当 } \psi_a(x) \in \{0, 1\}.$$

因此, 对任意 $u \in U_a$, 均有 $\psi_a(u) = \mathrm{tr}(\psi_a(u))$. 进一步, 由于 n 为奇数, 故 $\mathrm{tr}(1) = 1$, 于是对任意 $u \in U_a$, 有 $\psi_a(u) = \varphi_a(u)$.

下面假设 $\dim U_a > 1$, 即 $|U_a| > 2$. 需要证明存在某个 $w \in U_a$, 使得 $\varphi_a(w) = 1$.

设 u 和 v 为 U_a 中的两个不同的元素, 并且 $\varphi_a(u) = \varphi_a(v) = 0$, 下面证明

$$w = \left((u+v)^{2^i+1} + u^{2^i+1} + v^{2^i+1} \right)^{(2^i+1)^{-1}} = \left(u^{2^i}v + uv^{2^i} \right)^{(2^i+1)^{-1}}$$

满足 $\varphi_a(w) = 1$.

为证明这一点, 首先定义如下的函数:

$$\Delta_j = \Delta_j(x, y) = xy^{2^{ij}} + x^{2^{ij}}y, \quad x, y \in \mathbb{F}_{2^n}, \quad j = 1, 2, 3.$$

通过计算, 可以验证下列两个等式成立:

$$(x+y)(y\psi_u(x) + x\psi_a(y)) + xy\psi_a(x+y) = \Delta_2\Delta_1^{2^{-i}} + \Delta_2^{2^{-2i}}\Delta_1, \qquad (5.9)$$

$$\Delta_1^{2^i}(\Delta_3 + \Delta_1^d) = \Delta_2^{2^i+1}. \qquad (5.10)$$

由式 (5.9) 以及假设 $\psi_a(u) = \psi_a(v) = \psi_a(u+v) = 0$ 可以推出

$$\Delta_2\Delta_1^{2^{-i}} + \Delta_2^{2^{-2i}}\Delta_1 = 0,$$

即 $\Delta_2^{2^{2i}-1} = \Delta_1^{2^{2i}-2^i}$, 因此, $\Delta_2^{2^i+1} = \Delta_1^{2^i}$, 进而由式 (5.10), 有

$$\Delta_3 + \Delta_1^d = \Delta_2^{2^i+1}/\Delta_1^{2^i} = 1. \qquad (5.11)$$

由 $\psi_a(u) + \psi_a(v) + \psi_a(u+v) = 0$ 可得

$$a\Delta_1 + \Delta_3 + \Delta_3^{2^{-i}} + \Delta_3^{2^{-2i}} = 0.$$

根据式 (5.11), 可用 $\Delta_1^d + 1$ 替换 Δ_3, 得到

$$a\Delta_1 + \Delta_1^d + (\Delta_1^d)^{2^{-i}} + (\Delta_1^d)^{2^{-2i}} = 1.$$

即对 $w = \Delta_1^{(2^i+1)^{-1}}$, 有 $\varphi_a(w) = \psi_a(w) = 1$.

由于 φ 限制在 U_a 上是线性映射, 故只有当 φ 在 U_a 上的限制是零映射时, 才有 $W_f^2(a) \neq 0$. 另一方面, 只有当 $|U_a| \leqslant 2$ 时, 才有 φ 在 U_a 上的限制是零映射. 而 $|U_a| = 1$ 是不可能的, 因为 n 为奇数, 2^n 不能开根号. 于是只可能是 $|U_a| = 2$, 从而 $W_f^2(a) = 2^{n+1}$. □

5.4.2   多项式型的几乎 Bent 函数

2005 年以前, 很多人猜想除了表 5.1 中的四类幂函数型的 AB 函数及其等价函数之外, 不存在新的 AB 函数. 这个猜想后来被证明不成立, 因为人们发现了一些新的与幂函数不等价的 AB 函数. 其次, 人们还猜想 AB 函数都等价于置换函数, 这一猜想目前已经得到部分解决, 已经发现了与置换函数 EA 不等价的 AB 函数, 但还没有找到与置换函数 CCZ 不等价的 AB 函数.

通过对 Gold 函数 $F(x) = x^{2^i+1}$ 作用适当的 CCZ 变换, Budaghyan, Carlet 和 Pott 首先得到了两类多项式型的 AB 函数[5], 并证明了对某些奇数 n, 它们与幂函数型的 AB 函数是 EA 不等价的, 这两类函数是:

(1) 第一类多项式型的 AB 函数[5]:

$$F_1(x) = x^{2^i+1} + (x^{2^i} + x)\mathrm{tr}(x^{2^i+1} + x),$$

其中 n 是大于 3 的奇数,$(n,i)=1$.

(2) 第二类多项式型的 AB 函数[5]:

$$
\begin{aligned}
F_2(x) =& x^{2^i+1} + \text{tr}_m^n(x^{2^i+1}) + x^{2^i}\text{tr}_m^n(x) + x\text{tr}_m^n(x)^{2^i} \\
&+ [\text{tr}_m^n(x)^{2^i+1} + \text{tr}_m^n(x^{2^i+1}) + \text{tr}_m^n(x)]^{\frac{1}{2^i+1}}(x^{2^i} + \text{tr}_m^n(x)^{2^i} + 1) \\
&+ [\text{tr}_m^n(x)^{2^i+1} + \text{tr}_m^n(x^{2^i+1}) + \text{tr}_m^n(x)]^{\frac{2^i}{2^i+1}}(x + \text{tr}_m^n(x)),
\end{aligned}
$$

其中 n 为奇数, $m|n, n\neq m, (n,i)=1$, $\text{tr}_m^n(\cdot)$ 表示 $\mathbb{F}_{2^n}$ 到 $\mathbb{F}_{2^m}$ 的迹函数.

Budaghyan, Carlet 和 Pott 在文献 [5] 中已经证明第一类多项式型的 AB 函数与任意置换是 EA 不等价的, 但第二类多项式型的 AB 函数是否与置换 EA 等价, 目前仍不清楚. 另外, 上述两类 AB 函数都不能由幂函数型的 AB 函数通过 EA 变换和逆变换得到. 在构造出与幂函数 EA 不等价的 AB 函数之后, 人们开始致力于寻找与幂函数 CCZ 不等价的 AB 函数. 根据第 3 章中关于多项式 APN 函数的结论, 多项式 APN 函数列表中的 1 号、5 号和 6 号函数, 在 n 为奇数时, 都是 $\mathbb{F}_{2^n}$ 上与幂函数 CCZ 不等价的 AB 函数. 因为这三类多项式型的 APN 函数的代数次数都是 2 次的, 根据定理 5.7, 它们也是 AB 函数. 下面列出这些与幂函数 CCZ 不等价的多项式型的 AB 函数:

(3) 第三类多项式型的 AB 函数[6]:

$$\Psi_1(x) = x^{2^u+1} + wx^{2^{ih}+2^{uh}\bmod n},$$

其中 $n=3k,(k,3)=(s,3k)=1,k\geqslant 4,i=sk \bmod 3,u=3-i,\text{ord}(w)=2^{2k}+2^k+1$.
其中 n 是大于 3 的奇数,$(n,i)=1$.

(4) 第四类多项式型的 AB 函数[2]:

$$\Psi_5(x) = u^{2^k}x^{2^{-k}+2^{k+s}} + ux^{2^s+1} + vx^{2^{-k}+1} + wu^{2^k+1}x^{2^{k+s}+2^s},$$

其中奇数 $n=3k,3|(k+s),(s,3k)=(3,k)=1,v\neq w^{-1}\in\mathbb{F}_{2^k}$, 并且 u 是 $\mathbb{F}_{2^n}$ 中的本原元.

(5) 第五类多项式型的 AB 函数[7]:

$$\Psi_6(x) = x^3 + \text{tr}(x^9),$$

其中奇数 $n\geqslant 7,m>2p$, 并且对于最小可能的 $p>1$, 满足 $p\neq 3,(p,n)=1$.

参 考 文 献

[1] Bassalygo L A, Zaitsev G V, Zinoviev V A. Uniformly packed codes[J]. Problems of Information Transmission, 1974, 10(1): 9-14.

[2] Bracken C, Byrne E, Markin N, Mcguire G. New families of quadratic almost perfect nonlinear trinomials and multinomials[J]. Finite Fields and Their Applications, 2008, 14(3): 703-714.

[3] Browning K, Dillon J F, Kilber R E, Mcquistan M. APN polynomials and related codes[J]. To Appear in a Special Volume of Journal of Combinatorics, Informaiton and System Sciences, honoring the 75-th birthday of Prof. Ray-Chaudhuri D K, 2008.

[4] Brouwer A, Tolhuizen L. A sharpening of the johnson bound for binary linear codes[J]. Designs, Codes and Cryptography, 1993, 3(1):95-98.

[5] Budaghyan L, Carlet C, Pott A. New classes of almost Bent and almost perfect nonlinear polynomials[C]. WCC 2005, Bergen, 2005: 306-315.

[6] Budaghyan L, Carlet C, Felke P, Leander G. An infinite class of quadratic APN functions which are not equivalent to power mappings[C]. Proceedings of the IEEE International Symposium on Information Theory 2006, Seattle, USA, 2006.

[7] Budaghyan L, Carlet C, Felke P, Leander G. Construction new APN functions from known ones[J]. Finite Fields and Their Applications, 2009, 15(2):150-159.

[8] Canteaut A, Charpin P, Dobbertin H. Binary m-sequences with three-valued crosscorrelation: a proof of Welch's conjecture[J]. IEEE Transcation Information Theory, 2000, 46(1): 4-8.

[9] Chabaud F, Vaudenay S. Links between differential and linear crytanalysis[C]. EUROCRYPT 94, LNCS 950. Springer-Verlag, 1995: 356-365.

[10] Carlet C, Charpin P, Zinoviev V. Codes, Bent functions and permutations suitable for DES-like cryptosystems[J]. Designs, Codes and Cryptography, 1998, 15(2): 125-156.

[11] Carlet C, Ding C. Highly nonlinear mappings[J]. Special Issue "Complexity Issues in Coding and Cryptography". Journal of Complexity, 2004, 20(2-3): 205-244.

[12] Van Dam E R, Fon-Der-Flaass D. Codes, graphs, and schemes from nonlinear functions[J]. European Journal of Combniatoric, 2003, 24(1): 85-98.

[13] Dembowski P, Ostrom T G. Planes of order n with collineation groups of order n^2[J]. Math.Z., 1968, 193: 239-258.

[14] Dillon J F. Multiplicative difference sets via additive characters[J]. Designs, Codes and Cryptograpy, 1999, 17(1-3): 225-235.

[15] Dillon J F, Dobbertin H. New cyclic difference sets with singer parameters[J]. Finite Fields and Their Applications, 2004, 10(3): 342-389.

[16] Dobbertin H. Another proof of Kasami's theorem[J]. Designs, Codes and Cryptography, 1999, 17(1-3): 177-180.

[17] Edel Y, Kyureghuan G, Pott A. A new APN function which is not equivalent to a power mapping[J]. IEEE Transcation Information Theory, 2006, 52(2): 744-747.

[18] Gold R. Maximal recursive sequences with 3-valued recursive cross-correlation functions[J]. IEEE Transcation Information Theory, 1968, 14(1): 154-156.

[19] Helleseth T. Some results about the cross-correlation function between two maximal linear sequences[J]. Discrete Mathematics, 1976, 16(3): 209-232.

[20] Hollman H, Xiang Q. On binary cyclic codes with few weights[C]. Jungnickel D, Niederreiter H eds.. The Proceedings of the Fifth Conference on Finite Fields and Their Applications. Augsburg, Germany: Springer, 1999: 251-275.

[21] Hollmann H, Xiang Q. A proof of the Welch and Niho conjectures on crosscorrelations of binary m-sequences[J]. Finite Fields and Their Applications, 2001, 7(2): 253-286.

[22] Huffman W C, Pless V. Fundamentals of error-correcting codes[M]. Cambridge University Press, 2003.

[23] Kasami T. The weight enumberators for several classes of subcodes of the second order binary Reed-Muller codes[J]. Information and Control, 1971, 18(4): 369-394.

[24] Matsui M. Linear cryptanalysis method for DES cipher[C]. EUROCRYPT 93, LNCS 765. Springer-Verlag, 1994: 386-397.

[25] Niho Y. Multi-valued cross-correlation functions between two maimal linear recursive sequences[D]. PhD dissertation, Dept. Elec. Eng. Univ. Southern Calif., Los Angeles, USCEE Rep. 409, 1972.

[26] Nyberg K. Perfect non-linear S-boxes[C]. EUROCRYPT 91, LNCS 547. Springer-Verlag, 1992: 378-386.

[27] Nyberg K. On the construciton of highly nonlinear permutations[C]. EUROCRYPT 92, LNCS 658. Springer-Verlag, 1993: 92-98.

[28] Nyberg K. Differentially uniform mappings for cryptography[C]. EUROCRYPT 93, LNCS 765. Springer-Verlag, 1994: 55-64.

[29] Sidelnikov V M. On the mutual correlation of sequences[J]. Soviet Math, Dokl, 1971, 12: 197-201.

第6章 弹 性 函 数

6.1 弹性函数的定义与性质

日本学者 Siegenthaler 在 1985 年对非线性组合流密码系统提出了一种称为"分别征服"(Divide-and-conquer) 的攻击方法[42], 即后来所称的相关攻击. 相关攻击的基本思想是考察密钥流序列和原驱动序列之间的相关性, 两者相关性越强, 就越容易实施攻击[42]. 为了抵抗相关攻击, 非线性组合流密码系统中的非线性函数应当具有一定的相关免疫性. 为此, Siegenthaler 给出如下相关免疫函数的定义:

定义 6.1[27, 41] 设 $f(x_1, x_2, \cdots, x_n)$ 是一个 n 元布尔函数, 其中 $x_1, x_2, \cdots, x_n$ 是 $\mathbb{F}_2$ 上均匀分布的独立随机变量, 如果 f 与 $x_1, x_2, \cdots, x_n$ 中任意的 m 个变元 $x_{i_1}, \cdots, x_{i_m}$ 统计独立, 即对任意的 $(a_1, a_2, \cdots, a_m) \in \mathbb{F}_2^m$ 及 $a \in \mathbb{F}_2$, 均有

$$p(f = a \mid x_{i_1} = a_1, x_{i_2} = a_2, \cdots, x_{i_m} = a_m) = p(f = a),$$

称 f 是 m 阶相关免疫函数.

当 $m = 1$ 时, 称 $f(x)$ 是 1 阶相关免疫函数, 简称相关免疫函数; 当 $m \geqslant 2$ 时, 称 $f(x)$ 是高阶相关免疫函数. 根据定义 6.1, 若 $f(x)$ 是 m 阶相关免疫函数, 则对任意的正整数 $l, 1 \leqslant l \leqslant m, f(x)$ 是 l 阶相关免疫函数. 易知 n 元布尔函数 $f(x)$ 是 n 阶相关免疫函数当且仅当它是常值函数, 即 $f(x_1, x_2, \cdots, x_n) = c$.

定理 6.1[17] 设 $f(x) = f(x_1, x_2, \cdots, x_n)$ 为 n 元布尔函数, 其中 $x_1, x_2, \cdots, x_n$ 是 $\mathbb{F}_2$ 上均匀分布的独立随机变量, 则下列三个条件等价:

(1) $f(x)$ 是 m 阶相关免疫函数;

(2) 对任意的 $w \in \mathbb{F}_2^n, 1 \leqslant wt(w) \leqslant m, f(x)$ 与 $w \cdot x$ 统计独立;

(3) 对任意的 $w \in \mathbb{F}_2^n, 1 \leqslant wt(w) \leqslant m, f(x) + w \cdot x$ 是平衡函数.

证明 (1) $\Rightarrow$ (2) 由于 $f(x)$ 是 m 阶相关免疫函数, 则 $f(x)$ 与任意 m 个变元 $x_{i_1}, x_{i_2}, \cdots, x_{i_m} (1 \leqslant i_1 < i_2 < \cdots < i_m \leqslant n)$ 统计独立, 于是对任意的 $w \in \mathbb{F}_2^n, 1 \leqslant wt(w) \leqslant m, f(x)$ 与 $w \cdot x$ 统计独立.

(2) $\Rightarrow$ (3) 对任意的 $w \in \mathbb{F}_2^n, 1 \leqslant wt(w) \leqslant m$ 及 $a \in \mathbb{F}_2$, 由于 $f(x)$ 与 $w \cdot x$ 统计独立, 则

$$p(f(x) + w \cdot x = a) = \sum_{i \in \mathbb{F}_2} p(f(x) = i, w \cdot x = a - i)$$

$$= \sum_{i \in \mathbb{F}_2} p(f(x) = i) p(w \cdot x = a - i) \quad.$$

$$= \frac{1}{2} \sum_{i \in \mathbb{F}_2} p(f(x) = i) = \frac{1}{2}.$$

于是

$$wt(f(x) + w \cdot x) = |\{x \in \mathbb{F}_2^n \mid f(x) + w \cdot x = 1\}| = 2^n \times \frac{1}{2} = 2^{n-1},$$

故 $f(x) + w \cdot x$ 是平衡函数.

$(3) \Rightarrow (1)$ 对任意的 $w \in \mathbb{F}_2^n, 1 \leqslant wt(w) \leqslant m$, 不妨设 $w = (0, \cdots, w_{i_1}, \cdots, w_{i_m}, \cdots, 0)$, 及任意的 $a, a_1, a_2, \cdots, a_m \in \mathbb{F}_2$, 令

$$A = (a, a_1, a_2, \cdots, a_m), \quad F(x) = (f(x), x_{i_1}, x_{i_2}, \cdots, x_{i_m}),$$

$$N_A = |\{x \in \mathbb{F}_2^n \mid F(x) = A\}|, \quad N_a = |\{x \in \mathbb{F}_2^n \mid f(x) = a\}|.$$

由于

$$\sum_{x \in \mathbb{F}_2^n} \sum_{y \in \mathbb{F}_2^{m+1}} (-1)^{A \cdot y + F(x) \cdot y} = \sum_{y \in \mathbb{F}_2^{m+1}} (-1)^{A \cdot y} \sum_{x \in \mathbb{F}_2^n} (-1)^{F(x) \cdot y}$$

$$= 2^n + \sum_{0 \neq y \in \mathbb{F}_2^{m+1}} (-1)^{A \cdot y} \sum_{x \in \mathbb{F}_2^n} (-1)^{F(x) \cdot y},$$

利用假设条件知, 当 $y \neq (0, 0, \cdots, 0), (1, 0, \cdots, 0)$ 时,

$$\sum_{x \in \mathbb{F}_2^n} (-1)^{F(x) \cdot y} = 0.$$

所以

$$\sum_{x \in \mathbb{F}_2^n} \sum_{y \in \mathbb{F}_2^{m+1}} (-1)^{A \cdot y + F(x) \cdot y} = 2^n + (-1)^a \sum_{x \in \mathbb{F}_2^n} (-1)^{f(x)}$$

$$= 2^n + \sum_{x \in \mathbb{F}_2^n} (-1)^{f(x) + a} = 2 N_a.$$

又

$$\sum_{x \in \mathbb{F}_2^n} \sum_{y \in \mathbb{F}_2^{m+1}} (-1)^{A \cdot y + F(x) \cdot y} = \sum_{x \in \mathbb{F}_2^n} \sum_{y \in \mathbb{F}_2^{m+1}} (-1)^{(A + F(x)) \cdot y}$$

$$= N_A \times 2^{m+1},$$

故由上述两式可得 $N_A \times 2^m = N_a$, 即

$$p\left(f=a|x_{i_1}=a_1, x_{i_2}=a_2, \cdots, x_{i_m}=a_m\right)=p(f=a).$$

由 A 的任意性, $f(x)$ 与变元 $x_{i_1}, x_{i_2}, \cdots, x_{i_m}$ 统计独立. 再由 $x_{i_1}, x_{i_2}, \cdots, x_{i_m}$ 的任意性, $f(x)$ 是 m 阶相关免疫函数. □

定理 6.2[50] 设 $f(x)=f(x_1, x_2, \cdots, x_n)$ 为 n 元布尔函数, 其中 $x_1, x_2, \cdots, x_n$ 是 $\mathbb{F}_2$ 上均匀分布的独立随机变量. 则 $f(x)$ 是 m 阶相关免疫函数当且仅当对任意的 $a \in \mathbb{F}_2^n, 1 \leqslant wt(a) \leqslant m$, 均有 $W_f(a)=0$.

证明 由定理 6.1, $f(x)$ 与变元 $x_{i_1}, x_{i_2}, \cdots, x_{i_m}$ 统计独立, 当且仅当对任意的 $a=(0, \cdots, a_{i_1}, \cdots, a_{i_m}, \cdots, 0) \in \mathbb{F}_2^n, 1 \leqslant wt(a) \leqslant m$, $f(x)+a \cdot x$ 是平衡函数, 而 $f(x)+a \cdot x$ 是平衡函数当且仅当 $W_{f+a \cdot x}(0)=W_f(a)=0$. □

定理 6.2 通常称为 Xiao-Massey 定理, 该定理刻画了 m 阶相关免疫函数的谱特征. 由于密码系统中所使用的布尔函数通常需要满足平衡性条件, 后来给出了如下弹性函数的定义:

定义 6.2 设 $f(x)=f(x_1, x_2, \cdots, x_n)$ 是一个 n 元布尔函数, 若 $f(x)$ 既是 m 阶相关免疫函数又是平衡函数, 则称 $f(x)$ 是 m 阶弹性函数.

注意到布尔函数 $f(x)$ 是平衡函数当且仅当 $W_f(0)=0$, 于是

定理 6.3 布尔函数 $f(x)$ 是 m 阶弹性函数当且仅当对任意 $a \in \mathbb{F}_2^n, 0 \leqslant wt(a) \leqslant m$, 均有 $W_f(a)=0$.

弹性函数既具有相关免疫性, 又具有平衡性. 弹性函数的其他密码学性质如何呢? 这是人们关注的一个重要问题. 通过深入细致的研究, 人们发现弹性函数的阶与代数次数和非线性度之间具有相互制约的关系. 首先给出相关免疫阶或者弹性阶与代数次数的相互关系:

定理 6.4[41] 给定一个 n 元布尔函数 $f(x)=f(x_1, x_2, \cdots, x_n)$, 若 $f(x)$ 是 $m(1 \leqslant m < n-1)$ 阶弹性函数, 则 $\deg f \leqslant n-m-1$; 若 f 是 $m(1 \leqslant m \leqslant n-1)$ 阶相关免疫函数, 则 $\deg f \leqslant n-m$.

证明 设 $1 \leqslant m < n-1$, $f(x)$ 是 m 阶弹性函数, I 为 $N=\{1, 2, \cdots, n\}$ 的任一满足 $|I| \geqslant n-m$ 的子集, 下证 $f(x)$ 的代数正规型中系数 $a_I=0$. 为此令

$$E=\{x \in \mathbb{F}_2^n \mid x_i=0, \forall i \notin I\}=\{x \in \mathbb{F}_2^n \mid \mathrm{supp}(x) \subseteq I\},$$

由于 $f(x)$ 是 m 阶弹性函数, 则 $f(x)$ 限制在 E 上应该是平衡函数 (固定了 $n-|I| \leqslant m$ 个变量), 从而 $f(x)$ 限制在 E 上的重量为 $2^{|I|-1}$. 注意到 $|I| \geqslant n-m \geqslant 2$, 于是 $2^{|I|-1}$ 为正偶数. 由代数正规型中系数和 $f(x)$ 取值的关系有

$$a_I=\sum_{x \in \mathbb{F}_2^n, \mathrm{supp}(x) \subseteq I} f(x)=\sum_{x \in E} f(x)=0,$$

故 $\deg f \leqslant n-m-1$.

设 $f(x)$ 是 $m(1 \leqslant m \leqslant n-1)$ 阶相关免疫函数, I 为 $N = \{1, 2, \cdots, n\}$ 的任一满足 $|I| \geqslant n-m+1$ 的子集. 取整数 $t \in I$, 并令

$$E_1 = \{x \in \mathbb{F}_2^n \mid x_i = 0, \forall i \notin I, x_t = 0\} = \{x \in \mathbb{F}_2^n \mid x_t = 0, \mathrm{supp}(x) \subseteq I\},$$

$$E_2 = \{x \in \mathbb{F}_2^n \mid x_i = 0, \forall i \notin I, x_t = 1\} = \{x \in \mathbb{F}_2^n \mid x_t = 1, \mathrm{supp}(x) \subseteq I\},$$

则 $E = E_1 \cup E_2$. 由于 $f(x)$ 是 m 阶相关免疫函数, 则 $f(x)$ 限制在 E_1 和 E_2 上的重量应该相等 (两者都固定了 $n - |I| + 1 \leqslant m$ 个变量), 从而 $f(x)$ 限制在 E 上的重量应该为正偶数, 于是由代数正规型的系数和 $f(x)$ 取值的关系,

$$a_I = \sum_{x \in \mathbb{F}_2^n, \mathrm{supp}(x) \subseteq I} f(x) = \sum_{x \in E} f(x) = 0,$$

故 $\deg f \leqslant n - m$. □

推论 6.1 设 $f(x)$ 是 n 元 $n-1$ 阶弹性函数, 则 $f(x_1, x_2, \cdots, x_n) = x_1 + x_2 + \cdots + x_n + a$, 其中 $a \in \mathbb{F}_2$.

相关免疫函数与弹性函数的 Walsh 谱具有非常特殊的性质——整除性, 为了推导出该性质, 首先引入编码理论中的 McEliece 定理.

引理 6.1 (McEliece 定理) 设 $f(x)$ 是一个 n 元布尔函数, $\deg f = d \geqslant 1$, $wt(f)$ 表示 $f(x)$ 的 Hamming 重量, 则

$$wt(f) \equiv 0 \mod 2^{\lfloor \frac{n-1}{d} \rfloor}.$$

定理 6.5[7] 设 $f(x)$ 是 n 元布尔函数, $\deg f = d \geqslant 1$, 若 $f(x)$ 是 m 阶相关免疫函数, $m \leqslant n-1$, 则

$$W_f(a) \equiv 0 \mod 2^{m+1+\lfloor \frac{n-m-1}{d} \rfloor}, \quad \text{对任意 } a \in \mathbb{F}_2^n;$$

若 $f(x)$ 是 m 阶弹性函数, $m \leqslant n-2$, 则

$$W_f(a) \equiv 0 \mod 2^{m+2+\lfloor \frac{n-m-2}{d} \rfloor}, \quad \text{对任意 } a \in \mathbb{F}_2^n.$$

证明 设 E 是 $\mathbb{F}_2^n$ 的一个线性子空间, 则

$$\sum_{a \in E} W_f(a) = |E| \sum_{x \in E^\perp} (-1)^{f(x)},$$

于是

$$\sum_{a \in E} W_f(a) = |E| W_{f|_{E^\perp}}(0) = |E|(|E^\perp| - 2wt(f|_{E^\perp})) = 2^n - 2|E|wt(f|_{E^\perp}). \quad (6.1)$$

设 $v \in \mathbb{F}_2^n$ 是一个给定的向量, 令

$$E_v = \{x \in \mathbb{F}_2^n \mid \operatorname{supp}(x) \subseteq \operatorname{supp}(v)\},$$

则 $|E_v| = 2^{wt(v)}$, 并且

$$E_v^{\perp} = \{x \in \mathbb{F}_2^n \mid \operatorname{supp}(x) \subseteq \operatorname{supp}(v+1)\}.$$

从而式 (6.1) 可以化为

$$\sum_{a \in E_v} W_f(a) = 2^n - 2^{wt(v)+1} wt(f \mid_{E_v^{\perp}}). \tag{6.2}$$

如果 $f(x)$ 是 m 阶相关免疫函数, 那么当 $1 \leqslant wt(a) \leqslant m$ 时, $W_f(a) = 0$. 取 v 为一个重量为 m 的向量, 并将其重量代入式 (6.2) 得

$$W_f(0) = 2^n - 2^{m+1} wt(f \mid_{E_v^{\perp}}). \tag{6.3}$$

注意到 $f \mid_{E_v^{\perp}}$ 是一个含 $n-m$ 个变量的函数, 设其代数次数为 d_0. 如果 $d_0 = 0$, 那么 $wt(f \mid_{E_v^{\perp}}) = 0$ 或 $wt(f \mid_{E_v^{\perp}}) = 2^{n-m}$, 因此 $W_f(0) = \pm 2^n$, 这说明 $f(x)$ 为常值函数, 与已知矛盾. 所以一定有 $d_0 > 0$, 利用引理 6.1 得

$$wt(f \mid_{E_v^{\perp}}) \equiv 0 \mod 2^{\lfloor (n-m-1)/d_0 \rfloor}.$$

由于 $d_0 \leqslant d$, 故

$$wt(f \mid_{E_v^{\perp}}) \equiv 0 \mod 2^{\lfloor (n-m-1)/d \rfloor},$$

将上式代入式 (6.3) 得

$$W_f(0) \equiv 0 \mod 2^{m+1+\lfloor \frac{n-m-1}{d} \rfloor}.$$

因为当 $1 \leqslant wt(a) \leqslant m$ 时, $W_f(a) = 0$, 所以, 当 $0 \leqslant wt(u) \leqslant m$ 时, 均有

$$W_f(a) \equiv 0 \mod 2^{m+1+\lfloor \frac{n-m-1}{d} \rfloor}.$$

下面用数学归纳法证明对于 $wt(a) > m$ 时结论也成立. 设 $wt(a) = k > m$, 且对一切重量小于 k 的向量 u, 定理结论都成立, 则由式 (6.2) 得

$$W_f(a) = 2^n - 2^{k+1} wt(f \mid_{E_v^{\perp}}) - \sum_{u \prec a} W_f(u), \tag{6.4}$$

其中 $u \prec a$ 表示向量 a 覆盖向量 u, 并且 a 不是 u 的数量倍数. 类似地, 有 $wt(f \mid_{E_a^{\perp}}) \equiv 0 \mod 2^{\lfloor (n-k-1)/d \rfloor}$, 从而

$$2^{k+1} wt(f \mid_{E_a^{\perp}}) \equiv 0 \mod 2^{m+1+\lfloor (n-m-1)/d \rfloor},$$

当 $u \prec a$ 时, $wt(u) < wt(a)$, 由归纳假设知,

$$W_f(u) \equiv 0 \mod 2^{m+1+\lfloor(n-m-1)/d\rfloor},$$

所以由式 (6.4) 知

$$W_f(a) \equiv 0 \mod 2^{m+1+\lfloor(n-m-1)/d\rfloor}.$$

于是结论对 m 阶相关免疫函数成立.

当 $f(x)$ 是 m 阶弹性函数时, 可类似证明结论的正确性. 只需要取 v 为一个重量是 $m+1$ 而不是 m 的向量. □

由定理 6.5, 如果 $f(x)$ 是 m 阶相关免疫函数或者弹性函数, 那么

$$W_f(a) \equiv 0 \mod 2^{m+1} \quad 或者 \quad W_f(a) \equiv 0 \mod 2^{m+2},$$

于是

$$\max_{a \in \mathbb{F}_2^n} |W_f(a)| \geqslant 2^{m+1} \quad 或者 \quad \max_{a \in \mathbb{F}_2^n} |W_f(a)| \geqslant 2^{m+2},$$

再结合 $NL(f) = 2^{n-1} - \frac{1}{2} \max_{a \in \mathbb{F}_2^n} |W_f(a)|$, 得

定理 6.6[39] 给定 n 元布尔函数 $f(x)$, 若 $f(x)$ 是 m 阶相关免疫函数, $m \leqslant n-1$, 则

$$NL(f) \leqslant 2^{n-1} - 2^m;$$

若 $f(x)$ 是 m 阶弹性函数, $m \leqslant n-2$, 则

$$NL(f) \leqslant 2^{n-1} - 2^{m+1}.$$

Sarkar 和 Maitra[39] 于 2000 年首次给出了定理 6.6 的上限, 这个上限被称为 Sarkar 限. Sarkar 限的提出是相关免疫函数和弹性函数函数研究的一个非常重要的结果. 由定理 6.5 不难看出, 若弹性函数 $f(x)$ 达到 Sarkar 限, 则下列性质成立:

(1) 对任意的 $a \in \mathbb{F}_2^n$, $W_f(a) \in \{0, +2^{m+2}\}$;

(2) $f(x)$ 的代数次数为 $d = n - m - 1$, 从而 $f(x)$ 达到 Siegenthaler 限.

这表明达到 Sarkar 限的相关免疫函数或者弹性函数在保持相同的相关免疫阶或者弹性阶的同时, 不仅非线性度达到最优, 而且代数次数也达到了最优, 因此, 在代数免疫度的概念提出之前, 往往称这类布尔函数为 "最优函数". 于是, 构造达到 Sarkar 限的布尔函数成为相关免疫函数或者弹性函数研究的一个重要问题.

由于对任意布尔函数, $NL(f) \leqslant 2^{n-1} - 2^{n/2-1}$, 所以当 $m \leqslant \frac{n}{2}$ 时, Sarkar 限是不可能达到的. Tarannikov 证明了当 $0.6n \leqslant m \leqslant n-2$ 时, 存在非线性度达到 $2^{n-1} - 2^{m+1}$ 的 n 元 m 阶弹性函数, 即此时 Sarkar 限是可以达到的[45, 46]. 利用定

理 6.5 中 Walsh 谱的整除性结果, 以及非线性度的覆盖半径限, 可以得到相关免疫函数和弹性函数非线性度的更为细致的上限. 为方便起见, 只以弹性函数为例给出其非线性度上限的结果.

定理 6.7 设 $f(x)$ 是代数次数为 d 的 n 元 m 阶弹性函数, $m \leqslant n-2$, k 是使得

$$k \cdot 2^{m+1+\lfloor (n-m-2)/d \rfloor} < 2^{n-1} - 2^{n/2-1}$$

成立的最大整数, 则

$$NL(f) \leqslant \begin{cases} 2^{n-1} - 2^{m+1+\lfloor (n-m-2)/d \rfloor}, & \text{当 } m + \lfloor (n-m-2)/d \rfloor > \dfrac{n}{2} - 2 \text{ 时}; \\ k \cdot 2^{m+1+\lfloor (n-m-2)/d \rfloor}, & \text{当 } m + \lfloor (n-m-2)/d \rfloor \leqslant \dfrac{n}{2} - 2 \text{ 时}. \end{cases}$$

若不考虑代数次数, 则有

推论 6.2 设 $f(x)$ 是 n 元 m 阶弹性函数, k 是使得

$$k \cdot 2^{m+1} < 2^{n-1} - 2^{n/2-1}$$

成立的最大整数, 则

$$NL(f) \leqslant \begin{cases} 2^{n-1} - 2^{m+1}, & \text{当 } m > \dfrac{n}{2} - 2 \text{ 时}; \\ k \cdot 2^{m+1}, & \text{当 } m \leqslant \dfrac{n}{2} - 2 \text{ 时}. \end{cases}$$

与达到 Sarkar 限的函数类似, 达到推论 6.2 中非线性度限的函数也必须达到 Sigenthaler 限, 所以它们也是在保持相同弹性阶的同时, 非线性度和代数次数均达到最优的布尔函数.

利用布尔函数的 Walsh 谱以及其与非线性度的关系, 还可以得到关于相关免疫函数和弹性函数非线性度的另外一个限.

推论 6.3 设 f 是 n 元 m 阶相关免疫函数, 则

$$NL(f) \leqslant 2^{n-1} - 2^{m+1} \left\lceil \sqrt{2^{2n-2m-4} \Big/ 2^n - \sum_{i=1}^{m} \binom{n}{i}} \right\rceil; \tag{6.5}$$

设 $f(x)$ 是 n 元 m 阶弹性函数, 则

$$NL(f) \leqslant 2^{n-1} - 2^{m+1} \left\lceil \sqrt{2^{2n-2m-4} \Big/ 2^n - \sum_{i=0}^{m} \binom{n}{i}} \right\rceil. \tag{6.6}$$

证明 下面只证 $f(x)$ 是 m 阶弹性函数的情形, 相关免疫函数情形类似可证.

由定理 6.6, $W_f(a)$ 可以被 2^{m+2} 整除. 设整值函数 $\varphi(a)$ 满足 $W_f(a) = \varphi(a) \times 2^{m+2}$, 则当 $0 \leqslant wt(a) \leqslant m$ 时有 $\varphi(a) = 0$. 利用 Parseval 等式可以得到

$$\sum_{wt(a)>m} \varphi(a)^2 = 2^{2n-2m-4},$$

所以

$$\max_{a \in \mathbb{F}_2^n} |\varphi(a)| \geqslant \sqrt{2^{2n-2m-4} \bigg/ 2^n - \sum_{i=0}^{m} \binom{n}{i}}.$$

于是

$$\max_{a \in \mathbb{F}_2^n} |W_f(a)| \geqslant 2^{m+2} \left\lceil \sqrt{2^{2n-2m-4} \bigg/ 2^n - \sum_{i=0}^{m} \binom{n}{i}} \right\rceil.$$ $\quad\square$

注意到当 $m \leqslant \dfrac{n}{2} - 2$ 且 n 是偶数时, $\left\lceil \sqrt{2^{2n-2m-4} \bigg/ 2^n - \sum_{i=0}^{m} \binom{n}{i}} \right\rceil$ 是不小于 $2^{n/2-m-2}+1$ 的整数, 于是

$$NL(f) \leqslant 2^{n-1} - 2^{m+1} \left\lceil \sqrt{2^{2n-2m-4} \bigg/ 2^n - \sum_{i=0}^{m} \binom{n}{i}} \right\rceil \leqslant 2^{n-1} - 2^{\frac{n}{2}-1} - 2^{m+1},$$

即这个上限优于定理 6.7 的上限.

本节讨论了布尔函数的弹性阶或者相关免疫阶与其代数次数和非线性度之间的相互制约关系. 实际上, 布尔函数的弹性阶或者相关免疫阶跟其他一些密码学指标也存在制约关系. 例如, 如果 n 元 m 阶弹性函数满足 l 次扩散准则, 则 $m+l \leqslant n-1$. 文献 [16, 28, 54] 分别给出了弹性函数与扩散准则和线性结构的之间的关系. 本节结束之前, 再介绍一下相关免疫函数和弹性函数的特征矩阵的性质, 特征矩阵是研究相关免疫函数和弹性函数的一个有力工具, 国内学者在这方面有许多很好的结果[17, 43, 49].

定义 6.3 设 $f(x)$ 是 n 元布尔函数, 将 f 支撑集中的 $wt(f)$ 个向量按字典序从大到小排列, 记第 i 个向量为 $(c_{i1}, c_{i2}, \cdots, c_{in})$, $1 \leqslant i \leqslant wt(f)$, 则称矩阵

$$C_f = \begin{bmatrix} c_{11} & c_{12} & \cdots & c_{1n} \\ c_{21} & c_{22} & \cdots & c_{2n} \\ \vdots & \vdots & & \vdots \\ c_{wt(f)1} & c_{wt(f)2} & \cdots & c_{wt(f)n} \end{bmatrix}$$

为 $f(x)$ 的特征矩阵.

定义 6.4　设 A 是 w 行 n 列的矩阵, 称 A 是一个 $(w, n, 2, m)$ 正交矩阵, 是指 A 的任意 m 列构成的矩阵的行向量中, $\mathbb{F}_2^m$ 中的每个向量都出现且出现的次数相同.

由相关免疫函数、弹性函数和正交矩阵的定义不难得到

定理 6.8　设 $f(x)$ 是 n 元布尔函数, 则

(1) $f(x)$ 是 m 阶相关免疫函数当且仅当 $f(x)$ 的特征矩阵是 $(wt(f), n, 2, m)$ 正交矩阵;

(2) $f(x)$ 是 m 阶弹性函数当且仅当 $f(x)$ 的特征矩阵是 $(2^{n-1}, n, 2, m)$ 正交矩阵.

需要注意的是, 相关免疫阶和弹性阶与代数次数和非线性度等密码学指标不同, 它不是仿射不变量, 这一点可以从下面这个例子得到证实.

例 6.1　设 n 元布尔函数 $f(x_1, x_2, \cdots, x_n) = x_1 + x_2 + \cdots + x_n$, 则 $f(x)$ 是 $n-1$ 阶弹性函数. 取如下的非退化线性变换 L:

$$\begin{cases} L(x_1) = \sum_{i=1}^{n} x_i, \\ L(x_2) = x_2, \\ \cdots\cdots \\ L(x_n) = x_n, \end{cases}$$

则 $f(x)$ 经线性变换后得到的函数 $f(L(x_1, \cdots, x_n)) = x_1$ 不是弹性函数.

6.2　弹性函数的构造

在密码算法的设计与分析中, 所使用的布尔函数需要满足高非线性度、高代数次数和高阶弹性等密码学性质. 然而不同密码学性质之间往往存在一定相互制约关系. 在实际的构造中, 往往要求所构造的布尔函数在满足给定的弹性阶时, 代数次数达到 Siegenthaler 限, 非线性度达到或者接近推论 6.2 中给出的上限.

对于变元个数 n 与弹性阶数 m 满足 $m \geqslant n/2 - 2$ 的情况, 文献 [34, 45] 分别构造了非线性度等于 $2^{n-1} - 2^{m+1}$ 的布尔函数, 即当 $m \geqslant n/2 - 2$ 时, 文献 [34, 45] 所构造的函数的代数次数达到 Siegenthaler 限, 非线性度同时达到推论 6.2 中给出的上限. 对于变元个数 n 与弹性阶数 m 满足 $m < n/2 - 2$ 的情况, 情况就变得更为复杂了. 实际上, 已有构造所给出的弹性函数, 即使代数次数达到 Siegenthaler 限, 其非线性度离推论 6.2 中给出的上限也相差甚远. 因此, 当 $m < n/2 - 2$ 时, 代数次数达到 Siegenthaler 限的弹性函数的研究主要表现在两个方面:

一是构造出非线性度高于已有构造结果的弹性函数, 使得其非线性度尽可能接近推论 6.2 中给出的上限; 二是证明推论 6.2 中的上限不是紧的, 并且给出更好的上限.

与 Bent 函数类似, 弹性函数的构造方法也可以分为直接构造法和间接构造法. 前者的代表性方法有: Maiorana-McFarland 构造法、$\mathcal{PS}$ 构造法等, 后者的代表性方法有: 级联法、直和法、Tarannikov 构造法等. 本节将讨论这些构造方法. 由于达到推论 6.2 中的限的弹性函数在保持相同弹性阶的同时, 非线性度和代数次数均达到最优, 因此特别关注这些 "最优函数" 的构造. 需要指出的是, 本节所给出的构造方法中, 大多数也可以直接用于构造相关免疫函数.

为叙述方便起见, 首先给出如下定义:

定义 6.5 设 $f(x)$ 是一个 n 元布尔函数, 如果 $f(x)$ 是 m 阶弹性函数, 并且其代数次数和非线性度分别为 d 和 l, 则称它为 (n, m, d, l) 函数. 如果其中某个参数未知, 则相应的位置用 $-$ 表示. 例如, 若 n 元布尔函数 $f(x)$ 具有 m 阶弹性, 非线性度为 l, 代数次数未知, 则称 $f(x)$ 为 $(n, m, -, l)$ 函数.

6.2.1 直接构造法

1. Maiorana-McFarland 构造及其改进

用于 Bent 函数构造的 Maiorana-McFarland 方法同样可以用来构造弹性函数.

构造 6.1 给定正整数 $n \geqslant 2$ 以及小于 n 的正整数 r, 令 $s = n - r$, $g(y)$ 是 s 元布尔函数, ϕ 是从 $\mathbb{F}_2^s$ 到 $\mathbb{F}_2^r$ 的一个映射. 定义如下 n 元布尔函数:

$$f_{\phi,g}(x,y) = x \cdot \phi(y) + g(y) = \sum_{i=1}^{r} x_i \cdot \phi_i(y) + g(y),$$

这里 $x \in \mathbb{F}_2^r$, $y \in \mathbb{F}_2^s$, $\phi_i(y)$ 是 $\phi(y)$ 的第 i 个坐标函数.

定理 6.9 如果构造算法 6.1 中的函数 ϕ 的像的重量都严格大于 m, 那么 $f_{\phi,g}(x,y)$ 是 m 阶弹性函数.

证明 设 $a \in \mathbb{F}_2^r$, $b \in \mathbb{F}_2^s$, 则

$$W_{f_{\phi,g}}(a,b) = 2^r \sum_{y \in \phi^{-1}(a)} (-1)^{g(y)+b \cdot y}.$$

如果 ϕ 的像重量都严格大于 m, 则当 $wt(a,b) \leqslant m$ 时, 必有 $wt(a) \leqslant m$, 于是 $\phi^{-1}(a)$ 为空集, 从而 $W_{f_{\phi,g}}(a,b) = 0$, 故 $f_{\phi,g}$ 是 m 阶弹性函数. □

注意到 $\phi(y)$ 的代数次数最高为 s, 函数 $f_{\phi,g}(x,y)$ 的代数次数最高为 $s+1 = n-r+1$, 并且次数为 $s+1$ 当且仅当有某个 ϕ_i 的次数为 s. 进一步, 函数 $f_{\phi,g}(x,y)$ 的非线性度具有如下性质:

定理 6.10[4]　构造算法 6.1 中的函数 $f_{\phi,g}(x,y)$ 的非线性度满足:

$$2^{n-1} - 2^{r-1}\max_{a\in\mathbb{F}_2^r}|\phi^{-1}(a)| \leqslant NL(f_{\phi,g}) \leqslant 2^{n-1} - 2^{r-1}\left\lceil\sqrt{\max_{a\in\mathbb{F}_2^r}|\phi^{-1}(a)|}\right\rceil.$$

证明　利用 $W_{f_{\phi,g}}(a,b) = 2^r\sum_{y\in\phi^{-1}(a)}(-1)^{g(y)+b\cdot y}$ 得

$$\max_{a\in\mathbb{F}_2^r,b\in\mathbb{F}_2^s}|W_{f_{\phi,g}}(a,b)| = \max_{a\in\mathbb{F}_2^r,b\in\mathbb{F}_2^s}\left|2^r\sum_{y\in\phi^{-1}(a)}(-1)^{g(y)+b\cdot y}\right| \leqslant 2^r\max_{a\in\mathbb{F}_2^r}|\phi^{-1}(a)|.$$

这就证明了左边的不等式.

再利用

$$\sum_{b\in\mathbb{F}_2^s}\left(\sum_{y\in\phi^{-1}(a)}(-1)^{g(y)+b\cdot y}\right)^2 = \sum_{b\in\mathbb{F}_2^s}\sum_{y,z\in\phi^{-1}(a)}(-1)^{g(y)+b\cdot y+g(z)+b\cdot z}$$
$$= \sum_{y,z\in\phi^{-1}(a)}(-1)^{g(y)+g(z)}\sum_{b\in\mathbb{F}_2^s}(-1)^{b\cdot y+b\cdot z} = 2^s|\phi^{-1}(a)|,$$

得

$$\sum_{b\in\mathbb{F}_2^s}[W_{f_{\phi,g}}(a,b)]^2 = 2^{2r+s}|\phi^{-1}(a)|.$$

进一步,

$$\max_{a\in\mathbb{F}_2^r,b\in\mathbb{F}_2^s}|W_{f_{\phi,g}}(a,b)| \geqslant 2^r\left\lceil\sqrt{\max_{a\in\mathbb{F}_2^r}|\phi^{-1}(a)|}\right\rceil.$$

这就证明了右边的不等式.　　　　　　　　　　　　　　　　　　　　□

如果定理 6.10 中 ϕ 的像的重量都大于 m, 那么

$$\left(\sum_{i=m+1}^r\binom{r}{i}\right)\max_{a\in\mathbb{F}_2^r}|\phi^{-1}(a)| \geqslant 2^s,$$

从而

$$\max_{a\in\mathbb{F}_2^r}|\phi^{-1}(a)| \geqslant \left\lceil 2^s\bigg/\sum_{i=m+1}^r\binom{r}{i}\right\rceil,$$

故

$$NL(f) \leqslant 2^{n-1} - 2^{r-1}\left\lceil\sqrt{2^s\bigg/\sum_{i=m+1}^r\binom{r}{i}}\right\rceil.$$

现在考虑非线性度达到 Sarkar 限的函数. 如果构造算法 6.1 中得到的 m 阶 Maiorana-McFarland 弹性函数 $f_{\phi,g}$ 的非线性度达到 Sarkar 限 $2^{n-1} - 2^{m+1}$, 则由 $\phi(y) \in \mathbb{F}_2^r$ 且 ϕ 的像重量都大于 m 知, $r \geqslant m+1$. 另外, 由于达到 Sarkar 限的弹性函数必然达到 Siegenthaler 限, 于是 $\deg f_{\phi,g} = n-m-1$, 结合 $\deg f_{\phi,g} \leqslant s+1 = n-r+1$ 得到 $r \leqslant m+2$. 这表明, 若 $f_{\phi,g}$ 达到 Sarkar 限, 则首先有

$$m+1 \leqslant r \leqslant m+2.$$

进一步, 由定理 6.10 还可得

$$2^{r-1} \left\lceil \sqrt{\max_{a \in \mathbb{F}_2^r} |\phi^{-1}(a)|} \right\rceil \leqslant 2^{m+1}. \tag{6.7}$$

下面讨论 r 的两种取值情形:

(1) 当 $r = m+1$ 时, 由于对任意 $y \in \mathbb{F}_2^s$, $\phi(y) \in \mathbb{F}_2^r$ 的重量严格大于 m, 所以 $\phi(y)$ 只能为常值函数 $(1,1,\cdots,1)$, 于是 $f_{\phi,g} = \sum_{i=1}^r x_i + g(y)$. 此时 $\max_{a \in \mathbb{F}_2^r} |\phi^{-1}(a)| = 2^s$, 则由式 (6.7) 知 $s \leqslant 2$. 若 $s = 1$, 则 $n = r+1$, $m = r-1 = n-2$, $\deg f_{\phi,g} = n-m-1 = 1$, 于是可取 g 为任意一元函数; 若 $s = 2$, 则 $n = r+2$, $m = r-1 = n-3$, $\deg f_{\phi,g} = n-m-1 = 2$, 于是 $\deg g = 2$, 这时可取 g 为任意二元二次函数.

(2) 当 $r = m+2$ 时, 由式 (6.7) 得到 $\max_{a \in \mathbb{F}_2^r} |\phi^{-1}(a)| = 1$, 即 ϕ 为单射. 又由于对任意 $y \in \mathbb{F}_2^s$, $\phi(y) \in \mathbb{F}_2^r$ 的重量严格大于 m, 从而 $2^s \leqslant \binom{r}{r-1} + 1$, 即 $s \leqslant \log_2(r+1)$, 此时

$$m = r-2 = n-s-2 \geqslant n-2 - \log_2(r+1).$$

用 Maiorana-McFarland 构造法得到的弹性函数, 在固定输入变量 y 时是一个仿射函数. Carlet 等给出了 Maiorana-McFarland 构造法的两种改进[8], 使得所构造弹性函数在固定 y 的时候为二次函数.

第一类构造函数如下:

$$f_{\psi,\phi,g}(x,y) = \sum_{i=1}^t x_{2i-1} x_{2i} \psi_i(y) + x \cdot \phi(y) + g(y).$$

其中整数 $n = r+s$, $r < n$, $t = \left\lfloor \dfrac{r}{2} \right\rfloor$, $x \in \mathbb{F}_2^r$, $y \in \mathbb{F}_2^s$, ψ 是 $\mathbb{F}_2^s \to \mathbb{F}_2^t$ 的映射, ϕ 是 $\mathbb{F}_2^s \to \mathbb{F}_2^r$ 的映射, $g(y)$ 是 s 元布尔函数.

第二类构造函数如下:

$$f_{\phi_1,\phi_2,\phi_3,g}(x,y) = (x \cdot \phi_1(y))(x \cdot \phi_2(y)) + x \cdot \phi_3(y) + g(y).$$

其中整数 $n = r + s, r < n, x \in \mathbb{F}_2^r, y \in \mathbb{F}_2^s, \phi_1, \phi_2, \phi_3$ 是 $\mathbb{F}_2^s \to \mathbb{F}_2^r$ 的映射, $g(y)$ 是 s 元布尔函数.

第一类函数的分析与 Maiorana-McFarland 构造函数类似, 通过计算其 Walsh 谱, 可以对映射 ψ, ϕ 添加适当限制以使得所构造函数为弹性函数, 并且可以进一步给出其非线性度的限. 第二类函数的分析比第一类要略麻烦一些. 篇幅所限, 这里不再赘述, 感兴趣的读者请参阅文献 [8].

一般而言, 用 Carlet 方法所构造的弹性函数的代数次数难以达到 Siegenthaler 限. Pasalic 等进一步对 Maiorana-McFarland 函数做了改进, 使得改进后的弹性函数具有最优的代数次数[33].

构造 6.2[33]　设 m 为一个非负整数, $n \geqslant m + 3$ 为输入变元个数, 令

$$k = \min_{m+2 < k} \left\{ k \ \middle| \ \sum_{i=0}^{k-(m+1)} \binom{k}{m+1+i} - 2^{k-m-1} + 1 \geqslant 2^{n-k} \right\},$$

$\eta \in \mathbb{F}_2^k$ 为一个重量为 $m + 1$ 的向量, 且 $\eta_{i_1} = \eta_{i_2} = \cdots = \eta_{i_{m+1}} = 1$. 令

$$S_k^m(\eta) = \eta \cup \{\gamma \in \mathbb{F}_2^k \mid wt(\gamma) > m, \exists j \in \{1, 2, \cdots, m+1\} : \gamma_{i_j} = 0\},$$

设 ϕ 为从 $\mathbb{F}_2^{n-k}$ 到 $S_k^m(\eta)$ 的一个单射, 且对某个 $\delta \in \mathbb{F}_2^{n-k}$, 有 $\phi(\delta) = \eta$. 对 $(y, x) \in \mathbb{F}_2^{n-k} \times \mathbb{F}_2^k$, 构造函数 $f : \mathbb{F}_2^n \mapsto \mathbb{F}_2$ 如下:

$$f(y, x) = \begin{cases} \phi(y) \cdot x + h(y), & y \neq \delta; \\ \phi(\delta) \cdot x + x_{i_{m+2}} x_{i_{m+3}} \cdots x_{i_k} + h(\delta), & y = \delta, \end{cases}$$

其中 h 为任意的 $n - k$ 元布尔函数.

定理 6.11[33]　构造算法 6.2 中的函数 f 为一个 $(n, m, n - m - 1, 2^{n-1} - 2^{k-1})$ 函数. 进一步, 对任意的 $a \in \mathbb{F}_2^n$,

$$W_f(a) \in \{0, \pm 2^{m+2}, \pm 2^{k-m}(2^m - 1), \pm 2^k\}.$$

证明　设 $g(y, x) = \phi(y) \cdot x + h(y)$, 则

$$f(y, x) = g(y, x) + x_{i_{m+2}} x_{i_{m+3}} \cdots x_{i_k} \prod_{i=1}^{n-k} (y_i + \delta_i + 1).$$

由于 $k - (m + 1) \geqslant 2$, 并且 $g(y, x)$ 的代数正规型中的每一项中至多会出现一个 x_i, 所以

$$\deg(f) = n - k + (k - (m + 1)) = n - m - 1.$$

下面计算 f 的 Walsh 谱. 设 $\alpha \in \mathbb{F}_2^k, \beta \in \mathbb{F}_2^{n-k}$, 则

$$
\begin{aligned}
W_f(\beta, \alpha) &= \sum_{y \in \mathbb{F}_2^{n-k}} \sum_{x \in \mathbb{F}_2^k} (-1)^{f(y,x)+(y,x)\cdot(\beta,\alpha)} \\
&= \sum_{y \in \mathbb{F}_2^{n-k}\setminus\delta} (-1)^{y\cdot\beta+h(y)} \sum_{x \in \mathbb{F}_2^k} (-1)^{(\phi(y)+\alpha)\cdot x} \\
&\quad + (-1)^{\delta\cdot\beta+h(\delta)} \sum_{x \in \mathbb{F}_2^k} (-1)^{(\phi(\delta)+\alpha)\cdot x + x_{i_{m+2}} x_{i_{m+3}} \cdots x_{i_k}}.
\end{aligned}
$$

根据 α 的取值分三种情况讨论.

(1) 若 $\alpha = \phi(\delta)$, 则

$$
W_f(\beta, \alpha) = (-1)^{\delta\cdot\beta+h(\delta)} \sum_{x \in \mathbb{F}_2^k} (-1)^{x_{i_{m+2}} x_{i_{m+3}} \cdots x_{i_k}} = \pm 2^{k-m}(2^m - 1).
$$

(2) 若存在 $y_0 \in \mathbb{F}_2^{n-k} \setminus \delta$ 使得 $\alpha = \phi(y_0) \in S_k^m(\eta)$, 则

$$
W_f(\beta, \alpha) = (-1)^{y_0\cdot\beta+h(y_0)} 2^k + (-1)^{\delta\cdot\beta+h(\delta)} \sum_{x \in \mathbb{F}_2^k} (-1)^{(\phi(\delta)+\alpha)\cdot x + x_{i_{m+2}} x_{i_{m+3}} \cdots x_{i_k}},
$$

由 $S_k^m(\eta)$ 的定义易知, 当 $\alpha \in S_k^m(\eta)$ 时, $\eta \npreceq \alpha$, 于是 $(\phi(\delta)+\alpha)\cdot x$ 中至少会包含某个 $x_{i_j}(1 \leqslant j \leqslant m+1)$, 这意味着上式的第二项为 0, 从而 $W_f(\beta,\alpha) = \pm 2^k$.

(3) 若对任意 $y \in \mathbb{F}_2^{n-k}$, 均有 $\alpha \neq \phi(y)$, 则

$$
\begin{aligned}
W_f(\beta, \alpha) &= (-1)^{\delta\cdot\beta+h(\delta)} \sum_{x \in \mathbb{F}_2^k} (-1)^{(\phi(\delta)+\alpha)\cdot x + x_{i_{m+2}} x_{i_{m+3}} \cdots x_{i_k}} \\
&= (-1)^{\delta\cdot\beta+h(\delta)} \left(\sum_{x \in \mathbb{F}_2^k} (-1)^{(\phi(\delta)+\alpha)\cdot x} - 2 \sum_{x_{i_{m+2}} x_{i_{m+3}} \cdots x_{i_k}=1} (-1)^{(\phi(\delta)+\alpha)\cdot x} \right) \\
&= -2(-1)^{\delta\cdot\beta+h(\delta)} \sum_{x_{i_{m+2}} x_{i_{m+3}} \cdots x_{i_k}=1} (-1)^{(\phi(\delta)+\alpha)\cdot x}.
\end{aligned}
$$

由上式知若 $(\phi(\delta)+\alpha)\cdot x$ 中包含某个 $x_{i_j}(1 \leqslant j \leqslant m+1)$, 则 $W_f(\beta,\alpha) = 0$; 否则, 有 $W_f(\beta,\alpha) = \pm 2^{m+2}$. 从而 $W_f(\beta,\alpha) \in \{0, \pm 2^{m+2}\}$.

根据上面三种情形, 有

$$
NL(f) = 2^{n-1} - \frac{1}{2} \max_{(\beta,\alpha)\in\mathbb{F}_2^{n-k}\times\mathbb{F}_2^k} |W_f(\beta,\alpha)| = 2^{n-1} - 2^{k-1}.
$$

另外, 当 $wt(\beta,\alpha) \leqslant m$ 时, $wt(\alpha) \leqslant m$. 于是对任意 $y \in \mathbb{F}_2^{n-k}$, 均有 $\alpha \neq \phi(y)$, 且 $(\phi(\delta)+\alpha)\cdot x$ 中至少包含某个 $x_{i_j}(1 \leqslant j \leqslant m+1)$, 故 $W_f(\beta,\alpha) = 0$. 这表明 f 是 m 阶弹性函数. 从而, f 为一个 $(n, m, n-m-1, 2^{n-1}-2^{k-1})$ 函数. $\qquad\square$

2. $\mathcal{PS}$ 构造法

$\mathcal{PS}$ 构造法最早是用于 Bent 函数的构造, 后来同样被应用到弹性函数的构造中. 需要注意的是, 下面的证明中经常将 $\mathbb{F}_{2^n}$ 和 $\mathbb{F}_2^n$ 不加区分地交替使用.

定理 6.12[6]　给定正整数 n 和 k 以及正整数 $r \leqslant n$, 设 $s = n - r$, g 是从 $\mathbb{F}_2^s$ 到 $\mathbb{F}_2$ 的函数, ϕ 是从 $\mathbb{F}_2^s$ 到 $\mathbb{F}_{2^r}$ 的一个 $\mathbb{F}_2$ 线性映射, 取 $a \in \mathbb{F}_{2^r}$ 和 $b \in \mathbb{F}_2^s$, 使得对任意的 $y \in \mathbb{F}_2^s$, $z \in \mathbb{F}_{2^r}$, 均有 $a + \phi(y)$ 非零且 $b + \phi^*(y)$ 的重量严格大于 k, 这里 ϕ^* 为 ϕ 的伴随映射, 即有 $u \cdot \phi(x) = \phi^*(u) \cdot x$ 对任意 u, x 均成立. 则

$$f(x, y) = g\left(\frac{x}{a + \phi(y)}\right) + b \cdot y, \quad x \in \mathbb{F}_{2^r}, \quad y \in \mathbb{F}_2^s$$

是 k 阶弹性函数.

证明　设 $\alpha \in \mathbb{F}_{2^r}, \beta \in \mathbb{F}_2^s$, 则

$$
\begin{aligned}
W_f(\alpha, \beta) &= \sum_{x \in \mathbb{F}_{2^r}, y \in \mathbb{F}_2^s} (-1)^{f(x,y) + \mathrm{tr}(\alpha x) + \beta \cdot y} \\
&= \sum_{y \in \mathbb{F}_2^s} (-1)^{(b+\beta) \cdot y} \sum_{x \in \mathbb{F}_{2^r}} (-1)^{g\left(\frac{x}{a+\phi(y)}\right) + \mathrm{tr}(\alpha x)} \\
&= \sum_{y \in \mathbb{F}_2^s} (-1)^{(b+\beta) \cdot y} \sum_{x \in \mathbb{F}_{2^r}} (-1)^{g(x) + \mathrm{tr}(\alpha(a+\phi(y))x)} \\
&= \sum_{x \in \mathbb{F}_{2^r}} (-1)^{g(x) + \mathrm{tr}(a\alpha x)} \sum_{y \in \mathbb{F}_2^s} (-1)^{(b+\beta) \cdot y + \mathrm{tr}(\phi(y) \cdot \alpha x)}.
\end{aligned}
$$

给定 $\alpha, x \in \mathbb{F}_{2^r}$, 则 $\varphi(z) = \mathrm{tr}(\alpha x \cdot z)$ 为从 $\mathbb{F}_{2^r}$ 到 $\mathbb{F}_2$ 的一个线性映射, 于是存在 $u_{\alpha,x} \in \mathbb{F}_2^r$, 使得 $\varphi(z) = \mathrm{tr}(\alpha x \cdot z) = u_{\alpha,x} \cdot z$ 对任意 $z \in \mathbb{F}_{2^r}$ 成立. 从而,

$$
\begin{aligned}
W_f(\alpha, \beta) &= \sum_{x \in \mathbb{F}_{2^r}} (-1)^{g(x) + \mathrm{tr}(a\alpha x)} \sum_{y \in \mathbb{F}_2^s} (-1)^{(b+\beta) \cdot y + u_{\alpha,x} \cdot \phi(y)} \\
&= \sum_{x \in \mathbb{F}_{2^r}} (-1)^{g(x) + \mathrm{tr}(a\alpha x)} \sum_{y \in \mathbb{F}_2^s} (-1)^{(b + \beta + \phi^*(u_{\alpha,x})) \cdot y}.
\end{aligned}
$$

由于 $b + \phi^*(u)$ 的重量严格大于 k 对任意的 $u \subset \mathbb{F}_2^s$ 成立, 故当 $wt(\alpha, \beta) \leqslant k$ 时, $wt(\beta) \leqslant k$, 于是 $b + \beta + \phi^*(u_{\alpha,x}) \neq 0$, 从而 $W_f(\alpha, \beta) = 0$, 故 $f(x, y)$ 是 k 阶弹性函数.　　□

6.2.2　递归构造法

1. 级联构造法

定理 6.13　设 $f(x), g(x)$ 均是 n 元 t 阶弹性函数, 则

$$h(x_1, x_2, \cdots, x_n, x_{n+1}) = (x_{n+1} + 1)f(x_1, x_2, \cdots, x_n) + x_{n+1}g(x_1, x_2, \cdots, x_n)$$

是 $n+1$ 元 t 阶弹性函数.

证明 设 $(u_1, u_2, \cdots, u_{n+1}) \in \mathbb{F}_2^{n+1}$, 则

$$W_h(u_1, u_2, \cdots, u_{n+1}) = W_f(u_1, u_2, \cdots, u_n) + (-1)^{u_{n+1}} W_g(u_1, u_2, \cdots, u_n),$$

由于 f, g 都是 n 元 t 阶弹性函数, 故 h 是 $n+1$ 元 t 阶弹性函数. □

上面定理所构造的函数 h 的真值表可以视为 f 和 g 的真值表级联, 因此该构造方法也称为级联构造. 容易验证, 函数 h 的代数次数满足

$$\deg h \leqslant 1 + \max\{\deg f, \deg g\},$$

等号成立当且仅当 f 与 g 最高次的单项式不完全相同. 另外, h 的非线性度满足 $NL(h) \geqslant NL(f) + NL(g)$. 若对任意 $wt(u_1, u_2, \cdots, u_n) = t+1$, 有

$$W_f(u_1, u_2, \cdots, u_n) + W_g(u_1, u_2, \cdots, u_n) = 0,$$

则不难证明 h 还是 $t+1$ 阶弹性函数. 例如可取 $g = f+1$ 即满足这个条件. 这时, 若 f, g 的非线性度均达到 Sarkar 限, 则 $NL(h) = 2^{n+1} - 2^{t+2}$, 即 h 的非线性度也达到 Sarkar 限.

将上面的构造思想一般化, 可以得到推广的构造方法.

定理 6.14 如果对任意的 $y \in \mathbb{F}_2^s$, $f_y(x)$ 均是 r 元 t 阶弹性函数, 则

$$g(x, y) = f_y(x): \quad \mathbb{F}_2^{r+s} \to \mathbb{F}_2$$

是 t 阶弹性函数.

证明 由 $W_f(a, b) = \sum\limits_{y \in \mathbb{F}_2^s} (-1)^{b \cdot y} W_{f_y}(a)$ 和 Xiao-Massey 定理易知结论成立. □

定理 6.14 的方法也被称为函数级联方法, 即 $g(x, y)$ 可以看作是一系列函数 $f_y(x)$ 的级联. 事实上, 前面介绍的 Maiorana-McFarland 构造法就是一系列仿射函数的级联.

例 6.2 Sarkar 在文献 [39] 中利用上面函数级联方法首次构造了 $(10, 3, 6, 480)$ 函数, 其构造方法如下:

(1) 令 $\lambda_0, \lambda_1, \cdots, \lambda_4$ 是所有恰含 4 个变元的 5 元线性函数, 并令 $\lambda_i^c = \lambda_i + 1 (0 \leqslant i \leqslant 4)$;

(2) 令 $\mu_0, \mu_1, \cdots, \mu_9$ 是所有恰含 3 个变元的 5 元线性函数, 并令 $\mu_i^c = \mu_i + 1 (0 \leqslant i \leqslant 9)$;

(3) 取 $g \in \mathbb{B}_{10}$ 为如下级联:

$$g = \lambda_0 \lambda_0 \lambda_0 \lambda_0^c \lambda_1 \lambda_1 \lambda_1 \lambda_1^c \lambda_2 \lambda_2 \lambda_3 \lambda_4 \mu_0 \mu_0^c \mu_1 \mu_1^c \mu_2 \mu_2^c \mu_3 \mu_3^c \mu_4 \mu_4^c \mu_5 \mu_5^c \mu_6 \mu_6^c \mu_7 \mu_7^c \mu_8 \mu_8^c \mu_9 \mu_9^c.$$

由于 λ_i 和 $\mu_j\mu_j^c$ 均为 3 阶弹性函数, 从而 g 是 3 阶弹性函数, 可以验证 $\deg g = 6$, $W_g(a) \in \{0, \pm16, \pm32\}$, $NL(g) = 480$, 从而 g 为 $(10, 3, 6, 480)$ 函数, 并且其代数正规型为

$$g(x_1, x_2, \cdots, x_{10})$$

$$= x_2 + x_3 + x_4 + x_5 + x_6x_7 + x_1x_8 + x_1x_9 + x_3x_9 + x_4x_{10} + x_6x_{10} + x_3x_7x_9$$

$$+ x_4x_7x_9 + x_6x_7x_9 + x_3x_8x_9 + x_6x_8x_9 + x_4x_7x_{10} + x_5x_7x_{10} + x_6x_7x_{10}$$

$$+ x_3x_8x_{10} + x_4x_8x_{10} + x_2x_9x_{10} + x_3x_9x_{10} + x_4x_9x_{10} + x_5x_9x_{10}$$

$$+ x_3x_7x_8x_{10} + x_5x_7x_8x_{10} + x_2x_7x_9x_{10} + x_4x_7x_9x_{10} + x_6x_7x_9x_{10} + x_1x_8x_9x_{10}$$

$$+ x_3x_8x_9x_{10} + x_4x_8x_9x_{10} + x_6x_8x_9x_{10} + x_4x_6x_7x_9 + x_5x_6x_7x_9 + x_2x_7x_8x_9$$

$$+ x_4x_7x_8x_9 + x_4x_6x_7x_9x_{10} + x_5x_6x_7x_9x_{10} + x_3x_7x_8x_9x_{10} + x_4x_7x_8x_9x_{10}$$

$$+ x_4x_6x_7x_8x_9 + x_5x_6x_7x_8x_9 + x_4x_6x_7x_8x_9x_{10} + x_5x_6x_7x_8x_9x_{10}.$$

该函数达到了推论 6.2 中的限, 因而它是达到代数次数、非线性度、弹性等密码学指标折衷最优的函数. 流密码算法 LILI-128 就是使用了该函数作为非线性滤波函数. 然而, 后来人们指出该布尔函数的代数免疫度非常低, 从而 LiLi-128 不能抵抗代数攻击.

文献 [53] 提出了一种新的构造高非线性度的弹性函数的方法, 该构造方法通过级联部分线性函数, 得到一大批 n 元 (n 为偶数) 弹性函数, 这些弹性函数具有较高的非线性度. 该构造方法也可以视为 Maiorana-McFarland 构造的推广.

定义 6.6[53]　设集合 $\{g_1, g_2, \cdots, g_e\} \subset \mathbb{B}_n$, 若对任意 $a \in \mathbb{F}_2^n$, 均有

$$W_{g_i}(a) \cdot W_{g_j}(a) = 0, \quad 1 \leqslant i < j \leqslant e,$$

则称该集合为一个谱不交的函数集.

定义 6.7[53]　设 t 为一个正整数, 若

$$\{i_1, i_2, \cdots, i_t\} \cup \{i_{t+1}, i_{t+2}, \cdots, i_n\} = \{1, 2, \cdots, n\},$$

$X_n - (x_1, x_2, \cdots, x_n) \in \mathbb{F}_2^n, X_t' - (x_{i_1}, \cdots, x_{i_t}) \in \mathbb{F}_2^t, X_{n-t}' - (x_{i_{t+1}}, \cdots, x_{i_n}) \in \mathbb{F}_2^{n-t}$. 设 $c \in \mathbb{F}_2^t, g_c \in \mathbb{B}_n$, 若

$$g_c(X_n) = c \cdot X_t' + h_c(X_{n-t}''),$$

其中 $h_c \in \mathbb{B}_{n-t}$, 则称 g_c 为一个 t 阶部分线性函数.

引理 6.2[53]　设符号与定义 6.7 的规定相同, 则 t 阶部分线性函数集

$$T = \{g_c(X_n) = c \cdot X_t' + h_c(X_{n-t}'') \mid c \in \mathbb{F}_2^t\}$$

是一个谱不交的函数集.

证明 设 $a = (u, v) \in \mathbb{F}_2^n$, 其中 $u \in \mathbb{F}_2^t$, $v \in \mathbb{F}_2^{n-t}$, $g_c \in T$, 则

$$W_{g_c}(a) = \sum_{X_n \in \mathbb{F}_2^n} (-1)^{c \cdot X_t' + h_c(X_{n-t}'') + a \cdot X_n}$$

$$= \sum_{X_t' \in \mathbb{F}_2^t} (-1)^{(c+u) \cdot X_t'} \times \sum_{X_{n-t}'' \in \mathbb{F}_2^{n-t}} (-1)^{h_c(X_{n-t}'') + v \cdot X_{n-t}''}$$

$$= \left(\sum_{X_t' \in \mathbb{F}_2^t} (-1)^{(c+u) \cdot X_t'} \right) \cdot W_{h_c}(v)$$

$$= \begin{cases} 0, & \text{若 } c \neq u; \\ 2^t \cdot W_{h_c}(v), & \text{若 } c = u. \end{cases}$$

于是对任意 $g_{c'} \in T$, $c \neq c'$, 有

$$W_{g_c}(a) \cdot W_{g_{c'}}(a) = 0.$$

因此 T 是一个谱不交的函数集. $\square$

构造 6.3[53] 设 $n \geqslant 12$ 为一个偶数, m 为一个正整数, $s = \lfloor (n - 2m - 2)/4 \rfloor$, $(a_1, \cdots, a_s) \in \mathbb{F}_2^s$ 且满足

$$\sum_{j=m+1}^{n/2} \binom{n/2}{j} + \sum_{k=1}^{s} \left(a_k \cdot \sum_{j=m+1}^{n/2-2k} \binom{n/2-2k}{j} \right) \geqslant 2^{n/2}. \tag{6.8}$$

令

$$X_{n/2} = (x_1, x_2, \cdots, x_{n/2}) \in \mathbb{F}_2^{n/2}, \quad X_t' = (x_1, \cdots, x_t) \in \mathbb{F}_2^t,$$
$$X_{2k}'' = (x_{t+1}, \cdots, x_{n/2}) \in \mathbb{F}_2^{2k},$$

其中 $t + 2k = n/2$. 设

$$\Gamma_0 = \{c \cdot X_{n/2} \mid c \in \mathbb{F}_2^{n/2}, wt(c) > m\},$$

并且对每一个 $k, 1 \leqslant k \leqslant s$, 令 H_k 是一个次数为 $\max(k, 2)$ 的 $2k$ 元 Bent 函数的非空集合,

$$\Gamma_k = \{c \cdot X_t' + h_c(X_{2k}'') \mid c \in \mathbb{F}_2^t, wt(c) > m\}, \quad h_c \in H_k$$

令 $\Gamma = \bigcup_{k=0}^{s} \Gamma_k$, ϕ 为从 $\mathbb{F}_2^{n/2}$ 到 Γ 的一个单射, 对任意 $(Y_{n/2}, X_{n/2}) \in \mathbb{F}_2^{n/2} \times \mathbb{F}_2^{n/2}$, 定义函数 $f \in \mathbb{B}_n$ 如下:

$$f(Y_{n/2}, X_{n/2}) = \sum_{b \in \mathbb{F}_2^{n/2}} Y_{n/2}^b \cdot \phi(b).$$

定理 6.15[53] 设 $f \in \mathbb{B}_n$ 为构造算法 6.3 中给出的函数, 则 f 是一个 $(n, m, d, NL(f))$ 的函数, 其中

$$NL(f) \geqslant 2^{n-1} - 2^{n/2-1} - \sum_{k=1}^{s} a_k \cdot 2^{n/2-k-1}, \tag{6.9}$$

$$d = n/2 + \max\{2, \max\{k \mid a_k \neq 0, k = 1, 2, \cdots, s\}\}.$$

证明 对任意 $b \in \mathbb{F}_2^{n/2}$, 令 $g_b(X_{n/2}) = \phi(b) \in \Gamma$, 则 g_b 是 m 阶弹性函数. 由于 f 是一系列 m 阶弹性函数的级联, 从而它也为 m 阶弹性函数.

对任意 $(v, u) \in \mathbb{F}_2^{n/2} \times \mathbb{F}_2^{n/2}$,

$$
\begin{aligned}
W_f(v, u) &= \sum_{(Y_{n/2}, X_{n/2}) \in \mathbb{F}_2^{n/2} \times \mathbb{F}_2^{n/2}} (-1)^{f(Y_{n/2}, X_{n/2}) + (v, u) \cdot (Y_{n/2}, X_{n/2})} \\
&= \sum_{b \in \mathbb{F}_2^{n/2}} (-1)^{v \cdot b} \sum_{X_{n/2} \in \mathbb{F}_2^{n/2}} (-1)^{g_b(X_{n/2}) + u \cdot X_{n/2}} \\
&= \sum_{b \in \mathbb{F}_2^{n/2}} (-1)^{v \cdot b} W_{g_b}(u) \\
&= \sum_{k=0}^{s} \sum_{\phi(b) \in \Gamma_k, b \in \mathbb{F}_2^{n/2}} (-1)^{v \cdot b} W_{g_b}(u).
\end{aligned}
$$

设 $0 \leqslant k \leqslant s$, g_b 为 Γ_k 中的一个部分线性函数, 则由 Γ_k 的定义和引理 6.2 知

$$W_{g_b}(u) \in \{0, \pm 2^{n/2-k}\}.$$

设 $A_k = \Gamma_k \cap \{\phi(b) \mid b \in \mathbb{F}_2^{n/2}\}$, 若 $A_k \neq \varnothing$, 则由 Γ_k 为一个谱不交的函数集知

$$\sum_{\phi(b) \in \Gamma_k, b \in \mathbb{F}_2^{n/2}} (-1)^{v \cdot b} W_{g_b}(u) \in \{0, \pm 2^{n/2-k}\}.$$

若 $A_k = \varnothing$, 则

$$\sum_{\phi(b) \in \Gamma_k, b \in \mathbb{F}_2^{n/2}} (-1)^{v \cdot b} W_{g_b}(u) = 0.$$

于是

$$|W_f(v, u)| = 2^{n/2} + \sum_{k=1}^{s} a_k 2^{n/2-k},$$

其中

$$
a_k = \begin{cases} 0, & \text{若 } A_k = \varnothing; \\ 1, & \text{若 } A_k \neq \varnothing. \end{cases}
$$

从而不等式 (6.9) 成立.

下面计算 f 的代数次数 d. 由于 Γ_1 中函数的代数次数为 2, 所以, 若

$$\max\{k \mid a_k \neq 0, k = 1, 2, \cdots, s\} = 1,$$

则 $d \leqslant (n/2) + 2$, 其中等号成立当且仅当 $|A_1|$ 为奇数. 若

$$k' = \max\{k | a_k \neq 0, k = 1, 2, \cdots, s\} \geqslant 2,$$

由于当 $k \geqslant 2$ 时一定存在代数次数为 k 的 $2k$ 元 Bent 函数, 则 $d \leqslant n/2 + k'$, 其中当 $|A_{k'}|$ 为奇数时, 等号成立. $\qquad\square$

构造算法 6.3 中给出的弹性函数的代数次数一般不能达到最优, 类似 Pasalic 的方法, 通过使用一个高次函数替换级联的某个部分线性函数, 可以得到代数次数最优的弹性函数, 并且该弹性函数具有更高的非线性度.

构造 6.4[53] 设 $n \geqslant 12$ 为一个偶数, m 为一个正整数, $s = \lfloor (n - 2m - 2)/4 \rfloor$, e_k 为非负整数且满足 $0 \leqslant e_k \leqslant k + 1$, $a_k \in \mathbb{F}_2, k = 1, 2, \cdots, \lfloor n/4 \rfloor$ 且满足

$$\sum_{j=m+1}^{n/2} \binom{n/2}{j} + \sum_{k=1}^{s} \left(a_k \cdot \sum_{j=m-e_k+1}^{n/2-2k} \binom{n/2-2k}{j} \right) \geqslant 2^{n/2}. \tag{6.10}$$

令

$$X_{n/2} = (x_1, x_2, \cdots, x_{n/2}) \in \mathbb{F}_2^{n/2}, \quad X_t' = (x_1, x_2, \cdots, x_t) \in \mathbb{F}_2^t,$$
$$X_{2k}'' = (x_{t+1}, x_{t+2}, \cdots, x_{n/2}) \in \mathbb{F}_2^{2k},$$

其中 $t + 2k = n/2$. 设

$$\Gamma_0 = \{c \cdot X_{n/2} | c \in \mathbb{F}_2^{n/2}, wt(c) > m\},$$

当 $1 \leqslant k \leqslant \lfloor n/4 \rfloor$ 和 $0 \leqslant e_k \leqslant m + 1$ 时, 令 R_k 为 $(2k, e_k - 1, -, NL(h_k))$ 高非线性度函数的一个非空集合 (这里视平衡函数为 0 阶弹性函数, 既不平衡也不相关免疫的函数为 -1 阶弹性函数, 如 Bent 函数), 令

$$\Gamma_k = \{c \cdot X_t' + h_c(X_{2k}'') \mid c \in \mathbb{F}_2^t, \ wt(c) > m - e_k\}, \quad h_c \in R_k$$

且令 $\Gamma = \bigcup_{k=0}^{\lfloor n/4 \rfloor} \Gamma_k$, ϕ 为从 $\mathbb{F}_2^{n/2}$ 到 Γ 的一个单射, 并满足存在 $(n/2, m, n/2 - m - 1, NL(g_b))$ 函数 $g_b \in \Gamma$ 使得 $\phi^{-1}(g_b) \neq \varnothing$. 对任意 $(Y_{n/2}, X_{n/2}) \in \mathbb{F}_2^{n/2} \times \mathbb{F}_2^{n/2}$, 定义函数 $f \in \mathbb{B}_n$ 如下:

$$f(Y_{n/2}, X_{n/2}) = \sum_{b \in \mathbb{F}_2^{n/2}} Y_{n/2}^b \cdot \phi(b).$$

定理 6.16[53] 设 $f \in \mathbb{B}_n$ 为构造算法 6.4 中给出的函数, 则 f 为一个 $(n, m, n - m - 1, NL(f))$ 的函数, 其中

$$NL(f) \geqslant 2^{n-1} - 2^{n/2-1} - \sum_{k=1}^{\lfloor n/4 \rfloor} a_k 2^{n/2-2k}(2^{2k-1} - NL(h_k)). \tag{6.11}$$

构造算法 6.3 和 6.4 可以给出许多以前所不知的高非线性度的弹性函数, 如参数分别为

$$(16, 1, 10, 2^{15} - 2^7 - 2^5), (28, 1, 26, 2^{27} - 2^{13} - 2^8 - 2^6), (36, 3, 32, 2^{35} - 2^{17} - 2^{13}),$$

$(42, 5, 36, 2^{41} - 2^{20} - 2^{17} - 2^{14})$, $(66, 10, 55, 2^{65} - 2^{32} - 2^{29} - 2^{28} - 2^{27} - 2^{26} - 2^{25})$ 的弹性函数, 更多函数请参见文献 [53].

构造算法 6.4 虽然可以得到很多高非线性度的弹性函数, 但是该构造也有一个限制, 即要求布尔函数的输入变元的个数 n 为偶数. 文献 [19] 去掉了这个限制, 将构造算法 6.4 推广到奇数变元情形, 得到了许多具有目前最高非线性度的奇数元弹性函数.

构造 6.5[19] 设 $n \geqslant 35$ 是奇数, m 为一个非负整数, $m < n/2 - 2$, 按如下步骤构造一个 n 元布尔函数:

(1) 选取 $n_1 = (n - 15)/2$;

(2) 假设 $X = (x_1, x_2, \cdots, x_{n_1}) \in \mathbb{F}_2^{n_1}$, 选取 $D = \{l_0, l_1, \cdots, l_m\}$, 其中 $1 \leqslant l_0 < l_1 < \cdots < l_m \leqslant n_1$. 令 $D_2 = \{1 \leqslant i \leqslant n_1 \mid i \notin D\}$, $g^*(X) = \prod_{i \in D_2} x_i$;

(3) 构造集合 $T_0 = \{c \cdot X \mid c \in \mathbb{F}_2^{n_1}, wt(c) > m\}$;

(4) 令 $(X_k, X_{n_1-k}) = X$, 这里

$$X_k = (x_1, x_2, \cdots, x_k) \in \mathbb{F}_2^k, \quad X_{n_1-k} = (x_{k+1}, x_{k+2}, \cdots, x_{n_1}) \in \mathbb{F}_2^{n_1-k}.$$

假设 $\mu(X_{n_1-k})$ 是一个非线性度为 W_k 的 $n_1 - k$ 元布尔函数. 令 $\beta = \sum_{j=0}^{m} \binom{n_1}{j}$, $\delta = \lceil \log_2 \beta \rceil$, 构造集合 T_1 如下:

(4.1) 若 $\sum_{j=m+1}^{\delta} \binom{\delta}{j} \geqslant \beta$, 则

$$T_1 = \{c \cdot X_\delta + \mu(X_{n_1-\delta}) \mid c \in \mathbb{F}_2^\delta, wt(c) > m\};$$

(4.2) 若 $\sum_{j=m+1}^{\delta} \binom{\delta}{j} < \beta$ 且 $n_1 - \delta$ 是奇数, 则

$$T_1 = \{c \cdot X_{\delta+1} + \mu(X_{n_1-\delta-1}) \mid c \in \mathbb{F}_2^{\delta+1}, wt(c) > m\};$$

(4.3) 若 $\sum_{j=m+1}^{\delta} \binom{\delta}{j} < \beta$ 并且 $n_1 - \delta$ 是偶数, 则求 $\min \sum_{i=1}^{s} 2^{k_i}(2^{n_1 - k_i} - 2W_{k_i})$, 使得

$$\begin{cases} m + 1 \leqslant k_1 < \cdots < k_s = \lceil \log_2 \beta \rceil, \\ \beta \leqslant \sum_{i=1}^{s} \left(\sum_{j=m+1}^{k_i} \binom{k_i}{j} \right). \end{cases}$$

令 $T_1 = \cup_{1 \leqslant i \leqslant s} Q_i$, 这里 $Q_i (1 \leqslant i \leqslant s)$ 定义如下

$$Q_i = \{c \cdot X_{k_i} + \mu(X_{n_1-k_i}) \mid c \in \mathbb{F}_2^{k_i}, wt(c) > m\}.$$

(5) 令 ϕ 是从 $\mathbb{F}_2^{n_1}$ 到 $T_0 \cup T_1$ 的双射, 并且 $\exists \tau^* \in \mathbb{F}_2^{n_1}$ 满足 $\phi(\tau^*) = \sum_{x \in D} x_i$. 设 $h(Z)$ 是一个非线性度为 $2^{14} - 2^7 + 20$ 的 15 元布尔函数 $(h(0) = 0)$[36], 定义

$$\xi(Y, \tau) = (y_1 + \tau_1 + 1) \cdots (y_{n_1} + \tau_{n_1} + 1).$$

(6) 对于 $(Z, Y, X) \in \mathbb{F}_2^{15} \times \mathbb{F}_2^{n_1} \times \mathbb{F}_2^{n_1}$, 输出函数

$$f(Z, Y, X) = h(Z) + \sum_{\tau \in \mathbb{F}_2^{n_1}} \xi(Y, \tau)\phi(\tau) + (z_1 + 1) \cdots (z_{15} + 1)\xi(Y, \tau^*)g^*(X).$$

定理 6.17[19]   构造算法 6.5 得到的函数 f 是一个 $(n, m, n-m-1, NL(f))$ 函数, 其中

$$NL(f) \geqslant 2^{n-1} - 2^{\frac{n-1}{2}} + (20 \cdot 2^{\frac{n-15}{2}} - 108 \cdot W^* - 2^{m+1}),$$

W^* 定义如下: 当 $\sum_{j=m+1}^{\delta} \binom{\delta}{j} \geqslant \beta$ 时, $W^* = 2^{n_1} - 2^{\delta+1}W_\delta$; 当 $\sum_{j=m+1}^{\delta} \binom{\delta}{j} < \beta$ 且 δ 是奇数时, $W^* = 2^{n_1} - 2^{\delta+2}W_{\delta+1}$; 当 $\sum_{j=m+1}^{\delta} \binom{\delta}{j} < \beta$ 且 δ 是偶数时, $W^* = \sum_{k=1}^{s}(2^{n_1} - 2^{k_i+1}W_{k_i})$.

证明   分四部分完成定理证明.

(1) 首先说明 ϕ 的定义是合理的. 事实上, 注意到 $|T_0| = \sum_{j=m+1}^{n_1} \binom{n_1}{j}$, 根据 T_1 的定义,

(1.1) 若 $\sum_{j=m+1}^{\delta} \binom{\delta}{j} \geqslant \beta$, 则 $|T_1| = \sum_{j=m+1}^{\delta} \binom{\delta}{j} \geqslant \beta$;

(1.2) 若 $\sum_{j=m+1}^{\delta} \binom{\delta}{j} < \beta$ 且 $n_1 - \delta$ 是奇数, 则结合 $\delta = \lceil \log_2 \beta \rceil$ 知, $|T_1| = \sum_{j=m+1}^{\delta+1} \binom{\delta+1}{j} \geqslant \beta$;

(1.3) 若 $\sum_{j=m+1}^{\delta} \binom{\delta}{j} < \beta$ 且 $n_1 - \delta$ 是偶数, 则 $|T_1| = \sum_{i=1}^{s} \left(\sum_{j=m+1}^{k_i} \binom{k_i}{j} \right) \geqslant \beta$.

总之, 总有

$$|T_0| + |T_1| \geqslant \sum_{j=m+1}^{n_1} \binom{n_1}{j} + \beta = 2^{n_1},$$

从而从 $\mathbb{F}_2^{n_1}$ 到 T 的单射 ϕ 是存在的.

(2) 其次证明 $\deg(f) = n - m - 1$. 因为 $\deg(h(Z)) \leqslant 15$, 并且 $\sum\limits_{\tau \in \mathbb{F}_2^{n^*}} \xi(Y,\tau)\phi(\tau)$ 的次数小于 $n - m - 15$, 所以

$$\deg(f) = \deg((z_1 + 1)\cdots(z_{15} + 1)\xi(Y,\tau^*)g^*(X)) = n - m - 1.$$

(3) 现在证明 f 是 m 阶弹性函数. 为此, 计算 f 的 Walsh 谱, 对任意 $(c,b,a) \in \mathbb{F}_2^{15} \times \mathbb{F}_2^{n_1} \times \mathbb{F}_2^{n_1}$,

$$W_f(c,b,a) = \sum_{Z,Y,X} (-1)^{f(Z,Y,X)+c\cdot Z+b\cdot Y+a\cdot X}$$

$$= \sum_{X \in \mathbb{F}_2^{n_1}} (-1)^{g^*(X)+\sum\limits_{i \in D} x_i + b\cdot\tau^* + a\cdot X} + \sum_{Y \neq \tau^*, X \in \mathbb{F}_2^{n_1}} (-1)^{\sum\limits_{\tau \in \mathbb{F}_2^{n_1}} \xi(Y,\tau)\phi(\tau) + b\cdot Y + a\cdot X}$$

$$+ \sum_{Z \neq 0} (-1)^{h(Z)+c\cdot Z} \sum_{Y \in \mathbb{F}_2^{n_1}, X \in \mathbb{F}_2^{n_1}} (-1)^{\sum\limits_{\tau \in \mathbb{F}_2^{n_1}} \xi(Y,\tau)\phi(\tau) + b\cdot Y + a\cdot X}$$

$$= (-1)^{b\cdot\tau^*} \sum_{X \in \mathbb{F}_2^{n_1}} (-1)^{g^*(X)+\sum\limits_{i \in D} x_i + a\cdot X} + \sum_{X \in \mathbb{F}_2^{n_1}} \sum_{\tau \neq \tau^*} (-1)^{\phi(\tau) + b\cdot\tau + a\cdot X}$$

$$+ \sum_{Z \neq 0} (-1)^{h(Z)+c\cdot Z} \sum_{X \in \mathbb{F}_2^{n_1}} \sum_{\tau \in \mathbb{F}_2^{n_1}} (-1)^{\phi(\tau) + b\cdot\tau + a\cdot X}$$

$$= (-1)^{b\cdot\tau^*} \sum_{X \in \mathbb{F}_2^{n_1}} (-1)^{g^*(X)+\sum\limits_{i \in D} x_i + a\cdot X} + \sum_{\tau \neq \tau^*} (-1)^{b\cdot\tau} \sum_{X \in \mathbb{F}_2^{n_1}} (-1)^{\phi(\tau) + a\cdot X}$$

$$+ \sum_{Z \neq 0} (-1)^{h(Z)+c\cdot Z} \sum_{\tau \in \mathbb{F}_2^{n_1}} (-1)^{b\cdot\tau} \sum_{X \in \mathbb{F}_2^{n_1}} (-1)^{\phi(\tau) + a\cdot X}.$$

若 $0 \leqslant wt(c,b,a) \leqslant m$, 则 $0 \leqslant wt(a) \leqslant m$, 由 $\phi(\tau)$ 的定义可得 $\sum\limits_{X \in \mathbb{F}_2^{n_1}} (-1)^{\phi(\tau)+a\cdot X} = 0$. 由于 $0 \leqslant wt(a) \leqslant m$, 所以 $\sum\limits_{i \in D} x_i + a\cdot X \neq 0$, 注意到函数 g^* 取值只与 $\{x_i \mid i \in D_2\}$ 有关, 从而

$$\sum_{X \in \mathbb{F}_2^{n_1}} (-1)^{g^*(X)+\sum\limits_{i \in D} x_i + a\cdot X} = 0.$$

因此 $W_f(c,b,a) = 0$, 即 f 是 m 阶弹性函数.

(4) 最后计算 f 的非线性度,

$$W_f(c,b,a) = \sum_{Z=0, Y \in \mathbb{F}_2^{n_1}, X \in \mathbb{F}_2^{n_1}} (-1)^{\sum\limits_{\tau \in \mathbb{F}_2^{n_1}} \xi(Y,\tau)\phi(\tau) + \xi(Y,\tau^*)g^*(X) + b\cdot Y + a\cdot X}$$

$$+ \sum_{Z\neq 0, Y\in\mathbb{F}_2^{n_1}, X\in\mathbb{F}_2^{n_1}} (-1)^{h(Z)+\sum_{\tau\in\mathbb{F}_2^{n_1}}\xi(Y,\tau)\phi(\tau)+c\cdot Z+b\cdot Y+a\cdot X}$$

$$= (-1)^{b\cdot\tau^*} \sum_{X\in\mathbb{F}_2^{n_1}} \left[(-1)^{g^*(X)+\sum_{i\in D}x_i+a\cdot X} - (-1)^{\sum_{i\in D}x_i+a\cdot X} \right]$$

$$+ \sum_{Z\in\mathbb{F}_2^{n_1}, Y\in\mathbb{F}_2^{n_1}, X\in\mathbb{F}_2^{n_1}} (-1)^{h(Z)+\sum_{\tau\in\mathbb{F}_2^{n_1}}\xi(Y,\tau)\phi(\tau)+c\cdot Z+b\cdot Y+a\cdot X}.$$

注意到 $g^*(X) + \sum_{i\in D} x_i + a\cdot X \neq \sum_{i\in D} x_i + a\cdot X$ 当且仅当 $g^*(X) = \prod_{i\in D_2} x_i = 1$, 故

$$\left| g^*(X) + \sum_{i\in D} x_i + a\cdot X \neq \sum_{i\in D} x_i + a\cdot X \right| \leqslant 2^{m+1}.$$

这导致了

$$\left| (-1)^{b\cdot\tau^*} \sum_{X\in\mathbb{F}_2^{n_1}} \left[(-1)^{g^*(X)+\sum_{i\in D}x_i+a\cdot X} - (-1)^{\sum_{i\in D}x_i+a\cdot X} \right] \right| \leqslant 2^{m+2}.$$

从而,

$$|W_f(c,b,a)| \leqslant \left| \sum_{Z,Y,X} (-1)^{h(Z)+\sum\xi(Y,\tau)\phi(\tau)+c\cdot Z+b\cdot Y+a\cdot X} \right| + 2^{m+2}.$$

再注意到

$$\left| \sum_{Z\in\mathbb{F}_2^{15}, Y\in\mathbb{F}_2^{n_1}, X\in\mathbb{F}_2^{n_1}} (-1)^{h(Z)+\sum_{\tau}\xi(Y,\tau)\phi(\tau)+c\cdot Z+b\cdot Y+a\cdot X} \right|$$

$$\leqslant \left| \sum_{Z\in\mathbb{F}_2^{15}} (-1)^{h(Z)+c\cdot Z} \right| \cdot \left| \sum_{Y\in\mathbb{F}_2^{n_1}, X\in\mathbb{F}_2^{n_1}} (-1)^{\sum_{\tau}\xi(Y,\tau)\phi(\tau)+b\cdot Y+a\cdot X} \right|$$

$$= |W_h(Z)| \cdot \left| \sum_{\tau\in\mathbb{F}_2^{n_1}} (-1)^{b\cdot\tau} \sum_{X\in\mathbb{F}_2^{n_1}} (-1)^{\phi(\tau)+a\cdot X} \right|,$$

并且 h 的非线性度是 $2^{14} - 2^7 + 20$, 由 $\phi(\tau)$ 的定义, 得到

$$NL(f) \geqslant 2^{n-1} - 2^{\frac{n-1}{2}} + (20\cdot 2^{\frac{n-15}{2}} - 108\cdot W^* - 2^{m+1}). \qquad \square$$

根据定理 6.17, W^* 越小, 构造算法 6.5 所得到的函数的非线性度越高. 因此, W_k 必须尽量小. 注意到对于变元 n 是偶数的布尔函数, 最高的非线性度是 $2^{n-1} - 2^{\frac{n}{2}-1}$; 对于奇数变元的布尔函数, 15 元布尔函数目前已知最高的非线性度是 $2^{14} - 2^7 + 20$, 9 元布尔函数目前已知最高非线性度是 $2^8 - 2^4 + 2$. 然后通过与

一个已有的 Bent 函数作直和, 可以得到其他奇数变元的目前已知最高的非线性度. 因此, W_k 取值如下

$$W_k = \begin{cases} 2^{n_1-k-1} - 2^{\frac{n_1-k}{2}-1}, & \text{若 } 2 \mid n_1-k; \\ 2^{n_1-k-1} - 2^{\frac{n_1-k-1}{2}} + 20 \cdot 2^{\frac{n_1-k-15}{2}}, & \text{若 } n_1-k > 15, 2 \nmid n_1-k; \\ 2^{n_1-k-1} - 2^{\frac{n_1-k_i-1}{2}} + 2^{\frac{n_1-k_i-7}{2}}, & \text{若 } 9 \leqslant n_1-k < 15, 2 \nmid n_1-k; \\ 2^{n_1-k-1} - 2^{\frac{n_1-k-1}{2}}, & \text{若 } n_1-k < 9, 2 \nmid n_1-k. \end{cases}$$

2. 直和构造法

定理 6.18　设 $f(x)$ 是 r 元 t 阶弹性函数, $g(x)$ 是 s 元 m 阶弹性函数, 则

$$h(x_1, \cdots, x_r, x_{r+1}, \cdots, x_{r+s}) = f(x_1, x_2, \cdots, x_r) + g(x_{r+1}, \cdots, x_{r+s})$$

是一个 $r+s$ 元 $t+m+1$ 阶弹性函数.

证明　利用 $W_h(u_1, u_2, \cdots, u_{r+s}) = W_f(u_1, u_2, \cdots, u_r) W_g(u_{r+1}, u_{r+2}, \cdots, u_{r+s})$ 即得结果. $\qquad\square$

定理 6.18 所构造的函数 h 可以视为 f 和 g 的直和, 因此该构造也称为直和构造. 计算易知, 函数 h 的代数次数满足 $\deg h = \max\{\deg f, \deg g\}$, 非线性度满足

$$NL(h) = 2^{r+s-1} - \frac{1}{2}(2^r - 2NL(f))(2^s - 2NL(g)).$$

需要注意的是, 当 $NL(f) = 2^{r-1} - 2^{t+1}$, $NL(g) = 2^{s-1} - 2^{m+1}$, 即 f, g 的非线性度均达到 Sarkar 限时,

$$NL(h) = 2^{r+s-1} - 2^{t+m+3} < 2^{r+s-1} - 2^{t+m+2}.$$

这表明直和构造法得到的函数一般无法达到 Sarkar 限. 但若 g 不取弹性函数, 则可能构造出达到 Sarkar 限的弹性函数.

定理 6.19　设 $f(x)$ 是 r 元 t 阶弹性函数, 则

$$h(x_1, x_2, \cdots, x_r, x_{r+1}) = f(x_1, x_2, \cdots, x_r) + x_{r+1}$$

是一个 $r+1$ 元 $t+1$ 阶弹性函数.

定理 6.19 得到的函数 h 的代数次数为 $\deg h = \max\{\deg f, 1\} = \deg f$, 非线性度为 $NL(h) = 2NL(f)$. 当 $NL(f) = 2^{r-1} - 2^{t+1}$, 即 f 的非线性度达到 Sarkar 限时, $NL(h) = 2^r - 2^{t+2}$, 这表明该方法构造的函数可以达到 Sarkar 限. 因此由一个达到 Sarkar 限的 r 元 t 阶弹性函数可以得到一列达到 Sarkar 限的 $r+k$ 元 $t+k$ 阶弹性函数, k 为任意正整数. Sarkar 在文献 [39] 中首次使用该方法构造达到 Sarkar 限的弹性函数列.

定义 6.8　设 $i \geqslant 1$, 定义函数列 $SS(i)$ 如下:

$$SS(0) = f_{0,0}, f_{0,1}, \cdots,$$
$$SS(1) = f_{1,0}, f_{1,1}, \cdots,$$
$$\cdots\cdots$$
$$SS(i) = f_{i,0}, f_{i,1}, \cdots,$$
$$\cdots\cdots$$

这里 $f_{i,j}$ 是 $(3+2i+j, i+j, 2+i, 2^{2+2i+j} - 2^{1+i+j})$ 函数, 例如 $f_{0,0}$ 是 $(3,0,2,2)$ 函数, $f_{1,0}$ 是 $(5,1,3,12)$ 函数.

显然, 对任意达到 Sarkar 限的 $(n, m, n-m-1, 2^{n-1} - 2^{m+1})$ 函数, 该函数即为 $SS(n-m-3)$ 函数列中的 $f_{n-m-3,\, 2m-n+3}$, 这说明所有达到 Sarkar 限的函数必然存在于某个 $SS(i)$ 的函数列中.

另一方面, 上面的 $SS(i)$ 函数列中, 所有的函数都是达到 Sarkar 限的函数, 并且只要函数 f_{i,j_0} 存在, 利用定理 6.19, $f_{i,j}(j > j_0)$ 都可以由 f_{i,j_0} 通过增加变元获得. 特别地, 只要函数 $f_{i,0}$ 存在, 就可以构造出 $SS(i)$ 中的所有函数. 目前只知道 $f_{0,0}$、$f_{1,0}$、$f_{2,0}$、$f_{3,0}$ 是存在的, 对于 $i \geqslant 4$, 并不知道函数 $f_{i,0}$ 是否存在. 在文献 [40] 中, Sarkar 证明了如下结果:

定理 6.20 对函数列 $SS(i) = f_{i,0}, f_{i,1}, \cdots,$ 一定存在 j_0, 使得 f_{i,j_0} 存在, 从而 $f_{i,j}(j \geqslant j_0)$ 也存在.

证明 设 j_0 满足

$$2^{1+i} = 3 + i + j_0, \quad x \in \mathbb{F}_2^{i+j_0+2}, \quad y \in \mathbb{F}_2^{1+i}.$$

令 $g_y(x) = l_y \cdot x$, 其中 $l_y \in \mathbb{F}_2^{i+j_0+2}$ 且 $wt(l_y) \geqslant i+j_0+1$, 则可以得到 $3+i+j_0 = 2^{1+i}$ 个 $2+i+j_0$ 元线性函数, 并且其中每一个函数均为 $i+j_0$ 阶弹性函数. 令

$$f(x, y) = g_y(x), \quad x \in \mathbb{F}_2^{i+j_0+2}, \quad y \in \mathbb{F}_2^{1+i},$$

则 f 为 $3+2i+j_0$ 元 $i+j_0$ 阶弹性函数.

设 $\alpha \in \mathbb{F}_2^{i+j_0+2}, \beta \in \mathbb{F}_2^{1+i}$, 则

$$W_f(\alpha, \beta) = \sum_{x,y}(-1)^{g_y(x)+\alpha\cdot x+\beta\cdot y} = \sum_y (-1)^{\beta\cdot y}\sum_x (-1)^{(l_y+\alpha)\cdot x}$$

$$= \begin{cases} 0, & \text{若 } wt(\alpha) \leqslant i+j_0; \\ \pm 2^{2+i+j_0}, & \text{否则.} \end{cases}$$

于是

$$NL(f) = 2^{2+2i+j_0} - 2^{1+i+j_0},$$

即其非线性度达到 Sarkar 限, 从而其代数次数为 $2+i$, 故 f 为

$$(3+2i+j_0, i+j_0, 2+i, 2^{2+2i+j_0} - 2^{1+i+j_0})$$

函数, 取 $f_{i,j_0} = f$ 就证明了 f_{i,j_0} 的存在性, 再由定理 6.19, $f_{i,j}(j \geqslant j_0)$ 也都存在. $\square$

3. 其他构造法

定理 6.21 设 $g(x)$ 是 r 元 t 阶弹性函数, 则

$$h(x_1, x_2, \cdots, x_r, x_{r+1}) = x_{r+1} + g(x_1, \cdots, x_{r-1}, x_r + x_{r+1})$$

是 t 阶弹性函数.

证明 只需计算函数 h 的 Walsh 谱即可. □

这种构造方法给出的弹性函数的非线性度为 $NL(h) = 2NL(g)$, 代数次数为 $\deg h = \deg g$. 另外, Tarannikov 利用该构造方法, 并结合直和构造和级联构造给出了一种新的构造方法. 当 $m \geqslant 0.6n$ 时, Tarannikov 构造的弹性函数的非线性度达到了 Sarkar 限. 该构造方法有些繁琐, 篇幅所限, 本文不做介绍, 感兴趣的读者请参阅文献 [45, 46]. Tarannikov 的构造方法在 2004 年被 Carlet 加以推广[9], 下面介绍 Carlet 的推广构造法.

定理 6.22 设 $f_1(x)$, $f_2(x)$ 均是 r 元 t 阶弹性函数, $g_1(y)$, $g_2(y)$ 均是 s 元 m 阶弹性函数, 则

$$h(x, y) = f_1(x) + g_1(y) + (f_1 + f_2)(x)(g_1 + g_2)(y)$$

是 $r + s$ 元 $t + m + 1$ 阶弹性函数.

证明

$$
\begin{aligned}
W_h(a, b) &= \sum_{y \in \mathbb{F}_2^s} \sum_{x \in \mathbb{F}_2^r} (-1)^{h(x, y) + a \cdot x + b \cdot y} \\
&= \sum_{y \in \mathbb{F}_2^s, g_1 + g_2 = 0} \sum_{x \in \mathbb{F}_2^r} (-1)^{f_1(x) + a \cdot x} (-1)^{g_1(y) + b \cdot y} \\
&\quad + \sum_{y \in \mathbb{F}_2^s, g_1 + g_2 = 1} \sum_{x \in \mathbb{F}_2^r} (-1)^{f_2(x) + a \cdot x} (-1)^{g_1(y) + b \cdot y} \\
&= W_{f_1}(a) \sum_{y \in \mathbb{F}_2^s, g_1 + g_2 = 0} (-1)^{g_1(y) + b \cdot y} + W_{f_2}(a) \sum_{y \in \mathbb{F}_2^s, g_1 + g_2 = 1} (-1)^{g_1(y) + b \cdot y} \\
&= W_{f_1}(a) \sum_{y \in \mathbb{F}_2^s} (-1)^{g_1(y) + b \cdot y} \left(\frac{1 + (-1)^{g_1 + g_2}}{2} \right) \\
&\quad + W_{f_2}(a) \sum_{y \in \mathbb{F}_2^s} (-1)^{g_1(y) + b \cdot y} \left(\frac{1 - (-1)^{g_1 + g_2}}{2} \right) \\
&= \frac{1}{2} W_{f_1}(a)[W_{g_1}(b) + W_{g_2}(b)] + \frac{1}{2} W_{f_2}(a)[W_{g_1}(b) - W_{g_2}(b)].
\end{aligned}
$$

当 $0 \leqslant wt(a, b) \leqslant t + m + 1$ 时, $wt(a) \leqslant t$ 或者 $wt(b) \leqslant m$, 于是 $W_{f_1}(a) = W_{f_2}(a) = 0$ 或者 $W_{g_1}(a) = W_{g_2}(a) = 0$, 从而 $W_h(a, b) = 0$. 所以 h 为 $t + m + 1$ 阶弹性函数. □

容易看出,

$$\deg(h) = \max\{\deg(f_1), \deg(g_1), \deg(f_1 + f_2) + \deg(g_1 + g_2)\}.$$

进一步, 如果 W_{f_1} 与 W_{f_2} 的支撑是不交的, 并且 W_{g_1} 与 W_{g_2} 的支撑也是不交的, 那么

$$\max_{(a,b)\in\mathbb{F}_2^r\times\mathbb{F}_2^s}|W_h(a,b)| = \frac{1}{2}\max_{i,j\in\{1,2\}}\Big(\max_{a\in\mathbb{F}_2^r}|W_{f_i}(a)|\max_{b\in\mathbb{F}_2^s}|W_{g_j}(b)|\Big),$$

从而所构造函数的非线性度满足:

$$NL(h) = \min_{i,j\in\{1,2\}}\{2^{r+s-2}+2^{r-1}NL(g_j)+2^{s-1}NL(f_i)-NL(f_i)NL(g_j)\}.$$

与 Bent 函数的构造类似, 也可以给出变元个数不增的弹性函数构造方法.

定理 6.23[10]   若 $f_1(x), f_2(x), f_3(x)$ 是 r 元 t 阶弹性函数, 则 $g(x) = f_1(x) + f_2(x) + f_3(x)$ 也是 t 阶弹性函数当且仅当

$$h(x) = f_1(x)f_2(x) + f_1(x)f_3(x) + f_2(x)f_3(x)$$

是 t 阶弹性函数.

证明   由引理 4.3 可知

$$W_{f_1} + W_{f_2} + W_{f_3} = W_g + 2W_h.$$

由于对任意 $0\leqslant wt(u)\leqslant t$, 有 $W_{f_1}(u)=0, W_{f_2}(u)=0, W_{f_3}(u)=0$, 从而 $W_g(u)=0$ 当且仅当 $W_h(u)=0$, 即 $g(x)$ 是 t 阶弹性函数当且仅当 $h(x)$ 是 t 阶弹性函数.   □

在结束弹性函数的构造之前, 再介绍两种构造弹性函数的方法. 一种是 Maity 和 Johansson 等提出的通过修改 Bent 函数部分输出值来构造非线性度较高的 1 阶弹性函数的方法[29~31]. 其基本思想是通过修改 Maiorana-McFarland 型的 Bent 函数来构造具有较高非线性度和代数次数的 1 阶弹性函数. 这种构造表明与 Bent 函数距离较小的那些弹性函数具有非常好的非线性度. Maity 等还讨论了 Bent 函数与 1 阶弹性函数的最小距离问题, 即一个 Bent 函数至少要修改多少个输出点才能得到一个 1 阶弹性函数, 并给出了求解该最小距离下界的一个算法. 在此基础上, 李超和屈龙江进一步研究了 Bent 函数和弹性函数的最小距离问题, 将计算该最小距离的问题归结为构造满足特定条件矩阵的组合问题和特定形式 Bent 函数的存在性问题, 并得到了此时最小距离下界的一个公式[37, 38]. 另外一种方法就是龚光等利用有限域上的迹函数来构造弹性函数[24]. 由于弹性性质不是仿射不变量, 选择不同的基会对弹性性质产生影响, 所以对给定有限域上的函数, 如何选择一组合适的基, 使得它的弹性阶数较高仍是一个未能解决的问题.

6.3   弹性函数的计数

上一节主要介绍了弹性函数的各种构造方法, 本节将讨论弹性函数的一些计数结果. 实际上, 专门讨论弹性函数计数问题的文章较少, 大部分已有文献都是讨论相

关免疫函数的计数, 而弹性函数的计数往往是作为相关免疫函数计数的附带结果. 关于相关免疫函数的计数, 我国学者有很多工作, 读者可参考文献 [20, 43, 49, 51].

6.3.1   弹性函数的计数上限

下面用 $N(n,m)$ 表示 n 元 m 阶弹性函数的个数. 文献 [51] 给出了 1 阶相关免疫函数的一个上限, 利用该方法, 可以得到弹性函数的计数上限.

定理 6.24

$$N(n,1) \leqslant \sum_{i=0}^{2^{n-2}} \binom{2^{n-2}}{i}^4.$$

证明   设 $f(x_1, x_2, \cdots, x_n)$ 是 n 元 1 阶弹性函数, 把 $f(x_1, x_2, \cdots, x_n)$ 按如下方式写成四个 $n-2$ 元函数

$$f_1(x_1, \cdots, x_{n-2}), f_2(x_1, \cdots, x_{n-2}), f_3(x_1, \cdots, x_{n-2}), f_4(x_1, \cdots, x_{n-2})$$

的级联, 即

$$f = (1 + x_n)(1 + x_{n-1})f_1 + (1 + x_n)x_{n-1}f_2 + x_n(1 + x_{n-1})f_3 + x_n x_{n-1} f_4.$$

从而

$$wt(f) = 2^{n-1} \Leftrightarrow wt(f_1) + wt(f_2) + wt(f_3) + wt(f_4) = 2^{n-1},$$
$$wt(f \mid x_n = 0) = 2^{n-2} \Leftrightarrow wt(f_1) + wt(f_2) = 2^{n-2},$$
$$wt(f \mid x_{n-1} = 0) = 2^{n-2} \Leftrightarrow wt(f_1) + wt(f_3) = 2^{n-2}.$$

故

$$wt(f_2) = wt(f_3) = 2^{n-2} - wt(f_1), \quad wt(f_4) = wt(f_1).$$

注意到选择 f_1, f_2, f_3, f_4 的方式总共有

$$\sum_{wt(f_1)=0}^{2^{n-2}} \binom{2^{n-2}}{wt(f_1)}^2 \binom{2^{n-2}}{2^{n-2} - wt(f_1)}^2 = \sum_{i=0}^{2^{n-2}} \binom{2^{n-2}}{i}^4,$$

并且这只是考虑了在固定 x_{n-1}, x_n 上的平衡, 而 1 阶弹性函数应该是在固定任意 $x_i (1 \leqslant i \leqslant n)$ 上的平衡, 所以 1 阶弹性函数的数目满足:

$$N(n,1) \leqslant \sum_{i=0}^{2^{n-2}} \binom{2^{n-2}}{i}^4. \qquad \square$$

定理 6.24 把函数 f 用 4 个 $n-2$ 元函数级联, Park 等利用类似的方法, 将 f 表示为 8 个 $n-3$ 元的函数的级联[32], 得到下面结果:

定理 6.25

$$N(n,1) \leqslant \sum_{a,b,c,d=0}^{2^{n-3}} \binom{2^{n-3}}{a}\binom{2^{n-3}}{b}\binom{2^{n-2}}{c}\binom{2^{n-3}}{d}$$
$$\binom{2^{n-3}}{2^{n-2}-a-b-c}\binom{2^{n-3}}{2^{n-2}-a-c-d}\binom{2^{n-3}}{c+d-b}\binom{2^{n-3}}{a+b-d}.$$

当级联的函数的变元个数为 $n-k$ 时, 需要级联的函数数目为 2^k 个, 此时上述方法将产生一个含 $k+1$ 个方程, 2^k 个未知量的方程组. 显然当 $k \geqslant 4$ 时, 上面方法就不好处理了. 对于高阶弹性函数, 上述通过把函数级联的方法, 就没有效果了, 但是利用 Siegenthaler 界, 首先可以给出 n 元 m 阶弹性函数个数的一个上限.

定理 6.26

$$N(n,m) \leqslant 2^{\sum\limits_{i=0}^{n-m-1}\binom{n}{i}}.$$

Schneider 在文献 [40] 给出了一种构造相关免疫函数的算法, 利用该构造方法可以给出 n 元 m 阶弹性函数个数如下的一个上限.

定理 6.27

$$N(n,m) \leqslant \prod_{i=1}^{n-m}\binom{2^i}{2^{i-1}}^{\binom{n-i-1}{m-1}}.$$

由 Siegenthaler 限可知, n 元 m 阶弹性函数次数不超过 $n-m-1$. 次数小于 $n-m-1$ 的布尔函数个数最多为 $2^{\sum\limits_{i=0}^{n-m-2}\binom{n}{i}}$, 次数等于 $n-m-1$ 布尔函数全体为 $2^{\sum\limits_{i=0}^{n-m-1}\binom{n}{i}} - 2^{\sum\limits_{i=0}^{n-m-2}\binom{n}{i}}$, Carlet[11, 12] 利用 m 阶弹性函数的性质, 改进了后面一部分的值, 从而给出了关于 n 元 m 阶弹性函数的最好的上限.

定理 6.28

$$N(n,m) \leqslant \begin{cases} \dfrac{2^{\sum\limits_{i=0}^{n-m-1}\binom{n}{i}} - 2^{\sum\limits_{i=0}^{n-m-2}\binom{n}{i}}}{2^{2^{2m}+1}-1} + 2^{\sum\limits_{i=0}^{n-m-2}\binom{n}{i}}, & 2 \leqslant m < n/2; \\[4mm] \dfrac{\binom{n}{n-m-1}}{2^{\binom{m+1}{n-m-1}+1}}\prod_{i=1}^{n-m}\binom{2^i}{2^{i-1}}^{\binom{n-i-1}{m-1}} + 2^{\sum\limits_{i=0}^{n-m-2}\binom{n}{i}}, & n/2 \leqslant m < n. \end{cases}$$

6.3.2 弹性函数的计数下限

文献 [43] 提出基于布尔函数的特征矩阵来构造相关免疫函数的方法, 该方法在给出相关免疫函数的构造同时, 可以得到相关免疫函数的计数的下限, 于是得到弹性函数的计数的下限.

构造 6.6 设集合 $A \cup B = \mathbb{F}_2^n$, $A \cap B = \varnothing$, 并且满足若 $(c_1, c_2, \cdots, c_n) \in A$, 则有 $(c_1+1, c_2+1, \cdots, c_n+1) \in B$, 称 $(c_1, c_2, \cdots, c_n)$ 和 $(c_1+1, c_2+1, \cdots, c_n+1)$ 为一

共轭对. 从 A 中选择 2^{n-2} 个不同的元素 $(c_{11}, c_{12}, \cdots, c_{1n}), \cdots, (c_{2^{n-2}1}, c_{2^{n-2}2}, \cdots,$ $c_{2^{n-2}n})$, 相应地从 B 选择 $(c_{11}+1, c_{12}+1, \cdots, c_{1n}+1), \cdots, (c_{2^{n-2}1}+1, c_{2^{n-2}2}+1, \cdots, c_{2^{n-2}n}+1)$, 则矩阵

$$
A_1 = \begin{pmatrix}
c_{11} & c_{12} & \cdots & c_{1n} \\
c_{21} & c_{22} & \cdots & c_{2n} \\
\vdots & \vdots & & \vdots \\
c_{2^{n-2}1} & c_{2^{n-2}2} & \cdots & c_{2^{n-2}n} \\
c_{11}+1 & c_{12}+1 & \cdots & c_{1n}+1 \\
c_{21}+1 & c_{22}+1 & \cdots & c_{2n}+1 \\
\vdots & \vdots & & \vdots \\
c_{2^{n-2}1}+1 & c_{2^{n-2}2}+1 & \cdots & c_{2^{n-2}n}+1
\end{pmatrix}
$$

是 $(2^{n-1}, n, 2, 1)$ 正交矩阵, 且这样的矩阵总共有 $\binom{2^{n-1}}{2^{n-2}}$ 个.

构造 6.7 设矩阵 C 是 $\mathbb{F}_2^{n-1}$ 中全部向量按共轭对作为相邻行排起来的矩阵, 即

$$
C = \begin{pmatrix}
0 & 0 & \cdots & 0 & 0 \\
1 & 1 & \cdots & 1 & 1 \\
\vdots & \vdots & & \vdots & \vdots \\
0 & 0 & \cdots & 0 & 1 \\
1 & 1 & \cdots & 1 & 0
\end{pmatrix}_{2^{n-1} \times (n-1)}.
$$

在矩阵 C 的第一列前再增加 0 和 1 平衡的一列, 要求每对共轭向量前添加的元素相同, 添加完后的矩阵记为 A_2, 这样就可以构造 $\binom{2^{n-2}}{2^{n-3}}$ 个 $(2^{n-1}, n, 2, 1)$ 正交矩阵.

构造 6.8 步骤 1 给定 $2 \leqslant j \leqslant n-2$, 把 $\mathbb{F}_2^j$ 中全部向量按共轭对相邻的规则排成矩阵 C_2;

步骤 2 在矩阵 C_2 的第一列前添加 0 和 1 各一半的列向量, 且要求每个共轭对前添的元素相同. 这种添法有 $\binom{2^{j-1}}{2^{j-2}}$ 种, 添完后的矩阵记为 C_3;

步骤 3 在矩阵 C_3 的第一列前添加 $n-j-1$ 列 0 和 1 各一半的列向量, 这种添法共有 $\binom{2^j}{2^{j-1}}^{n-j-1}$ 种, 添完后的矩阵记为 C_4;

步骤 4 在矩阵 C_4 的最后一行后添上 $2^{n-1} - 2^j$ 个向量, 要求添加的向量两两共轭, 且不重复矩阵 C_4 的行向量, 这种添法共有 $\binom{2^{n-1} - 2^j}{2^{n-2} - 2^{j-1}}$ 种, 添完后的矩

阵记为 A_3, 则 A_3 为 $(2^{n-1}, n, 2, 1)$ 正交矩阵.

不难看出, 上面三种构造得到的正交矩阵互不相同, 又由于每个 $(2^{n-1}, n, 2, 1)$ 的正交矩阵都对应一个 n 元 1 阶弹性函数, 因此有

定理 6.29

$$N(n, 1) \geqslant \binom{2^{n-1}}{2^{n-2}} + \binom{2^{n-2}}{2^{n-3}} + \sum_{j=2}^{n-2} \binom{2^{j-1}}{2^{j-2}} \binom{2^j}{2^{j-1}}^{n-j-1} \binom{2^{n-1} - 2^j}{2^{n-2} - 2^{j-1}}.$$

对 m 阶弹性函数而言, 需要构造 $(2^{n-1}, n, 2, m)$ 正交矩阵, 文献 [49] 给出了下面的结果:

引理 6.3 B_1 是 $(2^{n-1}, n, 2, m)$ 正交矩阵当且仅当

$$B = \begin{pmatrix} 1 & B_1 \\ 0 & B_1^* \end{pmatrix}$$

是 $(2^n, n+1, 2, m+1)$ 正交矩阵, 这里 B_1^* 是以 $\mathbb{F}_2^{n-1}$ 中除 B_1 的行向量以外的所有向量为行向量构成的矩阵.

利用引理 6.3, 可得到

$$N(n, m) \geqslant N(n-1, m-1) \geqslant \cdots \geqslant N(n-m+1, 1).$$

故有如下结果:

定理 6.30

$$N(n, m) \geqslant \binom{2^{n-m}}{2^{n-m-1}} + \binom{2^{n-m-1}}{2^{n-m-2}} + \sum_{j=2}^{n-m-1} \binom{2^{j-1}}{2^{j-2}} \binom{2^j}{2^{j-1}}^{n-m-j} \binom{2^{n-m} - 2^j}{2^{n-m-1} - 2^{j-1}}.$$

6.4 向量弹性函数的定义与性质

向量弹性函数的概念最初是由 Chor[3] 和 Bennett[1] 等提出并加以研究的, 当时所称的弹性函数实际上就是指向量弹性函数. 向量弹性函数可用于容错计算、量子密码学中的密钥分配, 以及流密码中的密钥序列的产生. 在 Siegenthaler 提出相关免疫函数的概念后, 人们发现 Chor 等提出的向量弹性函数与平衡多输出相关免疫函数是一致的, 因此向量弹性函数可以看成布尔弹性函数的推广. 为了叙述方便起见, 本书中弹性布尔函数就简称为弹性函数, 而向量形式的弹性函数称为向量弹性函数.

定义 6.9 设 n, m 是正整数, t 为整数且满足 $0 \leqslant t \leqslant n$, 如果 (n, m) 函数 $F(x)$ 在固定任意 t 个输入比特以后输出分布不变, 则称 $F(x)$ 是 t 阶向量相关免疫函数; 如果 $F(x)$ 既是 t 阶相关免疫的又是平衡的, 则称 $F(x)$ 是 t 阶向量弹性函数, 此时称为 (n, m, t) 函数.

定理 6.31　设 $F(x)$ 是一个 (n,m) 函数, 则以下条件等价:

(1) $F(x)$ 是 t 阶向量弹性函数;

(2) 对任意的 $0 \neq v \in \mathbb{F}_2^m$, $v \cdot F$ 是 t 阶弹性函数;

(3) 设 $b \in \mathbb{F}_2^m$, 令

$$\varphi_b(x) = \begin{cases} 1, & F(x) = b, \\ 0, & F(x) \neq b, \end{cases}$$

则对任意 $b \in \mathbb{F}_2^m$, 有 $wt(\varphi_b) = 2^{n-m}$, 且 $\varphi_b(x)$ 是 t 阶相关免疫函数.

证明　由向量弹性函数的定义易知 $(1) \Rightarrow (2)$.

$(2) \Rightarrow (3)$　由于 $\varphi_b(x) = \dfrac{1}{2^m} \sum\limits_{v \in \mathbb{F}_2^m} (-1)^{v \cdot (F(x)+b)}$, 从而当 $v \cdot F$ 是 t 阶弹性函数时, 对任意的 $a \in \mathbb{F}_2^n$, 有 $0 \leqslant wt(a) \leqslant t$, $\varphi_b(x)$ 的线性谱为

$$\begin{aligned} S_{\varphi_b}(a) &= \sum_{x \in \mathbb{F}_2^n} \frac{1}{2^m} \sum_{v \in \mathbb{F}_2^m} (-1)^{v \cdot (F(x)+b)} (-1)^{a \cdot x} \\ &= \sum_{v \in \mathbb{F}_2^m} \frac{1}{2^m} (-1)^{v \cdot b} \sum_{x \in \mathbb{F}_2^n} (-1)^{v \cdot F(x) + a \cdot x} \\ &= \frac{1}{2^m} \sum_{x \in \mathbb{F}_2^n} (-1)^{a \cdot x} + \sum_{0 \neq v \in \mathbb{F}_2^m} \frac{1}{2^m} (-1)^{v \cdot b} \sum_{x \in \mathbb{F}_2^n} (-1)^{v \cdot F(x) + a \cdot x} \\ &= \begin{cases} 2^{n-m}, & a = 0; \\ 0, & 1 \leqslant wt(a) \leqslant t. \end{cases} \end{aligned}$$

利用 Walsh 谱和线性谱的关系可得

$$W_{\varphi_b}(a) = \begin{cases} 2^n - 2^{n-m+1}, & a = 0; \\ 0, & 1 \leqslant wt(a) \leqslant t. \end{cases}$$

所以对任意的 $b \in \mathbb{F}_2^m$, 有 $wt(\varphi_b) = 2^{n-m}$ 且 φ_b 为 t 阶相关免疫函数.

$(3) \Rightarrow (1)$　由于对任意 $b \in \mathbb{F}_2^m$, $wt(\varphi_b) = 2^{n-m}$, 则 $F(x)$ 是平衡的. 又由于 φ_b 为 t 阶相关免疫函数, 则对任意 $(a_1, a_2, \cdots, a_t) \in \mathbb{F}_2^t$,

$$wt(\varphi_b \mid x_{i_1} = a_1, x_{i_2} = a_2, \cdots, x_{i_t} = a_t) = \frac{1}{2^t} wt(\varphi_b)$$

$$\Rightarrow |F^{-1}(b) \mid x_{i_1} = a_1, x_{i_2} = a_2, \cdots, x_{i_t} = a_t| = \frac{1}{2^t} |F^{-1}(b)|$$

$$\Rightarrow p(F(x) = b \mid x_{i_1} = a_1, x_{i_2} = a_2, \cdots, x_{i_t} = a_t) = p(F(x) = b).$$

所以 $F(x)$ 为 t 阶向量弹性函数. $\qquad\qquad\square$

定理 6.31 建立了向量函数的弹性与分量函数的弹性两者之间的关系, 因此向量函数弹性的判定问题可以转化为布尔函数弹性的判定问题. 利用弹性函数的已有

结果, 可以得到向量弹性函数的弹性阶数与代数次数和非线性度等密码学指标之间的关系.

定理 6.32 设 $F(x)$ 是 (n, m, t) 函数, $t \leqslant n - 2$, 则其一致代数次数和代数次数满足

$$\mathrm{Deg}F \leqslant \deg F \leqslant n - t - 1;$$

非线性度满足

$$NL(F) \leqslant 2^{n-1} - \frac{1}{2} \frac{2^n}{\sqrt{2^n - \sum\limits_{k=0}^{t} \binom{n}{k}}},$$

且对任意的 $(u, v) \in \mathbb{F}_2^n \times \mathbb{F}_2^m$,

$$W_F(u, v) \equiv 0 \mod 2^{t+2}.$$

推论 6.4 设 $F = (f_1, f_2, \cdots, f_m)$ 是 (n, m, t) 函数, 则对任意 $0 \leqslant s \leqslant m$, $0 \leqslant k \leqslant t$, 有

(1) $F = (f_1, f_2, \cdots, f_m)$ 是 (n, m, k) 函数;

(2) $G = (f_1, f_2, \cdots, f_s)$ 是 (n, s, k) 函数.

向量弹性函数的研究比弹性函数的研究困难得多, 向量弹性函数的输入变量个数, 输出变量个数, 弹性阶数之间是存在约束关系的, 下面定理给出一个简单的约束关系.

定理 6.33 设 $F(x)$ 是一个 (n, m, t) 函数, 则 $t \leqslant n - m$.

证明 由于 $F(x)$ 是 (n, m, t) 函数, 则 $F(x)$ 在固定 t 个变元后得到的 $(n-t, m)$ 函数一定为平衡函数, 因此 $n - t \geqslant m$. □

Bierbrauer 等考虑了以向量弹性函数的输入变量个数、输出变量个数、弹性阶数为参数的一个线性规划问题, 从而给出了这些参数之间的一个隐含关系[2]. 利用该隐含关系, 得到下面的结果:

定理 6.34[2] 设 $F(x)$ 是一个 (n, m, t) 函数, 则

$$t \leqslant 2 \left\lfloor \frac{2^{m-2}(n+1)}{2^m - 1} \right\rfloor - 1$$

和

$$t \leqslant \left\lfloor \frac{2^{m-1}n}{2^m - 1} \right\rfloor - 1$$

同时成立.

上面定理中的两个上限都是紧的, 下一节可以看到 $(2^m - 1, m, 2^{m-1} - 1)$ 线性弹性函数存在并达到这些上限.

6.5　向量弹性函数的构造

Bennett 等最早把向量弹性函数的构造与纠错编码联系起来, 通过线性码来构造线性弹性函数[1].

定理 6.35　设 G 是一个 $[n, k, d]$ 线性码的生成矩阵, 定义函数 $L : \mathbb{F}_2^n \to \mathbb{F}_2^k$ 为

$$L(x) = xG^{\mathrm{T}},$$

这里 x 为行向量, G^{T} 表示矩阵 G 的转置, 则 $L(x)$ 为 $(n, k, d-1)$ 函数.

证明　设 $0 \neq v \in \mathbb{F}_2^k$, 则

$$v \cdot L(x) = v \cdot (xG^{\mathrm{T}}) = v(xG^{\mathrm{T}})^{\mathrm{T}} = (vG)x^{\mathrm{T}} = (vG) \cdot x.$$

由于 vG 为线性码的一个非零码字, 所以 $wt(vG) \geqslant d$, 因此 $v \cdot L(x)$ 为 $d-1$ 阶弹性函数, 从而 $L(x)$ 为 $(n, k, d-1)$ 函数.　　　　　　　　□

定理 6.35 所构造的向量弹性函数的代数次数和一致代数次数均为 1, 非线性度为 0. 进一步, 不难看出, 如果存在线性弹性函数, 那么也可以构造相应的线性码, 这样一来就有了关于向量弹性函数一个很重要的结论.

定理 6.36　线性 (n, k, t) 函数存在当且仅当 $[n, k, t+1]$ 线性码存在.

由纠错编码的理论, $[2^m - 1, m, 2^{m-1}]$ 线性码是存在的, 从而参数为 $(2^m - 1, m, 2^{m-1} - 1)$ 的线性弹性函数是存在的, 于是定理 6.34 中的界都是紧的.

定理 6.36 给出了线性向量弹性函数与线性码的对应关系, 对于一般的向量弹性函数, Stinson 把向量弹性函数的存在性与一组正交矩阵的存在性等价起来[44].

定理 6.37[44]　(n, m, t) 函数存在的充要条件是存在 2^m 个两两不交的 $(2^{n-m}, n, 2, t)$ 正交矩阵.

定理 6.37 是关于向量弹性函数构造的一个很好的理论结果, 但是由于构造 2^m 个两两不交的 $(2^{n-m}, n, 2, t)$ 正交矩阵本身极其困难, 因此定理 6.37 只具有理论上的意义.

构造弹性函数的 Maiorana-McFarland 方法也可以推广到向量情形, 该方法是向量弹性函数构造中用的最为广泛的方法之一.

定理 6.38　设

$$M(y) = \begin{pmatrix} \varphi_{11}(y) & \cdots & \varphi_{1m}(y) \\ \vdots & & \vdots \\ \varphi_{r1}(y) & \cdots & \varphi_{rm}(y) \end{pmatrix},$$

$$F(x, y) = xM(y) + H(y), \quad (x, y) \in \mathbb{F}_2^r \times \mathbb{F}_2^s,$$

这里 $r+s=n$, H 为 (s,m) 函数, φ_{ij} 为 s 元布尔函数. 如果对任意的 y, $M(y)$ 的转置为某个 $[r,m,d]$ 线性码 C 的生成矩阵, 那么 (n,m) 函数 $F(x,y)$ 为 $d-1$ 阶向量弹性函数.

证明 设

$$\phi_1(y) = (\varphi_{11}(y), \varphi_{21}(y), \cdots, \varphi_{r1}(y))^{\mathrm{T}},$$

$$\cdots\cdots$$

$$\phi_m(y) = (\varphi_{1m}(y), \varphi_{2m}(y), \cdots, \varphi_{rm}(y))^{\mathrm{T}},$$

$$H(y) = (h_1(y), h_2(y), \cdots, h_m(y))^{\mathrm{T}},$$

则 $F(x,y)$ 可写成如下形式:

$$F(x,y) = (x \cdot \phi_1(y) + h_1(y), \cdots, x \cdot \phi_m(y) + h_m(y)). \tag{6.12}$$

设 $0 \neq v \in \mathbb{F}_2^m$, $(\alpha, \beta) \in \mathbb{F}_2^r \times \mathbb{F}_2^s$, 则

$$
\begin{aligned}
W_{v \cdot F}(\alpha, \beta) &= \sum_{x \in \mathbb{F}_2^r, y \in \mathbb{F}_2^s} (-1)^{v \cdot F + \alpha \cdot x + \beta \cdot y} \\
&= \sum_{x \in \mathbb{F}_2^r, y \in \mathbb{F}_2^s} (-1)^{\sum\limits_{i=1}^{m} v_i(x \cdot \phi(y) + h_i(y)) + \alpha \cdot x + \beta \cdot y} \\
&= \sum_{y \in \mathbb{F}_2^s} (-1)^{\beta \cdot y + \sum\limits_{i=1}^{m} v_i h_i(y)} \sum_{x \in \mathbb{F}_2^r} (-1)^{\left(\sum\limits_{i=1}^{m} v_i \phi(y) + \alpha\right) \cdot x}.
\end{aligned}
$$

对任意的 y, $M(y)$ 的转置均为某个 $[r,m,d]$ 线性码 C 的生成矩阵, 而 $\sum\limits_{i=1}^{m} v_i \phi_i(y)$ 为一个非零码字, 故其 Hamming 重量至少为 d, 从而当 $wt(\alpha) \leqslant d-1$ 时, 有 $W_{v \cdot F}(\alpha, \beta) = 0$, 故 $F(x,y)$ 为 $d-1$ 阶向量弹性函数. $\square$

与弹性函数构造中的 Maiorana-McFarland 方法类似, 可以证明式 (6.12) 所构造的函数的非线性度满足:

$$NL(F) = 2^{n-1} - 2^{r-1} \max_{u \in \mathbb{F}_2^r, u' \in \mathbb{F}_2^s, 0 \neq v \in \mathbb{F}_2^m} \left| \sum_{y \in E_{u,v}} (-1)^{v \cdot H(y) + u' \cdot y} \right|, \tag{6.13}$$

这里 $E_{u,v} = \left\{ y \in \mathbb{F}_2^s \;\middle|\; \sum\limits_{i=1}^{m} v_i \phi_i(y) = u \right\}$. 进一步, 由式 (6.13) 可以得到

$$2^{n-1} - 2^{r-1} \max_{u \in \mathbb{F}_2^r, v \in (\mathbb{F}_2^m)^*} |E_{u,v}| \leqslant NL(F) \leqslant 2^{n-1} - 2^{r-1} \left\lceil \sqrt{\max_{u \in \mathbb{F}_2^r, v \in (\mathbb{F}_2^m)^*} |E_{u,v}|} \right\rceil.$$

受 Maiorana-McFarland 方法的启发, Johansson 等给出了下面的定理:

定理 6.39[23]　给定整数 $n \geqslant 4$, $1 \leqslant t \leqslant n-3$, $1 \leqslant d \leqslant n-t$, $m \leqslant n-d$. 对任意 $y \in \mathbb{F}_2^d$, 以及 $i = 1, 2, \cdots, m$, $A_y^i \in \mathbb{F}_2^{n-d}$ 满足 $wt(A_y^i) \geqslant t+1$. 给定 $a \in \mathbb{F}_2^{n-d}, c = (c_1, \cdots, c_m) \in \mathbb{F}_2^m$, 令

$$W_{a,c}^* = \left| \left\{ y \in \mathbb{F}_2^d \mid \sum_{i=1}^m c_i A_y^i = a \right\} \right|,$$

$$S^* = \max_{0 \neq c \in \mathbb{F}_2^m} \max_{a \in \mathbb{F}_2^{n-d}} W_{a,c}^*,$$

$$F(y, x) = (A_y^1 \cdot x, \cdots, A_y^m \cdot x),$$

其中 $x \in \mathbb{F}_2^{n-d}$, 则下列性质成立:

(1) 如果对任意 $c = (c_1, \cdots, c_m) \neq 0$ 及 $0 \leqslant wt(a) \leqslant t$ 有 $\sum\limits_{i=1}^m c_i A_y^i \neq a$, 那么 $F(y, x)$ 是 t 阶向量弹性函数;

(2) $NL(F) = 2^{n-1} - 2^{n-d-1} S^*$.

证明　对任意的 $0 \neq c \in \mathbb{F}_2^m$, 令

$$g_c(y, x) = \sum_{i=1}^m c_i (A_y^i \cdot x) = \left(\sum_{i=1}^m c_i A_y^i \right) \cdot x,$$

故对任意的 $b \in \mathbb{F}_2^d, a \in \mathbb{F}_2^{n-d}$, 有

$$W_{g_c}(b, a) = \sum_{y \in \mathbb{F}_2^d} (-1)^{b \cdot y} \sum_{x \in \mathbb{F}_2^{n-d}} (-1)^{(c_1 A_y^1 + \cdots + c_m A_y^m + a) \cdot x} = 2^{n-d} \sum_{y \in \mathbb{F}_2^d, \sum\limits_{i=1}^m c_i A_y^i = a} (-1)^{b \cdot y},$$

(1) 如果对任意 $c \neq (c_1, c_2, \cdots, c_m)$ 及 $0 \leqslant wt(a) \leqslant t$ 有 $\sum\limits_{i=1}^m c_i A_y^i \neq a$, 那么

$$W_{g_c}(b, a) = 2^{n-d} \sum_{y \in \mathbb{F}_2^d, \sum\limits_{i=1}^m c_i A_y^i = a} (-1)^{b \cdot y} = 0,$$

从而 $F(y, x)$ 是 t 阶向量弹性函数.

(2)

$$\max_{0 \neq c \in \mathbb{F}_2^m} \max_{b \in \mathbb{F}_2^d, a \in \mathbb{F}_2^{n-d}} |W_{g_c}(b, a)| \leqslant 2^{n-d} \max_{0 \neq c \in \mathbb{F}_2^m} \max_{a \in \mathbb{F}_2^{n-d}} W_{a,c}^* = 2^{n-d} \cdot S^*.$$

上式在 $b = 0$ 时可以取等号, 从而 $NL(F) = 2^{n-1} - 2^{n-d-1} S^*$.　　□

定理 6.39 的关键是构造满足条件的集合 A_y^i, 利用不交码, Johansson 等给出了构造集合 A_y^i 的一种方法.

定理 6.40[23] 设 $c_0, c_1, \cdots, c_{m-1}$ 是 $[n-d, m, t+1]$ 线性码 C 的一组基, β 是 $\mathbb{F}_{2^m}$ 的一个本原元, 则 $1, \beta, \cdots, \beta^{m-1}$ 是 $\mathbb{F}_{2^m}$ 的一组基, 定义 ϕ 为 $\mathbb{F}_{2^m}$ 到 C 上的双射:

$$\phi(a_0 + a_1\beta + \cdots + a^{m-1}\beta^{m-1}) = a_0 c_0 + a_1 c_1 + \cdots + a_{m-1}c_{m-1},$$

矩阵 A 定义为

$$A = \begin{pmatrix} \phi(1) & \phi(\beta) & \cdots & \phi(\beta^{m-1}) \\ \phi(\beta) & \phi(\beta^2) & \cdots & \phi(\beta^m) \\ \vdots & \vdots & & \vdots \\ \phi(\beta^{2^m-2}) & \phi(1) & \cdots & \phi(\beta^{m-2}) \end{pmatrix},$$

则对于矩阵 A 的列向量的任意非零线性组合, C 中每一个非零的码字正好出现一次.

证明 只需注意到 ϕ 为线性双射即可. □

利用定理 6.40, Johansson 给出了如下构造集合 A_y^i 的方法: 设 $y = (y_1, y_2, \cdots, y_d) \in \mathbb{F}_2^d$, 则

(1) 当 $d < m$ 时, 令 A_y^i 为定理 6.40 中矩阵 A 的第 $\sum\limits_{j=1}^{d} 2^{j-1} y_j + 1$ 行第 i 列的元素;

(2) 当 $d \geqslant m$ 时, 先构造 $\lceil 2^d/(2^m - 1) \rceil$ 个两两不交的 $[n-d, m, t+1]$ 线性码 $C_1, \cdots, C_{\lceil 2^d/(2^m-1) \rceil}$, 仿照定理 6.40 相应地构造 $\lceil 2^d/(2^m - 1) \rceil$ 个 $2^m - 1$ 行 m 列的矩阵 $A_1, \cdots, A_{\lceil 2^d/(2^m-1) \rceil}$, 定义矩阵 A 如下:

$$A = \begin{pmatrix} A_1 \\ A_2 \\ \vdots \\ A_{\lceil 2^d/(2^m-1) \rceil} \end{pmatrix},$$

则取 A_y^i 为矩阵 A 的第 $\sum\limits_{j=1}^{d} 2^{j-1} y_j + 1$ 行第 i 列的元素.

6.5.1 向量弹性函数的递归构造

定理 6.41 设 $F = (f_1, f_2, \cdots, f_m)$ 是 (n, m, t) 函数, 则

$$G(x, y, z) = (F(x) + F(y), F(y) + F(z))$$

是 $(3n, 2m, 2t+1)$ 函数.

证明 设 $0 \neq v = (c_1, \cdots, c_m, d_1, \cdots, d_m) \in \mathbb{F}_2^{2m}$,

$$v \cdot G(x, y, z) = \sum_{j=1}^{m} c_j(f_j(x) + f_j(y)) + \sum_{j=1}^{m} d_j(f_j(y) + f_j(z))$$

$$= \sum_{j=1}^{m} c_j f_j(x) + \sum_{j=1}^{m} (c_j + d_j) f_j(y) + \sum_{j=1}^{m} d_j f_j(z).$$

由 $F = (f_1, f_2, \cdots, f_m)$ 是 (n, m, t) 函数知 $\sum\limits_{j=1}^{m} c_j f_j(x)$ 或者是零, 或者是 t 阶弹性函数, 而且 $\sum\limits_{j=1}^{m} c_j f_j(x) = 0$ 当且仅当 $(c_1, c_2, \cdots, c_m) = (0, 0, \cdots, 0)$. 由 $v = (c_1, \cdots, c_m, d_1, \cdots, d_m) \neq 0$ 可知

$$\sum_{j=1}^{m} c_j f_j(x), \quad \sum_{j=1}^{m} (c_j + d_j) f_j(y), \quad \sum_{j=1}^{m} d_j f_j(z).$$

至少有两个是 t 阶弹性函数. 从而, 由定理 6.18, $v \cdot G(x, y, z)$ 是 $2t + 1$ 阶弹性函数, 知 $G(x, y, z)$ 是 $(3n, 2m, 2t + 1)$ 函数. □

类似地, 可以得到下面两种构造方法:

定理 6.42 设 $F = (f_1, f_2, \cdots, f_m)$ 是 (n_1, m, t_1) 函数, $G = (g_1, g_2, \cdots, g_m)$ 是 (n_2, m, t_2) 函数, 则

$$P(x, y) = F(x) + G(y) = (f_1(x) + g_1(y), \cdots, f_m(x) + g_m(y))$$

是 $(n_1 + n_2, m, t_1 + t_2 + 1)$ 函数.

定理 6.43 设 $F = (f_1, f_2, \cdots, f_{m_1})$ 是 (n_1, m_1, t_1) 函数, $G = (g_1, g_2, \cdots, g_{m_2})$ 是 (n_2, m_2, t_2) 函数, 则

$$P(x, y) = (f_1(x), \cdots, f_{m_1}(x), g_1(y), \cdots, g_{m_2}(y))$$

是 $(n_1 + n_2, m_1 + m_2, t)$ 函数, 这里 $t = \min\{t_1, t_2\}$.

文献 [52] 利用非线性置换作用于线性弹性函数, 得到非线性向量弹性函数, 其做法如下.

定理 6.44 设 F 是一个线性 (n, m, t) 函数, G 是 F_2^m 上的置换函数, 则复合函数 $P = G \circ F$ 是 (n, m, t) 函数, 并且

$$NL(P) = 2^{n-m} NL(G), \quad \mathrm{Deg}P = \mathrm{Deg}G.$$

证明 由向量弹性函数的定义易知 $P = G \circ F$ 是 (n, m, t) 函数. 下面计算其非线性度和一致代数次数.

由于 F 是线性 (n, m, t) 函数, 故存在秩为 m 的 $n \times m$ 的矩阵 B, 使得

$$F(x_1, x_2, \cdots, x_n) = (x_1, x_2, \cdots, x_n)B.$$

设 $A = [B, C]$ 是 n 阶可逆矩阵, $(u_1, u_2, \cdots, u_n) = (x_1, x_2, \cdots, x_n)A$, 定义函数 G^* 满足:

$$G^*(u_1, u_2, \cdots, u_n) = G(u_1, u_2, \cdots, u_m).$$

则

$$NL(G^*) = 2^{n-m} NL(G), \quad \text{Deg}(G^*) = \text{Deg}(G).$$

注意到

$$P(x_1, x_2, \cdots, x_n) = G \circ F(x_1, x_2, \cdots, x_n) = G((x_1, x_2, \cdots, x_n)B)$$
$$= G^*((x_1, x_2, \cdots, x_n)A),$$

从而

$$\text{Deg}P = \text{Deg}G^* = \text{Deg}G, \quad NL(P) = NL(G^*) = 2^{n-m} NL(G). \qquad \square$$

例 6.3 设 $F(x_1, x_2, \cdots, x_6) = (x_1 + x_2 + x_3, x_3 + x_4 + x_5, x_5 + x_6 + x_1)$, 那么 F 是一个线性 $(6, 3, 2)$ 函数. 令置换

$$G(u_1, u_2, u_3) = (u_1 + u_2 + u_2 u_3, u_1 + u_2 + u_1 u_3, u_2 + u_3 + u_1 u_2),$$

则

$$P(x) = G(F(x)) = (p_1(x), p_2(x), p_3(x))$$

也是一个 $(6, 3, 2)$ 函数, 这里

$$p_1(x) = x_2 + x_3 + x_6 + x_1 x_3 + x_1 x_4 + x_1 x_5 + x_3 x_5 + x_3 x_6 + x_4 x_5 + x_4 x_6 + x_5 x_6,$$
$$p_2(x) = x_2 + x_4 + x_5 + x_1 x_2 + x_1 x_3 + x_1 x_5 + x_1 x_6 + x_2 x_5 + x_2 x_6 + x_3 x_5 + x_3 x_6,$$
$$p_3(x) = x_1 + x_4 + x_6 + x_1 x_3 + x_1 x_4 + x_1 x_5 + x_2 x_3 + x_2 x_4 + x_2 x_5 + x_3 x_4 + x_3 x_5,$$

容易验证 $NL(G) = 2$, 从而由定理 6.44, $NL(P) = 16$, $\text{Deg}P = 2$.

文献 [13] 把定理 6.44 的非线性置换用一般的平衡函数来替换, 得到了新的弹性函数.

定理 6.45 设 F 是线性 (n, m, t) 函数, G 是 $\mathbb{F}_2^m \to \mathbb{F}_2^s$ 的平衡函数, 则 $P = G \circ F$ 是 (n, s, t) 函数.

6.5.2 高非线性度向量弹性函数的构造

把已有的弹性函数与 Bent 函数级联得到非线性度较高的弹性函数的方法在 1997 年就被 Kurosawa 使用.

定理 6.46[25] 给定正整数 n, m, t, 偶数 $l \geqslant 2m$. 如果存在一个 $(n-l, m, t)$ 函数 F, 那么一定存在一个 (n, m, t) 函数 G, 其非线性度大于 $2^{n-1} - 2^{n-l/2-1}$.

证明 由于偶数 $l \geqslant 2m$, 故存在 (l, m)-Bent 函数, 设 H 是这样的向量函数, 令 $G = F + H$ 即得结论. $\qquad\square$

当 $d > m$ 时, Johansson 方法需要 $\lceil 2^d/(2^m - 1) \rceil$ 个两两不交的 $[n - d, m, t + 1]$ 线性码, Enes Pasalic 改进上面的方法, 使得只需要一个 $[n - d, m, t + 1]$ 线性码即可[35]. 令

$$
D = \begin{pmatrix}
\phi(1) & \phi(\beta) & \cdots & \phi(\beta^{m-1}) \\
\phi(\beta) & \phi(\beta^2) & \cdots & \phi(\beta^m) \\
\vdots & \vdots & & \vdots \\
\phi(\beta^{2^q-1}) & \phi(\beta^{2^q}) & \cdots & \phi(\beta^{2^q+m-2})
\end{pmatrix},
$$

其中 q 为满足 $0 \leqslant q \leqslant m - 1$ 的整数. 当 $d < m$ 时, Johansson 构造法所得到函数的分量就是

$$
A_y^j \cdot x = g_j(y, x) = \sum_{\tau \in \mathbb{F}_2^d} (y_1 + \tau_1) \cdots (y_d + \tau_d)(D_{[\tau]+1, j} \cdot x),
$$

即 $g_j(y, x)$ 是 t 阶弹性函数, 并且满足: $g_1, g_2, \cdots, g_m$ 的非零线性组合也是 t 阶弹性函数.

把上述的 $g_j(y, x)$ 与一个高非线性度的函数作直和, Enes Pasalic 得到下面结果:

定理 6.47 [35] 给定一个 $[u, m, t + 1]$ 码, 对 $n \geqslant u$, 可构造 (n, m, t) 函数 $F = (f_1, f_2, \cdots, f_m)$, F 的非线性度 $NL(F)$ 满足

$$
NL(F) = \begin{cases}
2^{n-1} - 2^{u-1}, & \text{若 } u \leqslant n < u + m; \\
2^{n-1} - 2^{n-m}, & \text{若 } u + m \leqslant n < u + 2m; \\
2^{n-1} - 2^{u+m-1}, & \text{若 } u + 2m \leqslant n < u + 3m; \\
2^{n-1} - 2^{\frac{n+u-m-1}{2}}, & \text{若 } u + 3m \leqslant n; \ n - u - m + 1 \text{ 为偶数}; \\
2^{n-1} - 2^{\frac{n+u-m}{2}}, & \text{若 } u + 3m \leqslant n; \ n - u - m + 1 \text{ 为奇数}.
\end{cases}
$$

证明 (1) 当 $u \leqslant n < u + m$ 时, 令 $f_j = g_j(y, x)$, 则由定理 6.39 和定理 6.40 知 $F = (f_1, f_2, \cdots, f_m)$ 是非线性度为 $2^{n-1} - 2^{u-1}$ 的 (n, m, t) 函数.

(2) 当 $u + m \leqslant n < u + 2m$ 时, 先构造 $(u + m - 1, m, t)$ 函数 $G = (g_1, g_2, \cdots, g_m)$, 其非线性度为 $2^{u+m-2} - 2^{u-1}$. 再构造 $(n - u - m + 1, m)$ 函数 $H = (h_1, h_2, \cdots, h_m)$, 其中 $h_j(1 \leqslant j \leqslant m)$ 为常值函数, 最后令 $f_j = g_j + h_j(1 \leqslant j \leqslant m)$, 则 $F = (f_1, f_2, \cdots, f_m)$ 是非线性度为 $2^{n-1} - 2^{n-m}$ 的 (n, m, t) 函数.

(3) 当 $u + 2m \leqslant n < u + 3m$ 时, 取 q 使得 $n - u - q = 2m$, 先构造 $(u + q, m, t)$ 函数 $G = (g_1, g_2, \cdots, g_m)$, 其非线性度为 $2^{u+q-1} - 2^{u-1}$. 再构造 $(2m, m)$-Bent 函

$H = (h_1, h_2, \cdots, h_m)$. 令 $f_j = g_j + h_j (1 \leqslant j \leqslant m)$, 则 $F = (f_1, f_2, \cdots, f_m)$ 是非线性度为 $2^{n-1} - 2^{u+m-1}$ 的 (n, m, t) 函数.

(4) 当 $u + 3m \leqslant n$ 且 $n - u - m + 1$ 为偶数时, 先构造 $(u + m - 1, m, t)$ 函数 $G = (g_1, g_2, \cdots, g_m)$, 其非线性度为 $2^{u+m-2} - 2^{u-1}$. 再构造 $(n - u - m + 1, m)$-Bent 函数 $H = (h_1, h_2, \cdots, h_m)$. 令 $f_j = g_j + h_j (1 \leqslant j \leqslant m)$, 则 $F = (f_1, f_2, \cdots, f_m)$ 是非线性度为 $2^{n-1} - 2^{\frac{n+u-m-1}{2}}$ 的 (n, m, t) 函数.

(5) 当 $u + 3m \leqslant n$ 且 $n - u - m + 1$ 为奇数时, 先构造 $(u + m - 1, m, t)$ 函数 $G = (g_1, g_2, \cdots, g_m)$, 其非线性度为 $2^{u+m-2} - 2^{u-1}$. 再构造 $(n - u - m + 1, m)$ 函数 $H = (h_1, h_2, \cdots, h_m)$, 其非线性度为 $2^{n-u-m} - 2^{\frac{n-u-m}{2}}$. 令 $f_j = g_j + h_j (1 \leqslant j \leqslant m)$, 则 $F = (f_1, f_2, \cdots, f_m)$ 是非线性度为 $2^{n-1} - 2^{\frac{n+u-m}{2}}$ 的 (n, m, t) 函数.   □

对于 $u + m \leqslant n < u + 3m$, 付绍静等改进了 Enes Pasalic 结果, 得到如下结论:

定理 6.48[18] 给定一个 $[u, m, t+1]$ 线性码, 当 $u + m \leqslant n < u + 2m$ 或者 $u + 2m \leqslant n < u + 3m$ 时, 可构造 $(n, m, t, NL(F))$ 函数 $F = (f_1, f_2, \cdots, f_m)$, 其非线性度满足:

$$NL(F) \begin{cases} = 2^{n-1} - 2^{n-m}, & u + m \leqslant n < u + m + k; \\ \geqslant 2^{n-1} - 2^{n-m} + 2^{n-m-k+1}, & u + m + k \leqslant n < u + 2m; \\ = 2^{n-1} - 2^{n-2m+\lfloor m/2 \rfloor + 1}, & u + 3m \leqslant n < u + 3m, \end{cases}$$

这里 k 为使得 $2^k - k - 1 \geqslant m$ 成立的最小正整数.

证明 设 k 是使得 $2^k - k - 1 \geqslant m$ 成立的最小正整数, 则

(1) 当 $u + m \leqslant n < u + m + k$ 时, 先构造 $(u + m - 1, m, t)$ 函数 $G = (g_1, g_2, \cdots, g_m)$, 其非线性度为 $2^{u+m-2} - 2^{u-1}$. 再构造 $(n - u - m + 1, m)$ 函数 $H = (h_1, h_2, \cdots, h_m)$, 其中 $h_j (1 \leqslant j \leqslant m)$ 为常值函数. 令 $f_j = g_j + h_j (1 \leqslant j \leqslant m)$, 则 $F = (f_1, f_2, \cdots, f_m)$ 是非线性度为 $2^{n-1} - 2^{n-m}$ 的 (n, m, t) 函数.

(2) 当 $u + m + k \leqslant n < u + 2m$ 时, 因为 $2^k - k - 1 \geqslant m$, 故可以构造 m 个不同的 k 元单项式

$$h_1(x_1, x_2, \cdots, x_k), h_2(x_1, x_2, \cdots, x_k), \cdots, h_m(x_1, x_2, \cdots, x_k),$$

并使得每个单项式的次数均大于 1. 令

$$h_j^*(x_1, x_2, \cdots, x_{n-u-m+1}) = h_j(x_1, x_2, \cdots, x_k) \quad (1 \leqslant j \leqslant m),$$

再构造 $(u + m - 1, m, t)$ 函数 $G = (g_1, g_2, \cdots, g_m)$, 其非线性度为 $2^{u+m-2} - 2^{u-1}$. 则 $F = (g_1 + h_1^*, g_2 + h_2^*, \cdots, g_m + h_m^*)$ 是非线性度至少为 $2^{n-1} - 2^{n-m} + 2^{n-m-k+1}$ 的 (n, m, t) 函数.

(3) 当 $u+2m \leqslant n < u+3m$ 时, 先构造 $(u+m-1, m, t)$ 函数 $G = (g_1, g_2, \cdots, g_m)$, 其非线性度为 $2^{u+m-2} - 2^{u-1}$. 再构造非线性度为 $2^{m-1} - 2^{\lfloor m/2 \rfloor}$ 的 (m, m) 函数 $H = (h_1, h_2, \cdots, h_m)$. 令

$$h_j^*(x_1, x_2, \cdots, x_{n-u-m+1}) = h_j(x_1, x_2, \cdots, x_m) \quad (1 \leqslant j \leqslant m),$$

则 $F = (g_1 + h_1^*, g_2 + h_2^*, \cdots, g_m + h_m^*)$ 是非线性度为 $2^{n-1} - 2^{n-2m+\lfloor m/2 \rfloor +1}$ 的 (n, m, t) 函数. □

6.5.3　次数大于输出维数的向量弹性函数构造

文献 [14] 利用椭圆曲线的方法, 首次构造了一致代数次数大于输出维数的弹性向量函数. 即对于给定的正整数 d 和 $[n-d-1, m, t+l]$ 线性码, 可以构造出一致代数次数为 $d > m$ 的 (n, m, t) 函数, 其非线性度大于 $2^{n-1} - 2^{n-d-1} \lceil \sqrt{\sqrt{2^n}} \rceil + 2^{n-d-2}$. 随后, Gupta 等[22] 利用 $[n-d-1, m, t+l]$ 线性码, 构造了一致代数次数为 $d > m$ 的 (n, m, t) 函数, 其非线性度优于文献 [14] 的构造.

定理 6.49[22]　设 d, m 是两个正整数且 $d > m$, 则可以构造一致代数次数为 d 的 $(d+1, m)$ 函数 H, 其非线性度满足

$$NL(H) \geqslant 2^d - 2^{\lfloor \frac{d+1}{2} \rfloor} - (m+1).$$

证明　首先可以构造 $(d+1, d+1)$ 函数

$$F(x_1, x_2, \cdots, x_{d+1}) = (f_1, f_2, \cdots, f_{d+1}),$$

其非线性度和一致代数次数分别为

$$NL(F) \geqslant 2^d - 2^{\lfloor \frac{d+1}{2} \rfloor}, \quad \mathrm{Deg} F \leqslant \frac{d+2}{2}.$$

这是因为, 若 d 是偶数, 则 $d+1$ 为奇数, 取 F 为 AB 函数, 此时

$$NL(F) = 2^d - 2^{\frac{d}{2}} = 2^d - 2^{\lfloor \frac{d+1}{2} \rfloor}, \quad \mathrm{Deg} F \leqslant \frac{d+2}{2};$$

若 d 是奇数, 则取 (d, d) 函数 $F_1(x_1, x_2, \cdots, x_d)$ 为 AB 函数, 此时

$$NL(F_1) = 2^{d-1} - 2^{\frac{d-1}{2}}, \quad \mathrm{Deg} F_1 \leqslant \frac{d+1}{2}.$$

令 $F(x_1, x_2, \cdots, x_{d+1}) = F_1(x_1, x_2, \cdots, x_d)$, 则

$$NL(F) = 2^d - 2^{\frac{d+1}{2}} = 2^d - 2^{\lfloor \frac{d+1}{2} \rfloor}, \quad \mathrm{Deg} F \leqslant \mathrm{Deg} F_1 \leqslant \frac{d+1}{2}.$$

对 $1 \leqslant i \leqslant m$, 设

$$u_i(x_1, x_2, \cdots, x_{d+1}) = x_1 \cdots x_{i-1} x_{i+1} \cdots x_{d+1},$$

则 $\deg(u_i) = d$, 且对任意 $0 \neq v = (v_1, v_2, \cdots, v_m) \in \mathbb{F}_2^m$, $\deg\left(\sum\limits_{i=1}^{m} v_i u_i\right) = d$,

$wt\left(\sum\limits_{i=1}^{m} v_i u_i\right) \leqslant m + 1$.

设 $(d+1, m)$ 函数 $H = (h_1, h_2, \cdots, h_m) = (f_1 + u_1, \cdots, f_m + u_m)$, 则

$$
\begin{aligned}
NL\left(\sum\limits_{i=1}^{m} v_i h_i\right) &= NL\left(\sum\limits_{i=1}^{m} v_i f_i + \sum\limits_{i=1}^{m} v_i u_i\right) \\
&= \min_{l \in A_{d+1}} wt\left(\sum\limits_{i=1}^{m} v_i f_i + \sum\limits_{i=1}^{m} v_i u_i + l\right) \\
&\geqslant \min_{l \in A_{d+1}} wt\left(\sum\limits_{i=1}^{m} v_i f_i + l\right) - (m+1).
\end{aligned}
$$

故

$$
NL(H) \geqslant 2^d - 2^{\lfloor \frac{d+1}{2} \rfloor} - (m+1).
$$

又由于 $\deg\left(\sum\limits_{i=1}^{m} v_i u_i\right) = d$, $\deg\left(\sum\limits_{i=1}^{m} v_i f_i\right) \leqslant (d+2)/2$, 从而 $\mathrm{Deg}H = d$. $\qquad \square$

定理 6.50 设 (n, m) 函数 $F(x) = (f_1(x), f_2(x), \cdots, f_m(x))$, 给定一个 $[u, m, l+1]$ 线性码 C, 可以构造 $(n+u, m, t)$ 函数 $H(x, y) = (h_1(x, y), h_2(x, y), \cdots, h_m(x, y))$, 满足

$$
NL(H) = 2^u NL(F), \quad \mathrm{Deg}H = \mathrm{Deg}F.
$$

证明 设 $c_1, c_2, \cdots, c_m$ 是线性码 C 的一组基, 对 $1 \leqslant i \leqslant m$, 令 $h_i(x, y) = f_i(x) + c_i \cdot y$, 则对任意 $0 \neq v = (v_1, v_2, \cdots, v_m) \in \mathbb{F}_2^m$,

$$
\begin{aligned}
W_{v \cdot H}(a, b) &= \sum\limits_{x, y} (-1)^{\sum\limits_{i=1}^{m} v_i h_i(x, y) + a \cdot x + b \cdot y} \\
&= \sum\limits_{x, y} (-1)^{\sum\limits_{i=1}^{m} v_i f_i(x) + \left(\sum\limits_{i=1}^{m} v_i c_i\right) \cdot y + a \cdot x + b \cdot y} \\
&= \sum\limits_{x} (-1)^{\sum\limits_{i=1}^{m} v_i f_i(x) + a \cdot x} \cdot \sum\limits_{y} (-1)^{\left(\sum\limits_{i=1}^{m} v_i c_i\right) \cdot y + b \cdot y} \\
&= \begin{cases} 0, & \sum\limits_{i=1}^{m} v_i c_i + b \neq 0; \\ 2^u W_{v \cdot F}(a), & \sum\limits_{i=1}^{m} v_i c_i + b = 0. \end{cases}
\end{aligned}
$$

于是
$$wt(a,b) \leqslant t \Rightarrow wt(b) \leqslant t \Rightarrow \sum_{i=1}^m v_i c_i + b \neq 0 \Rightarrow W_{v \cdot H}(a,b) = 0,$$

所以 H 为 t 阶向量弹性函数, 并且
$$NL(H) = 2^{n+u-1} - \frac{1}{2} \max_{0 \neq v,a,b} |W_{v \cdot H}(a,b)| = 2^{n+u-1} - \frac{1}{2} \cdot 2^u \cdot \max_{0 \neq v,a} |W_{v \cdot F}(a)| = 2^u NL(F),$$

由于 H 是由 F 直和一个线性弹性函数得到的, 所以 $\mathrm{Deg}H = \mathrm{Deg}F$.　□

把定理 6.49 的构造作为定理 6.50 中的 $F(x) = (f_1(x), f_2, \cdots, f_m(x))$, 利用给定 $[n-d-1, m, t+1]$ 线性码, 可以构造如下的 (n,m,t) 函数.

定理 6.51　给定一个 $[n-d-1, m, t+1]$ 线性码 C, 可以构造 (n,m,t) 函数 H, 满足
$$NL(H) \geqslant 2^{n-1} - 2^{n - \lceil \frac{d+1}{2} \rceil} - (m+1)2^{n-d-1}, \quad \mathrm{Deg}H = d > m.$$

Gupta 等的方法本质上是把一个一致代数次数大于给定值, 且非线性度较高的函数与另外一个线性弹性函数直和得到新的弹性函数, 文献 [18, 21] 推广了上面的构造思想, 利用高非线性度的弹性函数来替换上述定理中的线性弹性函数, 得到了非线性度更高的向量弹性函数.

定理 6.52[18]　给定一个 $[n-d-1, m, t+1]$ 线性码 C, 则可以构造一致代数次数 $d > m$ 的 (n,m,t) 函数 P, 其非线性度满足
$$NL(P) \geqslant \begin{cases} 2^{n-1} - 2^{n - \lceil m/2 \rceil - d}(m+1+2^{(d-1)/2}), & d \text{ 偶数}; \\ 2^{n-1} - 2^{n - \lceil m/2 \rceil - d}(m+1+2^{d/2}), & d \text{ 奇数}. \end{cases}$$

证明　由定理 6.49, 可以构造一致代数次数为 d 的 $(d+1, m)$ 函数 F, 其非线性度满足
$$NL(F) \geqslant 2^d - 2^{\lfloor \frac{d+1}{2} \rfloor} - (m+1).$$

设 $c_1, c_2, \cdots, c_m$ 是 $[n-d-1, m, t+1]$ 线性码 C 的一组基, 则 $H(y) = (c_1 \cdot y, c_2 \cdot y, \cdots, c_m \cdot y)$ 是 $(n-d-1, m, t)$ 函数. 令 $G : \mathbb{F}_{2^m} \to \mathbb{F}_{2^m}$ 如下:
$$G = \begin{cases} x^{-1}, & x \neq 0; \\ 0, & x = 0. \end{cases}$$

由于 $NL(G)$ 约为 $2^{m-1} - 2^{\lfloor m/2 \rfloor}$ [5], 利用定理 6.44 可得 $G \circ H(y)$ 的非线性度约为 $2^{n-d-2} - 2^{n-d-\lceil m/2 \rceil - 1}$. 令 $P(x,y) = F(x) + G \circ H(y)$, 则 P 为 (n,m,t) 函数. 由 $d > m$ 和 $\mathrm{Deg}F = d$ 知 $\mathrm{Deg}P = d > m$, 并且
$$NL(P) = 2^{n-d-1} NL(G \circ H) + 2^{d+1} NL(F) - 2NL(G \circ H)NL(F).$$

将 $F(x)$ 非线性度的两种不同取值情况代入上式即得结论.　□

6.5.4 无线性结构的向量弹性函数的构造

密码函数要尽量避免存在非零的线性结构, 然而文献 [47] 通过研究发现定理 6.39、6.47、6.50、6.52 中所构造的向量弹性函数都具有非零的线性结构, 并利用线性码与其对偶码, 给出了无非零线性结构的向量弹性函数的构造方法, 但是在实际中, 当线性码与其对偶码交集非空时, 文献 [48] 的构造方法就无效了. 下面给出无非零的线性结构的向量弹性函数的一般构造, 该构造利用了两个不交的线性码[26].

引理 6.4[26] 设 C 是 $[u, m, t+1]$ 线性码, $\{\beta_1, \beta_2, \cdots, \beta_m\}$ 是 $\mathbb{F}_{2^m}$ 的一组基, L_0 是 $\mathbb{F}_{2^m}$ 到 C 的同构映射. 定义

$$L_i(z) = L_0(\beta_i \cdot z), \quad 1 \leqslant i \leqslant m.$$

则对任意 $v = (v_1, v_2, \cdots, v_m) \in (\mathbb{F}_2^m)^*$, 函数 $\sum_{i=1}^{m} v_i L_i(z)$ 是 $\mathbb{F}_{2^m}$ 到 C 的双射.

证明 对任意 $v = (v_1, v_2, \cdots, v_m) \in \mathbb{F}_2^m$, 由 $L_i(z)$ 的定义可得

$$\sum_{i=1}^{m} v_i L_i(z) = \sum_{i=1}^{m} v_i L_0(\beta_i \cdot z) = L_0 \left(\left(\sum_{i=1}^{m} v_i \beta_i \right) \cdot z \right).$$

若 $v \neq 0$, 则 $\sum_{i=1}^{m} v_i \beta_i$ 也不为零, 从而 $\sum_{i=1}^{m} v_i L_i(z)$ 是 $\mathbb{F}_{2^m}$ 到 C 的双射. □

定理 6.53[26] 设 C 和 C^* 分别是参数为 $[u, m, t+1]$ 和 $[u, u-m, t^*+1]$ 的线性码, 并满足 $C \cap C^* = \{0\}$. 设 $\{\beta, \beta^2, \cdots, \beta^m\}$ 是 $\mathbb{F}_{2^m}$ 的一组基, $\{\alpha, \alpha^2, \cdots, \alpha^{u-m}\}$ 是 $\mathbb{F}_{2^{u-m}}$ 的一组基, L_0 是 $\mathbb{F}_{2^m}$ 到 C 的同构映射, 令

$$L_i(\gamma) = L_0(\beta^i \cdot \gamma), \quad 1 \leqslant i \leqslant m.$$

R_0 是 $\mathbb{F}_{2^{u-m}}$ 到 C^* 的同构映射, 令

$$R_i(\gamma) = R_0(\alpha^i \cdot \gamma), \quad 1 \leqslant i \leqslant u - m.$$

正整数 r 满足 $\log_2(u) \leqslant r \leqslant m$, 定义双射

$$\pi : \mathbb{F}_{2^r} \to \{\beta, \cdots, \beta^m, \cdots, \beta^{2^r - u - m}, \alpha, \cdots, \alpha^{u-m}\}.$$

设 $(u+r, m)$ 函数 $W(x, y) = (w_1, \cdots, w_m)$, $x \in \mathbb{F}_2^u$, $y \in \mathbb{F}_2^r$, 这里 $w_i(x, y) = x \cdot (T_i \circ \pi)(y)$,

$$T_i(\gamma) = \begin{cases} L_i(\gamma), & \text{若 } \gamma \in \{\beta, \cdots, \beta^m, \cdots, \beta^{2^r - u - m}\}; \\ R_i(\gamma), & \text{若 } \gamma \in \{\alpha, \cdots, \alpha^{u-m}\}, \end{cases}$$

则 $W(x, y)$ 没有非零线性结构.

证明　由引理 6.4 可知, $L_i(\gamma)(1 \leqslant i \leqslant m)$ 是 $\mathbb{F}_{2^m}$ 到 C 的同构映射, $R_i(\gamma)(1 \leqslant i \leqslant u - m)$ 是 $\mathbb{F}_{2^{u-m}}$ 到 C^* 的同构映射. 设 (a, b) 是 $W(x, y)$ 的线性结构, 则对任意 $v = (v_1, v_2, \cdots, v_m) \in (\mathbb{F}_2^m)^*$,

$$\Delta_{v \cdot W}(x, y) = \sum_{i=1}^{m} v_i w_i(x + a, y + b) + \sum_{i=1}^{m} v_i w_i(x, y)$$

$$= (x + a) \cdot \left[\sum_{i=1}^{m} v_i T_i \circ \pi \right](y + b) + x \cdot \left[\sum_{i=1}^{m} v_i T_i \circ \pi \right](y)$$

$$= x \cdot \left[\sum_{i=1}^{m} v_i T_i \circ \pi(y + b) + \sum_{i=1}^{m} v_i T_i \circ \pi(y) \right] + a \cdot \left[\sum_{i=1}^{m} v_i T_i \circ \pi \right](y + b)$$

应该为一个常数.

如果 $b \neq 0$, 那么 $\Delta_{v \cdot W}(x, y)$ 关于 x 是线性向量函数, 这与 $\Delta_{v \cdot W}(x, y)$ 是常数矛盾. 所以 $b = 0$, 于是

$$\Delta_{v \cdot W}(x, y) = a \cdot \left(\sum_{i=1}^{m} v_i T_i \circ \pi \right)(y).$$

再由 T_i 的定义, $\left\{ \left(\sum_{i=1}^{m} v_i T_i \circ \pi \right)(y) \mid y \in \mathbb{F}_2^r \right\}$ 同时包含 C 的一组基和 C^* 的一组基, 所以 $\left\{ \left(\sum_{i=1}^{m} v_i T_i \circ \pi \right)(y) \mid y \in \mathbb{F}_2^r \right\}$ 包含 $\mathbb{F}_2^u$ 的一组基, 于是 $a = 0$. 从而 $W(x, y)$ 没有非零的线性结构.　$\square$

定理 6.54[26]　设 $u = n - r - s, r \leqslant m < r + s - 1, x \in \mathbb{F}_2^u, y \in \mathbb{F}_2^r, z \in \mathbb{F}_2^s$. $W(x, y) = (w_1, w_2, \cdots, w_m)$ 如定理 6.53 所定义, $H(y, z) = (h_1, h_2, \cdots, h_m)$ 是次数为 $r + s - 1$ 的 $(r + s, m)$ 函数并满足 $H(0, z)$ 无非零的线性结构. (n, m) 函数 F 定义如下:

$$F(x, y, z) = (f_1, f_2, \cdots, f_m), \quad f_i(x, y, z) = w_i(x, y) + h_i(y, z).$$

则 $F(x, y, z)$ 具有如下性质:

(1) $F(x, y, z)$ 没有非零的线性结构;

(2) $F(x, y, z)$ 是 (n, m, t_1) 函数, 其中 $t_1 = \min(t, t^*)$;

(3) $NL(F) \geqslant 2^{n-1} - 2^{n-r-1}$;

(4) $\mathrm{Deg} F = r + s - 1$.

证明　(1) 设 (a, b, c) 是向量函数 F 的一个线性结构, 则对任意的 $v = (v_1, v_2, \cdots, v_m) \in (\mathbb{F}_2^m)^*$,

$$\Delta_{V \cdot F}(x, y, z) = \sum_{i=1}^{m} v_i f_i(x + a, y + b, z + c) + \sum_{i=1}^{m} v_i f_i(x, y, z)$$

$$= (x + a) \cdot \left(\sum_{i=1}^{m} v_i T_i \circ \pi \right)(y + b) + \sum_{i=1}^{m} v_i h_i(y + b, z + c)$$

$$+ x \cdot \left(\sum_{i=1}^{m} v_i T_i \circ \pi \right)(y) + \sum_{i=1}^{m} v_i h_i(y, z)$$

$$= x \cdot \left(\sum_{i=1}^{m} v_i T_i \circ \pi(y + b) + \sum_{i=1}^{m} v_i T_i \circ \pi(y) \right) + a \cdot \left(\sum_{i=1}^{m} v_i T_i \circ \pi \right)(y + b)$$

$$+ \sum_{i=1}^{m} v_i h_i(y + b, z + c) + \sum_{i=1}^{m} v_i h_i(y, z)$$

为一个常数. 因为 $h_i(0, z)$ 没有非零的线性结构, 故 $c = 0$. 再利用上面定理 6.53 可知 $F(x, y, z)$ 没有非零线性结构.

(2)
$$W_{\sum\limits_{i=1}^{m} v_i f_i}(a, b, c) = \sum_{x, y, z} (-1)^{x \cdot \left(\sum\limits_{i=1}^{m} v_i T_i \circ \pi \right)(y) + \sum\limits_{i=1}^{m} v_i h_i(y, z) + a \cdot x + b \cdot y + c \cdot z}$$

$$= \sum_{y, z} (-1)^{\sum\limits_{i=1}^{m} v_i h_i(y, z) + b \cdot y + c \cdot z} \sum_{x} (-1)^{x \cdot \left(\sum\limits_{i=1}^{m} v_i T_i \circ \pi \right)(y) + a \cdot x}$$

$$= \begin{cases} 0, & \text{当 } a \notin \left\{ \left(\sum\limits_{i=1}^{m} v_i T_i \circ \pi \right)(y) \mid y \in \mathbb{F}_2^r \right\} \text{ 时,} \\ 2^u \sum\limits_{z} (-1)^{\sum\limits_{i=1}^{m} v_i h_i(y^*, z) + b \cdot y^* + c \cdot z}, & \text{否则.} \end{cases}$$

其中 $y^* \in \mathbb{F}_2^r$, 满足 $\left(\sum\limits_{i=1}^{m} V_i T_i \circ \pi \right)(y^*) = a$.

如果 $0 \leqslant wt(a, b, c) \leqslant t_1$, 那么 $0 \leqslant wt(a) \leqslant t_1$, 因此 $W_{\sum\limits_{i=1}^{m} v_i f_i}(a, b, c) = 0$.

(3) 从上面的式子可得 $\max \left| W_{\sum\limits_{i=1}^{m} v_i f_i}(a, b, c) \right| \leqslant 2^u \times 2^s$, 从而

$$NL(F) = 2^{n-1} - \frac{1}{2} \max \left| W_{\sum\limits_{i=1}^{m} v_i f_i}(a, b, c) \right| \geqslant 2^{n-1} - 2^{u+s-1} = 2^{n-1} - 2^{n-r-1}.$$

(4) 因为 $\deg \left(x \cdot \left(\sum\limits_{i=1}^{m} v_i T_i \circ \pi \right)(y) \right) \leqslant r + 1$ 和 $\deg \left(\sum\limits_{i=1}^{m} v_i h_i(x, y) \right) = r + s - 1$,

所以 $\mathrm{Deg} F = r + s - 1$. $\qquad \square$

参 考 文 献

[1] Bennett C H, Brassard G, Robert J M. Privacy amplification by public discassion[J]. SIAM Journal on Computing, 1988, 17: 210-229.

[2] Bierbrauer J, Gopalakrishnan K, Stinson D R. Bounds for resilient functions and orthogonal arrays[C]. CRYPTO'94, LNCS 839. Springer-Verlag, 1994: 247-256.

[3] Chor B, Goldreich O, Hastad J, Friedman J, Rudich S, Smolensky R. The bit extraction problem or t-resilient functions[C]. 26th IEEE Symposium on Foundations of Computer Science, 1985: 396-407.

[4] Carlet C. Boolean functions for cryptography and error correcting codes[M]. Chapter of the Monography Boolean Methods and Models. Crama Y and Hammer P eds, Cambridge University Press, to appear. Preliminary version available at http://wwwrocq.inria.fr/codes/Claude.Carlet/pubs.html.

[5] Carlet C. Vectorial Boolean functions for cryptography and error correcting codes[M]. Chapter of the Monography Boolean Methods and Models. Crama Y and Hammer P eds, Cambridge University Press, to appear. Preliminary version available at http://wwwrocq.inria.fr/codes/Claude.Carlet/pubs.html.

[6] Carlet C. More correlation-immune and resilient functions over Galois fields and Galois rings[C]. EUROCRYPT'97, LNCS 1233. Springer-Verlag, 1997: 422-433.

[7] Carlet C, Sarkar P. Spectral domain analysis of correlation immune and resilient Boolean functions[J]. Finite Fields and Applications, 2002, 8: 120-130.

[8] Carlet C. A larger class of cryptographic Boolean functions via a study of the Maiorana-McFarland construction[C]. CRYPTO 2002, LNCS 2442. Springer-Verlag, 2002: 549-564.

[9] Carlet C. On the secondary constructions of resilient and Bent functions[C]. CCC 2003, 2004: 3-28.

[10] Carlet C. On bent and highly nonlinear balanced/resilient functions and their algebraic immunities[C]. AAECC 16, LNCS 3857. Springer-Verlag, 2006: 1-28.

[11] Carlet C, Gouget A. An upper bound on the number of m-resilient Boolean functions[C]. ASIACRYPT 2002, LNCS 2501. Springer-Verlag, 2002: 484-496.

[12] Carlet C and Klapper A. Upper bounds on the numbers of resilient functions and of Bent functions[C]. The 23rd Symposium on Information Theory in the Benelux, Belgian, 2002.

[13] Chen L S, Fu F W. On the construction of new resilient functions from old ones[J]. IEEE Transactions on Information Theory, 1999, 45(6): 2077-2082.

[14] Cheon J H. Nonlinear vector resilient functions[C]. CRYPTO 2001, LNCS 2139. Springer-Verlag, 2001: 458-469.

[15] Camion P, Canteaut A. Correlation-immune and resilient functions over a finite alpha-

bet and their applications in cryptography[J]. Designs, Codes and Cryptography, 1999, 16: 121-149.

[16] Charpin P, Pasalic E. On propagations characteristics of resilient functions[C]. SAC 2002, LNCS 2595. Springer-Verlag, 2002: 356-365.

[17] 冯登国. 频谱理论及其在密码学中的应用 [M]. 科学出版社, 2000.

[18] 付绍静, 李超, 董德帅. 高非线性度弹性 S 盒的构造 [J]. 国防科技大学学报, 2009, 2: 86-89.

[19] Fu S J, Li C, Matsuura K, Qu L J. Construction of odd-variable resilient Boolean functions with optimum degree[J]. IEICE Transactions on Fundamentals, 2011, E94-A: 265-267.

[20] Fu S J, Li C, Qu L J. On the number of rotation symmetric Boolean functions[J]. Science in China Series F-Information Sciences, 2010, 53(3): 537-545.

[21] Fu S J, Matsuura K, Li C, Qu L J. Results on high nonlinearity resilient S-Boxes with given degree[J]. Designs, Codes and Cryptography, Revised.

[22] Gupta K C, Sarkar P. Construction of high degree resilient S-Boxes with improve nonlinearity[J]. Information Processing Letters, 2005, 95: 413-417.

[23] Johansson T, Pasalic E. A construction of resilient functions with high nonlinearity[C]. ISIT 2000, Sorrente, Italy, 2000.

[24] Khoo K, Gong G. New constructions for resilient and highly nonlinear Boolean functions[C]. ACISP 2003, LNCS 2727. Springer Verlag, 2003: 498-509.

[25] Kurosawa K, Satoh T, Yamamoto K. Highly nonlinear t-resilient functions[J]. Journal of Universal Computer Science, 1997, 3(6): 721-729.

[26] Li C, Fu S J, Sun B. Construction of resilient functions with multiple cryptographic criteria[C]. CANS 2008, LNCS 5339. Springer-Verlag, 2008: 268-277.

[27] 李世取, 曾本胜, 廉玉忠, 刘文芬, 王隽, 赵亚群, 黄晓英. 密码学中的逻辑函数 [M]. 北京 中软电子出版社, 2003.

[28] Maitra S. Autocorrelation properties of correlation immune Boolean functions[C]. INDOCRYPT 2001, LNCS 2247. Springer-Verlag, 2001: 242-253.

[29] Maity S, Johansson T. Construction of cryptographically important Boolean functions[C]. INDOCRYPT 2002, LNCS 2551. Springer-Verlag, 2002: 234-245.

[30] Maity S, Maitra S. Minimum distance between Bent and 1-resilient functions[C]. FSE 2004, LNCS 3017. Springer-Verlag, 2004: 143-160.

[31] Maity S, Maitra S. Construction of 1-resilient Boolean functions with very good nonlinearity[C]. SETA 2006, LNCS 4086. Springer-Verlag, 2006: 417-431.

[32] Park S M, Lee S, Sung S H, Kim K. Improving bounds for the number of correlation-immune Boolean functions[J]. Information Processing Letters, 1997, 61: 209-212.

[33] Pasalic E. Maiorana-McFarland class: degree optimization and algebraic properties[J]. IEEE Transactions on Information Theory, 2006, 52(10): 4581-4594.

[34] Pasalic E, Maitra S, Johansson T, Sarkar P. New constructions of resilient and correlation immune Boolean functions achieving upper bound on nonlinearity[C]. WCC 2001, 2001: 425-434.

[35] Pasalic E, Maitra S. Linear codes in generalized construction of resilient functions with very high nonlinearity[J]. IEEE Transactions on Information Theory, 2002, 48(1): 2182-2191.

[36] Patterson N J, Wiedemann D H. The covering radius of the [215; 16] Reed-Muller code is at least 16276[J]. IEEE Transactions on Information Theory, 1983, 29(3): 354-356.

[37] 李超, 屈龙江. Bent 函数和弹性函数的最小距离 [J]. 电子学报, 2008, 36(1): 136-140.

[38] Qu L J, Li C. Minimum distance between Bent and resilient functions[C]. IWCC 2009, LNCS 5557. Springer-Verlag, 2009: 219-232.

[39] Sarkar P, Maitra S. Nonlinearity bounds and constructions of resilient Boolean functions[C]. CRYPTO 2000, LNCS 1880. Springer-Verlag, 2000: 515-532.

[40] Schneider M. A note on the construction and upper bounds of correlation-immune functions[C]. 6th IMA Conference on Cryptography and Coding, LNCS 1355. Springer-Verlag, 1997: 295-306.

[41] Siegenthaler T. Correlation immunity of nonlinear combining functions for cryptographic applications[J]. IEEE Transactions on Information Theory, 1984, 30(5): 776-780.

[42] Siegenthaler T. Decrypting a class of stream ciphers using ciphertext only[J]. IEEE Transactions on Computer, 1985, 34(1): 81-85.

[43] 单纬娟. 相关免疫函数的结构与构造 [J]. 应用数学学报, 1991, 14(3): 331-336.

[44] Stinson D R. Resilient functins and large sets of orthogonal arrays[J]. Congressus Number, 1993, 92: 105-110.

[45] Tarannikov Y V. On resilient Boolean functions with maximum possible nonlinearity[C]. INDOCRYPT, LNCS 1977. Springer-Verlag, 2000: 19-30.

[46] Tarannikov Y V. New constructions of resilient Boolean functions with maximal nonlinearity[C]. FSE 2001, LNCS 2355. Springer-Verlag, 2001: 66-77.

[47] 韦永壮, 胡予濮. 几类密码函数的线性结构的研究 [J]. 通信学报, 2004, 25(5): 125-130.

[48] Wei Y Z , Hu Y P. A construction of resilient functions with satisfying synthetical cryptographic criteria[C]. IEEE ISOC ITW2005 on Coding and Complexity, 2005: 248-252.

[49] 温巧燕, 钮心忻, 杨义先. 现代密码学中的布尔函数 [M]. 科学出版社, 2000.

[50] Xiao G Z, Massey J. A spectral characterization of correlation immune combining functions[J]. IEEE Transactions on Information Theory, 1988, 34(3): 569-571.

[51] Yang Y X, Guo B. Further enumerating Boolean functions of cryptographic significance[J]. Journal of Cryptology, 1995, 8(3): 115-122.

[52] Zhang X M, Zheng Y. Cryptographically resilient functions [J]. IEEE Transactions on

Information Theory, 1997, 43(5): 1740-1747.

[53] Zhang W G , Xiao G Z. Constructions of almost optimal resilient Boolean functions on large even number of variables[J]. IEEE Transactions on Information Theory, 2009, 55(12): 5822-5831.

[54] Zheng Y, Zhang X M. On relationships among avalanche, nonlinearity and correlation immunity[C]. Asiacrypt 2000, LNCS 1976. Springer-Verlag, 2000: 470-483.

第7章 代数免疫度最优的函数

7.1 代数免疫度的定义与性质

代数攻击的提出和发展被认为是近年来密码分析技术最重要的突破之一[1, 6, 24, 25]. 代数攻击的主要思想是将一个密码算法表示为一个大的多变元多项式方程组, 通过求解该方程组来获得密码密钥. 差分密码攻击和线性密码攻击等基于统计的分析方法主要是利用密码算法的统计特性, 代数攻击则是利用密码算法的内部代数结构. 代数攻击的实施通常分为两步: 第一步是列方程组, 用变元代表密码密钥, 将密码算法表示为一个大的多变元多项式方程组; 第二步是求解方程组以获得密钥. 代数攻击既可以用来分析流密码和分组密码等对称密码算法, 也可以用来攻击 HFE 等公钥密码算法. 代数攻击最成功最有影响的实例是对 Toyocrypt 和 LILI-128 等流密码算法的攻击结果[25]. 虽然部分密码学家声称代数攻击方法对分组密码也很有效[24], 但目前还没有对分组密码成功攻击的实例. 其主要原因是分组密码具有迭代结构, 多次迭代后密码算法的代数结构很难发现. 尽管如此, 部分学者仍认为代数攻击是对 AES 算法最具潜在威胁的一种分析方法.

下面介绍代数攻击对滤波序列的攻击思想. 假设滤波生成器的滤波函数为非线性函数 f, 驱动部分的状态转移函数为 L, 则输出的密钥流序列为

$$
\begin{cases}
b_0 = f(s_0, s_1, \cdots, s_{k-1}), \\
b_1 = f(L(s_0, s_1, \cdots, s_{k-1})), \\
b_2 = f(L^2(s_0, s_1, \cdots, s_{k-1})), \\
\cdots\cdots
\end{cases}
$$

其中 $(s_0, s_1, \cdots, s_{k-1})$ 为滤波生成器驱动部分的初始状态, 也是该密码算法的密钥.

现在假设滤波函数 f 和状态转移函数 L 为已知, 问题在于如何通过密钥流序列来恢复密码密钥 $(s_0, s_1, \cdots, s_{k-1})$. 为讨论方便起见, 令 $x_i = L^i(s_0, s_1, \cdots, s_{k-1})$, $i = 1, 2, \cdots$.

在代数攻击理论提出以前, 如果想用代数方法来分析滤波序列模型, 那么希望非线性函数 f 具有如下两个特点: f 的代数次数比较低或者 f 以很大的概率接近于一个低次的布尔函数 g. 如果 f 具有这样的性质, 密码分析者就可以建立关于密码密钥的方程组并有效求解. 一旦非线性函数 f 不满足这两个性质, 分析者就没什

么办法了. 2003 年, Courtois 和 Meier 在文献 [25] 中提出了两种新的攻击思想, 指出如果滤波函数 f 具有如下两个缺陷, 那么同样可以对滤波序列实施代数攻击.

(1) 存在低次布尔函数 g, 使得布尔函数 fg 的代数次数比较低;

(2) 存在布尔函数 g, 使得 fg 以很大的概率接近于一个低次的布尔函数 h.

文献 [25] 主要讨论了基于缺陷 (1) 的代数攻击, 并给出了攻击中可以利用的三种情形:

情形 A　存在低次布尔函数 g_1, 使得布尔函数 $h_1 = fg_1$ 也具有较低的代数次数;

情形 B　存在低次布尔函数 g_2, 使得布尔函数 $fg_2 = 0$;

情形 C　存在较高次数的布尔函数 g_3, 使得布尔函数 $h_2 = fg_3$ 具有较低的代数次数.

若滤波序列中输出比特 $b_i = 0$, 即 $f(x_i) = 0$, 则利用情形 A, 可以得到

$$h_1(x_i) = f(x_i)g_1(x_i) = 0.$$

从而可以得到一个关于密码密钥的低次代数方程. 类似地, 对于情形 C, 有 $h_2(x_i) = 0$, 同样可以建立低次代数方程. 但此时从情形 B 得不到任何有用结果.

若滤波序列中输出密钥 $b_i = 1$, 即 $f(x_i) = 1$, 则利用情形 A, 可以得到

$$h_1(x_i) = f(x_i)g_1(x_i) = g_1(x_i),$$

即 $g_1(x_i) + h_1(x_i) = 0$, 该方程也是一个低次代数方程. 利用情形 B, 可以得到低次代数方程 $g_2(x_i) = 0$. 利用情形 C, 则只能得到 $g_3(x_i) + h_2(x_i) = 0$, 它是一个高次代数方程, 难以求解.

如果已知较多的密钥流比特, 就可以得到一个低次的多变元代数方程组. 不妨设该方程组最高次项的代数次数为 d(一般假设 $d \ll n/2$), 于是可以近似认为有

$$T = \sum_{i=0}^{d} \binom{n}{i} \approx \binom{n}{d}$$

个次数不超过 d 的单项式. 如果用线性化的方法求解该方程组, 即将每一个单项式视为一个新的变量 Y_j, 则可建立一个约含 $T \approx \binom{n}{d}$ 个变元的线性方程组. 特别地, 当已知的密钥流比特充分多时, 那么可以建立 $R \geqslant \binom{n}{d}$ 个方程, 求解该线性方程组, 就可以恢复出密码密钥. 下面以 Toyocrypt 和 LILI-128 两个流密码算法为例具体说明代数攻击的有效性.

例 7.1　Toyocrypt 是日本政府 Cryptrec 计划中提交的一个流密码算法[54]. 它使用了一个 128 级的线性反馈移位寄存器和一个代数正规型为

$$f(x_0, x_1, \cdots, x_{127}) = x_{127} + \sum_{i=0}^{62} x_i x_{\alpha_i} + x_{10} x_{23} x_{32} x_{42}$$

$$+ x_1 x_2 x_9 x_{12} x_{18} x_{20} x_{23} x_{25} x_{26} x_{28} x_{33} x_{38} x_{41} x_{42} x_{51} x_{53} x_{59} + \prod_{i=0}^{62} x_i$$

的滤波函数, 这里 $\{\alpha_0, \alpha_1, \cdots, \alpha_{62}\}$ 是集合 $\{63, 64, \cdots, 125\}$ 的一个置换.

Courtois 和 Meier 发现滤波函数 f 的代数次数大于 3 的三个单项式中均含有因子 $x_{23} x_{42}$[25], 因此 $(1+x_{23})f$ 和 $(1+x_{42})f$ 即为两个三次多项式. 使用这两个三次方程, 就可以用线性化解方程组的技术对 Toyocrypt 算法成功实现代数攻击. 整个攻击的复杂度为 2^{49} 个 CPU 时钟, 16GB 内存和 20KB 的密钥流 (不必是连续比特).

例 7.2 LILI-128 是欧洲 NESSIE 计划的一个候选序列密码算法[65], 它由长度分别为 39 和 89 的两个线性反馈移位寄存器组成. LILI-128 使用的滤波函数 f 是例 6.2 中给出的 (10,3,6,480) 函数, 该函数被认为是在具有相同的弹性阶的条件下, 代数次数和非线性度均最优的函数.

通过分析滤波函数的代数正规型中高次项的规律, Courtois 和 Meier 发现 $f(x_9 + 1)(x_{10} + 1)$ 的代数次数为 4 而不是 8[25]. 进一步, 他们总共找到了 f 的 14 个线性无关的降次方程. 使用这些方程, 用线性化解方程组的技术可以对 LILI-128 算法成功实现代数攻击. 整个攻击的复杂度为 2^{57} 个 CPU 时钟, 762GB 内存和 2^{57} 个连续密钥比特.

从上面两个例子可以看出, 对流密码算法成功实施代数攻击的关键是密码算法中所使用的布尔函数是否存在低次倍. 因此, 为了有效实施代数攻击, 密码分析者希望能够找到布尔函数的低次倍; 为了有效抵抗代数攻击, 密码设计者应当避免使用具有低次倍的布尔函数.

前面指出的关于低次倍的三种情形实际上可以归结为一种情形. 首先对情形 C, 由于考虑的都是二元域上的函数, 于是 $f^2 = f$, 故 $fh_2 = f^2 g_3 = fg_3 = h_2$, 即 $fh_2 = h_2$. 由于 h_2 具有较低的代数次数, 故情形 C 可以归结为情形 A. 而对情形 A 来说, $f^2 g_1 = fh_1 = fg_1 = h_1$, 因此 $f(g_1 + h_1) = 0$. 若 $g_1 + h_1 \neq 0$, 此时情形 A 可以归结为情形 B, 否则 $(f+1)h_1 = 0$, 此时对布尔函数 $f+1$ 来说, 情形 B 成立. 这些分析表明关于低次倍的三种情形实际上可以归结为情形 B, 即代数攻击能否有效实施的关键是情形 B 中低次布尔函数是否存在.

满足 $fg = 0$ 的布尔函数 g 称为布尔函数 f 的零化子. 对任意 $f \in \mathbb{B}_n$, 记其零化子集合为 $\mathrm{Ann}(f)$, 即

$$\mathrm{Ann}(f) = \{g \in \mathbb{B}_n \mid fg = 0\}.$$

于是, 寻找布尔函数 f 和 $1+f$ 低次倍的问题可以转化为寻找布尔函数 f 和 $1+f$

的低次非零零化子的问题. 若布尔函数 f 或 $f+1$ 存在较低代数次数的非零零化子, 则代数攻击就很有可能成功, Meier 等因此给出了如下代数免疫度的概念:

定义 7.1[53] 设 $f \in \mathbb{B}_n$, 则 f 的代数免疫度 (Algebraic Immunity, AI), 记为 $AI(f)$ 是使得 $fg = 0$ 或 $(f+1)g = 0$ 成立的非零布尔函数 g 的最小代数次数, 即

$$AI(f) = \min\{\deg g \mid 0 \neq g \in \mathrm{Ann}(f) \bigcup \mathrm{Ann}(f+1)\}.$$

容易计算例 7.1 和例 7.2 中的布尔函数的代数免疫度分别为 3 和 4. 尽管 LILI-128 算法中使用的 $(10,3,6,480)$ 函数, 是人们精心构造的所谓的 "最优函数". 但是其较低的代数免疫度仍然导致了 LILI-128 算法对代数攻击的脆弱性. 所以为了抵抗代数攻击, 密码算法中使用的布尔函数必须具有高的代数免疫度. 一个自然的问题就是代数免疫度最高能达到多少呢? Courtois 和 Meier 等独立给出了布尔函数代数免疫度的上界.

定理 7.1[25, 53] 设 f 为一个 n 元布尔函数, 则 f 的代数免疫度满足:

$$AI(f) \leqslant \min\left\{\left\lceil \frac{n}{2} \right\rceil, \deg f\right\},$$

这里 $\lceil x \rceil$ 表示对实数 x 上取整, 即不小于 x 的最小整数.

证明 记 T 为所有代数次数不超过 $\left\lceil \frac{n}{2} \right\rceil$ 的 n 元单项式构成的集合, 即

$$T = \{1, x_1, \cdots, x_n, x_1 x_2, \cdots, x_{n-1} x_n, \cdots, x_1 x_2 \cdots x_{\lceil \frac{n}{2} \rceil}, \cdots, x_{n-\lceil \frac{n}{2} \rceil + 1} \cdots x_n\}.$$

令 $Tf = \{fX \mid X \in T\}$, 则

$$|T| + |Tf| = 2 \sum_{i=0}^{\lceil \frac{n}{2} \rceil} \binom{n}{i} > 2^n.$$

当把 $\mathbb{B}_n$ 看做 $\mathbb{F}_2$ 上的线性空间时, 集合 T 和 Tf 中存在线性相关的元素. 注意到 T 中所有元素线性独立, 从而

$$\sum_{X \in T} a_X X + \sum_{Y \in T} a_Y fY = 0,$$

其中 $a_X, a_Y \in \mathbb{F}_2$, 且存在某个 $a_Y \neq 0$. 令

$$h = \sum_{X \in T} a_X X, \quad g = \sum_{Y \in T} a_Y Y,$$

则

$$fg + h = 0,$$

其中 $g \neq 0, \deg g, \deg h \leqslant \left\lceil \frac{n}{2} \right\rceil$.

于是, 若 $h = 0$, 则 $fg = 0$, 否则 $(f+1)h = 0$, 所以 $AI(f) \leqslant \left\lceil \frac{n}{2} \right\rceil$. 因为 f 是从 $\mathbb{F}_2^n$ 到 $\mathbb{F}_2$ 的映射, 所以总有 $f(f+1) = 0$, 于是 $AI(f) \leqslant \deg f$. $\qquad \square$

定义 7.2　若一个 n 元布尔函数的代数免疫度达到 $\left\lceil \dfrac{n}{2} \right\rceil$, 则称该函数具有最优代数免疫度或最大代数免疫度 (Maximum Algebraic Immunity), 简称 MAI 函数.

　需要指出的是, 代数免疫度不高的函数, 容易遭到代数攻击. 反过来, 具有高的代数免疫度并不能保证密码算法对代数攻击的免疫性. 最近提出的快速代数攻击[3, 26, 28] 同样可以攻击代数免疫度高的函数. 快速代数攻击的主要思想是发掘低次布尔函数 g 和次数适当的布尔函数 h, 满足 $fg = h$. 设 $f \in \mathbb{B}_n$, 则与定理 7.1 类似可知, 当次数不超过 e 的单项式个数与次数不超过 d 的单项式个数的和超过 2^n, 即 $e + d \geqslant n$ 时, 一定存在

$$g, h \in \mathbb{B}_n, \quad g \neq 0, \quad \deg g \leqslant e, \quad \deg h \leqslant d,$$

使得 $fg = h$ 成立. 注意到此时可能有 $h = 0$, 但若 $h = 0$, 则退化到代数攻击情形. 因此快速代数攻击一般要求 $h \neq 0$. 如果对 $f \in \mathbb{B}_n$, 不存在

$$g, h \in \mathbb{B}_n, \quad h \neq 0, \quad \deg g \leqslant e, \quad \deg h \leqslant d,$$

使得 $e < d, e + d < n$ 且 $fg = h$ 成立, 则认为 f 对快速代数攻击是最优免疫的. 由 $fg = h$ 容易看出 h 为 $f + 1$ 的一个零化子, 所以若 $h \neq 0$, 则 $\deg h \geqslant AI(f)$; 若 $h = 0$, 则 $\deg g \geqslant AI(f)$. 因此, 具有高代数免疫度不仅是抵抗代数攻击的必要条件, 也是抵抗快速代数攻击的必要条件. 密码函数对快速代数攻击具有最优免疫度的研究很困难, 目前的研究结果很少, 希望对此有兴趣的读者可以进行相关研究.

　　下面讨论代数免疫度与代数次数、Hamming 重量、非线性度和相关免疫阶等密码学指标之间的联系.

定理 7.2[17, 29]　设 $f \in \mathbb{B}_n, f$ 的代数免疫度 $AI(f) > d$, 则

$$\sum_{i=0}^{d} \binom{n}{i} \leqslant wt(f) \leqslant \sum_{i=0}^{n-(d+1)} \binom{n}{i}.$$

特别地, $AI(f) = \left\lceil \dfrac{n}{2} \right\rceil$ 意味着

(1) 当 n 为奇数时, f 必为平衡函数;

(2) 当 n 为偶数时, $\displaystyle\sum_{i=0}^{\frac{n}{2}-1} \binom{n}{i} \leqslant wt(f) \leqslant \sum_{i=0}^{\frac{n}{2}} \binom{n}{i}$.

证明　设 g 是使得 $fg = 0$ 成立的代数次数不超过 d 的零化子, 其代数正规型为

$$g = a_0 + \sum_{i=1}^{n} a_i x_i + \sum_{1 \leqslant i < j \leqslant n} a_{i,j} x_i x_j + \cdots + \sum_{1 \leqslant i_1 < \cdots < i_d \leqslant n} a_{i_1, \cdots, i_d} x_{i_1} \cdots x_{i_d}.$$

由于 $fg = 0$, 则当 $f(x) = 1$ 时, 必有 $g(x) = 0$, 从而可以得到一个以 g 的 ANF 系数为变元的线性方程组, 该线性方程组含有 $\sum_{i=0}^{d} \binom{n}{i}$ 个变元和 $wt(f)$ 个方程. 由于 f 的代数免疫度大于 d, 该线性方程组没有非零解, 从而 $\sum_{i=0}^{d} \binom{n}{i} \leqslant wt(f)$. 再由 $1 + f$ 没有次数不超过 d 的非零零化子知

$$\sum_{i=0}^{d} \binom{n}{i} \leqslant wt(f+1) = 2^n - wt(f),$$

于是

$$\sum_{i=0}^{d} \binom{n}{i} \leqslant wt(f) \leqslant \sum_{i=0}^{n-(d+1)} \binom{n}{i}.$$

当 $AI(f) = \left\lceil \frac{n}{2} \right\rceil$ 时, 将 $d = \left\lceil \frac{n}{2} \right\rceil - 1$ 代入上式, 即得定理的后半部分结论. $\qquad \square$

从定理 7.2 可以看出, 布尔函数 f 具有较高代数免疫度的必要条件是其重量必须尽量接近平衡, 即代数免疫度高的布尔函数平衡性也较好. 但是反之不然, 平衡的布尔函数不一定代数免疫度好, 例如, 非常数仿射函数为平衡函数, 但其代数免疫度仅为 1. 从定理 7.2 也可以给出定理 7.1 的一个证明: 设 $f \in \mathbb{B}_n, d = AI(f) - 1$, 则由

$$\sum_{i=0}^{d} \binom{n}{i} \leqslant wt(f) \leqslant \sum_{i=0}^{n-(d+1)} \binom{n}{i}$$

知 $d \leqslant n - (d+1)$, 从而 $d \leqslant \left\lceil \frac{n}{2} \right\rceil - 1$, 即证 $AI(f) \leqslant \left\lceil \frac{n}{2} \right\rceil$.

利用布尔函数代数免疫度和重量之间的关系, 进一步可以给出代数免疫度和非线性度之间的联系. 为此, 需要如下引理:

引理 7.1 设 $f_1, f_2 \in \mathbb{B}_n, \deg f_2 = r$, 则

$$AI(f_1) - r \leqslant AI(f_1 + f_2) \leqslant AI(f_1) + r.$$

证明 设 $AI(f_1) = t$, 则存在 $h \in \mathbb{B}_n, \deg h = t$, 使得

$$(f_1 + a)h = 0, \quad 这里 a \in \mathbb{F}_2.$$

于是

$$(f_1 + f_2 + a)(1 + f_2)h = (f_1 + a)h(1 + f_2) + f_2(1 + f_2)h = 0.$$

若 $(1 + f_2)h \neq 0$, 则其为 $f_1 + f_2 + a$ 的一个非零零化子, 且其代数次数不超过 $t + r$, 于是 $AI(f) \leqslant t + r = AI(f_1) + r$. 若 $(1 + f_2)h = 0$, 则 $f_2 h = h$, 于是

$$0 = (f_1 + a)h = (f_1 + f_2 + a)h + h = (f_1 + f_2 + a + 1)h,$$

从而也有 $AI(f_1+f_2) \leqslant \deg h \leqslant AI(f_1+r)$. 再由 $f_1 = (f_1+f_2)+f_2$ 可知 $AI(f_1)-r \leqslant AI(f_1+f_2)$, 故结论成立. $\hfill\Box$

需要注意的是, 有些文献中使用如下性质: 设 $f_1, f_2 \in \mathbb{B}_n$, 则 $AI(f_1+f_2) \leqslant AI(f_1)+AI(f_2)$. 这一结论是不正确的. 事实上若设 $n \geqslant 5, f \in \mathbb{B}_n, AI(f) = \left\lceil \dfrac{n}{2} \right\rceil$. 令 $f_1 = (1+x_1)f, f_2 = x_1 f$, 则 $AI(f_1) = AI(f_2) = 1$, 但 $\left\lceil \dfrac{n}{2} \right\rceil' = AI(f) = AI(f_1+f_2) > AI(f_1) + AI(f_2) = 2$.

引理 7.2[51]　设 $f \in \mathbb{B}_n, \deg f = 1$, 则 f 的任一非零零化子 g 一定可以表示为
$$g(x) = (f(x) + 1)h(x),$$
其中 $\deg h = \deg g - 1$.

证明　由仿射等价性, 不妨设 $f(x_1, x_2, \cdots, x_n) = x_1 + 1$, g 为 f 的一个非零零化子, 即 $fg = 0$. 不妨设
$$g(x_1, x_2, \cdots, x_n) = x_1 g_1(x_2, \cdots, x_n) + g_2(x_2, \cdots, x_n),$$
将其代入 $fg = 0$ 得 $g_2(x_2, x_3, \cdots, x_n) = 0$, 故
$$g(x_1, x_2, \cdots, x_n) = x_1 g_1(x_2, x_3, \cdots, x_n) = (f(x_1, x_2, \cdots, x_n) + 1)g_1(x_2, x_3, \cdots, x_n).$$
显然 $\deg g_1 = \deg g - 1$. $\hfill\Box$

引理 7.3[51]　设 $f \in \mathbb{B}_n, \deg f = 1$, 令 T 为 f 所有代数次数不超过 t 的零化子构成的线性空间, 则 T 的维数为 $\displaystyle\sum_{i=0}^{t-1} \binom{n-1}{i}$.

证明　由仿射等价性, 不妨设 $f(x_1, x_2, \cdots, x_n) = x_1 + 1$, $g(x_1, x_2, \cdots, x_n)$ 为 f 的任一代数次数不超过 t 的非零零化子. 由引理 7.2, 有 $g = (f+1)h$, 其中 h 为代数次数不超过 $\deg g - 1$ 的 $n-1$ 元布尔函数. 这样的线性无关函数的个数为 $\displaystyle\sum_{i=0}^{t-1} \binom{n-1}{i}$, 即 T 的维数为 $\displaystyle\sum_{i=0}^{t-1} \binom{n-1}{i}$. $\hfill\Box$

定理 7.3[51]　设 $f \in \mathbb{B}_n, AI(f) = d$, 则
$$NL(f) \geqslant 2^{n-1} - \sum_{i=d-1}^{n-d} \binom{n-1}{i} = 2\sum_{i=0}^{d-2} \binom{n-1}{i}.$$

证明　当 $d = 1$ 时, 结论显然成立. 故以下可设 $d \geqslant 2$. 由非线性度定义知, $NL(f) = 2^{n-1} - \dfrac{a}{2}$, 其中 $a = \max\limits_{u \in \mathbb{F}_2^n} |W_f(u)|$.

(1) 若 $u = 0$ 是 f 的 Walsh 谱绝对值达到最大的点, 则由
$$a = W_f(0) = |2^n - 2wt(f)|$$

知 f 或 $f+1$ 的 Hamming 重量为 $2^{n-1} - \dfrac{a}{2}$, 利用定理 7.2 得

$$NL(f) = 2^{n-1} - a/2 = wt(f) \geqslant \sum_{i=0}^{d-1} \binom{n}{i} \geqslant 2\sum_{i=0}^{d-2} \binom{n-1}{i}.$$

(2) 若 f 的最大 Walsh 谱绝对值不是在零点处取得, 则存在非零的仿射函数 $l(x)$, 使得 $d(f,l) = 2^{n-1} - \dfrac{a}{2}$, 从而 f 和 l 在 $2^{n-1} + a/2$ 个点取相同的值, 假设这些相同值点中满足 $f(x) = 1$ 的点有 b 个, 则满足 $f(x) = 1$, $l(x) = 0$ 的点个数为 $wt(f) - b$; 满足 $f(x) = 0$, $l(x) = 1$ 的点个数为

$$2^{n-1} - \frac{a}{2} - (wt(f) - b) = 2^{n-1} - wt(f) - a/2 + b,$$

于是

$$wt(f(l+1)) = wt(f) - b, \tag{7.1}$$

$$wt((f+1)l) = 2^{n-1} - wt(f) - \frac{a}{2} + b. \tag{7.2}$$

注意到式 (7.1) 右边取值随 b 值增加而减小, 而式 (7.2) 右边取值随 b 值增加而增加, 而且当 $b = wt(f) - 2^{n-2} + \dfrac{a}{4}$ 时, 二式值相等, 均为 $2^{n-2} - \dfrac{a}{4}$, 于是

$$\min[wt(f(l+1)), wt((f+1)l)] \leqslant 2^{n-2} - \frac{a}{4}.$$

如果 $wt(f(l+1)) \leqslant wt((f+1)l)$, 定义 $f_1 = f, l_1 = l+1$, 否则定义 $f_1 = f+1, l_1 = l$. 令函数 $f_2 = f_1 l_1$, 则 $wt(f_2) \leqslant 2^{n-2} - \dfrac{a}{4}$.

下面考虑 f_2 的一个代数次数至多为 $d-2$ 的零化子 g. 由 $f_2 g = 0$ 可知, 若 $f_2(x) = 1$, 则 $g(x) = 0$, 由此得到一个含 $wt(f_2)$ 个方程和 $\displaystyle\sum_{i=0}^{d-2} \binom{n}{i}$ 个变量的线性方程组, 其解空间的维数至少为 $\displaystyle\sum_{i=0}^{d-2} \binom{n}{i} - \left(2^{n-2} - \frac{a}{4}\right)$, 由引理 7.3 知, l_1 的代数次数不超过 $d-2$ 的零化子构成的线性空间的维数为 $\displaystyle\sum_{i=0}^{d-3} \binom{n-1}{i}$.

若 $\displaystyle\sum_{i=0}^{d-2} \binom{n}{i} - \left(2^{n-2} - \frac{a}{4}\right) > \sum_{i=0}^{d-3} \binom{n-1}{i}$, 则存在函数 f_3, $\deg f_3 \leqslant d-2$, 使得 $f_2 f_3 = 0$ 且 $f_3 l_1 \neq 0$, 因此 $f_3 l_1$ 是 f_1 的一个非零零化子, 且 $\deg(f_3 l_1) \leqslant d-1$, 这与 $AI(f) = d$ 矛盾. 所以

$$\sum_{i=0}^{d-2} \binom{n}{i} - \left(2^{n-2} - \frac{a}{4}\right) \leqslant \sum_{i=0}^{d-3} \binom{n-1}{i},$$

于是

$$NL(f) = 2^{n-1} - \frac{a}{2} \geqslant 2\left(\sum_{i=0}^{d-2}\binom{n}{i} - \sum_{i=0}^{d-3}\binom{n-1}{i}\right)$$

$$= 2\sum_{i=0}^{d-2}\binom{n-1}{i} = 2^{n-1} - \sum_{i=d-1}^{n-d}\binom{n-1}{i}. \qquad \Box$$

定理 7.4[51]　对任意的正整数 n 和 $d \leqslant \left\lceil \dfrac{n}{2} \right\rceil$, 定理 7.3 中的界是紧的, 即存在 $f \in \mathbb{B}_n$ 使得定理 7.3 中不等式的等号成立.

证明　构造 n 元布尔函数 $f(x)$ 如下:

$$f(x) = \begin{cases} 0, & \text{若 } wt(x) < d; \\ 1, & \text{若 } wt(x) > n - d; \\ x_1, & \text{其他情形.} \end{cases}$$

下证 $AI(f) = d$ 且 $NL(f) = 2\sum_{i=0}^{d-2}\binom{n-1}{i}$.

设 $g \in \mathbb{B}_n, \deg g \leqslant d-1$, 使得 $(f+1)g = 0$, 则 $g(x) = 0$ 对所有满足 $wt(x) < d$ 的 $x \in \mathbb{F}_2^n$ 成立. 不难证明, 此时 $g = 0$. 因此 $f+1$ 不存在次数不超过 $d-1$ 的非零零化子. 注意到 $f(x_1+1, x_2+1, \cdots, x_n+1) = f(x_1, x_2, \cdots, x_n) + 1$ 成立, 则 f 也不存在次数低于 d 的非零零化子. 如若不然, 若 f 存在次数低于 d 的非零零化子 $g(x)$, 则 $g(x_1+1, x_2+1, \cdots, x_n+1)$ 即为 $f+1$ 一个次数低于 d 的非零零化子, 矛盾. 从而 f 和 $f+1$ 不存在次数不超过 $d-1$ 的非零零化子, 即 $AI(f) \geqslant d$, 又显然 $h(x) = (x_1+1)(x_2+1)\cdots(x_d+1)$ 为 f 的一个非零零化子, 所以 $AI(f) = d$.

下面计算 f 在点 $u = (1, 0, \cdots, 0)$ 的 Walsh 谱:

$$W_f(u) = \sum_{x \in \mathbb{F}_2^n}(-1)^{f+x_1} = 2^n - 2wt(f + x_1)$$

$$= 2^n - 2wt(f(0, x_2, \cdots, x_n)) - 2wt(f(1, x_2, \cdots, x_n) + 1)$$

$$= 2^n - 4wt(f(0, x_2, \cdots, x_n))$$

$$= 2^n - 4\sum_{i=n-d+1}^{n-1}\binom{n-1}{i}$$

$$= 2\sum_{i=d-1}^{n-d}\binom{n-1}{i}.$$

故

$$NL(f) \leqslant 2^{n-1} - \sum_{i=d-1}^{n-d}\binom{n-1}{i} = 2\sum_{i=0}^{d-2}\binom{n-1}{i}.$$

又由定理 7.3 知, $NL(f) \geqslant 2 \sum\limits_{i=0}^{d-2} \binom{n-1}{i}$, 从而 $NL(f) = 2 \sum\limits_{i=0}^{d-2} \binom{n-1}{i}$. $\qquad\square$

推论 7.1[51] 设 $f \in \mathbb{B}_n$, $AI(f) = \left\lceil \dfrac{n}{2} \right\rceil$, 则

(1) 当 n 为奇数时, $NL(f) \geqslant 2^{n-1} - \binom{n-1}{(n-1)/2}$;

(2) 当 n 为偶数时, $NL(f) \geqslant 2^{n-1} - \binom{n}{n/2} - \binom{n}{n/2-1}$.

因为定理 7.3 中的界是紧的, 所以很难再改进. 反过来, 若给定函数的非线性度, 则其代数免疫度又会如何呢? 基于此想法, 涂自然等考察了特定类型 Bent 函数的代数免疫度, 包括 Maiorana-McFarland 型和 PS 型 Bent 函数[66]. 涂自然等首先给出如下一个组合猜想:

猜想 7.1[66] 设 $k \in \mathbb{Z}$, $k > 1$, 对任意 $x \in \mathbb{Z}_{2^k-1}$, 把 x 展开成 k 位二进制数, 用 $wt(x)$ 表示 x 的展开式中 1 的个数, 对任意 $t \in \mathbb{Z}$, $0 < t < 2^k - 1$, 令

$$S_t = \{(a,b) \mid a,b \in \mathbb{Z}_{2^k-1}, a+b \equiv t \bmod 2^k-1, wt(a)+wt(b) \leqslant k-1\},$$

则 $|S_t| \leqslant 2^{k-1}$.

在此猜想成立的前提下, 文献 [66] 构造了一类达到最优代数免疫度的 Bent 函数 (该构造方法将在下一节做具体介绍), 并且得到了下面的命题:

命题 7.1[66] 设 $n = 2k$, $k \geqslant 2$, 则 n 元 Bent 函数的代数免疫度可以取 1 以外的所有可能值, 即可以取 $2, 3, \cdots, k$ 中的每一个值.

结合定理 7.3, 若 n 为偶数, $f \in \mathbb{B}_n$, $AI(f) = d > 1$, 则

$$2 \sum_{i=0}^{d-2} \binom{n-1}{i} \leqslant NL(f) \leqslant 2^{n-1} - 2^{\frac{n}{2}-1},$$

并且上式中的两个等号都是可以取到的. n 为奇数时还没有类似的结论. 一个主要原因可能就是目前还不知道此时 n 元布尔函数所能取到的最大非线性度是多少.

关于相关免疫阶与代数免疫度之间的联系, 目前还没有一个好的结果, 但利用代数次数作为桥梁, 可以给出二者之间一个简单的联系.

命题 7.2 设 f 为 n 元 m 阶相关免疫函数, 则 $AI(f) \leqslant n - m$; 特别地, 若 f 还是平衡函数, 则 $AI(f) \leqslant n - m - 1$.

证明 将 $AI(f) \leqslant \deg f$ 代入定理 6.4 即可. $\qquad\square$

利用非线性度作为桥梁, 也可以给出相关免疫阶与代数免疫度之间的一个联系. 这是因为非线性度 $NL(f)$ 与相关免疫阶 m 有如下的关系:

$$\frac{NL(f)}{2^{n-1}} + \frac{1}{\sqrt{2^n - \sum_{i=1}^{m}\binom{n}{i}}} \leqslant 1. \tag{7.3}$$

再利用定理 7.3 中非线性度与代数免疫度之间的关系, 可得:

命题 7.3　设 $f \in \mathbb{B}_n$, $AI(f) = d$, 若 f 为 m 阶相关免疫函数, 则

$$\frac{1}{2^{n-2}}\sum_{i=0}^{d-2}\binom{n-1}{i} + \frac{1}{\sqrt{2^n - \sum_{i=1}^{m}\binom{n}{i}}} \leqslant 1.$$

若 f 为 m 阶弹性函数, 则

$$\frac{1}{2^{n-2}}\sum_{i=0}^{d-2}\binom{n-1}{i} + \frac{1}{\sqrt{2^n - \sum_{i=0}^{m}\binom{n}{i}}} \leqslant 1.$$

命题 7.2 和命题 7.3 给出了代数免疫度与相关免疫阶之间的两个联系. 可以证明, 在一般情况下, 命题 7.2 比命题 7.3 约束略紧. 但是这两个联系都过于简单. 代数免疫度与相关免疫阶之间的深入联系还有待进一步研究发掘.

最后需要说明的是代数免疫度, 与代数次数和非线性度等密码学指标一样, 是仿射变换下的不变量, 而相关免疫阶不是仿射变换下的不变量.

引理 7.4　设 f_1, f_2 是两个 n 元布尔函数, 满足 $f_2(x) = f_1(xA+c)$, 其中 $c \in \mathbb{F}_2^n$, A 是 $\mathbb{F}_2$ 上的一个 n 阶可逆矩阵, 则 $AI(f_1) = AI(f_2)$.

证明　设 $g_1 \in \mathbb{B}_n$, 令 $g_2(x) = g_1(xA+c)$, 则 $\deg g_2 = \deg g_1$, 并且

$$f_1(x)g_1(x) = 0 \Leftrightarrow f_2(x)g_2(x) = 0;$$
$$(1 + f_1(x))g_1(x) = 0 \Leftrightarrow (1 + f_2(x))g_2(x) = 0.$$

上式表明 $AI(f_1) = AI(f_2)$. 　　　　　　　　　　　　　　　　　　　　□

7.2　代数免疫度最优的布尔函数的构造

为了抵抗代数攻击, 密码算法中使用的布尔函数必须具有高的代数免疫度, 因此 MAI 函数的构造引起了人们的极大关注. 目前关于 MAI 函数的构造方法已有很多结果, 这些方法按其构造思想的不同可以分为如下几类: 基于支持包含关系的构造方法、基于平面理论的构造方法、基于交换基技术的构造方法、基于有限域表示的构造方法以及其他一些构造方法.

首先介绍布尔函数的代数免疫度和 Reed-Muller 码生成矩阵的一个联系, 并给出奇数元 MAI 函数的一个有用的结果.

给定一个 n 元布尔函数 f 和一个正整数 $d \leqslant n$, 不妨设

$$1_f = \{X_1, X_2, \cdots, X_{wt(f)}\}, \quad 0_f = \{X_{wt(f)+1}, X_{wt(f)+2}, \cdots, X_{2^n}\}.$$

对任意 $X = (x_1, x_2, \cdots, x_n) \in \mathbb{F}_2^n$, 构造向量

$$v_d(X) = (1, x_1, \cdots, x_n, x_1 x_2, \cdots, x_{n-1} x_n, \cdots, x_1 \cdots x_d, \cdots, x_{n-d+1} \cdots x_n), \quad (7.4)$$

则 $v_d(X)$ 为 $\mathbb{F}_2$ 上的 $\sum\limits_{i=0}^{d} \binom{n}{i}$ 维向量. 记

$$S_{1,d}(f) = \{v_d(X_1), v_d(X_2), \cdots, v_d(X_{wt(f)})\},$$
$$S_{0,d}(f) = \{v_d(X_{wt(f)+1}), v_d(X_{wt(f)+2}), \cdots, v_d(X_{2^n})\}.$$

如果 g 是一个代数次数不超过 d 的 n 元布尔函数, 并满足 $fg = 0$, 设其代数正规型为

$$g = a_0 + \sum_{i=1}^{n} a_i x_i + \sum_{1 \leqslant i < j \leqslant n} a_{i,j} x_i x_j + \cdots + \sum_{1 \leqslant i_1 < \cdots < i_d \leqslant n} a_{i_1, \cdots, i_d} x_{i_1} \cdots x_{i_d}.$$

由于 $fg = 0$, 从而若 $f(x) = 1$, 则 $g(x) = 0$. 由此可以建立关于 g 的代数正规型系数的方程 $g(x) = 0$, 得到一个含 $\sum\limits_{i=0}^{d} \binom{n}{i}$ 个变元和 $wt(f)$ 个方程的线性方程组. 容易看出, 方程组系数矩阵的行向量组即为 $S_{1,d}(f)$, 于是 f 没有代数次数不超过 d 的非零零化子等价于该方程组只有零解, 而该方程组只有零解又等价于向量组 $S_{1,d}(f)$ 的秩为 $\sum\limits_{i=0}^{d} \binom{n}{i}$, 即其为 $\sum\limits_{i=0}^{d} \binom{n}{i}$ 维向量空间 $\mathbb{F}_2^{\sum\limits_{i=0}^{d} \binom{n}{i}}$ 的生成集. 考虑到 $1 + f$, 则有类似的结论, 只是将 $S_{1,d}(f)$ 换成 $S_{0,d}(f)$. 当 $d = \left\lceil \frac{n}{2} \right\rceil - 1$ 时, 记 $S_1(f) = S_{1,\lceil \frac{n}{2} \rceil - 1}(f)$, $S_0(f) = S_{0,\lceil \frac{n}{2} \rceil - 1}(f)$, 于是

引理 7.5[45, 59] 设 $f \in \mathbb{B}_n$, 则 $AI(f) > d$ 当且仅当 $S_{1,d}(f)$ 和 $S_{0,d}(f)$ 均为 $\sum\limits_{i=0}^{d} \binom{n}{i}$ 维向量空间 $\mathbb{F}_2^{\sum\limits_{i=0}^{d} \binom{n}{i}}$ 的生成集. 特别地, f 为 MAI 函数当且仅当 $S_1(f)$ 和 $S_0(f)$ 均为 $\sum\limits_{i=0}^{\lceil n/2 \rceil - 1} \binom{n}{i}$ 维向量空间 $\mathbb{F}_2^{\sum\limits_{i=0}^{\lceil n/2 \rceil - 1} \binom{n}{i}}$ 的生成集.

若用 $R_f(d, n)$ 表示 d 阶 Reed-Muller 码的生成矩阵在 f 的支撑上的限制, 则由 $S_{1,d}(f)$ 和 Reed-Muller 码生成矩阵定义不难看出, 矩阵 $R_f(d, n)^{\mathrm{T}}$ 的行向量组即为 $S_{1,d}(f)$. 类似地, 矩阵 $R_{1+f}(d, n)^{\mathrm{T}}$ 的行向量组即为 $S_{0,d}(f)$. 于是引理 7.5 又可以表述为: n 元布尔函数 f 没有代数次数不超过 d 的非零零化子当且仅当矩阵 $R_f(d, n)$ 是行满秩的. 特别地, f 没有代数次数低于 $\left\lceil \dfrac{n}{2} \right\rceil$ 的非零零化子当且仅当 $R_f\left(\left\lceil \dfrac{n}{2} \right\rceil - 1, n\right)$ 是行满秩的. 从而对 f 的代数免疫度的研究可以转化为对 $R_f(r, n)$ 和 $R_{1+f}(r, n)$ 的秩的研究.

设 $G = [\alpha_1, \alpha_2, \cdots, \alpha_n]$ 为 $[n, k, d]$ 线性码 C 的生成矩阵, 若 $\alpha_{i_1}, \alpha_{i_2}, \cdots, \alpha_{i_k}$ $(1 \leqslant i_1 < i_2 < \cdots < i_k \leqslant n)$ 线性无关, 则称 $\{i_1, i_2, \cdots, i_k\}$ 为 C 的一个信息集 (Information Set).

命题 7.4[52]　设 C 是一个线性自对偶码, 如果 I 是 C 的一个信息集, 那么它的补集也是一个信息集.

证明　设 C 是一个 $[2k, k, d]$ 线性码, I 是 C 的一个信息集, 不妨设为前 k 位, 则存在 C 的一个生成矩阵 $G = (E_k, M)$. 若其补集不是一个信息集, 则存在 C 的非零码字 $c = (\alpha, 0), \alpha, 0 \in \mathbb{F}_q^k$. 由于 C 是自对偶码, 从而 $Gc^{\mathrm{T}} = 0$, 这意味着单位阵的列向量组线性相关, 矛盾. 所以其补集也是一个信息集. □

引理 7.6[10]　设 n 为奇数, f 为 n 元平衡布尔函数, 若 f 不存在次数低于 $\left\lceil \dfrac{n}{2} \right\rceil$ 的非零零化子, 则 $f + 1$ 也不存在次数低于 $\left\lceil \dfrac{n}{2} \right\rceil$ 的非零零化子, 即 $AI(f) = \left\lceil \dfrac{n}{2} \right\rceil$.

证明　注意到当 n 为奇数时, $RM\left(\left\lceil \dfrac{n}{2} \right\rceil - 1, n\right)$ 码为一个线性自对偶码. 由命题 7.4 及前面关于布尔函数零化子与 RM 码生成矩阵的联系, 易知结论成立. □

引理 7.6 表明: 当 n 为奇数时, 判断 n 元平衡布尔函数 f 是否为 MAI 函数, 只需考察 f 或 $1 + f$ 两者之一是否有次数小于 $\dfrac{n+1}{2}$ 的非零零化子即可, 不必同时考察两个函数. 再由引理 7.5, 可以得到:

引理 7.7[10]　当 n 为奇数时, f 为 MAI 函数当且仅当 f 平衡且 $S_1(f)$ 为向量空间 $\mathbb{F}_2^{2^{n-1}}$ 的一组基.

7.2.1　基于支撑包含关系构造 MAI 函数

Dalai 于 2005 年提出了一种基于支撑包含关系构造 MAI 函数的方法[31], 其主要思想来自以下引理:

引理 7.8[31]　设 $f, f_1, f_2 \in \mathbb{B}_n$ 满足如下条件:

(1) f_1, f_2 没有次数低于 $\left\lceil \dfrac{n}{2} \right\rceil$ 的非零零化子;

(2) $\mathrm{supp}(f) \supseteq \mathrm{supp}(f_2)$, $\mathrm{supp}(f + 1) \supseteq \mathrm{supp}(f_1)$.

则 $AI(f) = \left\lceil \dfrac{n}{2} \right\rceil$.

证明　由 $\mathrm{supp}(f) \supseteq \mathrm{supp}(f_2)$ 知, $\mathrm{Ann}(f) \subseteq \mathrm{Ann}(f_2)$; 由 $\mathrm{supp}(f+1) \supseteq \mathrm{supp}(f_1)$ 知, $\mathrm{Ann}(f+1) \subseteq \mathrm{Ann}(f_1)$. 又由于 f_1, f_2 没有次数低于 $\left\lceil \dfrac{n}{2} \right\rceil$ 的非零零化子, 从而 f 和 $1+f$ 均没有次数低于 $\left\lceil \dfrac{n}{2} \right\rceil$ 的非零零化子, 故 $AI(f) = \left\lceil \dfrac{n}{2} \right\rceil$.　　　　□

引理 7.9[31]　设 $f \in \mathbb{B}_n$, $AI(f) = \left\lceil \dfrac{n}{2} \right\rceil$, 则存在 $f_1, f_2 \in \mathbb{B}_n$ 使得

$$\mathrm{supp}(f) \supseteq \mathrm{supp}(f_2),$$

$$\mathrm{supp}(f+1) \supseteq \mathrm{supp}(f_1),$$

$$wt(f_1) = wt(f_2) = \sum_{i=0}^{\left\lceil \frac{n}{2} \right\rceil - 1} \binom{n}{i},$$

并且 f_1, f_2 没有次数低于 $\left\lceil \dfrac{n}{2} \right\rceil$ 的非零零化子.

证明　由于 $AI(f) = \left\lceil \dfrac{n}{2} \right\rceil$, 所以矩阵 $R_f\left(\left\lceil \dfrac{n}{2} \right\rceil - 1, n\right)$ 是行满秩的, 且其秩为 $\displaystyle\sum_{i=0}^{\left\lceil \frac{n}{2} \right\rceil - 1} \binom{n}{i}$, 从而在矩阵 $R_f\left(\left\lceil \dfrac{n}{2} \right\rceil - 1, n\right)$ 中至少存在一个线性无关的含 $\displaystyle\sum_{i=0}^{\left\lceil \frac{n}{2} \right\rceil - 1} \binom{n}{i}$ 个向量的列向量组. 任取一个这样的列向量组, 构造 f_2 使得其支撑集恰好对应这些列向量, 则矩阵 $R_{f_2}\left(\left\lceil \dfrac{n}{2} \right\rceil - 1, n\right)$ 也是行满秩的. 从而 f_2 满足

$$\mathrm{supp}(f) \supseteq \mathrm{supp}(f_2), \quad wt(f_2) = \sum_{i=0}^{\left\lceil \frac{n}{2} \right\rceil - 1} \binom{n}{i},$$

且没有次数低于 $\left\lceil \dfrac{n}{2} \right\rceil$ 的非零零化子. 类似地, 考虑矩阵 $R_{1+f}\left(\left\lceil \dfrac{n}{2} \right\rceil - 1, n\right)$, 可以构造 f_1 满足题设条件, 从而引理得证.　　　　□

注记　当 n 为奇数时, 若 $f \in \mathbb{B}_n$, $AI(f) = \left\lceil \dfrac{n}{2} \right\rceil$, 则 $wt(f) = 2^{n-1}$. 又由于

$$wt(f_1) = wt(f_2) = \sum_{i=0}^{\left\lceil \frac{n}{2} \right\rceil - 1} \binom{n}{i} = 2^{n-1},$$

故此时只能有 $f_1 = f + 1$, $f_2 = f$, 也就是说, 基于引理 7.8 和引理 7.9 的构造方法在 n 为奇数时不能得到新的 MAI 函数.

引理 7.10[31]　设 $f_1, f_2 \in \mathbb{B}_n$,

$$f_1(x) = \begin{cases} 1, & wt(x) < \left\lceil \dfrac{n}{2} \right\rceil; \\ 0, & wt(x) \geqslant \left\lceil \dfrac{n}{2} \right\rceil, \end{cases}$$

当 n 为偶数时, 令

$$f_2(x) = \begin{cases} 0, & wt(x) \leqslant \left\lceil \dfrac{n}{2} \right\rceil, \\ 1, & wt(x) > \left\lceil \dfrac{n}{2} \right\rceil, \end{cases}$$

则 f_1, f_2 都没有次数低于 $\left\lceil \dfrac{n}{2} \right\rceil$ 的非零零化子.

证明　首先, 容易看出 f_1 不存在次数低于 $\left\lceil \dfrac{n}{2} \right\rceil$ 的非零零化子. 其次, 当 n 为偶数时, 总有

$$f_2(x_1, x_2, \cdots, x_n) = f_1(x_1 + 1, x_2 + 1, \cdots, x_n + 1),$$

从而 f_2 也不存在次数不超过 $\left\lceil \dfrac{n}{2} \right\rceil - 1$ 的非零零化子. $\qquad\square$

下面给出基于支撑包含关系构造 MAI 函数的方法.

构造 7.1[31]　设 $f \in \mathbb{B}_n$, 当 n 为奇数时, 令

$$f(x) = \begin{cases} 0, & wt(x) < \left\lceil \dfrac{n}{2} \right\rceil; \\ 1, & wt(x) \geqslant \left\lceil \dfrac{n}{2} \right\rceil; \end{cases}$$

当 n 为偶数时, 令

$$f(x) = \begin{cases} 0, & wt(x) < \left\lceil \dfrac{n}{2} \right\rceil; \\ 1, & wt(x) > \left\lceil \dfrac{n}{2} \right\rceil; \\ b \in \{0, 1\}, & wt(x) = \left\lceil \dfrac{n}{2} \right\rceil. \end{cases}$$

定理 7.5[31]　构造 7.1 中给出的两类布尔函数都满足 $AI(f) = \left\lceil \dfrac{n}{2} \right\rceil$.

证明　当 n 为奇数时, $f = f_1 + 1$. 由于 f 平衡且 $f + 1$ 没有次数低于 $\left\lceil \dfrac{n}{2} \right\rceil$ 的非零零化子, 故由引理 7.6, $AI(f) = \left\lceil \dfrac{n}{2} \right\rceil$. 当 n 为偶数时,

$$\mathrm{supp}(f) \supseteq \mathrm{supp}(f_2), \quad \mathrm{supp}(f + 1) \supseteq \mathrm{supp}(f_1).$$

于是由引理 7.8 和 7.10, 总有 $AI(f) = \left\lceil \dfrac{n}{2} \right\rceil$ 成立. $\qquad\square$

例 7.3　在构造 7.1 中, 对任意正整数 n, 考虑

$$g(x) = \begin{cases} 0, & wt(x) < \left\lceil \dfrac{n}{2} \right\rceil; \\ 1, & wt(x) \geqslant \left\lceil \dfrac{n}{2} \right\rceil. \end{cases}$$

由于 $g(x) = 1$ 当且仅当其输入变元中至少有一半取值为 1, 所以 $g(x)$ 也被称为择多逻辑函数 (Majority Function). 择多逻辑函数 $g(x)$ 是人们最早发现的 MAI 函数之一. 择多逻辑函数是一个对称布尔函数. 对称布尔函数是一类特殊布尔函数, 它们在重量相等的向量上取值相同. 从该结果出发, 人们对具有最优代数免疫度的对称布尔函数 (也可简称为对称 MAI 函数) 进行了深入研究, 获得了许多结果, 这部分结果将在下一节作具体介绍.

7.2.2 基于平面理论构造 MAI 函数

Carlet 在 2006 年提出了一种基于平面理论构造 MAI 函数的方法[14], 其主要思想来自以下命题:

命题 7.5[14] 设正整数 $k \leqslant \left\lceil \dfrac{n}{2} \right\rceil$, $f \in \mathbb{B}_n$, 若存在 $\mathbb{F}_2^n$ 中一族维数至少为 k 的平面 $A_i (1 \leqslant i \leqslant r)$, 即 $\mathbb{F}_2^n$ 的一族仿射子空间, 使得下列条件成立:

(1) $\forall i \leqslant r, \left| A_i \setminus \left(\operatorname{supp}(f) \bigcup \left(\bigcup_{j < i} A_j \right) \right) \right| \leqslant 1$;

(2) $(\mathbb{F}_2^n \setminus \operatorname{supp}(f)) \subseteq \bigcup_{i \leqslant r} A_i$,

则 f 不存在次数小于 k 的非零零化子.

证明 如果 g 为 f 的一个代数次数小于 k 的零化子, 那么对任意 $x \in \operatorname{supp}(f)$, 均有 $g(x) = 0$. 由 g 的代数次数小于 k 知, 对任意的维数不低于 k 的平面 A, 都有 $\sum_{x \in A} g(x) = 0$. 从而由 (1) 式可递归证得 g 在所有的 $A_i (1 \leqslant i \leqslant r)$ 上都为 0, 又由 (2) 式可知 $g \equiv 0$, 故 f 不存在次数小于 k 的非零零化子. $\square$

例 7.4[14] 利用命题 7.5 也可以证明例 7.3 中的 n 元择多逻辑函数 $g(x)$ 为 MAI 函数. 设 $k = \left\lceil \dfrac{n}{2} \right\rceil$, 定义平面

$$A_j = \{ x \in \mathbb{F}_2^n \mid \operatorname{supp}(a_j) \subseteq \operatorname{supp}(x) \},$$

a_j 为 $\mathbb{F}_2^n$ 中所有重量不超过 $n - k$ 的向量, 次序按 a_j 重量降序排列, 相同重量可以任意排列; 平面

$$B_i = \{ x \in \mathbb{F}_2^n \mid \operatorname{supp}(x) \subseteq \operatorname{supp}(b_i) \},$$

其中 b_i 跑遍 $\mathbb{F}_2^n$ 中所有重量不低于 $k = \left\lceil \dfrac{n}{2} \right\rceil$ 的向量, 次序按 b_i 重量升序排列, 相同重量可以任意排列. 则有

$$\left| A_j \setminus \left(\operatorname{supp}(g) \bigcup \left(\bigcup_{t < j} A_t \right) \right) \right| \leqslant 1, \quad (\mathbb{F}_2^n \setminus \operatorname{supp}(g)) \subseteq \bigcup A_j,$$

$$\left| B_i \setminus \left(\operatorname{supp}(g + 1) \bigcup \left(\bigcup_{t < i} B_t \right) \right) \right| \leqslant 1, \quad (\mathbb{F}_2^n \setminus \operatorname{supp}(g + 1)) \subseteq \bigcup B_i,$$

从而由命题 7.5 可知, $AI(g) = \left\lceil \dfrac{n}{2} \right\rceil$.

推论 7.2[14]　设 n 为奇数, 对任意整数 $1 \leqslant i \leqslant 2^{n-1}$, 令 A_i 为 $\mathbb{F}_2^n$ 的维数至少为 $\dfrac{n+1}{2}$ 的仿射子空间, 且满足 $A_i \setminus \bigcup_{t<i} A_t$ 非空, 任取元素 $b_i \in A_i \setminus \bigcup_{t<i} A_t$. 构造布尔函数 f, 使得 $\mathrm{supp}(f) = \{b_i \mid 1 \leqslant i \leqslant 2^{n-1}\}$ (或者为其支撑集的补集), 则所构造的 f 为平衡 MAI 函数.

证明　设 $B = \{b_i \mid 1 \leqslant i \leqslant 2^{n-1}\}$, 只需对 $\mathrm{supp}(f) = B$ 的情形给出证明. 显然集合 B 中元素两两不同, 所以 f 为平衡函数. 由于 n 为奇数, 所以只需证 f 或者 $f+1$ 非零零化子次数至少为 $\dfrac{n+1}{2}$ 即可. 在命题 7.5 中, 取平面集合为 $A_i, 1 \leqslant i \leqslant 2^{n-1}$. 由于

$$A_i \setminus \left(\bigcup_{t<i} A_t \bigcup (\mathbb{F}_2^n \setminus B) \right) = B \bigcap \left(A_i \setminus \bigcup_{t<i} A_t \right) = b_i,$$

$$B \subseteq \bigcup_{i \leqslant 2^{n-1}} A_i,$$

且 A_i 维数至少为 $\dfrac{n+1}{2}$, 所以 $f+1$ 不存在次数低于 $\dfrac{n+1}{2}$ 的非零零化子, 命题得证.　□

构造 7.2(n 为奇数情形)[14]

步骤 1　记 $a_1, a_2, \cdots, a_{2^{n-1}}$ 为 $\mathbb{F}_2^n$ 中所有重量大于 $\dfrac{n}{2}$ 的点, 且按重量升序排列, 相同重量时可以随意排列;

步骤 2　从 $i=1$ 到 2^{n-1} 选取点 b_i, 使得 $\mathrm{supp}(b_i) \subseteq \mathrm{supp}(a_i)$, 且对任意的 $j < i, \mathrm{supp}(b_i) \nsubseteq \mathrm{supp}(a_j)$;

步骤 3　输出函数 $f \in \mathbb{B}_n$, 使得 $\mathrm{supp}(f) = \{b_i \mid 1 \leqslant i \leqslant 2^{n-1}\}$, 则 f 为 MAI 函数.

构造算法 7.2 中的集合 $\{b_i\}$ 是存在的, 特别可以取 $b_i = a_i$. 实际上, 当 a_i 的重量超过 $\dfrac{n+1}{2}$ 时, 必有 $b_i = a_i$, 否则, 必存在某个 $j < i$, 使得 $\mathrm{supp}(b_i) \subseteq \mathrm{supp}(a_j)$. 由推论 7.2 知, 构造算法 7.2 中的布尔函数为 MAI 函数, 而且所构造布尔函数的支撑集实际上是由所有的重量不低于 $\dfrac{n+3}{2}$ 的点以及 $\dbinom{n}{(n+1)/2}$ 个重量不超过 $\dfrac{n+1}{2}$ 的点组成的.

推论 7.3[14]　设 n 为偶数, 令 $A = \left\{ a_i \mid 1 \leqslant i \leqslant \dbinom{n}{n/2} \right\}$ 为 $\mathbb{F}_2^n$ 上所有重量

为 $\frac{n}{2}$ 的点的一个有序集合, 对任意的 $1 \leqslant i \leqslant \binom{n}{n/2}$, 定义平面

$$A_i = \{x \in \mathbb{F}_2^n \mid \mathrm{supp}(a_i) \subseteq \mathrm{supp}(x)\}, \quad B_i = \{x \in \mathbb{F}_2^n \mid \mathrm{supp}(x) \subseteq \mathrm{supp}(a_i)\}.$$

设 I, J, K 为 A 的三个互不相交的子集, 并满足: 对任意 $i \in I$, 存在某个点 $b_i \neq a_i$ 且 $b_i \in \left(A_i \setminus \bigcup_{t \in I, t < i} A_t\right)$; 对任意 $i \in J$, 存在某个点 $c_i \neq a_i$ 且 $c_i \in \left(B_i \setminus \bigcup_{t \in J, t < i} B_t\right)$. 则支撑集为

$$\left\{x \in \mathbb{F}_2^n \mid wt(x) > \frac{n}{2}\right\} \bigcup \{c_i, i \in J\} \bigcup \{a_i, i \in I \bigcup K\} \setminus \{b_i, i \in I\}$$

的布尔函数 f 的代数免疫度为 $\frac{n}{2}$.

证明 对函数 f, 构造平面集合为 $A_i (i \in I)$ 以及所有余下 $\left\{A_x \mid wt(x) \leqslant \frac{n}{2}\right\}$, 其中

$$A_x = \{y \in \mathbb{F}_2^n \mid \mathrm{supp}(x) \subseteq \mathrm{supp}(y)\}.$$

次序是先排 I 中平面, 余下平面按 x 重量降序排列, 显然每一个平面的维数至少为 $\frac{n}{2}$, 且对任意 i, 有

$$\left| A_i \setminus \left(\mathrm{supp}(f) \bigcup \left(\bigcup_{j<i} A_j\right)\right) \right| \leqslant 1.$$

又显然

$$\mathbb{F}_2^n \setminus \mathrm{supp}(f) \subseteq \bigcup_{i \in I} A_i.$$

从而由命题 7.5 知, f 不存在次数低于 $\frac{n}{2}$ 的非零零化子.

对函数 $f + 1$, 构造平面集合为 $B_i (i \in J)$ 以及余下的 $\left\{B_x \mid wt(x) \geqslant \frac{n}{2}\right\}$, 其中

$$B_x = \{y \in \mathbb{F}_2^n \mid \mathrm{supp}(y) \subseteq \mathrm{supp}(x)\}.$$

次序同样是先排 J 中平面, 余下平面按 x 重量升序排列, 显然每一个平面的维数至少为 $\frac{n}{2}$, 且对任意 i, 有

$$\left| B_i \setminus \mathrm{supp}(f+1) \bigcup \left(\bigcup_{j<i} B_j\right) \right| \leqslant 1.$$

又显然有

$$\mathbb{F}_2^n \setminus \mathrm{supp}(f+1) \subseteq \bigcup_{i \in J} B_i.$$

从而由命题 7.5 知, $f+1$ 不存在次数低于 $\dfrac{n}{2}$ 的非零零化子. 于是 f 的代数免疫度为 $\dfrac{n}{2}$. □

构造 7.3(n 为偶数的情形)[14]

步 1　选择两个正整数 $k \leqslant l \leqslant \dbinom{n}{n/2}$;

步 2　对 i 从 1 到 k, 选取 $a_i \in \mathbb{F}_2^n$ 使得其重量为 $\dfrac{n}{2}$, 且与 $a_1, a_2, \cdots, a_{i-1}$ 不同, 选取向量 $b_i \neq a_i$, 使得 $\mathrm{supp}(a_i) \subseteq \mathrm{supp}(b_i)$, 且对任意 $j < i$, $\mathrm{supp}(a_j) \nsubseteq \mathrm{supp}(b_i)$;

步 3　对 i 从 $k+1$ 到 l, 选取 $a_i \in \mathbb{F}_2^n$ 使得其重量为 $\dfrac{n}{2}$, 与 $a_1, a_2, \cdots, a_{i-1}$ 不同, 选取向量 $c_i \neq a_i$, 使得 $\mathrm{supp}(c_i) \subseteq \mathrm{supp}(a_i)$, 且对任意的 $k+1 \leqslant j < i$, $\mathrm{supp}(c_i) \nsubseteq \mathrm{supp}(a_j)$;

步 4　输出函数 f, 其支撑集恰为

$$\left\{x \in \mathbb{F}_2^n \mid wt(x) > \frac{n}{2}\right\} \bigcup \{c_i, i = k+1, \cdots, l\} \bigcup \{a_i, i = 1, \cdots, k\} \setminus \{b_i, i = 1, \cdots, k\},$$

则 f 的代数免疫度为 $\dfrac{n}{2}$.

构造算法 7.3 相当于在推论 7.3 中取 $I = \{1, 2, \cdots, k\}$, $J = \{k+1, k+2, \cdots, l\}$, K 为空集. 由推论 7.3, 显然构造出的函数 f 的代数免疫度为 $\dfrac{n}{2}$, 而且 f 的 Hamming 重量为

$$2^{n-1} - \frac{1}{2}\binom{n}{n/2} + l - k + \left|\left\{b_i \mid wt(b_i) = \frac{n}{2}, i = 1, 2, \cdots, k\right\}\right|.$$

通过选取合适的参数, 可以使构造的函数 f 为平衡的.

使用基于平面理论的构造方法, Carlet、曾祥勇等进一步构造了几类新的平衡 MAI 函数, 并且所构造函数的非线性度远高于当时已知的其他构造[19]. 通过选取适当的参数, 当 $n \geqslant 8$ 为偶数时, 所构造函数的非线性度为

$$2^{n-1} - \binom{n-1}{n/2-1} + 2\binom{n-2}{n/2-2} \Big/ (n-2),$$

当 n 为奇数时, 所构造函数的非线性度为

$$\binom{n-1}{(n-1)/2} + \delta(n),$$

其中 $\delta(n)$ 是随 n 取值增加而迅速增长的函数. 由于该构造较复杂, 计算较繁琐, 这里就不赘述了, 有兴趣的读者请查阅文献 [19].

另外, 付绍静等使用基于平面理论的构造方法, 构造了几类为 MAI 函数的旋转对称布尔函数 (Rotation Symmetric Boolean Function, RSBF), 并计算了它们的非线性度, 有兴趣的读者请参阅文献 [38~40].

7.2.3 基于交换基技术构造 MAI 函数

基于交换基技术构造 MAI 函数的方法是由屈龙江和李娜等于 2005 和 2006 年提出的[45, 59], 其主要思想是: 取一个 n 元 MAI 函数 f, 则由引理 7.5 知 $S_1(f)$ 和 $S_0(f)$ 均为向量空间 $\mathbb{F}_2^{\sum\limits_{i=0}^{\lceil n/2 \rceil - 1} \binom{n}{i}}$ 的生成集. 交换 $S_1(f)$ 和 $S_0(f)$ 之间的部分元素就会得到两个新集合, 这两个新集合可以看成某个新函数 g 的 $S_1(g)$ 和 $S_0(g)$. 从而如果两个新集合仍是向量空间 $\mathbb{F}_2^{\sum\limits_{i=0}^{\lceil n/2 \rceil - 1} \binom{n}{i}}$ 的两个生成集, 那么新函数 g 也为 MAI 函数.

引理 7.11[45, 59]　设 U 为一个 m 维向量空间, $\alpha_1, \alpha_2, \cdots, \alpha_m$ 和 $\beta_1, \beta_2, \cdots, \beta_m$ 为 U 的两组基, 则对于任意整数 $1 \leqslant k \leqslant m$, 任取 k 个整数 $1 \leqslant i_1 < i_2 < \cdots < i_k \leqslant m$, 总存在 k 个整数 $1 \leqslant j_1 < j_2 < \cdots < j_k \leqslant m$, 使得

$$\{\alpha_1, \alpha_2, \cdots, \alpha_m\} \bigcup \{\beta_{j_1}, \cdots, \beta_{j_k}\} \setminus \{\alpha_{i_1}, \cdots, \alpha_{i_k}\}$$

和

$$\{\beta_1, \beta_2, \cdots, \beta_m\} \bigcup \{\alpha_{i_1}, \cdots, \alpha_{i_k}\} \setminus \{\beta_{j_1}, \cdots, \beta_{j_k}\}$$

仍为 U 的两组基.

证明　不失一般性, 可以假设要找的两组新基分别为 $\alpha_1, \alpha_2, \cdots, \alpha_k, \beta_{k+1}, \cdots, \beta_m$ 和 $\beta_1, \beta_2, \cdots, \beta_k, \alpha_{k+1}, \cdots, \alpha_m$. 这可以通过以下方式做到: 把向量 $\alpha_1, \alpha_2, \cdots, \alpha_m$ 用基 $\beta_1, \beta_2, \cdots, \beta_m$ 线性表出, 则

$$\alpha_j = \sum_{i=1}^{m} p_{ij} \beta_i, \quad j = 1, 2, \cdots, m.$$

记矩阵 $P = (p_{ij})_{m \times m}$, 则

$$(\alpha_1, \alpha_2, \cdots, \alpha_m) = (\beta_1, \beta_2, \cdots, \beta_m) P,$$

其中 P 是两组基之间的过渡矩阵, 从而必为可逆矩阵. 把 P 的行列式按前 k 行展开, 由拉普拉斯定理[7],

$$\det(P) = \sum_{1 \leqslant j_1 < \cdots < j_k \leqslant m} (-1)^{\sum\limits_{l=1}^{k}(l+j_l)} \det\left(D_P \begin{pmatrix} 1, \cdots, k \\ j_1, \cdots, j_k \end{pmatrix}\right) \det\left(M_P \begin{pmatrix} 1, \cdots, k \\ j_1, \cdots, j_k \end{pmatrix}\right),$$

其中 $D_P \begin{pmatrix} 1, \cdots, k \\ j_1, \cdots, j_k \end{pmatrix}$ 为 P 的前 k 行和第 $j_1, j_2, \cdots, j_k$ 列组成的 k 级子式,

$M_P \begin{pmatrix} 1, \cdots, k \\ j_1, \cdots, j_k \end{pmatrix}$ 为 $D_P \begin{pmatrix} 1, \cdots, k \\ j_1, \cdots, j_k \end{pmatrix}$ 的余子式. 由于 P 可逆, 则它的行列式

非零, 从而存在至少一组 $j_1, \cdots, j_k$ 使得

$$\det \left(D_P \begin{pmatrix} 1, \cdots, k \\ j_1, \cdots, j_k \end{pmatrix} \right) \neq 0 \quad \text{且} \quad \det \left(M_P \begin{pmatrix} 1, \cdots, k \\ j_1, \cdots, j_k \end{pmatrix} \right) \neq 0.$$

不失一般性, 可以假设 $1, 2, \cdots, k$ 即为满足上述条件的 k 个整数, 则 $\alpha_1, \alpha_2, \cdots, \alpha_k,$ $\beta_{k+1}, \cdots, \beta_m$ 和 $\beta_1, \beta_2, \cdots, \beta_k, \alpha_{k+1}, \cdots, \alpha_m$ 即可作为所求的 U 的两组基. 这是因为可以把 P 写成分块矩阵形式:

$$P = \begin{bmatrix} A & B \\ C & D \end{bmatrix},$$

其中 A 是一个 $k \times k$ 的可逆矩阵, B 是一个 $k \times (n-k)$ 的矩阵, C 是一个 $(n-k) \times k$ 的矩阵, D 是一个 $(n-k) \times (n-k)$ 的可逆矩阵, 于是

$$[\alpha_1, \cdots, \alpha_k, \beta_{k+1}, \cdots, \beta_m] = [\beta_1, \beta_2, \cdots, \beta_m] \begin{bmatrix} A & O \\ C & E_{m-k} \end{bmatrix},$$

其中 E_{m-k} 表示 $m-k$ 阶单位矩阵. 由于矩阵 A 可逆, 所以矩阵 $\begin{bmatrix} A & O \\ C & E_{m-k} \end{bmatrix}$ 可逆, 因此 $\alpha_1, \alpha_2, \cdots, \alpha_k, \beta_{k+1}, \cdots, \beta_m$ 也是 U 的一组基. 类似地,

$$[\beta_1, \cdots, \beta_k, \alpha_{k+1}, \cdots, \alpha_m] = [\beta_1, \beta_2, \cdots, \beta_m] \begin{bmatrix} E_k & C \\ O & D \end{bmatrix},$$

其中 E_k 表示 k 阶单位矩阵. 由于矩阵 D 可逆, 所以矩阵 $\begin{bmatrix} E_k & C \\ O & D \end{bmatrix}$ 可逆, 因此 $\beta_1, \beta_2, \cdots, \beta_k, \alpha_{k+1}, \cdots, \alpha_m$ 仍是 U 的一组基. □

引理 7.11 可以进一步推广为

引理 7.12[45, 59] 设 U 为一个 m 维向量空间, 整数 $m \leqslant s \leqslant t$, $A = \{\alpha_1, \cdots, \alpha_s\}$ 和 $B = \{\beta_1, \cdots, \beta_t\}$ 为 U 的两个生成集. 设 $\{\alpha_{i_1}, \cdots, \alpha_{i_k}\}$ $(1 \leqslant i_1 < \cdots < i_k \leqslant s)$ 为 A 的任一子集, r 为 $\{\alpha_{i_1}, \cdots, \alpha_{i_k}\}$ 的秩. 则对任意整数 l $(r \leqslant l \leqslant t + r - m)$, 总存在 B 中的 l 个元素 $\beta_{j_1}, \cdots, \beta_{j_l}$ $(1 \leqslant j_1 < \cdots < j_l \leqslant t)$, 使得

$$A \bigcup \{\beta_{j_1}, \cdots, \beta_{j_l}\} \setminus \{\alpha_{i_1}, \cdots, \alpha_{i_k}\}$$

和

$$B \bigcup \{\alpha_{i_1}, \cdots, \alpha_{i_k}\} \setminus \{\beta_{j_1}, \cdots, \beta_{j_l}\}$$

仍为 U 的两个生成集.

证明 不失一般性, 可以假设 $B_1 = \{\beta_1, \cdots, \beta_m\}$ 为 U 的一组基, $\{\alpha_{i_1}, \cdots, \alpha_{i_k}\} = \{\alpha_1, \cdots, \alpha_k\}$ 并且 $\alpha_1, \cdots, \alpha_r$ 线性无关. 可以假设需要的两个生成集为

$$A' = A \bigcup \{\beta_1, \beta_2, \cdots, \beta_r, \beta_{m+1}, \beta_{m+2}, \cdots, \beta_{m+l-r}\} \setminus \{\alpha_1, \alpha_2, \cdots, \alpha_k\}$$

和

$$B' = B \bigcup \{\alpha_1, \alpha_2, \cdots, \alpha_k\} \setminus \{\beta_1, \beta_2, \cdots, \beta_r, \beta_{m+1}, \beta_{m+2}, \cdots, \beta_{m+l-r}\}.$$

这可以如下做到: 先把 $\{\alpha_1, \cdots, \alpha_r\}$ 扩充到 $A_1 \subseteq A$ 使得 A_1 为 U 的一组基, 则由引理 7.11, 存在 B_1 中的 r 个元素 (不失一般性, 假设 $\beta_1, \beta_2, \cdots, \beta_r$ 是需要的 r 个元素) 使得

$$A_2 = A_1 \bigcup \{\beta_1, \beta_2, \cdots, \beta_r\} \setminus \{\alpha_1, \alpha_2, \cdots, \alpha_r\}$$

和

$$B_2 = B_1 \bigcup \{\alpha_1, \alpha_2, \cdots, \alpha_r\} \setminus \{\beta_1, \beta_2, \cdots, \beta_r\}$$

仍为 U 的两组基. 由于 $A_2 \subseteq A'$, $B_2 \subseteq B'$, 则 A' 和 B' 均为 U 的生成集. $\square$

由引理 7.11 和 7.12, 依据输入变元个数为奇数或偶数, 可以给出一个相应地构造 MAI 函数的方法.

构造 7.4[45, 59] 设 $n = 2t + 1$, $f \in \mathbb{B}_n$, $AI(f) = t + 1$, 且

$$1_f = \{X_1, X_2, \cdots, X_{2^{n-1}}\}, \quad 0_f = \{Y_1, Y_2, \cdots, Y_{2^{n-1}}\}.$$

记 $S_1(f)$ 为 $2^{n-1} \times 2^{n-1}$ 的矩阵, 其行向量为 $v(X_1), v(X_2), \cdots, v(X_{2^{n-1}})$; 记 $S_0(f)$ 为 $2^{n-1} \times 2^{n-1}$ 的矩阵, 其行向量为 $v(Y_1), v(Y_2), \cdots, v(Y_{2^{n-1}})$.

步骤 1 随机选择一个整数 $1 \leqslant k \leqslant 2^{n-1}$ 和 k 个整数 $1 \leqslant i_1 < \cdots < i_k \leqslant 2^{n-1}$;

步骤 2 对矩阵 $P = S_1(f)S_0(f)^{-1}$ 的第 $i_1, \cdots, i_k$ 行构成的 $k \times 2^{n-1}$ 矩阵的列向量做高斯约化, 找到一组整数 $1 \leqslant j_1 < \cdots < j_k \leqslant 2^{n-1}$ 使得 $k \times k$ 矩阵 $D_P \begin{pmatrix} i_1, \cdots, i_k \\ j_1, \cdots, j_k \end{pmatrix}$ 可逆.

则构造如下函数 $f_{(i_1, \cdots, i_k; j_1, \cdots, j_k)}$:

$$f_{(i_1, \cdots, i_k; j_1, \cdots, j_k)}(X) = \begin{cases} f(X) + 1, & \text{若 } X \in \{X_{i_1}, \cdots, X_{i_k}, Y_{j_1}, \cdots, Y_{j_k}\}; \\ f(X), & \text{否则}. \end{cases}$$

构造 7.5[45, 59]　设 $n = 2t$, $f \in \mathbb{B}_n$, $AI(f) = t$, $e = \sum_{i=0}^{t-1} \binom{n}{i}$, 并且

$$1_f = \{X_1, X_2, \cdots, X_s\}, \quad 0_f = \{Y_1, Y_2, \cdots, Y_t\},$$

其中 $\sum_{i=0}^{t-1} \binom{n}{i} \leqslant s \leqslant t$, $s + t = 2^n$.

步骤 1　随机选择一个整数 k $(0 < k \leqslant s)$ 和 k 个向量

$$v(X_{i_1}), v(X_{i_2}), \cdots, v(X_{i_k}), \quad 1 \leqslant i_1 < i_2 < \cdots < i_k \leqslant s.$$

步骤 2　在向量组 $\{v(X_{i_1}), v(X_{i_2}), \cdots, v(X_{i_k})\}$ 找到一个极大线性无关组

$$\{v(X_{i_{l_1}}), v(X_{i_{l_2}}), \cdots, v(X_{i_{l_r}})\}, \quad 1 \leqslant l_1 < \cdots < l_r \leqslant k,$$

然后把它扩充到集合

$$A = \{v(X_{i_{l_1}}), v(X_{i_{l_2}}), \cdots, v(X_{i_{l_r}}), v(X_{i_{k+1}}), v(X_{i_{k+2}}), \cdots, v(X_{i_{e+k-r}})\},$$

使得 A 为 $\mathbb{F}_2^e$ 的一个生成集.

步骤 3　对向量组 $\{v(Y_1), v(Y_2), \cdots, v(Y_t)\}$ 做高斯约化, 找到 $\mathbb{F}_2^e$ 的一个生成集

$$B = \{v(Y_{j_1}), v(Y_{j_2}), \cdots, v(Y_{j_e})\}.$$

步骤 4　仍用 A (resp. B) 表示用它们中向量做行向量所得的矩阵. 设 $P = AB^{-1}$, 找到整数 $1 \leqslant m_1 < m_2 < \cdots < m_r \leqslant e$ 使得

$$\det\left(D_P \begin{pmatrix} 1, \cdots, r \\ m_1, \cdots, m_r \end{pmatrix}\right) \neq 0 \quad \text{且} \quad \det\left(M_P \begin{pmatrix} 1, \cdots, r \\ m_1, \cdots, m_r \end{pmatrix}\right) \neq 0.$$

步骤 5　对任意的 w $(0 \leqslant w \leqslant t-e)$, 随机选择 w 个整数的集合 $\{j_{e+1}, \cdots, j_{e+w}\} \subseteq \{1, 2, \cdots, t\} \setminus \{j_1, \cdots, j_e\}$.

则可以如下构造函数 $g = f_{(i_1, \cdots, i_k;\ j_{m_1}, \cdots, j_{m_r}, j_{e+1}, \cdots, j_{e+w})}$,

$$g(X) = \begin{cases} f(X) + 1, & \text{若 } X \in \{Y_{j_{m_1}}, \cdots, Y_{j_{m_r}}, Y_{j_{e+1}}, \cdots, Y_{j_{e+w}}, X_{i_1}, \cdots, X_{i_k}\}; \\ f(X), & \text{否则}. \end{cases}$$

定理 7.6[45, 59]　构造算法 7.4 中的函数 $f_{(i_1, \cdots, i_k;\ j_1, \cdots, j_k)}$ 和构造算法 7.5 的函数 $f_{(i_1, \cdots, i_k;\ j_{m_1}, \cdots, j_{m_r}, j_{e+1}, \cdots, j_{e+w})}$ 均为 MAI 函数. 进一步, 当 n 为奇数时, 任意一个 n 元为 MAI 函数的布尔函数均可以通过构造算法 7.4 给出.

证明 由引理 7.5、7.6、7.11、7.12 及其证明, 易知本定理成立. □

下面讨论构造算法 7.4 和 7.5 中所给出的布尔函数的密码学性质, 包括平衡性和代数次数等性质.

平衡性 由于当 n 为奇数时, 一个 n 元 MAI 函数必然是平衡的, 故只需考虑 n 为偶数的情形. 以下假定 f 是一个偶数元 MAI 函数.

当 f 是平衡函数时, 可以构造出新的平衡 MAI 函数. 事实上, 对 1_f 中任意 k ($1 \leqslant k \leqslant 2^{n-1}$) 个线性无关的向量, 由引理 7.12, 可以在 0_f 中找到 k 个线性无关的向量 Ys, 通过交换 f 在 Xs 和 Ys 处的值就可以得到一个新的平衡 MAI 函数.

当 f 不是平衡函数时, 仍然可以构造出新的平衡 MAI 函数. 事实上, 不妨设 $|0_f| > |1_f|$, 否则考虑 $f + 1$ 即可. 令 $s = |0_f| - |1_f|$, 则 s 是一个正偶数. 对 1_f 中任意 k ($0 \leqslant k \leqslant |1_f|$) 个线性无关的向量 Xs, 由引理 7.12, 可以在 0_f 中找到 $k + \dfrac{s}{2}$ 个线性无关的向量 Ys, 通过交换 f 在 Xs 和 Ys 处的值就可以得到一个新的平衡 MAI 函数.

代数次数 现在来讨论所构造函数的代数次数. 由于反转了函数 f 的 m 个值 (当输入变元个数是奇数时, m 必是偶数), 相当于对 f 加一个重量为 m 的布尔函数. 记 $\Delta_m(x_1, \cdots, x_n)$ 是一个 Hamming 重量为 m 的 n 元布尔函数.

当 m 是奇数时, 显然有 $\deg(\Delta_m(x_1, \cdots, x_n)) = n$. 设 $g = f + \Delta_m$, 则

(1) 若 $\deg f < n$, 则 $\deg g = n$, g 不平衡;

(2) 若 $\deg f = n$, 则 $\deg g \leqslant n$.

命题 7.6[45, 59] 设 $\Delta_2(x_1, \cdots, x_n)$ 是一个 Hamming 重量为 2 的 n 元布尔函数, 则

$$\deg(\Delta_2(x_1, \cdots, x_n)) = n - 1.$$

证明 设 $\Delta_2(x_1, x_2, \cdots, x_n)$ 在向量 $(a_1, a_2, \cdots, a_n)$ 和 $(b_1, b_2, \cdots, b_n)$ 取值为 1, 则

$$\Delta_2(x_1, x_2, \cdots, x_n) = \prod_{i=1}^{n}(x_i + a_i + 1) + \prod_{i=1}^{n}(x_i + b_i + 1)$$

$$= \sum_{i=1}^{n}(a_i + b_i)\prod_{j=1, j \neq i}^{n} x_j.$$

因为 $(a_1, a_2, \cdots, a_n) \neq (b_1, b_2, \cdots, b_n)$, 所以 $\Delta_2(x_1, x_2, \cdots, x_n)$ 代数正规型中至少存在一项 $\prod_{j=1, j \neq i}^{n} x_j$, 因此 $\deg(\Delta_2(x_1, \cdots, x_n)) = n - 1$. □

根据命题 7.6, 若 g 是通过修改 f 的两个值得到的, 则如下性质成立:

(1) 若 $\deg f < n - 1$, 则 $\deg g = n - 1$;

(2) 若 $\deg f = n$, 则 $\deg g = n$;

(3) 若 $\deg f = n - 1$, 则 $\deg g \leqslant n - 1$.

命题 7.7[45, 59]　设 $\Delta_{2i}(x_1, \cdots, x_n) \in \mathbb{B}_n$, $wt(\Delta_{2i}(x_1, \cdots, x_n)) = 2i$, 则

$$n - 1 - \lfloor \log_2 i \rfloor \leqslant \deg(\Delta_{2i}(x_1, \cdots, x_n)) \leqslant n - 1.$$

证明　由于 $wt(\Delta_{2i}(x_1, \cdots, x_n))$ 为偶数, 从而 $\deg(\Delta_{2i}(x_1, \cdots, x_n)) \leqslant n - 1$. 由引理 1.3, 得 $2i \geqslant 2^{n - \deg(\Delta_{2i}(x_1, \cdots, x_n))}$, 于是

$$\deg(\Delta_{2i}(x_1, \cdots, x_n)) \geqslant n - 1 - \lfloor \log_2 i \rfloor. \qquad \square$$

根据命题 7.7, 若 g 是通过修改 f 的 $2i$ 个值得到的, 则下列性质成立:

(1) 若 $\deg f < n - 1 - \lfloor \log_2 i \rfloor$, 则 $n - 1 - \lfloor \log_2 i \rfloor \leqslant \deg g \leqslant n - 1$;

(2) 若 $\deg f = n$, 则 $\deg g = n$;

(3) 若 $n - 1 - \lfloor \log_2 i \rfloor \leqslant \deg f \leqslant n - 1$, 则 $\deg g \leqslant n - 1$.

由构造算法 7.1 中的函数出发, 使用基于交换基技术的构造方法, 可以得到 MAI 函数的一个计数下界.

定理 7.7[45, 59]　记 $S_n = \left\{ f \in \mathbb{B}_n \mid AI(f) = \left\lceil \dfrac{n}{2} \right\rceil \right\}$, $T_n = \left\{ f \in \mathbb{B}_n \mid AI(f) = \left\lceil \dfrac{n}{2} \right\rceil, f \text{ 是平衡函数} \right\}$,

(1) 当 n 为奇数时, 则

$$|S_n| = |T_n| \geqslant 2^{2^{n-1}};$$

(2) 当 n 为偶数时, 则

$$|S_n| \geqslant 2^{2^{n-1} + \frac{1}{2}\binom{n}{n/2}}, \quad |T_n| \geqslant \begin{pmatrix} \binom{n}{n/2} \\ \frac{1}{2}\binom{n}{n/2} \end{pmatrix} 2^{2^{n-1} - \frac{1}{2}\binom{n}{n/2}}.$$

证明　(1) 当 n 为奇数时, 显然有 $|S_n| = |T_n|$. 对构造算法 7.1 中的函数应用构造算法 7.4, 再由引理 7.11, 对 $\left\{ v(X) \mid wt(X) \geqslant \left\lceil \dfrac{n}{2} \right\rceil \right\}$ 中的任意 k $(1 \leqslant k \leqslant 2^{n-1})$ 个向量, 总可以构造出一个新的 MAI 函数. 显然, 当所选的 k 个向量个同时, 得到的函数也不同. 所以,

$$|S_n| = |T_n| \geqslant \binom{2^{n-1}}{0} + \binom{2^{n-1}}{1} + \cdots + \binom{2^{n-1}}{2^{n-1}} = 2^{2^{n-1}}.$$

(2) 当 n 为偶数时, $\displaystyle\sum_{i=0}^{\frac{n}{2}} \binom{n}{i} = 2^{n-1} - \dfrac{1}{2}\binom{n}{n/2}$, 由构造算法 7.1 中的函数为 MAI 函数知 $A = \left\{ v(X) \mid wt(X) < \dfrac{n}{2} \right\}$ 和 $B = \left\{ v(X) \mid wt(X) > \dfrac{n}{2} \right\}$ 均为

$\mathbb{F}_2^{2^{n-1}-\frac{1}{2}\binom{n}{n/2}}$ 的两组基. 与 n 为奇数时的讨论类似, 通过交换 A 和 B 中的元素, 总共可以得到 $2^{2^{n-1}-\frac{1}{2}\binom{n}{n/2}}$ 组不同的基. 对于这样的任意一组给定基, 在重量为 $\dfrac{n}{2}$ 的向量上仍然可以任意取值, 则可以得到

$$\binom{\binom{n}{n/2}}{0} + \binom{\binom{n}{n/2}}{1} + \cdots + \binom{\binom{n}{n/2}}{\binom{n}{n/2}} = 2^{\binom{n}{n/2}}$$

个新的 MAI 函数. 因此, 从所有 $2^{2^{n-1}-\frac{1}{2}\binom{n}{n/2}}$ 组不同的基出发, 可以得到

$$2^{2^{n-1}-\frac{1}{2}\binom{n}{n/2}} \times 2^{\binom{n}{n/2}} = 2^{2^{n-1}+\frac{1}{2}\binom{n}{n/2}}$$

个 MAI 函数. 这些函数显然是不同的, 进一步, 其中有

$$\binom{\binom{n}{n/2}}{\frac{1}{2}\binom{n}{n/2}} 2^{2^{n-1}-\frac{1}{2}\binom{n}{n/2}}$$

个平衡函数. □

交换基技术是构造 MAI 函数的一种重要方法, 特别地, 当输入变元个数为奇数时, 该方法能构造出所有的 MAI 函数. 定理 7.7 给出了 MAI 函数的一个计数下界, 该下界表明 MAI 函数的个数随着变元数趋于无穷而趋于无穷大. 尽管这一性质早已由 Carlet[15] 和 Dider[34] 指出, 但是 Carlet[15] 和 Dider[34] 中的结果都是概率性的, 而定理 7.7 是关于该计数第一个确定性结果. 在随后的几年中, 许多学者对基于交换基技术构造 MAI 函数的方法进行了进一步的研究: 李娜等得到了 n 为奇数时矩阵 $P = S_1(f)S_0(f)^{-1}$ 的性质, 从而构造了几类奇数元高非线性度 MAI 函数和达到一阶弹性的 MAI 函数[44]. Sarkar 等[64] 和李春雷等[42] 利用该方法研究了奇数元 RSBF 函数, 构造了几类非线性度更高的为 MAI 函数的 RSBF 函数. 刘美成等对一般的正整数 n 构造了一个矩阵 M, 该矩阵可以作为 n 为奇数时矩阵 $P = S_1(f)S_0(f)^{-1}$ 的推广, 通过研究 M 的性质提出了判定一个函数达到最优代数免疫度的充要条件, 并给出了几类构造[50].

7.2.4 基于有限域表示构造 MAI 函数

2008 年, Carlet 和冯克勤提出了一种新的构造 MAI 函数的方法[12]. 其构造方法使用了有限域 $\mathbb{F}_{2^n}$ 上的乘法群表示, 称之为 "基于有限域表示的构造方法". 该方法简洁优美, 所构造的函数密码学性质优良.

首先回顾一下有限域的乘法群表示[47]: 有限域 $\mathbb{F}_q$ 的乘法群为循环群, 即存在一个元素 $\alpha \in \mathbb{F}_q$(称为 $\mathbb{F}_q$ 的一个本原元) 使得

$$\mathbb{F}_q = \{0, 1, \alpha, \alpha^2, \cdots, \alpha^{q-2}\} = \{0\} \bigcup \{\alpha^i;\ i = 0, 1, \cdots, q-2\}.$$

定理 7.8[12]　设 $n \geqslant 2$ 为整数, α 为 $\mathbb{F}_{2^n}$ 上的一个本原元, f 为 $\mathbb{F}_{2^n}$ 上支撑为 $\{0\} \bigcup \{\alpha^i;\ i = 0, 1, \cdots, 2^{n-1} - 2\}$ 的布尔函数, 则 f 具有最优代数免疫度 $\left\lceil \dfrac{n}{2} \right\rceil$.

证明　设 g 是任一代数次数至多为 $\left\lceil \dfrac{n}{2} \right\rceil - 1$ 的布尔函数, $g(x) = \displaystyle\sum_{i=0}^{2^n-1} g_i x^i$, $g_i \in \mathbb{F}_{2^n}$ 为该布尔函数在域 $\mathbb{F}_{2^n}$ 中的单变量表示. 其中若幂次 i 的 2 重量 $w_2(i)$ 大于等于 $\left\lceil \dfrac{n}{2} \right\rceil$, 则相应的系数 $g_i = 0$, 特别地 $g_{2^n-1} = 0$. 若 $fg = 0$, 则 $g(0) = 0$, 且对任意 $i = 0, \cdots, 2^{n-1} - 2$, $g(\alpha^i) = 0$. 也就是说, 向量 $(g_0, g_1, \cdots, g_{2^n-2})$ 为 $\mathbb{F}_{2^n}$ 上零点为 $1, \alpha, \cdots, \alpha^{2^{n-1}-2}$ 的 Reed-Solomon 码的一个码字. 事实上, 零点为 $\alpha^\ell, \cdots, \alpha^{\ell+r}$ 的 Reed-Solomon 码定义为 $\mathbb{F}_2^{2^n-1}$ 上使得 $\alpha^\ell, \cdots, \alpha^{\ell+r}$ 为多项式 $\displaystyle\sum_{i=0}^{2^n-2} g_i X^i$ 的零点的向量 $(g_0, \cdots, g_{2^n-2})$ 构成的码字的集合, 见文献 [52]. 由 BCH 界, 若 $g \neq 0$, 则向量 $(g_0, g_1, \cdots, g_{2^n-2})$ 的 Hamming 重量至少为 2^{n-1}[52]. 为完整起见, 也可以给出如下证明: 由 $g(x)$ 的定义, 有

$$\begin{pmatrix} g(1) \\ g(\alpha) \\ g(\alpha^2) \\ \vdots \\ g(\alpha^{2^n-2}) \end{pmatrix} = \begin{pmatrix} 1 & 1 & 1 & \cdots & 1 \\ 1 & \alpha & \alpha^2 & \cdots & \alpha^{2^n-2} \\ 1 & \alpha^2 & \alpha^4 & \cdots & \alpha^{2(2^n-2)} \\ \vdots & \vdots & \vdots & & \vdots \\ 1 & \alpha^{2^n-2} & \alpha^{2(2^n-2)} & \cdots & \alpha^{(2^n-2)(2^n-2)} \end{pmatrix} \begin{pmatrix} g_0 \\ g_1 \\ g_2 \\ \vdots \\ g_{2^n-2} \end{pmatrix}$$

这意味着

$$\begin{pmatrix} g_0 \\ g_1 \\ g_2 \\ \vdots \\ g_{2^n-2} \end{pmatrix} = \begin{pmatrix} 1 & 1 & 1 & \cdots & 1 \\ 1 & \alpha^{-1} & \alpha^{-2} & \cdots & \alpha^{-(2^n-2)} \\ 1 & \alpha^{-2} & \alpha^{-4} & \cdots & \alpha^{-2(2^n-2)} \\ \vdots & \vdots & \vdots & & \vdots \\ 1 & \alpha^{-(2^n-2)} & \alpha^{-2(2^n-2)} & \cdots & \alpha^{-(2^n-2)(2^n-2)} \end{pmatrix} \begin{pmatrix} g(1) \\ g(\alpha) \\ g(\alpha^2) \\ \vdots \\ g(\alpha^{2^n-2}) \end{pmatrix}$$

$$= \begin{pmatrix} 1 & 1 & \cdots & 1 \\ \alpha^{-(2^{n-1}-1)} & \alpha^{-2^{n-1}} & \cdots & \alpha^{-(2^n-2)} \\ \vdots & \vdots & & \vdots \\ \alpha^{-(2^{n-1}-1)(2^n-2)} & \alpha^{-2^{n-1}(2^n-2)} & \cdots & \alpha^{-(2^n-2)(2^n-2)} \end{pmatrix} \begin{pmatrix} g(\alpha^{2^{n-1}-1}) \\ g(\alpha^{2^{n-1}}) \\ \vdots \\ g(\alpha^{2^n-2}) \end{pmatrix}.$$

假设至少有 2^{n-1} 个 g_i 为零, 则 $g(\alpha^{2^{n-1}-1}), \cdots, g(\alpha^{2^n-2})$ 满足一个系数矩阵为 2^{n-1} 阶 Vandermonde 矩阵的齐次线性方程组, 其行列式非零, 故 $g(\alpha^{2^{n-1}-1}), \cdots, g(\alpha^{2^n-2})$ 全为零, 因此 g 必须为零, 矛盾. 于是向量 $(g_0, g_1, \cdots, g_{2^n-2})$ 重量至少为 2^{n-1}. 进一步, 假设该向量的 Hamming 重量恰为 2^{n-1}, 则由 2 重量至多为 $\left\lceil \frac{n}{2} \right\rceil - 1$ 的整数的个数小于等于 2^{n-1} 知此时必有 n 为奇数, 且

$$g(x) = \sum_{\substack{0 \leqslant i \leqslant 2^n-2 \\ w_2(i) \leqslant (n-1)/2}} x^i,$$

这与 $g(0) = 0$ 矛盾. 于是向量 $(g_0, \cdots, g_{2^n-2})$ Hamming 重量严格大于 2^{n-1}, 这又与 g 代数次数至多为 $\left\lceil \frac{n}{2} \right\rceil - 1$ 矛盾. 从而只有 $g = 0$. 设 g 为 $f+1$ 的一个非零零化子, 则向量 $(g_0, \cdots, g_{2^n-2})$ 属于 $\mathbb{F}_{2^n}$ 上零点为 $\alpha^{2^{n-1}-1}, \cdots, \alpha^{2^n-2}$ 的 Reed-Solomon 码. 类似可知, 该向量 Hamming 重量严格大于 2^{n-1}, 同样矛盾. 因此 f 或 $f+1$ 都没有代数次数小于 $\left\lceil \frac{n}{2} \right\rceil - 1$ 的非零零化子, 于是 f 具有最优代数免疫度 $\left\lceil \frac{n}{2} \right\rceil$. $\qquad \square$

注记 (1) 定理 7.8 事实上证明了: 若一个非零布尔函数的单变量表示中含有至多 2^{n-1} 个非零系数, 则它不可能为 f 的零化子.

(2) 类似可以证明: 对任意偶数 n, 记

$$D = \sum_{i=0}^{\frac{n}{2}-1} \binom{n}{i} = 2^{n-1} - \binom{n-1}{n/2},$$

若对适当的参数 i, j, f 的支撑包含 $\{0, \alpha^i, \alpha^{i+1}, \cdots, \alpha^{i+D-2}\}$, $f+1$ 的支撑包含 $\{\alpha^j, \alpha^{j+1}, \cdots, \alpha^{j+D-1}\}$, 则 f 也为 MAI 函数. 进一步, 对任意正整数 n 和 D, 若对适当的参数 i, j,

$$\text{supp}(f) \supseteq \{0, \alpha^i, \alpha^{i+1}, \cdots, \alpha^{i+D-2}\}, \quad \text{supp}(f+1) \supseteq \{\alpha^j, \alpha^{i+1}, \cdots, \alpha^{i+D-1}\},$$

则 f 的代数免疫度至少为 k, 其中 $D \geqslant \sum_{i=0}^{k-1} \binom{n}{i}$. 从而也可以构造具有次优代数免疫度的布尔函数. 并且若次优代数免疫度的函数能够避免太特殊的结构, 则在密码学上它可能比 MAI 函数更有价值. 从而可以构造代数免疫度为 $\left\lceil \frac{n}{2} \right\rceil - 1$ 的平衡布尔函数, 其支撑不必为一个本原元的连续次幂.

(3) 定理 7.8 中的函数并不线性等价于支撑等于区间 $[0, 2^{n-1} - 1]$ 中整数二进制展开的布尔函数. 因为对一般 $i = \sum_{k=0}^{n-1} 2^{i_k}$, $j = \sum_{k=0}^{n-1} 2^{j_k}$, 并没有 $\text{tr}(\alpha^{i+j})$ 和 $i_0 j_0 + \cdots + i_{n-1} j_{n-1}$ 的线性关系.

定理 7.9[12]　定理 7.8 中函数 f 的单变量表示为

$$1 + \sum_{i=1}^{2^n-2} \frac{\alpha^i}{(1+\alpha^i)^{1/2}} \, x^i, \tag{7.5}$$

其中 $u^{1/2} = u^{2^{n-1}}$. 于是 f 代数次数为 $n-1$, 即平衡函数的最优代数次数.

证明　设 $f(x) = \sum_{i=0}^{2^n-1} f_i x^i$ 为 f 的单变量表示, 则 $f_0 = f(0) = 1$, 由于 f 的 Hamming 重量为偶数, 故代数次数至多为 $n-1$, 所以 $f_{2^n-1} = 0$. 进一步, $\forall i \in \{1, \cdots, 2^n - 2\}$,

$$f_i = \sum_{j=0}^{2^n-2} f(\alpha^j) \alpha^{-ij} = \sum_{j=0}^{2^{n-1}-2} \alpha^{-ij} = \frac{1 + \alpha^{-i(2^{n-1}-1)}}{1 + \alpha^{-i}}$$

$$= \left(\frac{1 + \alpha^{-i(2^n-2)}}{1 + \alpha^{-2i}} \right)^{1/2} = \left(\frac{1 + \alpha^i}{1 + \alpha^{-2i}} \right)^{1/2} = \frac{\alpha^i}{(1+\alpha^i)^{1/2}}.$$

这就证明了式 (7.5). 于是 $f_{2^n-2} \neq 0$, f 的代数次数为 $n-1$. □

定理 7.10[12]　设 f 为定理 7.8 中的函数, 则

$$NL(f) \geqslant 2^{n-1} + \frac{2^{\frac{n}{2}+1}}{\pi} \ln \left(\frac{\pi}{4(2^n-1)} \right) - 1 \approx 2^{n-1} - \frac{2\ln 2}{\pi} \, n \, 2^{\frac{n}{2}}.$$

定理 7.10 中的下界表明定理 7.8 构造函数 f 的非线性度显著优于 (至少是渐近优于) 已知的其他函数. 进一步, 通过对 n 较小时情况的测试发现, f 非线性度的具体值要比该下界高出很多, 对于较小的 n 值, 该值趋近于 $2^{n-1} - 2^{\frac{n}{2}}$.

受 Carlet 和冯克勤工作的启发, 涂自然和邓映蒲证明了一类 PS 型 Bent 函数为 MAI 函数.

构造 7.6[66]　设 $n = 2k$, α 为 $\mathbb{F}_{2^k}$ 的本原元, $g: \mathbb{F}_{2^k} \to \mathbb{F}_2$, 取

$$\text{supp}(g) = \{\alpha^s, \alpha^{s+1}, \cdots, \alpha^{s+2^{k-1}-1}\},$$

其中 $0 \leqslant s < 2^k - 1$, $f: \mathbb{F}_{2^k} \times \mathbb{F}_{2^k} \to \mathbb{F}_2$, 令

$$f(x, y) = \begin{cases} g(xy^{-1}), & \text{当 } x \cdot y \neq 0; \\ 0, & \text{否则}. \end{cases}$$

命题 7.8[66]　若猜想 7.1 成立, 则构造算法 7.6 中得到的函数 $f(x, y)$ 为 n 元 Bent 函数, 且 $AI(f) = k = \dfrac{n}{2}$.

进一步, 涂自然等对该构造进行了改进, 改进后的函数为平衡函数, 其构造方法为

构造 7.7[66]　设 $n = 2k$, α 为 $\mathbb{F}_{2^k}$ 的本原元, $g : \mathbb{F}_{2^k} \to \mathbb{F}_2$, 取

$$\operatorname{supp}(g) = \{\alpha^s, \alpha^{s+1}, \cdots, \alpha^{s+2^{k-1}-1}\},$$

其中 $0 \leqslant s < 2^k - 1$, $f : \mathbb{F}_{2^k} \times \mathbb{F}_{2^k} \to \mathbb{F}_2$, 令

$$f(x, y) = \begin{cases} g(xy^{-1}), & \text{当 } x \cdot y \neq 0 \text{ 时;} \\ 1, & \text{当 } x = 0, y \in \delta \text{ 时;} \\ 0, & \text{否则.} \end{cases}$$

其中 $\delta = \{\alpha^i : i = 2^{k-1} - 1, 2^{k-1}, \cdots, 2^k - 2\}$.

定理 7.11[66]　设 $n = 2k$, $k \geqslant 2$, 则构造算法 7.7 中得到的函数 $f(x, y)$ 为平衡函数, 代数次数为 $n - 1$, 非线性度 $NL(f) \geqslant 2^{n-1} - 2^{\frac{n}{2}-1} - 2^{\frac{k}{2}}k \cdot \ln 2 - 1$, 且在猜想 7.1 成立时为 MAI 函数.

命题 7.8 和定理 7.11 的证明请参见文献 [66].

7.2.5　其他构造

代数免疫度的概念提出之后, MAI 函数的构造就受到了许多学者的关注. 人们围绕这个问题做了许多工作, 除了上面介绍的一些典型工作以外, 还有文献 [16, 22, 30, 35, 37] 等. 篇幅所限, 这里只介绍其中的两种构造方法.

第一种是迭代构造法. Dalai 等于 2005 年首先提出了一种递归构造法[17, 30], 该构造从一个二元函数出发, 迭代构造了一列达到最优代数免疫度的偶数元布尔函数, 但是所构造的函数不平衡, 而且非线性度也不高. 付绍静等改进了 Dalai 的构造, 使用迭代构造法构造了一列达到最优代数免疫度的奇数元布尔函数[37]. Dalai 和付绍静的工作都是二阶递归构造, 即由 n 元 MAI 函数构造 $n + 2$ 元 MAI 函数, 陈银冬等进一步给出了一个一阶递归构造, 所构造的函数为平衡函数, 并计算了它们的非线性度和代数次数[22].

第二种是董德帅等于 2009 年提出的一种基于正整数插值思想的 MAI 函数构造方法[35]. 下面对该方法作较详细的介绍. 该构造的主要思想是将 $\mathbb{F}_2^n$ 上的元素与一个位于区间 $[0, 2^n - 1]$ 的整数一一对应起来, 更准确的说, 将 $X = (x_1, \cdots, x_n) \in \mathbb{F}_2^n$ 对应于整数 $\sum\limits_{i=1}^{n} x_i 2^{i-1}$. 这样既可以比较 $\mathbb{F}_2^n$ 中元素的大小, 也可以定义 $\mathbb{F}_2^n$ 上的区间. 例如对 $Y_1, Y_2 \in \mathbb{F}_2^n$, 定义

$$[Y_1, Y_2) = \{Y \in \mathbb{F}_2^n | Y_1 \leqslant Y < Y_2\}.$$

记 Y_0 到 Y_k 为 $\mathbb{F}_2^n$ 上所有重量不超过 $\lceil n/2 \rceil - 1$ 的元素按升序的排列, 从而有 $k = \sum\limits_{i=0}^{\lceil n/2 \rceil - 1} \binom{n}{i} - 1$. 在给出构造之前, 先介绍如下几个引理:

引理 7.13[50] 设 n 为偶数, f 是一个 Hamming 重量等于 $\sum\limits_{i=0}^{\lceil n/2 \rceil - 1} \binom{n}{i}$ 的 n 元布尔函数, 则 $AI(f) = n/2$ 当且仅当 f 不存在次数小于 $n/2$ 的非零零化子.

引理 7.14[35] 考虑一个 d 次单项式函数 $f(x) = x_1^{y_1} \cdots x_n^{y_n}$, 令 $Y = (y_1, \cdots, y_n)$, 则对 $[0, Y)$ 中的任意 X, 都有 $f(X) = 0$; 对 $[Y, Y')$ 中的任意 X, 都有 $f(X) = 1$, 其中 $Y' \in \mathbb{F}_2^n$ 为大于 Y 且重量不超过 d 的第一个元素.

证明 由于 $f(X) = 1$ 当且仅当对任意 $y_i = 1 (1 \leqslant i \leqslant n)$, 均有 $x_i = 1$, 即 $\mathrm{supp}(Y) \subset \mathrm{supp}(X)$, 从而

$$\sum_{i=1}^{n} y_i 2^{i-1} \leqslant \sum_{i=1}^{n} x_i 2^{i-1}.$$

所以对 $[0, Y)$ 中的任意 X, 都有 $f(X) = 0$. 设

$$j = \min\{i \mid y_i \neq 0, 1 \leqslant i \leqslant n\},$$

$Y' \in \mathbb{F}_2^n$ 为大于 Y 且重量不超过 d 的第一个元素, 则 $Y' = Y + 2^{j-1}$, 从而对任意 $X \in [Y, Y')$, 易知有 $\mathrm{supp}(Y) \subset \mathrm{supp}(X)$, 因此 $f(X) = 1$. □

构造 7.8[35]

步骤 1 从 $i = 0$ 到 $k - 1$, 任选元素 $X_i \in [Y_i, Y_{i+1})$;

步骤 2 若 $i = k$, 任选元素 X_i, 使得 $\mathrm{supp}(Y_i) \subset \mathrm{supp}(X_i)$;

步骤 3 输出布尔函数 $f \in \mathbb{B}_n$, 使得 $\mathrm{supp}(f) = \bigcup\limits_{i=0}^{k} \{X_i\}$.

定理 7.12[35] 设 f 为构造算法 7.8 给出的 n 元布尔函数, 则 $AI(f) = \lceil n/2 \rceil$.

证明 设 g 是一个次数不超过 $\lceil n/2 \rceil - 1$ 的布尔函数, 并满足 $fg = 0$, 则对任意的 $X_i \in \mathrm{supp}(f)$, 均有 $g(X_i) = 0$. 设 g 的代数正规型为 $g(X) = \sum\limits_{i=0}^{k} a_i X^{Y_i}$, 其中 $a_i \in \mathbb{F}_2$ 是 X^{Y_i} 的系数. 从而

$$g(X_i) = \sum_{i=0}^{k} a_i X_i^{Y_i} = 0.$$

下面利用数学归纳法证明所有的 $a_i = 0 (0 \leqslant i \leqslant k)$.

当 $i = 0$, $Y_0 = (0, \cdots, 0)$, $Y_1 = (1, 0, \cdots, 0)$, 从而 $X_0 = (0, \cdots, 0)$, 由引理 7.14, $g(X_0) = a_0 = 0$. 假设对所有的 $i < n (n < k)$, 结论成立, 则由引理 7.14, 同样有

$$g(X_n) = \sum_{i=n}^{k} a_i X_n^{Y_i} = a_n = 0.$$

所以结论对 $i = n$ 也成立, 故 $g(X) \equiv 0$, 也就是说 f 不存在次数不超过 $\lceil n/2 \rceil - 1$ 的非零零化子. 当 n 是奇数 (偶数) 时, 由引理 7.6(引理 7.13) 知, $AI(f) = \lceil n/2 \rceil$. □

当 n 是偶数时, 构造算法 7.8 给出的布尔函数的 Hamming 重量为 $\sum\limits_{i=0}^{n/2-1} \binom{n}{i}$, 显然不是平衡函数. 下面给出一个 n 为偶数时的构造算法, 使得其构造的 MAI 函数也是平衡函数.

构造 7.9(仅对偶数 n)[35]

步骤 1 从 $i = 0$ 到 $k - 1$, 任选元素 $X_i \in [Y_i, Y_{i+1})$ 且 $wt(X_i) \leqslant n/2$;

步骤 2 若 $i = k$, 任选元素 X_i, 使得 $\mathrm{supp}(Y_i) \subset \mathrm{supp}(X_i)$ 且 $wt(X_i) \leqslant n/2$;

步骤 3 从 $i = k + 1$ 到 $2^{n-1} - 1$, 任选元素 $X_i \notin \bigcup\limits_{j=0}^{i} \{X_j\}$ 且 $wt(X_i) \leqslant n/2$;

步骤 4 输出布尔函数 $f \in \mathbb{B}_n$, 使得 $\mathrm{supp}(f) = \bigcup\limits_{i=0}^{2^{n-1}-1} \{X_i\}$.

定理 7.13[35] 设 n 为正偶数, $f \in \mathbb{B}_n$ 是由构造算法 7.9 给出的布尔函数, 则 $AI(f) = n/2$.

证明 根据构造算法易知 f 是平衡函数. 设 $g \in \mathbb{B}_n$ 满足 $\mathrm{supp}(g) = \bigcup\limits_{i=0}^{k} \{X_i\}$, 则由定理 7.12 知 $AI(g) = n/2$, 从而 g 不存在次数不超过 $n/2 - 1$ 的非零零化子. 再由 $\mathrm{supp}(g) \subset \mathrm{supp}(f)$ 知, f 也不存在次数不超过 $n/2 - 1$ 的非零零化子.

设 $h \in \mathbb{B}_n$ 满足 $\mathrm{supp}(h) = \{x \in \mathbb{F}_2^n \mid wt(x) > n/2\}$, 则由 $AI(h) = n/2$ 且 $\mathrm{supp}(h) \subset \mathrm{supp}(f+1)$, 可知 $f + 1$ 也不存在次数不超过 $n/2 - 1$ 的非零零化子, 从而 $AI(f) = n/2$. □

定理 7.14[35] 令 $c = \lceil n/2 \rceil - 1$, 则构造算法 7.8 可以构造出的 n 元 MAI 函数的个数为

$$2^{n-c} \prod_{d=3}^{n} \prod_{t=\max\{1,c+3-d\}}^{\min\{c,n-d+1\}} 2^{(t+d-2-c)\binom{n-d}{t-1}}.$$

证明 在构造算法 7.8 中, $X_{i-1}(0 < i \leqslant k)$ 的选法共有 $(Y_i - Y_{i-1})$ 种, 而 X_k 的选法共有 2^{n-c} 种, 故不同的布尔函数的个数共有

$$2^{n-c} \prod_{t=1}^{k} (Y_i - Y_{i-1}).$$

若 $Y_i - Y_{i-1} \geqslant 2$, 则必有 $wt(Y_i - 1) > c$.

令 $Y_i = (y_1, \cdots, y_n)$, $1 \leqslant d \leqslant n$, 为使得 $y_d = 1$ 的最小值, t 为 Y_i 的 Hamming 重量, 从而 $Y_i - 1$ 的 Hamming 重量为 $t + d - 2$. 若 $t + d - 2 > c$, 则 X_{i-1} 的取法共有 $2^{t+d-2-c}$ 种, 而且这样的 Y_i 的个数为 $\binom{n-d}{t-1}$ 个. 由于 $t + d - 2 > c$, 所以

$d > c + 2 - t \geqslant 2$, 且

$$\max\{1, c + 3 - d\} \leqslant t \leqslant \min\{c, n + d - 1\}.$$

所以构造算法 7.8 给出的布尔函数个数为

$$2^{n-c} \prod_{d=3}^{n} \prod_{t=\max\{1,c+3-d\}}^{\min\{c,n-d+1\}} 2^{(t+d-2-c)\binom{n-d}{t-1}}. \qquad \Box$$

不同于构造算法 7.8, 构造算法 7.9 构造的布尔函数的计数很难具体给出. 不过利用上面类似讨论, 可以给出其计数的界, 其证明在此就不再给出.

定理 7.15[35] 令 $c = n/2$, 并令 N 表示构造算法 7.9 构造出的 n 元布尔函数的个数, 记

$$\Delta(d, t) = (n - c) \prod_{d=3}^{n} \prod_{t=\max\{1,c+3-d\}}^{\min\{c,n-d+1\}} (t + d - 2) \binom{n-d}{t-1}.$$

则

$$\Delta(d, t) \leqslant N \leqslant \Delta(d, t) \begin{pmatrix} \binom{n}{n/2} \\ \binom{n}{n/2}/2 \end{pmatrix}.$$

7.3　具有最优代数免疫度的对称布尔函数

对称布尔函数是在所有重量相等的向量上取值相同的一类特殊布尔函数, 它也是唯一一类已知的硬件实现时逻辑门的个数随变元个数线性增长的布尔函数, 因而对称布尔函数一直得到了很多研究[33, 67]. 本节将研究具有最优代数免疫度的对称布尔函数 (以下简称对称 MAI 函数), 首先研究奇数元对称 MAI 函数的特点, 指出对给定的奇数 n, 该类函数有且仅有两个; 其次给出偶数元对称 MAI 函数的构造方法; 然后分析 2^m 元对称 MAI 函数的特点, 包括它们的值向量、代数正规型、代数次数、Hamming 重量等性质, 并且给出偶数元对称布尔函数为 MAI 函数的一系列必要条件; 最后介绍了 "重量支撑" 技术, 并用之分析了偶数元对称 MAI 函数.

设 $\mathbb{SB}_n$ 表示所有含 n 个变元 $x_1, x_2, \cdots, x_n$ 的对称布尔函数构成的集合. 一个 n 元对称布尔函数 f 可以通过一个 $n + 1$ 维向量表示:

$$v_f = (v_f(0), v_f(1), \cdots, v_f(n)) \in \mathbb{F}_2^{n+1},$$

其中 $v_f(i) = f(x)$, 这里 $x \in \mathbb{F}_2^n$ 且满足 $wt(x) = i$.

另一方面, f 又可以表示为

$$f(x_1, x_2, \cdots, x_n) = \sum_{i=0}^{n} \lambda_f(i) \sigma_i^n,$$

其中 $\lambda_f(i) \in \mathbb{F}_2$, σ_i^n 是关于 n 个变元 $x_1, x_2, \cdots, x_n$ 的第 i 个初等对称布尔函数, 即

$$\sigma_i^n = \sigma_i^n(x_1, x_2, \cdots, x_n) = \sum_{1 \leqslant t_1 < t_2 < \cdots < t_i \leqslant n} x_{t_1} x_{t_2} \cdots x_{t_i}.$$

当上下文中变元个数 n 确定时, σ_i^n 有时也会简记为 σ_i, 于是一个 n 元对称布尔函数 f 又可以通过另一个 $n+1$ 维向量表示:

$$\lambda_f = (\lambda_f(0), \lambda_f(1), \cdots, \lambda_f(n)) \in \mathbb{F}_2^{n+1}.$$

$\mathbb{F}_2$ 上两个 $n+1$ 维向量 v_f 与 λ_f 之间的关系可以由如下的 Lucas 公式推出: 设 k, i 为两个非负整数且 $i \geqslant k$, 其二进制表示分别为

$$k = \sum_{j=0}^{l} k_j 2^j, \quad i = \sum_{j=0}^{l} i_j 2^j (k_j, i_j \in \{0, 1\}).$$

用 $k \preceq i$ 表示对任意 $j(0 \leqslant j \leqslant l)$, 均有 $k_j \leqslant i_j$. 于是 Lucas 公式为

$$\binom{i}{k} \equiv \binom{i_0}{k_0}\binom{i_1}{k_1} \cdots \binom{i_l}{k_l} \mod 2 = \begin{cases} 1, & \text{如果 } k \preceq i; \\ 0, & \text{否则}. \end{cases}$$

容易看出, 如果推广二项式系数定义, 定义当 $i < k$ 时, $\binom{i}{k} = 0$, 则 Lucas 公式仍然成立. 需要注意的是, 以后如果没有另外的声明, 对 Lucas 公式的使用都是在模 2 意义下的.

若 $f \in \mathbb{SB}_n$, $0 \leqslant i, j \leqslant n$, $v \in \mathbb{F}_2^n$ 且 $wt(v) = i$, 则 $\sigma_j^n(v) \equiv \binom{i}{j} \mod 2$, 于是

$$v_f(i) = f(v) = \sum_{j=0}^{n} \lambda_f(j) \sigma_j^n(v) = \sum_{j=0}^{n} \lambda_f(j) \binom{i}{j} = \sum_{j=0, j \preceq i}^{i} \lambda_f(j).$$

对上式求反变换, 则有

$$\lambda_f(i) = \sum_{j=0, j \preceq i}^{i} v_f(j).$$

文献 [11] 首先给出了上述关系, 为了方便以后使用, 将其写成引理.

引理 7.15[11] 设 $f \in \mathbb{B}_n$, 则 v_f 与 λ_f 之间具有如下关系:

$$v_f(i) = \sum_{j=0, j \preceq i}^{i} \lambda_f(j), \quad \lambda_f(i) = \sum_{j=0, j \preceq i}^{i} v_f(j), \quad \forall i \in \{0, 1, \cdots, n\}.$$

7.3.1   具有最优代数免疫度的奇数元对称布尔函数

Braeken 最先研究了对称布尔函数的代数免疫度[9], 也独立证明了例 7.3 中的择多逻辑函数 $g(x)$ 具有最优代数免疫度, 即证明了对值向量为

$$v_{f_a}(i) = \begin{cases} a, & 0 \leqslant i \leqslant \dfrac{n-1}{2}; \\[2mm] a+1, & \dfrac{n+1}{2} \leqslant i \leqslant n \end{cases}$$

的对称布尔函数 $f_a(a = 0$ 或者1), 均有 $AI(f_a) = \dfrac{n+1}{2}$, 这里 $f_0(x)$ 即为择多逻辑函数 $g(x)$. 在文献 [9, 31] 中提出了如下一个开问题, 并且把它视作 "一个非常重要的公开问题".

问题 7.1   当 n 为奇数时, 除了 $f_a(a = 0, 1)$ 外, 是否还有其他的 n 元对称 MAI 函数?

文献 [61] 回答了上面的开问题, 为此, 需要如下两个引理:

引理 7.16[43]   对任意正整数 k, 至少存在一个 $2k + 1$ 元的非零对称布尔函数 g 满足:

(1) $\deg g \leqslant k$;

(2) $v_g(0) = v_g(k+1) = v_g(k+2) = \cdots = v_g(2k) = 0$.

证明   由条件 $\deg g \leqslant k$, 可设 $g = \sum\limits_{i=0}^{k} \lambda_g(i) \sigma_i$. 设 $t \geqslant 0$ 为满足 $2^t \leqslant k < 2^{t+1}$ 的整数, 则 $k = 2^t + j, 0 \leqslant j < 2^t$ 且

$$v_g\big(k + (2^t - j)\big) = v_g(2^{t+1}) = \sum_{k \preceq 2^{t+1}} \lambda_g(k) = \lambda_g(0) = v_g(0).$$

因为 $k + 1 \leqslant k + (2^t - j) \leqslant 2k$, 故

$$0 = v_g(i) = \sum_{l=0, l \preceq i}^{k} \lambda_g(l), \qquad i = 0, \quad k+1 \leqslant i \leqslant 2k, \quad i \neq k + (2^t - j).$$

这是 $\mathbb{F}_2$ 上的一个含 $k + 1$ 个变元 $\lambda_g(i)(0 \leqslant i \leqslant k)$ 和 k 个方程的齐次线性方程组, 因此必有非零解 $(\lambda_g(0), \cdots, \lambda_g(k)) \in \mathbb{F}_2^{k+1}$, 则 $g = \sum\limits_{i=0}^{k} \lambda_g(i) \sigma_i$ 满足引理的条件. □

引理 7.17[61]   设 n 为奇数, f 是一个 n 元对称布尔函数且 $AI(f) = \dfrac{n+1}{2}$, 则

$$v_f\left(\frac{n+1}{2}\right) = v_f\left(\frac{n-1}{2}\right) + 1.$$

证明   当 $n = 1, 3$ 时, 由于 f 必须为平衡函数, 容易验证引理成立. 现在假设 $n \geqslant 5$.

设 $g(x_1, x_2, \cdots, x_5) = \sigma_2(x_1, x_2, \cdots, x_5)$, 则在模 2 意义下

$$(v_g(0), \cdots, v_g(5)) = \left(0, 0, \binom{2}{2}, \binom{3}{2}, \binom{4}{2}, \binom{5}{2}\right) = (0, 0, 1, 1, 0, 0) \in \mathbb{F}_2^6.$$

因此

$$g(x_1, x_2, \cdots, x_5) = 1 \iff wt(x_1, x_2, \cdots, x_5) = 2, 3.$$

设 $h(x_6, x_7, \cdots, x_n) = (x_6 + x_7)(x_8 + x_9) \cdots (x_{n-1} + x_n)$, 则

$$h(x_6, \cdots, x_n) = 1 \iff x_6 + x_7 = \cdots = x_{n-1} + x_n = 1$$

$$\Rightarrow wt(x_6, x_7, \cdots, x_n) = \frac{n-5}{2}.$$

设 $l(x_1, \cdots, x_n) = g(x_1, \cdots, x_5) h(x_6, \cdots, x_n)$, 则 $\deg(l) = 2 + \dfrac{n-5}{2} = \dfrac{n-1}{2}$, 并且

$$l(x_1, \cdots, x_n) = 1 \Longrightarrow wt(x_1, \cdots, x_n) \in \left\{2 + \frac{n-5}{2}, 3 + \frac{n-5}{2}\right\} = \left\{\frac{n-1}{2}, \frac{n+1}{2}\right\}.$$

若 $v_f\left(\dfrac{n+1}{2}\right) = v_f\left(\dfrac{n-1}{2}\right) = a$, 则当 $a = 0$ 时, $fl = 0$; 当 $a = 1$ 时, $(1 + f)l = 0$.

这与 $AI(f) = \dfrac{n+1}{2}$ 并且 $\deg(l) = \dfrac{n-1}{2}$ 矛盾. 因此 $v_f\left(\dfrac{n+1}{2}\right) = v_f\left(\dfrac{n-1}{2}\right) + 1.$

$\square$

定理 7.16[61] 设 n 为奇数, $f \in \mathbb{SB}_n$, 则 $AI(f) = \dfrac{n+1}{2}$ 当且仅当 $f = f_a$, $a \in \mathbb{F}_2$.

证明 设 n 为奇数, f 是一个 n 元对称布尔函数且 $AI(f) = \dfrac{n+1}{2}$. 不妨设 $v_f\left(\dfrac{n-1}{2}\right) = 0$, 则需要证明 $f = f_0$ 即 f 的值向量为

$$v_f(i) = \begin{cases} 0, & \text{对任意 } 0 \leqslant i \leqslant \dfrac{n-1}{2}; \\ 1, & \text{对任意 } \dfrac{n+1}{2} \leqslant i \leqslant n. \end{cases} \tag{7.6}$$

否则若 $v_f\left(\dfrac{n-1}{2}\right) = 1$, 则 $v_{f+1}\left(\dfrac{n-1}{2}\right) = 0$, 所以 $f = f_0 + 1 = f_1$.

下面用数学归纳法证明如下命题对所有的 $k\left(0 \leqslant k \leqslant \dfrac{n-1}{2}\right)$ 成立.

$$P_k: \quad v_f\left(\frac{n-1}{2} - i\right) = 0, \quad v_f\left(\frac{n+1}{2} + i\right) = 1, \quad \forall i, 0 \leqslant i \leqslant k.$$

由引理 7.17 知 P_0 成立. 现在假设 P_k 成立且 $k < \dfrac{n-1}{2}$, 往证 P_{k+1} 成立. 也就是说, 当 P_k 成立时, 要证明 $v_f\left(\dfrac{n-1}{2} - k - 1\right) = 0$ 和 $v_f\left(\dfrac{n+1}{2} + k + 1\right) = 1$ 都成立.

若 $v_f\left(\dfrac{n+1}{2}+k+1\right)=0$, 则

$$f(x_1,\cdots,x_n)=1\Longrightarrow wt(x_1,\cdots,x_n)\in\left\{0,1,2,\cdots,\frac{n-1}{2}-k-1,\frac{n+1}{2},\right.$$
$$\left.\frac{n+1}{2}+1,\cdots,\frac{n+1}{2}+k,\frac{n+1}{2}+k+2,\cdots,n\right\}.\qquad(7.7)$$

由引理 7.16, 存在 $g(x_1,x_2,\cdots,x_{2k+3})\in\mathbb{SB}_{2k+3}$ 使得 $\deg g\leqslant k+1$ 且

$$g(x_1,x_2,\cdots,x_{2k+3})=1\Longrightarrow wt(x_1,x_2,\cdots,x_{2k+3})\in\{1,2,\cdots,k+1,2k+3\}.$$

设 $h(x_{2k+4},\cdots,x_n)=(x_{2k+4}+x_{2k+5})\cdots(x_{n-1}+x_n)$, 则 $\deg h=\dfrac{n-2k-3}{2}$ 且

$$h(x_{2k+4},x_{2k+5},\cdots,x_n)=1\Rightarrow wt(x_{2k+4},\cdots,x_n)=\frac{n-2k-3}{2}=\frac{n-1}{2}-k-1.$$

因此, $\deg(gh)\leqslant k+1+\dfrac{n-2k-3}{2}=\dfrac{n-1}{2}$, 并且

$$gh(x_1,\cdots,x_n)=1$$
$$\Longrightarrow wt(x_1,\cdots,x_n)\in\left\{\frac{n-1}{2}-k,\frac{n-1}{2}-k+1,\cdots,\frac{n-1}{2},\frac{n-1}{2}+k+2\right\}.\quad(7.8)$$

由于式 (7.7) 和 (7.8) 右边的两个集合是不相交的, 故 $fgh=0$, 这与 $\deg(gh)\leqslant\dfrac{n-1}{2}$ 且 $AI(f)=\dfrac{n+1}{2}$ 矛盾. 因此 $v_f\left(\dfrac{n+1}{2}+k+1\right)=1$.

考虑对称布尔函数 $f_1(x_1,x_2,\cdots,x_n)=f(x_1+1,x_2+1,\cdots,x_n+1)+1$, 则

$$v_{f_1}(i)=v_f(n-i)+1,\quad 0\leqslant i\leqslant n.$$

因而 P_k 对 f_1 成立. 由于 $AI(f_1)=AI(f)=\dfrac{n+1}{2}$, 同理可证 $v_{f_1}\left(\dfrac{n+1}{2}+k+1\right)=1$, 故 $v_f\left(\dfrac{n-1}{2}-k-1\right)=0$, 从而 P_{k+1} 也对 f 成立. 这就完成了证明. □

7.3.2　构造具有最优代数免疫度的偶数元对称布尔函数

当 n 为奇数时, 前面已经证明有且仅有两个 n 元对称 MAI 函数 f 和 $1+f$, 其中

$$v_f=(\underbrace{1,1,\cdots,1}_{\frac{n+1}{2}},\underbrace{0,0,\cdots,0}_{\frac{n+1}{2}}).$$

当 n 为偶数时, 却有非常多的 n 元对称 MAI 函数. 下面将构造一些偶数元对称 MAI 函数. 首先, 由于代数免疫度是仿射变换下的不变量, 而 $\mathbb{SB}_n$ 中有四个仿射变换:

$$(x_1, x_2, \cdots, x_n) \longmapsto (x_1, x_2, \cdots, x_n);$$

$$(x_1, x_2, \cdots, x_n) \longmapsto (x_1 + \sigma_1, x_2 + \sigma_1, \cdots, x_n + \sigma_1);$$

$$(x_1, x_2, \cdots, x_n) \longmapsto (x_1 + 1, x_2 + 1, \cdots, x_n + 1);$$

$$(x_1, x_2, \cdots, x_n) \longmapsto (x_1 + \sigma_1 + 1, x_2 + \sigma_1 + 1, \cdots, x_n + \sigma_1 + 1),$$

其中 $\sigma_1 = x_1 + x_2 + \cdots + x_n$.

引理 7.18[63] 设 $f \in \mathbb{SB}_n, n = 2k$, 且

$$f_1(x_1, x_2, \cdots, x_n) = f(x_1 + 1, x_2 + 1, \cdots, x_n + 1);$$

$$f_2(x_1, x_2, \cdots, x_n) = f(x_1 + \sigma_1, x_2 + \sigma_1, \cdots, x_n + \sigma_1);$$

$$f_3(x_1, x_2, \cdots, x_n) = f(x_1 + \sigma_1 + 1, x_2 + \sigma_1 + 1, \cdots, x_n + \sigma_1 + 1).$$

则 $f_1, f_2, f_3 \in \mathbb{SB}_n$, $AI(f_1) = AI(f_2) = AI(f_3) = AI(f)$, 并且对任意 $0 \leqslant i \leqslant n$, 有

$$v_{f_1}(i) = v_f(n-i);$$

$$v_{f_3}(n-i) = v_{f_2}(i) = \begin{cases} v_f(i), & \text{若 } 2|i; \\ v_f(n-i), & \text{若 } 2 \nmid i. \end{cases}$$

由于 $AI(f) = AI(f+1)$ 总是成立, 所以在考虑代数免疫度的时候可以不区分 f 和 $f+1$. 不失一般性, 在本节后面的内容里总是假设有 $\lambda_f(0) = v_f(0) = 1$ 成立.

对 $0 \leqslant i \leqslant n = 2k$, 记

$$e_i = (a_0, a_1, \cdots, a_n) \in \mathbb{F}_2^{n+1}, \quad \text{其中 } a_i = 1, \quad \text{而当 } j \neq i \text{ 时}, a_j = 0.$$

对 $0 \leqslant i \leqslant k$, 记

$$s_{k-i} = e_{k-i} + e_{k+i}, \quad 0 \leqslant i \leqslant k.$$

在 Braeken 的博士论文[8](也可参考文献 [9]) 中, 构造了下面这些对称 MAI 函数.

引理 7.19[9] 设 $n = 2k \geqslant 4$, $f \in \mathbb{SB}_n$, 则在下面任何一个条件满足时, 均有 $AI(f) = k$ 成立.

(1) $v_f = (\underbrace{11\cdots1}_{k} a \underbrace{00\cdots0}_{k}), a \in \mathbb{F}_2$;

(2) $v_f = (\underbrace{11\cdots1}_{k} \underbrace{00\cdots0}_{k} 1)$;

(3) $v_f = (\underbrace{11\cdots1}_{k+1} \underbrace{00\cdots0}_{k}) + s_{k-4}$ 且 $4 \leqslant k \leqslant 11$;

(4) $v_f = (\underbrace{11\cdots1}_{k+1} \underbrace{00\cdots0}_{k}) + s_0$ 且 $\binom{2k}{k} \equiv 2 \mod 4$.

注记 众所周知, 对任意正整数 m, 设 $a \geqslant 0$ 为满足 $2^a \mid m!$ 且 $2^{a+1} \nmid m!$ 的整数, 则 $a = \sum_{i \geqslant 1} \left\lfloor \dfrac{m}{2^i} \right\rfloor$. 由此事实和 $\dbinom{2k}{k} = \dfrac{(2k)!}{k!k!}$ 可以看出, 引理 7.19(4) 中的条件 $\dbinom{2k}{k} \equiv 2 \mod 4$ 等价于对某个 $l \geqslant 0$ 有 $k = 2^l$.

基于一些计算结果, Braeken 提出了如下猜想[8]:

猜想 7.2 设 $f \in \mathbb{SB}_n$, $n = 2k \geqslant 4$, $1 \leqslant i \leqslant \lceil k/2 \rceil$. 如果 $\dbinom{k+t-i}{t} \equiv 1 (\mod 2)$ 对任意的 $t, 1 \leqslant t \leqslant i$ 都成立, 而且

$$v_f = (\underbrace{11 \cdots 1}_{k} \underbrace{00 \cdots 0}_{k+1}) + e_{n-i},$$

则 $AI(f) = k$.

文献 [63] 基于 Wilson 关于组合方面的一个结果[68], 构造了更多的偶数元对称 MAI 函数, 这些工作推广了引理 7.19 并证明了猜想 7.2 成立. 为此, 首先需要引入 Wilson 关于组合方面的一个结果[68].

对任意整数 $i, 0 \leqslant i \leqslant n$, 定义

$$S_i = \{a \in \mathbb{F}_2^n \mid wt(a) = i\}.$$

对 $a = (a_1, a_2, \cdots, a_n)$, $b = (b_1, b_2, \cdots, b_n)$ 和 $d = (d_1, d_2, \cdots, d_n) \in \mathbb{F}_2^n$, 定义

$$a \preceq b \Leftrightarrow a_i \leqslant b_i, \ 1 \leqslant i \leqslant n;$$
$$a \prec b \Leftrightarrow a \preceq b \ \text{且} \ a \neq b;$$
$$d = a \vee b \Leftrightarrow d_i = \max\{a_i, b_i\}, \ 1 \leqslant i \leqslant n.$$

引理 7.20[68] 假设 $i \leqslant \max\{j, n-j\}$ 且 $M = (m_{ba})_{a \in S_i, b \in S_j}$ 是 $\mathbb{F}_2$ 上的 $\dbinom{n}{j} \times \dbinom{n}{i}$ 矩阵, 其中

$$m_{ba} = \begin{cases} 1, & \text{若 } a \preceq b; \\ 0, & \text{否则}. \end{cases}$$

则 M 的 $\mathbb{F}_2$ 秩为

$$\text{rank}(M) = \sum_{0 \leqslant t \leqslant i, \left(\frac{j-t}{i-t}\right) \text{为奇数}} \left[\dbinom{n}{t} - \dbinom{n}{t-1} \right].$$

这里假设 $\dbinom{n}{-1} = 0$. 特别地, $\text{rank}(M) = \dbinom{n}{i}$ 当且仅当 $\dbinom{j-t}{i-t} \equiv 1 \mod 2$ 对任意的 $t (0 \leqslant t \leqslant i)$ 成立.

任一 n 元布尔函数 $g(x) = g(x_1, x_2, \cdots, x_n)$ 都可以表示为代数正规型:

$$g(x) = \sum_{a \in \mathbb{F}_2^n} c_g(a) x^a, \quad c_g(a) \in \mathbb{F}_2,$$

其中对 $a = (a_1, a_2, \cdots, a_n) \in \mathbb{F}_2^n$, x^a 定义为 $x^a = x_1^{a_1} x_2^{a_2} \cdots x_n^{a_n}$. 如果假设 $0^0 = 1$, 则对任意 $b = (b_1, b_2, \cdots, b_n) \in \mathbb{F}_2^n$, 有 $a \preceq b \Leftrightarrow b^a = 1$. 因此,

$$g(b) = \sum_{a \in \mathbb{F}_2^n, a \preceq b} c_g(a).$$

当 $f, g \in \mathbb{B}_n$ 时, $fg = 0$ 当且仅当对任意 $a \in \mathbb{F}_2^n$, $f(a) = 1$, 总有 $g(a) = 0$ 成立. 如果 $f \in \mathbb{SB}_n$, 则 $fg = 0$ 当且仅当对任意 $i, 0 \leqslant i \leqslant n$, $v_f(i) = 1$, 总有 $g(a) = 0$ 对所有的 $a \in S_i$ 成立.

有了这些准备工作, 就可以证明第一个结果, 它是引理 7.19(3) 的推广.

定理 7.17[63] 设 $f \in \mathbb{SB}_n$, $n = 2k \geqslant 4$, 整数 $i \geqslant 0$ 且 $2^i \leqslant k \leqslant 3 \cdot 2^i - 1$. 如果

$$v_f = (\underbrace{11 \cdots 1}_{k} \alpha \underbrace{00 \cdots 0}_{k}) + s_{k-2^i}, \quad \alpha \in \mathbb{F}_2,$$

则 $AI(f) = k$.

证明 假设 $fg = 0$ 对某个 $\deg g \leqslant k - 1$ 的 n 元布尔函数 g 成立, 则可以设

$$g(x) = \sum_{a \in \mathbb{F}_2^n, \ wt(a) \leqslant k-1} c(a) x^a.$$

由 $fg = 0$ 知对任何使得

$$wt(b) \in \{0, 1, 2, \cdots, k-2^i-1, k-2^i+1, \cdots, k-1, k+2^i\}$$

成立的 $b \in \mathbb{F}_2^n$, 都有 $g(b) = 0$ 成立. 现在来证明 $g = 0$.

首先证明

$$c(a) = 0, \quad 任意 \ a \in \mathbb{F}_2^n, \quad wt(a) \leqslant k - 2^i - 1 \tag{7.9}$$

事实上, 由 $0 = g(0) = c(0)$ 知, $c(a) = 0$ 对 $wt(a) = 0$ 成立. 假设当 $l < k - 2^i - 1$ 时, $c(a) = 0$ 对所有 $wt(a) \leqslant l$ 的 $a \in \mathbb{F}_2^n$ 成立. 现在设 $b \in \mathbb{F}_2^n$ 且满足 $wt(b) = l+1$, 由于 $l + 1 \leqslant k - 2^i - 1$, 故有 $g(b) = 0$, 所以

$$0 = g(b) = \sum_{wt(a) \leqslant k-1, \ a \preceq b} c(a) = c(b) + \sum_{wt(a) \leqslant l, \ a \prec b} c(a) = c(b).$$

这就证明了式 (7.9). 因此

$$g(x) = \sum_{k-2^i \leqslant wt(a) \leqslant k-1} c(a) x^a.$$

接下来再证

$$c(b) = \sum_{wt(a)=k-2^i,\ a \prec b} c(a), \quad \text{对任意 } b \in \mathbb{F}_2^n, \quad k-2^i+1 \leqslant wt(b) \leqslant k-1. \quad (7.10)$$

事实上, 如果 $wt(b) = k-2^i+1$, 则

$$0 = g(b) = \sum_{k-2^i \leqslant wt(a) \leqslant k-1,\ a \preceq b} c(a) = c(b) + \sum_{wt(a)=k-2^i, a \prec b} c(a).$$

因此 $c(b) = \sum\limits_{wt(a)=k-2^i, a \prec b} c(a)$, 故当 $wt(b) = k-2^i+1$ 时式 (7.10) 成立. 假设 $k-2^i+1 \leqslant l < k-1$, 而且式 (7.10) 对所有满足 $k-2^i+1 \leqslant wt(b) \leqslant l$ 的 $b \in \mathbb{F}_2^n$ 成立. 现在设 $wt(b) = l+1$, 则

$$0 = g(b) = c(b) + \sum_{k-2^i \leqslant wt(a) \leqslant l,\ a \prec b} c(a).$$

因此

$$c(b) = \sum_{wt(a)=k-2^i,\ a \prec b} c(a) + \sum_{k-2^i+1 \leqslant wt(a) \leqslant l,\ a \prec b} c(a),$$

则由归纳假设,

$$\sum_{k-2^i+1 \leqslant wt(a) \leqslant l,\ a \prec b} c(a)$$

$$= \sum_{k-2^i+1 \leqslant wt(a) \leqslant l,\ a \prec b} \sum_{wt(a')=k-2^i,\ a' \prec a} c(a')$$

$$= \sum_{wt(a')=k-2^i,\ a' \prec b} c(a') \sum_{a:\ a' \prec a \prec b} 1$$

$$= \sum_{wt(a')=k-2^i,\ a' \prec b} c(a')(2^{wt(b)-wt(a')} - 2) \equiv 0 \mod 2.$$

因此 $c(b) = \sum\limits_{wt(a)=k-2^i,\ a \prec b} c(a)$. 这就完成了式 (7.10) 的证明.

最后, 当 $wt(b) = k+2^i$ 时, 类似地, 有

$$0 = g(b) = \sum_{k-2^i \leqslant wt(a) \leqslant k-1,\ a \prec b} c(a)$$

$$= \sum_{k-2^i \leqslant wt(a) \leqslant k-1,\ a \prec b} \sum_{wt(a')=k-2^i,\ a' \preceq a} c(a')$$

$$= \sum_{wt(a')=k-2^i,\ a' \prec b} c(a') \sum_{k-2^i \leqslant wt(a) \leqslant k-1,\ a' \preceq a \prec b} 1,$$

且

$$\sum_{k-2^i \leqslant wt(a) \leqslant k-1,\ a' \preceq a \prec b} 1 = \sum_{\lambda=0}^{k-1-wt(a')} \binom{wt(b)-wt(a')}{\lambda} = \sum_{\lambda=0}^{2^i-1} \binom{2^{i+1}}{\lambda}$$

$$= 2^{2^{i+1}} - \frac{1}{2}\binom{2^{i+1}}{2^i} \equiv 1 \mod 2,$$

因此,

$$\sum_{wt(a)=k-2^i,\ a \prec b} c(a) = 0, \quad \text{对任意 } b \in \mathbb{F}_2^n,\ wt(b)=k+2^i. \tag{7.11}$$

上式是含 $\binom{2k}{k-2^i}$ 个变量和 $\binom{2k}{k+2^i} = \binom{2k}{k-2^i}$ 个方程的齐次线性方程组, 其系数矩阵为

$$M = (m_{ba})_{wt(a)=k-2^i, wt(b)=k+2^i},$$

这里

$$m_{ba} = \begin{cases} 1, & \text{若 } a \prec b; \\ 0, & \text{否则}. \end{cases}$$

从而 $M^{\mathrm{T}}M = (n_{aa'})$, 其中对 $a, a' \in \mathbb{F}_2^n, wt(a)=wt(a')=k-2^i$,

$$n_{aa'} = |\{b \in \mathbb{F}_2^n \mid wt(b)=k+2^i,\ a \prec b,\ a' \prec b\}|.$$

当 $a=a'$ 时, 则由 Lucas 公式和题设 $2^{i+1} \leqslant k+2^i \leqslant 2^{i+2}-1$, 有

$$n_{aa'} = \binom{2k-wt(a)}{wt(b)-wt(a)} = \binom{k+2^i}{2^{i+1}} \equiv 1 \mod 2.$$

当 $a \neq a'$ 时, 记 $d = a \vee a'$ 且设 $w(d)=j$. 可以假设 $k > 2^i$, 这是因为如果 $k=2^i$, 则 $wt(a)=wt(a')=k-2^i=0$, 这意味着 $a=a'$. 现在由 $k>2^i$ 知 $k-2^i+1 \leqslant j \leqslant 2(k-2^i)$, 而且

$$n_{aa'} = \binom{2k-j}{wt(b)-j} = \binom{2k-j}{k-2^i}.$$

由 $1 \leqslant k-2^i \leqslant 2^{i+1}-1$ 和 $2^{i+1} \leqslant 2k-j \leqslant k+2^i-1 = 2^{i+1}+(k-2^i-1)$, 有 $k-2^i \npreceq 2k-j$. 再根据 Lucas 公式, 可以得到

$$n_{aa'} = \binom{2k-j}{k-2^i} \equiv 0 \mod 2.$$

这表明 $M^{\mathrm{T}}M$ 为单位矩阵 I, 于是 M 为可逆矩阵, 从而线性方程组 (7.11) 有且仅有零解, 即对任意 $a \in \mathbb{F}_2^n$, $wt(a) = k - 2^i$, 均有 $c(a) = 0$ 成立. 再由式 (7.9) 和 (7.10) 可知 g 的所有系数均为 0, 从而 $g = 0$.

如果 $(1+f)g = 0$ 对某个 $g \in B_n$, $\deg g \leqslant k-1$ 成立, 考虑

$$f_1(x_1, x_2, \cdots, x_n) = f(x_1+1, x_2+1, \cdots, x_n+1) + 1,$$
$$g_1(x_1, x_2, \cdots, x_n) = g(x_1+1, x_2+1, \cdots, x_n+1),$$

则 $f_1 g_1 = 0$, $g_1 \in B_n$, $\deg g_1 = \deg g \leqslant k-1$, $f_1 \in \mathbb{SB}_n$, 而且

$$v_{f_1} = (\underbrace{11\cdots1}_{k}(\alpha+1)\underbrace{00\cdots0}_{k}) + s_{k-2^i},$$

则由上面的证明可以得到 $g_1 = 0$, 从而 $g = 0$. 综上所述有 $AI(f) = k$. □

下面的定理表明猜想 7.2 是正确的.

定理 7.18[63]　设 $n = 2k \geqslant 4$, $l \geqslant 1$, $k = 2^l \cdot s + i$, $s \geqslant 0$, $1 \leqslant i \leqslant 2^l - 1$, 设 $f \in \mathbb{SB}_n$ 且其值向量为

$$v_f = (\underbrace{11\cdots1}_{k}\underbrace{00\cdots0}_{k+1}) + e_{2k-i},$$

则 $AI(f) = k$.

证明　如果 $s = 0$, 则 $k = i$. 由引理 7.19(1) 知 $AI(f) = k$, 下面假设 $s \geqslant 1$.

假设 $fg = 0$ 对某个 $\deg g \leqslant k-1$ 的 n 元布尔函数 g 成立. 由 $v_f(i) = 1$ 对 $0 \leqslant i \leqslant k-1$ 成立知, 对任意 $wt(a) \leqslant k-1$ 的 $a \in \mathbb{F}_2^n$ 都有 $g(a) = 0$. 使用与证明定理 7.17 类似的方法, 可以证明

$$g(x) = \sum_{wt(a) \leqslant k-1} c(a)x^a$$

的所有系数 $c(a)$ 均为零, 即有 $g = 0$.

接下来假设 $(1+f)g = 0$ 对某个 $\deg g \leqslant k-1$ 的 n 元布尔函数 g 成立. 考虑

$$f_1(x_1, x_2, \cdots, x_n) = f(x_1+1, x_2+1, \cdots, x_n+1) + 1,$$
$$g_1(x_1, x_2, \cdots, x_n) = g(x_1+1, x_2+1, \cdots, x_n+1),$$

则 $f_1 g_1 = 0$, $\deg(g_1) \leqslant k-1$, 所以可以把 g_1 写为 $g_1(x) = \sum_{wt(a) \leqslant k-1} c(a)x^a$, 而且 $f_1 \in \mathbb{SB}_n$ 具有值向量 $v_{f_1} = (\underbrace{11\cdots1}_{k+1}\underbrace{00\cdots0}_{k}) + e_i$. 与证明定理 7.17 的方法类似, 可以证明如下性质:

(1) $c(a) = 0$, 若 $wt(a) \leqslant i - 1$;

(2) $c(b) = \sum\limits_{wt(a)=i,\ a \prec b} c(a)$, 若 $i + 1 \leqslant wt(b) \leqslant k - 1$;

(3) $\sum\limits_{wt(a)=i,\ a \prec b} e(a) = 0$, 若 $wt(b) = k$.

性质 (3) 给出了含 $\binom{2k}{k}$ 个方程和 $\binom{2k}{i}$ 个变元 $\{c(a) \mid a \in \mathbb{F}_2^n, wt(a) = i\}$ 的 $\mathbb{F}_2$ 上的一个齐次线性方程组, 其系数矩阵为 $M = (m_{ba})_{wt(b)=k,wt(a)=i}$, 这里

$$m_{ba} = \begin{cases} 1, & \text{如果 } a \prec b; \\ 0, & \text{否则.} \end{cases}$$

设整数 $0 \leqslant t \leqslant i$, 由假设 $k = 2^l \cdot s + i$ 和 $1 \leqslant i \leqslant 2^l - 1$, 得

$$\binom{k-t}{i-t} = \binom{k-t}{k-i} = \binom{2^l \cdot s + (i-t)}{2^l \cdot s} \equiv \binom{i-t}{0} \equiv 1 \mod 2.$$

由于 $\min\{k, 2k - k\} = k > i$, 由引理 7.19, M 的 $\mathbb{F}_2$ 秩为 $\binom{2k}{i}$. 所以对任何 $wt(a) = i$ 的 $a \in \mathbb{F}_2^n$ 均有 $c(a) = 0$ 成立, 从而 $g_1 = 0$, 于是 $g = 0$. 这就说明了 $AI(f) = k$. $\qquad\square$

注记 由 Lucas 公式容易看出定理中的条件 $k = 2^l \cdot s + i$, $1 \leqslant i \leqslant 2^l - 1$ 等价于猜想 7.2 中的条件 $\binom{k+t-i}{t} \equiv 1 \mod 2$ 对任意 $1 \leqslant t \leqslant i$ 成立.

定理 7.19[63] 设 $n = 2k$, 且 $4 \cdot 2^s \leqslant k < 5 \cdot 2^s$ 对某个整数 $s \geqslant 0$ 成立, 设 $f \in \mathbb{SB}_n$ 且具有值向量

$$v_f = (\underbrace{11\cdots1}_{k} a \underbrace{00\cdots0}_{k}) + s_{k-3\cdot2^s} + s_{k-2^s}, \quad a \in \mathbb{F}_2,$$

则 $AI(f) = k$.

证明 当 $s = 0$ 时, 有 $k = 4$. 容易验证此时定理成立. 下面假设 $s \geqslant 1$, 并设 $k = 2^{s+2} + d$, 则 $0 \leqslant d < 2^s$.

假设 $fg = 0$ 对某个 $\deg g \leqslant k - 1$ 的 n 元布尔函数 g 成立, 下证 $g = 0$. 设

$$g(x) = \sum_{wt(a) \leqslant k-1} c(a) x^a.$$

使用与证明定理 7.17 类似的方法, 可以得到如下两个结论:

(1) 当 $0 \leqslant wt(a) < k - 3 \cdot 2^s$ 时, $c(a) = 0$;

(2) 当 $k - 3 \cdot 2^s < wt(a) < k - 2^s$ 时, $c(a) = \sum\limits_{wt(\beta)=k-3\cdot2^s,\ \beta \prec a} c(\beta)$.

根据上面两个性质, 进一步可以得到

(3) 当 $k - 2^s < wt(a) \leqslant k - 1$ 时, $c(a) = \displaystyle\sum_{wt(\beta)=k-2^s, \ \beta \prec a} c(\beta).$

事实上, 当 $wt(a) = k - 2^s + 1$ 时, $f(a) = 1$, 所以 $0 = g(a) = \displaystyle\sum_{\beta \preceq a} c(\beta)$. 因此

$$
\begin{aligned}
c(a) &= \sum_{\substack{k-3\cdot 2^s \leqslant wt(\beta) \leqslant k-2^s \\ \beta \prec a}} c(\beta) \\
&= \sum_{\substack{wt(\beta)=k-3\cdot 2^s \ or \ k-2^s \\ \beta \prec a}} c(\beta) + \sum_{\substack{k-3\cdot 2^s < wt(\beta) < k-2^s \\ \beta \prec a}} c(\beta) \\
&= \sum_{\substack{wt(\beta)=k-3\cdot 2^s \ or \ k-2^s \\ \beta \prec a}} c(\beta) + \sum_{\substack{k-3\cdot 2^s < wt(\beta) < k-2^s \\ \beta \prec a}} \sum_{\substack{wt(\gamma)=k-3\cdot 2^s \\ \gamma \prec \beta}} c(\gamma) \\
&= \sum_{\substack{wt(\beta)=k-3\cdot 2^s \ or \ k-2^s \\ \beta \prec a}} c(\beta) + \sum_{\substack{wt(\gamma)=k-3\cdot 2^s \\ \gamma \prec a}} c(\gamma) \sum_{\substack{k-3\cdot 2^s < wt(\beta) < k-2^s \\ \gamma \prec \beta \prec a}} 1.
\end{aligned}
$$

而由 $wt(a) = k - 2^s + 1$, $wt(\gamma) = k - 3 \cdot 2^s$, 有

$$
\sum_{\substack{k-3\cdot 2^s < wt(\beta) < k-2^s \\ \gamma \prec \beta \prec a}} 1 = \sum_{i=k-3\cdot 2^s+1}^{k-2^s-1} \binom{wt(a)-wt(\gamma)}{i-wt(\gamma)} = \sum_{j=1}^{2^{s+1}-1} \binom{2^{s+1}+1}{j}
$$

$$
= 2^{2^{s+1}+1} - 1 - 1 - (2^{s+1}+1) \equiv 1 \mod 2,
$$

因此, $c(a) = \displaystyle\sum_{\substack{wt(\beta)=k-2^s \\ \beta \prec a}} c(\beta)$ 对 $wt(a) = k - 2^s + 1$ 成立.

现在假设性质 (3) 对所有满足 $k - 2^s + 1 \leqslant wt(a) \leqslant l - 1 \leqslant k - 2$ 的 a 都是成立的. 若 $wt(a) = l$, 则

$$
c(a) = \sum_{\substack{k-3\cdot 2^s \leqslant wt(\beta) \leqslant l-1 \\ \beta \prec a}} c(\beta) = \sum_{\substack{wt(\beta)=k-3\cdot 2^s \ or \ k-2^s \\ \beta \prec a}} c(\beta) + A + B,
$$

这里

$$
A = \sum_{\substack{k-3\cdot 2^s < wt(\beta) < k-2^s \\ \beta \prec a}} c(\beta), \quad B = \sum_{\substack{k-2^s < wt(\beta) \leqslant l-1 \\ \beta \prec a}} c(\beta).
$$

由性质 (2),

$$
A = \sum_{\substack{k-3\cdot 2^s < wt(\beta) < k-2^s \\ \beta \prec a}} \sum_{\substack{wt(\gamma)=k-3\cdot 2^s \\ \gamma \prec \beta}} c(\gamma) = \sum_{\substack{wt(\gamma)=k-3\cdot 2^s \\ \gamma \prec a}} c(\gamma) \sum_{\substack{k-3\cdot 2^s < wt(\beta) < k-2^s \\ \gamma \prec \beta \prec a}} 1,
$$

因为

$$\sum_{\substack{k-3\cdot 2^s < wt(\beta) < k-2^s \\ \gamma \prec \beta \prec a}} 1 = \sum_{i=k-3\cdot 2^s+1}^{k-2^s-1} \binom{wt(a)-wt(\gamma)}{i-wt(\gamma)} = \sum_{j=1}^{2^{s+1}-1} \binom{l-k+3\cdot 2^s}{j},$$

且 $k-2^s+1 \leqslant l \leqslant k-2$, 有 $2^{s+1}+1 \leqslant l-k+3\cdot 2^s \leqslant 2^{s+1}+2^s-2$. 由 Lucas 公式, 有

$$\sum_{j=1}^{2^{s+1}-1} \binom{l-k+3\cdot 2^s}{j} = 1 + \sum_{j=0}^{2^{s+1}-1} \binom{l-k+3\cdot 2^s-2^{s+1}}{j}$$

$$= 1 + \sum_{j=0}^{2^{s+1}-1} \binom{l-k+2^s}{j} = 1,$$

因此, $A = \sum_{\substack{wt(\gamma)=k-3\cdot 2^s \\ \gamma \prec a}} c(\gamma)$.

另一方面, 由归纳假设,

$$B = \sum_{\substack{k-2^s < wt(\beta) \leqslant l-1 \\ \beta \prec a}} \sum_{\substack{wt(\gamma)=k-2^s \\ \gamma \prec \beta}} c(\gamma) = \sum_{\substack{wt(\gamma)=k-2^s \\ \gamma \prec a}} c(\gamma) \sum_{\substack{k-2^s < wt(\beta) \leqslant l-1 \\ \gamma \prec \beta \prec a}} 1$$

$$= \sum_{\substack{wt(\gamma)=k-2^s \\ \gamma \prec a}} c(\gamma)(2^{wt(a)-wt(\gamma)}-2) = 0.$$

所以性质 (3) 对 $wt(a)=l$ 是成立的, 因此性质 (3) 得证.

下面证明如下性质:

(4) 当 $wt(a)=k+2^s$ 或 $wt(a)=k+3\cdot 2^s$ 时,

$$\sum_{\substack{wt(\beta)=k-3\cdot 2^s \\ \beta \prec a}} c(\beta) + \sum_{\substack{k-2^s \\ \beta \prec a}} c(\beta) = 0.$$

事实上, 设 $wt(a)=k+2^s$, 由 $f(a)=1$ 知

$$0 = g(a) = \sum_{\substack{k-3\cdot 2^s \leqslant wt(\beta) \leqslant k-1 \\ \beta \prec a}} c(\beta) = \sum_{\substack{wt(\beta)=k-3\cdot 2^s,\ k-2^s \\ \beta \prec a}} c(\beta) + A + B,$$

其中

$$A = \sum_{\substack{k-3\cdot 2^s < wt(\beta) < k-2^s \\ \beta \prec a}} c(\beta) = \sum_{\substack{k-3\cdot 2^s < wt(\beta) < k-2^s \\ \beta \prec a}} \sum_{\substack{wt(\gamma)=k-3\cdot 2^s \\ \gamma \prec \beta}} c(\gamma)$$

$$= \sum_{\substack{wt(\gamma)=k-3\cdot 2^s \\ \gamma \prec a}} c(\gamma) \sum_{\substack{k-3\cdot 2^s < wt(\beta) < k-2^s \\ \gamma \prec \beta \prec a}} 1.$$

由 Lucas 公式, 可以计算出

$$\sum_{\substack{k-3\cdot 2^s < wt(\beta) < k-2^s \\ \gamma \prec \beta \prec a}} 1 = \sum_{i=k-3\cdot 2^s+1}^{k-2^s-1} \binom{wt(a)-wt(\gamma)}{i-wt(\gamma)} = \sum_{j=1}^{2^{s+1}-1} \binom{2^{s+2}}{j} \equiv 0 \mod 2.$$

因此 $A = 0$. 类似地,

$$B = \sum_{\substack{k-2^s < wt(\beta) \leqslant k-1 \\ \beta \prec a}} c(\beta) = \sum_{\substack{k-2^s < wt(\beta) \leqslant k-1 \\ \beta \prec a}} \sum_{\substack{wt(\gamma) = k-2^s \\ \gamma \prec \beta}} c(\gamma)$$

$$= \sum_{\substack{wt(\gamma) = k-2^s \\ \gamma \prec a}} c(\gamma) \sum_{\substack{k-2^s < wt(\beta) \leqslant k-1 \\ \gamma \prec \beta \prec a}} 1 = \sum_{\substack{wt(\gamma) = k-2^s \\ \gamma \prec a}} c(\gamma) \sum_{j=1}^{2^s-1} \binom{2^{s+1}}{j} \equiv 0 \mod 2.$$

所以, 当 $wt(a) = k + 2^s$ 时, 性质 (4) 是成立的.

现在设 $wt(a) = k + 3 \cdot 2^s$, 由 $f(a) = 0$ 知

$$0 = g(a) = \sum_{\substack{k-3\cdot 2^s \leqslant wt(\beta) \leqslant k-1 \\ \beta \prec a}} c(\beta) = \sum_{\substack{wt(\beta) = k-3\cdot 2^s, \ k-2^s \\ \beta \prec a}} c(\beta) + A + B,$$

这里

$$A = \sum_{\substack{k-3\cdot 2^s < wt(\beta) < k-2^s \\ \beta \prec a}} c(\beta) = \sum_{\substack{k-3\cdot 2^s < wt(\beta) < k-2^s \\ \beta \prec a}} \sum_{\substack{wt(\gamma) = k-3\cdot 2^s \\ \gamma \prec \beta}} c(\gamma)$$

$$= \sum_{\substack{wt(\gamma) = k-3\cdot 2^s \\ \gamma \prec a}} c(\gamma) \sum_{\substack{k-3\cdot 2^s < wt(\beta) < k-2^s \\ \gamma \prec \beta \prec a}} 1.$$

由 Lucas 公式, 可以计算出

$$\sum_{\substack{k-3\cdot 2^s < wt(\beta) < k-2^s \\ \gamma \prec \beta \prec a}} 1 = \sum_{i=k-3\cdot 2^s+1}^{k-2^s-1} \binom{wt(a) - wt(\gamma)}{i - wt(\gamma)} = \sum_{j=1}^{2^{s+1}-1} \binom{3\cdot 2^{s+1}}{j}$$

$$= \sum_{j=1}^{2^{s+1}-1} \binom{3\cdot 2^{s+1} - 2^{s+1}}{j} = \sum_{j=1}^{2^{s+1}-1} \binom{2^{s+2}}{j} \equiv 0 \mod 2.$$

因此 $A = 0$. 类似地,

$$B = \sum_{\substack{k-2^s < wt(\beta) \leqslant k-1 \\ \beta \prec a}} c(\beta) = \sum_{\substack{k-2^s < wt(\beta) \leqslant k-1 \\ \beta \prec a}} \sum_{\substack{wt(\gamma) = k-2^s \\ \gamma \prec \beta}} c(\gamma)$$

$$= \sum_{\substack{wt(\gamma) = k-2^s \\ \gamma \prec a}} c(\gamma) \sum_{\substack{k-2^s < wt(\beta) \leqslant k-1 \\ \gamma \prec \beta \prec a}} 1 = \sum_{\substack{wt(\gamma) = k-2^s \\ \gamma \prec a}} c(\gamma) \sum_{j=1}^{2^s-1} \binom{2^{s+2}}{j} \equiv 0 \mod 2.$$

所以 $B = 0$, 则当 $wt(a) = k + 3 \cdot 2^s$ 时, 性质 (4) 也是成立的.

由于 S_i 是 $\mathbb{F}_2^n$ 中 Hamming 重量为 i 的元素的集合, 所以由性质 (4) 可以建立一个含

$$\binom{2k}{k+3\cdot 2^s} + \binom{2k}{k+2^s}$$

个方程和

$$\binom{2k}{k-3\cdot 2^s} + \binom{2k}{k-2^s}$$

个变量 $\{c(\beta) \mid \beta \in S_{k-3\cdot 2^s} \bigcup S_{k-2^s}\}$ 的 $\mathbb{F}_2$ 上的齐次线性方程组, 其系数矩阵为

$$M = (m_{a,\beta})_{\substack{a\in S_{k+2^s}\cup S_{k+3\cdot 2^s}, \\ \beta\in S_{k-2^s}\cup S_{k-3\cdot 2^s}}},$$

这里

$$m_{a,\beta} = \begin{cases} 1, & \text{如果 } \beta \prec a; \\ 0, & \text{否则}. \end{cases}$$

需要证明 $\det(M) \equiv 1 \mod 2$, 即 M 是 $\mathbb{F}_2$ 上的一个可逆矩阵. 为了证明这一点, 考虑

$$M^{\mathrm{T}}M = (n_{\beta,\beta'}) = \begin{bmatrix} X & Y \\ Y^{\mathrm{T}} & Z \end{bmatrix},$$

这里 X 是一个 $\binom{2k}{k-2^s} \times \binom{2k}{k-2^s}$ 的矩阵, Z 是一个 $\binom{2k}{k-3\cdot 2^s} \times \binom{2k}{k-3\cdot 2^s}$ 的矩阵. 容易看出

$$n_{\beta,\beta'} = \sum_a m_{a,\beta} m_{a,\beta'} = \#\{a \in S_{k+2^s}\bigcup S_{k+3\cdot 2^s} \mid \beta \prec a, \ \beta' \prec a\}.$$

最后, 需要证明如下性质:

(5) $Z = 0$, $X = E_{\binom{2k}{k-2^s}}$, $YY^{\mathrm{T}} = E_{\binom{2k}{k-3\cdot 2^s}}$.
事实上, 设 $Z = (z_{\beta,\beta'})$, $Y = (y_{\beta,\beta'})$, $X = (x_{\beta,\beta'})$, 则

$$z_{\beta,\beta'} = \#\{a \in \mathbb{F}_2^n \mid wt(a) = k+2^s \text{ 或 } k+3\cdot 2^s, \beta \prec a, \beta' \prec a\},$$

对任意 $\beta = (\beta_1, \beta_2, \cdots, \beta_n)$, $\beta' = (\beta'_1, \beta'_2, \cdots, \beta'_n) \in S_{k-3\cdot 2^s}$ 成立.
由 $\beta \vee \beta'$ 的定义, 得

$$\beta \prec a, \ \beta' \prec a \Leftrightarrow \beta \vee \beta' \prec a,$$

且 $wt(\beta \vee \beta') = k - 3\cdot 2^s + \lambda, 0 \leqslant \lambda \leqslant k - 3\cdot 2^s = 2^s + d$. 因此

$$z_{\beta,\beta'} = \binom{2k - (k-3\cdot 2^s + \lambda)}{k+2^s - (k-3\cdot 2^s + \lambda)} + \binom{2k - (k-3\cdot 2^s + \lambda)}{k+3\cdot 2^s - (k-3\cdot 2^s + \lambda)}$$

$$= \binom{k+3\cdot 2^s - \lambda}{k-2^s} + \binom{k+3\cdot 2^s - \lambda}{k-3\cdot 2^s}$$

$$= \binom{2^{s+2} + 2^{s+1} + 2^s + d - \lambda}{2^{s+1} + 2^s + d} + \binom{2^{s+2} + 2^{s+1} + 2^s + d - \lambda}{2^s + d}.$$

由 $0 \leqslant \lambda \leqslant 2^s + d$ 和 $0 \leqslant d < 2^s$ 可得 $0 \leqslant 2^s + d - \lambda < 2^{s+1}$. 从而由 Lucas 公式, 有

$$z_{\beta,\beta'} \equiv \binom{2^s + d - \lambda}{2^s + d} + \binom{2^s + d - \lambda}{2^s + d} \equiv 0 \mod 2.$$

这意味着 $z_{\beta,\beta'} = 0$ 对所有 $\beta, \beta' \in T_{k-3\cdot2^s}$ 成立, 从而 $Z = 0$.

现在来证明 $X = E_{\binom{2k}{k-2^s}}$.

当 $\beta, \beta' \in S_{k-2^s}$ 时, $wt(\beta \vee \beta') = k - 2^s + \lambda, 0 \leqslant \lambda \leqslant k - 2^s$. 因此,

$$x_{\beta,\beta'} = \binom{2k - (k - 2^s + \lambda)}{k + 2^s - (k - 2^s + \lambda)} + \binom{2k - (k - 2^s + \lambda)}{k + 3\cdot2^s - (k - 2^s + \lambda)}$$

$$= \binom{k + 2^s - \lambda}{k - 2^s} + \binom{k + 2^s - \lambda}{k - 3\cdot2^s}$$

$$= \binom{2^{s+2} + 2^s + d - \lambda}{2^{s+1} + 2^s + d} + \binom{2^{s+2} + 2^s + d - \lambda}{2^s + d}.$$

由 $0 \leqslant d < 2^s, 0 \leqslant \lambda \leqslant k - 2^s = 2^{s+1} + 2^s + d$, 得

$$\binom{2^{s+2} + 2^s + d - \lambda}{2^{s+1} + 2^s + d} = 1$$

$$\Leftrightarrow 2^{s+2} + 2^s + d - \lambda = 2^{s+1} + 2^s + b \quad 对某个 b, b \succeq d, 0 \leqslant b < 2^s 成立$$

$$\Leftrightarrow \lambda = 2^{s+1} + d - b \quad (b \succeq d, 0 \leqslant b < 2^s).$$

进一步

$$\binom{2^{s+2} + 2^s + d - \lambda}{2^s + d} = 1$$

$$\Leftrightarrow 2^{s+2} + 2^s + d - \lambda \in \{2^{s+2} + 2^s + d, 2^{s+1} + 2^s + b, 2^s + b\}$$

$$对某个 b, b \succeq d, 0 \leqslant b < 2^s 成立$$

$$\Leftrightarrow \lambda \in \{0, 2^{s+1} + d - b, 2^{s+2} + d - b\}$$

$$\Leftrightarrow \lambda \in \{0, 2^{s+1} + d - b\} \quad (由于 \lambda \leqslant 2^{s+1} + 2^s + d).$$

因此

$$x_{\beta,\beta'} = 1 \Leftrightarrow \lambda = 0 \Leftrightarrow \beta = \beta',$$

从而 $X = E_{\binom{2k}{k-2^s}}$.

最后证明 $Y^{\mathrm{T}}Y = E_{\binom{2k}{k-3\cdot2^s}}$.

当 $\beta \in S_{k-2^s}$, $\beta' \in S_{k-3\cdot2^s}$ 时, 设 $wt(\beta \vee \beta') = k - 2^s + \lambda$, 其中 $0 \leqslant \lambda \leqslant k - 3 \cdot 2^s = 2^s + d$, 则

$$y_{\beta,\beta'} = \binom{2k-(k-2^s+\lambda)}{k+2^s-(k-2^s+\lambda)} + \binom{2k-(k-2^s+\lambda)}{k+3\cdot2^s-(k-2^s+\lambda)}$$

$$= \binom{k+2^s-\lambda}{k-2^s} + \binom{k+2^s-\lambda}{k-3\cdot2^s}$$

$$= \binom{2^{s+2}+2^s+d-\lambda}{2^{s+1}+2^s+d} + \binom{2^{s+2}+2^s+d-\lambda}{2^s+d} \quad (0 \leqslant d < 2^s,\ 0 \leqslant \lambda \leqslant 2^s+d)$$

$$\equiv 0 + \binom{2^s+d-\lambda}{2^s+d} \equiv \binom{2^s+d-\lambda}{2^s+d} \pmod 2.$$

因此

$$y_{\beta,\beta'} = 1 \Leftrightarrow \lambda = 0 \Leftrightarrow \beta' \prec \beta.$$

设 $Y^{\mathrm{T}}Y = (b_{\beta_1,\beta_2})$, $\beta_1, \beta_2 \in S_{k-3\cdot2^s}$, 则

$$b_{\beta_1,\beta_2} = \#\{\beta \in S_{k-2^s} \mid \beta \succ \beta_1 \vee \beta_2\},$$

设 $wt(\beta_1 \vee \beta_2) = k - 3 \cdot 2^s + \lambda$, 则 $0 \leqslant \lambda \leqslant k - 3 \cdot 2^s = 2^s + d$, 而且

$$b_{\beta_1,\beta_2} = \binom{2k-(k-3\cdot2^s+\lambda)}{k-2^s-(k-3\cdot2^s+\lambda)} = \binom{k+3\cdot2^s-\lambda}{k+2^s}$$

$$= \binom{2^{s+2}+2^{s+1}+2^s+d-\lambda}{2^{s+2}+2^s+d} = \binom{2^s+d-\lambda}{2^s+d}.$$

因此

$$b_{\beta_1,\beta_2} = 1 \Leftrightarrow \lambda = 0 \Leftrightarrow \beta_1 = \beta_2.$$

这就意味着 $Y^{\mathrm{T}}Y = E_{\binom{2k}{k-3\cdot2^s}}$. 于是完成了性质 (5) 的证明.

由性质 (5), 得

$$M^{\mathrm{T}}M = \begin{bmatrix} X & Y \\ Y^{\mathrm{T}} & Z \end{bmatrix} = \begin{bmatrix} E & Y \\ Y^{\mathrm{T}} & 0 \end{bmatrix}.$$

由 $Y^{\mathrm{T}}Y = E$ 知 M 可逆. 所以性质 (4) 建立的方程组有且仅有零解. 再由性质 (2) 和性质 (3) 知, g 的所有系数均为零, 这就证明了 $g = 0$.

同理, 若 $(1+f)h = 0$ 对某个 $\deg h \leqslant k-1$ 的 n 元布尔函数 h 成立, 设

$$f_1(x_1, x_2, \cdots, x_n) = 1 + f(1+x_1, 1+x_2, \cdots, 1+x_n),$$

$$h_1(x_1, x_2, \cdots, x_n) = h(1+x_1, 1+x_2, \cdots, 1+x_n),$$

则 $f_1 h_1 = 0$, $\deg h_1 \leqslant k-1$, 而且除了 a 变为 $a+1$ 以外, v_{f_1} 与 v_f 取值相同. 因此 $h_1 = 0$, 于是 $h = 0$. 这就证明了 $AI(f) = k$, 即 f 是 MAI 函数. □

7.3.3　具有最优代数免疫度的 2^m 元对称布尔函数

当 n 为偶数时, 前面已经构造出了一些 n 元对称 MAI 函数. 在文献 [9, 43] 中还提出了 n 元对称布尔函数 f 为 MAI 函数的一些必要条件, 而且文献 [9] 中列出了当 $n \leqslant 16$ 时, 所有的 n 元对称 MAI 函数. 当 n 为 2 的方幂时, 若 n 元布尔函数 f 具有最优的代数免疫度, 则 f 必须有一种非常特殊的结构. 下面将展示这种特殊结构, 并且研究这类函数的性质, 包括它们的值向量、代数正规型、代数次数和重量等等. 在此基础上, 提出了一个猜想. 最后给出偶数元对称布尔函数 f 为 MAI 函数的更多必要条件.

引理 7.21[62]　设 $n = 2^m$, $m \geqslant 2$, $f \in \mathbb{SB}_n$, 若 $AI(f) = \dfrac{n}{2}$, 则

(1) 对任意正整数 k, $1 \leqslant k \leqslant 2^{m-1}-1$, $v_f(k) = v_f(2^{m-1}+k)+1$;

(2) $(v_f(0), v_f(2^{m-1}), v_f(2^m)) \notin \{(0,0,0),(1,1,1)\}$.

证明　对任意正整数 k, $1 \leqslant k \leqslant 2^{m-1}-1$, 设

$$g_k(x_1, x_2, \cdots, x_{2^{m-1}-1}) = \sum_{j=0}^{2^{m-1}-1} c_{j,k} \sigma_j^{2^{m-1}-1}$$

为一个 $2^{m-1}-1$ 元对称布尔函数, 其值向量为

$$v_{g_k}(l) = \begin{cases} 1, & l = k; \\ 0, & l \neq k. \end{cases}$$

由于 $v_{g_k}(0) = 0 (k \geqslant 1)$, 则 $c_0^k = 0$, 所以

$$g_k(x_1, x_2, \cdots, x_{2^{m-1}-1}) = \sum_{j=1}^{2^{m-1}-1} c_{j,k} \sigma_j^{2^{m-1}-1}.$$

现在设 $h_k(x_1, x_2, \cdots, x_{2^m}) = \displaystyle\sum_{j=1}^{2^{m-1}-1} c_{j,k} \sigma_j^{2^m}$, 则

$$\deg h_k = \deg g_k \leqslant 2^{m-1}-1 = \frac{n}{2}-1.$$

由引理 7.15 知, 对任一整数 l, $0 \leqslant l \leqslant 2^m$, 有

$$v_{h_k}(l) = \sum_{j=1}^{2^{m-1}-1} c_{j,k} v_{\sigma_j^{2^m}}(l) = \sum_{j=1}^{2^{m-1}-1} c_{j,k} \binom{l}{j}.$$

由 Lucas 公式, 对任一整数 j, $1 \leqslant j \leqslant 2^{m-1} - 1$, 可以依据 l 的取值分成不同情形来讨论.

(1) 若 $l = 0$, 则 $v_{\sigma_j^{2m}}(l) = 0$, 这意味着 $v_{h_k}(l) = 0$;

(2) 若 $1 \leqslant l \leqslant 2^{m-1} - 1$, 则

$$v_{\sigma_j^{2m}}(l) = \binom{l}{j} = v_{\sigma_j^{2^{m-1}-1}}(l),$$

这意味着 $v_{h_k}(l) = v_{g_k}(l)$;

(3) 若 $2^{m-1} \leqslant l < 2^m$, 则

$$v_{\sigma_j^{2m}}(l) = \binom{l}{j} = \binom{l - 2^{m-1}}{j} = v_{\sigma_j^{2^{m-1}-1}}(l - 2^{m-1}),$$

这意味着 $v_{h_k}(l) = v_{g_k}(l - 2^{m-1})$, 其中第二个等号成立是因为 Lucas 公式而且 l 的二进制表示最高位为 1, j 的二进制表示最高位为 $0 (1 \leqslant j < 2^{m-1} \leqslant l)$;

(4) 若 $l = 2^m$, 则 $v_{\sigma_j^{2m}}(l) = \binom{2^m}{j} = 0$, 这意味着 $v_{h_k}(l) = 0$.

根据上面四点, 得到

$$v_{h_k}(l) = \begin{cases} 1, & l = k, \ 2^{m-1} + k; \\ 0, & l \neq k, \ 2^{m-1} + k. \end{cases}$$

若 $v_f(k) = v_f(2^{m-1} + k) = u$, 则当 $u = 0$ 时, 有 $fh_k = 0$, 当 $u = 1$ 时, 有 $(1 + f)h_k = 0$, 而这与 $AI(f) = \dfrac{n}{2}$ 且 $\deg h_k \leqslant \dfrac{n}{2} - 1$ 矛盾. 因此 $v_f(k) = v_f(2^{m-1} + k) + 1$.

类似地, 当 $k = 0$ 时, 令

$$g_0(x_1, x_2, \cdots, x_{2^{m-1}-1}) = \sum_{j=0}^{2^{m-1}-1} c_{j,k} \sigma_j^{2^{m-1}-1}$$

是一个 $2^{m-1} - 1$ 元对称布尔函数, 其值向量为

$$v_{g_0}(j) = \begin{cases} 1, & j = 0; \\ 0, & j \neq 0. \end{cases}$$

则由引理 7.15 易知

$$g_0(x_1, x_2, \cdots, x_{2^{m-1}-1}) = \sum_{j=0}^{2^{m-1}-1} \sigma_j^{2^{m-1}-1}.$$

令 $h_0(x_1, x_2, \cdots, x_{2^m}) = \displaystyle\sum_{j=0}^{2^{m-1}-1} \sigma_j^{2^m}$, 则 $\deg h_0 = 2^{m-1} - 1 = \dfrac{n}{2} - 1$, 且由引理 7.15, 有

$$v_{h_0}(j) = \begin{cases} 1, & j = 0, \ 2^{m-1}, \ 2^m; \\ 0, & j \neq 0, \ 2^{m-1}, \ 2^m. \end{cases}$$

若 $v_f(0) = v_f(2^{m-1}) = v_f(2^m) = a$, 则当 $a = 0$ 时, 有 $fh_0 = 0$; 当 $a = 1$ 时, 有 $(1 + f)h_0 = 0$, 而这与 $AI(f) = \dfrac{n}{2}$ 且 $\deg h_0 = \dfrac{n}{2} - 1$ 矛盾. 因此

$$(v_f(0), v_f(2^{m-1}), v_f(2^m)) \notin \{(0,0,0), (1,1,1)\}. \qquad \square$$

由引理 7.21, 可以得到一个 2^m 元对称布尔函数具有最优代数免疫度的一系列必要条件.

定理 7.20[62] 设 $n = 2^m$, $m \geqslant 2$, $f \in \mathbb{SB}_n$, 假设 $v_f(0) = 1$, 若 $AI(f) = \dfrac{n}{2}$, 则对任意正整数 $t(2 \leqslant t \leqslant m)$, 任意正整数 $k_t(1 \leqslant k_t \leqslant 2^{t-1} - 1)$, 有

$$v_f(2^{m-1} - 2^{t-1} + k_t) = v_f(2^{m-1} + k_t) + 1,$$

并且 $v_f(2^{m-1})v_f(2^m) = 0$.

证明 由引理 7.21 的证明过程知, 对任意正整数 $t(2 \leqslant t \leqslant m)$, 任意正整数 $k_t(1 \leqslant k_t \leqslant 2^{t-1} - 1)$, 至少存在一个 2^t 元对称布尔函数 $h_{t,k_t}(x_1, x_2, \cdots, x_{2^t})$, 其值向量为

$$v_{h_{t,k_t}}(j) = \begin{cases} 1, & j = k_t,\ 2^{t-1} + k_t; \\ 0, & j \neq k_t,\ 2^{t-1} + k_t, \end{cases}$$

并且 $\deg(h_{t,k_t}) \leqslant 2^{t-1} - 1$. 设

$$g_{t,k_t}(x_{2^t+1}, x_{2^t+2}, \cdots, x_{2^m}) = (x_{2^t+1} + x_{2^t+2})(x_{2^t+3} + x_{2^t+4}) \cdots (x_{2^m-1} + x_{2^m}),$$

则

$$\deg g_{t,k_t} = \frac{2^m - 2^t}{2} = 2^{m-1} - 2^{t-1},$$

并且

$$g_{t,k_t} = 1 \Rightarrow wt(x_{2^t+1}, \cdots, x_{2^m}) = 2^{m-1} - 2^{t-1}.$$

令 $l_{t,k_t} = g_{t,k_t} h_{t,k_t}$, 则 $\deg l_{t,k_t} \leqslant 2^{m-1} - 1$, 并且

$$l_{t,k_t} = 1 \Rightarrow wt(x_1, \cdots, x_{2^m}) = 2^{m-1} - 2^{t-1} + k_t,\quad 2^{m-1} + k_t.$$

若 $v_f(2^{m-1} - 2^{t-1} + k_t) = v_f(2^{m-1} + k_t) = a$, 则当 $a = 0$ 时, 有 $fl_{t,k_t} = 0$; 当 $a = 1$ 时, 有 $(1 + f)l_{t,k_t} = 0$, 这与 $AI(f) = \dfrac{n}{2}$ 且 $\deg l_{t,k_t} \leqslant \dfrac{n}{2} - 1$ 矛盾. 因此

$$v_f(2^{m-1} - 2^{t-1} + k_t) = v_f(2^{m-1} + k_t) + 1.$$

由引理 7.21,

$$(v_f(0), v_f(2^{m-1}), v_f(2^m)) \notin \{(0,0,0), (1,1,1)\},$$

而 $v_f(0) = 1$, 所以 $v_f(2^{m-1})v_f(2^m) = 0$. $\square$

定理 7.20 中关于 2^m 元对称布尔函数具有最优代数免疫度的必要条件是非常有用的, 在这些条件的帮助下, 可以得到这些函数的许多具体性质. 方便起见, 用 $u_2(i)$ 表示使得 2^j 能整除 i 的最大整数 j. 例如 $u_2(2) = u_2(6) = 1$, 对任何奇数 i, 都有 $u_2(i) = 0$ 等.

定理 7.21[62]　设 $n = 2^m$, $m \geqslant 2$, $f \in \mathbb{SB}_n$. 假设 $v_f(0) = 1$, 若 $AI(f) = \dfrac{n}{2}$, 则存在 $\mathbb{F}_2$ 上的 $m+1$ 个元素 $\{a_0, a_1, \cdots, a_m\}$ 使得 $a_{m-1} \times a_m = 0$, 并且对任意一个整数 j, $1 \leqslant j \leqslant 2^m$, 满足

(1) 若 $1 \leqslant j \leqslant 2^{m-1}$, 则 $v_f(j) = a_{u_2(j)}$;

(2) 若 $2^{m-1} < j < 2^m$, 则

$$v_f(j) = v_f(j - 2^{m-1}) + 1 = a_{u_2(j)} + 1;$$

(3) 若 $j = 2^m$, 则

$$v_f(j) = a_{u_2(j)} = a_m.$$

进一步 f 的代数正规型为

$$f = 1 + (a_0 + 1)\sigma_1^n + (a_1 + 1)(\sigma_2^n + \sigma_3^n) + \cdots + (a_{m-2} + 1)(\sigma_{2^{m-2}}^n + \cdots + \sigma_{2^{m-1}-1}^n)$$
$$+ (a_{m-1} + 1)\sigma_{2^{m-1}}^n + a_{m-1}(\sigma_{2^{m-1}+1}^n + \cdots + \sigma_{2^m-1}^n) + (a_m + 1)\sigma_{2^m}^n,$$

f 的代数次数为 2^m 或者 2^{m-1}, f 的 Hamming 重量取值于如下集合:

$$\left\{ 2^{n-1} \pm \frac{1}{2}\binom{n}{n/2}, \quad 2^{n-1} - \frac{1}{2}\binom{n}{n/2} + 1 \right\}.$$

证明　首先证明对任意整数 k, $0 \leqslant k \leqslant m-2$, 都有

$$v_f(2^k) = v_f(3 \cdot 2^k) = v_f(5 \cdot 2^k) = \cdots = v_f((2^{m-k-1} - 1) \cdot 2^k). \tag{7.12}$$

由定理 7.20, 有

$$v_f(2^{m-1} + 2^k) + 1 = v_f(2^{m-1} + 2^k - 2^{k+1}) = v_f(2^{m-1} + 2^k - 2^{k+2}) = \cdots = v_f(2^k),$$
$$v_f(2^{m-1} + 3 \cdot 2^k) + 1 = v_f(2^{m-1} + 3 \cdot 2^k - 2^{k+2}) = v_f(2^{m-1} + 3 \cdot 2^k - 2^{k+3}) = \cdots = v_f(3 \cdot 2^k),$$

所以

$$v_f(3 \cdot 2^k) = v_f(2^{m-1} + 3 \cdot 2^k - 2^{k+2}) = v_f(2^{m-1} + 2^k - 2^{k+1}) = v_f(2^k).$$

现在假设已经有

$$v_f(2^k) = v_f(3 \cdot 2^k) = \cdots = v_f((2s - 1) \cdot 2^k), \quad 5 \leqslant 2s + 1 \leqslant 2^{m-k-1} - 1,$$

下面证明 $v_f(2^k) = v_f(2^k \cdot (2s+1))$ 成立.

设 t 为使得 $2^t \leqslant 2^k \cdot (2s+1) < 2^{t+1}$ 成立的整数, 则 $s \geqslant 2^{t-k-1}$, 由于

$$v_f(2^{m-1} + 2^k \cdot (2s+1)) + 1 = v_f(2^{m-1} + 2^k \cdot (2s+1) - 2^{t+1})$$
$$= v_f(2^{m-1} + 2^k \cdot (2s+1) - 2^{t+2})$$
$$\cdots\cdots$$
$$= v_f(2^k \cdot (2s+1)),$$

且

$$v_f(2^{m-1} + 2^k \cdot (2s+1) - 2^{t+1}) = v_f(2^{m-1} + 2^k \cdot (2(s - 2^{t-k-1}) + 1) - 2^t)$$
$$= v_f(2^k \cdot (2(s - 2^{t-k-1}) + 1)),$$

结合 $2(s - 2^{t-k-1}) + 1 < 2s - 1$, 得

$$v_f(2^k \cdot (2s+1)) = v_f(2^k \cdot (2(s - 2^{t-k-1}) + 1)) = v_f(2^k).$$

这就证明了式 (7.12).

设 $v_f(2^k) = a_k \in \mathbb{F}_2$, $0 \leqslant k \leqslant m$, 则由式 (7.12) 知对任一正整数 j, 若 $1 \leqslant j \leqslant 2^{m-1}$, 则

$$v_f(j) = v_f(2^{u_2(j)}) = a_{u_2(j)}.$$

再由引理 7.21, 若 $2^{m-1} < j < 2^m$, 则

$$v_f(j) = v_f(j - 2^{m-1}) + 1 = a_{u_2(j-2^{m-1})} + 1 = a_{u_2(j)} + 1,$$

由定理 7.20, 应当有 $a_{m-1}a_m = 0$.

设 $f(x_1, x_2, \cdots, x_n) = \sum\limits_{i=0}^{n} \lambda_f(i)\sigma_i^n$, 因为 $v_f(0) = 1$, 所以 $\lambda_f(0) = 1$. 当 $0 < i \leqslant n$ 时, 设 t 为使 $2^t \leqslant i < 2^{t+1}$ 成立的整数, 则由引理 7.15, 有

$$\lambda_f(i) = \sum_{k \preceq i} v_f(k) = \sum_{k \preceq i, k < 2^t} (v_f(k) + v_f(k + 2^t)).$$

当 $t < m-1$ 时, 由于对任意整数 k, $0 < k < 2^t$, 均有 $u_2(k) = u_2(k + 2^t)$, 则

$$v_f(k) = a_{u_2(k)} = a_{u_2(k+2^t)} = v_f(k + 2^t),$$

这意味着 $v_f(k) + v_f(k + 2^t) = 0$, 故

$$\lambda_f(i) = \sum_{k \preceq i, k < 2^t} (v_f(k) + v_f(k + 2^t)) = v_f(0) + v_f(2^t) = 1 + v_f(2^t) = a_t + 1.$$

当 $t = m-1$ 时, 若 $i = 2^{m-1}$, 则

$$\lambda_f(i) = \lambda_f(2^{m-1}) = v_f(0) + v_f(2^{m-1}) = a_{m-1} + 1.$$

若 $i > 2^{m-1}$, 则由定理 7.20, 对任意整数 k, $0 < k < 2^{m-1}$, 有

$$v_f(k) = v_f(k + 2^{m-1}) + 1, \quad 即 \quad v_f(k) + v_f(k + 2^{m-1}) = 1.$$

设 $j = i - 2^{m-1}$, j 的二进制表示的重量为 s, 由于 $2^{m-1} < i < 2^m$, 所以 $s > 0$. 既满足 $0 < k < 2^{m-1}$, 又满足 $k \preceq i$ 的整数 k 共有 $2^s - 1 \geqslant 1$ 个, 则有

$$
\begin{aligned}
\lambda_f(i) &= \sum_{k \preceq i, k < 2^{m-1}} (v_f(k) + v_f(k + 2^{m-1})) \\
&= v_f(0) + v_f(2^{m-1}) + (2^s - 1) \\
&= 1 + v_f(2^{m-1}) + 1 = a_{m-1}.
\end{aligned}
$$

当 $t = m$ 时, 必然有 $i = 2^m$, 从而有

$$\lambda_f(i) = \lambda_f(2^m) = v_f(0) + v_f(2^m) = a_m + 1.$$

这就证明了 f 的代数正规型形如:

$$
\begin{aligned}
f = {}& 1 + (a_0 + 1)\sigma_1^n + (a_1 + 1)(\sigma_2^n + \sigma_3^n) + \cdots + (a_{m-2} + 1)(\sigma_{2^{m-2}}^n + \cdots + \sigma_{2^{m-1}-1}^n) \\
& + (a_{m-1} + 1)\sigma_{2^{m-1}}^n + a_{m-1}(\sigma_{2^{m-1}+1}^n + \cdots + \sigma_{2^m-1}^n) + (a_m + 1)\sigma_{2^m}^n.
\end{aligned}
$$

从而当 $a_m = 0$ 时, $\deg f = 2^m$; 当 $a_m = 1$ 时, 由于 $a_m a_{m-1} = 0$, 所以 $a_{m-1} = 0$, 这意味着 $\deg f = 2^{m-1}$.

现在来研究 f 的 Hamming 重量 $wt(f)$. 由于对任一整数 j, $0 < j < 2^{m-1}$, 都有

$$v_f(j) = v_f(j + 2^{m-1}) + 1,$$

所以无论 $a_0, a_1, \cdots, a_{m-2}$ 取什么值, Hamming 重量为 j ($0 < j < 2^m$, $j \neq 2^{m-1}$) 的所有变元对 f 的 Hamming 重量的贡献均为

$$\sum_{j=1}^{2^{m-1}-1} \binom{n}{j} = 2^{n-1} - 1 - \frac{1}{2}\binom{n}{n/2}.$$

因此 $wt(f)$ 的值将由 $v_f(m-1)$ 和 $v_f(m)$ 的取值决定. 由于 $a_m a_{m-1} = 0$, 所以总共有三种情况.

(1) 当 $a_m = a_{m-1} = 0$ 时,

$$wt(f) = 2^{n-1} - 1 - \frac{1}{2}\binom{n}{n/2} + 1 = 2^{n-1} - \frac{1}{2}\binom{n}{n/2};$$

(2) 当 $a_m = 0, a_{m-1} = 1$ 时,

$$w = 2^{n-1} - 1 - \frac{1}{2}\binom{n}{n/2} + 1 + \binom{n}{n/2} = 2^{n-1} + \frac{1}{2}\binom{n}{n/2};$$

(3) 当 $a_m = 1, a_{m-1} = 0$ 时,

$$wt(f) = 2^{n-1} - 1 - \frac{1}{2}\binom{n}{n/2} + 1 + 1 = 2^{n-1} - \frac{1}{2}\binom{n}{n/2} + 1.$$

所以 f 的 Hamming 重量取值集合为

$$\left\{ 2^{n-1} \pm \frac{1}{2}\binom{n}{n/2}, \quad 2^{n-1} - \frac{1}{2}\binom{n}{n/2} + 1 \right\}. \qquad \square$$

由定理 7.21 知, 若假设 $v_f(0) = 1$, 则 $2^m (m \geqslant 2)$ 元对称 MAI 函数的一个计数上界是

$$2^{m+1} \times \frac{3}{4} = 3 \times 2^{m-1}.$$

当 $m = 2, 3, 4$ 时, 正好有 $3 \cdot 2^{m-1}$ 个这样的函数, 说明这个界是紧的. 但是对任意整数 m, 这个界是否仍是紧的呢? 有一个猜想, 认为该界对任意整数 m 都是紧的, 即定理 7.20 中的必要条件也是充分条件. 换句话说, 具有定理 7.21 中所述代数正规型的任何函数 f 都具有最优代数免疫度.

猜想 7.3[62] 设 $n = 2^m$, $m \geqslant 2$, $f \in \mathbb{SB}_n$, 假设 f 具有如定理 7.21 条件所示的代数正规型, 则 $AI(f) = \dfrac{n}{2}$.

这个猜想后来被刘峰等证明, 他们证明的思想主要来源于对对称布尔函数重量支撑集的观察[48]. 他们的方法启发对偶数元对称 MAI 函数的重量支撑集进行了研究, 这部分工作将在后面介绍.

由引理 7.21, 用定理 7.20 中的类似方法, 可以获得一个偶数元对称布尔函数为 MAI 函数的一系列必要条件.

定理 7.22[62] 设 n 为偶数, $2^m < n < 2^{m+1}$, $m \geqslant 2$, $f \in \mathbb{SB}_n$. 若 $AI(f) = \dfrac{n}{2}$, 则对任意整数 $t(2 \leqslant t \leqslant m)$ 和任意整数 $k_t(1 \leqslant k_t \leqslant 2^{t-1} - 1)$, 均有

$$v_f\left(\frac{n}{2} - 2^{t-1} + k_t\right) = v_f\left(\frac{n}{2} + k_t\right) + 1,$$

并且

$$\left(v_f\left(\frac{n}{2}-2^{m-1}\right),\ v_f\left(\frac{n}{2}\right),\ v_f\left(\frac{n}{2}+2^{m-1}\right)\right)\notin\{(0,0,0),\ (1,1,1)\}.$$

注记   定理 7.22 是一个非常有力的结果, 它改进了文献 [9, 43] 中的结论. 设 $t=2, k_t=1$, 则有

$$v_f\left(\frac{n}{2}-1\right)=v_f\left(\frac{n}{2}+1\right)+1,$$

这是文献 [9] 中的定理 4.

设 $t=m, k_t=2^m-\dfrac{n}{2}$, 则 $0<k_t<2^{m-1}$, 所以

$$v_f(2^{m-1})=v_f(2^m)+1.$$

而由引理 7.15,

$$\lambda_f(2^{m-1})=v_f(0)+v_f(2^{m-1}),\quad \lambda_f(2^m)=v_f(0)+v_f(2^m),$$

所以

$$\lambda_f(2^{m-1})+\lambda_f(2^m)=v_f(2^{m-1})+v_f(2^m)=1.$$

这意味着 $\lambda_f(2^{m-1})$ 和 $\lambda_f(2^m)$ 中有且仅有一个元素取值为 1. 这是比文献 [43] 中的定理 3 更深刻的一个结果, 因为文献 [43] 中的定理 3 表明 $\lambda_f(2^{m-1})$, $\lambda_f(2^m)$, $\lambda_f(2^{m-1}+2^m)$ 中至少有一个元素取值为 1.

例 7.5   设 $n=22$, 想求出所有的 n 元对称 MAI 函数. 简单起见, 不妨设 $v_f(0)=1$, 因此需要考虑 2^{22} 个函数. 但是由定理 7.22, 可以得到如下关系:

$$v_f(12)=v_f(10)+1,\qquad v_f(12)=v_f(8)+1,\qquad v_f(13)=v_f(9)+1,$$
$$v_f(14)=v_f(10)+1,\qquad v_f(12)=v_f(4)+1,\qquad v_f(13)=v_f(5)+1,$$
$$v_f(14)=v_f(6)+1,\qquad v_f(15)=v_f(7)+1,\qquad v_f(16)=v_f(8)+1,$$
$$v_f(17)=v_f(9)+1,\qquad v_f(18)=v_f(10)+1,$$

且 $v_f(3),v_f(11),v_f(19)\notin\{(0,0,0),(1,1,1)\}$. 所以只需要考虑剩下的 $\dfrac{3}{4}\times 2^{22-11}=3\times 2^9=1536$ 个函数, 这大大降低了问题的难度.

7.3.4   "重量支撑" 技术和偶数元对称 MAI 函数

给定一个 n 元布尔函数 f 和一个正整数 $r\leqslant n$, 若用 $R_f(r,n)$ 表示 r 阶 Reed-Muller 码的生成矩阵在 f 的支撑上的限制, 则 n 元布尔函数 f 没有代数次数小于等于 k 的零化子当且仅当所有矩阵 $R_f(r,n), r\leqslant k$ 都是行满秩的, 从而对 f 的代数免疫度的研究可以转化为对 $R_f(r,n)$ 和 $R_{1+f}(r,n)$ 的秩的研究. 基于这个思想, Carlet[17] 等证明了对于一个 n 元随机平衡布尔函数, 应该有: 当 n 为偶数时, AI

等于 $\frac{n}{2}$ 的概率趋近于 1; 当 n 为奇数时, AI 大于等于 $\frac{n-1}{2}$ 的概率趋近于 1. 同样基于这个思想, 作者提出了构造 MAI 函数的 "交换基技术"[59]. 由于由对称布尔函数建立的方程组系数矩阵具有很强的规律性, 利用一些已有的组合结果, 构造了一些新的偶数元对称 MAI 函数[63]. 理论上, 通过分析 $R_f(r, n)$ 和 $R_{1+f}(r, n)$ 的秩, 可以构造出所有的 MAI 函数, 当然包括所有的对称布尔函数. 然而即使对一个结构很特殊的函数, 如猜想 7.3 中的函数, 据作者所知, 利用现有数学理论工具也很难分析清楚 $R_f(r, n)$ 和 $R_{1+f}(r, n)$ 的秩. 这就是猜想 7.3 在文献 [62] 中未能被证明, 而仅仅是作为一个猜想提出的原因.

解决这一猜想需要新的方法, 这就是刘峰等[48] 提出的 "重量支撑" 分析方法. 文献 [48] 研究了布尔函数的代数免疫度和重量支撑之间的关系, 由此提出了一个 2^m 元对称布尔函数为 MAI 函数的充要条件, 即猜想 7.3, 从而求出了所有 2^m 元对称 MAI 函数. 这个结果说明对猜想 7.3 中函数按照本节方法所建立方程组的系数矩阵是满秩的.

在刘峰等的工作启发下, 屈龙江和李超研究了偶数元对称 MAI 函数的重量支撑集, 得到了一些新结果.

定义 7.3[48]   设 $f \in \mathbb{B}_n$, 则 f 的重量支撑集定义为

$$WS(f) = \{i \in N \mid 存在\ a \in \mathbb{F}_2^n,\ 使得 wt(a) = i 且 f(a) = 1 成立\},$$

其中 $N = \{0, 1, 2, \cdots, n\}$, $wt(a)$ 表示向量 $a = (a_1, a_2, \cdots, a_n) \in \mathbb{F}_2^n$ 的 Hamming 重量.

容易看出, 当 $f \in \mathbb{SB}_n$ 时, 有 $WS(f) = \{i \in N \mid v_f(i) = 1\}$. 由此可以定义 $\mathbb{B}_n$ 上的一个偏序关系如下[48]: 设 $f, g \in \mathbb{B}_n$, 则

$$f \preceq g \Leftrightarrow WS(f) \subseteq WS(g).$$

容易看出当 $f \in \mathbb{SB}_n$, $g \in \mathbb{B}_n$ 时, 有

$$fg = 0 \Leftrightarrow 若\ a \in \mathbb{F}_2^n\ 且\ wt(a) = i, 则\ g(a) = 1\ 意味着\ v_f(i) = 0$$
$$\Leftrightarrow WS(g) \subseteq \overline{WS(f)}.$$

这里 $\overline{WS(f)} = N \setminus WS(f)$ 表示集合 $WS(f)$ 在集合 $N = \{0, 1, 2, \cdots, n\}$ 中的补集. 类似地, 有

$$(f + 1)g = 0 \Leftrightarrow WS(g) \subseteq WS(f).$$

由此可以得到如下结论:

引理 7.22[48]　设 $n \geqslant 2, 1 \leqslant d \leqslant n, f \in \mathbb{SB}_n$, 则 $AI(f) \geqslant d$ 当且仅当对任意的满足 $0 \leqslant \deg g \leqslant d-1$ 的 $g \in \mathbb{B}_n$, 都有

$$WS(g) \nsubseteq WS(f) \text{ 且 } WS(g) \nsubseteq \overline{WS(f)}.$$

对 $l \geqslant 1$, 定义

$$p_l = p_l(x_1, x_2, \cdots, x_{2l}) = (x_1+x_2)(x_3+x_4)\cdots(x_{2l-1}+x_{2l}) \in \mathbb{B}_{2l},$$

则 $WS(p_l) = \{l\}$.

引理 7.23[48]　设 $n \geqslant 2, f \in \mathbb{SB}_n$, 如果存在 $0 \neq g \in \mathbb{B}_n$ 使得 $fg = 0$ 成立, 则存在整数 $l, 0 \leqslant l \leqslant \left\lfloor \dfrac{n}{2} \right\rfloor$ 和 $0 \neq h = h(x_{2l+1}, x_{2l+2}, \cdots, x_n) \in \mathbb{SB}_{n-2l}, \deg h \leqslant \deg g - l$, 使得 $fhp_l = 0$ 成立.

设

$$S(n,d) = \left\{ f_{n,b} = h_{n-2b}p_b \;\middle|\; \begin{array}{c} h_{n-2b} = h_{n-2b}(x_{2b+1}, x_{2b+2}, \cdots, x_n) \in \mathbb{SB}_{n-2b}, \\ 0 \leqslant \deg(h_{n-2b}) < d-b, \\ 0 \leqslant b \leqslant d-1 \end{array} \right\},$$

则由引理 7.22 和 7.23 直接可得

引理 7.24[48]　设 $1 \leqslant d \leqslant \left\lceil \dfrac{n}{2} \right\rceil$, $f \in \mathbb{SB}_n$, 则 $AI(f) \geqslant d$ 当且仅当对任意的 $g \in S(n,d)$, 都有

$$WS(g) \nsubseteq WS(f) \text{ 且 } WS(g) \nsubseteq \overline{WS(f)}.$$

引理 7.24 中的必要性是显然的. 事实上, 文献 [9]、[61] 和 [62] 等对对称 MAI 函数的分析都是基于该必要性的. 刘峰等指出该必要条件事实上也是充分条件, 这就为分析对称布尔函数的代数免疫度以及构造高代数免疫度的对称布尔函数提供了很大的方便.

设 $S_{\min}(n,d)$ 为偏序集 $(S(n,d), \preceq)$ 中极小元素的集合, 则若把 $S(n,d)$ 换成 $S_{\min}(n,d)$, 引理 7.24 仍是正确的. 从而如果集合 $S_{\min}(n,d)$ 具有简单结构, 就可以刻画满足 $AI(f) \geqslant d$ 的所有 $f \in \mathbb{SB}_n$. 所以在文献 [48] 中, 提出了如下的问题:

问题 7.2[48]　对任意正整数 n 和整数 $1 \leqslant d \leqslant \left\lceil \dfrac{n}{2} \right\rceil$, 如何确定集合 $S_{\min}(n,d)$.

设 n 为偶数, $d = \dfrac{n}{2}$, 令

$$S\left(n, \frac{n}{2}\right) = \left\{ h_b p_b \;\middle|\; h_b = h_b(x_{2b+1}, x_{2b+2}, \cdots, x_n) \in \mathbb{SB}_{n-2b}, \right.$$
$$\left. 0 \leqslant \deg(h_b) < \frac{n}{2} - b, 0 \leqslant b \leqslant \frac{n}{2} - 1 \right\},$$

其中 p_b 定义为

$$p_b = \prod_{j=1}^{b}(x_{2j-1}+x_{2j}) \in \mathbb{B}_{2b},$$

且有 $WS(p_b)=\{b\}$.

当 $n=2^m$ 时, 对 $1 \leqslant t \leqslant m-1$, $1 \leqslant i_t \leqslant 2^t-1$, 设

$$q_{t,i_t} = q_{t,i_t}(x_{n-2^{t+1}+1},\cdots,x_n) \in \mathbb{SB}_{2^{t+1}}, \quad WS(q_{t,i_t})=\{i_t, i_t+2^t\},$$

$$q = q(x_1, x_2, \cdots, x_n) \in \mathbb{SB}_n, \quad WS(q) = \left\{0, \frac{n}{2}, n\right\},$$

令

$$S' = \left\{f_{t,i_t} = q_{t,i_t}p_{\frac{n}{2}-2^t} \middle| 1 \leqslant t \leqslant m-1, 1 \leqslant i_t \leqslant 2^t-1\right\}\bigcup\{q\},$$

$$WS(f_{t,i_t}) = \{i_t, i_t+2^t\} + \left(\frac{n}{2}-2^t\right) = \left\{\frac{n}{2}+i_t-2^t, \frac{n}{2}+i_t\right\},$$

于是, 文献 [48] 中通过复杂的组合技术证明了

定理 7.23[48]　设 $n=2^m$, 则 $S_{\min}\left(n,\frac{n}{2}\right)=S'$.

由定理 7.23 容易得到

定理 7.24[48]　设 $n=2^m(m \geqslant 2)$, $f \in \mathbb{SB}_n$, 则 $AI(f)=\frac{n}{2}$ 当且仅当下面两个条件成立:

(1) 对任意的 $1 \leqslant t \leqslant m-1$, $1 \leqslant i_t \leqslant 2^t-1$, 均有

$$v_f\left(i_t+\frac{n}{2}-2^t\right) = v_f\left(i_t+\frac{n}{2}\right)+1;$$

(2) $\left(v_f(0), v_f\left(\frac{n}{2}\right), v_f(n)\right) \notin \{(0,0,0), (1,1,1)\}$.

这就证实了猜想 7.3 的正确性.

当 n 为偶数时, 设

$$SB\left(n,\frac{n}{2}\right) = \left\{f \in \mathbb{SB}_n, \deg f < \frac{n}{2}\right\},$$

$$WSB\left(n,\frac{n}{2}\right) = \left\{WS(f), f \in SB\left(n,\frac{n}{2}\right)\right\},$$

由于

$$S\left(n,\frac{n}{2}\right) = \left\{h_b p_b \middle| h_b \in SB\left(n-2b, \frac{n}{2}-b\right), 0 \leqslant b < \frac{n}{2}\right\},$$

则

$$S\left(n,\frac{n}{2}\right) = \bigcup_{l=0}^{\frac{n}{2}-1} \left\{SB\left(n-2l, \frac{n}{2}-l\right) \cdot p_l\right\},$$

这里对于一个布尔函数的集合 A, $p_l \cdot A$ 表示集合 $\{p_l \cdot f, f \in A\}$.

如果设

$$WS\left(n, \frac{n}{2}\right) = \left\{WS(f), f \in S\left(n, \frac{n}{2}\right)\right\},$$

类似地, 有

$$WS\left(n, \frac{n}{2}\right) = \bigcup_{l=0}^{\frac{n}{2}-1} \left\{WSB\left(n-2l, \frac{n}{2}-l\right) + l\right\},$$

这里对于一个整数集的集合 A, $l + A$ 表示对 $S \in A$ 中的每一个元素 s, 取新集合 $\{s + l, s \in S\}$.

为方便起见, 用小括号表示一个布尔函数的重量支撑集, 例如 $WS(f) = (a_1, a_2, \cdots, a_t)$, 这里称 t 为 $WS(f)$ 的大小, 并且称 $WS(f)$ 为一个大小为 t 的元素.

问题 7.2 提出了研究集合 $S_{\min}\left(n, \frac{n}{2}\right)$ 以刻画满足 $AI(f) \geqslant d$ 的所有 $f \in \mathbb{SB}_n$. 然而, 根据定理 7.22, 为了研究对称 MAI 函数, 实际上只需要求解集合 $WS_{\min}\left(n, \frac{n}{2}\right)$. 由 $WS\left(n, \frac{n}{2}\right)$ 的定义, 可以得到下面的命题.

命题 7.9[60]

$$WS_{\min}\left(n, \frac{n}{2}\right) \subseteq \bigcup_{l=0}^{\frac{n}{2}-1} \left\{WSB_{\min}\left(n-2l, \frac{n}{2}-l\right) + l\right\}.$$

由定理 7.23 知当 $n = 2^m$ 时的集合 $WS_{\min}\left(n, \frac{n}{2}\right)$ 为

$$WS_{\min}(2^m, 2^{m-1}) = \{(2^{m-1} + i_t - 2^t, 2^{m-1} + i_t) | 1 \leqslant t \leqslant m-1,$$
$$1 \leqslant i_t \leqslant 2^t - 1\} \bigcup \{(0, 2^{m-1}, 2^m)\}.$$

下面对一般的偶数 n, 研究集合 $WS_{\min}\left(n, \frac{n}{2}\right)$ 的性质. 设 n 为一个偶数且对某个整数 m 满足

$$2^m < n = 2^m + 2s < 2^{m+1},$$

并设

$$WS(S') = \left\{\left(\frac{n}{2} + i_t - 2^t, \frac{n}{2} + i_t\right) | 1 \leqslant t \leqslant m-1, 1 \leqslant i_t \leqslant 2^t - 1\right\}$$
$$\bigcup \left\{\left(\frac{n}{2} - 2^{m-1}, \frac{n}{2}, \frac{n}{2} + 2^{m-1}\right)\right\}.$$

首先, 容易证明 $WS(S')$ 包含了 $WS_{\min}\left(n, \frac{n}{2}\right)$ 中所有大小为 2 的元素, 即有如下结论:

命题 7.10[60] 设 $2^m < n = 2^m + 2s < 2^{m+1}$, $WS(f) \in WS_{\min}\left(n, \frac{n}{2}\right)$, $|WS(f)| = 2$, 则 $WS(f) \in WS(S')$.

证明 (反证法) 假设 $WS(f) \notin WS(S')$, 设 $WS(f) = (a,b), a < b$, 则对任意整数 $1 \leqslant t \leqslant m-1$ 和整数 $1 \leqslant i_t \leqslant 2^t - 1$,

$$\left(\frac{n}{2} + i_t - 2^t, \quad \frac{n}{2} + i_t\right) \neq (a, b). \tag{7.13}$$

设 $f' = f \cdot P_{2^m - \frac{n}{2}} = f \cdot (x_{n+1} + x_{n+2}) \cdots (x_{2^{m+1}-1} + x_{2^{m+1}})$, 则 $f' \in S(2^{m+1}, 2^m)$, 并且

$$WS(f') = WS(f) + \frac{2^{m+1} - n}{2} = (a,b) + \frac{2^{m+1} - n}{2}.$$

所以存在一个整数 $t_0, 1 \leqslant t_0 \leqslant m$, 整数 $i_{t_0}, 1 \leqslant i_{t_0} \leqslant 2^{t_0} - 1$, 使得

$$(2^m + i_{t_0} - 2^{t_0}, \ 2^m + i_{t_0}) = (a,b) + \frac{2^{m+1} - n}{2},$$

这意味着

$$\left(\frac{n}{2} + i_{t_0} - 2^{t_0}, \frac{n}{2} + i_{t_0}\right) = (a,b). \tag{7.14}$$

由式 (7.13) 和 (7.14) 知, $t_0 = m, b = a + 2^m$, 即 $WS(f) = (a, a+2^m)$.

设 $f = h \cdot p_l$, 则

$$h \in SB\left(n-2l, \frac{n-2l}{2}\right), \quad WS(h) = (a-l, a-l+2^m).$$

由 $a - l + 2^m \geqslant 2^m$, 有 $n - 2l \geqslant 2^m$. 现在设 $h = \sum_{i=0}^{n-2l} \lambda(i)\sigma_i^{n-2l}$, 则由引理 7.15 知, 得到

$$\lambda(2^m - 1) = \binom{2^m - 1}{a - l} + \binom{2^m - 1}{a - l + 2^m} = \binom{2^m - 1}{a - l} = 1.$$

最后一个等式成立是因为 $a - l \leqslant 2^m - 1$. 但是

$$2^m - 1 = \frac{2^{m+1} - 2}{2} \geqslant \frac{n}{2} \geqslant \frac{n - 2l}{2},$$

于是 $\deg h \geqslant \frac{n-2l}{2}$, 这与 $h \in SB\left(n-2l, \frac{n-2l}{2}\right)$ 矛盾. 所以 $WS(f) \in WS(S')$.

$\square$

命题 7.11[60]

(1) $WS(S') \subseteq WS_{\min}\left(n, \frac{n}{2}\right)$;

(2) $WS_{\min}\left(n, \frac{n}{2}\right) \subseteq \bigcup_{l=1}^{s} \{WSB_{\min}(2^m + 2l, 2^{m-1} + l) + (s - l)\} \bigcup WS(S')$.

证明 首先, 对任意元素 $A \in WS_{\min}\left(n, \frac{n}{2}\right)$, 都应该有 $|A| \geqslant 2$ 成立. 否则, 假设存在一个元素 $A \in WS_{\min}\left(n, \frac{n}{2}\right)$ 满足 $|A| = 1$, 则由引理 7.22, 任何 n

元对称布尔函数都不可能具有最优代数免疫度, 这是不可能的. 所以对任意元素 $A \in WS_{\min}\left(n, \frac{n}{2}\right)$, 都有 $|A| \geqslant 2$. 从而易知若 $A \in WS\left(n, \frac{n}{2}\right)$ 且 $|A| = 2$, 则 $A \in WS_{\min}\left(n, \frac{n}{2}\right)$. 考虑元素 $B = \left(\frac{n}{2} - 2^{m-1}, \frac{n}{2}, \frac{n}{2} + 2^{m-1}\right)$, 容易证明对任意 $B \neq A \in WS(S')$, 都有 $A \nsubseteq B$ 成立. 而由命题 7.10 知所有大小为 2 的元素都在 $WS(S')$ 中, 所以 B 也是 $WS\left(n, \frac{n}{2}\right)$ 中的一个极小元素, 即有 $B \in WS_{\min}\left(n, \frac{n}{2}\right)$. 这就证明了 (1).

为了证明 (2), 由命题 7.10, 只需证明对任意偶数 n', $n' \leqslant 2^m$, 任意布尔函数 $f \in SB\left(n', \frac{n'}{2}\right)$, 都存在元素 $A \in WS(S')$ 使得 $A \subseteq WS(f) + \frac{n-n'}{2}$ 成立.

由于 $n' \leqslant 2^m$, 设

$$f' = f \cdot P_{2^{m-1}-\frac{n'}{2}} = f(x_1, \cdots, x_{n'})(x_{n'+1} + x_{n'+2}) \cdots (x_{2^m-1} + x_{2^m}),$$

则 $f' \in S(2^m, 2^{m-1})$, 所以由定理 7.23 知存在元素 $A \in WS(S')$ 使得

$$A - \left(\frac{n}{2} - 2^{m-1}\right) \subseteq WS(f').$$

由于 $WS(f') = WS(f) + \left(2^{m-1} - \frac{n'}{2}\right)$, 所以

$$WS(f) + \frac{n-n'}{2} = WS(f') + \frac{n}{2} - 2^{m-1},$$

最终有

$$A \subseteq \left\{ WS(f') + \left(\frac{n}{2} - 2^{m-1}\right) \right\} = \left\{ WS(f) + \frac{n-n'}{2} \right\}. \qquad \square$$

注记 设 $2^m < n = 2^m + 2s < 2^{m+1}$, $f \in \mathbb{SB}_n$, $AI(f) = \frac{n}{2}$, 则由引理 7.24 和 $WS(S') \subseteq WS_{\min}\left(n, \frac{n}{2}\right)$ 知, 对任意元素 $A \in WS(S')$, 都有

$$A \nsubseteq WS(f) \text{ 且 } A \nsubseteq WS(f+1).$$

这即要求: 对任意整数 t, $2 \leqslant t \leqslant m$, 任意整数 k_t, $1 \leqslant k_t \leqslant 2^{t-1} - 1$, 均有

$$v_f\left(\frac{n}{2} - 2^{t-1} + k_t\right) = v_f\left(\frac{n}{2} + k_t\right) + 1,$$

并且

$$\left(v_f\left(\frac{n}{2} - 2^{m-1}\right), \ v_f\left(\frac{n}{2}\right), \ v_f\left(\frac{n}{2} + 2^{m-1}\right)\right) \notin \{(0,0,0), (1,1,1)\}.$$

此即定理 7.22.

由上述命题, 可以得到下面定理:

定理 7.25[60] 设 $2^m < n = 2^m + 2s < 2^{m+1}$, $f \in \mathbb{SB}_n$. 则 $AI(f) = \dfrac{n}{2}$ 当且仅当 f 满足下面两个条件:

(1) 对任意整数 $t, 2 \leqslant t \leqslant m$, 任意整数 $k_t, 1 \leqslant k_t \leqslant 2^{t-1} - 1$, 均有

$$v_f\left(\frac{n}{2} - 2^{t-1} + k_t\right) = v_f\left(\frac{n}{2} + k_t\right) + 1,$$

$$\left(v_f\left(\frac{n}{2} - 2^{m-1}\right), v_f\left(\frac{n}{2}\right), v_f\left(\frac{n}{2} + 2^{m-1}\right)\right) \notin \{(0,0,0), (1,1,1)\};$$

(2) 对任意偶数 $n', 2^m < n' \leqslant n$, 任意函数 $g \in SB\left(n', \dfrac{n'}{2}\right)$, 都有

$$WS(g) + \frac{n - n'}{2} \not\subseteq WS(f) \quad \text{且} \quad WS(g) + \frac{n - n'}{2} \not\subseteq WS(f).$$

证明 (必要性) 若 $AI(f) = \dfrac{n}{2}$, 由代数免疫度定义知, (1)、(2) 显然成立;

(充分性) 由定理 7.24 和命题 7.11, 容易知道当 (1)、(2) 同时成立时, 必有 $AI(f) = \dfrac{n}{2}$. $\square$

定理 7.25 给出了一个测试 n 元对称布尔函数是否为 MAI 函数的算法. 给定一个偶数 n', 则 $SB\left(n', \dfrac{n'}{2}\right)$ 中有 $2^{\frac{n'}{2}}$ 个函数. 从而测试条件 (2) 是否成立的时间复杂度不超过

$$2^{\frac{2^m+2}{2}} + 2^{\frac{2^m+4}{2}} + \cdots + 2^{\frac{n}{2}} = 2^{\frac{n}{2}+1} - 2^{2^{m-1}+1} = 2^{2^{m-1}+s+1} - 2^{2^{m-1}+1}.$$

同时测试条件 (1) 是否成立的时间复杂度是非常小的. 所以当 $s \geqslant 1$ 时, 该算法测试一个 n 元对称布尔函数是否为 MAI 函数的时间复杂度是 $O(2^{2^{m-1}+s+1})$. 进一步, 条件 (1) 中包含了 $\sum_{t=1}^{m-1}(2^t - 1) + 1 = 2^m - m$ 个方程. 一个随机函数 $f \in \mathbb{SB}_n$ 满足最后一个方程的概率为 $\dfrac{3}{4}$, 而对于其他的任一方程该概率变为 $\dfrac{1}{2}$. 所以, 一共有

$$\frac{3}{4} \times 2^{n+1-(2^m-m-1)} = 3 \times 2^{2s+m}$$

个函数 $f \in \mathbb{SB}_n$ 满足条件 (1). 从而用此算法求得所有 n 元对称 MAI 函数的时间复杂度约为

$$O(3 \times 2^{2s+m} \times 2^{2^{m-1}+s+1}) = O(3 \times 2^{2^{m-1}+3s+m+1}).$$

命题 7.11 和定理 7.25 还说明, 为了研究 $WS_{\min}\left(n, \dfrac{n}{2}\right)$ 的结构, 并不需要研究所有 $n' \leqslant 2^m$ 个变元的对称布尔函数的重量支撑集, 因为这些元素在移位后对于

$WS_{\min}\left(n, \dfrac{n}{2}\right)$ 的贡献恰恰就是 $WS(S')$; 只需要研究 $2^m < n' \leqslant n$ 个变元的对称布尔函数的重量支撑集, 然后考虑这些重量支撑集的一个适当的移位 $\left(\dfrac{n-n'}{2}\right)$. 最后, 需要指出的是, 理论分析和数据实验都表明, 对一般的偶数 n, $WS_{\min}\left(n, \dfrac{n}{2}\right)$ 很难再表现出如 $n = 2^m$ 时那么好的性质. 上述结果有助于缩小问题求解的范围, 但是离真正求解问题还是有一些距离的.

7.4 向量值函数的代数免疫度

7.4.1 向量值函数三种代数免疫度的定义及其联系

对分组密码的代数攻击[24] 需要研究向量值函数的代数免疫性, 为此需要把代数免疫度的概念从布尔函数推广到向量值函数. 下面介绍向量值函数代数免疫度的三种定义, 以及它们之间的相关联系.

为了引入向量值函数代数免疫度定义, Armkenecht 和 Krause 首先把零化的概念从函数推广到集合[2].

设 S 为 $\mathbb{F}_2^n$ 的一个子集, 则集合 S 的零化集定义为

$$N(S) = \{y \in \mathbb{D}_n \mid y|_S = 0\},$$

其中 $g|_S = 0$ 意味着对任意的 $v \in S$, 有 $g(v) = 0$. 定义

$$AI(S) = \min\{\deg g \mid 0 \neq g \in N(S)\} = \min\{\deg g \mid 0 \neq g \in \mathbb{B}_n, g|_S = 0\}.$$

Armkenecht 和 Krause 提出了下面两种代数免疫度定义:

定义 7.4[2] 设 $F = (f_1, f_2, \cdots, f_m)$ 为一个 (n, m) 函数, 则 F 的基本代数免疫度 $AI(F)$ 定义为

$$AI(F) = \min\{AI(F^{-1}(a)) \mid a \in \mathbb{F}_2^m\}$$
$$= \min\{\deg g \mid 0 \neq g \in \mathbb{B}_n, \text{且存在 } a \in \mathbb{F}_2^m \text{ 使得 } g|_{F^{-1}(a)} = 0\}.$$

F 的图形代数免疫度 $AI_{\mathrm{gr}}(F)$ 定义为

$$AI_{\mathrm{gr}}(F) = \min\{\deg g \mid 0 \neq g \in \mathbb{B}_{n+m}, g|_{\mathrm{gr}(F)} = 0\},$$

其中 $\mathrm{gr}(F) = \{(x, F(x)) \mid x \in \mathbb{F}_2^n\} \subseteq \mathbb{F}_2^{n \times m}$ 为函数 F 的图.

注意到若 f 为布尔函数, 即 $(n, 1)$ 函数, 则由定义 7.1 知

$$AI(f) = \min\{\deg g \mid 0 \neq g \in \mathrm{Ann}(f) \bigcup \mathrm{Ann}(1+f)\} = \min\{AI(f^{-1}(0)), AI(f^{-1}(1))\},$$

因此上述 $AI(F)$ 定义可以看作定义 7.1 的自然推广. 下面一个定义似乎看起来也很自然.

定义 7.5[21]　设 $F = (f_1, f_2, \cdots, f_m)$ 为一个 (n, m) 函数, 则 F 的组件代数免疫度 $AI_{\mathrm{comp}}(F)$ 定义为

$$AI_{\mathrm{comp}}(F) = \min\{AI(v \cdot F) \mid 0 \neq v \in \mathbb{F}_2^m\}.$$

下面定理刻画了上面三种代数免疫度之间的联系.

定理 7.26[2, 21]　设 $F = (f_1, f_2, \cdots, f_m)$ 为一个 (n, m) 函数, 则

(1) $AI(F) \leqslant AI_{\mathrm{gr}}(F) \leqslant AI(F) + m$;

(2) $AI(F) \leqslant AI_{\mathrm{comp}}(F)$;

(3) $AI_{\mathrm{gr}}(F) \leqslant AI_{\mathrm{comp}}(F) + 1$.

证明　(1) 设 $AI_{\mathrm{gr}}(F) = d$, $g = g(x, y) \in \mathbb{B}_{n+m}$ 为 $\mathrm{gr}(F)$ 的一个 d 次零化子, 其中 $x \in \mathbb{F}_2^n$, $y \in \mathbb{F}_2^m$. 任取 $a \in \mathbb{F}_2^m$, 令 $h(x) = g(x, a) \in \mathbb{B}_n$, 则 $h|_{F^{-1}(a)} = 0$, 于是

$$AI(F) \leqslant \deg h \leqslant \deg g = d = AI_{\mathrm{gr}}(F).$$

设 $AI(F) = d_1$, 则存在 $a \in \mathbb{F}_2^m$, $h \in \mathbb{B}_n$ 使得 $\deg h = d_1$ 且 $h|_{F^{-1}(a)} = 0$. 设 $a = (a_1, a_2, \cdots, a_m)$, 令

$$g(x, y) = h(x) \cdot \prod_{i=1}^{m} (y_i + a_i + 1) \in \mathbb{B}_{n+m},$$

则容易验证 $g|_{\mathrm{gr}(F)} = 0$, 再由 $\deg g = d_1 + m$, 即知 $AI_{\mathrm{gr}}(F) \leqslant AI(F) + m$.

(2) 设 $0 \neq v \in \mathbb{F}_2^m$, $f_v = v \cdot F \in \mathbb{B}_n$, 则

$$AI(v \cdot F) = AI(f_v) = \min\{AI(f_v^{-1}(0)), AI(f_v^{-1}(1))\}.$$

注意到

$$f_v^{-1}(c) = \bigcup_{a \in \mathbb{F}_2^m, \, v \cdot a = c} F^{-1}(a), \quad c \in \mathbb{F}_2,$$

则 $AI(f_v) \geqslant AI(F)$, 于是 $AI_{\mathrm{comp}}(F) \geqslant AI(F)$.

(3) 设 $AI_{\mathrm{comp}}(F) = d$, 则存在 $0 \neq v \in \mathbb{F}_2^m$, $c \in \mathbb{F}_2$, $g \in \mathbb{B}_n$ 使得 $\deg g = d$ 且 $g|_{v \cdot F^{-1}(c)} = 0$. 令

$$h(x, y) = g(x) \cdot (v \cdot y + c + 1), \quad \text{其中 } x \in \mathbb{F}_2^n, \ y \in \mathbb{F}_2^m,$$

则容易验证 $h|_{gr(F)} = 0$, 于是 $AI_{\mathrm{gr}}(F) \leqslant AI_{\mathrm{comp}}(F) + 1$. □

下面的定理刻画了这三种代数免疫度的上界.

定理 7.27[2]　设 $n \geqslant m \geqslant 1$, F 为一个 (n, m) 函数,

(1) 设 d 为使得 $\sum_{i=0}^{d} \binom{n}{i} > 2^{n-m}$ 成立的最小正整数, 则 $AI(F) \leqslant d$;

(2) 设 D 为使得 $\sum_{i=0}^{D} \binom{n+m}{i} > 2^n$ 成立的最小正整数, 则 $AI_{\mathrm{gr}}(F) \leqslant D$;

(3) $AI_{\mathrm{comp}}(F) \leqslant \left\lceil \dfrac{n}{2} \right\rceil$.

证明　(1) 设 d 为使得 $\sum_{i=0}^{d} \binom{n}{i} > 2^{n-m}$ 成立的最小正整数, 则由

$$\min_{a \in \mathbb{F}_2^m} |F^{-1}(a)| \leqslant 2^{n-m} < \sum_{i=0}^{d} \binom{n}{i}$$

可知, $g|_{F^{-1}(a)} = 0$ 此时有次数不超过 d 的非零解, 从而 (1) 成立.

(2) 与 (1) 类似可证.

(3) 注意到对任意 $f \in \mathbb{B}_n$, 都有 $AI(f) \leqslant \left\lceil \dfrac{n}{2} \right\rceil$, 因此结论成立.　□

对于基本代数免疫度 $AI(F)$, 冯克勤等证明了定理 7.27 中的上界是可以达到的.

引理 7.25[36]　设 $0 < r < n$, $k = k(r, n) = \sum_{i=0}^{r} \binom{n}{i}$ 为 Reed-Muller 码 $R(r, n)$ 的维数, s 为大于 1 的整数且满足 $sk \leqslant 2^n$, 则存在 $\mathbb{F}_2^n$ 的 s 个不交子集 $A_1, \cdots, A_s$ 满足下面两个条件:

(1) $|A_i| = k$, $1 \leqslant i \leqslant s$;

(2) 对任意的次数不超过 r 的非零 n 元布尔函数 f 和任意整数 $i(1 \leqslant i \leqslant s)$, 存在 $v \in A_i$ 使得 $f(v) \neq 0$.

定理 7.28[36]　设 $n \geqslant m \geqslant 1$, 则存在 (n, m) 函数 F, 使得 $AI(F) = d$, 其中 d 为使得 $\sum_{i=0}^{d} \binom{n}{i} > 2^{n-m}$ 成立的最小正整数.

证明　由 d 的定义知有 $\sum_{i=0}^{d-1} \binom{n}{i} \leqslant 2^{n-m}$. 由引理 7.25 知存在 $\mathbb{F}_2^n$ 的 2^m 个不交子集 $S_0, S_1, \cdots, S_{2^m-1}$ 满足

$$|S_j| = \sum_{i=0}^{d-1} \binom{n}{i}, \quad 0 \leqslant j \leqslant 2^m - 1,$$

并且对任意 $0 \neq g \in \mathbb{B}_n$, $\deg g \leqslant d - 1$ 和任意整数 j, $0 \leqslant j \leqslant 2^m - 1$, 存在 $v \in S_j$ 使得 $g(v) \neq 0$.

设 $0 \leqslant j \leqslant 2^m - 1$, j 的 2 进制展开为 $j = j_0 + j_1 2 + \cdots + j_{m-1} 2^{m-1}$, 定义 (n, m) 函数 F 满足: 若存在 j, $0 \leqslant j \leqslant 2^m - 1$ 使得 $v \in S_j$, 则 $F(v) = (j_0, j_1, \cdots, j_{m-1})$; 否则, $F(v)$ 可取任意值. 于是, 对任意 $(j_0, j_1, \cdots, j_{m-1}) = a \in \mathbb{F}_2^m$, 均有 $S_j \subseteq F^{-1}(a)$. 如果 $g \in \mathbb{B}_n$, $\deg(g) \leqslant d - 1$, 且 $g|_{F^{-1}(a)} = 0$, 那么 $g|_{s_j} = 0$, 于是 $g = 0$, 从而 $AI(F) = d$. 　　　　　　　　　　　　　　　　　　　　　　　　　　□

对于图形代数免疫度 $AI_{\mathrm{gr}}(F)$, Armkenecht 和 Krause 使用拟阵的理论对 $n \leqslant 14$ 以及 $n = 15$ 的部分情形证明了定理 7.27 中的上界是可以达到的[2]. 但目前并不清楚该上界是否总是可以达到的.

对于组件代数免疫度 $AI_{\mathrm{comp}}(F)$, 人们并不清楚定理 7.27 中的上界是否可以达到. 对于密码学中重要的幂函数, Nawaz 等给出了幂函数代数免疫度的一个上界[56], 不难看出该上界也是这些幂函数 $AI_{\mathrm{comp}}(F)$ 的上界.

Ars 和 Faugere 在文献 [5] 中还提出了向量值函数的另外两种定义, 但廖群英等证明了他们给出的定义实际上分别是 $AI(F)$ 和 $AI_{\mathrm{gr}}(F)$ 的不同表示形式[46].

7.4.2 　一类具有最优代数免疫度的向量值函数

这里将介绍 Carlet 和冯克勤构造的一类具有最优代数免疫度、最优代数次数、高非线性度的平衡向量值函数[13].

设 α 为 $\mathbb{F}_{2^n}$ 的一个本原元, $\mathbb{F}_{2^n} = \{0\} \bigcup \{\alpha^i \mid 0 \leqslant i \leqslant 2^n - 2\}$. 对任一固定整数 s, $0 \leqslant s \leqslant 2^n - 2$, $\mathbb{F}_{2^n}$ 可以视为如下 2^m 个不交子集的并:

$$S_0 = \{\alpha^l \mid s \leqslant l \leqslant s + 2^{n-m} - 2\} \bigcup \{0\}, \tag{7.15}$$

$$S_b = \{\alpha^l \mid s + 2^{n-m} b - 1 \leqslant l \leqslant s + 2^{n-m}(b+1) - 2\}, \quad 1 \leqslant b \leqslant 2^m - 1. \tag{7.16}$$

对任何整数 b, $0 \leqslant b \leqslant 2^m - 1$, 考虑其二进制展开

$$b = b_0 + b_1 2 + \cdots + b_{m-1} 2^{m-1}, \quad b_0, b_1, \cdots, b_{m-1} \in \{0, 1\},$$

则整数 b 和向量 $\overline{b} = (b_0, b_1, \cdots, b_{m-1}) \in \mathbb{F}_2^m$ 一一对应.

设函数 $F = (f_0, f_1, \cdots, f_{m-1}) : \mathbb{F}_{2^n} \to \mathbb{F}_2^m$, 若 $x \in S_b$, 则定义 $F(x) = \overline{b}$. 于是

$$f_i(x) = \begin{cases} 1, & \text{若 } x \in \bigcup_{0 \leqslant b \leqslant 2^m - 1, b_i = 1} S_b; \\ 0, & \text{否则}. \end{cases}$$

则如下结论成立:

(1) 函数 F 是平衡的;

(2) F 的代数次数为 $n - 1$, 并且 F 的一致代数次数为 $n - 1$ 当且仅当

$$\left(\frac{\alpha}{1 + \alpha} \right)^{2^i}, \quad i = 0, 1, \cdots, m - 1$$

在 $\mathbb{F}_2$ 上线性无关;

(3) F 的基本代数免疫度 $AI(F) = d$, 这里 $d = d(n,m)$ 为使得 $\sum\limits_{i=0}^{d} \binom{n}{i} > 2^{n-m}$
成立的最小整数.

事实上, (1) 由于对任意 $\bar{b} \in \mathbb{F}_2^m$, 有 $F^{-1}(\bar{b}) = S_b$, 从而 $|F^{-1}(\bar{b})| = |S_b| = 2^{n-m}$.

(2) 设 $0 \leqslant b \leqslant 2^m - 1$, $g_b : \mathbb{F}_{2^n} \to \mathbb{F}_2$ 定义为

$$g_b(x) = \begin{cases} 1, & \text{若 } x \in S_b; \\ 0, & \text{否则}. \end{cases}$$

设 $q = 2^n$, 则对 $0 \leqslant b \leqslant 2^m - 1$ 有

$$g_b(x) = \sum_{a \in S_b} (1 + (x - a)^{q-1}) = 2^{n-m} + \sum_{a \in S_b} \frac{x^q + a^q}{x + a}$$

$$= 2^{n-m} + \sum_{a \in S_b} \sum_{j=0}^{q-1} x^j a^{q-1-j} = \sum_{a \in S_b} \sum_{j=1}^{q-1} x^j a^{q-1-j}.$$

于是对 $0 \leqslant i \leqslant m-1$, 有

$$f_i(x) = \sum_{\substack{(b_0, \cdots, b_{m-1}) \in \mathbb{F}_2^m \\ b_i = 1}} g_b(x) = \sum_{\substack{(b_0, \cdots, b_{m-1}) \in \mathbb{F}_2^m \\ b_i = 1}} \sum_{a \in S_b} \sum_{j=1}^{q-1} x^j a^{q-1-j} = \sum_{j=1}^{q-1} c_j x^j,$$

其中

$$c_j = \sum_{(b_0, b_1, \cdots, b_{m-1}) \in \mathbb{F}_2^m} \sum_{a \in S_b} a^{q-1-j}, \quad 1 \leqslant j \leqslant 2^m - 1.$$

于是 $c_{q-1} = 2^{n-1} = 0$, 且

$$c_{q-2} = \sum_{\substack{(b_0, \cdots, b_{m-1}) \in \mathbb{F}_2^m \\ b_i = 1}} \sum_{a \in S_b} a$$

$$= \sum_{b_0, \cdots, b_{i-1}, b_{i+1}, \cdots, b_{m-1} \in \mathbb{F}_2} \sum_{l=0}^{2^{n-m}-1} \alpha^{s + 2^{n-m}(b_0 + \cdots + b_{i-1}2^{i-1} + 2^i + b_{i+1}2^{i+1} + \cdots + 2^{m-1}) - 1 + l}$$

$$= \alpha^{s-1} \left(\sum_{l=0}^{2^{n-m}-1} \alpha^l \right) \left[(1+\alpha)(1+\alpha^2) \cdots (1+\alpha^{2^{i-1}}) \alpha^{2^i} (1+\alpha^{2^{i+1}}) \cdots (1+\alpha^{2^{m-1}}) \right]^{2^{n-m}}$$

$$= \alpha^{s-1} (1+\alpha)^{2^{n-m}-1} \left(\frac{(1+\alpha)^{2^m} \alpha^{2^i}}{(1+\alpha)^{2^{i+1}}} \right)^{2^{n-m}}$$

$$= \alpha^{s-1} (1+\alpha)^{2^n - 1} \left(\frac{\alpha}{1+\alpha} \right)^{2^{n-m+i}} \neq 0. \tag{7.17}$$

因此 $\deg F = n - 1$. 进一步, $\mathrm{Deg}F \leqslant n - 1$, 且由 $\mathrm{Deg}f$ 的定义,

$$\mathrm{Deg}F = n - 1 \Leftrightarrow \sum_{i=0}^{m-1} v_i \left(\frac{\alpha}{1+\alpha} \right)^{2^{n-m+i}} \neq 0 \text{ 对任意 } 0 \neq (v_0, \cdots, v_{m-1}) \in \mathbb{F}_2^m \text{ 成立}$$

$$\Leftrightarrow \left\{ \left(\frac{\alpha}{1+\alpha} \right)^{2^i} \mid i = 0, 1, \cdots, m-1 \right\} \text{ 在 } \mathbb{F}_2 \text{ 上线性无关.}$$

(3) 设 $g \in \mathbb{B}_n$, $\deg g \leqslant d - 1$, 且对某个 b, $0 \leqslant b \leqslant 2^m - 1$ 有 $g|_{F^{-1}(b)} = 0$. 往证 $g = 0$. 设 $q = 2^n$,

$$g(x) = \sum_{\lambda=0}^{q-1} c_\lambda x^\lambda \in \mathbb{F}_q[x].$$

由 $d = d(n, m)$ 定义知 $\sum_{i=0}^{d-1} \binom{n}{i} \leqslant 2^{n-m}$. 设

$$N = \#\{\lambda \mid 0 \leqslant \lambda \leqslant q - 1, c_\lambda \neq 0\}$$

为 $g(x)$ 中非零系数个数. 由 $\deg g \leqslant d - 1$ 知

$$N \leqslant \# \left\{ \lambda \mid 0 \leqslant \lambda = \sum_{j=0}^{m-1} \lambda_j \cdot 2^j \leqslant 2^m - 1, \lambda_0 + \cdots + \lambda_{m-1} \leqslant d - 1 \right\}$$

$$= \sum_{i=0}^{d-1} \binom{n}{i} \leqslant 2^{n-m}. \tag{7.18}$$

假设 $g \neq 0$, 若 $1 \leqslant b \leqslant 2^m - 1$, 由 $g|_{F^{-1}(b)} = g|_{S_b} = 0$ 和 $F^{-1}(\bar{b}) = S_b$ 知, 对

$$s + 2^{n-m}b - 1 \leqslant l \leqslant s + 2^{n-m}b + 2^{n-m} - 2$$

均有 $g(\alpha^l) = 0$. 由 BCH 界, 有 $N \geqslant 2^{n-m} + 1$, 矛盾. 若 $b = 0$, 由 $0 \in S_0$ 和 $g|_{F^{-1}(0)} = g|_{S_0} = 0$ 知 $0 = g(0) = c_0$, 因此

$$N \leqslant \sum_{i=1}^{d-1} \binom{n}{i} \leqslant 2^{n-m} - 1.$$

而当 $s \leqslant l \leqslant s + 2^{n-m} - 2$ 时, 有 $\alpha^l \in S_0$, $g(\alpha^l) = 0$. 由 BCH 界知 $N \geqslant 2^{n-m}$, 这与 $N \leqslant 2^{n-m} - 1$ 矛盾. 因此 $g = 0$. 于是 (3) 得证. □

最后, 给出该类 (n, m) 函数 F 非线性度的一个下界.

定理 7.29[13] $NL(F) \geqslant 2^{n-1} - \dfrac{2^{\frac{n}{2}+m}}{\pi} \ln \left(\dfrac{4(2^n - 1)}{\pi} \right) - 1 \sim 2^{n-1} - \dfrac{\ln 2}{\pi} 2^{\frac{n}{2}+m} \cdot n.$

定理 7.29 的详细证明请参见文献 [13].

参 考 文 献

[1] Armknecht F, Krause M. Algebraic attacks on combiners with memory[C]. CRYPTO 2003, LNCS 2729. Springer-Verlag, 2003: 162-176.

[2] Armknecht F, Krause M. Counstructing single- and multi-output Boolean functions with maximal algebraic immunity[C]. ICALP 2006, LNCS 4052. Springer-Verlag, 2006: 180-191.

[3] Armknecht F. Improving fast algebraic attacks[C]. FSE 2004, LNCS 3017. Springer-Verlag, 2004: 65-82.

[4] Armknecht F, Carlet C, Gaborit P, et al. Efficient computation of algebraic immunity for algebraic and fast algebraic attacks[C]. EUROCRYPT 2006, LNCS 4004. Springer-Verlag, 2006: 147-164.

[5] Ars G, Faugere J. Algebraic immunities of functions over finite fields[C]. BFCA 2005, 2005: 21-38.

[6] Batten L M. Algebraic attacks over GF(q)[C]. INDOCRYPT2004, LNCS 3348. Springer-Verlag, 2004: 84-91.

[7] 北京大学数学系几何与代数教研室代数小组. 高等代数 [M]. 北京: 高等教育出版社, 第二版, 1987.

[8] Braeken A. Cryptographic properties of Boolean functions and S-boxes[D]. PhD thesis. [EB]. http://homes.esat.kuleuven.be/~abraeken/thesisAn.pdf. Katholieke University, 2006.

[9] Braeken A, Preneel B. On the algebraic immunity of symmetric Boolean functions[C]. INDOCRYPT 2005, LNCS 3797. Springer-Verlag, 2005: 35-48.

[10] Canteaut A. Open problems related to algebraic attacks on stream ciphers[C]. WCC2005, LNCS 3969. Springer-Verlag, 2006:1-10.

[11] Canteaut A, Videau M. Symmetric Boolean functions[J]. IEEE Transactions on Information Theory, 2005, 51(8): 2791-2811.

[12] Claude C, Keqin F. An infinite class of balanced functions with optimal algebraic immunity, good immunity to fast algebraic attacks and good nonlinearity[C]. ASIACRYPT 2008, LNCS 5350. Springer-Verlag, 2008: 425-440.

[13] Claude Carlet, Keqin Feng. An Infinite class of balanced vectorial Boolean functions with optimum algebraic immunity and good nonlinearity[C]. IWCC 2009, LNCS 5557. Springer-Verlag, 2009: 1-11.

[14] Carlet C. A method of construction of balanced functions with optimal algebraic immunity[EB]. http://eprint.iacr.org/2005/229.

[15] Carlet C, Gaborit P. On the construction of balanced Boolean functions with a good algebraic immunity[C]. BFCA 2005, Rouen, France, 2005: 1-14.

[16] Carlet C. On bent and highly nonlinear balanced/resilient functions and their algebraic immunities[C]. AAECC 2006, LNCS 3857. Springer-Verlag, 2006: 1-28.

[17] Carlet C, Dalai D K, Gupta K C and Maitra S. Algebraic immunity for cryptographically significant Boolean functions: Analysis and construction[J]. IEEE Transcations on Information Theory, 2006, 52(7): 3105-3121.

[18] Carlet C. On the higher order nonlinearities of algebraic immune functions[C]. CRYPTO 2006, LNCS 4117. Springer-Verlag, 2006: 584-601.

[19] Carlet C, Zeng X Y, Li C L, etc. Further properties of several classes of Boolean functions with optimum algebraic immunity[J]. Designs, Codes and Cryptography, 2009, 52(2): 303-338.

[20] Carlet C. Boolean functions for cryptography and error correcting codes. Chapter of the Monography Boolean Methods and Models, Crama Y and Hammer P eds, Cambridge University Press, to appear. Preliminary version available at http://www.rocq.inria.fr/codes/Claude.Carlet/pubs.html.

[21] Carlet C. Vectorial (multi-output) Boolean functions for cryptography and error correcting codes. Chapter of the Monography Boolean Methods and Models, Crama Y and Hammer P eds, Cambridge University Press, to appear. Preliminary version available at http://www.rocq.inria.fr/codes/Claude.Carlet/pubs.html.

[22] Chen Y, Lu P. Constructions of even-variable Boolean functions with optimum algebraic immunity [EB]. http://eprint.iacr.org/2009/130.

[23] Cho J Y, Pieprzyk J. Algebraic attacks on SOBER-t32 and SOBER-128[C]. FSE 2004, LNCS 3017. Springer-Verlag, 2004: 49-64.

[24] Courtois N, Pieprzyk J. Cryptanalysis of block ciphers with overdefined systems of equations[C]. ASIACRYPT 2002, LNCS 2501. Springer-Verlag, 2002: 267-287.

[25] Courtois N, Meier W. Algebraic attacks on stream ciphers with linear feedback[C]. EUROCRYPT 2003, LNCS 2656. Springer-Verlag, 2003: 345-359.

[26] Courtois N. Fast algebraic attacks on stream ciphers with linear feedback[C]. CRYPTO 2003, LNCS 2729. Springer-Verlag, 2003: 176-194.

[27] Courtois N. Algebraic attacks on combiners with memory and several outputs[C]. ICISC 2004, LNCS 3506. Springer-Verlag, 2005: 3-20.

[28] Courtois N. Cryptanalysis of SFINKS[C]. ICISC 2005, LNCS 3935. Springer-Verlag, 2006: 261-269.

[29] Dalai D K, Gupta K C, Maitra S. Results on algebraic immunity for cryptographically significant Boolean functions[C]. INDOCRYPT 2004, LNCS 3348. Springer-Verlag, 2004: 92-106.

[30] Dalai D K, Gupta K C, Maitra S. Cryptographically significant Boolean functions: construction and analysis in terms of algebraic immunity[C]. FSE 2005, LNCS 3557. Springer-Verlag, 2005: 98-111.

[31] Dalai D K, Maitra S, Sarkar S. Basic theory in construction of Boolean functions with maximum possible annihilator immunity[J]. Designs, Codes and Cryptography, 2006, 40(1): 41-58.

[32] Dalai D K, Matitra S. Reducing the number of homogeneous linear equations in finding annihilators[C]. SETA 2006, LNCS 4086. Springer-Verlag, 2006: 376-390.

[33] Ding C S, Xiao G Z, Shan W J. The stability theory of stream ciphers[M]. LNCS 561. Springer-Verlag, 1991.

[34] Didier F. A new upper bound on the block error probability after decoding over the erasure channel[J]. IEEE Transcations on Information Theory, 2006, 52(10): 4496-4503.

[35] Dong D S, Fu S J, Qu L J, Li C. A new construction of Boolean functions with maximum algebraic immunity[C]. ISC 2009, LNCS 5735. Springer-Verlag, 2009: 177-185.

[36] Keqin F, Qunying L, Jing Y. Maximal values of generalized algebraic immunity[J]. Designs, Codes and Cryptography, 2009, 50(2): 243-252.

[37] Fu S J, Li C, Qu L J. Construction of odd-variable Boolean function with maximum algebraic immunity[C]. WISA 2009, LNCS 5392. Springer-Verlag, 2009: 109-117.

[38] Fu S J, Li C, Matsuura K, Qu L J. Construction of rotation symmetric Boolean functions with maximum algebraic immunity[C]. CANS 2009, LNCS 5888. Springer-Verlag, 2009: 402-412.

[39] Fu S J, Li C, Matsuura K, Qu L J. Even-variable rotation symmetric Boolean functions with maximum algebraic immunity. Information Journal, accepted

[40] Fu S J, Li C, Matsuura K, Qu L J. Construction of balanced rotation symmetric Boolean functions with maximum algebraic immunity. IET, Information Security, accepted.

[41] Gathen J V, Roche J R. Polynomials with two values[J]. Combinatorica, 1997, 17(3): 345-362.

[42] Li C L, Zeng X Y, Su W, etc. A class of rotation symmetric Boolean functions with optimum algebraic immunity[J]. Wuhan University Journal of Natural Sciences, 2008, 13(6): 702-706.

[43] Li N, Qi W F. Symmetric Boolean functions depending on an odd number of variables with maximum algebraic immunity[J]. IEEE Transcations on Information Theory, 2006, 52(5): 2271-2273.

[44] Li N, Qi W F. Construction and analysis of Boolean functions of $2t + 1$ variables with maximum algebraic immunity[C]. AsiaCrypt 2006, LNCS 4284. Springer-Verlag, 2006: 82-98.

[45] Li N, Qu L J, Qi W F, etc. On the construction of Boolean functions with optimal algebraic immunity[J]. IEEE Transcations on Information Theory, 2008, 54(3): 1330-1334.

[46] Liao Q Y, Feng K Q. A note on algebraic immunity of vectorial Boolean functions.

preprint, 2008.

[47] Lidl R, Niederreiter H. Finite fields, encyclopedia of mathematics and its applications[M]. vol. 20, Addison-Wesley, Reading, Massachussetts, 1997.

[48] Liu F, Feng K Q. On the 2^m-variable symmetric Boolean functions with maximum algebraic immunity 2^{m-1}[C]. WCC 2007, to be published in Designs, Codes and Cryptography.

[49] Liu F, Feng K Q. Efficient Computation of algebraic immunity of symmetric Boolean functions[C]. TAMC 2007, LNCS 4484. Springer-Verlag, 2007: 318-329.

[50] Liu M C, Pei D Y, Du Y S. Identification and construction of Boolean functions with maximum algebraic immunity[J]. Science in China Series F-Information Sciences, 2010, 53(7): 1379-1396.

[51] Lobanov M. Tight bound between nonlinearity and algebraic immunity[EB]. http://eprint.iacr.org/2005/441.

[52] MacWilliams F, Sloane N. The theory of error correcting codes[M]. North Holland, 1977.

[53] Meier W, Pasalic E, Carlet C. Algebraic attacks and decomposition of Boolean functions[C]. EUROCRYPT 2004, LNCS 3027. Springer-Verlag, 2004: 474-491.

[54] Mihaljevic W, Imai H. Cryptanalysis of Toyocrypt-HS1 stream cipher[J]. // IEICE Transactions on Fundamentals, 2002, E85-A: 66-73.

[55] Murphy S, Robshaw M. Comments on the security of AES and XSL technique[J]. Electronic Letters, 2003, 39(1): 26-38.

[56] Nawaz Y, Gong G, Gupta K. Upper bounds on algebraic immunity of Boolean power functions[C]. FSE 2006, LNCS 4047. Springer-Verlag, 2006: 375-389.

[57] Pasalic E. On algebraic immunity of Maiorana-McFarland like functions and applications of algebraic attacks to some stream cipher schemes[EB]. http://www.ecrypt.eu.org/stream/papersdir/038.pdf.

[58] 屈龙江. 布尔函数的代数免疫度与非线性度 [D]. 国防科技大学研究生院博士学位论文, 2007.

[59] Qu L J, Feng G Z, Li C. On the Boolean functions with maximum possible algebraic immunity: Construction and a lower bound of the count[EB]. http://eprint.iacr.org/2005/449.pdf.

[60] Qu L J, Li C. Weight supports technique and the symmetric Boolean functions with maximum algebraic immunity on even number of variables[C]. InsCrypt 2007, LNCS 4990. Springer-Verlag, 2008: 271-282.

[61] Qu L J, Li C, Feng K Q. A note on symmetric Boolean functions with maximum algebraic immunity in odd number of variables[J]. IEEE Transactions on Information Theory, 2007, 53(8): 2908-2910.

[62] Qu L J, Li C. On the 2^m-variable symmetric Boolean functions with maximum algebraic

immunity[J]. Science in China Series F-Information Sciences, 2008, 51(2): 120-127.

[63] Qu L J, Feng K Q, Liu F, Wang L. Constructing symmetric Boolean functions with maximum algebraic immunity[J]. IEEE Transactions on Information Theory, 2009, 55(5): 2406-2412.

[64] Sarkar S, Maitra S. Construction of rotation symmetric Boolean functions on odd number of variables with maximum algebraic immunity[C]. AAECC 2007, LNCS 4851. Springer-Verlag, 2007: 271-280.

[65] Simpson L, Dawson E, Golic J, Millan W. LILI keystream generator[C]. SAC 2000, LNCS 2012. Springer-Verlag, 2000: 248-261.

[66] 涂自然. 代数攻击下布尔函数的设计与分析 [D]. 中国科学院研究生院博士学位论文, 2009.

[67] Wegener I. The complexity of Boolean functions[M]. Wiley, 1987.

[68] Wilson R M. A diagonal form for the incidence matrices of t-subsets vs k-subsets[J]. European Journal of Combination, 1990, 11: 609-614.